유 머 레 스 크

SUISHAGOYA NO NENE by Kikuko Tsumura
Copyright © 2023 Kikuko Tsumura
All rights reserved.
Original Japanese edition published by Mainichi Shimbun Publishing Inc.
This Korean language edition is published by arrangement with
Mainichi Shimbun Publishing Inc., Tokyo in care of Tuttle-Mori Agency, Inc., Tokyo
through ERIC YANG AGENCY, Seoul.

이 책의 한국어판 저작권은 에릭양 에이전시를 통한 저작권사와의 독점 계약으로
빈페이지((주)시사북스)에 있습니다. 저작권법에 의해 한국 내에서 보호를 받는
저작물이므로 무단전재와 복제를 금합니다.

유 머 레 스 크

쓰무라 기쿠코 지음
양지윤 옮김

일러두기
1. 모든 주는 옮긴이 주입니다.
2. 책 속에 등장하는 도서명은 《 》, 영화명은 『 』, 시, 곡명은 「 」안에 표시하였습니다.
3. 전화 너머의 목소리와 문자 메시지, 메모 내용은 —로 표시했습니다.

차례

제1화	1981년	7p
제2화	1991년	187p
제3화	2001년	315p
제4화	2011년	411p
에필로그	2021년	499p

작가의 말   510p

제 1 화

—

1981년

"어디 가?" 플랫폼에서 리쓰가 묻자 리사는 시골에 간다고 대답했다. "음, 그러면 산이랑 바다 중 어딘데?"

리쓰가 또 물어서 리사는 산이라고 말했다. 시골에 간다고 하면 리쓰는 산이나 바다를 떠올릴 거라고 생각했다. 사실 어느 쪽이든 근처에 널렸지만, 아직 어린 리쓰는 산이나 바다를 떠올리는 게 고작일 것이다.

"혹시 저번에 갔던 소바 가게? 가게 쉬는 시간에 아줌마랑 이야기했었는데."

"맞아. 그때 내가 그랬잖아, 학교 사~~육 동~~아리에서 새깅을 돌본다고."

"아, 거기." 리쓰는 에코백을 바닥에 내려놨다가 시각장애인용 노란 타일을 피해 다시 조심스레 자리를 옮긴 뒤 짐짓 어른처럼 "아이고 어깨야"라고 중얼거렸다.

"이렇게 짐을 잔뜩 들고 있으니까 꼭 초등학교 1학기 종업식 같아."

"나팔꽃 화분 같은 걸 챙겨오곤 했잖아."

"응. 또 급식 주머니도 챙기고, 도서실에서 평소보다 책도 더 많이 빌릴 수 있고, 실내화랑 학용품 상자도 들고 오고."

"책상 안의 소지품을 전부 가져오는 건가."

"응. 맞아."

리사는 리쓰를 내려다봤다. 책가방을 멘 채 양손에는 책이 든 에코백까지 들고 있었다. 빌린 책은 한 권도 없고 전부 자기 책인데도 양이 많았다. 오른손에 든 가방에 아홉 권, 왼손에 든 가방에 일곱 권이 담겨 있었다.

리사는 초등학생 때 자기도 저렇게 책을 읽었나 싶었다. 동생이 든 책은 절반이 어린이용 문고본이었고 나머지는 글자가 크고 그림이 많아도 결코 가벼운 내용이 아닌, 묵직한 하드커버의 그림책과 위인전이었다. 이사하니까 소지품을 가방에 담으라고 리사가 말했을 때, 리쓰는 의미심장한 말투로 짐이 많다며 중얼거렸다. 그러더니 옷가지는 챙기지도 않고 리사가 만든 에코백 두 개에 책만 한가득 담더니 정리가 끝났다고 말했다. 별다른 잔소리 없이 리사는 장롱 서랍에서 리쓰의 평상복과 체육복, 수영복을 모조리 찾아내 들고 있던 보스턴백에 넣었다.

리쓰가 말한 실내화나 '학용품 상자' 같은, 학교에서 쓰는 자잘한 문방구들은 전부 리사가 어깨에 걸친 보스턴백에 담았다. 엄마를 대신해 리사가 세탁하곤 했던 '급식 주머니'는 없었다. 급식 당번일 때마다 반에서 공용으로 쓰는 소매 달린 앞치마와 모

자를 담는 주머니였는데, 리쓰가 전학을 가게 되면서 학교에 두고 왔다.

리쓰가 멘 책가방과 양손에 든 에코백, 리사가 중학교 수학여행 때 들었던 보스턴백과 고등학교 수학여행 때 샀던 큰 배낭 그리고 오른손에 든 커다란 비닐 가방까지, 여덟 살과 열여덟 살 자매가 가진 전 재산은 이게 전부였다. 보통 이사라고 하면 텔레비전에서 본 것처럼 이사 업체의 기다린 트럭에 짐을 싣고 산으로 둘러싸인 넓은 도로를 달리는 모습을 떠올리겠지만 현실은 달랐다. 자매는 각각 양손과 등에 짐을 최대한 많이 짊어진 채 산골짜기 동네로 향하는 특급 열차를 기다리고 있었다.

이사 가는 집에 필요한 가전제품이라 해봤자 텔레비전과 세탁기 정도였는데, 당연히 리사의 지금으로는 어림도 없었다. 리사가 앞으로 일하게 될 가게 주인아주머니에게 사정을 털어놓았더니, 그녀는 돌아가신 할아버지가 쓰던 물건들이 있긴 한데 텔레비전은 화면이 잘 나올지 모르겠다고 했다. 그 말만으로도 앞으로 모든 일이 잘 풀릴 것만 같았다. 리사는 공중전화 부스 안에서 감사하다며 몇 번이나 고개를 숙이다가 급기야 노란 전화기에 이마를 살짝 박았다.

부스에서 나온 뒤에야 겨울용 난로와 여름용 선풍기도 필요하다는 사실이 떠올라 살짝 우울해졌지만, 리사는 일을 시작하고 매달 얼마간 저금하면 7월에는 선풍기를 살 수 있을 거라고 생각했다. 오늘 저녁에 도착 예정인 자매의 이불 한 채 가격이 한 달치 아르바이트비와 거의 맞먹는다는 사실을 알았을 때도 리사는 깜짝 놀랐다. 4월부터는 리쓰가 다니게 될 초등학교 급식비도 마련해야 한다. 남은 건 냉장고인데, 앞으로 일할 가게에서는 밥을 주기 때문에 당분간은 최대한 식재료가 남지 않도록 신경 쓰며 지낼 생각이었다.

특급 열차가 도착하자 자매는 끄트머리의 자유석 칸에 올랐다. 통로에 들어서자마자 리쓰가 어깨가 아픈지 힘든 기색을 내비쳐서, 리사는 일단 동생이 양손에 들고 있는 짐을 선반 위로 올린 뒤 그 옆에 보스턴백과 비닐 가방을 두었다. 책가방과 배낭은 각자 무릎 위에 놓았다.

"창가가 좋지?" 리사가 리쓰를 구석으로 떠밀었다. 사실 본인도 창가 자리를 좋아했지만, 리쓰의 키라면 딱히 창밖 풍경을 가리지는 않을 듯하여 양보하기로 했다.

초등학교 봄방학이 시작되고 처음 맞는 토요일이었다. 기차 안에는 등산복 차림부터 여행 가방을 든 사람들로 자리가 꽉 찼다. 리사는 일찍 줄을 서길 잘했다고 생각했다.

기차가 움직이기 시작하고 15분쯤 시가지 풍경이 이어졌다.

"이렇게 둘이 같은 방향을 바라보는 자리에 앉으니까, 굉장히 먼 곳으로 가는 기분이야."

"그러게."

리사는 동의했다. 특급 열차표를 사서 기차를 타는 건 리쓰 인생에서 이번이 두 번째였다. 모레부터 일하게 될 가게에 리사가 리쓰를 데리고 면접하러 갔을 때가 처음이었다.

리사 역시 특급 열차표를 사서 어딘가에 갈 일이 거의 없었다. 작년과 재작년 연말, 창고 아르바이트를 하던 동료들과 스키장에 갔을 때뿐이었다. 처음에는 특급 열차표와 지정석 표가 따로 있다는 걸 이해하지 못해서 헤맸는데, 회사원이면서 일주일에 세 번씩 문구 창고에서 아르바이트를 하는 미쓰다가 어떻게 표를 사는지 가르쳐주었다.

"저번엔 기차를 세 시간이나 탔잖아."

"아니야. 한 시간 조금 넘게 탔지."

"에이, 거짓말!"

"진짜라니까."

아이라 그런지 리쓰는 시간이 퍽 길게 느껴지는 모양이었다. 엄마는 리쓰가 금세 싫증을 내는 데다 어수선한 성격이라고 말하곤 했다. 리사는 고등학생 때 학교를 마치면 곧장 아르바이트를 하러 갔고 집에는 거의 잠만 자러 들렀던 터라, 휴일에도 차분히 책을 읽는 리쓰의 모습밖에 본 기억이 없었기에 딱히 그런 점을 느끼지 못했다.

나이 차가 많이 나는 여동생의 그런 모습을 발견했을 때 속이 썩게 될지, 리사는 멍하니 생각했다. 머리가 지끈거리고 입안에서 쓴맛이 느껴질 만큼 불안하기도 했지만 이제 별수 없었다.

"굉장히 먼 곳으로 가는 줄 알았는데."

"얼마나 멀리?"

"아오모리 같은 곳."

"홋카이도가 아니고?"

리사는 웃고 말았다. 책상용 매트 위에 인쇄된 국내 지도를 들여다보는 걸 좋아하는 리쓰는 유치원을 졸업한 뒤 초등학교에 입학하기도 전에 전국 지명을 대부분 외워버렸다. 홋카이도는 바다 건너에 있어서 외국 같고, 아오모리는 본토 윗부분에 있으니 가장 멀게 느껴졌나 보다고 리사는 생각했다.

"이거 화장실 딸린 기차잖아. 그러면 어디든지 갈 수 있겠네."

"그럴지도 모르지."

"나중에 화장실 가도 돼?" 리쓰가 물어서 리사는 그러라고 했다. 창밖을 보던 리쓰는 산으로 언제 들어가냐며 투덜거리더니 리사 쪽으로 고개를 돌렸다.

"언니, 바느질 학교에 간다는 건 어떻게 됐어?"

"바느질? 아, 전문대 의상학과 말이구나. 안 가기로 했어."

"왜?"

리사는 사실대로 털어놔야 할지 망설이다 일단 이유를 제대로 설명하기로 결심했다. 4월부터는 이 아이도 초등학교 3학년이니까.

"입학금을 못 냈거든. 학교에 가려면 필요한 돈 말이야. 엄마가 그 돈을 다른 곳에 써야 한대. 내 월급만으로는 힘드니까 안 가기로 했어."

그건 리사가 리쓰를 데리고 집을 나오게 된 커다란 이유 중 하나였다.

"다른 곳 어디?"

"나음에 말해줄게."

마스무라 씨 사업에 보태기로 했어. 지난달부터 임차료가 올랐다지 뭐니…… 리사는 고개를 저으며 불쾌한 기억을 몰아냈다. 어쨌든 앞으로 살게 될 곳에 도착하면 적응할 때까지는 예전 집의 기억은 떠올리고 싶지 않았다. 후회할지도 모르지만, 지금은 그럴 때가 아니었다.

"다음에 제대로 말해줘야 해."

"알았다니까. 화장실은 안 가?"

"지금은 괜찮아."

"기대했던 거잖아? 기차 타면 화장실 가는 거."

"기대라고 해야 하나."

리쓰는 잠시 생각에 잠기더니 말했다.

"음, 기대한 것 같긴 해."

리사가 면접을 가는 길에 리쓰와 같이 기차에 탔을 때, 리쓰는 화장실이 딸린 기차는 태어나서 처음이라며 소변을 세 번이나 보러 갔다. 그때를 생각하면 확실히 산만한 아이 같긴 했다.

"이번엔 경치 감상이나 할래."

"애어른 같네."

산에 접어드니 풍경이 한층 좋아졌다. 단순히 산이 보이는 것뿐만 아니라 시냇물이 흐르는 골짜기를 내려다볼 수 있는 데다, 그 부근의 좁은 평지에는 집들이 오밀조밀 모여 있었다. 기차가 나가는 방향으로 끝없이 펼쳐지는 산맥은 이 세계가 얼마나 넓고 높으며 깊은지를 리사에게 과시하듯 새삼 보여주고 있었다.

리쓰는 채석장 크레인 헤드에 적힌 회사명을 소리 내 읽었다.

"가, 시, 와, 데, 바라스 주식회사……."

'젠바라스 주식회사'라는 글자를 엉뚱한 이름으로 읽고 있는 리쓰를 보고 리사의 눈이 휘둥그레졌다. 저 한자를 '가시와데'라고 읽은 거냐고 물으려는 순간, 먼 산의 하얀 꼭대기를 가리키며 리쓰가 물었다. "저거 눈이야?"

창고 아르바이트 동료였던 미쓰다는 이 근방 출신 같았는데, 리사가 이곳으로 갈 즈음에는 산에 눈이 남아 있을지도 모른다고 말했었다. 리사는 그때를 떠올리며 고개를 끄덕였다.

"어떤 새가 살고 있을까?"

소바 가게 아주머니는 면접에서 리사에게 상대해야 할 새가 있다고 몇 번이나 말했었다. 그 말이 떠올랐는지 리쓰는 산꼭대기의 눈은 금세 잊어버리고 리사 쪽으로 고개를 돌렸다. 면접 때 그 새는 이웃의 차를 타고 리사가 살던 도시에 있는 동물병원에 간 탓에 서로 엇갈려서 만날 수 없었다. 그래도 주인아주머니가 그 '새'와 관련하여 어떤 채용 조건을 걸고 있다는 건 틀림없었다. 두 사람이 살 수 있는 저렴한 월세의 연립주택뿐만 아니라 점심 저녁까지 제공된다는 말에, 그 일을 절대 놓치고 싶지 않았던 리사는 두말없이 그 조건을 받아들였다.

"상대해 줘야 한다고 아줌마가 그러셨잖아. 보통은 돌본다고 말하지 않아?"

"아냐, 그렇게 표현하기도 해. 고양이의 상대라든가 개의 상대라든가……."

"난 잘 모르겠는데."

"그렇게 한다니까. 그 이야기는 그만해. 새는 너한테 맡길게."

리사는 동생이 너무 어수선한 성격이라며 엄마가 푸념 조로 말한 이유를 잘 알 것 같은 기분이 들었다. 그렇다고 귀찮은 느낌은 아니었다. 리사 자신도 어른이 된 지 그리 오래되지 않았기 때문인지도 모른다.

"언니, 이 특급 열차는 '진자식'이라는 거 알고 있어?"

"어머, 몰랐는데……"

"급커브 구간에서 속도를 늦추지 않아도 옆으로 쓰러지지 않도록 만든 게 진자식 기차래."

다른 기종 중에 진자식으로 유명한 기차는 '구로시오'라며 리쓰는 말을 이었다. "그 기차는 어느 구간을 달리는데?" 리사가 일단 물었더니 리쓰는 와카야마라고 대답했다.

"저번에 이 기차를 탔었잖아. 도서관에서 도감으로 어떤 기종인지 찾아봤어."

"그랬구나."

이사 가는 곳에 있는 도서관에는 책이 많았으면 좋겠다고 리사는 기도하듯 중얼거렸다. 진심으로 그러길 바랐다.

리쓰는 잡다한 지식을 제법 알고 있었다. 딱히 도움이 될 것 같진 않았지만, 왠지 마음이 든든해진 리사는 창 너머로 펼쳐진 시냇물과 산의 풍경을 다시 바라봤다.

*

지금에야 리사는 입학금 미납 전화를 받은 당사자가 그나마 본인이어서 다행이라고 생각했다. 그대로 아무것도 모른 채 서류가 오지 않았다며 대학에 전화를 걸거나 입학식에 갔더라면 얼마나 망신스러웠을까.

— 납부 기한이 닷새나 지나서 앞으로 이틀 안에 입금하지 않으면 입학 의사가 없으신 걸로 간주합니다.

당혹스러워하는 여자의 목소리를 듣고 리사는 힘없이 대답했다. "깜빡하셨나 봐요. 부모님께 확인해 볼게요." 토요일이었다. 초저녁부터 문구 창고 아르바이트에 가야 했으므로 출근이 한 시간 정도 늦어질 것 같다고 전화해 둔 뒤, 리사는 쇼핑을 간 엄마가 돌아오기를 기다렸다. 리쓰는 도서관에 가 있었다.

집에 돌아온 엄마가 리사를 보고 말했다. "어머, 왜 아직도 집에 있니?" 입학금이 미납되었다는 전화를 받았다고 리사가 털어놓자, 엄마는 "아아, 그거" 하더니 태연스레 냉장고를 열고 사온 것들을 집어넣기 시작했다.

"세이치로, 아니 마스무라 씨가 돈이 필요하다고 해서. 지난달부터 사무실 임차료가 올랐다지 뭐니. 그래서 말인데."

"그래서 뭐?"

"내 수중에 가진 걸로는 조금 부족해서 그 돈도 보탰어."

연이어 "미안한데 학교는 내년에 갈래? 아마 그때쯤이면 사업도 궤도에 오를 테고, 내가 부탁하면 대학도 보내줄 거니까……" 따위의 엄마 목소리가 무심히 들려왔지만, 귀에 두꺼운 막을 덮은 듯 리사는 잘 알아들을 수 없었다.

"그러니까 나, 학교에 못 간다는 뜻이야?"

"당분간은 그렇게 될지도 모르겠네."

"못 간나는 거지?"

리사는 한동안 엄마의 얼굴을 빤히 바라봤지만, 엄마는 고개를 끄덕이지 않았다. 엄마가 생각하기로 리사는 전문대든 4년제 대학교든 갈 수 있었다. 다만 내년 이후에.

그제야 리사는 이 집에서의 용건이 끝났다는 생각에 아르바이트를 하러 집을 나섰다.

"내년이면 4년제 대학에 가도 돼. 정말이라니까."

뒤를 쫓듯 들려오는 엄마 목소리를 무시한 채 리사는 현관문을 닫았다.

정류장 벤치에 앉아 리사는 멍하니 버스를 기다렸다. 어떻게 해야 좋을지 알 수 없었다. 입학금은 30만 엔이었고 리사의 우체국 통장에는 18만 엔이 들어 있었다. 월요일부터 수요일, 금요일과 토요일까지 주 5일 동안 일하고 있었는데, 아르바이트 횟수를 더 늘린다 한들 납부 기한이 고작 이틀밖에 남지 않았다는 사실을 깨달았다. 12만 엔을 쉽사리 빌려줄 누군가를 아르바이트 동료 중에서 찾으려고 해도 적당한 사람이 떠오르지 않았다. 회사원이면서 아르바이트까지 하는 여덟 살 연상의 미쓰다라면 돈이 있을지도 몰랐다. 하지만 목표 자금을 곧 달성해 5월에 일을 그만둘 수 있을 것 같다며 기쁘게 말하던 그녀의 얼굴을 떠올리니 리사는 쉽게 돈을 빌려 달라는 말을 꺼낼 수 없었다.

최소한 입학금 납부 마감일이라도 미리 알았더라면 어떻게든 가능했을지도 모른다. 리사는 정류장 처마에 달린 기둥을 붙들더니 급기야 주먹으로 마구 두드려댔다. 머리를 박고 싶은 심정이었다. 항의 표시로 눈앞의 도로에 뛰어들기라도 해야 하나. 하지만 지금의 엄마라면 그것조차 대수롭지 않게 여길 것 같아서 리사는 점점 속이 메스꺼워졌다.

그런 생각을 하는 사이에 어쨌든 버스가 왔다. 리사는 그대로 15분 동안 버스를 타고 종점인 공업단지로 향했다. 딱히 싫지는 않아서 자주 바라보던 창 너머의 풍경도, 그 순간 지저분한 색의 잔상처럼 차례로 스쳐 지나갈 뿐이었다.
초등학교 4학년 때 엄마가 이혼한 후, 리사는 여자 셋이 씩씩하게 잘 살아왔다고 생각했다. 조부모 집에서 초등학교에 다니다가 중학교에 들어간 뒤로 셋이 된 가족이었다. 아직 어리긴 해도 리쓰가 언니인 리사에게 과하게 부담을 주는 일은 없었고, 지역 생명보험 대리점에서 근무하던 엄마는 검소하고 성실한 면에서 신뢰를 얻으며 나름대로 성과를 올려왔다. 여자 혼자 힘으로 자신을 길러준 엄마를 존경하던 때도 있었다. 그래서 리사는 지금의 상황이 더욱 서글펐다.
혼자 잘해오고 있다고 본인도 느꼈을 테고 리사 또한 그렇게 생각했지만, 엄마는 내심 남자에게 기대고 싶었던 건지도 모른다. 리사는 울고 싶어졌다. 아직은 믿음직스럽지 못할지라도 이제 리사는 열여덟 살이 되었고 고등학교도 졸업했다. 앞으로 2년 더 학업을 이어간다 해도 평일에는 아르바이트를 하며 스스로 생활비를 벌 수 있었다. 게다가 아르바이트를 하면서 다양한 연령대의 여자 동료들과 나누는 대화를 통해 세상이 어떻게 돌아가는지도 어렴풋이 보이기 시작했다. 어른이라고 단언하기에는 아직 부족한 면이 있을지도 모르지만, 머지않아 어른이 된다는 걸 리사 스스로 실감하고 있었다.
왜 나는 안 되는 거냐고 리사는 엄마에게 묻고 싶었다. 기댈만한 대상으로 성인 남자와 자신을 비교하는 건 리사가 보기에 정당한 일이었지만, 엄마한테는 다른 문제일 거라는 사실도 어쩐지 알 것 같았다. 그게 분했다.
남자가 우리 자매와 그렇게나 다른 걸까. 리사는 생각에 잠긴 채 같은 버스에 탄 남자들을 살펴봤다.

　버스 안에 탄 남자는 운전기사와 통로를 사이에 두고 건너편 자리에 앉아 있는 할아버지가 다였다. 버스 운전은 대단한 일이지만, 리사 자신도 학교에 가서 교육받으면 제대로 한몫을 해낼 수 있을 터였다. 험상궂은 얼굴의 할아버지는 앉은 채로 졸고 있었다. 그런 거라면 리사도 얼마든지 가능하다.

　리사는 아르바이트에서 두 살 많은 정사원 남자 무리와 아르바이트 동기인 젊은 여자들끼리 일요일에 몇 번 영화를 보러 간 적이 있었는데, 그때는 딱히 별생각이 없었다. 그중 한 남자가 리사에게 또 같이 영화를 보러 가자고 말했었다. 하지만 리사는 그 사람이 그다지 영화를 좋아하는 것 같지도 않아서 무슨 대화를 나눠야 할지 난감했고, 얻어먹기도 껄끄러웠다. 게다가 같이 있으면 계속 신경 쓸 일만 많아서 리사는 그냥 거절해 버렸다. 이후 그 사람은 리사와 다른 근무 시간에 일하는 여자와 사귀기 시작했는데 잘 되어가는 모양이었다.

　마스무라는 리사의 엄마가 일하는 회사의 지사에서 왔는데, 엄마처럼 이혼한 경력이 한 번 있는 남자였다. 그는 엄마와 사귀면서 일을 그만두더니 사업을 시작했다. 무슨 통신판매를 하려는 모양이었는데 리사에게는 자세히 가르쳐주지 않았다. 마스무라는 사업을 위해 돈을 아낄 심산이었는지 리사네 집에 밥을 먹으러 들락거리더니, 점점 머무는 시간이 늘어갔다. 리사는 마스무라가 엄마의 약혼자 행세를 하며 자신보다 열 살이나 어린 여동생 리쓰에게 아빠처럼 구는 모습을 여러 번 목격하기도 했다. 리사는 어쩐지 그게 꼴 보기 싫어서 아르바이트 횟수를 늘렸고, 욕실도 아침 일찍 등교하기 전에 썼다. 마스무라가 집에서 자고 가는 날에는 대중목욕탕에 갔다. 리쓰와는 집에서 스쳐 지나가는 생활을 했었기에 여동생이 어떻게 지내고, 무슨 생각을 하는지 서로 이야기한 적이 없었다. 그래도 리사는 계속 신경이 쓰였다.

씩씩한 줄 알았던 엄마는 사실 지극히 외로움을 타는 성격이고, 남자가 뭐든 결정해 주길 바라는 사람일지도 모른다고 리사는 생각하게 되었다. 올겨울 석유난로를 살 때도 엄마는 마스무라를 데리고 전자제품점에 갔다. "그 정도는 혼자 결정해도 되잖아?" 딱 한 번 리사가 의문을 드러냈더니 엄마는 이렇게 대답했다.

"이제 스스로 결정하는 건 신물이 나."

리사는 아무런 대꾸도 할 수 없었다.

문구 회사 창고에서 리사는 출고 상품을 찾아 꺼내는 피킹 작업과 검품 업무를 담당했다. 피킹은 혼자, 검품은 네 명이 한 팀을 이뤄 작업했다. 그날은 검품 작업이 길어서 옆에 계속 사람이 있었는데, 리사는 어쩐지 다행이라고 생각했다. 전표를 들고 혼자 피킹 작업을 했더라면 아마도 엄마와 있었던 일만 줄곧 떠올렸을 테니까.

일하는 동안 동료들과 수다를 떨지는 않았지만, 가령 정면에 있는 우치야마나 대각선 방향 앞에 있는 와카이, 옆의 미쓰다에게 자신이 엄마에게서 들었던 말을 어떤 식으로 털어놓을지 상상하는 것만으로도 리사는 조금 숨통이 트였다.

리사는 자기 또래의 남자애를 포함하여 아들 셋을 기르는 여성 와카이와 퇴근 시간이 같아서, 밑져야 본전이라는 심정으로 물어보았다. "잠깐 시간 있으세요?" 그녀는 고개를 젓더니 미안하다는 듯 얼굴을 찡그리며 말했다.

"텔레비전에서 꼭 보고 싶은 게 있는데 어쩌지. 8번 채널에서 『아라비아 로렌스』를 하거든."

와카이와 리사는 둘다 비디오 녹화기를 갖고 싶다고 말한 적 있었다. 특히 영화를 좋아하는 와카이는 그야말로 절반은 그것을 장만하기 위해 아르바이트를 하고 있었으니, 별수 없이 리사는 다음에 이야기하자고 말하며 물러났다. 와카이는 미안해하며 자전거를 타고 돌아갔고 리사는 다시 버스에 올랐다.

가장 편하게 이야기할 수 있는 상대는 이십 대의 미쓰다였다. 다음 주에 그녀와 퇴근 시간이 겹칠 요일을 생각하면서, 리사는 자판기와 가로등, 술집 밖에 보이지 않는 창밖을 바라보며 집으로 돌아갔다. 저녁과 밤 중에서 리사는 경치가 잘 보이는 저녁에 버스 타는 걸 좋아했지만, 이날은 보이는 게 별로 없는 밤이 더 편하게 느껴졌다.

동네 정류장에 내린 리사는 집에 가기 싫었다. 창고 휴게실에 가 있는 편이 더 나았겠다고 후회하면서, 리사는 속이 풀릴 만한 뭔가를 마시고 싶다는 생각에 콜라 자판기로 향했다. 그때 리사가 마시고 싶었던 콜라는 탄산이 강하기로 유명해서 구하기 힘든 제품이었는데, 어린이 공원 근처에 있는 자판기에 그 콜라가 있었다. 밤의 공원은 위험하다는 통념 때문에 리사는 아르바이트를 끝내고 귀가하는 길에는 절대 그쪽으로 지나가지 않을 뿐더러, 되도록 가까이 가지 않으려고 조심하고 있었다. 하지만 그날은 그 희귀한 콜라가 꼭 마시고 싶었다.

어린이 공원 입구를 머릿속에 그리면서 신중하게 주변을 두리번거리며 살핀 리사는, 조금 떨어진 거리에 서서 자판기 좌우로 누가 없는지 확인했다. 돈을 넣을 때나 버튼을 누를 때도 뒤를 조심해야겠다고 다짐하며 문제의 자판기로 다가가 콜라를 뽑았다. 그때 공원 가로등 옆 벤치에 누군가가 앉아 있는 그림자가 눈에 띄었다. 불안해진 리사는 자기 존재를 들키지 않으려고 몸을 웅크렸다. 그런데 앉아 있는 사람이 어린애로 보일 만큼 키가 작아서 아무래도 마음에 걸렸다.

그 시간에 아이가 공원에 있다는 건 보통 일이 아니었다. 리사는 공원에 들어가기 싫은 마음을 저울질하던 끝에, 오늘만이라는 생각에 콜라를 꽉 쥔 채 공원 안으로 뛰어 들어가기로 했다. 만약 누군가 나쁜 사람이 지켜보고 있는 거라면, 리사가 얼마나 빨리 달릴 수 있는지를 과시하는 편이 좋을 거라는 생각이 들어서였다. 가젤이 육식동물에 대항하여 운동 능력을 과시하는 '스토팅'과 비슷한 행동으로, 고등학교 생물 시간에 배운 내용이었다. 게다가 리사는 운동신경이 좋은 편이었다.

가까이 뛰어갔더니 상대가 누군지 곧장 밝혀졌다. 공원 벤치에 혼자 앉아 있던 아이는 여동생 리쓰였다.

"이게 무슨 짓이야! 왜 밤에 이런 곳에 있는 건데!"

"언니?" 겁에 질려 벤치에서 벌떡 일어나 도망칠 준비를 하던 리쓰는, 갑자기 뛰어와 눈앞에 멈춰 선 리사를 올려다보며 눈을 휘둥그레 떴다. 리쓰가 읽던 책이 땅바닥에 떨어져 있었다. 《보물섬》이었다.

"이러면 절대 안 돼! 유괴라도 당하면 어쩌려고!"

"그러게. 응, 알았어."

"유괴당하고 싶어?"

"아냐. 잘못했어."

순순히 인정하며 리쓰는 책을 주위 들고 공원 입구 쪽으로 리사의 등을 밀며 말했다. "나가자, 언니. 여기서 나가자."

"왜 저런 곳에 있었니?"

흥분한 나머지 어깨를 씩씩대며 내려다봤더니 리쓰가 다시 사과하며 말했다.

"집에 있을 수가 없었어. 새아빠한테 쫓겨났거든."

"왜?"

전혀 자초지종을 모르는 스스로를 한심하게 생각하면서 리사는 물었다. "왜냐니까?" 자신은 이 아이의 언니였다.

"새아빠가 시킨 문제를 못 풀었거든. 5학년짜리 문제."

리쓰는 슬며시 자존심을 드러내며 말했다. "내가 못 푼 건 산수 문제였어. 국어는 자신 있는데." 리쓰는 성적이 상당히 좋았다. 초등학교 2학년 1학기 통신표에는 리사가 어렸을 때보다 '매우 잘함'의 개수가 더 많았다.

리사는 리쓰를 데리고 공원을 나와 일단 어디로 갈지 고민했다. 밤 10시에 불이 켜진 야외라고는 술집 근방이나 자판기 앞 밖에 생각나지 않았다. 그러다 문득 집 근처에 있는 커다란 아파트의 자전거 보관소가 늘 밝았다는 걸 떠올린 리사는 동생과 거기에 가기로 했다.

"저녁 먹을 때면 거의 새아빠가 오거든."

"아직 결혼도 안 했는데 새아빠는 무슨."

"엄마가 그렇게 부르래." 리쓰는 목소리를 낮추고 고개를 숙이면서 자전거 보관소 근처에 있는 U자 울타리 위에 걸터앉았다. "똑똑한 애가 돼야 한다면서 5학년짜리 문제집을 사줬어. 채점하는데 너무 많이 틀렸다고 밥 먹지 말래."

"뭐? 엄마는 가만히 있었어?"

계속 손에 들고 있던 콜라 캔을 배낭에 집어넣고 리사는 리쓰 앞에 섰다.

"응. 아빠 말이니까."

그 말에 리사는 씁쓸해졌다. 이제 엄마는 아무런 생각조차 하지 않은 채 살고 싶은 건가. 겉으로는 별거 아닌 것처럼 보이지만 사실은 돋보기로 빛을 모으듯 나쁜 점만 그러모아 분출해 버리는 식의 사고방식이 아닌가.

"언제부터 그랬는데?"

"일주일에 한 번 정도였나. 내가 밥을 잘 안 먹는다면서 3월부터 쫓아내곤 했어."

"왜 나한테 말 안 한 거야?"

"언니가 집에 없으니까."

그 대답에 리사는 할 말이 없었다. 자신도 엄마의 애인을 피해 아르바이트를 하러 갔고 저녁도 그쪽에서 먹었으며, 일부러 귀가 시간을 계산해서 집에 돌아가곤 했다. 아르바이트가 없는 날도 친구와 놀다가 그 사람과 마주치지 않을 시간에 귀가했다. 밤 10시 반이면 리쓰는 잠이 들 시간이었고 리사는 아침 일찍 학교에 갔다. 일요일에는 아르바이트가 없지만, 리쓰는 도서관이나 친구 집에 가거나 리사 역시 낮잠을 자거나 놀러 나가곤 했다.

"쫓겨나는 건 진짜 싫은데, 기분이 언짢아 보이는 그 사람이랑 같은 집에 있는 것보다는 나아."

리쓰가 무표정으로 등 뒤를 지나가기만 해도 남자는 화를 낸다고 했다. "그 부루퉁한 표정은 뭐야! 무시하는 거냐?" 리쓰가 아니라고 반론하면 트집을 잡았다. "아니긴 뭐가 아냐! 그 눈빛은 또 뭐야!" 집에 있을 때 발소리를 내며 걸어도 혼난다고 했다. 리쓰가 불만을 표시하려고 현관문이나 방문을 거칠게 닫으면 뒤쫓아와 노발대발했고 "내 말이 우습냐!"라고 고함을 지르기도 한다고. 그럴 때면 리쓰는 미닫이 문고리에 빗자루를 끼워둔 채 방구석에서 작게 웅크리고 있었다. 그렇게 혼난 날에는 책을 봐도 글자가 머리에 들어오지 않는다고 했다.

동생의 이야기를 들으면서 리사는 등골이 서늘해지는 느낌이었다. 엄마도 전남편에게 구박당한 경험이 있으면서 그 꼴을 그냥 내버려뒀다는 말인가.

"리쓰, 맞은 적도 있니?" 리사가 머뭇거리며 묻자, 리쓰는 고개를 갸우뚱하더니 "머리를 때린 적은 있어"라고 말하며 주먹을 쑥 내밀었다. 의외로 차분했다. 리사도 비슷한 경험을 한 적이 있었다. 어른이 이성을 잃으면 균형을 맞추듯 아이는 차분해진다. 그런 식으로 아이는 자기 나름대로 어떻게든 해결책을 찾는 것이다. 어떻게든.

"내 표정이 마음에 안 든다는데 어떻게 할 방법이 없잖아."

"그렇지." 리사는 고개를 끄덕였다. 입을 다문 채 앞으로 어떻게 해야 할지 생각에 잠겼다. 아르바이트를 일찌감치 끝내고 그 남자가 리쓰와 집에 같이 있을 때 감시하는 게 좋을까. 아니면 엄마에게 터놓고 이야기를 해볼까. 그러다 리사는 자기가 대학에 가지 않는다는, 아니 갈 수 없다는 사실이 떠올랐다.

"언니, 왜 말이 없어?"

"미안."

"딱히 언니 잘못은 아닌데."

"아니야, 미안해."

리사는 리쓰의 어깨를 토닥이며 말했다. "집에 갈까? 지금 그 사람은 아마 집에 없을 거야. 여전히 버티고 있으면 다시 나오자." 리쓰는 고개를 저었다. "조금만 더 여기 있을래." 리사는 배낭에서 콜라를 꺼내 내밀었다. "그러면 이거 마셔." 리쓰가 캔 뚜껑에 달린 따개용 손잡이 링을 잡아당기다가 여러 번 실패하자, 리사가 대신 링을 수직으로 세웠다. 그러자 콜라가 흘러넘치려 했다. 공원에서 동생을 발견했을 때 캔을 들고 뛰며 흔든 탓이었다.

"어? 어?" 넘치기 직전의 콜라 캔을 든 리사가 두리번거리는데, 리쓰가 다시 캔을 가져가더니 자전거 보관소 근처 화단에 내용물을 조금 쏟아냈다.

대학에 갈 수 없게 되어 머릿속이 복잡하면서도 당장 여동생이 걱정되었던 리사는, 일요일인 다음 날 리쓰를 데리고 영화를 보러 갔다. 별안간 영화를 보러 가자는 언니의 제안에 리쓰는 놀란 표정으로 말했다. "좋아. 그런데 도서관에 들르고 싶어." 자매는 막 문을 연 도서관에 가서 빌린 책의 기한을 연장했다.

둘은 리사가 아르바이트하러 가는 공업단지와 정반대 방향의 버스를 타고 종점에서 내렸다. 『글로리아』와 『블루스 브라더스』 중 고민하다가, 리쓰가 고른 11시 회차의 『블루스 브라더스』를 봤다.

그 뒤 창고 동료가 추천한 저렴한 식당에 가서 폐점 시간인 오후 3시까지 버티다가, 리사가 자주 가는 커다란 수예점에 들러 1층부터 3층까지 구경했다. 그러고 보니 단둘이 외출한 건 거의 처음이었는데, 딱히 리쓰는 칭얼거리거나 버릇없이 굴지도 않았다. 리사가 옷감이나 소품, 도구 따위를 구경할 때는 한동안 따라다니다가, 지겨워지면 리쓰는 계단 쪽에 가 있겠다고 말한 뒤 철퍼덕 앉아 책을 읽었다. 영화를 보는 내내 리쓰가 자꾸 화장실에 가고 싶다고 해서 일일이 따라다녀야 하는 게 번거롭기는 했지만, 영화의 클라이맥스는 놓치지 않았고 리사는 동생과 함께 다니는 게 딱히 성가시지 않았다.
　해 질 무렵에는 패스트푸드점에 가서 저녁을 먹었다. 할 말이 무척 많을 줄 알았는데 바로 어제 요점을 전부 들어버린 느낌이었다. 뭘 이야기해야 좋을지 망설이는데 리쓰가 손가방을 건네며 말했다. "빌린 책 볼래?" 어느 일요일 손이 근질근질했던 리사는 옆에 있던 리쓰에게 갖고 싶은 게 있냐고 물어본 적이 있었는데, 그때 하루만에 만들어 선물했던 그 가방이었다. 수예점에서 특가로 팔던 연보랏빛 무명천을 사다가 좌우에 세 줄씩 잔주름을 지어 만들었다. 당시 리쓰는 그 잔주름을 손으로 만지작거리며 말했다.
　"선만 넣었는데도 귀여워졌잖아. 재능 있네."
　리쓰는 도서관에서 초등학생 대상의 《헤이케 이야기》와 《셜록 홈스》 그리고 인쇄공장의 시스템에 관한 책과 한 해 동안 무논을 설명한 책을 빌렸다.
　"《셜록 홈스》는 나도 읽었어. 얼룩 끈의 비밀 편이잖아."
　전부 히라가나로 적혀 있어서 오히려 읽기 버겁다고 리사가 말하자, 리쓰는 기쁜 듯 웃으며 대꾸했다. "맞아, 맞아." 그저 가족이라는 이유로 여동생이 사랑스럽기도 했지만, 리쓰에게는 지극히 평범한 초등학교 2학년다운 귀여움과 천진난만함도 있었다. 이런 어린이가 집을 드나드는 남자의 억압에 노출되어 있다는 게 역시 부당한 일이라고 리사는 생각했다.
　집에 돌아온 리사는 리쓰가 잠든 뒤 씻고 나와 잠잘 준비를 하는 엄마에게 말을 꺼냈다. "엄마, 마스무라 씨 말인데." 엄마는 고개를 갸웃하며 대꾸했다. "이번엔 무슨 이야기를 하려고?" 아마 전날 리사가 꺼낸 대학 입학금 이야기도 포함해서 묻는 '이번'일 것이다.

"리쓰를 혼내거나 때리기도 한대."

"그럴 리가 있니."

"하지만 그랬다는데."

"본 적 있어?"

어쩐지 어르는 투의 부드러운 목소리로 엄마는 물었다. 절대 자신의 적수가 될 수 없는 상대에게 이미 질렸다는 듯 적당히 받아넘기려는 목소리이기도 했다. 엄마의 애인과 얼굴을 마주치기 싫어서 리사가 일부러 아르바이트를 늘린 사실을 알면서도 그런 식으로 묻고 있었다.

"증거 있냐니까?"

"그건……."

"함부로 모함하면 못 써."

엄마는 "그렇게 의심 많은 아이로 키운 적은 없으니까"라는 말을 덧붙인 뒤 방에서 나가버렸다.

다음 날 월요일에도 리사는 평소처럼 버스를 타고 공업단지로 향했다. 그날은 피킹 작업이 대부분이어서 조금 쓸쓸했지만, 아르바이트 동기 중 가장 사이가 좋은 미쓰다와 휴식 시간이 겹쳐서 다행이었다. 반쯤 자포자기한 채 푸념 조로 입학금을 엄마가 남자한테 써버려서 대학에 갈 수 없게 되었다고 말했더니, 미쓰다는 미간을 찌푸리며 예상보다 심각한 표정으로 "너무 청천벽력 같은 일이잖아. 괜찮은 거야?"라고 물었다.

"30만 엔이라면 빌려줄 수 있었는데……."

"정말요?" 무심코 리사는 소리를 질렀다.

입학금을 납부하지 않기로 했다고 역시 엄마가 빨리 말해줬더라면 미쓰다에게 돈을 빌려 해결할 수도 있었을 텐데. 리사는 근처에 있던 자판기에 머리라도 들이받고 싶은 심정이었다.

"4월부터 어쩔 셈이야?"

"글쎄요……"

"학교에 안 가고 취직하게 되면 중도 채용이 되는 건가."

미쓰다는 상업고등학교를 졸업한 뒤 취직했다가, 스물 두 살에 이직한 회사에서 지금까지 다니고 있었다. 거기다 창고 아르바이트까지 겸하며 돈을 모으고 있었다. 첫 번째도, 두 번째도 모두 도로포장 회사라고 하길래 리사가 왜 이직했냐고 물으니, 지금 회사는 기숙사처럼 계약한 연립주택이 있어서 비교적 싸게 집을 빌릴 수 있어서라고 했다. 미쓰다는 이런 말도 했다. "난 가족이랑 사이가 안 좋기도 하고 그렇게 많이 버는 편도 아니라서 월세를 절약하고 싶었거든." 당시에는 가볍게 듣고 넘겼는데, 어쩌면 지금 자신에게 필요한 이야기일지도 모른다는 걸 리사는 문득 깨달았다.

"미쓰다 씨네 회사에 저도 들어갈 수 있을까요?"

리사의 갑작스러운 질문에 말문이 막힌 그녀는, "빈자리가 없는데…… 작은 회사라서 말이야. 미안하네"라며 고개를 숙인 채 목을 긁적였다.

"그런데 굳이 우리 회사가 아니어도…… 아는 사람이 있는 곳이 좋아?"

"일단은 기숙사에 들어가고 싶어서요."

"음, 집을 나오고 싶은 거구나."

그 말을 듣고 보니, 리사는 자기가 미쓰다의 회사가 좋다고 생각한 이유가 정말 그게 맞는 것 같아서 고개를 끄덕였다.

"살면서 가장 돈이 많이 들어가는 게 월세니까." 미쓰다는 실감하고 있다는 듯 연신 고개를 끄덕이며 말을 이었다. "어쨌든 우리 회사는 모집도 안 할뿐더러 신입 채용도 없지만, 찾아보면 네가 원하는 조건에 맞는 회사가 있을지도 몰라."

그러더니 그녀는 이렇게 말했다. "고등학교는 벌써 방학이지? 혹시 괜찮으면 내일이나 모레쯤 반차 써서 아르바이트 가기 전 점심시간 때 직업소개소에 같이 가자." 리사는 몸을 앞으로 내밀며 되물었다. "정말이요?"

직업소개소의 정체가 뭔지 전혀 짐작도 할 수 없었지만, 어쨌든 거기에 가면 뭔가 길이 열릴지도 몰랐다.

"우리 부서는 결산 업무가 좀 빨리 끝나서 괜찮아." 그렇게 말하는 미쓰다는 아직 이십 대 중반인데도 리사가 보기에 진짜 어른 같았다. "그날밖에 못 쉬긴 하지만, 채용공고 보는 방법을 가르쳐줄게."

결산이니 채용공고니 아리송했지만, 리사는 고개를 끄덕였다.

그리하여 미쓰다에게 조언을 들어가며, 리사는 며칠 동안 아르바이트 가기 전에 매일 직업소개소에 들러 부지런히 자기 조건에 맞는 채용공고를 찾았다.

기숙사가 있는 곳이거나 주거지 관련해서 보조를 해주는 곳. 되도록 재봉 관련 일이면 좋겠지만, 꼭 그게 아니어도 좋았다. 술집에서 일하기는 힘들 것 같아서 그것을 제외한 모든 업종을 폭

넓게 고려할 생각이었다. 위치는 집 근처가 아니어도 상관없었다. 그렇다고 너무 멀리 떨어진 곳은 아무래도 불안하니 이동 범위를 옆 동네나 근처 도시까지로 정했다.

그러다 리사는 '새를 돌보는 일 약간'이라는 조건이 달린 소바 가게 채용공고를 발견했다. 무척 열정이 넘치는 리사에게 상담직원은 머뭇거리는 투로 "생각하는 일과는 어쩌면 거리가 멀지도 모르지만, 사실 원하는 조건에 딱 맞는 일이 하나 있는데요"라며 말을 꺼냈다.

"가게 주인아주머니랑 전화로 통화해 보니 좋은 사람인 것 같더라고요. 오래 일했던 직원이 결혼 때문에 다른 지역으로 가게 돼서 일을 그만두는 데다, 반년 전에는 할아버지까지 돌아가셨다나 봐요."

"할아버지가 가게에서 일하신 건가요?"

"아뇨, 그거랑 채용공고가 어떻게 연관되어 있는지는 잘 모르겠네요. 어쩌면 그 새 이야기랑 관계가 있을지도 모르죠."

직업소개소에 채용공고를 처음 내는 가게인 것 같지만, 조건에 관해서는 제대로 확인했으니 틀림없을 거라고 했다. 교통비가 드는데 면접에 가보겠냐고 물어서 고개를 끄덕였더니, 직원은 리사에게 궁금한 점이 있는지 물어본 뒤 바로 전화 연결을 해주었다. 스피커를 통해 들리는 음성은 그야말로 음식점에서 일하고 있을 것 같은 시원시원한 여자 목소리였다.

"모집하는 직원 수는 몇 명이고 채용 주기는 대략 몇 년 정도인가요?"

직원이 묻자, "한 명만 구하고 대체로 10년 주기로 바뀌어요."

라는 목소리가 들려왔다. "전에 일하던 분은 집에서 다녔나요?" 라고 물으니 그렇다는 대답이 돌아왔다.
 "이 조건에서 추가 업무는 없는 거죠?" 하고 물으니 "소바 가게에 한해서는 그렇죠. 새야 할아버지가 돌보셨으니 상관없었지만요"라고 대답했다. 상대는 뭔가 짐작한 듯 곧장 말을 이었다.
 ― 그리고 할아버지가 쓰시던 집이 있어요.
 여자는 덧붙였다.
 ― 어쨌든 와서 보세요. 좋은 곳이랍니다.
 직원은 알겠다고 말하며 눈짓을 보내왔고 리사는 고개를 끄덕였다.
 그리하여 리사는 아르바이트가 없는 일요일에 특급 열차를 타고 면접을 보러 갔다. 아침에 외출 준비를 하는데 리쓰가 "있잖아, 따라가도 돼?" 하고 물었다. 왜 그러냐고 했더니 리쓰는 고개를 숙이며 말했다.
 "그 사람, 오늘 점심 전부터 우리 집에 온대."
 리쓰는 도서관도 임시 폐관이라고 덧붙였다.
 "그렇구나." 리사는 고개를 끄덕였다. 확실히 리쓰의 기차 요금은 쓸데없는 지출이었지만, 대략 하루치 아르바이트비라고 생각하고 면접에 데려가기로 했다.
 생각보다 깊은 산속에 자리한 동네였지만, 풍요로운 자연에 둘러싸여 있다는 점에서는 무척 좋은 곳이었다. 기차에서 내렸더니 주변에 없는데도 어디선가 강물 흐르는 소리가 들려왔고, 이후로도 그 소리는 쭉 리사의 기억에 남았다.
 역에서 나와 산과 밭을 배경으로 농업기계와 버스 회사, 관공

서 같은 커다란 건물, 종묘 판매소 따위가 듬성듬성 있는 도로변을 10분 이상 걸으니 모집 공고를 냈던 소바 가게가 있었다. 가게는 살짝 경사가 가파른 입구에 세워져 있었고 그 옆으로는 작지만 유속이 빠른 강이 흐르고 있었다. 언덕 조금 위쪽에서 달그락거리며 무언가 돌아가는 소리와 규칙적으로 물이 튀는 커다란 소리가 크게 들려왔다.

소바 가게의 휴식 시간을 이용한 면접은 서로 어색해하면서도 별 탈 없이 마무리되었다. 가게 안주인은 기차 요금을 쓰게 해서 미안하다고 몇 번이나 사과하며 자매에게 기쓰네소바+와 주먹밥

+ 유부를 곁들인 메밀국수

제1화 1981년

을 대접했다. 소바는 맛있었다. 리사가 이제껏 먹은 소바 중에서 가장 맛있다고 말할 수 있을 정도였다.

그날 '새'는 정기검진을 받으러 휴일에도 운영하는 병원에 가는 바람에 결국 만나지 못했다. 가게 안주인은 그 부분에 관해 염려하면서 면목 없다는 듯 말했다.

"새를 상대하는 일은 할아버지, 그러니까 아버지의 유언이었어요. 하지만 난 새 알레르기가 있고 남편은 주방 일 때문에 자리를 비울 수 없는 데다 귀가 좀 나빠서요."

새를 병원에 데려가 준 사람은 이웃인데 자매가 살고 있는 도시의 동물병원까지 차를 태워주었다고 한다. "엇갈리고 말았네요. 그분이 내일부터 먼 곳으로 운전하는 게 힘들 것 같다고 오늘이 아니면 안 된다고 해서요. 미안하게 됐어요." 가게 안주인은 사과하면서 새가 없는 사정을 털어놓았다.

어쨌든 이 채용에서 새는 상당히 중요한 비중을 차지하는 것 같았다. 새 이야기가 여러 차례 나오자 리쓰는 말했다.

"저는 초등학교 사육동아리에서 새장을 담당했어요."

가게 안주인은 "어머나, 그것참 든든하구나" 하고 초등학생이 말한 정보에도 눈을 반짝였다.

"괜찮다면 꼭 와주세요."

가게를 나서는 자매에게 안주인은 가볍게 머리를 숙였다. "정말 여기에서 일할지는 아직 잘 모르겠어요"라고 대꾸하며 리사도 어쨌든 고개를 숙였다. 서로 가볍게 인사를 나누며 잠시 침묵이 감도는 사이, 강물 흐르는 소리가 좀 더 크게 들려왔다.

저물기 시작한 석양 아래를 나란히 걸으며 역으로 돌아가는 길에서, 리쓰는 소바 가게가 있는 쪽을 돌아보며 말했다.

"저 아줌마, 새 이야기만 했어."

리사가 "그랬나?" 하고 되묻자 리쓰는 고개를 끄덕였다. "그렇다니까."

"내가 여기에 뭘 하러 왔는지 알아?"

"일을 구하러 온 거잖아. 기차에서도 몇 번이나 말했으면서."

"어떤 상황인지도 알고?"

그렇게 되물으면서 리사는 이 상황이 진짜 어떤 의미인지 자신조차 잘 모른다는 사실을 깨달았다. 이 상태로 취직해도 될지 아리송했지만 앞으로 나아가야 한다는 것만은 알 수 있었다.

"음, 질문의 범위가 넓긴 한데. 잠깐 생각 좀 해볼게."

리쓰는 그야말로 굉장히 심각한 표정으로 리사를 잠시 올려다보다가 다시 앞으로 시선을 돌렸다. 두 사람은 말없이 역까지 걸었다. 강물 소리가 끊임없이 들려와서 사실 아무런 생각도 할 수 없었다.

열차 예정 시각보다 더 일찍 도착한 자매는 역사에서 열차를 기다리기로 했다. 기다란 벤치가 다섯 줄 정도 늘어서 있고 정면에는 텔레비전이 있는 커다란 대합실에 흥분한 리쓰는, "아까 왔을 때부터 여기 앉아보고 싶었는데" 하며 재빨리 자리를 잡더니 손가방에서 책을 꺼냈다.

대합실 구석에서 자판기를 발견한 리사는 음료라도 사줄까 고민하다가, 딱히 마시고 싶지도 않았고 리쓰는 독서 삼매경이어서 그만뒀다.

어쩐지 앞으로 자매는 가령 주스를 마실 기회가 있을 때마다 일일이 물어볼 필요가 없는 관계가 될 것 같았다. 앞으로 리사가 리쓰를 아이 취급하지 않고 응석도 잘 받아주지 않는, 즉 서로 불필요한 행동은 하지 않는 사이가 될 거라는 뜻이기도 했다.

자매 말고는 아무도 없는 대합실에서 리쓰와 조금 떨어진 옆자리에 앉은 리사는, 문득 자기 동네에는 이렇게나 벤치가 많고 넓은 역은 없다는 사실을 깨달았다. 하지만 이 역을 통과하는 기차는 그리 많지 않아서 그만큼 기다리는 시간도 길 거라는 생각이 들었다.

"리쓰, 나랑 같이 올래?"

"응? 지금 왔는데."

리쓰는 이상하다는 듯 옆에서 리사를 올려다봤다. 리사도 그런 여동생을 바라봤다.

"집을 나올 거야. 따라올래?"

역시나 리쓰는 놀란 듯 눈을 크게 뜨더니 조금 커다란 목소리로 물었다.

"이사하는 거야? 혹시 여기로?"

"응."

"언니가? 엄마는 안 오는 거지?"

"응. 우리만 오는 거야."

"그러면 언니가 내 엄마 같은 사람이 되는 거야?"

"음…… 역할로 치면 그럴지도 모르지. 일종의 보호자 같은 거랄까."

리쓰는 책 위에 두 손을 올린 채 뭔가 생각하는 듯 목조 천장을 올려다봤다.

"언니랑 난 열 살 차이잖아."
"그렇지."
"간당간당하지만, 뭐 괜찮겠지."
리쓰는 시원스레 말한 뒤 다시 책으로 시선을 떨어뜨렸다.
"아홉 살 차이였다면 거절했을 거야."
"나이 차가 두 자리 이상 나는 게 중요해?"
"그야 당연하지."
뭐가 당연하다는 건지 리사도 왠지 알 것 같았지만, 확실히 직접 말로 들으니 조금 당혹스럽기도 했다. 역사 대합실에서도 강물 소리가 들려왔다.
그리하여 자매는 함께 독립하게 되었다.
다음 날, 소바 가게 안주인에게서 채용 전화가 걸려 왔고 리사는 그러기로 했다. 아르바이트 동료 미쓰다에게도 그 사실을 알렸더니 고개를 끄덕이며 말했다.

"관공서에 같이 가줄 수 있을지는 잘 모르겠지만, 거주자 등록 방법 같은 건 알려줄 수 있어. 힘내."

그녀는 양손을 꼭 잡아주며 마치 자기가 뭔가를 시작하는 것처럼 긴장한 표정으로 리사를 바라봤다.

*

"일요일에도 영업은 하는데 관광객은 뭐, 드문드문 오는 편이지. 근처에 있는 역이 숙박촌이었는데 이 근방에 여전히 옛날 건물이 남아 있어서 여행객도 그럭저럭 있어. 휴일에는 등산객도 많을 거야. 그런데 우리 가게는 오히려 평일 점심이 눈코 뜰 새 없이 바빠. 관청도 가까이에 있고 언덕을 올라가면 수력발전소도 있으니까." 가게 안주인은 자매 앞에 가키아게소바+를 내려놓으며 말했다. 가게 옆을 흐르는 강이 수력발전소의 지류라고 했다.

"우리 성씨는 '이시다'야. 남편 이름은 '지키다'의 한자를 써서 마모루, 난 '낭인'의 '낭' 자를 써서 나미코라고 해."

가게 안주인이 통성명했다. 자기 이름의 한자를 설명하면서 '낭인'을 언급하는 게 재미있어서 리사가 슬며시 웃었더니 나미코도 덩달아 웃었다. 자매가 가게에 도착했을 때 "여보! 새로운

+ 채소튀김을 올린 메밀국수

사람이 왔어요!" 하고 주방을 향해 외치던 나미코의 맑고 커다란 목소리는, 리사의 귓가에 언제까지고 남아 있었다. 가게 주인인 마모루는 주방 카운터에서 불쑥 고개를 내밀더니 수줍게 인사하고 다시 안으로 들어가 버렸다. "지금 조리하는 중이니까 곧 다시 나올 거야." 나미코는 말을 이었다.

"관청 안에도 식당은 있는데 맛이 별로인가 봐. 혼자 점심을 먹고 싶어 하는 분들이 와주시기도 한단다."

"그렇군요."

"너무 붐비다 보니 관청 직원이랑 발전소 직원이 합석할 때도 자주 있는데, 그래도 직장 동료랑 먹는 것보다 편하다는 사람도 있어. 오후에는 8시까지 영업하는데 저녁때인 6시에도 바쁘단다. 오전 업무를 마치고 점심시간이 끝나면 뒤늦게 찾아오는 분들도 있는데, 그 손님들까지 다 빠지고 나면 얼추 2시쯤 될 거야. 그때부터는 저녁 무렵까지 꽤 한가하지."

나미코는 말을 이었다.

"그 중간 시간에 새를 상대해 줬으면 좋겠구나."

"오늘은 새가 있나요?"

"응. 소바를 다 먹으면 만나러 가자."

"만나러 가는 거예요?"

리쓰가 의아해하며 묻자, 나미코는 순순히 고개를 끄덕였다.

"응. 만나러 가는 거야."

그러고 보니 바깥쪽에서 새 울음소리가 들려오는 것 같았다.

"소바 맛있지?"

"네."

반응이 좋지 않으면 어떻게 받아들여야 할지 모르겠다는 듯 나미코가 무척 진지한 표정으로 물어서, 리사도 진심이 드러나도록 노력하며 고개를 끄덕였다. 그러자 나미코는 안심했는지 작게 한숨을 내쉬었다.

"우리는 메밀가루를 직접 맷돌로 갈아서 쓴단다. 오두막을 관리하고 새도 돌봐야 하지만, 이것만큼은 반드시 지키겠다고 할아버지가 돌아가신 뒤 남편과 약속했지."

할아버지란 나미코의 아버지로, 이 소바 가게를 시작한 분인 듯했다. 생전 몇 년 동안에는 사위인 마모루에게 가게를 맡기고 할아버지는 주로 메밀가루 관리를 도맡았다고 한다.

"할아버지는 그 일을 새가 돕게 하셨어."

"새한테……."

"곤란했다니까. 꼭 자식처럼 귀여워하셨거든. 사실 아이 같은 존재긴 하지."

나미코는 양손으로 턱을 괴고 깊이 한숨을 내쉬었다.

"우리 맷돌 굉장히 좋은 건데, 근처에 사는 장인의 가업이 기울어서 말이야. 맷돌을 더욱 아껴야 하는 상황이지. 그래서 몇 년 전에 할아버지는 새가 맷돌을 지키는 방법을 고안해 내셨지. 그런데 난 새 알레르기가 있는 데다 남편은 귀가 좀 멀었어. 애초에 새가 부른다 한들 가게에서 손을 뗄 수 없는 상황이야."

나미코는 말을 덧붙였다. "최근에 나온 가스 누출 경보기처럼 '맷돌이 공회전하고 있습니다!'라고 말해주는 장치라도 있다면 좋겠지만." 리사는 메밀가루와 맷돌 관리를 새가 돕게 했다는 할아버지 부분부터 이미 이야기의 흐름을 놓친 상태였다. 그래도 지금 먹고 있는 소바가 맛있다는 사실은 분명했으므로, 나미코가 말하는 작업 단계가 상당히 중요하다는 것만큼은 어쩐지 납득할 수 있었다.

리쓰도 리사 앞에 앉아 얌전히 소바를 먹고 있었다. 면접을 마치고 돌아온 이후에 리쓰는 소바가 맛있었다는 이야기를 당일에만 다섯 번은 했다. 리사는 동생의 머리 가마를 흘끗 내려다보며 생각했다. 만약 이 아이와 삐걱거리는 일이 있더라도 이곳 소바를 먹으면 마음이 풀릴 것 같았다.

자매가 소바를 다 먹었을 때 주방에서 마모루가 나오더니 나미코에게 카세트테이프를 건넸다.

"이거, 새로 녹음한 거야. 아침에 건네준다는 걸 깜빡했군."

마모루도 목소리가 쩌렁쩌렁했다. "알았어." 나미코는 명확한 말투로 대답하며 고개를 끄덕였다.

"좋아하는 걸로 넣었어?"

"맨 처음이랑 마지막에 넣었지!"

그러더니 마모루는 자매를 향해 "여기는 좋은 동네란다!"라고 힘차게 말한 뒤 고개를 끄덕이고는 주방으로 돌아갔다. 나미코는 혼자 고개를 끄덕이며 중얼거렸다. "카세트테이프도 교체해 줘야겠네."

소바를 말끔히 비우고 물을 마시며 한숨 돌리는 자매에게 나미코는 "이제 새가 있는 곳으로 가볼까?"라고 말하면서, 높은 곳의 먼지를 떨어낼 때나 두를 법한 스카프를 입가에 둘둘 말더니 앞장서서 가게를 나섰다.

"저희도 뭐가 둘러야 할까요?"

"새 알레르기가 없다면 굳이 안 그래도 돼!"

나미코는 뒤돌아 그렇게 말한 뒤, 소바 가게가 자리한 비탈길을 몇 걸음 올라가야 있는 단층 오두막을 가리켰다. "이쪽이란다." 거기에는 그 높이의 절반 이상은 될 법한 커다란 물레방아가 강 위에 자리잡고 있었다. 강은 소바 가게보다 경사가 가팔랐는데, 물레방아는 급류처럼 흐르는 강물을 내저으며 돌고 있었고 그 소리 또한 부단했다.

물레방아와 강물 소리와 함께 라디오 비슷한 소리도 뒤섞여 들려왔다. 초등학교 음악 시간에 듣곤 했던 헝가리 춤곡의 끝부분이 흘러나오다가 라디오 디제이의 코멘트가 잠깐 나오는 것 같았는데, 강물과 물레방아 소리에 휩쓸려 잘 들리지 않았다. 그러다가 다시 새로운 노래가 시작되려고 할 때 나미코는 물레방아가 달린 오두막의 문을 열었다.

"나 이 노래 알아!"

"응. 나도 알아."

프로콜 하럼의 「푸른 그림자」라는 노래였다. 고등학교 시절에 리사도 친구가 카세트테이프를 줘서 꽤 자주 듣곤 했다.

"얘는 말이지, 지역 라디오국을 좋아한단다. 소박하기도 하지!"

나미코는 오두막 안에 있는 누군가를 향해 말을 걸었다.

"누가 있나요?"

나미코의 어깨 너머로 비치는 오두막 안에는 아무도 없어 보였다. 그러나 홰 위에 똑바로 서 있는 잿빛 새는 있었다.

"네네란다."

나미코는 그렇게 말하자마자 재채기를 하기 시작했다. 「푸른 그림자」의 첫 소절이 흐르자, 앵무새인지 잉꼬인지 모를 그 새는 놀랄 만큼 흡사한 목소리로 노래를 시작했다.

"노래하네……."

"응."

리쓰의 말에 리사는 고개를 끄덕였다. 꽁지가 붉은 잿빛인 새는 리듬을 타듯 이따금 머리를 좌우로 획획 흔들면서 영어 가사의 노래를 똑같이 열창하고 있었다.

"영어를 알아요?"

"모를걸." 리쓰의 질문에 나미코는 그렇게 대답한 뒤 다시 바깥을 향해 몸을 구부리며 여러 차례 재채기했다. "들었던 말 중에

마음에 드는 게 있으면 그대로 흉내 내고 노래한단다. 연습이 필요한 것 같긴 하지만."

나미코는 말을 이었다. "그래서 이따금 혼자서 중얼중얼해."

"노래가 끝날 때까지 기다리나요?"

"1절이 끝나면 상대해 주렴. 그러면 만족할 테니까. 그 사이에 내가 라디오 음량을 줄여서 대화하기 쉽게 해줄게."

물레방아가 달린 단층 오두막에는 방이 두 개 있었다. 자매가 안내받은 방은 서너 평 정도의 크기로 새가 지내고 있었다. 유리창이 달린 얼미닫이 문 건너편에는 방이 하나 더 있었는데, 미닫이문 한쪽은 리쓰 어깨 정도 높이의 선반에 막혀 있었다. 옆 방으로는 물레방아의 실내 장치가 보였다.

「푸른 그림자」를 열창하는 새도 상당히 드물었지만, 집 안에 있는 물건으로 치면 장롱이나 식기 선반보다 훨씬 큰, 그러면서 자유롭게 움직이는 듯한 물레방아 장치를 보며 리사의 눈이 휘둥그레졌다. 몇 걸음 걸어가 옆방을 들여다보니 나미코가 내내 신경 쓰던 맷돌도 확실히 있었다. 목제로 된 커다란 장치가 어떤 원리에 따라 연동하여 움직이면서 결과적으로 묵직해 보이는 맷돌을 돌리는 광경은, 그야말로 신비로웠다.

리사는 미닫이문에 달린 창 너머로 보이는 물레방아 내부 장치와 새를 비교하다가, 어쩐지 새가 좌우로 움직이며 그저 리듬만 타고 있는 게 아니라는 사실을 깨달았다. 새는 오른쪽으로 몸을 움직일 때 반드시 고개를 꺾어 날카로운 눈초리로 창 너머를 보고 있었다. 새의 시선이 닿는 곳에는 맷돌이 있었는데, 그 위에 설치된 커다란 목제 깔때기에 메밀을 부어 맷돌 안으로 조금씩 흘려보내는 듯했다.

얼미닫이 문 한쪽을 막고 있는 커다란 선반은 폭이 두 평 정도였는데 그 위에 큼직한 새장이 문이 열린 채 놓여 있었다. 새장 안과 선반 위에는 긁힌 것처럼 거스러미가 인 솔방울이 잔뜩 굴러다니고 있었다. 그 밖에 나무토막처럼 흩어진 골판지와 접착테이프 심지의 잔해로 보이는 고리 모양 판지, 어린애가 가지고 놀 법한 가벼운 블록이 놓여 있었다. 홰는 커다란 선반 근처에 설치되어 있었는데, 새가 선반에서 점프하면 가볍게 뛰어 올라타는 게 가능할 것 같은 높이였다.

리사는 선반 맞은편에 단차 비슷한 게 보여서 그 자리에서 까치발을 한 채 들여다봤다. 역시나 새가 폴짝폴짝 뛰면서 지상으로 내려올 수 있도록 계단 같은 것이 마련되어 있었다. 까치발을 하는 리사의 흉내라도 내는 듯 새는 노래하면서 날개를 펼쳐 보이기도 했다.

새가 「푸른 그림자」의 1절을 다 부르자 나미코가 솔선해서 손뼉을 쳤고, 자매도 덩달아 따라 했다. 새는 의기양양하게 홰 위에 꼿꼿이 서서 자매를 빤히 바라보고 있었다. 나미코는 그 틈에 구석에 놓여 있던 카세트 라디오로 가서 볼륨을 낮췄다.

"누구야?"

새가 말했다. 단순히 흉내만 내는 줄 알았던 리사가 깜짝 놀라 상황 파악을 하려고 애쓰는 동안, 리쓰는 그야말로 기쁜 듯한 목소리로 대답했다. "야마시타 리쓰예요!"

"뭐라고?"

"리쓰. 릿짱이라고!"

"릿짱!"

일단 고개를 갸우뚱하면서도 자신 있는 발음이었는지 새는 곧장 "릿짱"이라고 말할 수 있게 되더니 "릿짱, 릿짱!" 하며 여러 번 불렀다. 새가 "릿짱"이라고 말하자 리쓰도 "맞아, 릿짱이야!"라며 거듭 확인해 주었다. 물레방아가 있는 자그마한 오두막은 새와 리쓰가 외치는 '릿짱'이라는 목소리와 프로콜 하럼의 「푸른 그림자」 노랫소리 때문에 안쪽부터 금이 갈 것만 같았다.

리사는 놀라서 어안이 벙벙한 상태였고 나미코의 재채기는 점점 심해졌다. 새는 이제 그 재채기를 놀라울 만큼 능숙하게 연달아 따라 했고, 나미코는 "아이고" 하더니 뜻대로 되는 일이 아무것도 없다는 듯 탄식을 내뱉었다.

「푸른 그림자」의 2절이 끝나자, 새는 미닫이 창문으로 고개를 휙 내밀어 들여다보더니 "텅 비었다!"라고 외쳤다. "어머나, 벌써 시간이 그렇게나 됐나?" 나미코는 주머니에서 손목시계를 꺼내 확인했다.

"날 따라오렴."

나미코는 오두막 밖으로 나가더니 자매에게 따라오라고 재촉했다. 물레방아의 내부 장치가 설치된 쪽의 방문을 열길래 그 안에 들어가나 싶었는데, 그녀는 물레방아가 있는 오두막과 마주 보듯 세워진 자그마한 헛간의 미닫이문을 열었다. 그러더니 헛간 안쪽에 걸린 소매 달린 하얀 앞치마를 리사에게 건네며 말했다.

"네네가 있는 방에 들르고 난 뒤에는 꼭 그걸 입으렴. 새한테는 하얀 가루가 나오거든."

리사는 나미코가 시키는 대로 소매 달린 앞치마를 착용했다.

"그리고 어깨 같은 데 태우면 가끔 천연덕스럽게 똥을 쌀 때가 있거든. 그러니까 더러워져도 상관없는 옷을 입으렴."

"똥이요······."

"미안하구나."

나미코는 자기 일처럼 사과하며 면목 없다는 듯한 표정으로 이번에는 삼각 두건을 건넸다. 리사가 두건으로 머리를 감싸 묶자, 이번에는 얄팍한 스카프를 건넸다. "얼굴 아래쪽 절반을 이걸로 감으렴." 리사가 시키는 대로 하자, 나미코는 헛간 안에 있던 자루에서 두건과 소매 달린 앞치마를 꺼내더니 리사와 똑같은 복장을 했다. 그러고는 헛간 문짝 안쪽에 걸려 있던 투박한 가위를 앞주머니에 넣은 뒤 헛간 옆에 있는 펌프를 눌러 손을 씻었다. 리사도 따라 했다. 나미코는 젖은 손을 앞치마에 닦았다.

"릿짱도 밖에서 잘 봐두렴."

리쓰를 돌아보며 그렇게 말하다가 나미코는 반대쪽으로 얼굴을 돌리더니 요란하게 재채기했다. 이에 호응하는 것처럼 건물 안에서 새가 재채기 흉내를 내는 소리가 들렸다.

"하아, 열받는다니까." 나미코는 물레방아 내부 장치가 있는 방에 들어가서 구석에 쌓아둔 커다랗고 튼튼해 보이는 갈색 종이 포대를 양손에 안듯이 들며 리사에게 지시했다.

"여기 한쪽을 좀 들어줄래?"

나미코와 리사는 포대의 끝과 끝을 들어서 맷돌이 놓인 튼튼한 선반 위의 빈자리로 옮겼다. 맷돌은 회전하는 물레방아 굴대와 함께 스스로 돌고 있었다.

"이제 이 가위로 윗부분을 자르는 거야."

나미코는 가위로 갈색 포대의 끝을 자른 뒤 기합을 넣으며 밑부분을 들어 올려 맷돌 위에 부착된, 거꾸로 된 사각뿔 형태의 나무 깔때기 안에 내용물을 들이부었다.

"메밀인가요?"

"응. 우리는 껍질을 제거한 알맹이를 사용한단다."

나미코는 리사에게 포대를 건네며 말했다. "해보렴." 포대에는 중량이 적혀 있지 않았지만, 묵직하니 무거웠다.

리사가 깔때기의 맨 위까지 어떻게든 메밀을 전부 들이부었더니 옆 방에서 새의 목소리가 들려왔다. "가득 찼다!" 네네라고 부르는 새가 미닫이창 너머로 이쪽을 뚫어져라 보고 있었다.

나미코는 한숨을 내쉬며 새를 향해 손을 들어 보였다. "다음은 이거야." 그녀는 가루가 모인 나무상자를 맷돌 선반 아래에서 꺼내 옆에 둔 다음, 구석에서 또 하나의 빈 나무상자를 들고 와 교체했다. 나무상자의 윗부분에는 물레방아의 내부 장치가 움직일 때마다 자동으로 진동하는 체가 달려 있었다. 맷돌로 간 메밀이 일단 그 체에서 걸리고 나면 바로 아래에 있는 나무상자로 떨어지는 구조였다.

"맷돌에 갈린 메밀이 이 상자에 쌓이거든. 네네의 지시에 따라 깔때기에 메밀을 보충한 뒤에, 가루가 쌓인 기존의 상자를 빈 상자와 교체하면 돼. 그쪽도 가루가 꽉 차면 처음에 갈았던 가루를 한 번 더 맷돌에 가는 거야."

"굉장해!" 건물 문짝에 거의 달라붙듯이 서서, 물레방아 내부 장치와 맷돌을 비교하며 지켜보던 리쓰가 말했다. "물레방아가 돌면 안에 있는 막대도 돌아가고 그렇게 맷돌을 움직이게 하는 거네!"

리쓰는 물었다. "물레방아는 세로로 움직이는데 왜 맷돌은 옆으로 돌아요?"

나미코는 "톱니바퀴라서 그래"라고 대답하면서 오두막 밖으로 나갔다.

"세로와 가로를 맞물리게 하면 수평으로 움직이게 할 수 있단다. 강물이 흐르는 힘을 물레방아에 전달해서 맷돌을 돌리는 거지."

오두막 안에 남은 리사는 커다란 소리를 내며 움직이는 장치를 가만히 바라봤다. '동력실'이라는 단어를 들은 적이 있는데 그야말로 이곳은 그 말을 재현해 내는 장소로 보였다.

"몇 시쯤 메밀을 보충하러 오면 되는지 알고는 있다만."

오두막 밖에서 나미코는 물레방아와 라디오 소리에 지지 않을 만큼 커다란 목소리로 리사에게 말을 건넸다.

"늘 네네가 눈으로 보는 쪽이 빠르단다. 공회전은 맷돌에 좋지 않거든. 그러니 네네가 그 당번을 서고 있다고나 할까."

나미코는 아득한 눈빛으로 오두막 안에 있는 새를 바라보듯, 물레방아의 옆 방으로 힐끗 시선을 던졌다.

"새가 맷돌을 지키는 거구나!"

리쓰의 말에 나미코는 고개를 끄덕였다. "뭐, 그런 셈이지."

리사는 멀거니 선 채 회전하는 맷돌을 응시했다. 물레방아 소리와 라디오 소리(이번에는 조니 미첼의 노래가 흘러나오고 있었다), 「푸른 그림자」만큼 잘 부르지는 못해도 리듬을 맞추려고 애쓰듯 중얼거리는 새의 목소리, 나미코와 리쓰가 대화하는 목소리에 에워싸인 채 리사는 자기가 어쩐지 영문 모를 장소에 와버렸다는 생각이 들었다.

정말 여기에서 일하게 되는 걸까. 이 동네에서 살게 될까. 가능할지 불가능할지를 생각하기 이전에 무척이나 낯선 에너지의 형태가 건물 안에 존재하고 있으며, 상상조차 한 적 없는 이상한 새가 이곳을 지키고 있다.

그래도 할 수밖에 없다. 문구 창고만 해도 아르바이트에 합격하기 전에는 전혀 모르던 세계였다.

"맷돌을 관리해 주던 장인이 있는데 작년에 그만 병에 걸렸어. 지금은 건강해졌는데 언제 다시 건강이 나빠질지 모르니까, 더더욱 맷돌을 잘 관리해야 해. 아들은 가업을 잇지 않고 회사에 다니기로 했고."

나미코는 말을 이었다. "하다못해 맷돌 상태가 나빠졌다 한들, 하루아침에 새것으로 바꿀 수 있는 것도 아니잖니. 어쨌든 지금은 소중히 관리할 수밖에 없단다."

"맷돌은 몇 년이나 사용하신 거예요? 100년?"

리쓰는 거리낌 없이 나미코에게 물었다.

"지금 쓰는 건 네네가 우리 집에 처음 왔던 해에 바꾼 거니까 한 10년쯤 됐나. 네네와 맷돌은 대략 열 살이란다."

"아줌마는 몇 살이세요?"

"나? 올해로 쉰셋이 됐지."

그녀는 남편 마모루도 같은 나이라고 덧붙였다.

"어쨌든 이 맷돌을 가능한 한 오래 사용하고 싶어. 그러다 보니 네네한테 의지해야 하는 상황이 좀 아니꼽긴 하지만."

나미코는 새에게 가까이 다가가면 재채기가 나오는 데다 그걸 놀리듯이 새가 재채기 흉내를 내니, 아무래도 「푸른 그림자」를 열창하는 저 새가 싫은 건 아닌데 다루기는 쉽지 않은 모양이었다.

"맷돌을 지키면서 메밀을 교체해 주는 담당 직원을 고용하면 좋겠지만, 그러려면 따로 시급을 줘야 하잖니. 보다시피 난 네네랑 있으면 재채기가 나오고 말이야. 그래서 소바 서빙과 함께 새를 상대하는 걸 채용 조건으로 걸게 된 거란다."

리사가 여전히 가만히 선 채 물레방아 장치와 맷돌, 미닫이문 너머의 네네를 바라보고 있으니, 나미코가 괜찮냐고 물었다.

"너무 특이한 일이라서 그러니?"

"아뇨, 괜찮아요."

리사는 고개를 저으면서 물레방아 내부 장치가 있는 방의 출입구에서 나왔다. "이제 그거 벗어도 돼." 그 말에 리사는 두건과 얼굴 아래쪽 절반을 가린 스카프를 벗고 앞치마도 벗었다. 나미코는 두건과 앞치마를 벗어 자루에 넣은 뒤 리사에게는 입었던 옷가지를 창고 안에 걸어두면 된다고 말했다.

"일단 돌아갈까. 나중에 또 두 번째 작업을 하러 와야 하거든. 그러면 마지막으로 물레방아를 멈추는 법을 알려줄게."

"카세트테이프는 어떻게 해요?"

"아, 맞다."

리쓰의 질문에 나미코는 바지 주머니에서 카세트테이프를 꺼내 리쓰에게 건넸다.

"이거 네네가 있는 방 카세트 라디오에 넣고 재생 버튼을 눌러줄래?"

"알겠어요."

리쓰는 새가 있는 방에 들어가서 구석에 놓여 있는 카세트 라디오에 테이프를 넣고 버튼을 눌렀다. 이번에는 비틀스의 「렛잇비」가 흘러나왔다.

"라디오만 틀면 안 돼요?"

"딱히 상관은 없는데, 토요일 지금 시간쯤에는 토크 방송이 시작되니까 지루할 거야. 네네는 음악을 들으면 기분이 좋아지거든."

"릿짱!" 새의 목소리가 들렸다. "응!" 리쓰는 기쁜 듯 대답했다. "릿짱!" 새는 한 번 더 부르더니 노래의 절정 부분이 되자 따라 부르기 시작했다. 1절이 끝나자 리쓰는 손뼉을 친 뒤 오른손을 내밀었다.

"네네, 앞으로 잘 부탁해!"

♪

자매는 나미코의 아버지가 지냈던 연립주택에서 살게 되었다. 그곳은 나미코 아버지의 남동생 소유인데, 그는 형보다 훨씬 일찍 죽은 탓에 지금은 그 부인이 집주인이라고 했다.

리사는 미쓰다에게 이사할 때 뭐가 가장 필요할지 물었는데 그녀는 이불이라고 했다. 전화번호부에서 가장 가까운 이불 가게를 찾아 고민 끝에 성인용 두 채를 샀고, 자매가 연립주택에 도착한 당일 밤에 배송이 왔다. 그것만으로 창고 아르바이트로 모은 돈을 꽤 써버려서 리사는 내심 식은땀이 났다.

"할아버지가 사용하던 물건이지만 필요하면 쓰렴."

영업을 마감한 후 나미코 부부는 원래 있던 텔레비전과 세탁기 외에도 좌식 테이블과 수납함, 주전자를 가져다주었다. 장롱이며 가구며 다른 전기제품은 필요한 이웃에게 나눠줘 버렸다며 나미코는 미안해했다.

"아니에요. 이걸로 충분해요."

리사는 말했다.

짐이 거의 없는 자매에게는 세 평 정도의 부엌과 네 평짜리 거실도 넓게만 느껴졌다. 할아버지는 원래 소바 가게 2층에 살고 있었는데, 나미코의 마모루가 결혼했을 때 이쪽으로 아내와 함께 이사 왔다고 했다. 나미코의 엄마인 아내는 20년 전에 세상을 떠났다.

소바 가게를 운영해 온 할아버지가 혼자 생활했던 방에 리쓰와 단둘이 살게 되니 리사는 기분이 이상했다. 네 평 크기의 방에

이불을 깔면서 리쓰가 기쁜 듯이 말했다. "넓다!" 아마도 그 방만 가리키는 것 같았다.

　본가에서 가져온 칫솔로 이를 닦고 시계 알람을 맞춘 후, 리사는 낯선 방의 새 이불 속으로 들어갔다. 집을 빌리고 텔레비전도 받고 이불도 샀으니, 이제 당분간은 본가로 갈 일은 없으리라 생각하며 리사는 얼마간 잠들지 못했다. 부엌 쪽에 있는 방에서 책을 읽던 리쓰는 10시가 지난 뒤에야 이불 안으로 들어왔다. 잠든 리쓰의 숨소리가 들려온 뒤에도 잠들지 못한 채 오렌지색 야간등을 한없이 올려다보던 리사는, 까무룩 잠이 드는가 싶었는데 꿈도 꾸지 않고 푹 잤다.

　나미코가 다음 날 일요일은 쉬어도 좋다고 했지만, 손님이 많다고 들은 평일부터 갑자기 일을 시작하는 게 두려웠던 리사는 그날부터 가게에 나가기로 했다.

중년 여자로 이루어진 소규모 여행 그룹이 세 팀 정도 방문한 탓인지, 그날은 평소보다 손님이 더 있어서 리사가 새로운 일을 배우기에 적당할 만큼 바빴다. 점심 손님이 다 간 뒤에 밥을 먹었고 그다음 네네가 있는 물레방앗간에 갔다. 그렇게 부르기에는 방이 두 개나 있고 제대로 지어진 곳이어서 내심 '건물'로 느껴졌지만, 나미코가 '물레방앗간'이라고 불렀으므로 리사도 따르기로 했다.

아침부터 물레방앗간에 와 있던 리쓰는 책을 읽거나, 이따금 네네와 대화 같지 않은 말을 주고받고 있었다. "집에 있을래?"라는 언니의 말에 리쓰는 자신도 따라가고 싶다고 했다. 그렇게 소바 가게에 동생을 데리고 갔는데, 주인 부부는 그런 리쓰에게 "물레방앗간에 있어도 된단다"라며 호의를 베풀었다. 물레방앗간의 모든 미닫이문은 안에서 자물쇠를 채울 수 있게 되어 있었지만, 낯선 동네의 건물에 여덟 살 여동생과 새만 남겨두기가 걱정스러웠던 리사는 이상한 사람이 와도 절대 문을 열어주지 말라고 리쓰에게 신신당부했다. 창문도 전부 닫아두고 싶었지만 리쓰가 반대하기도 했고, 문을 닫으려 하자 네네가 크게 소리를 지르는 바람에 걱정스러우면서도 그대로 두었다.

물레방앗간에 가면 일단 깔때기 속에 메밀을 주입한 뒤 밖으로 나간다. 그리고 유속이 빠른 강에서 물을 끌어들이는 홈통을 물레방아 상부에 놓으면 물레방아가 움직이기 시작한다. 옆으로 강이 흐르는 물레방앗간의 뒤편은 급경사였는데, 흙을 깊이 파서 만든 계단을 올라가면 물레방앗간 지붕과 비슷한 높이의 공간이 나온다. 거기에서 강물이 통과하는 기다란 홈통을 조작하여 물레방아 위에 물을 흐르게 해서 움직이거나, 홈통을 물레방아에서 떼어내 동작을 멈추게 하기도 한다. 모두 리사가 전날 나미코에게 배운 것이었다.

리사는 물레방아가 천천히 움직이며 점차 순조롭게 돌아가는 것을 높은 위치에 서서 확인한 뒤, 잠시 그 모습을 지켜봤다. 요컨대 이 홈통은 스위치나 마찬가지였는데 이토록 커다란 스위치를 조작해 보는 건 처음인 듯했다. 이대로 몇 시간 동안 물레방아를 움직여서 다음 날 가게에서 쓸 만큼 충분한 양의 메밀가루를 만든 뒤, 홈통 위치를 바꿔 물레방아를 멈추게 하는 식이었다.

물레방앗간에 돌아오니 리쓰가 말을 걸었다. "네네는 말이야, 회색앵무라는 새인 것 같아." 리사가 "앵무새?"라고 되물으니 리쓰는 재차 회색앵무라고 말했다.

"그냥 앵무새가 아니라 회색앵무라니까."

리쓰는 집에서 가져온 도감을 손가방에서 꺼내더니 심각한 표정으로 페이지를 넘기다가 리사에게 보여줬다. 확실히 친숙한 몇몇 앵무새나 잉꼬의 그림 중에 꽁지깃이 붉은 회색 앵무새의 그림이 있었는데 '회색앵무'라는 설명이 달려 있었다. 당사자인 네네는 카세트 라디오에서 흐르는 피아노곡 「사랑의 꿈」에 귀를 기울이며 가볍게 몸을 흔들고 있었다. 음질이 좋은 걸 보니 아마 카세트테이프에 들어있는 곡일 거라고 리사는 생각했다.

"굉장히 영리하며 흉내를 잘 내고 수다쟁이입니다. 지능은 세 살 아이 정도라고 합니다."

　회색앵무의 그림 아래에 달린 설명을 읽던 리쓰는 "세 살 아이……?" 하며 네네 쪽을 봤는데, 어쩐지 유감스럽다고 말하는 것처럼 네네도 분명하게 마주 바라봤다.
　"네네는 훨씬 영리해. 어제 영어 노래도 불렀는데."
　"의미를 알고 부른 건 아닐 텐데……."
　「사랑의 꿈」이 끝나자, 이번에는 더 후의 「사랑의 매직아이」가 흘러나왔다. 카세트테이프 편집은 가게 주인인 마모루가 한다고 들었는데 음악을 상당히 좋아하는 것 같다고 리사는 생각했다.
　"네네랑 수다만 떤 거야? 돌봐주지는 않았어?"
　오늘은 선반 위의 솔방울과 나무 블록이 어질러진 상태가 아니어서 물었더니 리쓰는 고개를 저었다.
　"해바라기씨도 채워져 있고 물이나 용변을 보는 신문지도 새

것으로 갈아져 있었어. 소바 가게 아줌마가 하셨나?"

"글쎄. 주인아주머니는 새를 힘들어하시는 것 같았는데……."

"그러면 아저씨 쪽인가?"

"주인아저씨는 아침 일찍부터 영업 준비를 하시는 것 같고."

그건 나미코도 마찬가지이리라. 낮에는 오지 않아도 이른 아침 시간에 네네의 기본적인 시중을 들어주는 누군가가 있는 듯했다. 리사는 그 사람이 누군지 나미코에게 물어본 뒤 조만간 만날 생각이었다.

"언니, 소바 가게에 안 돌아가도 돼?"

"내일 쓸 분량의 메밀가루를 전부 다 갈 때까지는 여기에 있어 달라고 했어."

리사는 말을 이었다. "그다음에는 샤워하고 소바 가게로 돌아가서 저녁 8시까지 도울 거야." 역시 새가 있는 장소와 음식점을 왕복하는 건 고생스러운 일이었다. "네네가 있는 방에는 입은 옷 그대로 들어가고, 맷돌이 있는 방에는 창고에서 소매 달린 앞치마로 갈아입으렴. 성가시겠지만"이라고, 나미코는 몇 번이나 그렇게 말했다. 물레방앗간에서는 수십 분에 한 번씩 새의 지시에 따라 메밀을 깔때기에 보충하고 메밀가루가 쌓이는 상자를 교체하는 작업만 하면 되지만, 나름 그 전후에 해야 할 일이 있었다. 확실히 이 작업을 위해서는 몇 시간이라도 사람을 고용하고 싶을 것 같다고 리사는 생각했다.

계속 맷돌이 있는 방에 머무르며 새의 목소리와 신호를 기다리는 건 안 되냐고 리사가 묻자, 나미코는 고개를 갸웃하더니 그렇게 하면 네네가 토라진다며 고민하는 듯한 기색으로 팔짱을 꼈다.

"동물이지만 인간의 모습이 보이는데, 자기 혼자 내버려두는 게 싫어서 그러는 걸까요?"

리사가 다시 물었더니 나미코는 불가사의하다는 표정으로 대답했다. "그런 면은 역시 어린애 같다니까. 세 살 아이와 같이 있는 느낌이지."

나미코의 설명은 이러했다. "세 살 아이랑 유리문으로 가로막힌 오두막에 단둘이 있는데 둘 다 깨어 있는 상태라고 생각해 봐. 서로 일절 상관하지 않기란 역시 불가능하잖아? 얌전하게 굴라는 말도 할 수 있고 장난감을 줄 수도 있겠지. 하지만 세 살 아이가 상대해 주길 바랄 때는 아무래도 가까이 다가가서 이런저런 대꾸를 해줘야 하잖아. 그거랑 비슷하단다."

리사로서는 알쏭달쏭하기는 했지만, 확실히 리쓰와 같은 방에 단둘이 있는데 완전히 무시하는 게 불가능한 상황과 조금 닮은 듯했다.

리사가 오기 전에 네네를 돌봐주고 상대해 주면서 물레방아와 메밀가루 관리를 담당해 온 사람은, 반년 전에 돌아가신 네네의 원래 주인이었던 나미코의 아버지였다고 한다. 그 후 최근 반년 동안 나미코는 재채기에 시달리면서도, 아버지의 친구인 화가가 일의 앞뒤로 짬짬이 돌봐주거나 이웃에게 교대로 부탁하기도 하면서 어떻게든 꾸려나가고 있었다. 그런데 훨씬 긴 시간 동안 네네를 상대해 왔던 리사의 전임자가 결혼으로 다른 지역에 가게 되면서 결국 난처해졌고, 그리하여 '새를 돌보는 일 약간'이라는 채용공고를 내게 된 모양이었다.

나미코 부부는 리사가 오전부터 이른 오후까지는 소바 가게 일을 도와주고 오후 6시 정도까지는 메밀가루 관리와 맷돌 보수, 네네를 상대해 준 다음에 가게가 문을 닫을 때까지 다시 소바 가게의 일을 거들어 주기를 기대하는 듯했다.

자매가 물레방앗간에 있는 동안 나미코는 역시나 재채기를 하면서 몇 번이나 보러 왔으며, 메밀가루가 쌓인 나무 상자를 교환하거나 가지고 갔다. 그 작업을 도우면서 리사는 혼자 할 수 있을 때까지 나미코가 일하는 모습을 눈여겨봤다.

나미코가 재채기할 때마다 네네가 흉내 내는 모습을 차마 볼 수 없었던 리쓰가 "그러면 안 돼. 나미코 아줌마도 힘들잖아"라고 나무라자, 네네는 번번이 "그래도 돼"라며 반론했다. 결국 그렇게 대꾸하느라 정신이 팔려서 재채기 흉내를 내는 횟수는 서서히 줄어들었다.

"그러면 안 돼" "그래도 돼" "그러면 안 된다니까" "그래도 된다니까" "안 된다고" "된다고" "안 돼" "돼" 두 사람의 말다툼을 보던 나미코는 큰소리로 웃더니 곧장 리쓰에게 말했다.

"네네가 재채기 흉내를 내는 건 말이지, 상대를 친밀하게 생각해서 그러는 거란다."

"아, 진짜요?"

리쓰가 놀라서 네네를 힐끗 보니 그 내용을 아는지 모르는지, 네네는 긍정하듯 재빨리 고개를 끄덕이는 듯한 동작을 취했다. 재채기 흉내를 내는 건 확실히 거슬리긴 했지만, 동조함으로써 상대와 친밀해지리라 생각하는 그 마음을 리사는 알 것 같았다.

"난 이 아이와 오래 사귀었지만, 보다시피 내가 알레르기가 있어서 너무 가까이 다가가지는 못해. 그래서 나름대로 친해지고 싶어서 흉내를 내는 걸지도 모르지."

나미코는 리쓰의 얼굴을 살며시 들여다보며 자기 몫까지 놀아달라고 웃으며 말했다.

다음 날 월요일에는 나미코의 말대로 굉장히 바빴다. 관청과 수력발전소가 근처에 있어서라고는 했지만, 그 두 시설을 포함해서 근처 농업기계 회사와 종묘 판매 사무실이 정오부터 일제히 점심시간에 들어갔다. 12시 2분에는 관청에서 첫 단체 손님이 왔고 5분에는 농업기계 회사 손님들, 8분에는 발전소 사람들이 찾아왔다. 12시 15분이면 가게 안은 꽉 찼는데, 35분쯤 일단락되는 듯 보이다가도 다른 손님들로 재차 만석이 되었다. 점심시간까지 오전 중의 업무를 이어서 하던 사람들이 오후 1시가 되면 늦은 점심을 먹으러 잇따라 오다가, 겨우 드문드문 공석이 생기기 시작하는 때가 1시 반 정도였다. 그래도 2시까지는, 엄청나게는 아니더라도 일반적으로 '바쁜' 정도의 상태가 이어졌다.

2시가 되면 리사는 체력적인 피로 이상으로, 손님들을 상대하는 데 머리를 너무 써서 녹초가 된 채 물레방앗간으로 향했다. 끙끙대며 메밀을 깔때기에 붓고 물레방아를 움직인 뒤 네네가 있는 방에 들어가면, 그날도 물레방앗간에 와 있던 리쓰에게 하나뿐인 의자를 양보받은 뒤 맥없이 주저앉아 버렸다.

그러면 다시 수십 분 뒤에 네네의 알림에 따라 메밀을 보급하러 가야 하는데 바쁘게 서서 일한 뒤 자리에 앉아 리쓰, 네네와 함께 자신만의 시간을 보낼 수 있는 건 굉장히 감사한 일이었다.

"고생했어."

리쓰가 한 말인가 싶었는데 목소리가 다른 느낌이라 고개를 들었더니, 홰 위에서 네네가 고개를 갸우뚱하며 리사 쪽을 들여다보고 있었다.

"내가 지친 걸 아는 거니?"

리사가 묻자, 네네는 반대쪽으로 고개를 기울였다. 리사가 한 말을 이해하지 못한 건지 아니면 설명할 말이 없는 건지는 모르겠지만, 네네는 잠시 말없이 있다가 시치미 뗀 표정으로 다시 말했다. "고생했어."

"언니 이름은 리사야."

"릿쨩!"

"아니. 리, 사."

리쓰의 소개에 네네는 "릿쨩"이라고 자그마한 목소리로 중얼거리더니 재고하듯 "리! 리! 리!" 하고 연달아 부르다가, 돌연 자신 없는 것처럼 공기가 그득한 발음으로 몇 번이나 입안에서 "쇠, 쇠, 쇠"라는 말을 반복하고 있었다. 어쩌면 '리사'는 '릿쨩'보다 발음하기 어려운 건지도 몰랐다.

"리, 쇠아……."

네네는 연습하더니 어떻게든 그렇게 발음했다. 새가 자신의 과제를 극복하려는 모습에 순수하게 감동한 리사는 박수를 보내며 말했다. "굉장해!" 리쓰도 손뼉을 치며 "굉장해!"라고 칭찬했다. 그러더니 자기를 가리키며 "릿쨩"이라고 말한 다음, 네네를 이해시키려는 듯 리사를 가리키며 "리사"라고 말했다. 네네는 "릿쨩!" 하며 자신만만하게 리쓰를 본 뒤, 조금 슬픈 표정으로 리사를 힐끔 보더니 "리, 쇠아"라고 말했다. 리쓰는 "좋아, 좋아! 힘내! 조금만 더 해보자!"라며 살짝 의기소침해진 네네를 격려했다.

리사는 이 새가 굉장히 자신감 넘치는 동물일 거라고 생각했다. 그러니 불가능한 일 앞에서는 시무룩해진다. 하지만 그걸 뛰어넘으려는 기개도 있다.

리사는 리쓰만큼 쉽게 네네의 모습에 적응하지는 못했지만, 감탄스럽기는 해서 그 부분은 경의를 표하는 편이 좋으리라 생각했다. 앞으로 이 새는 리사가 문구 창고에서 신세를 졌던 동료들과 같은 존재가 될 것 같았다.

네네는 "쇠, 쇠, 쇠, 쇠, 쇠" 하고 재차 연습을 반복하다가, 어느 순간 깜짝 놀란 듯이 홰에서 선반으로 날아내려 오더니 미닫이창으로 옆 방을 들여다보며 외쳤다.

"텅 비었다! 텅 비었다!"

역시나 새카맣게 잊고 있던 리사는 "아참, 맞다, 맞다"라고 말하면서 오두막에서 뛰어나와 창고로 가더니 급히 소매 달린 앞치마를 꺼내 입고 맷돌과 물레방아 장치가 있는 옆 방에 들어갔다. "그렇지!" 네네의 목소리가 들렸다.

깔때기 안의 메밀 양이 상당히 줄어든 상태여서 하마터면 큰일 날 뻔했다고 몸을 부르르 떨며, 리사는 나무상자를 교체하고 새로운 메밀을 깔때기에 부었다.

처음에 메밀을 한 번 간 뒤 맷돌 아래의 나무상자에 가루가 쌓이면, 빈 나무상자로 교체한 다음 다시 메밀을 보충해야 한다. 그게 가루가 되면, 이번에는 처음에 갈았던 메밀가루를 깔때기에 붓고 나무상자를 교체한다. 리사는 나미코가 그 작업을 '2회차 체치기'라고 부르는 걸 메모해 두었다. 그다음 처음에 갈았던 메밀가루가 깔때기에서 없어지면, 두 번째로 갈아둔 메밀가루를 부어 '2회차 체치기'를 해서 두 상자째 만든다.
 이 일련의 작업을 통해 다음 날 쓸 분량의 메밀가루가 완성된다. 나미코는 미리 갈아서 모아둬야 한다고 말했다. 기본적으로는 꼬박 하루가 지나지 않은 메밀가루로 소바를 만드는 게 가게의 신조이니 이해해 주길 바란다고 했다. 나미코 또한 매일 메밀을 가는 건 효율이 떨어진다고 한 번쯤 생각했던 모양이지만, 결국 지금의 방법에 다다르게 되었다는 듯이 순순한 말투였다.
 오후 5시 반에 리쓰와 함께 물레방앗간에서 나온 리사는 가게에서 도보 1분 거리인, 이사한 지 며칠 되지 않은 연립주택에 리쓰를 데려다주고, 네네가 있었던 공기에 노출된 머리와 얼굴, 몸 곳곳을 잘 씻고 6시에 가게로 돌아갔다. 그렇게 정오부터 점심때에 비해 덤이나 마찬가지인 손님을 맞다보면 8시에 일이 끝났다.
 마감과 동시에 리쓰가 마중하러 왔고 나미코는 자매에게 커다란 주먹밥 두 개를 주었다. 리쓰가 크게 기뻐했고 리사는 몇 번이나 고개를 숙였다. "괜찮아." 나미코는 손을 저으며 주방의 마모루에게 "그렇죠?" 하고 동의를 구했다.
 "릿짱이 본가로 돌아갈 때까지는 즐겁게 지내길 바라니까."
 나미코의 말에 리사는 웃으며 고개를 거듭 숙인 채로 생각했다.
 '큰일이네. 어떻게 설명하지.'

f

 나미코는 언젠가 리쓰가 부모님이 있는 곳으로 돌아갈 거라고 착각하고 있는 듯했지만, 리사는 일하기 시작한 지 일주일이 지나도록 실은 계속 같이 살 거라는 말을 꺼내지 못한 상태였다. 그러다 이곳에 와서 맞는 두 번째 일요일 저녁이 되자 겨우 말할 결심이 섰다.

그래서 리사는 사실 리쓰는 놀러 와 있는 게 아니라 자기와 계속 함께 살 예정이고 초등학교에도 보낼 거라고 고백했다. 나미코는 당황하고 난처해하는 모습으로 마모루가 있는 주방을 바라봤다가, 천장을 봤다가, 리사를 쳐다보기도 했다가, 밖을 내다보기도 했다.

"괜찮겠니? 넌 아직 열여덟 살이잖아?"

"알아요. 하지만 집에 있으면 리쓰는 엄마 애인한테 폭력을 당할지도 몰라서요."

"그랬구나……." 폭력이라는 말을 듣자, 나미코는 고개를 떨구며 "그건 안되지" 하고 들릴 듯 말듯 자그맣게 중얼거렸다.

"그래도 할 수 있겠어?"

나미코는 말로써 생각을 정리하려는 듯 혼잣말을 했다.

"일도 잘해줘서 되도록 오래 있어 주었으면 하는데, 그래도 이야기가 다르달까. 아니 그것도 아닌가. 애초에 묻지 않은 내 잘못인가."

"허락해 주세요. 폐 끼치지 않을게요."

"아니, 폐를 끼친다는 게 아니라 걱정이 되니 그러지."

"갑자기 휴가를 쓰지도 않을 거고 학부모 참관 수업에도 가지 않을게요."

보호자가 휴가를 얻어 아이에게 해줄 만한 것으로는 참관 수

업밖에 떠오르지 않아서 리사가 그렇게 말하자, "아참, 그런 것도 있었네" 하며 나미코는 생각지도 못했다는 듯 미소를 지었다.

"참관 수업은 가도 되는데, 어쨌든 릿짱도 너도 위험한 일을 당하거나 생활이 크게 힘들어지지 않도록 단단히 신경 쓰렴."

"문단속은 꼼꼼히 하고 있고, 동생한테도 잘 일러둘게요."

"그래……."

리사의 적극적인 태도에 나미코는 수긍하다가도, "하아, 그래도 걱정인데……" 하며 의자에 등을 기대고 머리 뒤로 손깍지를 꼈다. 그러더니 미간을 찌푸린 채 리사를 가만히 바라봤다.

"연립주택 창문 있잖니."

"네."

"자기 전에 창문을 모두 닫고 지지대를 끼우는 게 어때? 가능하면 안에 있을 때도."

"네."

"그리고 현관문을 잠글 때는 반드시 체인을 걸어. 외출할 때는 가스 개폐 장치를 점검하고. 가스레인지를 사용할 때는 절대 거기에서 떨어지면 안 돼. 겨울에 난로를 켤 때는 가까이에 타는 물건을 두면 안 되고. 모르는 사람은 따라가면 안 된다. 둘 다 말이야. 낯선 사람은 집에 들이지 말고, 뒤에서 차가 가까이 다가오면 차가 방향을 바꾸기 힘들 것 같은 근처 골목길로 뛰어 가서 바로 도망가야 해."

나미코는 팔을 테이블 위에 올려둔 채 잠시 천장을 올려다봤다. "또 뭐가 있으려나……" 더는 떠오르는 게 없었는지 "어쨌든 여기 사는 동안에는 우리 부부가 너무 걱정된다는 생각이 들면,

릿짱은 곧장 집으로 보낼 테니 그렇게 알고 있으렴" 하며 말을 끝냈다.

"조심해야 할 일들을 한 번 더 말씀해 주시겠어요?"

리사는 메모한 수첩을 들고 집으로 돌아갔다.

그날 밤 자매는 메모한 내용을 둘이 복습했고, 리쓰는 이삿날 집에서 챙겨온 듯한 연습장에 빨간색과 파란색 색연필로 옮겨 적은 뒤 화장실 문에 붙였다.

그 이후 오전 중에 외출 허락을 받은 리사는, 리쓰를 데리고 관청에 주소 이전과 동생의 전학 수속을 밟으러 갔다. 리사는 나미코가 그랬듯 무슨 말이라도 듣지 않을지 내심 방어 태세를 갖추고 갔지만, 서류 처리를 담당한 직원은 자매끼리 사는 것에 대해 별말이 없었다. 다만, "직업은 있는 거죠? 시간제 근무 말고요"라는 질문만 했다. "네." 리사는 최대한 힘차게 고개를 끄덕였다.

리쓰가 학교에 다니기 며칠 전인 어느 날, 자매 앞에 스기코가 나타났다. 리사와 함께 집에서 나와 평소처럼 네네와 시간을 보내려고 물레방앗간에 간 리쓰는, 개점 직후의 소바 가게에 불안한 표정으로 들어오더니 모르는 할머니가 있다고 말했다. 리사가 그대로 전했더니 나미코는 "스기코 씨일 거야"라고 대답했다.

"마침 잘됐네. 11시까지 돌아오면 되니까 리사 너도 인사하고 오렴."

네네 방의 청소와 오전의 먹이 준비, 화장실 뒤처리 같은 일들은 대체 누가 해주는 건지 의문이었는데, 실제로 네네를 돌봐주는 사람이 그분이라는 사실을 깨달은 리사는 메모장을 들고 물레방앗간으로 갔다.

확실히 리쓰의 말대로 네네가 머무는 방 안에는 모자를 쓴 자그마한 체구의 할머니가 있었다. 의자에 앉아 네네와 마주 본 채 스케치북처럼 보이는 커다란 하얀 책자 위에서 손을 움직이고 있었다. "실례합니다." 리사가 말을 거니 할머니가 뒤돌아봤다. "에구머니나, 미안해라. 오늘은 늑장을 부렸나 보네." 그러고는 다시 네네의 그림을 그렸다.

"그런데 아가씨는 누구?"

"야마시타 리쓰라고 해요."

리쓰가 더없이 진지한 표정으로 대답하자, 혜 위에 있던 네네가 "릿짱!" 하고 소리쳤다.

"아, 그렇구나, 네가 릿짱이구나. 그쪽은 언니?"

그렇게 물어서 리사도 리쓰를 따라 하듯 진지하게 대답했다.

"야마시타 리사입니다. 잘 부탁드려요."

리쓰의 이름을 말할 때만큼 자신만만하지는 않았지만, 네네는 리사도 당당히 소개했다.

"리쇼아!"

"그래, 알았다니까. 안 그래도 인사를 해야겠다고 생각했는데. 요즘 저쪽에 있는 유채꽃밭이 무척 예쁘거든. 진짜 엄청 예쁘단다. 오전에 내리쬐는 햇살 아래에서 그림을 그리고 싶은 마음에 너무 일찍 여기 와버렸지 뭐니. 아침 6시였나."

자그마한 체구의 할머니는 창문 쪽을 가리키며 몹시 감동한 표정으로 말했다. "저기, 저쪽이란다."

리사로서는 그쪽이 동서남북의 어느 방향인지 전혀 짐작할 수 없었지만, 어쨌든 멋진 유채꽃밭이 있다는 것만은 알 수 있었다.

"지금이 정말 멋지다니까. 조만간 그 애를 데리고 가줄게. 아참, 릿짱이라고 했지? 거기 리사 너도 가자꾸나. 소바 가게 휴일에 말이야."

혼자 떠들고 있는 할머니는 나미코인지 누군가에게 들은 듯 일단 자매의 존재를 파악하고 있었다. 다만 자매는 이 할머니가 누군지 전혀 몰랐기 때문에 리사가 조심스레 이름을 물었다.

"스깃코 씨!" 네네가 먼저 대답했다.

"스깃코 씨! 그림을, 잘 그린다!"

"얘도 참, 그거 진심이니?"

할머니는 놀리듯 말하며 의자에서 일어나 네네의 얼굴을 손가락으로 쓰다듬었다. 네네는 기분 좋은 듯 할머니의 손가락에 얼굴을 가까이 갖다댔다.

"난 근처에 사는 화가란다. 암석 가루로 만든 석채 물감으로 이따금 그림을 그리는데, 나미코의 아버지인 마스지로 씨가 살아 있었을 때는 자주 물레방아로 재료를 빻아주시곤 했지."

통성명하는 걸 잊은 채 할머니는 석채 재료인 암석 가루를 빻아야 한다는 새로운 화제를 꺼냈다. 이에 호응하려고 리사는 "화가시군요. 재료를 빻고 싶으시다는 거죠?" 하고 복창한 뒤, 같은 질문을 되풀이했다. "그런데 성함이?"

"스기코라고 해. 가와무라 스기코. '가와'의 한자는 세 변이 들어가는 '내 천' 자이고, '무라'는 빌리지 피플에서 빌리지를 뜻하는 '마을 촌', '스기'의 한자는 '삼나무 삼' 자, 그리고 '코'는 '아들 자'란다."

"잘 부탁드립니다. 스기코 씨라고 불러도 될까요?"

"그러럼. 다들 그렇게 부르니까."

리사는 스기코와 대면할 수 있는 시간이 정해져 있었으므로, 즉시 메모장을 꺼내 최근에 그녀가 아침 6시에 와서 네네를 돌보고 있다는 일에 관해 물었다. 먹이 상자에 해바라기씨를 채우는 일, 나미코가 채소와 과일을 가져다줄 때는 그것을 제공할 것, 새장 바닥과 선반 위에 깔아둔 신문지를 교체하는 일, 홰의 청소, 네네가 지내는 오두막 전체를 청소하는 일, 접착테이프 심지와 골판지, 솔방울 갉는 걸 좋아하는 네네를 위해 그것들을 얹게 되면 선반 위에 올려두는 일 등등. 리쓰도 열심히 들었다. 먹이와 신문지, 화장실 청소도구, 청소용 빗자루는 모두 방 한구석에 놓여있었다. 거기에 있다는 건 알고 있었는데, 이제껏 리사는 아무런 의문도 없이 스기코에게 그 일들을 맡기고 내버려뒀다는 게 내심 미안했다.

스기코는 점심에는 밖에서 그림을 그리지만 대체로 저녁 6시에는 집에 돌아오니, 궁금한 게 있으면 전화로 물어봐도 좋다고 말했다.

"기꺼이 네네를 돌보고는 있는데, 뭐랄까. 오늘처럼 저쪽에 가고 싶은데 여기 와야만 하는 날에는 마음이 내키지 않을 때도 있잖니. 마스지로 씨가 돌아가신 뒤로 매일 네네를 보살피러 오다 보니, 조금은 자유롭지 못한 느낌도 있었단다. 그러니 도와주겠니?"

"알겠어요." 리사는 고개를 끄덕였다.

"열심히 할게요." 리쓰도 나직이 대답했다.

"다행이구나. 젊은 사람이 알아주니 안심이 되네. 나도 언제 죽을지 모르니까. 나미코는 지독한 알레르기가 있고 마모루는 주방에서 조리해야 하니 새한테 가까이 올 수도 없고."

언제 죽을지 모른다는 말이 리사는 무척 노골적이라고 생각했다. 그때 이야기를 듣고 있던 네네가 느닷없이 "살아야 해!"라고 말해서 방에 있던 세 사람은 네네에게 시선을 집중했다.

"살아야 해!"

어딘가 궁지에 몰린 듯한 모습으로 머리를 쳐들고 그렇게 외치는 네네를 스기코는 사랑스럽다는 듯 바라보더니 "그럼. 가능하면 살아야지. 노력할게"라고 말하며 네네의 배 언저리를 쓰다듬었다.

"네네는 마스지로 씨가 돌아가셨다는 걸 아는 거란다. 그러니 얼마나 적적할까."

스기코는 자매를 바라보며 눈을 찡긋거렸다.

"그만큼 리사와 릿짱이 오래 살 테니까."

지금 새를 상대로 오래 살겠다고 장담하는 게 무슨 소용이 있는지 당황스러워하는 리사와 달리, 리쓰는 "오래 살게요!"라고 맹세했다.

"언니는 새가 훨씬 빨리 죽는다고 생각했어?"

그렇게 물으며 올려다보는 여동생을 향해 리사가 고개를 끄덕이자, 리쓰는 팔짱을 끼더니 "틀렸어. 그게 있지" 하며 조금 의기양양한 표정으로 말했다.

"회색앵무의 평균 수명은 50년이야."

"오십······."

예상보다 훨씬 길어서 무심코 리사는 반문하고 말았다.

"10년 전 아기였을 때 여기로 왔으니, 네네는 지금 열 살이겠구나."

스기코는 "아직 어리지" 하고 놀리듯 웃으면서 네네의 목을 손가락 끝으로 간질였다. "저도 해도 돼요?" 리쓰가 스기코와 네네에게 물었다. "그럼." 스기코도 네네도 동시에 고개를 끄덕였다. 리쓰는 네네의 머리를 검지 뒷면으로 만졌다. "굉장하다. 푹신푹신해."

"네네는 등과 머리를 만지는 건 싫어하는 것 같으니까 목이나 배 쪽을 쓰다듬으렴."

"알겠어요!"

네네는 리쓰의 활기찬 대답을 따라 했다. "알겠어요!" 리쓰가 "언니, 푹신푹신해"라고 말하며 기쁜 듯 돌아봤다. 동생의 말에 몇 번이나 고개를 끄덕이며 호응해 주면서도 리사는 역시 자신이 물레방아와 회색앵무라는, 지나치리만치 미지의 존재를 책임지게 된 듯한 기분에 사로잡혔다.

그 후 리사는 10시 40분에 집에 돌아가 씻은 다음 11시 전에 소바 가게로 되돌아갔다. 가게와 물레방앗간을 오가다 보면 하루에도 몇 번씩 몸을 씻어야 했지만, 점점 리사에게는 일상이 되어갔다.

리사는 오후 2시까지 가게에서 일한 뒤 메밀가루를 갈기 위해 물레방앗간으로 갔다. 혼자 남아 있던 리쓰는 스기코가 사용했던 둥근 의자에 앉아 있었다.

"스기코 할머니가 점심을 챙겨주셨어." 리쓰가 말했다.

"뭐 먹었는데?"

"미트소스 스파게티. 맛있었어."

"그랬구나."

정기 휴일이던 수요일에 도보로 15분 거리에 있는 슈퍼마켓보다는 작은 동네 식료품점에 장을 보러 갔을 때, 리쓰는 캔에 든 파스타 소스를 사고 싶어 했다. 싸다고 할 만큼 할인 상품도 아니었고 예산에도 없는 지출이라 거절했던 일이 리사는 문득 떠올랐다. "그러면 다음 달에 사지 뭐." 리쓰는 그 자리에서는 깨끗하게 난님했지만, 사실은 먹고 싶었을 거라고 리사는 생각했다. 앞으로 그런 상황이 많아질 텐데 리쓰는 어디까지 참아줄까. 그런 생각이 들 때마다 리사는 스스로가 굉장히 미덥지 못한 느낌이 들었다.

메밀가루를 깔때기에 붓고 물레방아를 가동한 뒤, 리사가 네네가 있는 방으로 갔더니 리쓰가 스기코와 나눈 이야기를 들려주었다. 네네는 라디오에서 흘러나오는 킹 크림슨의 노래「바람에 말하네」를 기분 좋은 듯 열창하고 있었다.

스기코는 리쓰에게 왜 여기에 왔고 어디에 살고 있는지, 어느 초등학교에 갈 예정이고 어떤 책을 좋아하는지를 한꺼번에 물었다고 한다. 리쓰는 어디부터 대답하면 좋을지 모르는 데다 '왜 여기에 왔는지'나 '어디에 살고 있는지'에 관한 대답도 좀처럼 정리되지 않았다. 그래서 일단 좋아하는 책부터 말했더니, 그 내용으로 이야기가 무르익어서 결국 나머지 질문에는 대답할 필요가 없었다고 한다.

"S사에서 나온《작은 아씨들》을 좋아해요. 블랑망제 과자 그림이 다른 출판사 책보다 맛있게 보이거든요."

리쓰의 말에 스기코는 깊이 수긍하는 듯했다.

"아, 그 시리즈 말이구나. 확실히 그림이 훌륭하지."

출판사별로《작은 아씨들》의 내용에 차이가 있다는 건 리사로서는 생각해 본 적도 없었지만, 리쓰에게는 중요한 문제였고 스기코도 공감이 가는 지점이 있었던 모양이었다.

"스기코 할머니 말이야, 그 출판사에서 나온《파브르 곤충기》의 삽화를 그린 적이 있으시대."

"어머, 굉장한 분이네."

리사가 그분은 어떤 느낌의 그림을 그리냐고 묻자, 리쓰는 고개를 갸우뚱하며 잠시 생각하다가 어른이 그리는 그림이라고 대답했다.

"사실적이라는 뜻이야?"

사실적이라는 건 세세한 부분까지 진짜처럼 그리는 거라고 리사가 설명했더니, 리쓰는 실례라는 듯 눈살을 찌푸리며 자기도 안다고 대답했다.

"뭐, 그런 식이야. 귀여운 그림은 아니야. 그리고 사람은 안 그리시는 것 같아."

스기코가 스케치북의 그림과 작품 몇 편을 보여줘서 리쓰가 이렇게 물었다고 한다. "예쁘긴 한데요, 귀여운 그림은 안 그리세요?" 리사는 그런 질문이야말로 실례라고 생각했다.

"그래서 뭐라셨는데?"

"음, 그런 쪽은 약해서 그려봤자 지장보살 정도라고 그러셨어."

리쓰는 접어서 바지 주머니에 넣어뒀던 전단을 꺼내 리사에게 보여줬다. 귀여워 보이는 지장보살이 합장하는 그림이 연필로 그려져 있었다. 그 옆에는 리쓰가 흉내 내서 그린 듯한 자그마한 낙서 몇 개가 여기저기 있었다.

처음에 스기코는 석채의 재료인 암석을 빻기 위해 물레방아를 써도 되는지 물으려고 이곳을 찾았다. 갑작스러운 방문이었지만 그 후 계속 오가게 되었다고 한다.

"어떤 방법으로 빻는 걸까? 맷돌을 일일이 치우려면 굉장히 힘들 텐데."

"모르겠어……."

자매가 미닫이창 너머로 움직이는 물레방아 내부 장치를 바라보고 있는데, 네네가 한쪽 미닫이문에 붙어 있는 선반 위로 날아오더니 말했다.

"튀어나왔다!"

물레방아 내부 장치에는 튀어나온 듯한 부분이 너무 많아서 그 한마디로는 어디를 가리키는지 도통 알 수 없었다. 하지만 빙글빙글 돌아가는 두툼한 굴대를 자세히 보니, 사방으로 뻗은 널빤지 같은 판재들 각각에 봉이 하나씩 꽂힌 채 몇 쌍의 축을 이루고 있었다. 굴대 쪽으로 돌출된 봉은 천장까지 이어져 수평으로 놓인 판자에 지지대처럼 수직으로 연결되어 있었다. 저 물레방아 굴대의 돌출부와 세워진 봉의 돌출부를 서로 맞물리면 어떻게든 될 것 같기는 했다.

"이런 걸 가는 거래."

리쓰는 천으로 만든 손가방에서 울퉁불퉁한 예쁜 녹색 돌과 역시나 천연석으로 보이는 파란 돌을 한 개씩 꺼내 리사에게 보여줬다.

"녹색이 공작석[+]이고, 파란색이 남동석[++]이래."

네네는 날카로운 눈빛으로 리쓰의 손 주변을 들여다보더니 만족스럽다는 듯 "말라카이트! 아주라이트!" 하고 외쳤다. 그러더니 돌연 평온을 되찾은 모습으로 창문 쪽을 바라보고 "텅 비었다!"라고 소리쳤다. 어김없이 깔때기 안의 메밀이 떨어지기 직전이었다.

리사는 급히 밖으로 뛰어나가 헛간에서 소매 달린 앞치마를 꺼내입고 삼각 두건과 스카프를 착용한 뒤 우물을 끌어 올리는 펌프를 눌러 손을 씻은 다음 새로운 메밀 포대를 개봉해 깔때기

[+] 녹색 바탕에 줄무늬가 들어간 광물. 영어로는 말라카이트
[++] 진한 파란색을 띠는 광물. 영어로는 아주라이트

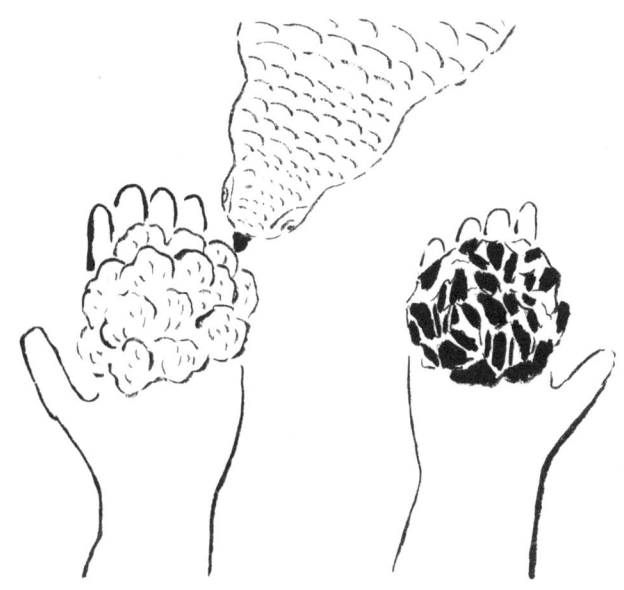

안에 들이부었다.

　미닫이문의 창 너머로 바라보니, 네네는 리쓰가 보여주는 녹색 돌과 파란색 돌에 푹 빠져 있는 모습이었다. 네네는 넋을 잃고 돌을 물끄러미 바라보다가 볼에 대고 가볍게 비비기도 했다. 리사는 앞치마를 벗고 두건과 스카프도 푼 뒤 다시 네네가 있는 방으로 돌아갔다.

　"이거, 스기코 할머니가 살았던 곳 근처에서 캐낸 돌이래. 할머니는 돌을 빻으려고 들고 왔다가 늘 다시 갖고 돌아가 버린대."

　"늘 다시 갖고 돌아가 버린다니까!"

　네네는 자기가 좋아하는 돌 이야기를 할 수 있어선지, 평소보다 훨씬 활기찬 모습으로 기쁜 듯 말했다.

"돌도 이제 얼마 안 남았나 봐."

"그런 걸 빌려와도 되는 거야? 설마 이게 다야?"

"아니, 이것저것 대여섯 개는 더 있대. 그래도 얼마 없지만 네네가 좋아하니까 친해지려면 보여주래."

리쓰는 네네에게 잠시 돌을 보여준 다음 조심스레 손가방에 담았다. 돌이 눈앞에서 사라지자 불만이었는지, 네네는 고개를 옆으로 돌린 채 입을 다물어버렸다. 그래도 자기 물건이 아니라는 사실을 이해하고 있는 모양인지, 라디오에서 킹크스의 「스트레인저스」가 흘러나오자 겸연쩍은 듯 소곤소곤 노래를 부르기 시작하더니 코러스에 접어들 무렵에는 기운차게 열창을 했다.

'말라카이트' '아주라이트'까지 메모한 수첩을 다시 들여다보며, 리사는 독특한 할머니라는 리쓰의 말에 고개를 끄덕였다.

리쓰의 이야기를 들으면서, 리사는 자꾸만 무언가를 잊어버렸다는 기분에 휩싸였다. 그 위화감의 정체를 곰곰 생각하다가 이내 깨달았다. 결과적으로 스기코는 두 사람이 네네와 친해지는 과정에서 반드시 만나야 할 인물이었다. 그건 다행스러운 일이었으나 동시에 스기코는 '모르는 사람'이기도 했다. 리사는 동생이 스기코의 집까지 따라갔었다는 사실이 마음에 걸렸던 것이다.

나미코와의 약속을 깨버렸다는 사실에 좌절하면서, "하아, 어쩌지" 하고 리사가 몇 번이나 자기 뒤통수를 두드렸다.

"언니 왜 그래? 머리 간지러워?" 리쓰가 물었다.

"스기코 씨 말고는 모르는 사람을 따라가면 안 돼."

"응." 리쓰는 조금 당황한 표정으로 대답하더니, 리사가 한 말의 의미를 새삼 이해했는지 "맞다, 그랬지" 하고 몇 번이나 고개를 끄덕였다.
"이번에는 스기코 씨였으니 다행이지만, 다른 사람은 진짜 안 돼. 절대로 안 돼."
"응, 그러네. 알겠어." 리쓰는 고개를 끄덕이며 중얼거리더니 가슴 가까이에 손을 댔다.

*

4월이 되자 리쓰는 초등학교에 다니기 시작했다. 초등학교는 1~2학년이 저학년, 3~4학년이 중학년, 5~6학년이 고학년으로 분류되었는데, 3학년에 올라간 리쓰가 반이 바뀔 때 전입할 수 있어서 리사는 다행이라고 생각했다.
"그쪽이 이번에 전학 온 야마시타 리쓰 양의 언니라고 들었습니다." 개학 이틀 전, 한 남자 손님이 갑자기 리사에게 말을 걸더니 이 지역 여학생들이 집단 등교를 할 때 모이는 장소에 대해 가르쳐주었다.
나미코의 말에 따르면 그는 사카키바라라는 사람으로, 소바 가게가 맞닿아 있는 언덕 위의 발전소에서 근무하고 있었다. 그는 리쓰와 같은 학년의 딸을 혼자 키우고 있었다.
일주일에 두 번 정도 가게에 와 항상 구석 자리에 앉아 조용히 밥을 먹고 돌아가는 거구의 사카키바라는, 어딘가 코끼리를 연상시키는 면이 있었다. 가게 단골들은 새로 온 리사에게 어느 정도 관심을 내비치면서 이것저것 말을 걸곤 했는데, 그는 이제껏

한 번도 개인적으로 말을 건넨 적이 없었다.

초등학교는 자매가 사는 연립주택에서 리사의 걸음으로 15분, 리쓰의 걸음으로는 대략 20분 정도 걸리는 곳에 있었으므로 집단 등교를 실시한다니 리사로서는 고마운 일이었다. 예전에 살던 곳에서 리쓰는 걸어서 10분 거리의 초등학교에 다녔고, 리사가 다녔던 초등학교도 집에서 도보 10분이 채 걸리지 않는 곳에 있었다. 학교를 오가는 데 20분씩 걸어야 할 줄은 상상도 하지 못했기 때문에 리사는 동생에게 미안한 생각이 들었다.

정작 당사자인 리쓰는 아직 10분과 20분의 시간 차가 가늠되지 않았는지, "그렇게 멀면 책을 읽으며 걸어갈까?"라고 말했다. 리사는 교통사고가 날 위험이 있으니 절대 안 된다며 단단히 주의를 주었다.

개학식 날 리쓰는 학년이 높은 아이의 인솔에 따라 등교했다가 오전 중에 돌아왔다. 그리고 리사가 아침에 만든 식빵 두 장에 햄 하나만 넣은 햄샌드위치를 먹은 뒤, 봄방학 동안의 오후에 그랬듯 물레방앗간에 갔다. 처음과 달라진 게 있다면 솔방울 세 개 정도를 네네에게 선물할 수 있었다는 것이다.

"접착테이프 심지는 좀처럼 구하기 힘들고, 근방에 있는 골판지 상자를 그냥 가져와 버리면 도둑으로 오해받을 수도 있잖아. 그런데 솔방울이라면 얼마든지 주워 올 수 있으니까."

하지만 그때 리쓰가 가져온 솔방울은 새로 주워 온 게 아니었다. 리쓰가 스기코에게 네네가 가지고 놀 수 있도록 솔방울을 밖에서 주워 와도 될지 물으니, 솔방울을 주우면 일단 나미코의 남편인 마모루에게 갖다준 뒤 삶아달라고 말하라고 했다. 그래서 리쓰가 주워 온 솔방울을 마모루에게 건넸더니 그가 같은 수의 솔방울로 바꿔주었다고 했다. 살짝 귀가 먹은 그에게 리쓰가 큰 소리로 물었다. "왜 솔방울을 삶아요?" 그러자 마모루는 역시나 큰 목소리로 "벌레가 있으니까!"라고 대답했다.

솔방울을 받자마자 네네는 새가 낼법한 환성을 지르며 갉아 댔는데, 30분 만에 전부 너덜너덜해지고 말았다.

마모루와 솔방울을 교환했다는 이야기를 듣고 리사가 물었다. "딴 길로 샌 거야?" 리쓰는 고개를 저었다. "그 근방에 떨어져 있었어."

그러고 보니 리사는 휴일에 리쓰와 함께 학교로 이어지는 길까지 걸어봤는데, 위쪽에 있는 솔밭은 급경사와 인접해 있었다. 도시에서 자란 리사로서는 상상하지도 못했던 통학로여서 리쓰가 위험한 일을 당하진 않을지 괜히 조마조마했다. 그런 리사에게 나미코는 이 근방에 사는 초등학생들 모두 그런 길을 지나 학교에 가는 데다, 무슨 사고가 있었다는 이야기는 들어본 적이 없다고 말해주었다. 그제야 리사도 겨우 받아들일 수 있었다.

리쓰의 말에 따르면, 평일에는 집단 등교를 하지만 집단 하교는 토요일에만 한다고 했다. 평일에 하교할 때는 담임선생님이 "그 애랑 집에 같이 가는 게 어떠니? 방향이 같으니까"라고 교실을 나가는 학생들에게 가능한 한 집으로 가는 방향이 같은 아이들끼리 귀가하도록 넌지시 제안해 주는 모양이었다.

리쓰는 역 근처의 자그마한 분양단지에 사는, 한 명이 같은 반인 쌍둥이 여자애들과 귀가했다고 한다.

"어떤 애들이야?" 리사가 물었다. "음, 쌍둥이라 둘이 닮았어."

리쓰는 이상한 질문이라는 듯 엉뚱하게 대답했다.
"다들 사이좋게 지낼 수 있을 것 같아?"
이렇게 물은 뒤 리사는, 3학년이라면 왠지 어린애 취급을 한다며 듣기 싫어할 질문일지도 모른다는 생각에 아차 싶었다. 예상대로 리쓰는 조금 발끈한 듯한 표정을 지으며 반론했다.
"다들이라니, 좀 아니지 않아? 범위가 너무 넓잖아."
"성격이 맞고 안 맞는 건 있겠네."
"당연하지."
예전에 다녔던 초등학교에서 리쓰가 어떤 아이였는지 리사는 거의 아는 게 없었다. 따돌림을 당한다는 이야기는 들은 적이 없었지만, 그렇다고 인기가 있는 아이도 아닌 듯했다. 작년에는 리쓰가 생일파티는 열지 않아도 된다고 엄마에게 말하는 모습을 본 적도 있었다. 리사가 초등학교 4학년이었을 때까지는, 생일파티에 놀러가거나 직접 친구들을 초대하기도 했었다. 그래서인지 리사는 자신과 달리 동생에게 냉랭한 면이 있다고 생각했다. 그래도 친한 친구는 몇 명은 있었는지 이사를 간다고 했을 때 그 아이들은 리쓰에게 편지를 써주었다.
"어쨌든 빨리 친구를 만들어야지."
"언니면서 엄마나 선생님 같은 소리는 하지 말아줄래?"
"그런가."
리사는 자신의 학창 시절을 돌아봤다. 친구에게 둘러싸여 지내던 학년도 있었고 그렇지 않은 학년도 있었다. '어른들이 초등학생한테나 할법한 말'을 리쓰에게 너무 해댔다가 괜한 부담을 줄지도 모른다는 생각에 리사는 자제하기로 했다.

하지만 같은 또래 아이들이 자연스레 친구가 되는 것처럼, 쓸데없는 기대는 하지 않으려고 마음을 다잡고 있던 리쓰에게 그럴듯한 상대가 생겼다. 소바 가게 손님으로 오는 사카키바라의 딸이었다.

단축수업이 끝나고 평소 수업 시간표대로 돌아온 어느 날, 리쓰가 또래 여자애를 물레방앗간에 데려왔다. 그날은 5교시까지 학교 수업이 있는 날이라 리사가 먼저 물레방앗간에 와 있었다. "안녕하세요." 여자애는 리사에게 경직된 목소리로 인사하는가 싶더니, 라디오에서 흐르는 헨델의 피아노곡에 빠져 있던 네네에게 금세 마음을 뺏긴 듯 정신없이 바라봤다. 음악을 듣고 있는 네네를 배려해선지, 리쓰는 뭔가 말을 걸려고 하던 여자애를 저지하며 입가에 검지를 갖다 댔다.

"음악이 끝나면 인사하자."

"응."

헬멧처럼 머리칼을 짧게 자른 여자애는 초록색 셔츠에, 칙칙한 파란색이지만 데님은 아닌 바지를 입고 있었다. 리쓰가 친구로서 데려온 여자애라는 이유만으로, 리사는 그 아이가 무척 귀여워 보였다. 한편으로는 왠지 아저씨가 적당히 구색에 맞춰 입힌 듯한 차림새라는 생각도 들었다. 리사 역시 세탁해 둔 순서대로 옷을 걸치는, 딱히 멋을 부리는 쪽이 아니었음에도 말이다.

"이 새, 흉내 잘 내지?"

여자애는 리쓰를 향해 소곤소곤 이야기하기 시작했다.

"맞아, 진짜 잘해." 리쓰는 조금 으스대듯 말했다. "하지만 피아노 흉내는 안 내잖아." 여자애는 그렇게 대꾸한 뒤 다시 넋을 잃고 네네를 바라봤다. 영리한 아이라고 리쓰는 생각했다. 그렇지 않으면 리쓰의 상대가 될 수 없을 테니까.

게다가 리쓰는 첫날 함께 하교한 쌍둥이와는 대화가 잘 통하지 않는다고 했다. 쌍둥이는 자기들끼리만 이야기하고 남한테는 도통 관심이 없어서 곤란하다며, 리쓰는 충고하는 어른의 말투로 중얼거렸다.

음악이 끝나고 나서야 리쓰는 네네의 눈앞으로 그 여자애의 등을 떠밀었다.

"히로미야."

"히, 로, 무, 무……뭐!"

네네는 말을 더듬으며 입안에서 목소리를 굴리면서도, 마치 천상의 신과 같은 위엄을 풍긴 채 홰에서 가볍게 앞쪽으로 몸을 내밀더니 히로미를 들여다봤다.

"말하기 힘들면 히짱이라 불러도 좋아."

그때 히로미가 친절하게 말을 고쳐줬다. "네네, 히짱!" 리쓰가 거듭 간단하게 수정해서 말해주었다.

"히짱이래!"

"히짱!"

"히짱!"

그쪽이 좀 더 발음하기 쉬웠는지 네네는 곧장 "히짱, 히짱"이라고 연달아 외치기 시작했다.

리사는 자신 있는 발음을 쉴 새 없이 말하며 날개를 파닥거리거나 몸을 좌우로 움직이는 네네보다, 서툰 발음을 극복하려고 주뼛주뼛 신중하게 연습하는 네네가 더 대단해 보여서 무척 흥미로왔다.

"히로미, 손 내밀어 봐. 이걸 네네한테 줘."

리쓰는 치마바지 주머니에서 솔방울을 하나둘 꺼내더니 히로미의 손 위에 올려놓았다.

"오, 오, 오, 오!"

네네는 낮게 소리를 내며 공물을 미리 검사하듯 고개를 내밀어 히로미의 양손 안에 있는 솔방울을 들여다봤다. 그리고 하나를 주둥이 사이에 물더니 위를 향해 부리의 앞뒤로 솔방울을 이동시켰다. 그렇게 만족스러운 듯 깎아대다가 선반 위로 날아가더니 솔방울을 뱉어내고 열심히 쪼기 시작했다.

리사는 문득 신경이 쓰여서 미닫이문의 창 너머로 맷돌과 그 위의 깔때기를 들여다봤지만, 아직 메밀은 반 정도 남아 있었다. 솔방울과 새로운 사람에게 자신을 뽐내는 데 정신이 팔린 네네가 텅 비었다고 말하는 걸 잊어버리지는 않을지 걱정했지만, 솔방울을 가지고 놀다가도 맷돌을 확인하는 적당한 시간은 제대로 기억하는지 "텅 비었다!"라고 외쳤다.

리사는 네네 안에 정확한 시간을 측정하는 어떤 장치 같은 게 숨겨져 있는 것 같다고 생각했다. 그러면서도 새장에 네네를 넣고 그 위에 천을 덮어두면 점심에도 밤이라고 착각하며 잠들어버린다던 스기코의 말이 신기하게 느껴졌다.

네네는 히로미의 어깨에 앉아 부리를 옷에 닦을 만큼 친숙해진 듯했다. 리사는 미안하다고 사과하면서, 내심 네네가 오늘 먹은 밥이 해바라기씨뿐이어서 다행이라고 생각했다. 히로미는 "괜찮아요" 하며 말을 이었다.

"이 옷도 마찬가지지만, 다음부터는 더러워져도 상관없는 옷을 입고 올게요."

히로미는 네네의 "텅 비었다!"라는 말을 세 번 들은 뒤 악기 연습이 있다며 돌아갔다.

"피아노를 배운대. 멋지지?" 리쓰는 리사를 향해 양손을 벌리며 말했다.

"난 「고양이 밟아버렸네」는 연주할 수 있는데."

"나도."

"난 엄청 빨리 칠 수 있어."

그렇게 자매끼리 시시한 일로 경쟁하다가 리사가 물었다.

"그 애는 같은 반이야?" 리쓰는 고개를 저었다. "실은 집단 등교 때 같은 그룹인데, 히로미는 거기에서 이미 친해진 3학년 친구들이 있어서 말 걸기가 힘들었어."

리쓰가 자초지종을 설명했다.

방과 후 귀갓길에서 쌍둥이와 헤어진 리쓰는 왔던 길을 조금 되돌아가 솔방울을 줍고 있었다. 그때 마침 히로미가 지나가는 길이었다고 한다. 히로미는 나름대로 매일 함께 귀가하는 친구가 있었지만, 그날은 그 애가 감기로 결석하는 바람에 혼자 하교하던 중이었다. 솔방울을 주워 열심히 살펴보는 리쓰에게 히로미가 말을 걸었다.

"너 전학생이지? 집단 등교에서 봤어."

리쓰는 고개를 끄덕이고 말을 이었다.

"정확히 말하면 '전입생'인데, 그렇게 부르는 것보단 전학생이란 말이 더 잘 통하긴 하지."

리사는 그렇게 말하는 리쓰가 히로미 입장에서는 이상해 보였을 거라고 생각했다. 어처구니없어하며 그대로 가버리지 않고, 다행히 리쓰의 솔방울 줍기에 흥미를 보이며 도와주었다고 한다.

"있잖아, 너한테는 말하는 새가 있다면서?"

히로미가 묻자 리쓰는 자기 새가 아니라고 대답했다.

"언니가 소바 가게에서 일하는데, 그 집의 돌아가신 할아버지가 기르시던 새야."

그 말에 히로미가 진심으로 부럽다는 듯 "하지만 만날 수 있잖아. 좋겠다"라고 말해서 리쓰는 굉장히 자랑스러웠다고 한다.

"이 솔방울도 네네한테 줄 거야. 그 새의 이름은 네네인데 회색 앵무야."

"네네는 어떤 솔방울을 좋아해?"

그렇게 물어서 리쓰는 별안간 말문이 막혔지만, "잘은 모르는데 깨끗한 거랑 너덜너덜한 거랑 이것저것 섞어서 줘. 소바 가게 주인아저씨가 솔방울을 삶아서 벌레를 없애주셔"라고 말한 뒤 다시 열심히 솔방울을 확인해 나갔다. 히로미는 그 작업을 돕다가 일단 집에 돌아가 책가방을 내려둔 뒤 곧장 물레방앗간으로 왔다고 했다.

"네네가 인연이 되어줘서 다행이네."

"응. 오늘 처음 알게 됐지만, 히로미는 좋은 애 같아."

초등학교 3학년이라도 친구가 '좋은 애'인지 아닌지는 중요한 문제일 거라고 리사는 생각했다. 아이들의 본성이 고스란히 뒤섞여 있는 초등학교에서는, 성격 좋은 친구를 발견하기가 굉장히 어려운 일이다.

"계속 친하게 지낼 수 있으면 좋겠네."

"응. 노력할게."

리사한테 리쓰는 아이라기보다 자기가 돌봐야만 하는, 키가 작고 종종 엉뚱한 지식을 뽐내기도 하는 별난 존재였으나 이때만큼은 아이다워 보였다. 리사는 리쓰에게 걱정이 생기면 함께 고민해 주고 최대한 응원할 거라고 다짐했다.

그로부터 일주일이 지나는 동안, 말이 안 통한다는 쌍둥이 이야기를 꺼냈던 것처럼 리쓰가 히로미에 대한 이야기를 하지 않아서 리사가 안심하고 있을 무렵이었다. 오후 1시쯤 손님으로 온 사카키바라가 말을 걸었다.

"야마시타 리쓰 양의 언니 되시죠?"

"네."

"리쓰 양에게 전해줬으면 하는 게 있습니다만."

그는 발밑에 두었던 낚시용 아이스박스에서 알갱이가 든 오렌지주스 캔을 꺼내 리사에게 보여줬다.

"이거 주방 냉장고에 넣을 여유가 있을까요?"

"글쎄요. 아주머니께 여쭤봐야 하는데……."

"그러면 제가 가게를 나갈 때 건네드리죠."

사카키바라는 캔을 아이스박스 안에 다시 넣었다.

"딸 히로미한테 들었습니다. 어제 리쓰 양이 이 주스가 싸다면서 샀는데, 그때는 마시고 싶지 않아서 우리 집 냉장고에 보관해 달라며 딸아이에게 부탁했다고 하네요."

"이런…… 실례했습니다."

업무 이야기를 하듯 말하는 사카키바라의 이야기를 듣다 보니 조금씩 사실이 명확해지면서 리사는 점점 비참해졌다. 결국 리쓰는 친구 집 냉장고를 빌린 셈이다. 집에는 없으니까.

"딸아이는 오늘 피아노 학원에 가는데 어제는 미처 거기까지 생각하지 못했다네요. 그래서 오늘 아침 등교 전에 소바 가게에 가면 들고 가서 언니분께 전해주라고 부탁했답니다."

"정말 죄송해요. 저희 애 때문에……."

리쓰는 여동생이니 엄밀히 말하면 '저희 애'는 아니었지만, 보호자로서 리사는 그렇게 말할 수밖에 없었다.

"무척 저렴해서 늘 자판기에서는 품절인데, 어제는 있었답니다. 그래서 사버렸대요. 딸아이 말로는 그 가격치고는 맛있는 주스라더군요."

사카키바라는 나무라거나 위로하는 기색도 없이 그저 사실만을 말했다.

"폐를 끼치고 말았네요."

"아뇨, 전혀 그렇지 않습니다."

그는 앞으로 계속 사용해도 된다는 말까지 덧붙였다. 그러나 무표정한 데다 버스나 전철의 안내방송에서 웃음기를 제거한 듯한 말투였기 때문에, 어쨌든 리사는 앞으로 잘 부탁한다는 말을 꺼내기는커녕 그저 몸 둘 바를 모를 지경이었다.

리쓰가 남의 집 냉장고를 빌려 썼는데, 하필 그게 소바 가게 손님네 냉장고였다. 그 점이 가장 핵심이었다. 리사는 어쩌다 한 번은 괜찮을지 몰라도 이런 일이 자꾸 반복되면 나미코 부부에게 폐를 끼칠지도 모른다는 생각이 들었다.

사카키바라가 나갈 때까지 리사는 미안하다며 수없이 사과했다. 나미코가 무슨 일이냐고 물어서 이유를 설명했더니, 그녀는 "주스 하나 정도라면 가게 냉장고를 사용해도 되는데. 너무 잔뜩 넣어두면 곤란하지만"이라고 말해주었다.

"애한테 본보기가 되지 않아서요." 리사는 고개를 저었다.

2시가 되어 물레방앗간으로 향하면서 리사는 줄타기를 하는 기분이었다. 첫날 이불을 사고 텔레비전과 세탁기를 얻었다. 리쓰에게 컵라면을 주며 어떻게든 며칠은 버텼지만, 음식을 만들어도 보존할 수 없고 애초에 상온에서는 식재료를 오래 보관할 수 없었다. 리쓰에게는 아직 가스레인지 사용을 허락하고 싶지 않았으므로, 끓인 물을 보존하려니 이번에는 보온병이 필요해졌다. 그래서 봄방학 후반기에 접어들면서 리쓰에게 점심으로 컵라면조차 주지 못하고 줄곧 햄만 넣은 샌드위치를 먹였다. 리쓰는 "응? 맛있는데 뭐"라고 말했지만, 조리에 필요한 마요네즈를 보관할 만한 곳도 없었다. 리사는 초등학교 급식이 시작되어 얼마나 안심했는지 모른다.

"냉장고 갖고 싶다."

그렇게 중얼거리며 리사는 물레방앗간이 있는 부지로 들어가 문을 열었다.

리쓰는 네네를 돌보는 일을 곧잘 도왔다. 일과처럼 솔방울을 모아오고, 라디오 방송 시간을 부지런히 기억해서 적절한 때에 카세트테이프를 갈아주며 네네를 기쁘게 했다. 리사는 리쓰가 열 살이나 어린 초등학교 3학년 여동생이라고 생각하면 기대를 뛰어넘는 도움을 주고 있다는 생각도 들었다.

그러니 더더욱 쓴소리를 하기 어려웠다.

"릿짱, 이거 히로미네 아빠가 주시더라."

리사가 알맹이가 든 오렌지주스를 건네자, 리쓰는 "고마워!"라고 말하며 받자마자 기쁜 듯이 캔을 흔들기 시작했다.

"있잖아, 히로미네 냉장고를 빌리는 건 이번뿐이야."

"어? 왜? 텅텅 비어 있다는데?"

리쓰는 따개용 고리에 신중하게 손가락을 넣으며 리사 쪽은 돌아보지도 않고 대꾸했다.

"텅 비었어도 안 돼. 그런 문제가 아니야."

"냉장고에 든 게 거의 없어서 상관없다고 히로미가 그랬는걸."

리사는 아이 특유의 합리성에 무심코 설득당할 뻔하다가 가까스로 어떻게든 되받아쳤다.

"남의 집 냉장고잖아." 한편으로 리사는 냉장고가 텅 빈 집에 사는 부녀는 저녁에 뭘 먹는 건지 궁금증이 생겼다. 자매는 소바 가게에서 밥을 먹고 있지만.

"냉동실은 상당히 꽉 차 있었어."

"그런 이야기가 아니잖아. 히로미네 아빠는 언니가 일하는 소바 가게 손님인데, 폐를 끼치면 나미코 아주머니나 마모루 아저씨한테 민폐라고."

"그래도 텅텅 비었으니까……."

"텅텅 비었어도 안 된다니까. 어른은 손님 냉장고를 빌려 쓰지 않아."

어떻게든 리쓰를 이해시킬 생각에 '어른'이라는 말을 꺼냈더니 어린애 취급받는 걸 싫어하는 리쓰는 불만스러운 표정으로 알았다고 대꾸한 뒤, 창가로 가서 리사와 네네한테서 얼굴을 돌린 채 말없이 주스를 마셨다.

"릿짱, 여기 봐."

네네가 말을 걸어도 리쓰는 그저 힐끔 돌아볼 뿐이었다.

리쓰는 사리 분별을 할 줄 아는 아이였다. 윽박지르며 혼을 내면 반발할 테고 어린애 속임수 같은 말은 통하지도 않을뿐더러, 형편이 가난하다는 걸 이해하고 있기에 진지한 태도로 받아들이는 듯했다.

그러한 까닭에 리쓰는 금전적으로 리사를 조르는 일이 거의 없었다. 아직 직접적으로 물어볼 수는 없지만 본가에서 물질적 어려움은 없는 대신 엄마의 약혼자에게 억눌린 채 살아가는 삶과, 여기에서 냉장고조차 없이 자신과 살아가는 삶 중 동생에게 정말로 좋은 쪽이 뭔지 리사는 늘 고민하고 있었다. 그 남자한테 된통 혼나는 모습이 안쓰러워서 일단 본인이 독립할 때 데리고 나와버렸지만.

"그거 얼마니?"

리사가 묻자 리쓰는 얼굴도 쳐다보지 않은 채 대꾸했다. "60엔." 리쓰의 용돈은 하루에 100엔이라 일반적인 자판기에서는 주스 한 병 사면 사라질 돈이었지만, 60엔짜리 주스를 산다면 40엔어치는 과자를 살 수 있었다. 리쓰도 생각이 있었던 셈이다.

"냉장고 사자."

리사는 '살 거야'가 아니라 '사자'라고 말하는 자신이 어쩐지 이상하게 느껴졌다. 하지만 리쓰와 함께 생활하는 이상, 이런 식의 화법이 적절한 느낌도 들었다.

"괜찮아. 주스 사면 바로 마실게."

"냉장고 사자니까. 그러면 햄샌드위치에 마요네즈를 넣어줄 수 있잖아."

"그거 안 넣어도 맛있어."

"아냐, 살 거야."

거의 입씨름하듯 자매가 서로 말을 주고받은 끝에, 리쓰가 한마디 덧붙였다.

"힘들면 진짜 안 사도 돼."

"내가 마요네즈를 보관하고 싶어서 그래." 리사가 말했다.

"알겠어. 그런데 냉장고 살 때까지 혹시 용돈 줄여야 해?"

"지금 당장은 아냐. 6월까지 석 달 동안 월급에서 냉장고 살 돈을 모을게."

"왜 6월까지야?"

"7월이 되면 선풍기가 필요할 테니까."

"그러네." 리사의 말에 리쓰는 고개를 끄덕였다. 원래는 처음에 선풍기를 살 생각이었는데 그 계획이 너무 빨리 어그러져서 불안하기도 했지만, 리사는 선풍기보다 냉장고 쪽이 더 고가이므로 먼저 마련하기로 했다.

"12월이 되면 난로도 필요하겠네."

"응."

리쓰의 말에 리사는 정말 그때까지 자매끼리 이 생활을 이어가고 있을지 궁금했다. 하지만 어쨌든 지금은 하루하루를 살아나갈 뿐이었다.

당장 목표가 냉장고 구매로 바뀌고 나니, 리사는 집에서 줄곧 책만 읽는 리쓰가 점점 신경 쓰이기 시작했다. 낮에는 물레방앗간에 있어 괜찮았지만 밤이 되어서도 리쓰는 네 평짜리 거실에서 자기 전까지 독서삼매경이었다.

그날도 리쓰는 이불 위에 드러누워 책을 읽고 있었다. 초등학교 도서실에서 최대 권수까지 빌리는 것도 모자라, 그사이 이웃 마을 도서관에도 책을 빌리러 가겠다고 벼르고 있었다. 히로미와 주변 친구들 말로는 걸어가기에는 조금 멀어서 자전거가 필요하다고 했다. 리쓰는 자전거가 갖고 싶다고 말했다.

"6월까지 저금해서 냉장고를 살 거잖아. 7월에는 선풍기를 사고 12월에는 난로를 사야 하니까, 10월에 자전거를 사면 되겠네?"

조금 싫증 났는지 리쓰는 책을 엎어둔 채 벌러덩 대자로 드러누워 자기 의견을 제안하듯 말했다. 살짝 어처구니가 없었던 리사는 이렇게 대꾸했다.

"앞으로 무슨 일이 있을지 모르니까 별 기대는 하지 마."

"언니랑 나랑 같이 쓸 수 있는 중고 자전거를 사면 되잖아."

"키 차이가 나는데……."

"안장을 조절하면 되지. 언니가 타기 쉬운 쪽으로 맞출게."

자기 나름대로 설득력이 있다고 생각했는지 리쓰가 말을 이었다. "히로미도 이제 어른용을 탄단 말이야. 벌써 초등학교 3학년이니까." 그러나 리사가 듣기엔 그것이 이치에 맞는 건지 아닌지 알쏭달쏭했다.

자전거를 사는 건 확실히 괜찮은 생각이었으므로 리사가 고민해 보겠다고 하자, 리쓰는 "그래, 고민해 봐"라며 못을 박은 뒤 다시 책으로 시선을 돌렸다.

"자전거는 고민해 볼게. 그런데 리쓰, 너 눈이 잘 안 보이거나 그러진 않아?"

"응? 괜찮은데."

초등학교 건강검진 때 측정한 리쓰의 시력은 양쪽 모두 0.9였다. 18년의 인생을 살아오면서 양쪽 눈의 시력이 줄곧 1.0이었던 리사로서는, 여덟 살 리쓰의 시력이 점점 나빠지고 있다는 사실이 그저 놀랐을 뿐 별일은 아니었다. 아마 독서 탓일 거라고 리사는 짐작할 따름이었다.

"너무 어두운 곳에서는 책 읽지 마."

리사의 말에 리쓰는 건성으로 대꾸하고는 계속 책을 읽었다.

"리쓰, 자전거 갖고 싶다면서 눈이 나빠지면 곤란할 텐데?"

"왜?"

"안경을 맞춰야 하잖아."

"아, 그런가."

"안경 비싸거든."

리사가 초등학교 때 친했던 여자애가 안경을 쓰게 되자 가격을 알려준 적이 있었다. 족히 3만 엔은 든다고 했다. 안경이 그토록 비싼 물건이라는 사실에 리사는 화들짝 놀랐었다.

"얼마나 하는데? 10만 엔 정도?"

"그 정도까지는 아니어도 냉장고랑 비슷한 금액일 거야."

"알겠어. 조심할게."

　그러면서도 리쓰는 여전히 책을 손에서 놓지 않았다. "일단 중학교 올라갈 때까지는 안경 금지야." 리사가 주의를 주니 리쓰는 힐끗 쳐다보며 대꾸했다. "알겠어, 중학교 때까지라는 거지." 그러더니 책을 덮고 잠시 엎드린 채 다리를 파닥거리던 리쓰는 뭔가 떠올랐는지 구석에 있던 책가방을 열었다.

　"안경 때문에 생각났어. 가정방문 있대."

　담임선생님이 안경을 썼다면서 리쓰는 프린트물을 꺼내 리사 쪽으로 들고 왔다. "이거." 리쓰가 학교 프린트물을 자신에게 보여주는 상황이 처음에는 당황스러웠던 리사도, 4월 하순쯤 되니 점차 익숙해졌다. 주요 내용은 급식비 납부 안내, 등하교 중 교통사고 방지를 위한 주의 환기, 전년도 학부모 회의 때 모인 기부금으로 초등학교 인근 위험한 길가에 도로반사경이 설치되었다는 공지 같은 것으로 돈과 관련된 내용과 중요한 보고가 세세하게 적혀 있었다.

리쓰가 들고 온 '가정방문 안내'에 따르면 5월 연휴가 끝난 직후에 각 반의 담임이 가정방문을 하는데, 직장 때문에 시간 제약이 있는 보호자는 지정된 기간에 방문을 희망하는 날짜와 시간을 절취선 아래의 기입란에 제3 지망까지 적어주길 바란다는 내용이었다. 소바 가게 정기 휴일이 수요일이라서 리사는 해당 요일의 시간대에 세 날짜를 골라 쓰고 절취선을 접어 조심스레 잘라낸 다음 리쓰에게 건넸다.

"전부 수요일로 적었네. 모처럼의 휴일인데 미안해."

잘라낸 신청서를 바라보던 리쓰는 어른스러운 말을 하고는, 소중하다는 듯 종이를 책가방에 집어넣었다.

5월 연휴는 나흘간이었지만 소바 가게는 쉬는 날 없이 평소대로 문을 열었으므로, 리쓰에게는 별반 다를 바 없는 나날이었다. 어쩐지 자매가 막 이사 왔던 초창기 생활로 돌아간 듯한 느낌이 긴 했지만, 대신 지금은 히로미와 스기코가 있었고 둘 중 누군가는 물레방앗간에 매일 와주었기 때문에 리쓰는 즐거워 보였다.

"너도 하루쯤 쉴래?"

나미코가 이렇게 물어봐 주었지만, 리사는 괜찮다고 대답했다. 잠시 생각하던 나미코는 "그럼 이번 달에는 세 번째 일요일에도 쉬렴. 아마 손님도 그리 많지 않을 거야"라고 말하며 휴일을 하루 늘려주었다.

연휴가 끝난 뒤 첫 번째 수요일 저녁, 리쓰의 담임인 후지사와 선생님이 자매가 사는 연립주택에 방문했다. 평소처럼 리쓰는 물레방앗간에서 히로미와 시간을 보내고 있었다.

"리쓰 양의 담임인 후지사와 시즈코라고 합니다."

현관 앞에서 인사하는 선생님은, 리사가 지금껏 현실에서 만났던 인물 가운데 가장 공부를 잘할 것 같은 얼굴을 하고 있었다. 서른이 넘은 듯한 나이에 은테 안경을 썼고 옅은 화장에 머리를 질끈 묶은 모습은 지극히 수수해 보였지만, 짙은 남색 재킷 안에 보이는 하얀 바탕에 보라색 가는 세로 줄무늬 셔츠는 개성 있어 보였다.

태어나 처음으로 리사는 자기 집에 찾아온 손님에게 차를 대접했다. 소바 가게에서는 매일 손님들에게 물을 대접하긴 했지만, 장소가 자기 집이 되고 보니 여동생의 담임선생님에게 어떤 차를 내면 좋을지 알 수 없었다. 그리하여 나미코에게 물어본 뒤 찻잎을 얻었고, 도자기로 된 찻주전자와 찻잔은 가게에서 빌렸다.

후지사와 선생님은 리쓰가 초등학교 3학년이 된 지 아직 한 달밖에 되지 않아서 예전 일은 잘 모르겠지만 성적이 상당히 좋고, 체력 검사를 해보니 50미터 달리기는 무척 빠른데 던지기는 서투르다고 말했다. 수업 태도는 좋은데 질문이 있으면 손을 들지 않고 쉬는 시간에 물으러 오며, 반 여자애들과는 그럭저럭 잘 지내는데 남자애들과는 기본적으로 거리를 둔다고 했다.

"머리가 좋은 학생이랍니다." 후지사와 선생님은 한쪽에 가로로 쌓여 있는 리쓰의 책에 가볍게 시선을 던진 뒤 말했다.

"다만 말씀드려도 좋을지 모르겠지만, 고등학교를 막 졸업한 언니와 단둘이 산다는 건 솔직히 걱정되는군요."

그녀는 안경 렌즈를 하나로 이어주는 부분이 아닌, 렌즈의 은테 위아래를 붙잡고 위치를 조절했다. 손에 힘줄이 불거져선지 뭔가 그 동작이 리사에게는 남성적으로 느껴졌다.
"댁에서 리쓰 양은 어떤 애인가요?"
"어떤 애……요?"
어른과 무릎을 맞대고 앉아 여동생에 관한 질문을 받는 상황이 인생에서 처음이었던 리사는, 당황해하면서도 신중히 생각하며 말을 이었다.
"가지고 있는 책이든 빌린 책이든 엄청나게 읽어요. 텔레비전은 만화랑 퀴즈 채널을 보고요. 가끔 엉뚱한 말은 해도 제멋대로 굴지는 않아요. 하교 후에는 제가 일하는 소바 가게의 물레방앗간에 가서 새를 보살펴 주고 있어요."
선생님이 테두리를 들어 안경 위치를 고치는 모습을 본 리사는, 어쩐지 초조해져서 다급히 부연 설명을 했다.
"그게 말이죠, 물레방앗간은 안에서 빗장을 걸 수 있어서요. 그러니 모르는 사람은 들어올 수 없어요."
그러자 선생님은 리사의 설명과는 직접적으로 관계가 없는 질문을 했다.
"새 말인가요?"
"네, 말하는 새예요."
리사가 회색앵무라고 말하자 그녀는 "그렇군요" 하며 고개를 갸웃하더니, "소바 가게의 물레방앗간에 사는 회색앵무라……"라고 중얼거렸다. 그러더니 곧 정신이 번쩍 든 것처럼 네네와는 관계없는 질문을 했다.

"부모님과는 연락을 취하시나요?"

"네, 그게……."

여기에서 '네'라는 건 질문을 알아들었다는 뜻일 뿐 결코 상대의 말을 긍정한다는 뜻의 '네'는 아니었다. 하지만 혹시나 부정적으로 받아들이지는 않을까 싶어서 리사는 되도록 함축적으로 들리도록 주뼛주뼛 미소 지으며 고개를 끄덕였다.

엄마에게는 여기에 이사 온 당일과 리쓰의 개학식 때만 연락했다. 리사가 전화를 걸었더니, 엄마는 "둘 다 건강하니? 전입신고도 했겠네"라는 말만 했다. 그러더니 본인과 약혼자 이야기뿐이었다. 사업은 본격적으로 궤도에 들어섰고 엄마도 이사의 직함으로 관여하게 될 것 같다고 했다. 그러면서 통화 끝에 "지겨워지면 돌아오렴. 최근에 이웃한테 너희들 어디 갔냐는 말을 들어서 얼마나 망신스럽던지"라는 말을 덧붙였다.

기대는 한 적도 없지만 리사의 학비라든가 약혼자가 리쓰에게 했던 짓에 대해 엄마는 한마디도 하지 않았다.

"그게……?"

선생님이 되묻자 리사가 대답했다.

"잘 지내냐고 물어서 그렇다고 했어요."

"그뿐인가요?"

"그리고 곤란한 일이 생기면 말하라고도……."

리사는 거짓말을 했다. 엄마는 그런 말을 한 적이 없어서 리사는 서글퍼졌다.

"어려운 일은 없나요?"

"지금까진 괜찮아요."

리사는 잠깐 생각하다가 "아니다, 있어요"라고 말을 고쳤다.
"리쓰의 눈이 나빠지지 않도록 어두운 곳에서나 나쁜 자세로 책을 지나치게 읽지 말라고 지도해 주실 수 있을까요?"
"알겠습니다."
후지사와 선생님은 은테 안경의 위치를 고친 뒤 노트에 뭔가를 적어나갔다.
"잘 부탁드립니다."
"저야말로 부탁이 있습니다. 제가 부모님께 연락을 드려봐도 될까요?"
그녀는 노트에서 고개를 들고 리사를 똑바로 바라봤다. 수수하면서 어두워 보이는 듯한 사람, 하지만 남이 노골적으로 그렇게 바라본다 해도 신경 쓰지 않을 만큼 자기 일에 자부심을 가진 지적인 사람 같았다.
"상관없지만, 아마 다를 바 없을 거예요……"
"그 말씀은 여기에서 둘이 계속 살 거라는 뜻인가요?"
"네, 아마도요."
"알겠습니다."
그 '알겠다'라는 말이 찬성인지 반대인지 겉으로는 거의 파악하기 힘든 표정으로 후지사와 선생님은 고개를 끄덕였다.
"만나 뵈어서 다행이었습니다."
돌아가는 길에 후지사와 선생님이 말했다.
"감사합니다. 정말 감사해요."
리사는 몇 번이나 머리를 조아리며 인사했다. 어른이라면 여기에서 뭔가 다른 한마디를 더 했을 텐데 그 이상의 말은 도저히 떠오르지 않았다.

후지사와 선생님이 돌아간 뒤 리쓰가 스기코와 함께 집에 돌아왔다. 히로미는 피아노 연습이 있어서 집에 간 모양이었다. 히로미가 안 보일 때마다 리쓰는 피아노 연습이 있어서라고 말했다. 초등학교 3학년인데 뭔가를 그토록 열심히 배우고 있다니, 리사는 히로미가 조금 부러웠다.

스기코가 들고 온 비파[+]를 셋이 까먹었다.

"선생님은 어땠니?" 스기코가 물어서 리사는 조금 몸을 움츠리며 대답했다. "긴장했어요."

"그야 당연하지. 난 살면서 한 번도 누군가의 가정방문 따위를 받은 적이 없단다. 그러니 이 나이라도 긴장할 것 같네."

스기코는 "자기 일이 아니니 더 복잡한 면이 있을 거야"라고 이어 말한 뒤 맛있게 물을 마셨다. 식료품점 앞에서 물을 저렴한 가격에 팔며 컵에 따라주는 사람이 와 있어서 다행이었다.

"리쓰 너, 성적이 좋고 발이 빠르다던데?"

"신난다!"

"완벽하네."

스기코는 생긋생긋 웃으며 리쓰의 등을 가볍게 두드렸다. 그 모습을 바라보고 있으니, 리사는 후지사와 선생님이 자매끼리의 생활을 염려하는 것에 대한 걱정이 조금은 옅어지는 느낌이었다.

스기코가 돌아간 뒤 리사는 용기를 내어 말을 꺼냈다.

"리쓰, 엄마한테 돌아가고 싶어지면 편하게 얘기해."

[+] 비파나무의 노란 열매

그 말을 듣더니 리쓰는 순간 어안이 벙벙한 듯한 표정을 지으며 되물었다.

"왜 그런 말을 해?"

"당분간 냉장고도 자전거도 없이 살아야 하니까. 싫어질 것 같기도 해서."

사실 좀 더 근본적인 불안이 있었지만, 리사는 일단 눈에 보이는 부분부터 짚어주었다. 리쓰는 고개를 갸우뚱하며 잠시 진지하게 고민하는 듯하더니 고개를 저었다.

"아직 싫은 일도 없고 앞으로도 그럴 일은 없을 것 같아."

리쓰는 초등학교 3학년 나름대로 할 수 있는 말을 골랐다.

"언니도 싫어지면 얘기해."

"응. 그럴 일은 없을 것 같지만, 알았어."

고개를 끄덕이던 리사는, 자기에게는 차라리 선택지라도 있다는 생각이 들어 리쓰에게 미안해졌다. 그럴 일은 절대 없겠지만, 리쓰를 내쫓으려고 마음먹으면 얼마든지 그럴 수 있었다. 그런 상황이 되면 리쓰는 엄마와 약혼자 곁으로 돌아갈 수밖에 없다. 어려운 한자를 읽을 수 있고 자기가 본 새가 회색앵무라는 사실을 안다 한들, 여전히 어린애일 뿐인 리쓰는 안전한 경계 안에서 보호받아야 한다. 어쨌든 리사는 선생님에게 인정받을 만큼 리쓰가 제대로 된 생활을 할 수 있도록 노력해야겠다고 굳게 다짐했다.

5월 셋째 주 일요일, 자매는 이사 후 처음으로 동네 역에서 가장 가까이에 있는 급행열차가 정차하는 역으로 외출했다. 도시만큼은 아니어도 역에서 조금만 걸으면 상점가가 나오고 상영관이 두 개 있는 영화관과 2층 규모의 서점, 제법 큰 수예점과 전자제품점도 있어서 자매가 즐기기에는 충분했다.

소바 가게는 영업일이었으므로 리사는 외출하기 전에 물레방앗간에 가서 메밀가루를 어느 정도 갈아놓았다. 나미코의 말로는 오늘은 발전소도, 관청도 휴일이라 손님은 그리 많지 않을 테니 어제 갈아둔 분량은 내일 중으로 사용하고 오늘은 최근 며칠 동안 쓰고 남은 메밀가루면 충분할 거라고 했다. 그래도 리사는 혹시라도 모자라게 되면 면목이 없을 것 같아서 조금이라도 일을 해두고 싶었다.

오전 중에 리사가 찾아오는 경우는 드물어서, 네네는 "리쇼아, 빨리 왔네!"라고 말했다. 어쩐지 가게 주인아저씨처럼 시원시원한 말투라서 리사는 웃었다. 한편으로는 이른 시각에 모습을 드러낸 인간에게 새가 '빠르다'라는 표현을 쓰며 상황을 판단하고 있는 모습을 보며 리사는 새삼 네네가 영리하다는 걸 실감했다.

리사는 메밀가루를 갈고, 리쓰는 네네 주변을 보살핀 뒤 자매는 점심 전에 물레방앗간을 나오려던 참이었다. 그때 네네가 말했다. "여기 있어!" 리쓰는 오늘의 외출을 위해 어제 일부러 주지 않았던 솔방울 열 개를 꺼내 선반 위에 나란히 놓으면서 네네를 타일렀다.

"저녁에 다시 올게."

리쓰는 왼쪽부터 순서대로 솔방울을 천천히 나열하는가 싶더니 아무렇게나 무너뜨리고, 이번에는 동그라미와 삼각형 모양으로 진열하면서 네네의 주의를 끌었다.

뇌물이 효과가 있었는지 두 사람의 출발을 받아들인 네네는 "또 보자!" 하며 배웅했다. 역으로 가는 길에 리쓰는 솔방울을 또 주웠다. 그러고는 엄마와 함께 살 때 리사가 만들어준 복주머니에 담았다. 색이 바래고 너덜너덜해져서 리사가 "다시 만들어줄까?" 하고 물으니, 리쓰는 "솔방울만 담을 거라서. 아직 멀쩡하니까 괜찮아"라고 말했다. 리사는 수예를 안 한 지도 오래라고 생각하면서 리쓰를 데리고 급행열차를 탔다.

이사한 지 두 달 정도 지났고 일도 하고 있었다. 리쓰도 초등학교에 보내면서 어떻게든 지내고 있지만, 여전히 그 '어떻게든'의 단계에 머물러 있었다. 언제 안정을 찾을 수 있을지도 명확하지 않은 상태였다.

차창 너머로 이사 왔을 당시보다 녹음이 더욱 짙어진 산맥과 시냇물의 풍경을 바라보면서, 리사는 '어떻게든'의 상태로 얼마나 버틸 수 있을지 멍하니 생각했다.

리사는 소바 가게 손님에게 젊다는 말을 들어도 실감이 나지 않았다. 고등학교 친구들과도 사이가 멀어졌다고 생각하면 쓸쓸해지기도 했는데, 정확히 말하면 문구 창고에서 아르바이트할 때 사귀었던 동료들이 그리웠다.

가장 친했던 미쓰다는 종종 편지를 보내왔다. 처음 편지를 주고받았을 때 전화기가 없냐는 질문을 받은 뒤에야 집에 전화기를 설치하지 않았다는 사실을 깨달았다. 점심 동안에는 소바 가게로 연락하라고 일러두었지만, 전화가 온 적은 없었다. 지금 당장은 필요하지 않아도 역시 전화기를 놓는 편이 좋을 것 같기도 했다. 리사는 어떻게든 해내고 있는 자신들의 생활이 꼭 줄타기처럼 느껴졌다. 그런 생각이 강하게 들자 문득 불안해졌다.

그래서 리쓰와 함께 영화관에서 『글로리아』가 보고 싶어진 건지도 모른다. 리쓰는 같은 시간대에 상영하는 『기동전사 건담』이 보고 싶다고 말했지만, 리사는 "난 이게 보고 싶은데"라고 상당히 강하게 주장했다. 리쓰는 지루하면 자도 된다는 허락과 함께, 곧 상영 예정인 『노비타의 우주개척사』를 꼭 보여주겠다는 약속을 리사에게 받아낸 뒤 양보해 주었다.

영화는 무척 재미있었다. 서로 가까우면서 대등한 위치에 있던 글로리아와 한 남자가 갱으로부터 도망치는 모습이 흥미로웠고, 마지막 장면에서는 통쾌하기까지 했다. 리쓰도 재미있게 본 모양이었다.

이대로 기분 좋게 리쓰와 영화 감상을 나누면서 하루를 보내야겠다고 생각하고 있는데, 관내 조명이 켜지면서 객석의 전방 출입구 쪽으로 낯익은 여자가 나가는 모습이 보였다. 후지사와 선생님이었다.

그녀는 아직 객석에 남아 있는 자매를 알아차리지 못했는지 그대로 로비로 나가버렸다. 인사를 하려고 리사가 리쓰를 데리고 같은 문으로 뒤쫓아가니 후지사와 선생님이 성큼성큼 영화관을 나가고 있었다. 로비에 붙어 있는 도라에몽 포스터에 시선을 빼앗긴 리쓰를 향해 "앞에 있던 사람, 후지사와 선생님 맞지?" 하고 리사가 물었다. "뭐? 몰랐는데." 리쓰는 후지사와 선생님이 떠나버린 뒤에야 영화관 로비를 바라봤다.

그 후 상점가를 구경하러 나온 자매는 먼저 서점에 들렀다. 아동서 코너로 직행한 리쓰는 즐거운 듯 여기저기 둘러보고 있었지만, 뭔가를 사줘야 할지도 모른다고 생각한 리사는 긴장한 상태였다.

"이런 책이라면……."

리사가 아동용 문고를 가리키자, 리쓰는 이상하다는 듯 그녀를 올려다보며 "사달라는 거 아닌데" 하고 말했다.

"읽고 싶은 책은 거의 도서실에서 빌려 읽을 수 있어. 정말 좋아하는 책은 대부분 가지고 있으니까, 생일에 사주면 좋고."

"그러면 왜 서점에 온 거야?"

"도서실에는 없는데 내가 모르는 재미있을 듯한 책이 뭐가 있나 싶어서."

리쓰는 평가라도 하는 것처럼 리사가 가리킨 아동용 문고 서가에서 책등을 구석부터 순서대로 읽어 나가면서 "이 책, 문고본으로 나왔네" 하고 중얼거렸다. "이름이랑 저자랑 출판사를 기억해 뒀다가 나중에 도서실 선생님한테 신청하면 돼."

"몇 권이나?"

"최소 다섯 권은 기억할 수 있어. 많으면 열 권 정도."

"그렇구나."

리사는 감탄했다. 어릴 때는 고민거리가 적고 머릿속에는 거의 관심사뿐이니, 리쓰가 그 정도 정보를 기억한다는 건 대수로운 일이 아닐지도 모른다. 그래도 열 권은 많은 느낌이었다.

리쓰의 용건이 끝날 기미가 보이지 않아서 리사는 근처 매대에 선 채 패션 잡지를 읽다가, 문득 창고 아르바이트비를 모아 초봄에 입을 재킷과 니트 팬츠를 사려고 했던 기억이 떠올랐다. 지금은 오래 입어 낡은 데님 셔츠와 작년 이맘때 샀던 안감 달린 하얀 면치마를 입고 있었다. 불만은 없지만, 치마를 샀을 당시에는 자신이 1년 뒤에 냉장고와 선풍기와 전화기 생각만 하게 될 줄은 꿈에도 몰랐다.

"끝났어." 리쓰가 다가와 말했다. 역시 메모한 것 같지는 않았다. 자매는 서점에서 나왔다. "수예점 갈 거지?" 당연하다는 듯 리쓰가 물었지만, 리사는 배가 고파져서 일단 뭐라도 먹자고 말했다. "알겠어." 고개를 끄덕인 리쓰는 밥을 먹을 만한 곳을 찾아보려고 가게 앞으로 다가가 메뉴와 가격을 읽더니, 그럭저럭 싸다거나 이건 비싸다는 식으로 멋대로 떠들어댔다. 리사는 창피하면서도 어쩐지 든든한 기분이 들기도 했다.

"지금 보니 '미역국 200엔'이 가장 싸네."

"그건 고깃집 사이드로 주문하는 경우지. 고기 가격을 봐야 해."

그런 대화를 나누는데 때마침 지나가던 찻집 구석에 후지사와 선생님이 혼자 앉아 있는 모습을 또 발견했다. 그녀는 이번에도 자매를 알아차리지 못한 듯, 커피잔을 손에 든 채 문고본을 읽고 있었다. 가정방문 때와 같은 재킷을 입고 있었지만, 셔츠는 노란색 바탕에 검은 물방울 프린트 천이라 역시 시선을 끌었다.

"나폴리탄 580엔."

가게 앞의 메뉴판을 들여다보던 리쓰가 말을 이었다. "비싸진 않은데 싼 편도 아냐." 이번에는 후지사와 선생님이 안에 있다는 말은 하지 않고 리사는 리쓰에게 말했다. "좀 더 저렴한 가게를 찾아보자."

"미트소스 스파게티가 580엔이었다면 저렴한 편이었을 텐데."

리사는 "그렇네" 하고는 고개를 끄덕이며 물었다.

"후지사와 선생님은 어떤 분이야?"

"응? 좋은 분이야. 목소리는 작지만."

리쓰는 상점가 바닥에서 녹색 타일만 골라 밟으며 리사보다 조금 앞에서 걷고 있었다.

"그리고 뭐랄까, 신중? 뭐라고 표현했더라. 돌다리도 두드려 보고 건넌다는 그거."

"그래, 알아."

"싸움을 싫어하신대. 폭력적인 남자애가 다른 애들한테 뭔가 해코지할 것 같으면 반드시 복도로 데리고 나가서 달래서."

리쓰는 "그땐 시간이 엄청 걸려서 우리한테는 자습을 시키시는데, 어떻게든 항상 잘 수습하셔. 화내시는 모습은 본 적이 없어"라고 말을 이으며 녹색 타일 끝에 다다르자 마지못해 회색 타일을 밟았다.

"넌 선생님 좋아해?"

"음, 아직 5월이라 모르겠는데. 지금은 좋아. 산수 점수가 나빠도 노트에 도형을 잘 그렸다고 칭찬해 주시거나, 글씨가 왼쪽으로 가지런해서 예쁘다고 말씀해 주셔. 언니한테도 다정하다고 그러셨고."

"그랬구나."

찻집 구석에서 책을 읽던 후지사와 선생님은, 조용하고 고독해 보이면서도 스스로 만족해하는 느낌이었다. 그런 사람이 매일 많은 아이와 관계를 맺으며 생활 태도와 공부를 가르치고 있다고 생각하니 어쩐지 신기했다.

결국 자매는 '나폴리탄 550엔'이라는 안내판을 내건 다른 찻집에 들어가 나폴리탄 스파게티가 아닌, 새우볶음밥과 돈가스 샌드위치를 각각 주문해 먹었다. 어쩌면 지출해야 할지도 모른다고 생각했던 리쓰의 책값이 굳었으므로, 리사는 크림소다를 마셔도 된다고 말하며 테이블 끝에 놓여 있던 메뉴 팻말을 가리켰다. "아, 정말?" 하며 리쓰는 기쁜 듯 웃었다. 크림소다는 320엔이었다. 고민 끝에 리사도 같은 걸 주문했는데, 결국에는 책을 산 것이나 다름없는 돈을 썼다. 새우볶음밥도, 크림소다도 무척 맛있었다.

찻집을 나와 수예점에 가서 리사는 가게 앞 수레에서 특가로 파는 자투리 천 중 좋아하는 무늬를 고르라고 리쓰에게 말했다. "이걸로 할래." 리쓰는 한 면에 파인애플이 인쇄된 화려한 천을 골랐는데 리사 취향이 아니었지만 사주었다. 자투리 천이긴 해도 상당히 큼지막해서 이것저것 만들기 좋아 보였다. 집에 돌아가면 우선 리쓰의 솔방울 수집용 주머니를 만들 생각이었다. 입구를 묶을 용도로 굵은 줄을 따로 구매할지 망설이다가 주머니랑 같은 천으로 만들기로 하고 자투리 천만 샀다.

볼일을 마친 뒤에도 리사는 수예점을 구석구석 구경했다. 1층은 거의 손쉽게 살 수 있는 무명 옷감과 털실, 조화 따위의 수예와 비슷한 취미의 재료를 팔고 있었고, 2층은 수예 용품과 레이스 재료 같은 특수한 옷감을 파는 매장이었다. 수레에 쌓아놓고 할인하는 상품 중에서도 그런 옷감이 있었다. 모슬린과 면직 벨벳, 스팽글 옷감의 자투리 천을 넋 놓고 바라보면서 리사는 멍하니 생각에 잠겼다. '이 지역에서도 이런 재료로 물건을 만드는 사람이 있구나.' 옆에서 수레를 빤히 바라보던 리쓰가 중얼거렸다.

"공주님이 입는 옷을 만드는 천 같은데 이렇게 '특가!'라는 가격표가 붙어 있으니 재밌네."

마지막으로 자매는 전자제품점에 들어가 6월에 살 냉장고를 점찍어 두었다. 키가 작고 문이 하나뿐인데다 냉동실도 없었지만 마요네즈를 보관할 수 있으면 충분했다.

"살 수 있을 것 같아?"

"간당간당해."

서로 말을 주고받으면서 자매는 가게를 나와 전철을 타고 집에 돌아왔다.

리사는 텔레비전을 보면서 리쓰가 고른 파인애플 무늬의 천으로 주머니를 만들었다.

엄마가 전문대 입학금을 납부하지 않은 사실을 알게 된 이후로 바느질에 손댄 적이 없던 터라, 리쓰를 위해 간단한 주머니를 만드는 것만으로도 리사는 숨통이 확 트이는 기분이었다.

평소보다 정성스레 바느질하며 사흘 밤에 걸쳐 완성한 주머니를 리쓰에게 건넸더니, "언니 굉장해!"라며 무척 기뻐했다.

"그런가?" 리사가 되묻자 리쓰는 눈을 반짝이며 말했다. "생각해 보니 이런 걸 만들 수 있다는 건 굉장한 거잖아. 놀랐어!"

리쓰는 종종 거의 어른처럼 말할 때가 있었다. 리사는 그런 동생을 어린애 취급하며 괜스레 응석을 받아주고 싶지는 않다고 늘 생각해 왔다. 하지만 이 순간만큼은 자기도 모르게 손을 뻗어 눈앞에 있는 리쓰의 머리를 쓰다듬었다. 아직 자그마한, 아이의 머리였다.

*

"부녀회에 와볼래?" 6월 초, 나미코가 그런 제안을 했다. "저도 가도 돼요?" 리사가 되물었더니 그녀는 잠시 고개를 갸우뚱하더니 대답했다.

"그야 너도 '부녀'에 해당하니까 당연히 갈 권리는 있잖아."

리사는 부녀회 같은 모임은 좀 더 어른인 사람이 가는 곳이라 생각했다. 하지만 본인은 일도 하고 집을 빌려 월세도 내며 여동생을 초등학교에 보내고 있으니, 나름대로 '부녀'가 맞는 것 같아서 일이 끝난 뒤 가보기로 했다.

밤 9시가 넘어서 회의가 끝난다는 말을 듣고 리사가 고민하니 리쓰가 말했다.

"나 혼자 집을 지키는 게 불안하면 히로미 집에 가 있어도 되는지 부탁해 볼게. 그날은 히로미도 학원 수업이 없어서 괜찮을 거야."

고민 끝에 리사는 소바 가게에서 산 선물용 메밀차와 사카키바라에게 쓴 편지를 리쓰에게 건넨 뒤 함께 전해주라고 말했다.

금요일 밤이 되자 역 근처에 있는 상공회의소 회의실에 갔다. 상공회의소는 2층으로 된 자그마한 상자처럼 생긴 건물로 1층에는 사무실과 응접실, 자그마한 임대 사무소가 있었다. 2층은 밖에서 봤을 때보다 넓었는데 전체가 회의실이었다.
"네가 여기 온 지 두 달이나 지났잖니."
상공회의소로 가는 길에 나미코가 말했다.
"오래 버티지 못하리라는 생각은 안 했어. 물론 믿었으니까 고용했지. 하지만 집도 바뀐 데다, 새를 보살피면서 메밀가루를 갈아야 하는 특이한 일을 하는 와중에 여동생을 학교에 보낸다니. 그런 일을 해내는 젊은 여자애가 우리 가게에서 몇 개월이나 일하고 있다는 사실이 계속 실감이 나지 않더구나."
그렇게 말하는 나미코에게 리사가 물었다.
"역시 저는 별난 일을 하고 있는 걸까요?"
"잘 모르겠지만, 굉장히 잘해주고 있기는 해."
나미코는 이렇게 대답하며 말을 덧붙였다.
"릿짱의 일은 지금도 가끔 불안하단다. 그래도 여기에 있고 싶다면 상관없는데, 혹시라도 릿짱이 돌아가고 싶어 한다면 곧장 부모님 곁으로 돌려보내렴."
이제껏 나미코는 그 시기를 계산해 두기라도 한 듯 규칙적으로 리쓰의 상태를 진지하게 묻곤 했다. 네네와의 관계나 학교생활 같이 이쪽에서 일어나는 일에 대해서가 아니라, 엄마가 있는 곳에 돌아가고 싶지 않은지와 같은 근본적인 내용이었다. 자기가 당부한 문단속이나 행동과 관련된 주의 사항을 자매가 잘 지키고 있다는 건 인정해 주고 있을지라도, 역시 나미코는 계속 두 사람을 걱정하고 있었다. 그만큼 자기들의 생활이 일반적이지 않다는 뜻이라고 리사는 생각했다.

그렇기는 해도 리쓰가 엄마의 애인에게 구박받으며 살아가는 쪽도 자연스러운 생활은 아니라는 생각이 들었다. 리사는 딱히 뭔가를 깊이 생각하거나 신봉하는 성격은 아니었지만, 이것만큼은 확신할 수 있었다. 사실 리사 자신도 아빠의 기분에 따라 좌우되는 어린 시절을 보낸 경험이 있어서였다. 결국 부모님은 불화를 극복하지 못하고 이혼했지만, 집 안의 부녀자를 향한 아빠의 위압에 대해서 끝까지 엄마는 원래 그런 법이라고 생각하는 경향이 있었다. 자기 일을 하고 있고 생활력도 있었지만, 그것과는 별개로 엄마는 남자가 옆에 있다는 사실 자체에 위안을 얻는 사람이었다는 걸 리사는 새삼 깨달았다.

그렇기에 리사는 그저 자유롭지 못한 상황을 리쓰가 겪지 않기를 바랐다. 집안에서 누군가에게 행동을 억압받는 것과 생활비를 벌어야 하는 고충은 전혀 다른 차원의 문제였다. 리사는 그 부분을 명확히 밝힌 뒤 리쓰에게 직접 선택하도록 한 적은 없다는 게 마음에 걸렸지만, 그래도 자신이 틀렸다고는 생각하지 않았다.

상공회의소 입구 근처의 계단을 올라가 정면에 있는 문을 열자, 스무 명쯤 되는 여자들이 커다란 타원형으로 둘러싸여 왁자지껄 떠들며 긴 책상들을 옮기고 있었다. 나미코가 근처의 누군가와 이야기하는 동안, 리사는 긴 책상을 같이 옮길 파트너를 찾지 못한 사람에게 다가가 도와주었다. 그렇게 책상 세 개가 나란히 늘어섰다. 그사이 회의실에 도착한 스기코가 기쁜 듯이 인사하며 말을 걸어줘서 리사는 마음이 놓였다.

"어머나, 오랜만이네. 석 달만 아닌가?"

"그러게. 봄에는 유채꽃 때문에 바빠서 말이지!"

상대방의 살짝 빈정거리는 투의 질문에도 스기코는 개의치 않는 표정으로 반갑게 대답했다.

부녀회를 위한 책상 준비가 끝나자, 전원이 착석한 뒤 회의가 시작되었다. 이번 분기에서 서기를 맡은 나미코가 정해진 자리는 없다고 해서 리사는 입구 근처 의자에 그녀와 나란히 앉았다.

"여러분도 아시다시피 이번 달부터 슬슬 여름 합창 대회 건을 하나하나 정해야 하는데요, 그전에 새로 들어온 분을 소개합니다. 야마시타 리사 씨입니다."

이번 분기의 회장이라는, 아직 서른이 채 되지 않은 듯한 우체국 직원 마카베가 리사 쪽으로 팔을 내밀며 소개했다.

"인사 한마디 부탁드려도 될까요?"

리사는 "아, 네" 하고 일어서더니 "야마시타입니다. 잘 부탁드립니다"라며 정말 한마디만 말한 뒤 나름대로 깊이 고개 숙여 인사하고 자리에 앉았다. 대부분 딱히 개의치 않는 눈치였지만, 두세 명 정도는 의아하다는 눈빛으로 리사를 쳐다보거나 옆 사람과 슬며시 뭔가 대화를 나눴다. 리사는 소바 가게에서 일하는 걸 말해야 했을지 생각하면서 나미코 쪽을 슬쩍 봤지만, 그녀는 노트를 펼치며 가볍게 고개를 끄덕일 뿐이었다.

그리고 곧 회의가 시작됐다. 이 근방에서는 부녀자들의 합창 동아리가 상당히 활발하게 이루어지고 있었는데, 8월 명절 전에 지역 합동 발표회가 있어서 먼저 참가자를 모집하는 모양이었다. 전원 참가는 아니고 희망자만 노래하는 듯했다. 이미 절반 정도의 사람들은 당연히 참가한다는 듯한 태도였다. 올해는 밝은 노래를 부르고 싶다, 작년에는 우리 팀이 마지막 차례였는데「몰다우」를 불러서 분위기가 숙연해져서 좋지 않았다, 그래도 우리가 가장 잘 불렀다는 둥 다들 이런저런 말을 떠들어댔다.

"나미코 씨는 합창 대회에 안 나가세요?"

"응. 3년 전까지는 참가했는데 최근 2년 동안에는 바빠서 못 했지. 올해도 건너뛸 생각인데 내년에는 나가고 싶네."

그렇게 마음대로 들락날락해도 되는 건지 의아해하면서 리사는 여자들이 서로 활기차게 이야기하는 모습을 바라봤다.

"너도 원하면 나가도 돼."

"아뇨, 전……."

합창은 좋아하지도 싫어하지도 않았지만, 나미코가 참여하지 않는다면 자신도 하지 않는 편이 좋을 거라고 리사는 생각했다.

"뭐, 참가자 모집은 나중 일이라고 생각하는데요."

마카베는 이렇게 말하더니 일어서서 회의실 구석에 놓인 칠판 앞으로 다가가 오른쪽 끝에 커다란 글씨로 '곡'이라고 쓴 뒤 목소리를 크게 내며 말했다.

"일단 이게 먼저겠죠."

"다음번 회의 때까지는 곡을 정했으면 합니다. 과거 5년 동안 불렀던 곡은 제외하고, 이거다 싶은 곡이 있다면 손을 들어 말씀해 주세요."

"네!" 그때 누군가 힘차게 손을 들더니 마카베가 의견을 재촉하기도 전에「아무도 잠들지 마라」가 좋다고 소리쳤다. "고미야 씨는 저 노래 참 좋아해. 6년 전에 불렀던 건데."

나미코가 중얼거리면서 노트에 곡명을 적었다. 그러자 고미야의 대각선 방향에 앉아 있던 동년배로 보이는 여자가 턱을 괸 채 삐딱한 태도로 말했다.

"그러면 난 하이든의 「황제」가 좋아."

나미코는 곡명을 노트에 적은 뒤, 리사에게 부인복 가게를 하는 고미야와 미용실을 하는 기나시는 라이벌 사이라고 소곤소곤 알려주었다.

"「여름의 추억」 같은 노래는 안 부르나요?"

리사가 나미코에게 묻자, "그건 자주 불렀으니 다들 질렸을 걸"이라는 대답이 돌아왔다.

나미코의 말에 따르면 이 지역에서는 음악교육이 상당히 활발하게 이루어지고 있다고 했다. 리사는 알아차리지 못했는데, 전날 리쓰와 다녀왔던 급행열차가 정차하는 역에는 그럭저럭 규모가 큰 뮤직홀이 있어서 이따금 유명한 악단과 피아니스트, 가수가 콘서트를 하러 온다는 것이었다. 그래서 지역 사람들은 음악 장르에 딱히 거부감이 없었다.

처음에 나온 곡은 그야말로 클래식이었지만, 그 뒤로는 다양한 장르의 곡이 나왔다. 야마구치 모모에가 부른 「코스모스」, 폴 사이먼이 부른 「나와 훌리오와 교정에서」, 「소주야곡」, 「사랑의 찬가」 등이 언급되면서 마카베 앞의 칠판은 혼돈 그 자체였다.

활발하게 의견을 펼치는 모습을 보아하니, 제안하는 사람들 각자 독자적으로 부르고 싶은 노래가 있는 모양이었다. 리사는 사람들의 의견을 한데 모으기가 쉽지 않겠다고 생각했다.

한바탕 의견들이 오고 간 끝에 마카베는 팔짱을 낀 채 칠판을 바라보며 심각한 표정으로 말했다.

"이거, 투표해도 완전히 갈리겠네요."

"죄송하지만, 최근 5년 동안 다른 부녀회가 불렀던 곡들도 조사해 볼게요. 그걸 제외한 리스트를 작성해서 다음 주에 배포한 뒤, 그중에서 투표로 곡을 결정하는 건 어떨까요?"

"뭐야, 그러면 내가 말한 곡은 안 되겠네."

하이든의 곡을 제안한 기나시는 이의를 제기하면서도 딱히 아쉬워 보이지는 않았다. 오히려 누군가 목소리를 높였다.

"다음 주에도 모임을 하는 건가요? 원래 두 주에 한 번인데?"

마카베는 고개를 끄덕이며 말했다. "죄송하게도 그렇습니다." 어딘가에서 "곤란한데"라는 목소리가 들리는가 싶더니, 다시 다른 쪽에서 "하지만 악보 조달도 해야 하니까 웬만하면 빨리 결정해야죠"라고 조언했다.

"퍽 흥미롭지?"

전혀 의견을 내지 않던 나미코가 갑자기 물어서 리사는 고개를 끄덕였다.

그날은 그대로 곡이 결정되지 않은 상태로 회의가 끝났고 다음 주에 곡을 결정하기로 했다.

다음 회의 날, 나미코가 말했다. "이번 주도 사카키바라 씨 집에 릿짱을 맡기기 부담스러우면 우리 숙모님 댁에 맡기렴. 지난번에도 우리 집 양반이랑 텔레비전을 보셨다나 봐." 리사는 "생각해 주셔서 감사해요"라고 말하며 제안을 받아들이고 다시 회의에 따라가기로 했다.

이날도 어김없이 긴 책상을 나란히 옮기는 일을 도왔더니 "고마워"라거나 "또 왔네?"라거나 "젊네"라는 말을 듣기도 했다. 지난주에 가장 먼저 곡을 제안했던 고미야가 "합창 대회 나갈 거니?"라고 눈을 반짝이며 리사에게 물었다. "아뇨 저는……" 리사가 손을 저으니 그녀는 같이 하자며 적극적으로 권유했다.

책상 정리가 거의 다 끝나 갈 즈음 누군가 이름도 부르지 않고 말을 걸어왔다.

"여동생 말인데."

리사가 뒤돌아보니 부회장을 맡은 소노야마가 서 있었다. 꼼꼼히 화장한 그녀는, 하루의 막바지에 적당히 평상복 차림으로 온 다른 회원들보다는 갖춰 입은 모습이었다.

"정말 괜찮은 거니?"

"네?"

"널 신경 쓰느라 엄마를 만나고 싶다는 말을 못 할 거라는 생각은 안 해봤어?"

자그마한 목소리로 그 말만 내뱉은 뒤 소노야마는 뒤돌아 자기 자리로 가버렸다. 리사는 아마 아닐 거라고 생각하면서도, 자신은 리쓰 당사자가 아니니 저 사람의 말을 완전히 부정할 수는 없었다. 고등학교를 막 졸업한 젊은 여자가 열 살이나 어린 여동생과 단둘이 살고 있다는 이유만으로 자신을 미덥지 않게 바라보는 사람 또한 있을 터였다. 그 사실을 인정하며 리사는 복잡한 기분으로 나미코 옆에 앉았다.

회장 마카베는 칠판에 「소주야곡」, 「에델바이스」, 「황성의 달」, 「나와 훌리오와 교정에서(폴 사이먼)」, 「아베 베룸 코르푸스」라고 커다랗게 쓴 뒤 말했다.

"곡을 간추렸습니다!"

"저번 회의 때도 곡이 엄청 다양했는데, 지난 5년 동안 다른 단체에서 불렀던 곡을 제외한 나머지가 이 정도인 걸 보면, 상당히 많은 곳에서 출전하는 대회인가 봐요?"

리사가 물었더니 나미코는 고개를 끄덕였다.

"인근에만 여섯 팀 정도려나. 다른 지역 사람들과 교류할 수 있으니까 다들 어느 정도 기대하고 있지."

합창 대회는 급행열차가 정차하는 인근 역에 있는 뮤직홀의 작은 강당을 빌려 개최된다고 했다. 대회 후에는 회의실에서 교류회도 갖고, 각자 원하면 2차에 가는 사람도 있다고 나미코는 말했다.

"하긴, 저쪽 사람들은 어쩐지 싫다고 말하는 사람도 있어서 다 친하게 지내는 건 아냐. 서로 경쟁하는 부분도 있고."

나미코는 어깨를 으쓱하며 의미심장하게 말을 이었다.

"노래 자체는 비교적 다들 열심히 연습하니까 실력이 고만고만해. 오히려 의상이 중요하지. 그런데 이게 보통 일이 아니야."

합창곡은 투표를 통해 「소주야곡」으로 정해졌다. "그러면 난 악보를 조달해 올게요"라든가 "우리 농기구 창고를 연습 장소로 제공하죠"라는 식으로 제각각 알아서 역할을 떠맡았다. 그런데 어쩐지 흥이 깨진 것처럼 정말 중요한 이야기는 하지 않고 그 주변만 빙빙 맴도는 듯한 분위기 속에서, 회의는 다음 주에 다시 하는 것으로 우선 일단락되었다.

다음 회의에도 나미코는 어김없이 리사를 데려갔고 숙모 집에 리쓰를 맡겼다. 숙모와 마모루, 리쓰 세 사람은 탐험가 다큐멘터리에 푹 빠져 있었다.

세 번째 회의에서는 우체국의 마카베가 무척이나 쓰디쓴 표정으로 칠판에 '의상'이라는 글자를 썼다. 이제까지 활발하게 의견을 교환했던 두 번의 회의와는 확연히 달라진 분위기 속에서 참가자들은 침묵했다.

"우리 동네는 시골이잖아."

상공회의소로 향하는 길에 나미코가 속사정을 들려주었다.

"대회에 나가는 팀 중에서도 가장 시골이지. 바느질 솜씨가 좋은 사람도 없어. 합창은 별로인데 그나마 도시 인근에 있는, 예전부터 주택지였던 동네에서 온 콧대 높은 팀이 있거든. 그 사람들이 번번이 우리 의상을 보며 복장이 단순하다는 둥 평가를 하지 뭐니."

"칭찬으로 하는 말은 아니네요." 리사의 말에 나미코는 "아마도 그렇겠지" 하며 고개를 끄덕였다. "우리 팀은 노래는 좋아해도 그쪽처럼 부유하진 않으니까. 의상에 공들이는 건 불가능한데다, 다들 일하는 사람이 많아서 그걸 만들 시간도 없어. 그래도 노래만 좋으면 되지 싶어서 매년 어떻게든 갖고 있는 옷으로 맞춰 입고 출전하지."

여름 느낌으로 가자는 쪽과 산뜻한 복장으로 가자는 쪽으로 의견이 갈라졌을 때 회의장은 다시 침묵에 휩싸였다. 리사는 자신에게도 배부된 악보와 기사 프린트를 가만히 바라봤다. 딱히 장래를 약속하지도 않은 연인이 밤에 함께 배를 탄다는 내용의 노래였다. 그 정경이 떠오르면서 어쩐지 노래가 풍기는 색조가 느껴져서, 리사는 나미코에게 연필을 빌린 뒤 상상한 색을 가사의 여백 부분에 기록해 나갔다. 일단 문제는 재료비가 얼마나 들지였다.

회의실 시계가 몇 분이 지나도록 여전히 다들 입을 다물고 있었다. 리사는 회의에 참여한 사람들의 얼굴을 하나하나 살펴보며 혹시라도 말하고 싶어 하는 이가 없는지 확인했지만, 다들 고개를 숙이고 있거나 화제를 거부하듯 고개를 갸우뚱하거나 멍한 표정으로 칠판을 바라보거나 악보를 보며 몸을 흔들고 있었다.

리사는 서둘러 작게 그린 디자인을 나미코에게 보여주며 소곤소곤 물었다. "저, 발언해도 될까요?"

나미코는 리사의 디자인을 들여다보더니 가벼운 어조로 말했다. "어머, 괜찮네." 회장 마카베가 조금 놀란 표정으로 이쪽을 쳐다봤다. 혹여나 이상한 취급을 받는다면 다음부터 회의에 나오지 않으면 된다고 마음을 다진 뒤 리사는 손을 들었다.

"의상이라고 해야 할까, 소품을 생각해 봤는데요."

"네, 소품이요?"

"케이프인데요. 어깨에 걸치는 거예요. 그러니까 그걸 다 같이 맞춘 뒤 안에는 모두 하얀 반소매 블라우스를 입는다면 어느 정도 통일감이 나올 것 같아요."

"어렵지 않아?" 리사의 제안에 누군가가 소리를 높였다.

"어렵지 않을 거예요. 패턴[+]을 칠판에 그려봐도 될까요?"

리사가 묻자 마카베는 고개를 끄덕였다.

물레방아를 처음 가동할 때처럼 긴장하며, 리사는 칠판이 있는 곳으로 나가 패턴을 그렸다. 사다리꼴에 가까운 등판이 한 장,

---

[+] 양장에 쓰이는 본

그걸 반으로 접은 옷의 기장을 좌우로 한 장씩 그린, 무척 단순한 패턴이었다.

"바느질은 여기랑 여기 테두리만 하면 돼요. 그리고 옷깃에는 장식 리본이나 뭔가를 달 거예요."

설명을 들으면서 옆 사람끼리 뭔가 속닥거리는 여자들을 바라보고 있으니, 리사는 그 자리에서 당장 도망가고 싶어졌다. 그럼에도 자신은 이 모임에 온 지 얼마 안 되었으니 당연히 사정을 모를 수밖에 없고, 이상한 사람 취급받으며 소외된다고 한들 소바 가게 일만 제대로 한다면 어떻게든 되리라 생각하기로 했다.

"의상 건은 매년 골치가 아프죠. 아이디어 주셔서 고맙습니다." 회장 마카베는 솔직한 말과 함께 리사에게 인사했다.

"혹시 괜찮으시면 견본을 만들어주실 수 없을까요? 다음 주까지는 빠듯할지도 모르니 다다음 주 회의 때까지요."

마카베의 말에 리사는 알겠다고 대답한 뒤, 칠판에 그린 걸 말끔히 지웠는지 확인한 다음 자리로 돌아갔다.

"저 정도는 나도 만들 수 있을 것 같네." 누군가 말을 꺼내자, "나도" "난 힘들 것 같은데"라는 말이 이어졌다. 리사는 문득 신경이 쓰여서 소노야마 쪽을 봤는데 그녀는 누구와도 이야기하지 않은 채 가만히 칠판을 바라보고 있었다.

귀갓길에 나미코는 리사의 어깨를 두드리며 말했다. "잘됐네." 리사가 고개를 끄덕이니 나미코는 말을 이었다. "그중에는 우리 가게 손님의 부인도 있으니까. 네 평판이 좋아지는 건 가게에도 좋은 일이란다."

"이번 주 일요일에 좀 일찍 퇴근해도 될까요? 견본을 만드는데 시간이 필요할 것 같아서요."

리사의 말에 나미코는 고개를 끄덕이며 말했다.

"물론이지."

나미코의 숙모 집에 있던 리쓰를 데리고 나온 리사는 나미코 부부와 함께 시골 밤길을 걸으며 생각했다. 어쩌면 자신에 관한 이런저런 말들이 많아서 그걸 잠재우기 위해 나미코가 부녀회에 들어가자고 권한 건지도 몰랐다.

"언니, 오늘은 텔레비전에서 아나콘다를 봤어."

리쓰는 리사를 올려다보며 말했다. 가로등 불빛이 반사되어 리쓰의 눈이 반짝거렸다.

"도감에서만 보다가 움직이는 건 처음 봤는데, 기뻤어."

그런 리쓰에게 리사도 부녀회에서 준비하는 합창 대회 의상에 의견을 낼 수 있어서 다행이었다고 말했다.

"합창 대회? 재밌겠다. 나도 가도 돼?" 리쓰가 물어서 리사는 고개를 끄덕이며 대답했다. "괜찮을걸."

♪

2주가 지나고, 학교에서 돌아온 리쓰는 무척 화가 나 있었다.

가랑비가 내리는 오후 2시, 메밀가루를 갈기 위해 리사가 물레방앗간에 갔더니 이제 막 학교에서 돌아온 리쓰가 네네의 홰 앞에 둥근 의자를 놓은 뒤 강한 어조로 말하고 있었다.

"네네도 엄마랑 안 살지만 이렇게 좋은 애잖아!" 네네가 "할아버지! 마스지로 씨, 아버지!"라고 말하니, 즉시 리쓰가 "네네는 좋은 애!" 하며 본인이 강조하고 싶은 말을 내뱉었다.

"네네는 좋은 애야!"

"좋은 애!"

"거 봐!"

"거 봐!"

둘이 잔뜩 흥분한 상태였으므로 리사는 좀처럼 오두막 안으로 들어가지 못하고 가만히 있었다. 그때 리사가 왔다는 걸 알아차린 리쓰는, 멋쩍은 듯 "아, 다녀왔어" 하고 말하면서 네네 앞에 있던 둥근 의자를 조금 뒤로 옮겼다.

"뭐 화나는 일이라도 있었어?"

"딱히 없는데."

리쓰는 리사의 눈을 피했다. 그러더니 자매 사이가 그리 좋지 않을 때나 리사가 피곤한 상태일 때, 또는 스스로 생각할 일이 있거나 단순히 책을 읽고 싶을 때처럼, 리쓰는 오두막 창가로 둥근 의자를 들고 가더니 그 자리에 선 채 밖을 바라봤다. 덤불이 우거진 비탈길만 보일 뿐이었지만 초록이 짙은 계절이어서 비가 오면 운치 있어 보였다.

"하고 싶은 말이 생기면 뭐든 얘기해."

"알겠어."

리쓰는 창밖으로 시선을 고정한 채 고개를 끄덕이더니, 잠시 후 손가방에서 책을 꺼내 읽기 시작했다. 홰 위에 있다가 옆 방으로 통하는 미닫이문 근처 선반으로 날아간 네네는, 거기에 놓인 솔방울을 쿡쿡 쪼아대며 매서운 눈빛으로 맷돌 위의 깔때기를 지켜봤다.

그날은 네네도, 리쓰도, 리사도 거의 말이 없었다. 네네는 라디오에서 흘러나오는 드보르자크의 피아노곡을 가만히 듣고 있었다. 새로 시작된 클래식 방송이었고 차분한 디제이가 세 시간 내내 음악만 틀어주는 구성이 마음에 드는 듯했다.

일을 마치고 귀가한 뒤에도 리쓰는 자세한 말은 하지 않았다. 리사도 캐묻지 않은 채 합창 대회 의상 견본의 패턴을 만들었다. 일요일이었던 어제, 일찌감치 일을 마치고 돌아온 리사는 급행열차가 정차하는 이웃 역 수예점에 가서 천을 사 왔다. 합창곡 이미지와 비슷한 남색 모슬린이었다. 가격이 비싼 편도 아니어서 리사는 안심했다. 만약을 위해 월말에 구매할 예정인 냉장고도 확인하러 전자제품점에 갔더니 아직 남아 있었다.

패턴 제작에 참고하기 위해 리사는 자신의 카디건을 방바닥에 펼친 뒤 소바 가게에서 얻어온 신문지를 대고 치수를 쟀다. 그러는 동안에도 리쓰는 옆 방에서 조용히 숙제했다. 숙제를 하는 건 좋지만 뭔가 감추고 있는 듯해서 리사는 신경이 쓰였다.

어느덧 리사는 패턴을 만들어 옷감을 재단한 뒤 시접을 꺾는 부분까지 마쳤다. 다음 작업은 내일 메밀을 가는 동안에 할 생각이었다. 이부자리를 깐 뒤에도 리쓰는 여전히 아무런 말없이 늦게까지 책을 읽었다. 리사가 11시 전에는 자라고 말하자 건성으로 대답하더니, 그 후에는 어쨌든 푹 잠든 듯했다.

굽지 않은 식빵에 딸기잼만 발라 먹으면서 리쓰가 중얼거렸다. "학교 가기 싫어." 역시 무슨 일이 있었던 게 분명한 듯했다. 가고 싶지 않다는 이유로 결석을 허락해 버리면 끝이 없었으므로, 리사는 "오늘 급식은 네가 좋아하는 안카케우동†이던데. 난 그 음식을 못 만드니까 학교에서만 먹을 수 있을걸. 우동 먹는다고 생각하고 다녀와"라고 설득했다. 리쓰는 마지못한 기색으로 집을 나섰다.

리사가 물레방아를 돌리러 가자마자 후지사와 선생님이 물레방앗간에 찾아왔다. 이날 역시 가랑비가 내렸는데, 선생님은 하얀색과 파란색의 커다란 체크무늬 우산을 쓰고 있었다. 열려 있던 문 맞은편에서 걸어오는 그 모습은 불길해 보였지만, 리사는 바느질하는 손을 움직이며 우산이 멋지다는 생각을 했다. 네네는 심심했는지 바느질감을 두고 몇 번이나 "그거 뭐야?"라고 물었다.

"이거랑 이걸 잇는 중이야." 리사는 옷의 기장과 등판의 옷감을 네네의 눈앞에서 겹쳤다가 뗐다가 했다. 그러고 나서 조각조각 상태인 천을 네네에게 마지막으로 보여준 뒤, 실제로 어깨를 맞춰 꿰맨 천을 보여줬다. "우오오오오오!" 네네는 감탄한 듯 고개를 돌린 뒤 머리를 흔들었다. 두 장이던 천이 한 장이 된 것을 어쩐지 이해한 듯했다.

서로 인사를 나눈 뒤 후지사와 선생님은 물레방아가 돌아가는 소리에 지지 않으려는 듯 필사적으로 "잠시 시간 괜찮으세요?"라고 말했다. 리사는 고개를 끄덕인 뒤, 천과 바느질 도구를 들고 입구에서 먼 쪽의 둥근 의자로 옮겨 앉은 다음, 앉아 있던 의자를 그녀에게 권했다.

---

† 물에 푼 갈분에 설탕, 간장 등을 넣고 걸쭉하게 끓인 소스를 부은 우동

"5, 6교시는 연속으로 미술 수업인데, 오늘은 다른 학교에서 전문 선생님이 오셔서 빠져나올 수 있었답니다."

수업은 어쩌고 온 건지 의문이었던 리사의 생각을 앞지르듯, 선생님은 눈인사를 하며 의자에 앉았다. 목소리가 작아서 리사가 선생님 쪽으로 고개를 기울이지 않으면 이야기가 또렷이 들리지 않았지만, 그녀의 목소리는 좋았다.

"어제 리쓰 양의 상태는 어땠나요?"

"그게, 어쩐지 우울해 보였어요. 안 좋은 일이 있는 것 같았죠. 하지만 왜 그런지 말해주지 않아서요."

리사의 말에 후지사와 선생님은 고개를 끄덕였다.

"그랬군요."

"무슨 일이 있었나요?"

"같은 반 남자애와 말다툼이 있었습니다. 그래서 손들고 있으라고 벌을 줬어요."

점심시간에 리쓰는 그 남자애에게 몇 번이나 머리를 맞았던 모양이었다. 그래서 자연 교과서를 집어던져 되갚아 주려 했는데 빗나가자, 바로 국어 교과서를 번쩍 들어 책등으로 그 남자애의 팔을 찍어버렸다. 리쓰는 몇 번이나 머리를 얻어맞은 게 분해서 울고, 남자애는 교과서의 딱딱한 책등에 맞은 한 방이 아파서 울었다. 반 여자애 한 명이 다급히 교무실로 달려가 후지사와 선생님을 불러왔다고 했다.

"왜 싸웠는지도 들었습니다. 리쓰 양한테 먼저 욕설을 내뱉은 건 남자애 쪽이었어요. 그래서 그런 말을 해서는 안 된다고 잘 타일렀답니다."

"무슨 말을 들은 거죠?"

'네네도 엄마랑 안 살지만 이렇게 좋은 애잖아!' 어제 리쓰가 했던 말이 떠올랐다. 긴장한 나머지 손이 차가워진 리사는, 근처에 있던 합창 대회 의상용 천을 심하게 구겨지지 않을 만큼만 꽉 쥐었다.

"부모님과 함께 살지 않는 것에 대한 말이었습니다."

리사는 고개를 숙였다. 손가락에 들고 있던 바늘이 갈 곳을 잃었다. 지금 붙들고 있는 부분을 단숨에 꿰맬 생각이었던 데다, 책상 없이 의자에 앉아 바느질할 때는 거추장스러워서 바늘방석을 꺼내놓지도 않았다.

"어머님 연락처를 여쭤본 뒤로 저도 몇 번이나 전화를 걸어봤지만, 한 번도 연결이 되지 않았습니다. 아무리 그렇다고 해도 말이죠."

리사는 어디를 꿰매야 할지 갈팡질팡하다가, 어쩔 수 없이 천의 시접 부분에 임시로 가봉하듯 바늘을 꽂아두었다. 손에 든 바늘을 해결하고 나니 이제는 물레방아 돌아가는 소리가 유난히도 크게 들려왔다.

"아무래도 어려울까요?"

후지사와 선생님의 질문에, 역시 숨기는 건 불가능하다는 사실을 깨달은 리사는 말을 고르며 이야기를 시작했다.

"우리 가족은 원래 엄마와 리쓰, 저까지 셋인데 적어도 지금은 동생을 돌려보내고 싶지 않아요."

주뼛주뼛 고개를 들고 리사는 후지사와 선생님을 바라봤다. 긍정이든 부정이든 아무런 감정도 드러내지 않은, 하얀 벽처럼 고요한 표정이었다.

"엄마의 약혼자가 동생한테 심하게 굴어서 제가 고등학교를 졸업하고 독립하면서 데리고 나왔어요. 리쓰 말로는 그 사람한테 혼나거나 머리를 얻어맞기도 했대요. 그 사람 심기를 거스르면 밤중에 집에서 쫓겨나기도 했고요."

엄마의 무관심한 음성이 떠올라 새삼 상처받으면서도 리사는 말을 이었다.

"그런데도 엄마는 약혼자한테 아무 말도 하지 않았고 방치하는 눈치였어요. 그래서 데리고 나온 거예요."

후지사와 선생님은 고개를 끄덕였다. 무슨 이야기든 계속 이어 가는 게 좋을 테지만, 다음 말이 곧장 떠오르지 않았던 리사는 머릿속을 더듬기 시작했다. 물레방아 돌아가는 소리가 한층 크게 들려왔다. 안절부절못하던 네네가 소리도 없이 홰에서 선반 위로 날아 내려오더니 문 너머의 깔때기를 들여다보기 시작했다. 그러더니 괴로운 듯 노골적으로 고개를 꼬았다.

여전히 무슨 말을 해야 할지 난처해하는 리사 대신 후지사와 선생님이 입을 열었다.

"사정은 잘 알았습니다. 한 번쯤 어머니와 툭 터놓고 서로 이야기를 해보시는 게······."

"텅 비었다!"

리사와 후지사와 선생님에게서 등을 돌리고 있던 네네가 갑자기 소리쳤다. "알았어!" 퍼뜩 놀라 대답한 리사는 둥근 의자에 옷감을 올려두고 일어서더니 빗속으로 달려나갔다. 후지사와 선생님이 뒤따라오는 기척이 느껴졌지만, 리사는 아랑곳하지 않은 채 창고에서 재빨리 소매 달린 앞치마와 삼각 두건, 스카프를 꺼내 몸에 착용한 뒤 펌프를 눌러 손을 씻고 물레방아 장치가 있는 쪽 방에 들어갔다.

리사는 일단 깔때기를 들여다봤다. 네네 제 딴에는 후지사와 선생님과 리사를 배려해서 텅 비었다고 말하는 걸 좀 미루고 있었던 모양인지 평소보다 메밀이 크게 줄어든 게 보였다. 리사는 쌓아둔 메밀 포대 한쪽 구석으로 달려가 하나를 들어 올리려고 했다.

"죄송한데 좀 도와주세요!"

한시라도 빨리 깔때기에 메밀을 보충해야겠다는 생각에, 리사는 출입구에 서 있던 후지사와 선생님에게 도움을 요청했다. 그녀는 놀란 듯한 표정으로 고개를 끄덕인 뒤 리사의 반대쪽에서 메밀 포대를 들어 올렸다.

소매 달린 앞치마를 입지 않은 그녀를 생각해서, 리사는 물레방아 내부 장치와 맷돌이 있는 쪽에 자기 몸이 가까워지도록 뒷걸음으로 걸었다. "이제 괜찮아요!" 그렇게 외친 뒤 리사는 앞치마 주머니에 든 가위로 포대 꼭대기를 잘라 제거한 다음, 번쩍 들어 올려 메밀을 깔때기에 들이부었다.

스스로도 놀랄 정도로 괴력을 발휘했다고 생각하면서, 리사는 맷돌에 메밀이 무사히 빨려 들어가는 모습을 확인한 뒤에야 안도했다.

어느새 다시 출입구 쪽으로 되돌아간 후지사와 선생님이 "그나저나……"하고 입을 열었다.

"힘이 굉장히 좋으시네요."

지금까지 나눴던 이야기와는 전혀 다른 내용에 리사는 조금 어리둥절하면서도, 고등학교 때 창고에서 일한 적이 있다고 대답했다.

"문구 창고라서 엄청 무거운 짐을 들 일은 없었지만요."

"전 힘이 약해서 부러운데요."

후지사와 선생님이 말했다. 그리고 앞치마와 두건과 스카프를 창고에 넣어둔 뒤 네네가 있는 방으로 들어가려는 리사를 따라가다가 멈춰 섰다.

"들어오세요. 이 새가 다시 알려줄 때까지는 이야기할 수 있거든요." 리사가 말했다. '이 새'라는 말이 무슨 뜻인지 아는 것처럼 네네가 외쳤다. "네네!" 후지사와 선생님은 고개를 저었다.

"오늘은 이만 돌아가 보겠습니다. 맞아주셔서 감사했습니다."

후지사와 선생님은 깊이 고개 숙여 인사한 뒤 하얀색과 파란색 체크무늬 우산을 쓰고 돌아갔다.

메밀을 다 갈고 저녁 영업을 도우러 가게에 돌아오니 나미코가 물었다.

"그 사람, 릿짱의 선생님이지?"

물레방앗간에 가기 전에 소바 가게에 들른 선생님은 "야마시타 리쓰 양의 언니분은 어디에 계실까요?"라며 나미코에게 정중하게 물었는데, 누구냐는 질문이 돌아와 리쓰의 담임이라고 대답한 모양이었다.

"가키아게소바를 드셨는데 맛있다고 몇 번이나 말씀해 주시더라. 예의 바른 분이야."

"그랬군요."

후지사와 선생님이 찾아온 일을 리쓰에게 말해야 할지 고민하면서, 리사는 멀어져 가던 체크무늬 우산을 떠올렸다.

ƒ

그 뒤로 리사는 후지사와 선생님에게는 아무런 말도 듣지 못한 채 7월을 맞았다. 6월 말에 무사히 냉장고를 산 덕분에, 리쓰의 아침과 주말 점심을 위한 햄샌드위치에 마요네즈를 넣을 수 있게 되었다. 이제는 오븐 토스터까지 갖고 싶어졌다. 정말이지 생활에 필요한 건 끝이 없다는 생각에 아찔해진 리사는 리쓰가 만든 햄샌드위치를 먹었다. 아직 가스레인지 사용은 허락하지 않았는데, 햄에 마요네즈를 바르는 것 정도는 리쓰 스스로 하게 되었다.

부녀회 모임에 계속 나가고 있던 리사는, 합창 대회 의상으로 직접 만든 케이프 견본을 재료비 명세서와 함께 제출했고 무사히 승인받았다. 나중에는 처음에 만들었던 남색 모슬린 케이프에 연분홍색과 담청색도 배색으로 추가했다.

리사는 합창에 참여하지 않았지만, 부녀회 사람들이 최선을 다해 노래하는 모습을 지켜보면서 바느질하는 시간이 좋았다. 물레방앗간에서 네네와 리쓰와 같이 있을 때도 리사는 부지런히 손을 움직였다. 새의 몸에서 나오는 하얀 가루가 묻지 않도록 주의하며 조금 떨어져 앉아 바느질을 하고 있으면 네네는 언짢아 보였는데, 틈틈이 끝말잇기 놀이를 해주며 마음을 풀어주었다.

물레방앗간에서 케이프를 만들 때는 마지막에 꼭 손을 깨끗이 씻겠다고 약속하며 부녀회 사람들의 양해를 얻었다. 바느질이 간단하다면 스스로 만들겠다고 말하는 사람에게는 천을 잘라 시접을 접은 상태로 건네주었다. 스스로 기분 전환도 할 겸 부녀회를 위해 바지런히 바느질했더니, 처음에는 너무 어리다는 이유로 리사를 멀리하던 사람들도 마음을 터놓으려는 듯 다가와서 작업을 도와주었다.

자매가 사는 주변은 산골짜기여서 도시에 살던 때보다는 공기가 서늘했지만, 역시 7월이 되자 무덥다 싶은 날이 점차 늘어났다. 낮에는 부채나 책받침만으로는 점점 성이 안 차서 선풍기를 사러 갔다. 6월까지 모은 돈으로 냉장고를 산 뒤 곧이어 새로운 가전을 다시 구매하는 바람에 여전히 비상금을 만들 여유는 없었지만, 그나마 선풍기는 냉장고보다 훨씬 저렴한 가격에 살 수 있으니 다행이었다.

네네가 사는 물레방앗간의 방에도 창고에 있던 선풍기를 꺼내 갖다두었다. 거치식 공업용 선풍기였는데, '강'으로 틀면 네네의 몸에서 나오는 가루부터 이런저런 먼지가 소용돌이처럼 실내에 떠다녔기 때문에 '약'보다 한 단계 아래인 '미'로 맞추고 회전으로 설정해서 사용했다. 선선한 밤이 계속되는 건 자매에게나 네네에게도 좋은 일이었다.

'어떻게든'이라는 조건이 달렸지만, 자매는 그럭저럭 생활해 나가고 있었다. 어두운 곳에서 책을 읽는 습관 때문에 근시가 되지 않을지 리사가 걱정하자, 리쓰는 서서히 고쳐나가리라 마음먹었다.

이 동네에 온 지도 석 달이 지났다. 독립 초창기 때만큼 리사가 앞날을 걱정하는 일은 줄었다. 기껏해야 다음 달 월급을 생각하며 그저 묵묵히 일하고, 리쓰를 학교에 보내고, 부녀회 케이프를 만들고, 이따금 급행열차가 정차하는 이웃 역으로 영화를 보러 갔다.

엄마의 약혼자 마스무라가 자매가 사는 동네에 나타난 건, 리쓰가 다니는 초등학교가 여름방학에 들어가기 일주일 전 무렵이었다. 단축수업에 들어간 리쓰는 평소처럼 히로미와 하교하며 솔방울을 주웠다. 둘은 같이 놀기로 약속한 뒤 헤어졌고 리쓰 혼자 집까지 수백 미터 거리를 걷던 중이었다.

등 뒤에서 "릿짱" 하며 말을 걸었다고 한다. 리쓰를 '릿짱'이라고 부르는 남자는 소바 가게 주인아저씨인 마모루 정도인데, 톤이 조금 높고 쉰 목소리의 그가 아니라 낮고 낭랑한 음성이었다. 반응을 보이지 말고 그대로 도망쳐서 관청이나 우체국, 버스 회사든 모종을 파는 곳이든 어디든 뛰어들었으면 좋았을 거라며 리쓰는 분하다는 듯 말했다.

그러나 당시에는 뒤돌아보고 말았다.

"릿짱, 왜 이런 곳에 있는 거지? 언니랑 둘이 산다더니 돈에 쪼들려서 고생하는 거야?"

리쓰는 부들부들 떨었다고 했다. 나중에 생각해 보니 그건 스스로 무척 화가 나서 그랬던 거라는 설명을 덧붙였다. 당신이 그렇게 말할 권리 따위 없다고 말해주고 싶었다고. 리쓰는 석 달 넘게 냉장고 없이 생활했지만, 언니는 결코 '표정이 마음에 안 든다'라는 이유로 한밤중에 자신을 집에서 내쫓거나 하지 않았다.

분노와 공포 때문에 리쓰는 얼마간 꼼짝도 하지 못하고 뒤돌아선 채, 가만히 마스무라를 올려다봤다고 했다.
"엄마가 만나고 싶어 해. 물론 나도 마찬가지였고."
책가방에 손을 올린 마스무라가 머리와 어깨를 만지려는 듯한 섬뜩한 느낌이 들어서, 리쓰는 냅다 도망쳤다.
"난 50미터 달리기를 8초대에 들어오는데 그때는 아마 7초대였을걸."
리쓰는 그날을 떠올리며 말했다. 이야기를 들으면서 리사는 엉뚱하게도 '리쓰의 발이 상당히 빠른가 보다'라고 생각했다.
"기다려!" 마스무라는 화를 내며 쫓아왔다. 리쓰가 있는 힘껏 앞을 향해 뛰어가고 있을 때, 전방에서 자그마한 승합차가 다가오더니 빵빵빵 경적을 세 번 울렸다.
화를 내는 소리처럼 들렸다고 리쓰는 말했다. 언뜻 본 운전석에는 스기코가 앉아 있었는데 리쓰와 마스무라 쪽을 향해 뭔가 말하고 있었다.
리쓰가 멈춰 서자 자그마한 승합차도 정지했다. 운전석에서 스기코가 내리더니 마스무라를 향해 말을 걸었다.
"잠깐만!"
"당신 대체 뭐요?"
마스무라의 질문에 스기코는 "그게 뭔 상관인데?" 하고 되받아치며 말을 이었다. "어른이 애 뒤를 위협적으로 쫓아가기나 하고. 창피한 줄 알아야지!"
스기코의 이야기를 들어보니, 그녀는 리쓰와 마스무라가 어떤 관계이고 왜 쫓아왔는지도 모르는 상태에서 그저 순간적으로 떠오르는 말들을 쏟아냈다고 했다. 사실상 어떤 상황에서든, 설령 가게에서 물건을 훔쳤을지라도 어른이 아이 뒤를 쫓는 일은 금기시되고 있었으므로 스기코의 비난은 그야말로 마땅했다. 애인의 아이를 한밤중에 집에서 내쫓기나 하던 남자가, 그 애를 다시 찾아 뒤쫓는다는 건 실제로 부끄러운 일이기도 했다.

마스무라는 리쓰의 저항과 스기코의 서슬 퍼런 모습에 말없이 오른쪽으로 돌더니 역이 있는 방향으로 가버렸다고 한다. 스기코는 일단 리쓰를 차에 태운 뒤 집이나 소바 가게가 아닌, 그녀가 아틀리에로 빌려 쓰는 창고에 데려가 주었다. 그것도 얼마간 빙빙 길을 돌면서 배후를 살폈다고 한다. 그 부분에 대해 리쓰는 설명을 덧붙였다. "미행당하면 곤란하니까."

물레방앗간에서 모든 이야기를 들은 리사는, 엄마에게 따지기 위해 소바 가게의 전화를 빌렸다. 그러나 아무리 기다려도 연결이 되지 않아 포기한 채 물레방앗간으로 되돌아왔다.

엄마한테 자매는 성가신 존재였으니 내쫓아버려 후련하게 생각할 것 같았는데 그게 아니었던 걸까. 당시 3월에만 엄마가 이상하게 굴었던 걸까. 무슨 마음으로 엄마는 리쓰를 되찾으려 하는 걸까. 엄마의 관대한 양보가 있어야만 자매의 생활이 성립된다는 말이라도 하고 싶은 건가.

혼자 생각하려니 리사는 머리가 이상해지는 느낌이었지만, 물레방앗간에서 리쓰와 스기코가 네네와 함께 끝말잇기에 열중하는 모습을 보고 있으니 어쩐지 마음이 조금 든든해졌다.

다시 소바 가게로 돌아온 리사는, 혹시 자기들의 집이 어딘지 묻는 사람이 있어도 절대 알려주지 말라고 주인 부부에게 신신당부했다. 손님과 이야기할 일이 거의 없는 마모루는 제쳐두더라도, 나미코는 손님이 뭔가 물어도 리사의 나이조차 알려주지 않는다며 고개를 끄덕였다.

"그럴 일은 없겠지만, 그래도 좀 더 신경 쓸게."

그러더니 만약을 위해 연립주택의 문패는 당분간 떼놓는 편이 좋을 것 같다고 조언했다. 그렇게까지 해야 하는 게 분하긴 했지만 리사는 집에 돌아오자마자 문패를 뗐다. 집의 호수만으로도 우편물은 잘 도착했다.

스기코는 소바 가게에서 리쓰와 함께 저녁을 먹고 집까지 데려다주었다. 리쓰는 식탁으로 쓰는 접이식 좌식 테이블 위에서 숙제 중이었다. "아, 왔어?" 고개를 들고 반기는 리쓰에게 리사는 "다녀왔어"라고 대꾸했다.

"학교 말인데, 나미코 씨한테 양해를 구하고 하교 시간에만 빠져나와서 마중 나갈까?"

역시 그건 쉽지 않으리라 생각하면서도 리사는 말을 꺼냈다. 집을 싸게 빌릴 수 있는 데다 식사도 제공되고 여동생까지 저렴한 가격에 밥을 먹일 수 있는 직장이었다. 그게 무척 좋은 조건이라는 걸 잘 알았던 리사는 자신 때문에 귀찮아질 만한 일은 도저히 만들고 싶지 않았다. 그러나 지금보다 더욱 열심히 일하겠다고 말하면서 어떻게든 부탁해 볼 작정이었다.

하지만 리쓰는 산수 문제에 시선을 고정한 채 고개를 옆으로 저었다.

"최대한 히로미랑 같이 있다가 귀갓길을 매일 바꿔서 돌아올게. 네 군데 정도 길이 있거든."

"알았어. 조심해. 집들이 있는 길로만 다니고, 무슨 일이 있으면 크게 소리 질러야 해."

"응. 그런데 뭔가에 놀랐을 때 순간적으로 목소리를 크게 내는 게 쉬운 일이 아니더라." 리쓰는 말을 이었다. "그래도 곧 여름방학이니까, 그때는 스기코 할머니한테 함께 있어 달라고 부탁할게. 할머니가 바쁘실 때는 매일 장소를 바꿔서 반드시 누군가와 함께 있을 테니까."

그러더니 리쓰는 다시 산수 문제를 풀었다.

"지금 뭐 해?"

"분수."

"어려워?"

"1에서 뺄셈하는 게 좀 번거로워."

리쓰는 어깨를 으쓱했다. 이사 와서 처음으로 리사는 울고 싶어졌다.

f

여름방학이 시작된 뒤 리쓰는 보육 교실에 다니게 되었다. 리쓰가 임마의 약혼지외 길에서 마주쳤다는 이야기를 후지사와 선생님이 듣고 소개해 준 것이다. 얼마간의 학비를 내야 했지만, 리쓰도 장소를 매일 바꾸기에는 역시 무리가 있다고 생각하던 차여서 도움이 되었다.

보육 교실은 은퇴 교사인 선생님이 학년과 성별, 주소도 제각각인 아이들을 매일 인솔하여 수영장이나 도서관에 데려가거나 선생님의 집에서 여름방학 숙제를 시키는 방식으로 운영되었다. 보호자가 시간이 될 때는 언제든 집으로 돌아가도 되므로, 리쓰는 오후 1시 반에 선생님의 집을 나와 물레방앗간에 가서 네네와 리사와 시간을 보냈다.

그렇게 어찌저찌 여름방학을 무사히 보내는 동안 오봉[+]의 막바지인 8월 셋째 주 일요일이 되었다. 급행열차가 정차하는 동네 인근 역에 있는 뮤직홀에서 부녀회가 참여하는 합창 대회가 열리는 날이었다.

어디에서 어떻게 주문했는지 모두 하얀 원피스로 맞춰 입고, 진짜 깃털을 사용해서 만든 듯한 하얀 날개를 어깨에 걸친 팀이 있었는데 확실히 돈이 꽤 들어가 보였다. 리사는 조금 과한 느낌이라고 생각하면서 로비에서 그 모습을 흥미진진하게 바라보고 있었다. 나미코가 다가오더니 슬쩍 일러주었다.

"밉살스럽게 말하는 사람들이 저 팀이야."

리사는 짐작대로라고 생각했다.

"저 팀은 무슨 노래를 부르나요?"

"「날개를 주세요」라고 하던데."

"역시 그렇군요."

조금 유별나 보이기도 했지만, 그만큼 다들 합창 대회에 진지한 태도로 참가하고 있다는 뜻이었다. 「소주야곡」을 부르는 동네 부녀회 사람들도 리사가 만든 케이프를 단체로 걸치고 나름

[+] 양력 8월 15일에 지내는 일본 최대 명절

대로 자랑스러워하고 있었다. 명확한 점수를 매기는 대회는 아니었지만 사람들은 매주 함께 모였다. 평소에도 각자 길을 걷거나 장을 볼 때, 토마토를 수확하거나 논두렁에 자라난 풀을 베면서 노래를 연습했다. 그런 모습을 자주 볼 수 있을 만큼 모두 열심이었고, 그 덕분에 리사는 그날의 「소주야곡」 합창은 어디에 내놔도 부끄럽지 않을 정도로 훌륭한 공연이었다고 생각했다.

후지사와 선생님도 공연을 보러 왔다. 강당이 있는 건물 회의실에서 열리는 교류회를 기다리는 동안 그녀가 리사에게 말을 걸어왔다. "다들 훌륭하세요."

"의상은 거의 제가 만들었는데요, 가르쳐주면 직접 바느질을 하겠다는 분도 계셔서 도움이 됐어요." 리사가 무심코 사정을 털어놓자, 후지사와 선생님은 미소 지은 채 "그러셨군요" 하며 고개를 끄덕였다.

"보육 교실은 이용해 보니 어떤가요? 학생들이 교정에 와서 술래잡기도 하고 '무궁화꽃이 피었습니다'를 하며 즐거워하는 모습은 봤습니다만."

"너무 감사하죠. 도서관에도 데려가 주시고, 제가 리쓰에게 신경 쓰지 못하는 시간을 거의 대신해 주셔서요."

"다행이네요."

후지사와 선생님은 고개를 끄덕였다. 그녀는 부회장 소노야마가 불러서 왔다고 했다. 아들이 리쓰와 같은 반이었다. 소노야마는 오랜 시간 리사를 경계하다가 최근에 마음을 조금씩 열게 되었고 합창 대회를 열심히 준비했다.

소노야마가 3년 전에 이혼한 뒤 본가로 돌아왔다는 사실도 어쩌다 보니 알게 되었다. 딱히 감추려는 기색도 없이 그녀는 아버지와 함께 세무사로 일하고 있었다. 리사가 소노야마 아들에 관해 리쓰에게 물었더니 성실한 애라고 했다. 그 애도 나름대로 아버지가 없다는 이유로 이따금 놀림거리가 되는 모양이지만, 할아버지가 있어서 아버지가 없어도 쓸쓸하지 않다는 식으로 맞선다고 했다.

리사는 합창 대회에 리쓰를 데려오고 리쓰는 히로미를 데려왔는데, 히로미의 아버지인 사카키바라도 와 있었다. 리사가 인사하러 다가갔더니, 그는 이제 집에 돌아간다면서 히로미를 잘 부탁한다고 말했다. 소바 가게가 아닌 장소에서 사카키바라에게 인사를 받으니 리사는 기분이 묘했다.

"딸아이의 피아노 발표회가 10월인데 올해부터 여기에서 열린답니다. 작년까지는 다른 곳에서 해왔거든요."

사카키바라가 먼저 자초지종을 밝혔다.

"딸아이가 리쓰 양과 합창 대회에 간다는 이야기를 들었는데, 피아노 발표회와 같은 곳에서 한다길래 보러 와봤습니다."

그는 "여성분들, 노래를 참 잘하시더군요. 그러면 먼저 실례하겠습니다"라고 말한 뒤 돌아갔다.

합창 대회가 끝나고 열리는 교류회에서는 회비를 걷었는데, 이번 회기 부녀회장이자 합창 지휘를 맡았던 마카베가 "리사 씨는 어리기도 하고, 의상을 만드는 큰일을 해주었으니 그냥 오세요"라고 말해주어서 그러기로 했다.

다들 서서 담소를 나누는 동안 리사와 리쓰, 히로미 세 사람은 빈 테이블을 찾아 앉고 조각 케이크를 종류별로 먹으며 홍차를 마셨다. 오랜만에 먹는 케이크는 맛있었고 리쓰와 히로미도 즐거워했다. 최근 히로미는 10월 발표회 곡을 연습하고 있다고 했다. 무슨 곡을 연주하냐고 물었더니 히로미는 드보르자크의 「유머레스크」라며 밝게 대답했다. 제목만 들어서는 잘 몰랐는데 히로미가 멜로디를 흥얼거리는 걸 들어보니 자매도 아는 곡이었다.

"도입에서는 흥미롭게 시작되다가 중간 부분에서는 강렬하면서도 슬픈 느낌이 나는 곡이야."

히로미가 테이블 위에서 아마도 그 대목을 연주하는 듯한 시늉을 하며 웃었는데, 리사는 그 모습에서 피아노에 대한 자신감과 애정이 느껴져 굉장히 멋지다고 생각했다.

케이크가 바닥나서 다시 가지러 갈 타이밍을 노리는데, 마침 근처를 지나던 소노야마가 세 사람의 접시가 놓인 테이블을 힐끗 보더니 자기가 갖다주겠다고 말했다. 리쓰는 앉은 채로 씩씩하게 인사했다. "소노야마 아줌마 안녕하세요." 그녀는 조금 당황한 듯한 표정을 지으며 리쓰에게 말을 건넸다.

"잘 지내니?"

리쓰는 "네, 잘 지내요"라고 대답했다.

소노야마가 가고 난 뒤 리사가 물었다.

"어떻게 소노야마 씨를 알아?"

리쓰는 여름방학을 하기 전에 학부모 면담에 온 걸 봤는데, 얼마 전 길에서 마주쳤을 때 먼저 말을 걸며 안부를 물어봐 줬다고 대답했다.

"그랬구나." 리사는 고개를 끄덕이며 소노야마도 나름 리쓰를 걱정해 주고 있었다는 걸 깨달았다. 리사는 그녀의 모습을 눈으로 좇았다. 소노야마는 정중앙에 놓인 요리 테이블 옆에서 진지한 표정으로 케이크를 고르고 있었다.

교류회는 3차까지 이어지며 무르익던 모양이었지만, 자매와 히로미는 1차까지만 참석한 뒤 전철을 타고 동네로 돌아왔다. 물레방앗간에 들러 네네에게 합창 대회에서 녹음한 테이프를 들려줬더니, 네네는 「날개를 주세요」를 몹시 마음에 들어 하며 곧장 흥내를 내기 시작했다.

"넌 이미 날개가 있잖아."

리쓰의 지적에 히로미가 웃었고 리사도 따라 웃었다.

언제나 히로미 집에 놀러 가니까 오늘은 자기가 집으로 초대하고 싶다는 리쓰의 말에, 리사는 그날 저녁 히로미를 집으로 불렀다.

리사는 육수를 섞은 밀가루 반죽 위에 양배추와 달걀을 올려 구운 뒤 소스와 마요네즈를 뿌려 먹는 퓨전요리를 만들었다. 재료비가 저렴하고 조리 과정이 재미있는 음식이었는데, 문구 창고에서 아르바이트하던 시절, 간사이 지방에 살다가 결혼해서 이사 왔다는 여자 동료의 집에 놀러 갔을 때 배운 요리였다.

"이런 음식은 처음 먹어봤는데, 맛있다."

히로미는 몇 번이나 감탄의 말을 내뱉었다.

다음 날, 손님이 많이 빠진 시간이 되자 사카키바라가 평소보다 조금 늦게 가게에 점심을 먹으러 왔다. 그는 계산한 뒤 리사를 불러세우더니 말을 걸었다.

"죄송한데 부탁드릴 일이 있습니다."

리사가 뭐냐고 묻자, 그는 커다란 몸을 곧게 편 뒤 "딸아이가 발표회 때 입을 옷을 만들어주실 수 있을까요?"라고 말하며 리사에게 머리를 숙였다.

"어머나." 계산대에 있던 나미코가 재미있다는 듯 감탄하는 소리가 들렸다.

"어제 열린 합창 대회용 의상을 만드셨다면서요. 후지사와 선생님께 들었습니다. 부탁드려도 될까요?"

본인보다 나이가 스무 살이나 많아 보이는 덩치 큰 남자가 정중하게 부탁하자, 리사는 어쩔 줄 몰라 당황스러웠다.

"히로미의 일이라면 뭐든 돕고 싶지만, 아동복을 새로 만들기에는 시간이 불안불안해서요." 리사는 지금 상황을 설명했다.

"다만, 물레방앗간에서 맷돌을 지키면서 시간을 쓸 수 있다면 가능할지도 몰라요."

케이프를 만들 때는 나미코도 관여하는 부녀회를 위한 일이라서 괜찮았다. 하지만 이번에는 딱히 그런 경우도 아니어서 리사는 나미코 앞에서 이런 말을 꺼내는 게 괜찮은 건지 생각했다.

그때 나미코가 "괜찮으니 그렇게 하렴" 하고 가볍게 대꾸했다.

"네네 녀석이 여러 가지로 시끄러울지도 모르지만, 릿짱도 늘 같이 있고 스기코 씨도 자주 와주시니까. 메밀가루 관리만 제대로 해준다면 괜찮아."

"정말요?"

사카키바라가 고개를 끄덕이며 나미코와 둘이 리사를 바라봤다. 뜻밖에도 의뢰를 수락하는 쪽으로 이야기가 흘러가서 리사는 조금 당황하면서도 입을 열었다.

"메밀가루가 묻을지도 모르는데 괜찮을까요? 네네의 몸에서 나오는 하얀 가루도 있고…… 당연히 세탁은 할 거예요."

리사는 말하는 동시에 스스로 문제점과 해결책을 제시했다.

"물론 세탁만 해주신다면 상관없습니다."

사카키바라는 "사실 세탁 정도는 제가 해도 되니까요"라고 대답한 뒤 이어 말했다.

"수고비와 재료비도 물론 드리겠습니다."

"아뇨, 재료비만으로도……."

사카키바라는 고개를 젓더니 "일단 옷을 만드는 데 사용한 돈을 기록해 주세요"라고 말한 뒤, "그리고 이거 받으세요" 하고 커다란 봉투를 건넸다. 안에는 접착테이프 심지와 적당한 크기로 자른 골판지가 들어 있었다.

"직장에서 사용한 건데요. 네네한테 필요하다고 딸아이와 리쓰 양이 말하더군요."

"감사합니다."

"또 가져오겠습니다."

사카키바라는 "그러니 딸아이의 옷을 잘 부탁드립니다"라고 말을 덧붙인 뒤 평소와 달리 쩔쩔매며 인사하고 돌아갔다.

리사는 그동안 사카키바라한테 자신의 모습이 그다지 바람직하게는 보이지 않았을 거라고 어림짐작하고 있었다. 그런데 생각보다 인정받고 있는 듯해서 조금 얼떨떨한 채 빈 테이블을 닦았다. 나미코가 "잘됐네" 하며 말을 걸어왔다.

"사카키바라 씨, 매년 발표회 옷 때문에 고민하셨단다. 부인이 없다 보니 딸한테 뭘 입혀야 할지 모르겠다면서 말이야. 직장인 발전소에도 여직원이 거의 없나 봐. 그래서 딸이랑 같은 피아노 교실에 다니는 아이의 부모나 학교 선생님, 나한테까지 물어보곤 했다니까."

"그랬군요."

"사카키바라 씨는 어쩌다 가끔 우리 집 양반이랑 술을 마시기도 하는데, 딸을 제대로 된 인간으로 길러내기 위해 늘 고민한대. 하지만 여자애를 어떻게 챙겨줘야 할지 몰라서 어려울 때가 있나 봐. 밥이라든가 세탁 같은 건 지신 있는데, 마음을 헤아려주는 건 좀처럼 쉽지 않은 모양이야."

나미코는 주방에 있는 남편을 힐끗 보며 말했다. 그는 이야기 속에 자기가 언급되는 걸 알아차렸는지 싱글벙글 웃으며 고개를 끄덕였다.

"그러셨군요. 히로미는 굉장히 좋은 아이예요."

"나중에 그렇게 말씀드리렴."

고개를 끄덕이던 나미코는 "아, 맞다, 중요한 걸 잊을 뻔했네" 하며 눈을 번쩍 떴다.

"왜 그러세요?"

"어제 말인데, 농사를 짓고 있던 우리 손님한테 어떤 남자가 다가오더니 이 주변에 자기 친척인 스무 살 전후의 여자와 초등학교 3학년 정도의 아이가 둘이 살고 있을 텐데 뭔가 아는 게 없냐고 물었다더라고."

사카키바라의 제안에 조금 벙찐 상태였던 리사는 갑자기 몸이 굳어지는 걸 느꼈다. "정말요?"

"물론 손님들한테는 우리 직원에 관해 누가 물어도 모른다고 말해달라고 일러두긴 했는데."

나미코는 농담조로 이렇게 말해줬다고 한다.

"실은 그 여자, 고향에서 원치 않는 사람과 억지로 결혼시키려고 해서 여기로 잠시 도망쳐 온 거랍니다. 초등학생 아이는 친척인데 소아 천식 때문에 요양하러 당분간 와 있는 거예요. 이 동네는 공기가 좋잖아요."

리사는 자매가 독립하게 된 진짜 이유보다 나미코의 농담을 사람들이 더 쉽게 받아들일 거라고 생각했다.

"다들 나서서 우리 가게 일은 말하지 않을 거야. 무슨 일이라도 생기면 손님들끼리도 사이가 안 좋아질 수 있고, 쓸데없는 건 말하지 않는 게 좋은 법이니까. 네가 어디에 사는지도 모를 테고. 하지만 위협해 온다거나 돈이라도 쥐여주면 어찌 될지 나도 장담은 못 하겠구나. 무슨 일이 있으면 말해달라고는 했는데."

나미코는 "그래서 너에 관해 묻고 다니던 사람이 있다고 알려 준 거란다"라고 말했다.

"조심하렴."

그녀의 당부에 리사는 고개를 끄덕이며 리쓰에게 어떻게 말해야 할지 고민하기 시작했다.

♪

"앞으로는 차라리 물레방앗간이나 보육 교실에 가지 말고 당분간 집에 틀어박혀 있는 편이 좋지 않을까?"

리사의 제안에 리쓰는 "그 사람한테서 도망치는 것 때문에 왜 내가 할 일을 못 하게 막는 건데?"라며 살짝 화난 투로 대꾸하더니 이어 말했다.

"그러면 예전 집에서 지낼 때랑 다를 게 없잖아."

"맞는 말이긴 한데."

"어쨌든 언니는 외출해야 하니까 혼자 집에 있어도 불안하긴 마찬가지란 말이야. 그러면 차라리 보육 교실에 가 있는 편이 나아. 그리고 물레방앗간에 있으면 스기코 할머니도 자주 오시고, 언니도 2시에는 오니까."

리쓰는 그렇게 말하면서 현관문 체인을 확인한 뒤 줄넘기 끈을 두 번 감아 문손잡이와 냉장고를 동여맸다. 밖에서 문을 열려고 할 때 강하게 저항이 걸리도록 하기 위한 장치였다. 모든 창문에는 자물쇠 주변의 유리판에 널따랗게 절연 테이프를 삼중으로 붙인 뒤, 밖에서 유리를 깨고 손을 넣어 자물쇠를 열지 못하도록 했고, 밤에는 느슨하게 구부린 철사 옷걸이 두 개를 지지대 삼아 거듭 끼워 열리지 않게 단단히 해두었다.

리쓰의 아이디어로 창틀에 셀로판테이프를 고리 모양으로 붙인 뒤 그 위에 압정도 올렸다. 그래도 여전히 무서웠다.

그럼에도 엄마한테 다시 돌아가겠다는 마음은 좀처럼 생기지 않았다. 남은 방법은 다시 이사 가는 것이지만, 겨우 이 동네에 뿌리내렸는데 주소지와 직장을 굳이 바꿔야 한다는 사실에 화가 나기도 했다.

엄마와는 전화만 했었고 엄마가 먼저 주소를 물은 적도 없으니, 아마도 리사의 친구를 통해 대충 소재를 파악한 듯했다. 리사는 편지를 보낼 때 엄마가 접촉할 가능성이 있는 친구에게는 주소를 알려주지 않으려고 조심했지만, 우체국 소인을 확인했을지도 모를 일이었다. 리사는 친구에게 연락한 걸 후회하면서도, 한편으로는 왜 그런 당연한 일을 후회해야만 하는지 생각했다. 애초에 엄마와 그 약혼자가 자매를 찾으려는 이유가 뭘까.

마스무라가 소바 가게 근처에 나타났다는 말을 전해 들은 데다, 실제로 리쓰가 우연히 마주쳤는데도 엄마는 여전히 전화를 받지 않았다. 그렇게 제멋대로인 점에 대해서도 리사는 화가 치밀었다.

어쨌든 자매는 각자 할 수 있는 일을 하면서 당분간은 긴장한 채 지내자고 굳게 약속했다. 마스무라가 리쓰에게 접근했을 때 스기코가 도와줬던 사건 이후로 계속 경계하고 있었지만, 더욱 긴장하며 각자의 일을 하기로 서로 입을 모았다. 열 살이 채 되지 않은 리쓰와 그 언니 리사는 서로 진심으로 도우며 이 생활을 지켜나가기로 다짐했다.

지금까지 해왔던 것처럼 리사가 소바 가게에서 일하는 동안, 리쓰는 되도록 누군가와 함께 있으면서 혼자가 되는 일이 없도록 조심했다. 엄마와 마스무라에 관한 이야기를 대충 들은 모양인지 히로미는 아버지가 여름방학만이라도 자기 집에 있으라는 말을 했다고 전했다. 리쓰가 히로미 집 냉장고를 빌려 썼던 사건 이후 리사는 그에게 너무 폐를 끼치고 싶지 않았지만, 히로미의 발표회 의상을 대가 없이 만들어주는 조건으로 리쓰를 잠시 맡길 수 있으면 좋겠다는 생각이 들기도 했다. 나미코와 스기코도 비슷한 제안을 해주었을 무렵, 마스무라가 다시 리쓰 앞에 모습을 드러냈다.

그날도 리쓰는 보육 교실 선생님 지도에 따라 개방 중인 학교 도서실에 갔다가 히로미를 만나 피아노 발표회 의상을 어떻게 할지 함께 이야기를 나눴다. 나이팅게일 전기에서 피아노를 연주하는 장면이 그려져 있던 걸 리쓰가 기억해서, 둘이 그 책을 찾으러 갔다고 한다. 히로미와 리쓰는 분홍색 드레스를 입고 피아노를 치는 플로렌스 나이팅게일과 옆에서 그 모습을 바라보는 노란색 드레스 차림의 언니 피세노프의 컬러 삽화를 바라보면서 의견을 나눴다.

"귀엽긴 한데 뭔가 느낌이 달라."

"좀 심하게 나풀거리는 느낌이야."

"부자라서 그런가."

다음으로 리쓰가 생각해 낸 책은 퀴리 부인의 전기였다. 남편 피에르와의 결혼식에서 담청색 블라우스와 푸른 치마를 입은 퀴리 부인의 삽화를 보면서 리쓰는 말했다.

"넌 이런 쪽이 어울릴 것 같은데."

"옛날 사람들은 부자처럼 보이지 않니?"

"그러게. 가난하다는 말이 자주 인용되는데, 항상 이렇게 긴 치마를 입고 있더라."

"옷이 참 귀엽다."

둘은 초등학교 도서실 책상 위에 책을 펼쳐놓고 오전 내내 그런 이야기를 하며 시간을 보냈다고 한다. 리쓰는 그 책을 빌리기로 했다. 점심을 먹고 나면 물레방앗간에서 만나기로 약속한 뒤 일단 히로미는 집에 돌아갔고, 리쓰는 보육 교실 선생님 집으로 가 밥을 먹었다.

그 뒤 리쓰는 혼자 보육 교실 선생님 집을 나와 소바 가게에 인사하러 들른 다음 물레방앗간으로 향했다. 선생님 집에서 소바 가게까지는 리쓰 걸음으로 10분이 채 되지 않는 거리였는데, 자매는 이 시간이 굉장히 불안하게 느껴졌다. 리쓰는 매일 정해진 시간에 보육 교실에서 나와 소바 가게에 얼굴을 내밀었으므로, 그 시간에서 5분이라도 늦어진다면 리사가 곧장 확인하러 가기로 약속했다.

리쓰는 소바 가게에 가서 나미코와 마모루에게 인사한 뒤 가게를 나와 물레방앗간으로 향했다. 리쓰 말에 의하면 언덕을 내려와 소바 가게로 들어가는 단체 손님만 주변에 있었다고 했다.

물레방앗간에 들어간 리쓰는 네네에게 인사하며 먹이 그릇에 해바라기씨를 조금 보충해 주었다. 그런 다음 네네의 물그릇을 들고 밖으로 나와, 맷돌 근처에 다가갈 때 손을 씻는 펌프를 눌러 물을 채웠다.

다시 네네가 있는 방으로 들어가려는데, 오두막 부지와 도로를 가르는 경계 역할을 하는 나지막한 산울타리 건너편에 마스무라가 서 있는 모습을 발견했다.

하마터면 소리 지를 뻔했는데 겨우 참았다고 리쓰는 말했다. 창고 뒤편에 숨어서 남자의 동태를 살폈지만, 전혀 떠날 기미가 없자 리쓰는 정말이지 성가시고 화가 났다고 했다.

"나쁜 사람들은 뭔가 빼앗으려는 상대를 향한 직감 같은 게 있는 건가?"

리쓰는 불쾌하다는 듯 속마음을 털어놨다.

엄마의 약혼자가 도로 쪽을 바라보는 틈을 노려 네네가 있는 방으로 미끄러지듯 돌아온 리쓰는 구석에 주저앉아 몸을 움츠렸다. 평소와 다른 모습에 네네가 입을 열려던 순간, 리쓰는 입가에 검지를 대고 얼굴을 찡그렸다.

그때 네네가 평소처럼 "릿짱!" 하고 불렀다면 끝이었을 거라고 리쓰는 말했다. 하지만 네네는 그 지시를 이해했다.

나미코가 말하길, 아버지 마스지로는 단어를 외우기 시작한 네네가 말을 상당히 길히 길래 잠시 침묵하는 법을 알려주었다고 한다. 일단 "쉿!"의 제스처가 무슨 뜻인지 훈련했었는데, 물레방앗간에서 네네가 할아버지를 상대로 혼자 떠들어대도 딱히 신경 쓰는 사람이 없었으므로 사용할 기회는 거의 없었다. 그래서 그 제스처를 잊어버렸다고 한들 이상하지 않았을 거라고 나미코는

말했다.

 하지만 네네는 기억하고 있었다. 네네가 눈을 크게 깜빡이며 지켜보는 동안, 리쓰는 네네가 맷돌 위의 깔때기를 들여다보는 선반의 뒤편으로 돌아가서 네네를 향해 말했다.

 "흉내를 내."

 네네는 다시 크게 눈을 깜빡이더니, 어떤 의도였는지는 몰라도 고개를 크게 두 번 끄덕였다.

 "스기코 할머니 목소리로."

 처음으로 리쓰는 네네에게 목소리 주인을 지정한 뒤 흉내를 내라고 지시했다. "할머니한테 키스 안 하니?"

"할머니한테 키스 안 하니?"

5월에 리사와 보러 갔던 『글로리아』에 나오는 대사였다. 순간적으로 떠오른 말이 그거였다고 했다.

네네의 음성이 조금 작아져서 리쓰가 "큰 소리로"라고 말하자, 네네는 지시받은 대로 다시 고쳐 말했다. 그 목소리는 스기코와 똑같아서, 리쓰의 말마따나 네네가 떠드는 모습을 처음 봤을 때보다 훨씬 더 놀라워하면서 말을 이었다고 한다.

"금붕어 있는데, 볼래?"

"퀴즈 놀이 할래?"

"텔레비전은?"

"내 말, 알아들어?"

"고양이 좋아해?"

이러한 말들을 네네는 스기코의 목소리로, 게다가 커다란 목소리로 재현했다. 창문을 슬쩍 내다보며 리쓰가 울타리 건너편에 서 있는 남자의 동태를 살폈더니, 영문을 모르겠다는 표정으로 여전히 물레방앗간 쪽을 바라보고 있었다. 리쓰는 다시 네네 쪽으로 다가가 "마스지로 할아버지 목소리로"라고 말한 뒤 살짝 물러섰다.

"넌 나의 엄마이자 아빠이고 가족이란다. 그리고 친구야. 애인이기도 하고."

네네는 리쓰가 한 말을, 리쓰가 들어본 적 없는 할아버지 목소리로 다시 따라 말했다. 할아버지가 이런 목소리였다고 생각하니, 어쩐지 리쓰는 그리운 마음이 들었다고 한다. 마모루의 목소리와 많이 닮았으면서도 조금 높고 쉰 음성이었다.

다시 물레방앗간 밖의 도로 쪽을 살피니, 마스무라는 역이 있는 쪽으로 발걸음을 옮기려는 듯한 자세를 취했다. 리쓰는 혼자 고개를 끄덕인 뒤 못을 박을 요량으로 네네에게 다시 목소리 흉내를 부탁했다.

"네네 목소리로."

리쓰는 재차 네네에게서 조금 물러나 다음 말을 이었다.

"강해져야 한다. 아무도 믿지 말고. 알겠냐?"

네네는 남자도 여자도 어른도 아이도 아닌, 그저 회색앵무인 자기만의 목소리로, 『글로리아』에서 도망치는 아들에게 아버지가 건네는 이별의 대사를 따라 했다. 물레방앗간 앞 도로에 있던 남자의 모습은 어느새 사라졌다.

그때 리사는 우편배달 중인 부녀회 회장 마카베가 불러서 선 채로 이야기를 나누느라 물레방앗간에 가는 시간이 조금 늦어졌다. 합창 대회 의상의 재료비에 관한 이야기였는데, 차마 거기까지 생각이 미치지 못해서 리사에게 갚을 돈에다 교통비를 합산하는 걸 잊어버렸으므로, 혹시 모르니 수예점에 들른 횟수와 정확한 왕복 전철 비용을 알려주길 바란다는 내용이었다.

리사는 빨리 물레방앗간에 가서 리쓰를 안심시켜야 한다며 내심 초조해하고 있었는데, 결과적으로 이때 조금 늦은 게 다행이었을지도 모른다고 리쓰는 말했다. 정각 2시에 물레방앗간에 왔더라면 마스무라와 리사가 우연히 마주칠 가능성도 있었기 때문이다.

리사가 물레방앗간으로 돌아오니 평소처럼 리쓰는 의자에 앉아 있긴 했는데, 책은 읽고 있지 않았고 어딘가 꽤 지쳐 보이기도 했다.
"늦어서 미안해." 그 말에 리쓰는 리사를 바라보며 입을 열었다. "그 사람, 물레방앗간 앞까지 왔는데 네네가 쫓아줬어." 그러더니 리쓰는 잠시 후 입꼬리를 올렸다. 홰 위에 있던 네네는 무슨 일인지 모르겠다는 표정으로 머리를 크게 갸우뚱하더니 연달아 두 번 고개를 끄덕이듯 흔들었다.

♪

여름방학이 끝나고 학교 단축수업이 시작된 지 며칠이 지났을 무렵, 리쓰 편으로 후지사와 선생님이 리사에게 편지를 보냈다. 초등학교 이름이 인쇄된 편지지는 갈색 편지봉투에 들어 있었는데, 달필로 계절 인사와 함께 내용이 적혀 있었다.

'어머니로부터 학교로 연락이 왔습니다. 리쓰 양과 리사 씨를 꼭 만나고 싶다는 내용이었습니다. 어떠십니까?'

"뭐라고 적혀 있어?" 평소처럼 창문 틈에 옷걸이를 끼우고 밖에서 열지 못하도록 대비하면서 리쓰가 물었다. 리사의 이야기를 듣더니 리쓰는 "엄마가 오는 거라면 뭐, 상관없지만" 하며 고개를 갸우뚱했다.

"전화해도 안 받더니 왜 이제 와서 학교로 연락해 올 만큼 만나고 싶어 하는 걸까?"

중얼거리듯 리사가 말하자, 리쓰는 잠시 생각하더니 대꾸했다.

"지금까지는 우리만 뭔가 하고 싶은 말이 있었고, 그 상태로는 우리 위치를 알 수 없잖아. 그래서 주변 어른을 끌어들이려는 거 아닐까?"

'어른'이라는 리쓰의 말이 리사의 마음속에 자그마한 가시처럼 박혔다. 리사는 스스로가 어른인지 아이인지 의문스러워졌다.

"은밀하게 뭔가 하고 싶은 말이나 시키고 싶은 게 있는데, 우리가 이리저리 도망치며 안 들으려고 하니까 그러는 건가."

"그런 것 같아."

이불 위에 누워 천장을 향한 채 후지사와 선생님의 편지를 바라보던 리사는, 그 앞을 지나쳐 옆 방의 좌식 테이블 앞에 앉아 책을 펼친 리쓰에게 물었다.

"그런 거라면 만나보겠는데, 나만 가도 돼?"

리쓰는 고개를 들더니 복잡한 듯한 표정을 지었다.

"괜찮겠어?"

"괜찮을 거야."

"하지만 나도 가고 싶은데."

"그러면 넌 다른 교실에서 기다리는 건 어때?"

리사의 제안에 리쓰는 팔짱을 낀 채 천장을 올려다보더니 입을 열었다. "어쩔 수 없지." 그러더니 자리에서 일어나, 자신에게만 향해 있던 방과 방 사이에 놓인 선풍기 바람이 리사에게도 닿을 수 있도록 위치를 조절한 뒤 책을 읽기 시작했다.

벌떡 일어난 리사는 이불 위에 책상다리로 앉더니, 무릎에 리쓰의 도감을 놓고 책받침을 깐 메모지를 올려둔 뒤 답장의 초고를 쓰기 시작했다.

다음 주 수요일 방과 후에 리사는 리쓰가 다니는 초등학교에 갔다. 리쓰는 그날 수업이 5교시까지였으므로 도서실에서 시간을 보내다가 보건실 선생님이 돌봐주기로 했다.

우선 리사만 교실로 부른 후지사와 선생님은 엄마가 초등학교에 연락해 온 경위를 이야기해 주었다.

"어머니는 이곳에도 한 번 찾아오셨답니다. 일단 저와 이야기하고 싶다고 하셔서요."

교실 책상과 의자를 서로 마주 보게 정렬하는 작업을 돕던 리사는, 리쓰의 말대로 우리가 완강하게 구니 주변을 압박하기로 한 게 아닌가 생각하며 고개를 끄덕였다.

"무슨 말을 하던가요?"

"리사 씨는 거짓말쟁이라고 하시더군요."

후지사와 선생님은 거의 표정을 드러내지 않은 채 리사의 눈을 바라보며 말을 이었다.

"그리고 불량한 애라서 부모 곁에 있을 때도 아르바이트라는 핑계를 대며 어떻게 돈을 벌었는지도 모르겠다는 말씀도 하셨죠."

"문구 회사의 창고에서 일했어요. 출하를 위한 상품 분류라든가 상자 포장을 하곤 했죠."

리사의 반론에 후지사와 선생님은 고개를 깊이 끄덕였다. 이 사람은 내 편이 되어 줄 것인가, 아니면 지금껏 몇 번이나 말해왔듯 역시 리쓰를 부모 곁으로 돌려보내는 편이 좋다고 할 것인가.

"저도 나이를 먹을 만큼 먹었으니 리사 씨가 거짓말쟁이가 아니라는 것쯤은 알고 있답니다."

후지사와 선생님이 이어 말하려는데, 복도를 걸어오는 발소리가 들렸다. 두 사람은 입을 다물었다.

"죄송하게 됐군요. 일부러 선생님까지 오시게 해서." 마스무라가 인사하며 교실에 들어왔고 엄마가 뒤에서 따라왔다. "아닙니다." 고개를 저은 후지사와 선생님은 두 사람에게 "아동용이라 앉기 불편하실지도 모르겠네요"라고 말하며 의자를 권했다.

"뭐, 서서 이야기해도 됩니다. 이 애랑 여동생을 데려갈 수만 있다면 얼마든지요."

"리사 씨는 아직 어리기도 하고, 제게도 자초지종을 들려주시면 감사하겠습니다. 물론 리쓰 양의 담임으로서요."

후지사와 선생님의 말에 엄마와 마스무라는 서로의 얼굴을 바라봤다. "앉으시죠." 그녀가 거듭 앉으라고 권하자, 두 사람은 마지못해 의자에 앉았다. 리사는 후지사와 선생님의 옆에 앉았다.

"리쓰를 데리고 나간 것도 모자라 선생님께도 폐를 끼치고. 정말 어디까지 멋대로 굴래?"

엄마는 굉장히 엄마다운 말투로 리사를 혼낸 뒤, 넌지시 후지사와 선생님의 상태를 엿보더니 말을 이었다.

"가출하면서 여동생이나 끌어들이고."

후지사와 선생님은 표정 변화가 없었다.

"가출이 아니야. 독립이라고 해줄래?"

최근 몇 달 동안의 나날을 '가출'로 치부해 버리는 건 리사 스스로 이상하리만치 부당하다고 느껴졌다. 그러나 '자립'이라고 할 정도로 완벽한 생활을 하는 건 아닌 데다 주위 사람들에게 크게 도움을 받고 있다는 건 잘 알고 있으므로, 어쨌든 리사는 '독립'이라는 말을 썼다.

"가출 아니니? 전문대학에 못 가게 되니까 속이 뒤틀려서 충동적으로 집을 나온 거잖아?"

"가족이랑 의논도 없이 말이지."

마스무라의 말에 리사는 '당신은 딱히 우리 가족도 아니잖아. 그렇게 가족 운운할 거면서 왜 리쓰한테 윽박지르고 밤늦게 집에서 쫓아낸 건데?'라고 화내며 되받아치고 싶었지만, 그건 좀 더 나중에 말하는 편이 좋을 듯하여 생각을 고치고 입을 다물었다. 엄마의 약혼자에게 너무 세게 반론했다가는, 그 속셈을 끄집어내기도 전에 힘으로 제압하려고 무슨 수를 쓸지 몰라 무섭기도 했다. 리사는 공포감을 조성하는 이 남자의 태도가 정말이지 부당하다고 생각했고, 거기에 기대려는 엄마 역시 지긋지긋했다.

"왜 나랑 리쓰가 돌아오길 바라는 건데?"

"가족이니까."

"그런 것치고는 전화도 안 받던데."

"너한테 전화가 왔다는 사실을 몰랐던 것뿐이지, 네 전화라서 안 받은 적은 없었어. 분명히 당시에는 어느 연락이든 받지 않았다고."

같은 시간대에 걸려온 전화를 모두 받지 않은 거라면 거짓말은 아닐지도 모르지만, 리사는 지독한 궤변을 듣는 기분이었다.

리사가 대화를 원했을 때는 외면해놓고, 이제 와서 자식들을 잡고 싶어지자 약혼자를 시켜 리쓰 뒤를 쫓게 했다. 리사는 이런 상황을 이해할 수 없었다. 그저 자신들이 편할 때만 연락하는 사람들이라고만 생각했다.

"그때 전문대에 못 가서 토라진 거잖아. 사실 입학금 문제만 해도 네가 진심으로 부탁했다면 마련해줬을 텐데. 넌 엄마한테

고작 한두 마디 한 다음에 아르바이트하러 가버렸잖니."

엄마는 말을 이었다. "내 얼굴을 보려고도 하지 않았고."

리사는 울고 싶어졌다. 엄마는 무슨 말이든 할 사람이라는 생각이 들었다. 자신들은 딱히 나쁜 짓을 한 적이 없으며, 모두 리사 탓으로 몰아가려면 어떤 말이든 서슴지 않을 것 같았다.

"엄마가 언제 영원히 대학에 못 갈 거라고 했니? 조만간 보내준다고 분명히 말했지? 그런데도 넌 그 순간을 못 이겨 반항하듯이 동생을 데리고 나가버렸잖아."

엄마는 기세등등하게 말을 이어갔다. 마스무라는 맞는 말이라는 듯한 표정으로 팔짱을 낀 채 고개를 끄덕이고 있었다.

"넌 그렇게 제멋대로 굴었지만, 우리는 널 대학에 보내줄 수 있다고 일부러 말하러 온 거야. 자금이 마련됐으니까."

마스무라는 리사를 탓하듯 바라보며 말했다. "그것도 모르면서 너희는 도망이나 치고, 이야기는 들으려고 하지도 않고. 뭐 하는 건지."

"대학이라뇨?"

숨죽이듯 말이 없던 후지사와 선생님이 돌연 입을 열었다. 엄마와 마스무라는 정신이 퍼뜩 든 것처럼 리사 옆에 앉아 있는 그녀에게 시선을 던졌다.

"얘는 올해 4월부터 전문대에 갈 예정이었는데, 3월에 제가 입학금 납부를 깜빡 잊어버렸지 뭐예요. 그 일로 화가 나서 집을 나간 거랍니다. 좀 더 분명한 태도로 부탁했더라면 저 역시 어떻게든 방법을 찾아봤을 텐데, 사실은 그렇게 가고 싶은 마음도 없으면서 저한테 뭔가 불만이 있으니까 그걸 구실로 가출을 한 거 아니겠어요?"

"정말이지 여동생을 데리고 나간 건, 여봐란듯이 우리한테 반항한 겁니다."

후지사와 선생님은 표정 없는 얼굴로 고개를 끄덕이며 두 사람의 이야기를 묵묵히 들었다. 리사는 얼굴이 새파래진 채 귀에 흙이라도 들어간 것처럼 두 사람의 변명을 흘려듣고 있었다.

"자식이 부모에게 학교 입학금을 납부해 달라고 '좀 더 분명한 태도로 부탁한다'라는 말씀은, 구체적으로 뭘 어떻게 해야 했다는 뜻일까요?"

후지사와 선생님은 잠시 틈을 둔 뒤 말을 이었다. "머리를 조아리고 울면서 부탁해야 한다든가, 뭐 그런 걸까요?" 리사로서는 대수롭지 않은 말을 되묻는 것처럼 보였지만, 엄마와 마스무라는 말문이 막혀버렸다. 그 자리에 있는 누구도 입을 열지 않은 채 시간이 흘러가고 있을 때, 침묵을 견디기 힘들었는지 엄마는 애매한 투로 말을 꺼냈다.

"그건 뭐랄까, 그런 뜻이 아니라 여러 가지가 있는데 말이죠."

"어쨌든 널 대학에 보내줄 수 있는 조건이 생겼다. 그러니 잠자코 말 들어라."

마스무라는 "고집부리지 말고"라는 말을 덧붙였다. 리사는 미간을 찌푸리면서 그의 얼굴을 쳐다볼 수밖에 없었다.

"정말 귀여운 구석이라곤 없다니까. 언니나 동생이나."

귀여운 구석이 있다고 생각해 주는 게 오히려 민폐라고 되받아치고 싶었지만, 아직 두 사람이 자매를 데려가려는 진짜 목적을 듣지 않은 듯한 기분이어서 리사는 꾹 참았다.

"미안해요." 엄마가 마스무라를 향해 중얼거리는 목소리에 리사는 비참한 기분이 들었다. 엄마의 어깨를 붙잡고 흔들며 외치고 싶었다. 이 사람은 그저 남자일 뿐이라고.

"이혼했던 너희 아버지가 돌아가셨어."

그런가. 리사는 별 감흥이 없었다. 이 남자보다 나이를 스무 살 더 먹었을 뿐인 사람이었다. 자기 기분에 따라 내키는 대로 자식을 귀여워하거나 혼내던 사람이었다. 목소리와 체격만 큰 남자애 같았던 아빠는, 아무리 사소한 부분이라도 가족을 위해 참아내는 게 불가능한 사람이었다. 할아버지에게 물려받은 집을 젊은 여자한테 바치려고 터무니없이 싼값에 처분했다가 발각되어 이혼했다.

"그런 일이 있기 얼마 전에 네 아버지의 큰어머니라는 사람이 돌아가셨지. 그분은 아이가 없어서 네 아버지가 유산을 상속했다더라."

리사는 고개를 끄덕였다. 이야기의 윤곽이 점점 눈에 보이기 시작했다. "너도 알 거야. 딱히 대단한 금액은 아닌데, 그 돈으로 넌 대학에 갈 수 있어. 그러면 모든 게 해결되는 거잖니?"

이번에는 아무런 제스처도 없이 가만히 듣고 있던 리사가 조금 망설이는 듯 물었다.

"대단한 금액이 아니라면 얼마인데?"

"왜 그런 게 알고 싶은 거니?"

"내게도 받을 권리가 있는 돈이라면 알아야지."

"자매 둘이 합쳐서 200만 엔."

"그래?"

자매 둘이 합쳐서 받을 수 있는 유산이 200만 엔이라니. 실감이 나지 않는 액수였다. 리사가 다니려던 대학 등록금은 한 해에 65만 엔 정도였다. 남는 돈은 어쩔 생각인 걸까.

"전부 받을 수 있어?"

리사의 질문에 엄마와 마스무라는 서로의 얼굴을 바라봤다. 그 모습을 보며 리사는 그게 쉽지 않겠다는 걸 느꼈다. 이 사람들에게 중요한 건 리사를 진학시키는 게 아니라 남은 돈을 사용하는 것일 테니까.

이 지역으로 이사 온 이후 리사는 돈 때문에 호되게 고생했다. 냉장고도 간신히 구매했는데 앞으로 해결해야 할 문제도 산처럼 쌓여 있었다. 선풍기는 가격이 좀 더 싼 데다 이곳 날씨가 시원한 편이어서 다행이었지만, 겨울도 무사히 보낼 수 있을지는 현재로서 의문이었다.

생활비도 그렇지만, 아직 초등학교 3학년인 리쓰한테는 앞으로 이것저것 돈이 더 들 것이다. 리사는 소바 가게에서 서빙을 하고 물레방앗간을 지키는 일을 하면서 자신이 그 돈을 전부 감당해 낼 수 있을지 생각하면 막막해졌다. 리사는 나미코가 자신의 업무 능력을 인정해 주면서도 자매 둘이 살아가는 것 때문에 종종 불안해한다는 것도 잘 알았다. 자매끼리 사는 동안 동생이 강하고 영리한 애라는 걸 깨달았지만, 아직 리쓰는 아이일 뿐이다.

자기 의지와 독립심에 동생의 인생을 휘말리게 해도 되는 걸까. 아무리 엄마가 자기 자식을 한밤에 밖으로 내쫓는 남자와 사귀고 있다고는 해도.

복도를 걸어오는 두 종류의 발소리가 들려왔다. 고개를 숙이고 있던 리사는 얼굴을 들었다. 총총 걷는 아이의 가벼운 발걸음 뒤로 어른이 뒤쫓는 소리가 들렸다.
"리쓰 양!" 아마도 보건실 선생님인 듯한 목소리를 뒤로 한 채 리쓰가 아무런 망설임도 없이 교실 문을 열었다.
"여기 뭐 하러 왔어?"
"그게 엄마한테 할 말이냐?"
마스무라가 리쓰를 향해 말했다. 말없이 그쪽을 바라보던 리쓰는, 저 말을 들었냐고 묻기라도 하듯 후지사와 선생님과 뒤쫓아온 보건실 선생님을 돌아봤다.
"리쓰, 릿짱. 같이 집에 가자."
"왜?"
엄마의 촉촉한 목소리에 교실 문 입구에 서 있던 리쓰는 차갑게 대꾸했다.
"다시 돌아가면 내 표정이 마음에 안 든다는 이유만으로 저 아저씨한테 또 혼나야 해. 집 밖으로 나가라면서 밤에 쫓아낼 거잖아. 엄마는 그걸 말리지도 않았으면서."
리쓰의 말에 엄마의 얼굴이 확 빨개졌다.
"그런 식으로 거짓말하는 건 부끄러운 짓이야."
"거짓말 아니야. 한밤중에 저 아저씨가 나를 집에서 내쫓았고 난 밖에 혼자 있었어. 그때 언니를 만났고, 그날 언니가 내게 함께 나가서 살지 않겠냐고 물었던 거야."
"그건 네가 도통 말귀를 못 알아듣고 불평이나 하니까 그런 거 아니냐." 마스무라는 허무맹랑한 소리를 지껄였다.
"가난하게 살아도 좋아?" 얼굴색이 바뀐 엄마가 날카로워진 목소리로 물으며 리쓰를 향해 몸을 쑥 내밀었다.
"이대로 살다가는 인생을 망친다고. 고등학교에도 못 가게 될 걸."
"공립고등학교라면 아마 갈 수 있을 겁니다."
그때 후지사와 선생님이 말참견을 하자, 엄마는 리쓰 쪽으로 몸을 내민 채 믿을 수 없다는 듯 그녀에게 시선을 던졌다. 후지사와 선생님은 아무런 표정 변화도 없이 엄마와 마스무라를 바라보고 있었다.
"돈 때문에 우리가 집에 돌아오길 바라는 거잖아."
리사의 말에 엄마는 아니라고 반론했다. 마스무라는 입을 꾹 다문 채 팔짱만 끼고 있을 뿐이었다.
"집에 데리고 갔다가 우리가 돈을 받는 수속을 마치고 나면, 이제 용건은 끝났다는 듯 대할 거지? 그래도 난 다시 나갈 수 있지만, 리쓰는 어떻게 해?"
그 자리에 있는 모두가 숨을 죽이고 있었다. 정답은 없을 거라고 리사는 생각했다. 솔직히 말하면 엄마가 마스무라와 헤어진 뒤 리쓰를 데리고 함께 돌아가 사는 게 최선이었다. 그러나 엄마에게 그럴 생각이 없다면 정답은 없는 셈이다.
"돈을 받는 수속은 하러 갈게. 하지만 엄마네 집에는 안 돌아가. 엄마가 저 사람이랑 살고 싶다면. 난 리쓰와 살게. 지금까지 그랬던 것처럼, 최선을 다해 둘이 살아갈 거야. 도저히 상황이 힘들어져서 내가 리쓰에게 변변찮은 삶 밖에 줄 수 없다는 판단이 들면, 아빠 쪽 친척이나 관청에 상담할 거야."
교실 문 입구에 서 있던 리쓰가 천천히 고개를 끄덕이는 게 보였다.

"리쓰 양이 언니와 생활하면서 초등학생으로서 부족한 면이 있다고 명백하게 판단되면, 학교 측에서는 그에 적합한 장소에 보고할 겁니다. 앞으로 리쓰가 다니게 될 중학교와 고등학교 측과도 이러한 사항을 공유하겠습니다."

후지사와 선생님의 목소리가 들렸다. 리사는 어쩐지 스스로가 '중학교'라는 말을, 내일 다가올 일처럼 명확한 의미로 받아들이며 듣고 있다는 사실을 깨달았다. 내일은 물레방앗간에서 메밀 포대를 옮기고 그다음 달이 오면 난로를 사듯, 몇 년 뒤의 리사는 리쓰를 중학교에 보낼 것이다.

좀 전에 후지사와 선생님이 말한 것처럼 언젠가는 고등학교에 보낼 날도 올 것이다. 물론 아직 실감나지는 않았지만, 리사는 이제까지 리쓰와 살아온 나날을 떠올리면 절대 불가능한 일은 아니라는 생각이 들었다.

"돈은……."

마스무라는 팔짱을 낀 채 턱을 치켜들고 리사를 쳐다봤다.

"어떻게 할 거냐?"

"우리를 쫓아다니지 않는다고 약속하면 내 몫을 줄게."

리사는 남자의 눈을 가만히 올려다보다가 엄마 얼굴로 시선을 돌렸다. 많이 늙은 듯했다. 아빠와 헤어진 뒤 혼자 자매를 키우며 고생한 걸 리사도 알았다. 그래서 이제는 남자에게 의지하며 살고 싶은 건지도 몰랐다. 그게 자연스러운 마음이라고 엄마가 말한다 해도 리사는 부정할 생각이 없었다. 다만 저 남자의 행동을 제어하지 못하고 리쓰의 삶이 휘말리도록 방치했던 건 명백

한 잘못이었다.

"리쓰의 몫은 걔가 내 나이가 될 때까지 손대지 마. 그 돈을 사용할 권리는 리쓰에게 있으니까."

"그렇다면 난 괜찮은데." 마스무라는 리사의 말에 대꾸하며 옆에 있는 엄마를 쳐다봤다.

"당신이 괜찮다면 뭐……." 엄마는 중얼거리듯 말했다. 리사는 굉장히 서러웠지만 그 마음을 애써 삼켰다. 이제 자신은 매일 일을 하면서 수중에 가진 돈으로만 살아갈 수밖에 없다고 생각했다. 그 사실은 적어도 그리 슬프진 않았다.

엄마와 마스무라가 돌아간 뒤, 후지사와 선생님은 리사를 향해 말했다. "정말 이렇게 해도 괜찮았나 하는 생각이 드네요." 리사는 고개를 숙이고 있었다.

"전 이 일을 후회하지 않으려고 자매가 살아가는 모습을 앞으로도 지켜봐 줄 겁니다. 번거로울지도 모르지만요, 그럴 생각입니다."

후지사와 선생님의 말투는 조용하면서도 부정하기 힘든 결의로 가득 차 있었다.

그 말에 고개를 끄덕이며 리사는 세상에는 다양한 어른이 있다고 생각했다. 나미코와 마모루와 스기코를 떠올리면서, 그들에게 완전히 의존하지는 않더라도 그때그때 상황에 따라 그들 각자에게 의지하며 살아가야 한다고 생각했다.

귀갓길에 리사는 리쓰에게 말했다. "미안해." 리쓰는 리사를 올려다보았다. "언니가 사과하는 마음을 어쩐지 알 것 같지만, 전혀 그럴 필요 없어."

"널 엄마한테 보낼 수 있는 상황으로 만들어 달라고 설득할 수 없었어."

엄마에게 마스무라와 헤어지라는 말을 할 수 없었다고 리사가 털어놓자, 리쓰는 한숨을 푹 내쉬더니 고개를 크게 갸우뚱하며 뭔가 생각하는 듯했다. 어딘가 태평한 표정처럼 보이기도 했다.

"엄마한테도 엄마의 인생이 있는 거니까. 그렇게 생각해야지."

"하지만 내 나이 정도가 될 때까지 널 길러내며 참았어야 해."

"내가 열여덟 살이 되면 엄마는 오십이 넘을 텐데. 그때는 늦다고 생각한 게 아닐까."

"가난하게 살아도 괜찮냐는 말이나 하고."

리사는 그러면서도 그건 어쩔 수 없는 현실이라고 머릿속으로만 생각했다. 리쓰에게 솔직하게 털어놔 버리면 그 사실이 자신들의 삶을 더욱 저주할 것만 같았다.

"가난이 무섭다는 건 나도 알아."

리쓰는 밤하늘을 올려다보며 말했다. 오른쪽을 보다가 왼쪽을 보기도 했으므로 아마 별자리를 찾고 있는 거라고 리사는 짐작했다.

"학교에 짓궂은 남자애가 있는데, 가난한 사람을 굉장히 바보 취급하거든. 그게 무섭다는 거 아는데, 내가 읽은 책들을 보면 주인공이 가난한 경우가 많더라고. 나도 예외는 아닐지도 모르지."

리쓰는 말을 이었다. "그 남자애 같은 무리한테 바보 취급을 안 당한다고 해서 행복하다고 할 수는 없지. 바보 취급을 하는 무리가 행복하다고도 생각할 수 없고."

리쓰의 말을 들으며 리사는 여름 끝의 공기를 가슴 한가득 들

이마신 뒤 천천히 토해냈다.

"더는 나랑 사는 게 싫어지면 언제든 나가도 되니까. 후지사와 선생님이나 그다음 선생님이 될 누군가에게 말해."

"알겠어."

"친척이든 누구든, 어떻게든 부탁해서 널 맡길 방법을 찾을 테니까."

"알겠다니까."

리쓰는 언니의 손을 순간 꼭 잡았다가 곧장 뗐다. 다른 한 손으로는 이미 동쪽 산맥의 그림자 위를 가리키고 있었다.

"저게 아마 백조자리의 알비레오일 거야. 맨눈으로는 하나로 보이는데, 망원경으로 관찰하면 별이 두 개가 있어서 쌍성이라고 부른대. 금색과 푸른색 별로 이루어져 있대."
 리사는 그쪽을 향해 눈을 끔뻑이며 리쓰의 손가락 끝을 응시했다.

f

 10월이 되었다. 여름방학 중반부터 물레방앗간을 지키는 동안 계속 바느질해 온 리사는, 히로미의 피아노 발표회용 드레스를 완성했다. 히로미의 요구사항을 받아들이고 치수를 잰 뒤, 도서관에서 빌려온 아동용 패턴을 사용해서 얇지도 두껍지도 않은 푸른 바탕에 하얗고 커다란 플랫칼라와 부푼 반소매를 붙이고 주름을 최소화한 치마를 이은 보통 원피스였다. 히로미는 굉장히 만족하며 기뻐했다.
 엄마와 마스무라의 방문 시기가 겹친 그때, 리사는 거의 3주 만에 옷의 기장과 치맛단 바느질을 끝내고, 남은 시간 대부분을 치마에 장식할 자수를 만드는 데 쏟았다. 스기코가 천에 직접 그린 네네의 그림을 도안으로 사용했다. 발표회 사흘 전에 자수를 끝냈고, 이틀 전에는 치마를 상반신에 바느질로 이은 뒤 가볍게 손세탁 후 다리미질하여 완성했다.
 10월에 접어든 첫 번째 일요일이 발표회 날이었다. 원래 리사는 둘째 주와 넷째 주 일요일이 휴일이었기 때문에 보러 갈 수 없었지만 나미코가 다른 일요일과 휴일을 바꿔도 좋다고 말해줘서 발표회에 갈 수 있게 되었다.

히로미와 같은 학원에 다니는 아들의 연주를 보러 소노야마도 발표회에 와 있었다.

연주 순서가 뒤일수록 실력이 좋은 사람일 거라는 리쓰의 해설이 맞다면, 30번과 31번 순서인 소노야마의 아들과 히로미는 거의 실력이 팽팽한 모양이라고 리사는 생각했다.

두 사람의 연주는 모두 좋았고 훌륭했다. 하지만 리사는, 리쓰와 사이가 좋은 만큼 히로미의 실력이 좀 더 나았으며 마음을 움직인 무대를 본 것 같다고 생각했다.

리사는 두 사람의 연주가 끝난 뒤 로비에서 리쓰와 대화를 나누며 히로미가 분장실에서 나오기를 기다렸다. 그때 소노야마가 다가오더니 물었다.

"히로미 양의 옷 말인데요. 리사 씨가 만들었나요?"

리사가 맞다고 했더니 그녀는 "정말 멋지네요"라고 말하며 마치 자기한테 그 옷을 만들어주기라도 한 것처럼 만족스러운 표정으로 고개를 끄덕인 뒤, 아들을 보러 분장실 쪽 복도로 사라졌다.

"언니, 소노야마 아줌마 불편해했잖아."

"응. 그런데 이제는 괜찮아진 느낌이야."

좋은 사람인 것 같다고 리사가 말을 덧붙이자, 리쓰는 보호자 같은 말투로 대꾸했다. "잘됐네."

히로미가 아빠인 시키키바라와 함께 분장실에서 나오자, 리쓰는 달려가 두 손으로 친구의 손을 꽉 붙잡고 흔들며 말했다. "히로미, 피아노 연주 진짜 훌륭했어!" 히로미는 리사가 정말 멋진 연주였다는 말을 꺼내기도 전에, "옷을 만들어주셔서 감사했습니다"라며 고개 숙여 인사했다. 히로미의 머리 스타일은 여전히 남자애 같았지만, 옷의 색감에서 풍기는 씩씩한 느낌과 그 모습이 잘 어울리는 것 같아서 리사도 만족스러웠다.

"정말 좋았어. 감동했다니까." 리사의 말에 히로미는 기쁜 듯 웃으며 말했다. "리사 언니, 여러 가지로 고마웠습니다."

귀갓길에 사카키바라는 "이걸로 셋이 식사라도 하러 다녀오세요"라며 리사에게 만 엔을 건넨 뒤, "그리고 이건 딸아이 옷을 만들어주신 답례입니다" 하며 하얀 봉투를 꺼냈다. 안에 보라색 종이가 겹쳐 들어 있는 이중봉투로, 이렇게 격식을 차려 받는 사례는 인생에서 처음이었으므로 리사는 조금 당황했다.

"괜찮아요. 재료비도 주셨고, 히로미 양은 제 여동생과 잘 놀아주기도 하니까요. 정말 괜찮습니다."

사카키바라는 봉투를 되돌려주려는 리사를 말리면서 "아뇨, 아닙니다"라며 고개를 저었다.

"딸아이가 진심으로 기뻐하니 내년에도 부탁드리고 싶어서요."

사카키바라는 "진심으로 부탁드립니다. 그러면 다음에 또 뵙겠습니다"라고 이어 말하며, 리사에게 하얀 봉투를 억지로 떠맡긴 뒤 홀의 정면 현관을 나갔다.

"나 있지, 7월에 아빠랑 백화점에 갔는데 옷을 고를 수가 없었어. 둘이 뭘 사야 할지도 몰랐거든. 나한테 어떤 옷이 어울릴지 가게 직원한테 물어봐서 입어봤는데도 아빠는 잘 모르니까, 그런 부분이 굉장히 마음에 걸렸나 봐."

히로미가 리쓰에게 하는 말이 들렸다.

"난 아빠랑 살면서 매일 장기를 두기도 하고 즐거운데, 가끔씩 아빠는 엄마가 없다는 걸 엄청 신경 써. 나한테 여자애한테 필요한 부분을 전혀 가르쳐주지 못한다고 말하곤 해. 그래도 난 딱히 상관없는데."

히로미는 말을 이었다. "이렇게 리사 언니나 릿짱이 도와주면 그렇게까지 걱정할 필요는 없잖아. 모르는 게 있으면 두 사람한테 상담하면 되니까."

"나도 모르는 게 있을 때 상담해도 될까?"

리사가 묻자 히로미는 고개를 끄덕였다.

"당연하죠."

히로미와 리사의 가운데에 서 있던 리쓰는 두 사람의 등을 가볍게 두드리며, 다 같이 긍정적으로 생각하며 살자고 말했다.

리사는 두 아이를 데리고 처음 이 역에 왔을 때 들렀던 찻집에 가서 스파게티를 먹고 크림소다를 주문했다. 리쓰와 히로미는 카레를 먹은 뒤 후식으로 파르페를 먹었다.

"「유머레스크」라는 곡은 신기하더라. 네 말대로 어쩐지 나른한 느낌으로 시작하다가, 중간 부분에 가면 멜로디가 굉장히 슬프면서도 힘차게 변해." 리사가 말했다.

"난 그 부분을 연주하는 걸 굉장히 좋아해요. 사실 선생님이 본보기로 해주시는 연주를 듣는 게 가장 좋지만요." 히로미는 이렇게 대답하며 웃었다.

찻집에서 여유롭게 시간을 보낸 뒤, 세 사람은 합창 대회의 케이프 재료와 히로미의 발표회 원피스 옷감을 사러 갔던 수예점에 들렀다. 리쓰와 히로미가 자투리 천이 담긴 수레를 구석구석 신나게 구경하는 동안, 리사는 사카키바라가 준 봉투가 생각나 가방 안에서 꺼내 몰래 열어 살펴봤다. 2만 엔이 들어 있었다.

조금 병찐 머리로 리사는 그에게 돈을 돌려주는 편이 좋을지 고민하다가, 이번에만 받기로 마음을 고쳐먹었다. 당분간 집이나 물레방앗간 어딘가에 소중히 보관해 둬야겠다고 생각했다.

자투리 천이 담긴 수레 쪽으로 다시 돌아오니, 리쓰가 "이거 200엔인데 사도 돼?" 하고 물으며 커다란 스마일 마크가 어지러이 인쇄된 천을 보여줬다. 리사가 고개를 끄덕이자 리쓰는 기쁜 듯 웃었다.

"신난다."

"솔방울 넣는 주머니 또 만들어줄까?"

"직접 접어서 북커버 만들려고."

리사는 고개를 끄덕이며 중얼거렸다.

"케이프랑 원피스까지 만들었는데, 이제 더 만들 게 없다는 게 좀 허전하네."

"언니가 쓸 만한 뭔가를 만드는 건 어때?"

리쓰의 제안에 자신을 위한 것을 만들 생각을 해본 적 없었던 리사는 잠시 놀란 듯 눈을 크게 뜨더니 "그래도 되겠네" 하고 말했다.

"하지만 이번에는 스기코 씨의 모자나 나미코 씨의 앞치마를 만들래."

"그런 식으로 스스로 만족할 만큼 실력이 좋아지면, 그때는 언니 물건을 만들면 되겠다."

"그럴게." 고개를 끄덕이면서 리사는 내년에는 부녀회가 어떤 곡을 부를지, 그리고 히로미가 어떤 곡을 연주할지 상상했다. 그때까지 자기 자신과 주변 사람들을 위해 뭔가 조금씩 만들 수 있었으면 좋겠다고 리사는 생각했다.

10월 중반 무렵에 접어들었다. 일주일에 한 번의 빈도로 스기코는 물레방앗간에 공작석과 남동석을 가지고 와서 "이걸 빻아야겠다"라고 자매에게 선언하더니, 잠시 생각하다가 "역시 관둬야겠구나"라며 번복하는 상황을 되풀이하고 있었다.

등교 전에 달력을 보던 리쓰는, "내가 생각하는 주기가 맞다면 오늘도 스기코 할머니는 돌을 가져오실 거야"라며 단언한 뒤 학교에 갔다. 아니나 다를까, 다시 물레방앗간에 온 스기코는 "고민이네"라고 중얼거리며 의자에 앉아 바느질하는 리사 옆에서 돌을 양손에 쥔 채 망설이고 있었다.

"둘 중 하나만 빻으면 안 되나요?"

"그래도 상관없는데, 아무래도 둘 다 한꺼번에 빻고 싶구나."

특별한 이유는 없다고 말하며, 스기코는 고개를 내밀며 쫓아오는 네네에게서 돌을 감추려는 듯 배낭 안에 넣어버리고 그 대신 스케치북을 꺼냈다.

"말라카이트! 아주라이트!"

네네는 그렇게 외치더니 흥분한 듯 날개를 펼쳐 홰에서 새장이 놓인 선반으로 날아와 솔방울을 쪼기 시작했다. 옆의 물레방아 장치가 있는 방 쪽으로는 시선도 주지 않았다. 맷돌 위 깔때기 안에 메밀을 보충한 지 얼마 지나지 않았으므로 아직은 텅 비었다고 외칠 시간이 아니라며 대수롭지 않게 여기는 눈치였지만, 네네가 그러한 사정의 앞뒤를 파악해 낼 수 있다는 사실에 리사는 역시 영리한 새라며 새삼 감탄했다.

 방과 후 히로미를 데리고 물레방앗간에 온 리쓰가 "오늘도 돌을 안 빻으실 거예요?"라고 질문하자, 스기코는 "아직 그러지 않기로 했단다"라고 대답했다.
 "돌을 빻아서 물감으로 만들면 뭘 그리시려고요?"
 "아직 정하진 않았는데, 10월의 하늘을 그려볼까."
 스기코는 마치 거기에 하늘이 펼쳐져 있는 것처럼 물레방앗간의 천장을 올려다봤다.
 "10월은 지난주에 끝났잖아요."
 "그러게. 아쉽구나."
 히로미의 말에 스기코는 슬픈 표정을 지으면서도 연필 쥔 손을 계속 움직였다. 스케치북 위로 네네가 조금씩 형태를 이루며 모습을 드러내기 시작했다.

"2월 끝 무렵의 하늘도 좋아하니까 그걸 그려도 좋지 않을까. 늘 그런 생각만 하게 되는구나."

"그러다 2월이 되면 10월의 하늘이 더 좋았다고 생각하면서 돌 빻는 걸 그만두게 되시려나요."

"그럴지도 모르지."

별다른 내용이 없는 세 사람의 대화를 들으면서, 리사는 가능하면 오랫동안 이런 나날이 이어졌으면 좋겠다고 생각했다. 소바 가게와 물레방앗간에서 일하면서 봄, 여름, 가을은 경험했지만 리사는 곧 다가올 겨울이야말로 이곳 생활의 중요한 시험대가 되리라고 생각했다. 아무쪼록 잘 이겨낼 수 있게 해달라고, 문득 떠오를 때마다 리사는 기도하게 되었다.

다음 토요일, 리사는 퇴근 후 소노야마와 약속이 있었다. 평소처럼 낮에는 리쓰와 히로미, 스기코와 물레방앗간에서 시간을 보냈다. 그리고 저녁 영업을 위해 가게로 돌아가서 일을 마친 뒤, 저녁 8시 이후에 소노야마의 집 앞에서 만나기로 했다.

가게 영업이 끝난 뒤 리사는 바로 소노야마의 집으로 갔다.

소노야마는 창고를 정리하려는 참인데, 엄마가 쓰던 발재봉틀을 리사가 가져갔으면 좋겠다고 했다. 부녀회 모임이 끝나고 귀가하는 길에 그 이야기를 들은 리사가 "괜찮으세요? 그렇게 귀한 물건을……" 하고 묻자, 그녀는 고개를 저으며 "난 재봉을 안 하니까 괜찮아"라고 말했다.

소노야마의 집은 역 맞은편의 커다란 단독주택이 모인 주택가 안에 있었다. 나미코의 말에 따르면 소노야마는 도쿄에서 대학을 나왔고 결혼도 그쪽에서 했지만, 이혼한 뒤 본가로 돌아와 아버지와 같은 일을 하고 있다고 했다. 그녀의 아버지는 이 동네에서 하나뿐인 세무사무소를 열었고, 소노야마도 자격증이 있었다. 그녀의 아버지는 작년에 건강이 나빠져서 현재는 거의 소노야마가 사무소 업무를 본다고 했다.

리사는 스기코와 히로미와 리쓰에게 둘러싸인 채, 날씬한 몸으로 팔짱을 낀 소노야마가 집 앞에서 이제나저제나 하며 자신을 기다리는 모습을 보고 있으니 송구스러우면서도 어쩐지 재미있게 느껴졌다.

리사는 웃으며 인사했다. "일부러 나오시게 해서 죄송해요."

때마침 소노야마가 창고에 있던 수레를 빌려줘서 재봉틀을 실은 뒤 다 함께 집까지 옮겼다. 소노야마의 아들도 불쑥 모습을 드러내더니 히로미와 리쓰와 함께 수레를 밀며 도와주었.

집에 도착하자, 그 자리에 있던 모두가 재봉틀과 그 선반에 모여들어 손으로 잡을 수 있을 만큼 들고서 방 안으로 옮겼다. 무거워 보였는데 여럿이 함께 드니 전혀 무겁지 않았다던 리쓰의 말이 어쩐지 리사는 오랜 시간 잊히지 않았다. 도와준 사람들에게 차라도 내오려고 물을 끓였는데, "이만 가볼게" 하며 어느새 다들 돌아가 버렸다.

다음 일요일은 쉬는 날이었다. 리쓰가 스기코와 히로미와 함께 조금 떨어진 장소에 있는 코스모스밭을 보러 간다고 해서, 리사는 동생을 배웅한 뒤 느긋한 오전을 보냈다. 오후가 되자 리사는 예전 집에서 가져온 의류 책을 꺼내 패턴이 있는 페이지를 펼쳤다. 그리고 그 위에 천을 대고 마름질을 시작했다. 리쓰가 만화 영화 『사자에 씨』를 보려고 집에 돌아왔을 무렵, 리사는 천의 몸통에 소매를 달기 위해 신중하게 재봉틀 페달을 밟고 있었다.

"뭐 만들어?"

"리본 블라우스."

"칼라에 리본 달린 거?"

"맞아, 그거."

"언니 그런 옷 잘 안 입잖아. 언제 입게?"

"내년 합창 대회나 히로미의 발표회?"

히로미의 피아노 발표회를 보러 갔던 날, 돌아오는 길에 골랐던 자투리 천 가운데 녹색과 남색의 다이아몬드 무늬가 들어간 옷감이었다. 자투리라고는 해도 상당히 기장이 긴 천이 두 장 들어있었으므로, 뭔가 제대로 된 작품을 만들 수 있을 듯해서 사 온 것이었다.

"하의도 만들어?"

"그럼. 하얀색이나 겨자색이나, 노란색 능직물을 싸게 살 수 있으면 치마를 만들까."

"바지도 괜찮겠다."

"응. 정장식 바지도 좋고."

리쓰는 방구석에 놓아둔, 아직 개봉하지 않은 난로 상자를 힐끗 보더니 "아직 당분간은 괜찮겠지" 하고 중얼거리며 텔레비전을 켰다.

"저녁 말이야, 『사자에 씨』 끝나고 먹어도 될까?"

"좋아, 사실 스기코 할머니가 도시락으로 주먹밥을 잔뜩 싸 오셨거든. 배불러."

"그랬구나. 그러면 간단하게 먹자."

리쓰와 대화를 일단락 지은 뒤, 리사는 다시 재봉틀 페달을 밟기 시작했다. 가봉 바늘을 신중하게 꽂아 조금씩 꿰맨 뒤, 천이 겹치는 모양을 조정한 다음 다시 페달을 밟았다. 재봉틀 소음 때문에 텔레비전을 보는 게 조금 힘들었을 텐데도 리쓰는 아무 말이 없었다.

『사자에 씨』가 끝나자, 리쓰는 채널을 돌려 『업다운 퀴즈』를 보기 시작했다. 그게 끝나면 다시 채널을 바꿔 『이상한 섬의 플로네』를 볼 것이다.

"코스모스 말이야, 굉장히 예뻤어. 네네도 좋아했고."

"네네도 간 거야?"

"응."

리쓰는 고개를 끄덕인 뒤, 텔레비전을 보고 있으면서도 도서관용 손가방을 가져와서 책을 펼치기 시작했다. 그러면 어느 쪽이든 머리에 들어온단다.

"예쁘네! 하고 스기코 할머니가 말씀하시니까, 네네도 예쁘네! 하고 따라 하길래 나랑 히로미도 똑같이 말했어. 어쩐지 웃겼는데 계속 따라 말했어."

굉장히 즐거웠다고 말하며 리쓰는 웃으면서 책장을 넘겼다.

"잘됐네." 리사는 맞장구를 치면서 블라우스 소매 양쪽을 모두 달았다. 그리고 양쪽 어깨 부분을 들어 올리더니 만족스러운 듯 고개를 끄덕이며 말했다. "좋았어."

제 2 화

1991년

모래밭 농로 위에서 칙칙한 남색 워크코트 옷자락이 하늘거렸다. 리쓰는 고개를 숙인 채 그것을 쫓듯 걷고 있었다. 오후 1시부터 다시 일을 해야 했지만, 지면에 발을 힘차게 내디딜 때 느껴지는 진동이 기분 좋았다. 살아 있다는 느낌이었다. 코트는 언니가 만들어주었다. 아직 9월 하순이라 달력상으로는 코트를 입는 게 조금 이른 감이 있었지만, 올해는 빨리 추워지기도 했고 단순히 새 코트를 입어보고 싶기도 했다.
"작년 봄이랑 가을에 언니가 입었던 옷 있잖아. 그렇게 헐렁하면서 얇은 코트를 갖고 싶어."
리쓰의 말에 리사는 오랜만에 급행열차가 정차하는 역 근처 수예점에 같이 가자고 했다. 리사는 그 가게에서 여러 해 동안 바느질 일감을 받고 있기도 했다. 리사가 진홍색 옷감을 사라고 권했지만, 리쓰는 칙칙한 남색을 골랐다.

"그 색으로 하면 직장 유니폼이랑 무슨 차이가 있니?"

리사의 말에 리쓰는 이렇게 대꾸했다.

"딱히 상관없어. 빨간색은 나한테 안 어울리니까."

리쓰는 초등학교 시절부터 친구인 히로미가 "이 노래 굉장해. 리쓰 넌 안 좋아하려나?"라며 알려준 밴드의 노래를 들으며 농로를 성큼성큼 걸었다. 분위기는 어둡고 삭막한데 듣고 있으면 이상하게 숨통이 트이는 노래였다. 널 이해해 주겠다는 가사는 단 한마디도 없는데, 이 노래를 들으면 울적한 마음이 산산조각으로 흩어지는 것 같았다.

특급 열차 안에서 노래를 들었던 리쓰는 양쪽 귀에서 이어폰을 빼며 물었다. "밴드 이름이 뭐야?" 히로미는 "너바나"라고 대답했다. 리쓰가 되물었다. "열반이라는 뜻인가?" 그 뒤 리쓰가 여덟 살까지 살았던 이웃 현으로 간 두 사람은, 수입 음반과 중고 음반을 파는 가게에 들러 그 시디를 샀다.

농로를 가로질러 일반 도로로 나가면 밭 가운데에 상점 몇 채가 우두커니 서 있고, 그 맞은편에 리쓰가 다니는 네모난 2층짜리 상사가 눈에 들어온다. 올 4월에 리쓰는 농산물을 취급하는 상사의 작은 지사에 취직했다. 회사의 주요 업무는 지역 농산물을 대량으로 사들여서 인근 현의 소매점과 레스토랑에 도매로 넘기거나 이동식 노점과 시장을 열어 소비자에게 판매하는 일이었다. 이 지역에서 자란 리쓰는 안면 있는 농가가 많았으므로 농산물 매입의 창구 업무를 맡았다. 물론 업무적으로 선배가 있었지만, 이 지역에서 어린 시절을 보낸 리쓰가 보조로 곁에 서 있으면

경계를 풀고 좋은 조건으로 작물을 팔아주는 농가 사람들이 심심찮게 있었다.

업무는 괜찮았지만 월급이 적었기 때문에 리쓰는 일을 성급히 구했나 싶은 생각도 종종 들었다. 지사 여직원들은 시간제 근무든 정사원이든 다들 기혼자여서 남편의 벌이에 보태려고 일하는 분위기인 데다, 리쓰는 남자라도 사귀어서 잘해보겠다는 마음조차 없다 보니 이곳에서 오래 일할 수 있을 거라는 기대가 별로 없었다. 근무한 지 한달쯤 됐을 때 본사에서 채용된 남직원에게만 출세가 열려 있다는 사실도 저절로 파악하게 되었다.

고등학교 3학년이던 10월에 열여덟 살이 된 리쓰는 아버지의 유산 중 일부를 물려받게 되었다. 언니 리사의 상속분은 모두 친

엄마에게 줘버렸지만, 리쓰에게는 100만 엔이 들어왔다. 자매에게는 거금이긴 했으나 대학 4년 동안의 학비로는 부족했다. 리사는 최근 몇 년 동안 자매의 생활을 유지해 나가는 한편, 리쓰를 대학에 보내려고 조금씩이라도 저축하려 애썼다. 하지만 그 돈을 보탠다 해도 어림없었다.

"어쨌든 네가 입학만 하면 난 계속 일할 거고, 뭣하면 일을 더 늘려도 되니까."

그렇게까지 말하며 리사는 동생을 대학에 보내려고 했지만 리쓰는 거절했다. 자신을 키워준 은혜를 잘 알고 있는 데다 언니를 사랑하는 마음이 컸던 리쓰는 자기 생활비와 학비 때문에 리사를 더 이상 옭아매고 싶지 않았다.

초등학교 3학년과 4학년 때 담임이었고 꾸준히 연락하며 지내온 후지사와 선생님은, 그 이야기를 듣고 이런 말까지 해주었다.

"그 정도 금액이라면 빌려줄게. 돌려주지 않아도 돼."

그녀는 리쓰의 학업 성적이 상당히 좋으므로 학비를 부담하기 어렵더라도 대학 진학은 고려해야 한다고 계속 주장해 왔다. 현내에서 가장 좋은 고등학교에 입학했을 때 선생님은 자기 일처럼 기뻐해 주었지만, 리쓰는 역시 선생님에게까지 학비 부담을 줘서는 안 된다고 생각했다.

학자금 대출이라는 수단도 있었지만 돈을 빌리는 건 내키지 않는 데다, 어쨌든 열여덟 살인 지금 대학에 입학하면 주변 사람들이 신경 쓰게 될 것 같아서 리쓰는 우선 취직부터 하기로 했다. 몇 년 일하다가 모자란 학비를 스스로 낼 수 있게 되면 대학에 갈 생각이었다. 엄마가 자기 약혼자에게 입학금을 줘버려서 대학 입학을 단념한 리사는 동생의 취직 결정을 반기지는 않았지만, 리쓰가 스스로 결정한 일이니 결국 받아들였다.

이 근방 학생들 가운데 리쓰는 현 내에서 가장 좋은 고등학교에 입학했고 성적도 내내 좋았다. 그 사실은 이미 유명했으므로 적지 않은 사람들이 "아, 일하기로 했구나"라고 말하곤 했는데, 그럴 때면 리쓰는 "언니한테 더는 신세를 지는 게 미안해서요"라고 대답했다. 그러면 다들 수긍하는 표정으로 "일 열심히 해. 응원할게" 따위의 말을 건네며 그 자리를 떠났다.

초등학교 3학년 때부터 리쓰와 친구인 히로미는, 특급 열차와 지하철을 갈아타면 한 시간 15분 정도 걸리는 이웃 현의 대학에 입학하면서 본가에서 통학했다. 리사는 열여덟 살에 이 동네에 온 이래로 10년 동안 이어온 소바 가게와 물레방앗간 일 외에도, 종종 외주로 재봉 일을 받아 오고 있었다. 이웃이 입을 옷이라면 물레방앗간 일을 하면서 손바느질로 해치울 테지만 아무래도 정식으로 주문한 손님의 옷을 만들 때는 그럴 수 없었으므로, 바쁠 때는 일을 마치고 돌아와 잠들기 전까지 계속 재봉틀을 밟았다. 리쓰가 일하는 농산물 상사에도 잔업은 있었지만 딱히 긴 시간은 아니었다. 그래서 리쓰는 사회인이 된 뒤에도 리사가 재봉틀을 밟는 근처에서 책을 읽는 경우가 많았다.

리사의 부업은 나름대로 수입이 괜찮았지만, 관청이 소바 가게에서 도보 20분 거리로 이전하는 바람에 가게는 리사가 취직했을 당시만큼 바쁘지는 않은 모양이었다. 지금껏 단골이던 손님이 일부러 자전거를 타고 점심을 먹으러 와주는 경우는 얼마든지 있었다. 게다가 가게 주인인 나미코와 마모루 부부도 예순을 넘겨서 딱히 그날그날의 수입에 안달복달할 이유도 없어졌으므로, 관청이 이전했다고 해서 소바 가게가 큰 피해를 받는 건 없었다. 그래도 리사는 스스로 느끼기에 한가해졌다고 체감하는 날이 늘었다고 한다. 급여가 깎이지도 않았고 나미코와 마모루는 여전히 좋은 고용주였지만, 리사는 어쩌면 이제 가게 자체의 일은 두 사람만으로도 충분할 것 같다는 생각을 한 적도 있었다.

다만, 날마다 메밀가루를 가는 물레방앗간을 지키는 일과 그곳의 파수꾼이라 부를 수 있는 네네를 상대하려면 새 알레르기가 있는 나미코는 불가능하고, 마모루는 주방을 비울 수 없으니 역시 자신을 직원으로 계속 두는 것 같다고 리사는 말했다.

리쓰도 내근하는 날에는 매일 소바 가게에서 점심을 먹었다. 한가해졌다는 리사의 말처럼 대폭 손님이 줄어든 느낌은 없었지만, 정오가 되자마자 직장에서 15분 걸어 가게에 도착하니 조금 공석이 있는 상황이었다. 예전이라면 생각할 수 없는 일이었기 때문에 확실히 손님이 다소 줄어든 듯한 분위기였다. 10년 전이라면 정오가 지난 소바 가게는 당연히 만석이었고, 혼잡한 시간에는 바깥 대기석에 여러 사람이 앉아 있었으며 자리가 없는 손님은 서서 기다리는 게 일상이었다.

직장에 복귀하니 12시 58분이었다. 트럭이 들어올 수 있는 부지의 건물 입구 앞에는 농산물 매입이라는 간판이 서 있었는데, 이미 소형 경트럭과 봉고차가 한 대씩 정차해 있었다. 봉고차는 리쓰와 같은 학년이던 남자애의 엄마인 소노야마의 소유로, 아마 마당에서 기른 블루베리를 싣고 왔을 터였다. 소노야마는 리쓰와 마주칠 때마다 대학에 가지 않은 일을 무척 아쉬워해서 요즘 리쓰는 그녀를 대하는 게 조금 껄끄러웠다. 좋은 사람이라는 건 알고 있었지만.

건물에 들어가니 토마토를 재배하는 우체국 직원 마카베의 어머니와 소노야마가 대기실 긴 의자에 앉아 잡담 비슷한 말을 나누고 있었다.

"제가 올해 입사한 탓에 착각한 거라면 죄송한데요, 토마토가 올가을에는 풍작인가요?"

입구에서 가장 가까운 곳이자 자기 자리의 사무용 의자에 코트를 걸면서, 리쓰가 마카베의 어머니에게 말을 걸었다.

"글쎄, 예년이랑 비슷한 것 같구나. 밭의 넓이에 비하면 수주가 좀 줄었는데 이 회사에서 매입해 준 덕분에 큰 도움이 됐단다."

"그렇군요. 마카베 씨네 토마토, 진짜 맛있어요. 여름이 되면 스기코 할머니가 큼지막하게 잘라서 마늘이랑 섞은 뒤 냉장고에서 차갑게 식힌 토마토를 얹어 파스타를 만들어주시곤 했어요."

"그랬구나. 스기코 씨는 건강하시니?"

그 질문에 리쓰는 조금 멈칫거렸다. 동네에 사는 화가 스기코는 올해 여든셋이 되었다.

올 초에 쓰러져서 얼마간 입원한 뒤로는, 왜 그런지 리쓰는 그녀의 몸집이 더욱 작아져 버린 것 같다고 느꼈다.

자매가 말을 걸면 스기코는 늘 그렇듯 곧잘 수다를 떠는 모습으로 잠시 돌아가지만, 그 이외의 시간에는 예전만큼 그림을 그리지 않았다. 아틀리에 대용으로 빌려 쓰는 창고의 편안한 의자에 앉아 멍하니 시간을 보내는 날이 늘어 갔다.

"건강하시다고 해야 할지…… 나이가 드셨으니까요."

리쓰가 조금 고민하다가 말을 꺼냈을 때 차임이 울리며 점심시간이 끝났다. "그러면 가지고 오신 물건을 살펴볼까요."

리쓰는 기록용 클립보드를 목에 건 뒤 마카베의 어머니와 소노야마를 데리고 건물 밖으로 나섰다. 두 사람이 가져온 농산물 정도는 리쓰 혼자서도 감정이 가능했다.

"이건 리사랑 네 몫이란다."

집에 돌아가는 길에 소노야마는 보존 용액에 담긴 블루베리를 건네주었다. "스기코 씨, 한동안 안 만나서 보고 싶네." 그녀의 말에 리쓰가 물었다. "일요일 저녁에 언니랑 스기코 할머니 댁에서 밥 먹을 건데 오실래요?" 소노야마는 고개를 저으며 대답했다. "아, 그날은 선약이 있어. 손님이랑 회식이 있단다."

7년 전에 아버지를 떠나보낸 뒤 소노야마는 세무사무소를 혼자 운영하고 있었다.

"그러면 평일 저녁에라도 잠깐 들러주세요."

"그래. 꼭 갈게."

고개를 끄덕인 뒤 소노야마는 봉고차를 타고 떠났다. 차에 타는 그녀를 바라보며 리쓰는 부럽다고 생각했다. 자동차 구매는 대학 학비를 모은 뒤에야 가능해서 리쓰로서는 그야말로 꿈 같은 일이었지만, 자동차 면허는 따는 편이 좋을 것 같았다.

리쓰가 이 지역으로 이사 와서 처음 몇 년 동안에는 스기코가 네네를 이웃 현의 병원에 데려가는 일을 도맡아왔다. 하지만 그녀가 고령이 되면서 운전을 자제하게 된 뒤로는 마모루나 다른 이웃인 소노야마에게 부탁해서 차를 얻어 타곤 했다. 네네를 병원에 가장 자주 데려가곤 하는 사람은 마모루였다. 그가 네네를 병원에 데려갈 수 있는 날은 주로 소바 가게의 정기 휴일인 수요일이었으므로, 다음 날 가게 준비를 고려하면 역시 자기가 그 역할을 맡을 수 있으면 좋겠다고 리쓰는 생각했다.

퇴근 후에 리쓰는 항상 물레방앗간에 들러 네네와 30분 정도 시간을 보내다가 귀가했다. 변함없이 리사는 오후 2시부터 몇 시간 동안 네네의 곁에 머물면서 맷돌에 메밀을 채우는 일을 해오고 있었다. 리쓰는 교대하듯 네네를 돌보러 갔다.

리쓰가 자라면서 함께 보내는 시간이 줄어들자, 네네는 대놓고 쓸쓸해하지는 않아도 "릿짱, 크다"라며 성장한 리쓰의 모습에 대해 종종 말을 꺼내곤 했다. 그런 식으로 네네는 자기와 보내는 시간이 줄어들었다는 사실을 알고 있는 듯한 기색을 내비쳤다. 중학교나 고등학교, 현재의 직장이든 삶에 필요한 일이라 여기며 다니고는 있지만, 그로 인해 네네를 쓸쓸하게 만드는 게 괴로웠던 리쓰는 짧은 시간이라도 매일 거르지 않고 네네를 만나러 왔다.

리쓰는 좀 전까지 리사가 있던 물레방앗간 의자에 앉아 네네에게 라디오를 들려주며 말을 걸었다.

"너바나는 대단하다니까." 라디오에서는 레드 핫 칠리 페퍼스의 경쾌한 노래인 「기브 잇 어웨이」가 흘러나오고 있었는데, 딴 이야기라고 생각하면서도 리쓰는 네네에게 뭔가 하고 싶은 말이 떠오르면 대부분 직접 말로 꺼내려고 노력했다.

「기브 잇 어웨이」의 리듬에 맞춰 거드름을 피우는 것처럼 몸을 좌우로 흔들던 네네는 "너바나는 대단하다니까!"라며 일단 리쓰의 말을 따라 했다. 네네가 흉내를 내는 건 상대에게 친밀감을 느끼는 증거라고 네네의 원래 주인이었던 마스지로의 딸 나미코가 말해준 적이 있었다.

"오늘은 마카베 씨 어머니가 토마토를 가져오셨고, 소노야마 아줌마는 블루베리를 가져오셨어."

그런 말을 건네다가 리쓰는 출근용 배낭에 넣어둔 보존 용액 통을 떠올렸다. "아, 맞다." 그러더니 블루베리 세 알을 꺼내 네네의 얼굴 앞으로 한 알 들고 갔다. 블루베리를 입에 문 네네는 홰에서 새장이 놓인 커다란 선반 위로 날아오더니, 고개를 앞뒤로 흔들며 블루베리를 삼켰다. 연달아 두 알을 먹은 네네는 만족했는지 "할머니한테 키스 안 하니?"라며 목소리를 높였다. 영화 『글로리아』에 나오는 대사 중 하나인데 리쓰가 가르쳐준 것이었다.

"퀴즈 놀이 할래?"

"안 해." "텔레비전은?" "없잖아." "내 말, 알아들어?" "알아." "고양이 좋아해?" "보통이야."

네네가 연이어 질문을 내뱉자, 리쓰는 미소 띤 얼굴로 비위를 맞추며 리듬감 있게 대답해 나갔다.

오래전 리쓰는 네네가 영화 대사를 말하게끔 시켜서, 자기를 데려가려던 남자를 쫓아낸 적이 있었다. 지금도 그 일이 고마웠던 리쓰는 네네와 그런 식으로 자주 놀아주었다. 이렇게 의미 없는 말을 주고받는 놀이를 해주면, 네네는 기분이 좋아져서 새장에 순순히 들어가 잠잘 준비를 했다.

다른 대답을 하면서 한 번 더 말 주고받기 놀이를 해준 리쓰는 새장에 덮을 담요를 준비했다. 그때 물레방앗간의 문이 열리더니 익숙한 목소리가 들렸다.

"릿짱." 스기코가 서 있었다.

"안녕하세요. 몸은 괜찮으세요?"

"글쎄."

스기코는 그렇게 말하면서 리쓰가 권하는 의자에 앉았다. 리쓰는 구석에서 다른 의자 하나를 들고 와 거기에 앉았다.

"일은 어떠니?"

"순조로운 느낌이에요."

"그거 다행이구나."

스기코는 싱긋 웃었다. 리쓰는 그 얼굴을 머릿속에 새기듯 바라봤다. 자매와 처음 만난 이래로 올해 들어 스기코가 세 번째로 입원했을 때, 리쓰는 그녀가 언제까지고 이런 식으로 자기 옆에 있어 주지는 않을 거라는 걸 깨달았다. 그렇다고 계속 함께 있으려고 하면 일도 할 수 없을 것 같아서 일상을 이어가고는 있었지만 스기코를 만날 때마다 리쓰는 다음에 다시 같은 모습으로 만날 수 있을지를 생각하게 되었다.

"안 웃어줄 거야?"

"죄송해요."

리쓰는 입꼬리를 올리며 웃으려고 노력했다. "억지로 시켜서 미안하구나." 스기코는 말했다. "억지로라뇨." 리쓰가 대꾸했다. 그런 두 사람을 교대로 바라보던 네네는 그 자리를 수습하듯 "미안해"라고 중얼거렸다.

"이거 가져왔어." 스기코는 어깨에 멘 메신저백 안에 손을 넣더니 과자 틴케이스를 꺼내 뚜껑을 열었다. 안에 뭐가 들어 있는지 리쓰는 알고 있었다. 그녀가 소중히 여기는, 고향에서 채굴된 공작석과 남동석이었다. 네네는 "말라카이트! 아주라이트!" 하고 소리치더니, 가까이에서 보려고 리쓰의 어깨 위로 날아와 앉았다. 리쓰는 스기코가 그걸 빻으려고 결심했다는 게 무슨 뜻인지 알고는 고개를 저으며 말했다.

"지금은 안 돼요."

"오랜만에 그림을 그려볼 마음이 생겼단다."

"그래도 지금은 안 돼요. 일요일까지 기다려 주세요. 언니랑 저랑 하이킹 가기로 하셨잖아요."

"어머나, 이제 곧이구나."

"며칠밖에 안 남았어요."

고작 며칠 만이라도 그림을 그리려는 마음은 사라질지도 모른다. 리쓰는 자신이 이기적인 부탁을 하고 있다는 걸 잘 알고 있었지만, 리사가 없을 때 돌을 분쇄하는 건 결코 좋은 생각이 아닌 것 같았다.

"오늘 점심에도 부탁하러 왔었는데, 리사가 안 된다더구나."

리사의 반응도 리쓰는 이해할 수 있었다. 자매는 스기코를 의지하며 살아왔다. 세 사람의 나이로 따져 보면 리쓰는 리사에게도 기댈 수 있었지만, 언니인 리사로서는 나이가 많은 스기코만이 그런 존재였을 것이다. 물론 그 밖에도 의지할 만한 사람은 여럿 있었지만, 자매에게 있어 가장 편안하고 친척처럼 속을 터놓을 수 있는 상대는 스기코였다.

"저도 마찬가지예요. 적어도 셋이 모였을 때 해요."

"그래. 그러자꾸나."

스기코는 고개를 끄덕이더니 돌을 빨는 대신 손바닥에 올려 네네가 가까이에서 볼 수 있도록 해주었다.

"말라카이트, 아주라이트!"

네네가 기쁜 듯 외치며 돌에 뺨을 비비는 모습을 바라보면서, 리쓰는 앞으로 네네가 몇 번이나 이 돌을 볼 수 있을지 물으려다 그 말을 꿀꺽 삼켰다.

♪

일요일이 되자 한 봉지 분량의 메밀을 맷돌로 갈기 위해 물레방아를 움직였다. 그리고 굴대에 설치된 누름대가 회전하며 위아래로 움직이는 방앗공이로 스기코의 공작석과 남동석을 빨았다.

스기코는 예전에 스스로 농담처럼 자주 했던 말을 떠올리며 입을 열었다.

"괜찮단다. 물감을 만드는 동안에는 난 살아 있을 테니까."

리쓰가 "물감은 만들었는데 그림을 못 그리면 안 되잖아요"라고 반문했지만, 리사는 입을 꾹 다문 채 고개만 떨구고 있었다.

그 뒤 스기코와 자매는 때 이른 코스모스를 구경하러 갔다. 최근 10년 동안 리쓰와 스기코는 매년 코스모스밭을 찾았고, 리사도 3년 전부터 함께했다.

소풍을 즐기기 좋은 광장에서 리사가 만든 도시락과 스기코가 만든 마카로니 샐러드를 먹었다. "주먹밥을 만들고 싶었는데 이게 더 간단해서 말이야." 스기코가 말했다. 아무런 준비도 하지 않은 리쓰는 자판기에서 주스 몇 개를 뽑아 두 사람에게 대접했다.

리쓰의 기억에 처음으로 그날, 스기코는 자기가 결혼하지 않았으며 아이가 없다는 사실을 살짝 이야기해 주었다. 좋아하는 사람이 있었는데 광산 사고로 죽었다고 했다. 그림이 좋으면 그림을 그리라고 그 사람이 응원해 줬으므로, 그녀는 다른 남자를 만나지 않고 그림을 그리기로 결심했다고 한다.

"난 운이 좋았는지, 전쟁이 터져서 더는 그림을 못 그리게 되는 건가 싶었을 때도 어떻게든 그림은 그릴 수 있었어. 그래서 정말 아무런 후회가 없단다. 다만, 아이를 갖는 건 어떤 기분일지 생각한 적은 있지."

예순 살까지 도쿄에서 지냈으며 출판사에서 의뢰받아 삽화를 그리거나 그림을 가르치며 살아왔다고, 스기코가 이야기한 내용을 리쓰는 떠올렸다. 그런 식으로 그럭저럭 퇴직금 흉내를 낸 정도로 조촐한 자금을 만들어서, 비교적 고향과 가까운 이 마을에 왔다고 했다. 그녀가 태어난 광산 마을은 탄광이 폐쇄되면서 진작 사라진 상태였다.

"마을 아이들이 다들 귀여워 보였지. 도쿄에서 가르쳤던 아이들도 마찬가지였지만, 너희는 특별했단다."

스기코는 말을 이었다.

"리사가 여기 왔을 때는 이미 어엿한 처녀였고 애도 아니었어. 씩씩해 보였지만, 그래도 이따금 걱정했단다. 난 이 동네에 이사 오기 전까지도 그림을 그리면서 즐겁게 살았어. 여기 와서는 소바 가게 마스지로 씨랑 친구가 됐고, 그러다 네네도 왔지. 다른 사람들과도 행복하게 지냈지만, 역시 너희들과 함께한 10년이 내

겐 더 특별했어."

스기코 옆에서 고개를 가로젓던 리사가 평소답지 않게 그 자리를 피하려는 듯 일어서려고 하자, 리쓰가 언니의 손을 붙잡으며 저지했다.

"정말 고맙다." 스기코가 말했다. "저희가 더 고마워요." 리쓰는 그렇게 대꾸했고, 스기코는 마르고 자그마한 팔을 벌려 리사의 어깨를 살짝 안았다.

스기코의 마지막 그림을 본 리쓰는, 그게 현실인지 그림인지 도무지 헷갈리는 느낌이었다. 유채꽃 줄기에 매달린 무당벌레의 시선에서 유채밭을 올려다본 그림이었다. 하늘은 남동석의 파랑 물감으로, 줄기는 공작석의 초록 물감으로 칠해져 있었다. 그림을 세로로 가르듯 그려놓은 유채꽃과 원경의 꽃밭은 가능한 한 그 윤곽을 세밀하게 표현하기 위해 갈색빛이 감도는 검정 선으로 또렷하게 그려졌다. 그린 이가 이틀 뒤에 죽을 거라고는 생각할 수 없을 만큼 정교한 그림이었다.

스기코가 그림을 그리고 있을 당시, 아틀리에에 같이 있었던 소노야마는 한 남자가 그녀를 찾아왔었다고 말했다. 조카라고 하기에는 젊었고 그 아들이라고 하기에도 너무 어른스러운 느낌이었다며, 소노야마는 일부러 들고 올 만한 양은 아닌 블루베리를 리쓰에게 건네며 말했다.

"그리 자세하게 설명해 주진 않았는데, 스기코 씨는 청년들의 새출발을 도와주는 민간 단체에 지원을 해오셨나 봐. 그곳과 관련된 사람인 듯했지. 손님이 있으면 나중에 다시 오겠다면서 남자는 일단 돌아갔는데, 역 근처 민박집에서 머물고 있었던 모양이야. 스기코 씨는 그 사람한테 집을 빌려주실 예정이었대. 지금 그리는 그림이 완성되면 아마 기력이 다해서 생활 자체가 정체될 것 같으니까. 그럼 시설로 가서 지낼 거라 하셨지.”

리쓰도 스기코에게 직접 시설에 들어갈 예정이라는 말을 들은 적은 있었다. 1층에 부엌과 방 하나가 있고 2층에는 방 두 개가 딸린 아담한 자택을 어떻게 처리할지 모르는 상태였다. 스기코에게는 거의 왕래가 없는 남동생과 여동생이 있다고 들었으므로, 그들이 상속받으면 어떻게든 할 거라고 막연히 짐작만 하고 있었다.

리쓰는 가능하면 스기코의 집을 자기가 매매하고 싶었다. 지금의 월급으로는 분명 힘든 일인 데다 일단 대학 진학이 우선순위였지만, 계약금의 일부라도 변통해서 부탁한다면 서른 중반에는 잔금을 지불할 수 있을 거라고 생각했었다. 불과 10년 전까지만 해도 엄마와 그 약혼자에게 집 밖으로 내쫓기며 위태위태한 신세였던 자신이 집을 산다니, 정말 꿈같은 이야기이긴 했다.

아틀리에서 숨을 거둔 스기코를 발견한 쪽도 소노야마였다. 리쓰는 스기코의 죽음을 처음 맞닥뜨린 사람이 자신이나 리사가 아닌, 실무적 능력이 뛰어난 소노야마여서 다행이라고 생각했다.

본인은 제쳐두고 리쓰는 리사를 진짜 어른이라 여기면서도, 한편으로는 스기코의 죽음을 언니가 정면으로 맞닥뜨렸을 때 신속하게 이런저런 절차를 밟아나갈 수 있으리라고는 도저히 생각할 수 없었다.

밤샘과 고별식은 부녀회가 늘 사용하는 상공회의소 2층에서 진행되었다. 밤샘 당일에는 스기코의 집에 친척과 이웃이 모여 지냈다. 소바 가게는 오후 3시에 가게를 닫았고, 나미코와 마모루, 리사가 밤샘을 도우러 갔다. 리쓰는 오후 5시 정시까지 일했다.

점심시간에 리사가 리쓰에게 전화를 걸었다. 업무가 끝나면 스기코의 집에 들르라고 했다. 리쓰가 퇴근 후 도착했을 때 리사는 리쓰에게 검정 반소매 원피스를 건네주었다. 여름용 옷감으로 만든, 몸통에서 소매가 바로 이어지는 프렌치슬리브로 된 단순한 원피스였는데 상복으로 제격이었다. 농산물 상사에 리쓰의 취직이 결정되었던 초봄에 만들었던 모양이다. 여하튼 이제는 학교 교복으로 대체할 수 없는 나이가 된 셈이었다.

역시 거의 비슷한 원피스를 입은 리사는, 고등학교 1학년 때 리쓰가 신었던 검정 바탕에 흰 줄무늬가 들어간 스니커즈를 건네며 말했다.

"이것밖에 없더라. 그래도 일단 검은색이니까."

더러워진 상태로 현관 구석에 방치한 기억밖에 없던 스니커즈는 언제 빨았는지 깨끗해져 있었다.

밤샘을 위해 사람들이 스기코 집에 모이게 된 경위는 이러했다. 그녀의 죽음을 목격한 소노야마가 아틀리에의 테이블 위에 놓여 있던 집 열쇠를 발견해서 들고 온 것이다. 소노야마는 열쇠를 스기코의 친척에게 건네주며 조의의 말을 표했다.

스기코의 형제들은 마주치는 사람마다 신세를 졌다며 머리를 숙였다. 새해에도 스기코는 친척 집을 찾지 않았지만, 이따금 여동생이 사는 곳에는 불쑥 찾아와 이런 말을 했다고 한다. 혼자서도 이웃의 도움을 받으며 잘살고 있다고.

스기코의 전화부에서 친척을 찾아내 연락을 취한 사람도 소노야마였다. 리쓰는 자신이 죽었을 때도 소노야마가 발견해 주면 좋겠다고 생각하는 한편, 순리대로 진행된다면 아마 리쓰가 그녀보다 나중에 죽을 테니 그건 어려울 것 같아 내심 아쉬웠다.

리쓰는 원피스로 갈아입은 뒤 네네를 데리러 갔다. 밤샘이 시작되기 30분 전이었다. 스기코의 집 안을 오가는 사람들을 바라보면서, 리쓰는 무언가 허전하다고 생각했는데 바로 네네였다.

네네를 새장에 넣고 화장실용으로 모아둔 신문지 몇 장을 손에 든 채 리쓰는 다시 스기코의 집으로 향했다. "데려왔구나." 리사는 그 말뿐이었다. 자매는 밤샘이 진행되는 상공회의소로 향했다.

최근 10년 동안 네네는 메밀가루를 갈지 않는 시간이면 리쓰를 따라 조금씩 밖으로 나오게 되었다. 물레방앗간에서 귀환 훈련을 거듭한 뒤에는, 새장에서 나오는 때도 있었다. 물론 네네가 미아가 돼버릴지도 모른다는 걱정과 두려움 때문에 처음에는 발목에 가느다란 실을 감았는데, 익숙한 상대인 리쓰 곁을 떠날 이유가 딱히 없어선지 매번 네네는 함께 돌아왔다.

네네는 동물병원에서 날개깃을 자르는 클리핑 시술을 받은 탓에 제대로 날 수 없었다. 그런 네네의 날개가 리쓰는 걱정스러웠다. 처음에는 나미코의 아버지인 마스지로가 반려동물로 네네를 데려왔고, 그러다 물레방앗간을 지키는 일까지 해내며 어느 정도 인간 세상에 어우러져 살아왔다. 하지만 어느 날 리쓰의 마음에는 어떤 의문 하나가 싹텄고, 줄곧 그걸 마음에 담아둔 채 지내왔다. 되도록 네네가 자연스러운 상태로 지낼 수 있게 해줘야 하는 건 아닐까.

"퀴즈 놀이 할래?" "그럴까." "텔레비전은?" "나중에 보자."

"내 말, 알아들어?" "그럼." "고양이 좋아해?" "오늘은 좋아해."

네네와 말 주고받기 놀이를 하면서 리쓰는 언니와 함께 상공회의소로 향했다. 밤샘 회장이 된 상공회의소 2층에 네네를 데리고 들어갔지만, 주변 사람들은 아무런 말도 하지 않았다. 오히려 리쓰가 조심스레 새장 밖으로 꺼낸 네네에게 "네네, 쓸쓸해지겠네"라며 말을 걸기도 했다. 네네가 장례식 분위기는 아랑곳하지 않고 장소에 어울리지 않는 말을 입 밖으로 꺼내진 않을지 걱정이었는데, 이따금 우물우물 혼잣말하는 것 말고는 리쓰의 어깨 위에 얌전히 있었다.

자매의 모습을 발견한 소노야마가 잰걸음으로 다가와 말을 건넸다. "정말 쓸쓸해지겠어." 리쓰가 "그러게요"라고 대꾸했고 리사는 고개를 끄덕였다. 스기코 일에 한해서는 자신과 언니의

나이가 거의 뒤바뀐 느낌이라고 리쓰는 생각했다. 스기코 앞에서
나 그 일을 애석하게 여기는 사람들 앞에서도 리사는 거의 말없
이 고개만 끄덕인다든가 심지어 미동조차 하지 않을 때도 있었
고, "실례할게요" 하며 자리를 피해버리기도 했다.
 "저 남자 있잖니. 스기코 씨를 찾아왔던 사람인데."
 소노야마의 시선 끝 장례식장 구석에는 키가 큰 한 남자가 지
나가는 사람들을 바라보며 혼자 조용히 서 있었다. 마치 자신에
게 부탁할 일은 없는지 살피는 듯한 모습이었다. 리쓰는 한 번도
본 적이 없는 사람이었다. 막 사 입은 듯한 검은색 정장을 걸치고
하얀 와이셔츠에 검은 넥타이를 맨 남자는 누군가 앞을 지나갈
때마다 뭔가 도와주고 싶어 하는 듯 손짓했지만, 딱히 아무도 관
심을 보이지는 않았다. 남자는 별수 없다는 듯 조금 어질러진 파
이프 의자를 정리하기 시작했다.
 "처음 보는 사람이에요."
 리사가 고개를 저었다.
 "그야 그럴 거야. 조촐한 장례식인 데다 다들 경험이 많으니 딱
히 도울 일이 없겠지. 그래도 뭔가 부탁하면 힘을 보태주렴." 소
노야마는 그렇게 말한 뒤 자리를 떴다.
 그러고 보니 리쓰는 초등학교 시절부터 여기 상공회의소에서
장례를 치르는 장면을 몇 번인가 본 적이 있었다. 급행열차가 정
차하는 인근 역에 있는 장의업체가 이 근방의 거의 모든 장례식
을 맡고 있었다. 대부분의 장례식은 보통 이 장소에서 치르는 모
양이었다.
 우체국의 마카베로부터 부의에 대한 답례품 봉투에 이름표를

붙여달라는 부탁을 받은 리쓰는, 네네를 어깨에 태운 채 구석에서 그 작업을 시작했다. 리사는 친척들과 함께 사람들을 맞으며 인사하는 중이었다.

리쓰가 작업하는 동안 네네는 제단 쪽을 향해 "스깃코 씨, 스깃코 씨" 하고 몇 번이나 불렀다. 리쓰로서는 새가 장례식을 이해할 수 있는지 알 수 없었지만, 분명 네네는 이 과정이 스기코와 연관이 있다고 파악한 눈치였다.

"네네, 쓸쓸해지겠네."

"릿짱, 쓸쓸해?"

"응."

이제 스기코와 더는 만날 수 없다는 말을 도저히 입 밖으로 꺼내지 못하는 리쓰의 머리를, 네네는 부리로 가볍게 두드리더니 머리카락을 살짝 입에 물었다가 놓았다.

이름표를 붙이는 간단한 작업을 하고 있는데 시선이 느껴져 고개를 드니, 아까 전의 낯선 남자가 벽 가까이에 선 채 신기하다는 듯 리쓰를 쳐다보고 있었다. '왜 저러지?' 의아해하던 리쓰는 곧 네네 때문이라는 걸 깨닫고 그 모습을 감추듯 네네가 올라탄 곳의 반대쪽 어깨가 남자에게 보이도록 자세를 바꿨다.

동네 사람들은 리쓰가 네네를 데리고 장례식에 나타나도 아무렇지 않아 하겠지만, 이곳에 막 이사 온 사람이 봤을 때는 굉장히 별난 광경일 것이다. 말하는 새가 찾아오는 장례식이라니.

밤샘을 끝내고 돌아오는 길에, 누군가 소규모였지만 좋은 장례식이었다고 말하는 목소리가 들렸다. 리쓰는 18년 인생에서 처음 치르는 장례식이라 뭐가 좋고 나쁜지 알 수 없었지만, 어쨌든 좋았다니 다행이라는 생각이 들었다. 네네는 신문지를 깔아둔 리쓰의 무릎 위에서 불경 소리를 들으며 잠들어 버렸기 때문에, 리쓰는 네네를 품에 안은 채 상공회의소 건물에서 나왔다.

리쓰가 스기코의 집에 들르기 전에 네네를 물레방앗간에 데려다 놓고 가려는데, 리사가 따라왔다. 스기코가 친척에게 유언을 남겼다고 했다. 수중의 돈 절반은 형제에게, 나머지 절반은 마을에 기부하고 소유했던 자택은 민간 단체에서 찾아오는 청년이 자립하게 될 때까지 살게 해주고 싶다는 내용이었다. 아틀리에로 쓰던 창고는 내후년까지 계약이 되어 있으므로 그때까지는 주변 이웃들이 자유로이 사용하게 하며, 창고 안에 원하는 물건이 있다면 가져가도 되고 창고를 계속 사용하고 싶은 누군가가 있다면 계약을 갱신하면 된다고 했다.

"수중에 있던 작품은 전부 우리에게 주라고 하셨대."

리쓰는 돌연 발밑이 휘청거리며 시야가 뿌예지는 느낌이었다. 울부짖는 듯한 자신의 울음소리가 들렸다. 그런 리쓰의 어깨를 리사가 팔로 감쌌다.

f

전철에서 내리자마자 강물 소리가 들려서 사토루는 플랫폼에 선 채 잠시 눈을 감았다. 이 강의 상류에 있는 수력발전소에서 청소 업무를 맡을 직원을 구한다는 공고문을 발견하고 이 동네에 왔다. 짐이라고는 배낭 하나와 보스턴백 하나뿐이었다.

이따금 도움을 받곤 했던 청년 근로 지원단체 사람에게 직업소개소에서 발견한 채용공고 이야기를 했었다. 거기에서 일하고 싶은데 살 곳이 마땅치 않다고 하자, 조력자가 그 동네에 살고 있으니 상담해 보라며 연락을 도와준 것이다.

단체에서 소개받은 사람은 가와무라 스기코라는 이름의 화가였다. 그림책 코너에 가면 그녀의 책이 있을 거라고 상담원이 알려주었다.

4년 전 음대에 다닐 때 친구에게 억지로 끌려와 방문했던 근로지원단체 건물 1층에는 나름 커다란 서점이 있었다. 그림책 코너에 가보니, 확실히 '가와무라 스기코'라는 작가의 그림책 네 권이 비치되어 있었다. 농업에 관한 책과 광산 이야기가 담긴 책, 그리고 자연 관련 그림책이 두 권이었다. 표지를 앞면으로 내세워 진열할 만큼의 화제작은 아니었지만, 꾸준히 조금씩 팔리는 책처럼 보였다. 그 동네에 가면 작가와 직접 만나게 되리라는 생각에 사토루는 책 한 권을 샀다. 산골짜기의 들판과 밭에 이르는 벌레와 꽃의 생태를 상당히 세밀하게 그린 작품이었는데, 사토루는 이 작가는 대체 어떤 시선을 갖고 있는 사람인지 궁금해졌다.

사토루는 예전에 자동차 부품 공장에서 일했다. 하청의 하청이었다. 힘쓰는 일이었고 실제 노동 시간도 길었지만, 급여는 괜찮았고 외국인이 많은 라인에서 일하는 환경도 그와 잘 맞았다. 지금으로서는 한가한 시간에 딱히 하고 싶은 일이 없었고, 계속 그 일을 이어가는 것도 괜찮다고 생각했다. 그런데 어쩌다 방문한 직업소개소에서 '현 외 구인' 코너를 둘러보다가 수력발전소 청소 직원을 구한다는 채용공고를 발견했고, 호기심이 생긴 사토루는 그 자리에서 직업을 바꾸기로 결심했다. 이제 그에게는 책임질 일이 아무것도 없었다. 자기 자신조차 아무런 존재가 아니라고 생각했다. 그래서 기분 전환 삼아 타지에 가고 싶다는 마음만으로 직업을 바꿀 수 있었다.

첫 출근일부터 가와무라 스기코의 집을 넘겨받기까지는 두 주 정도의 시간이 남아 있었으므로, 사토루는 그 동네에서 민박집을 구해 일을 다니기로 했다. 자그마한 수력발전소였는데, 처음 열흘 동안에는 정년퇴직을 앞둔 그 지역 남자에게 일을 배우게 되었다. 다무라라는 이름의 그는 집이 겸업농가였는데, 발전소에서 일하면서 아내와 자그마한 밭을 경작하며 살고 있었다.

농사만으로 먹고 살기보다 월급을 받을 수 있는 직업이 있는 편이 좋겠다는 생각에 다무라는 청소 일을 시작했고, 앞으로 하루 종일 밭에서 일하게 될 생각을 하니 기대된다는 말도 했다.

가와무라 스기코와는 딱 한 번 만났다. 키가 작고 눈이 예쁜 할머니였다. 처음 아틀리에에 갔을 때는 손님이 있어 저녁에 다시 자택으로 방문했다. 그녀는 차갑게 해서 으깬 토마토를 올린 냉스파게티를 대접해 주었다. 토마토는 마늘로 버무렸다고 했다.

좌식 테이블에 마주 보고 앉아 스파게티를 먹으면서, 사토루가 그녀의 한 작품에 대한 감상을 대강 늘어놓었다. 그녀는 과찬이라며 틀에 박힌 겸손한 말을 한 뒤 어떻게 살아왔느냐고 사토루에게 살짝 물었다.

"단체 사람한테 당신의 지난 이야기들을 조금 들었답니다. 힘들었겠어요." 스기코 씨가 말했다. "그런가요." 사토루는 남 일처럼 대꾸한 뒤 지난주까지는 자동차 부품 공장에서 일했는데 기분 전환을 하고 싶어서 다른 지역에 왔다고 말했다. 그러고 나니 이제 자신이 더는 할 이야기가 없다는 사실을 깨달았다.

사토루가 말이 없자, 가와무라 스기코는 더 이상 그 이야기를 꺼내지 않은 채 지금 작업 중인 그림을 완성하면 자신은 노인 시설에 들어갈 생각이고 입주 절차도 마무리한 상태라고 말했다.

"당신이 자립할 능력이 생길 때까지 이 집에서 살아도 됩니다. 그때가 왔을 때도 계속 여기에 살고 싶다면 내 친척에게 월세를 내거나 매매해 주세요. 작고 낡은 집이니 그리 큰돈이 들지는 않을 거예요."

사토루는 별 확신도 없이 고개를 끄덕였다. 다무라에게 배운 수력발전소 시설 청소 일은 적성에 맞았지만, 언제 또 마음이 바뀔지 스스로도 잘 알 수 없었다.

사토루는 그런 식으로 '기분 전환을 하고 싶다'라는 정도의 얕은 감정만으로 살다가, 막다른 지점에 다다르면 아무런 저항도 없이 숨을 거두자고 생각해 왔다.

그로부터 며칠 뒤, 가와무라 스기코가 죽었다.

대화를 나눠본 건 단 한 번뿐이었지만, 앞으로 그 사람의 은혜를 받게 될 사람으로서 사토루는 밤샘과 고별식에도 참여했다. 정장이 없었던 그는 급행열차를 타고 한 정거장 다음 역에서 내려 버스를 길아탄 뒤, 지방도로 근처에 있는 대형 신사복 매장에서 정장 한 벌을 샀다. 발전소에 면접하러 갈 때는 한동안 입을 일이 없을 듯하여 친구 정장을 빌렸었는데 생각지도 못하게 곧장 입을 일이 생겨버렸다. 신사복 매장 앞에는 어디에서 들어온 건지 염가판 시디를 파는 매대가 있었는데, 습관적으로 사토루는 그

곳을 들여다보다가 그중 한 장을 구매했다.

외할머니가 돌아가셨을 때 사토루는 스물한 살이었다. 그는 상주 역할을 맡았다. 할아버지는 사토루가 열 살 때 세상을 떠났고, 남동생은 구금 상태였으며 엄마는 장례식에 참석할 수 있는 상태가 아니었다. 외동딸이었던 엄마에겐 형제가 없었고 아빠는 돌아오지 않았다.

외할머니 장례식밖에 가본 적 없었지만, 사토루는 가와무라 스기코의 장례식장 분위기가 좋았다고 생각했다. 조촐하고 아담했으며 찾아온 모두가 크든 작든 그녀와의 추억을 간직하고 있었다.

밤샘 당일 사토루는 가와무라 스기코의 아담한 집으로 돌아가 친척들을 도우며 차를 내오거나, 배달 주문한 도시락을 손님들에게 나눠주었다. 그렇게 인원이 많지도 않았고 친척들도 급행열차를 타고 호텔로 돌아간 터라, 사토루 혼자 스기코 씨의 집에 남게 되었다.

밤 11시 무렵에 초인종이 몇 번 울려서 나갔더니, 자기 또래로 보이는 여자와 스무 살 언저리로 보이는 상당히 어린 여자애가 울어서 부은 눈을 한 채 서 있었다. 이런 쪽은 밤샘에서 어깨에 새를 태우고 있던 여자애였다. 앵무나 잉꼬로 보이는 새였다. 밤샘 당일 말고도 사토루는 이 여자애를 어디선가 본 것 같았지만 기억나지 않았다.

"다들 어디 계시죠?"

"집에 가셨어요."

사토루가 의심의 눈초리로 자신을 바라보는 여자에게 대답했다. 온화한 생김새와는 대조적으로 눈빛이 확고한 점이 인상적이었다.

"그쪽이 왜 여기 있는 거죠?"

"전 여기 살아요."

사토루는 어떤 식으로 대꾸해야 할지 순간 고민하다가 정중한 표현을 골랐다. 여자는 놀란 듯이 눈을 휘둥그레 뜨더니 살포시 입을 벌려 뭔가 말을 이으려고 했다. "언니, 아무도 없으면 돌아가자." 어깨에 새를 태우고 있던 여자애의 말에, 여자는 가볍게 고개를 끄덕이더니 "실례했습니다" 하고 인사한 뒤 현관문을 닫았다.

그날 사토루는 세상을 떠난 노파의 이불을 깐 뒤 덮지는 않고, 그 위에서 속옷 차림으로 잠들었다. 그리고 아침 6시에 일어나 발전소로 출근해서 정오에 일을 끝냈고, 일단 스기코 씨의 집으로 돌아가 상복으로 갈아입은 뒤 고별식에 참석했다. 아직 열쇠를 넘겨받지 않은 상태라서 사토루는 잠시 망설인 끝에 문을 잠그지 않고 집을 나섰다.

고별식이 끝난 뒤 가와무라 스기코의 친척이 집 열쇠를 건네주며 일렀다.

"아틀리에는 친했던 동네 분들끼리 서로 의논해서 한동안 오갈 테지만, 이 집은 당신이 쓰시면 됩니다. 사용 불가능한 언니의 옷이나 소지품은 앞으로 한데 모아 우리 쪽으로 보낼 테니 그것 이외에 일용품들은 마음대로 사용하셔도 되고, 불필요한 물건들은 아틀리에에 갖다 놓으시면 됩니다."

그 후 사토루는 친척들이 자그마한 집 안에서 스기코의 평상복과 자질구레한 물건들을 회수하는 일을 도왔다.

내일이 화장이라며 친척들이 자리를 떠났고, 사토루는 민박집에 가서 자기 짐을 챙겨 나와 스기코의 집으로 다시 왔다. 그리고 나서 빨래를 조금 한 뒤 가볍게 집안 뒷정리를 하고 금방 잠들었다.

고별식 다음날에는 다무라가 퇴근 후 소바 가게에 데려가 주었다. "이 가게는 전날에 갈아둔 메밀가루로 면을 만들지." 그가 의기양양하게 말하길래 사토루는 물었다. "메밀가루를 언제 갈았는지 신경 쓰면서 소바를 먹어본 적은 없는데, 맛있나요?" 다무라는 어리석은 질문이라는 듯 "당연하지" 하며 어깨를 으쓱했다.

소바 가게는 발전소로 올라가는 언덕 초입에 있었다. 발전소에서 소바 가게로 내려가기 조금 전 길목에 물레방앗간이 있었는데 그곳에서 메밀가루를 가는 듯했다. 물레방아는 멈춘 상태였고 강물 소리가 크게 들려왔다.

다무라가 자랑스레 데려갈 만큼 확실히 그 가게의 소바는 훌륭했다. 지금까지의 인생에서 사토루는 소바를 맛있다고 생각하며 먹은 기억이 별로 없었다. 그래도 이 가게의 소바는 언제까지고 생각날 듯 맛이 신선했고 식감이 강렬했다.

"우리 집은 여기에서 역을 사이에 둔 건너편이라 꽤 멀거든. 발전소를 그만두면 이 집 소바를 자주 못 먹게 되잖아. 그게 아쉽다니까." 슬픈 듯 이야기하는 다무라의 말에 사토루는 고개를 끄덕였다.

거의 만석인 홀에 여자 둘이 분주하게 오가며 일하고 있었다. 안주인이 아닌 종업원이 주문받으러 왔는데, 사토루는 그녀가 밤샘 당일 스기코의 집에 찾아왔던 여자 중 한 명이라는 사실을 깨달았다. 그를 똑바로 올려다보던, 나이가 더 많은 쪽이었다.

홀에서는 두 여자가 빠릿빠릿 움직이며 노련하게 일하고 있어서 요리하는 쪽은 어떨지 궁금했던 사토루는, 고개를 들어 카운터 너머 주방을 살펴봤다. 자그마한 체구의 남자가 역시나 소바가 담긴 사발과 나무 찜통을 순서대로 척척 내놓고 있었다.

다무라는 안주인으로 보이는 계산대 앞의 여자에게 말을 걸었다. "발전소를 그만두니 이제 자주는 못 오겠지만, 밭일하는 짬짬이 또 올게요."

그 말을 들은 여자는 미소 띤 얼굴로 "네, 그러세요. 정말 잘 부탁드려요"라고 말하며 몇 번이나 고개를 끄덕였다.

소바 가게에서 나온 사토루는 역 근처 식료품점에 들러 조미료와 얼마간의 가공식품, 달걀과 채소와 쌀을 사서 가와무라 스기코의 집으로 돌아왔다. 이제는 내 집이라고 말해도 좋을 테지만, 사토루는 아직 그런 기분이 들지 않았다.

일과를 모두 마쳤는데도 오후 2시밖에 되지 않았다. 취침 시간이 자정이니 앞으로 열 시간이나 남아 있었다. 저녁 준비할 시간이 될 때까지 낮잠을 잘지 책이라도 읽을지 고민하며, 사토루는 2층 방에서 다리를 뻗은 채 창 너머 하늘을 바라보고 있었다.

자동차 부품 공장에서 일하던 때와는 전혀 다른 환경이니 기분 전환이 된 건 틀림없지만, 이렇게나 오후 시간이 자유로운 것도 힘든 일이라는 생각이 들었다. 예전 집에서 챙겨온 읽다 만 책을 다시 펼쳤는데, 마지막에 읽은 뒤로 시간이 훌쩍 지난 탓에 이어 읽기가 힘들어 몇 분 만에 책장을 덮어버렸다.

배낭을 끌고 와 시디플레이어를 꺼낸 사토루는, 상복을 샀던 가게 앞 매대에서 건진 시디의 포장을 뜯었다. 헨델의 모음곡이었고 연주자는 리흐테르였다. 그러나 시디플레이어 본체의 개폐 버튼을 누를 의욕도 생기지 않아 결국 그대로 집어넣어 버렸다.

옆으로 배낭을 밀쳐버린 뒤 사토루는 어깨에 새를 태우고 있던 여자애를 어디서 봤는지 기억을 더듬었다. 이웃 현의 수입 음반과 중고 시디 및 레코드를 파는 가게에서였다. 사토루에게 스기코 씨를 소개해 준 지원단체 사무소 근처에 있는, 복합빌딩 지하 가게가 틀림없었다.

몇 주 전 일요일이었다. 새를 데리고 있던 여자애는 고별식에도 와 있던 다른 여자애와 함께 '얼터너티브' 장르의 음반이 꽂힌 삼단 선반 앞에서 시디를 한 장 한 장 살펴보며 대화를 나누고 있었다.

"언니는 레드 핫 칠리 페퍼스를 싫어해." 그런 말을 들은 기억이 떠올랐다. 다른 여자애가 고개를 끄덕이며 대꾸했다. "아하, 어쩐지 알 것 같아. 앨범 타이틀에 성교라는 단어가 들어가 있어서 그런가 보네." 새를 데리고 있던 여자애도 고개를 끄덕이며 말했다. "맞아, 맞아. 바로 전의 타이틀이 「모유」였잖아. 음악이 좋은 건 알겠는데, 그래도 언니는 사람들 앞에서 그런 말을 하는 게 싫대."

"언닌 생각이 확실하네." 다른 여자애가 감탄한 듯 말을 이었다. "모두가 좋아하는 밴드가 하는 말이라면 내심 위화감이 들어도 남들 앞에서는 그런 티를 내지 않잖아."

"그런가. 하지만 라디오에서「언더 더 브릿지」노래가 나오니까 테이프에 녹음도 하던걸."

"그랬구나." 다른 여자애의 말에 완전히 동조하듯 사토루는 자기가 추측한 내용을 떠올렸다. 새를 데리고 있던 여자애는 밤샘 당일 이 집 현관 앞에 서서, 소바 가게에서 일하는 여자를 '언니'라고 불렀다. 그렇다면 레드 핫 칠리 페퍼스를 싫어한다는 언니가 그 사람일 거라고 짐작하며, 사토루는 현관 앞에서 그를 강렬한 시선으로 올려다보던 여자의 얼굴을 떠올렸다.

"그랬군." 끝없이 길게 느껴지던 시간을 잠시나마 잊은 채 사토루는 소리내어 중얼거렸다. 그리고 재차 "그렇구나"라고 말한 뒤 드러누웠다.

문득 사토루는 자기가 어제 스물여덟 살이 되었다는 걸 생각해 냈다. 오늘 하루만이 아니라 삶이 막을 내리려면 여전히 기나긴 시간이 남았다고 생각하면서, 사토루는 잠도 들지 않은 채 눈을 감고 체념한 듯 가만히 누워 있었다.

🕊

급행열차가 정차하는 이웃 역 수예점에서 몇 년 전부터 일감을 받아온 리사가 그곳의 정사원에 지원할 생각이라는 말을 꺼내자, 리쓰는 반색했다. 복식 디자인 부문 스태프였다. 급여는 지금보다 오른다고 했다. 리쓰는 앞으로 언니가 10년 정도는 소바 가게에서 나미코를 도와 일할 것이고, 어떻게든 자신이 대학을 나와 언니보다 높은 급여를 받는 직장에 취직한 뒤 그동안의 은혜를 갚을 거라고 막연히 생각해 왔다. 예상보다 빨리 언니가 직업을 바꿀 결심을 한 모양이었다.

하지만 아무리 리사가 일하고 싶다 해도 나미코와 마모루는 나이를 먹어갈 것이다. 두 사람 모두 현재 예순세 살이니 10년 뒤에는 일흔셋이 된다. 열여덟 살인 리쓰로서는 일흔셋의 나이가 느낄 피로도 같은 건 전혀 짐작도 가지 않았다. 역시 가게를 이어가는 건 힘들어질지도 모른다. 그렇다면 언니가 소바를 만드는 방법도 있을 테지만, 그럴 때 홀에서는 누가 일해야 할까. 소바 만드는 사람을 구해서 주방에 투입이라도 시켜야 하나. 어차피 리쓰가 고민해 봤자 해결될 일은 아니었다.

다음 날, 리쓰는 저녁 대용으로 자주 사 먹던 식료품점의 도시락이 다 팔리는 바람에 소바 가게에 갔다. 손님이 거의 빠져나간 가게 안에서 나미코와 리사가 서로 마주 앉아 그 대화를 나누고 있었다. 기척을 느낀 나미코가 주문을 받으러 오자, 리쓰는 버섯 소바와 주먹밥을 주문했다.

직업을 바꾸려고 하는데 합격하면 여기를 그만두겠다는 이야기는 벌써 끝난 듯했다.

"이런 말 하기 뭣하지만, 경기가 별로 좋지 않단다. 그렇더라도 일이 잘 안되면 다시 여기로 오렴."

나미코는 리사에게 몇 번이나 그렇게 말했다.

"죄송해요." 리사는 고개를 숙였다.

손님이 그다지 없었던 탓인지 이야기에 한창인 나미코와 리사를 배려하듯, 마모루가 버섯 소바와 주먹밥을 내왔다. 리쓰는 큰 목소리로 "감사합니다" 하고 말했다. 귀가 잘 들리지 않는 마모루는 만면에 미소를 띠며 카랑카랑한 목소리로 대꾸했다.

"천천히 먹으렴!"

젓가락을 들었을 때 나미코가 자그마한 목소리로 리사한테 묻는 소리가 들렸다.

"저번에 했던 이야기 말인데, 생각해 봤니?"

나미코는 동생이 들어도 되는 건지 머뭇대는 눈치여서, 리쓰는 뒤돌아보지 않도록 조심하면서 후루룩 소리내어 소바를 먹었다. 조심스러워하는 나미코에 비해 리사는 리쓰에게 들리든 말든 상관없었는지 "지금은 그냥 거절할래요"라고 대답했다.

"그래? 괜찮은 자리 같은데." 그러더니 나미코는 이웃 현의 이야기를 꺼내며 리쓰도 들어본 적 있는 유명한 기업을 언급했다.

"……에 근무하는 사람인데, 잘되면 리사 너는 집안일만 해도 될걸."

"나미코 씨는 매일 일하시잖아요?"

"그야 내가 집안의 대를 이어야 하니 그런 거지."

나미코가 살짝 웃음 섞인 목소리로 말했다.

리쓰는 버섯 소바가 담긴 사발을 손에 들고 먹으면서, 아마도 나미코는 맞선을 권했는데 언니가 거절한 것 같다고 추측했다.

분명 손님이나 이웃과는 사귀지 않는 편이 좋다는 전제를 내세우긴 했지만, 지금껏 리사가 연애를 하지 않은 건 아니었다. 누군가 소개해 주거나 수예점 친목회 같은 자리에서 알게 된 남자를 사귄 적은 있었지만, 왜 그런지 모두 오래 만나지 못하고 금세 헤어지기 일쑤였다. 상대방과 리사 중 어느 쪽 잘못인지 리쓰는 몰랐다. 매번 리사는 아리송한 설명을 늘어놨다.

"너무 말이 안 통해."

리쓰는 내심 '다른 여자들은 말이 안 통해도 남자라는 이유로 사귀거나 결혼하던데. 난 결혼할 생각이 없지만' 하고 생각했다.

리쓰가 보기에 언니는 예쁜 편이었다. 젓가락으로 주먹밥을 가르면서 리쓰는 리사의 성인식 사진을 떠올렸다. 자신은 타지에서 왔으니 그런 자리에 나갈 자격이 없는 것 같다고 말하는 리사에게, 이 지역 젊은이들이 참여하는 성인식에 나가라고 열심히 권한 사람은 나미코였다. 당시 초등학교 5학년이었던 리쓰도 깊이 생각하지 않은 채, 가는 게 좋지 않겠냐며 언니에게 권했다. 리쓰는 나미코가 내심 자신 곁에서 오랫동안 일한 젊은 여자애가 열 살이나 어린 동생의 뒤치다꺼리와 새의 시중, 재봉 일에 대부분의 시간을 쏟는다는 사실에 대해 동정하고 있던 건지도 모른다고 생각했다.

같이 사는 리쓰가 봤을 때 언니는 종종 텔레비전을 보거나 도서관에서 빌려온 잡지나 수예 관련 책을 쌓아두고 빈둥거릴 때도 있었고, 급행열차가 정차하는 이웃 역이나 종점까지 가서 예전에 일했던 문구 창고 동료들과 만나고 오기도 했다. 특히 미쓰다라는 사람은 자주 이 동네에 놀러왔고, 여전히 언니와 연락을 주고받는 사이였다. 물론 고등학교 시절의 친구도 있는 모양인지, 결혼식에 초대받았는데 축의금 낼 돈이 없다고 털어놨더니 뒤풀이만이라도 와달라고 말해주는 이도 있었다고 했다.

하지만 나미코가 보기에 리사는 또래 젊은이들 같아 보이지 않았는지, 옷을 빌려주겠다고 말하면서 성인식에 참석하길 바랐다. 역시나 리사는 의상 제안은 거절하고 직접 원피스를 만들어 입고 성인식에 갔다.

리쓰는 성인식에서 찍어준 사진을 보며, 다른 예복 차림의 여자들한테는 미안하지만 언니가 참 예쁘다고 생각했다. 정작 당사자는 그 존재조차 잊어버렸는데, 리쓰는 당시 곧잘 읽었던 대실 해밋의 소설을 아동용으로 각색한 책의 표지 뒤에 그 사진을 끼워두었다. 그래서 1년에 한 번 정도는 생각났다는 듯 꺼내보곤 했다. 스기코가 헌책방에서 사준 책이었다.

리쓰가 주먹밥을 다 먹었을 때 나미코와 리사의 화제도 바뀌어서, 두 사람은 내일부터 여행사의 미식 투어 기간이 시작되어 점심에는 바빠질 것 같다는 이야기로 넘어갔다. 자신이 다니는 농산물 상사와도 관계 있는 이야기였으므로, 리쓰는 지금은 언니의 맞선에 신경 쓸 상황이 아니라고 생각을 고치면서 젓가락을 내려놓은 뒤 잘 먹었다고 말했다.

소바 가게 정기 휴일인 그 주 수요일에 리사는 급행열차를 타고 수예점의 복식 디자인 부문 면접에 갔다. 다음 날 저녁에 전화가 걸려 왔고 결과는 합격이었다. 리쓰는 당연한 일이라고 생각했다. 꽤 오랫동안 외주로 일했으니, 고용주도 리사의 실력은 익히 알고 있을 터였다.

"언제부터 출근이야?"

"10월 넷째 주부터."

"그렇구나. 그러면 소바 가게 후임자한테 인수인계할 시간도 있겠네."

리쓰의 말에 리사는 조금 어두운 표정으로 고개를 끄덕였다. 좋아하는 일이고 급여도 오르는 데다 회삿돈으로 매일 급행열차가 정차하는 역에 갈 수 있으니 분명 좋은 일일 텐데도, 리사는 맘껏 기뻐하는 눈치가 아니었다. 나미코와 마모루에게는 많은 신세를 졌고 다들 무척 좋은 분들이었다. 그런 사람들과 일했던 장소를 떠난다는 건, 업무 자체에 극심한 불안을 느끼지 않더라도 미련이 따를 수밖에 없었다.

다음 날 집에 돌아온 리사는 "다녀왔어"라고 말하자마자, "나미코 씨, 다음 후임자는 안 뽑으신대"라고 리쓰에게 말했다.

"왜?"

"지금은 나미코 씨 혼자서도 웬만큼은 감당하실 수 있대."

리사는 말을 이었다. "힘들어지면 다시 모집하겠지만, 점심시간에 일해줄 사람만 있으면 충분하신가 봐."

"네네는 어쩌고?"

"그래서 말인데, 물레방앗간에서만 일해줄 사람을 모집할 모양이야. 시간제 근무 쪽이 모집하기가 더 쉽지 않을까 해서."

"그러면 앞으로는 소바 가게 서빙과 새를 상대해 주는 업무라는 수수께끼 같은 채용공고는 없는 거네."

리쓰는 스스로 말로 정리해 보니 정말이지 나미코와 마모루는 다른 지역의 직업소개소에 용케도 그런 채용공고를 냈고, 또 리사는 잘도 찾아냈다는 생각이 들었다. 어쨌든 거주지를 보조해 주는 후한 조건을 찾던 중이었다고 언니에게 들은 기억이 있기는 했다.

"언니가 소바 가게 그만둬도 여기에서 살 수 있는 거야?"

"그럼. 당연하잖아."

"그건 다행이다."

자매가 사는 연립주택은 소바 가게의 선대인 마스지로의 남동생 소유였는데, 둘 다 세상을 뜬 후에는 남동생의 아내 소유가 되었다가 다시 그 아들이 물려받았다. 나미코의 사촌 남동생이었던 그는 이웃 현에서 회사에 다닌다는데, 바빠서 연립주택에 신경 쓸 여력이 없는지 필요 이상으로 건물 보수를 하거나 처분하려는 기미는 딱히 없었다.

그렇다 해도 확실히 노후화가 진행되고 있어서 언제까지고 이 집에 살 수는 없을 거라고 리쓰는 생각했다. 그때 문득 스기코의 자그마한 집이 머릿속에 떠올랐다. 그곳이야말로 완전히 낡은 집이긴 했지만.

다음 날 밤, 리쓰가 소바 가게에 갔더니 계산대 뒷벽에 '물레방앗간 인원 모집 ※새를 돌보는 일 약간'이라고 유성펜으로 쓴 전단이 붙어 있었다. 리사의 글씨였다. 업무 시간은 오후 2시부터 6시까지였고 시급은 900엔이었다.

*

어느 날 사토루는 소바 가게 계산대 구석에 붙은 '물레방앗간 인원 모집 ※새를 돌보는 일 약간'이라는 구인 공고를 발견했다. 거기에 적힌 새는 아마도 스기코의 장례식날 밤샘에 와 있던 그 새일 거라고 사토루는 즉시 추측할 수 있었다. 계산할 때 그는 새를 데리고 있던 여자애의 언니인 듯한 여종업원 쪽이 아닌 안주인에게 물었다.

"새라는 게 붉은 잿빛 꽁지의 새를 말하는 건가요?"

안주인은 고개를 끄덕이며 되물었다.

"네, 어떻게 아세요?"

"얼마 전 장례식에서 봤거든요."

사토루의 대답에 안주인은 조금 아련한 눈빛을 했다.

"그러셨군요."

생각해 보니 이 사람도 그 밤샘에선가 고별식에서 본 기억이 있었다.

"물레방아는 여기에서 조금 언덕을 올라가면 있는 그걸 말하는 거죠?"

"맞아요. 건물 안에 맷돌을 두고 물레방아의 힘으로 메밀을 갈죠. 새가 메밀을 보급하는 타이밍을 알려준답니다. 맷돌이 공회전하지 않도록 말이죠."

여기까지 말한 뒤 안주인은 고개를 갸웃하며 말을 이었다.

"퍽 이상하게 들리시죠?"

사토루는 잠시 생각하다가 대답했다.

"견종에도 목양견이 있으니 그렇게까지 이상한 이야기도 아닌 것 같은데요."

"그런가요? 그렇다면 다행이네요."

안주인의 아버지는 우연히 기르기 시작한 회색앵무에게 장난삼아 파수꾼 역할을 가르쳤는데, 새가 완벽히 몸에 익힌 덕에 지금까지 이어왔다고 한다. 안주인은 직접 새를 돌보면 좋겠지만, 가게에서 보조할 사람이 최소한 한 명은 필요한 데다 자신은 지독한 알레르기까지 있어서 새와 일할 수 없다는 이야기를 들려주었다.

"오후 2시부터 6시까지라 시간이 어중간하긴 하지만, 주변에 관심을 보일만한 누군가가 있다면 말씀 좀 해주세요."

안주인의 부탁에 사토루는 고개를 끄덕이며 다시 한번 벽에 붙은 전단의 조건과 '이력서 지참 필수'라는 내용을 확인한 뒤 소바 가게를 나왔다. 이력서를 사러 갈 생각이었다. 사토루는 정오에 발전소 업무가 끝나면 남아도는 시간을 주변을 둘러보는 데 쓰고 있었기 때문에 초등학교 근처에 문구점이 있다는 걸 알고 있었다.

다음 날, 식사를 마친 뒤 사토루는 안주인에게 이력서를 건네며 말했다. "이 일에 지원하겠습니다." 그녀는 깜짝 놀란 표정으로 물었다. "발전소 일은 어쩌시고요?"

"예전에 함께 가게에 왔던 다무라 씨가 하시던 업무를 맡고 있어서 정오에 일이 끝나거든요."

"아, 그렇군요. 그러면 가능하시겠네요."

안주인은 그렇게 말하고 몇 번이나 고개를 끄덕였는데, 너무 쉽게 지원자가 와서 당황한 기색이었다.

"일단 면접이라도 해야겠죠? 10년 만이라 도통 감이 안 오네요."

"전임자가 10년이나 일하셨나요?"

"그게, 10월 셋째 주까지는 일할 거예요. 물론 인수인계도 해줄 거고요."

안주인은 말을 이었다. "그러면 미안하지만 일단 돌아갔다가, 오후 4시쯤 다시 와줄 수 있을까요?"

그 말을 들으면서 사토루는 홀에서 일하는 또 다른 직원, 새를 데리고 있던 여자애의 언니로 보이는 여자가 조금 떨어진 곳의 테이블을 닦으면서 자신을 빤히 바라보고 있다는 걸 알아차렸다.

 그 시선을 인식했으면서도 모른 척하는 건 실례라는 생각에 사토루가 그쪽으로 시선을 보내며 눈인사했더니, 여자는 곧장 눈을 피해버리고 다른 테이블을 닦기 시작했다. 시계를 보며 아직 오후 1시라는 걸 확인한 사토루는, 어쩌면 저 사람이 지금 물레방앗간을 지키는 사람일지도 모른다고 직감했다.

 빌려 쓰는 집으로 일단 돌아온 사토루는 집안일을 한 뒤, 그래도 시간이 남아서 책을 조금 읽으며 시간을 보내다가 다시 소바 가게로 갔다. 면접 시간인 오후 4시에는 새를 데리고 있던 여자애의 언니가 가게에 없었으므로, 사토루는 점점 그녀가 지금 물레방앗간에서 일하는 사람이라는 걸 확신하게 되었다.

 "음대를 나오셨네요? 그러셨군요." 사토루의 이력서를 보며 안주인은 감탄한 듯 고개를 끄덕였지만, 졸업한 뒤 2년의 공백에 관해서는 묻지 않았다. 이 동네에 오기 전까지 4년간 자동차 공장에서 일한 이력에 대해, 그녀는 "역시 이웃 현 출신이면 이쪽 일을 하는 사람이 많겠네요"라고 말했다.

 "이 동네로 와서 발전소 일을 시작하게 된 이유는 뭔가요?"

 "직업소개소에서 모집을 봤는데, 기분 전환을 하고 싶었습니다."

 그것 말고는 딱히 진지한 이유가 없어서 솔직하게 말했더니, 안주인은 "그렇군요" 하며 고개를 끄덕였다. 너무 아슬아슬하게 사는 사람처럼 보이면 채용에 불리할 것 같아서 사토루는 말을 덧붙였다.

 "물론 이 동네에서 정착하기를 바라고 있어요."

 "오래 일해주신다면 그보다 더 좋은 일은 없겠죠."

안주인은 물레방앗간이 있는 방향을 바라보듯이 얼굴을 들었다. 살짝 미소 짓는 눈빛으로 뭔가 그리운 듯한 표정을 짓는 안주인을 보면서, 사토루는 지금 물레방앗간에서 일하는 여자와 안주인 사이에 차분한 신뢰가 형성되어 있다는 걸 느꼈다.

새를 데리고 있던 자매는 대체 어디에서 온 걸까. 그저 육감뿐이지만 사토루는 자매가 태어난 고향이 여기는 아닐 거라는 생각이 들었다.

마지막에 안주인이 새 알레르기가 있냐고 물어서 없다고 대답했더니, 그녀는 납득한 듯한 표정으로 말했다.

"다음 주 초에 채용 여부에 대해 연락드릴게요."

고개를 끄덕이는 사토루에게 안주인은 "그런데 사토루 씨는 손님이기도 하니까, 채용을 거절했을 때 이제 가게에 발길을 끊겠다는 말씀이라도 하시면 즉시 채용할 수밖에 없겠어요"라는 농담을 건네며 이력서 이름란에 시선을 떨어뜨렸다. 사메부치 사토루. 그게 사토루의 이름이었다. 이 여자에게는 그저 처음 들어보는 특이한 성씨에 지나지 않은 듯 보였다.

근로 지원단체의 상담원이 "어머니 쪽 성씨로 바꾸는 것도 가능한데 어떻게 하시겠어요?"라고 제안했지만, 사토루는 거절했다. 성을 바꾼다고 해서 자신을 따라다니는 과거로부터 도망칠 수 있을 거라는 생각은 들지 않았다. 실제로 음악과 관련 없는 장소에서 상대방이 사토루가 어떤 사람인지 알아차리는 일은 한 번도 없었다. 특이한 성씨라는 말만 들었을 뿐이다.

월요일 낮이 되자, 사토루는 소바 가게에 갈지 말지 고민하다가 혹시라도 채용이 거절되었는데 태연스레 손님으로 가자니 상대가 싫어할 것 같다는 생각이 들었다. 그래서 식료품점에 들러 채소와 돼지고기와 우동면을 사와서 재료를 넣고 볶아 끼니를 해결하고 나니 전화가 왔다.

"채용할게요. 내일부터 와주세요."

사토루가 알겠다고 대답하자 소바 가게 안주인이 물었다. "엉뚱한 질문이긴 한데, 스기코 씨와 같은 전화번호를 쓰시네요?" 사토루는 인연이 있어 집을 빌린 상태일 뿐 친척은 아니라고 대답했다.

다음 날 발전소에서 퇴근한 뒤, 역시 집에서 직접 점심을 만들어 먹은 사토루는 오후 2시에 소바 가게로 갔다.

"그럼 갈까요?" 안주인은 사토루를 데리고 물레방앗간으로 향했다. 그녀가 입가에 스카프를 둘둘 말고 있길래 사토루가 자기도 그래야 하냐고 물었더니, 안주인은 "아뇨, 사토루 씨는 새 알레르기가 없으니 괜찮아요"라고 대꾸했다.

자세히 보니 물레방앗간에는 입구가 두 개 있었는데 안주인은 문이 열려 있는 한쪽 입구로 향하면서 "리사, 새로운 분이 오셨어"라고 말을 걸었다. 안에서 누군가 움직이는 기척이 들리더니 새를 데리고 있던 여자애의 언니가 입구에 모습을 드러내며 안주인과 사토루를 향해 눈인사했다.

물레방앗간은 오두막이라기보다는 두 개의 방으로 나뉜 집 한 채 같았다. 사토루가 안내받은 방에는 홰가 있었고 방의 칸막이를 따라 놓인 커다란 선반 위에는 잿빛 새가 있었다. 새는 유리가 끼워진 문으로 가로막힌 옆 방을 열심히 들여다보고 있었는데 그쪽에서 거대한 무언가가 움직이는 소리가 들려왔다.

새의 등 뒤에서 옆방을 들여다보니, 물레방아 내부 장치가 점 잖으면서도 끊임없이 움직이는 모습이 보였다. 새 알레르기가 있다는 안주인은 스카프 너머로도 자극이 오는지 계속 재채기했다. 그때 안주인 혼자만이 아닌, 명백히 다른 재채기 소리가 들리기 시작했다. 아무래도 새가 흉내를 내는 듯했다.

"네네, 손님이야."

리사라고 불렸던 여자가 말을 걸자, 새는 고개를 돌려 사토루 쪽을 돌아보더니 원래 크게 떴던 눈을 한층 더 휘둥그레 떴다. 그러더니 몇 초간 가만히 사토루를 바라보다가 가볍게 폴짝폴짝 다가왔다. 다시 사토루를 물끄러미 올려보던 새는 좌우의 발이 움직이는지 시험하는 것처럼 선반 위에서 스텝을 밟은 뒤 돌연 날개를 커다랗게 펼쳤다.

"나, 는, 네네!"

새는 그렇게 외치며 선반 위에서 폴짝폴짝 날 듯이 뛰어올랐다. 날개가 바스락거리는 소리를 냈다.

사토루는 어안이 벙벙했다. 말하는 새라니. 태어나서 처음 봤다. 그것도 앵무새가 내는 흔한 흉내가 아니었다. '나, 는'이라고 말했다. 조사를 붙여 이야기했다. 그래서 사토루도 똑같이 대꾸해 주었다.

"나, 는, 사토루……."

"스, 스, 솨, 솨, 솨……."

'사' 발음이 서툰지 몇 번이나 연습하면서 네네라는 이름의 새는 춤을 추듯 좌우로 격렬하게 몸을 흔들었다. 안주인은 엉뚱한 방향으로 몸을 구부리며 더욱 심하게 재채기했다. 긴장이 풀린 듯한 표정으로 사토루와 함께 그 모습을 바라보고 있던 리사는, 새의 어깨 너머로 물레방아 내부 장치가 있는 방을 들여다보더니 튕기듯 밖으로 달려나갔다.

"쇠, 스, 스, 스토루! 스토루! 스, 쇠."

사토루는 자기 이름을 발음하려고 고군분투하는 네네의 모습을 지켜보는 한편, 리사가 대체 뭘 하고 있는지를 무척이나 조마조마한 기분으로 기다렸다. 그녀는 곧장 소매 달린 앞치마를 입고 머리와 얼굴에 삼각 두건과 스카프를 두른 뒤 문 맞은편에서 나타나더니, 방의 한구석에 쌓인 갈색 포대를 들어 올려 재빨리 윗부분을 잘라낸 다음 맷돌 위에 설치된 깔때기 같은 부품 안으로 내용물을 흘려보냈다. 어느샌가 사토루 옆에 안주인이 와 있었다.

"이젠 나보다 훨씬 빠르네……"

그녀는 중얼거리더니 다시 재채기했다.

"샤토루!"

네네의 목소리를 들으면서 사토루는 내부 장치가 있는 방에서 리사가 나오는 모습을 바라보고 있었는데, 네네가 옆으로 다가와 그의 팔꿈치 안쪽을 붙들며 발판 삼아 쇄골 부근으로 날아오르더니 대뜸 어깨에 탔다.

사토루의 어깨 위에서 네네는 다시 춤을 추기 시작했다. 날개를 파닥파닥 움직이며 사토루의 얼굴과 머리를 몇 번이나 때리다가 유리문 맞은편을 들여다보는가 싶었는데, 번뜩 정신이 들었는지 선반 위로 날아서 내려가더니 "텅, 안 비었네!"라고 비통하게 소리쳤다. 사토루는 마음대로 휘두르는 날갯짓에 얻어맞은

통증에 가렵기까지 한 볼과 머리를 살살 문지르며 긁었다. 새에게 맞은 건 처음이었다. 셔츠 위이긴 했으나 날카로운 발톱으로 매달려 있었던 탓에 어깨가 아팠고 목에도 살짝 상처가 났다.

어느새 앞치마와 삼각 두건, 스카프를 벗고 돌아온 리사가 "네네, 너 왜 그렇게 흥분한 거니?" 하고 말을 걸었다.

"네네, 이 사람이 무서워?"

"아냐! 아냐!"

"안 무섭다는 거지?"

"안 무섭다는 거지!"

"저는 나가 있는 편이 나을까요……?"

사토루가 묻자, 리사는 고개를 끄덕이며 대꾸했다.

"그게 좋겠네요. 잠시만 오두막에서 나가주세요."

무미건조한 대화였지만, 리사가 동의해 주었다는 사실에 어쩐지 조금 감격한 사토루는 오두막을 나와 네네의 눈에 띄지 않는 곳으로 이동했다.

사토루의 모습이 보이지 않게 되자 안정을 되찾은 네네는, 뭔가 마음을 가다듬듯 문에 끼워진 유리 쪽으로 다가가 진지하게 옆 방을 들여다보기 시작했다. 리사와 안주인은 문 입구 쪽에서 소곤소곤 대화를 나눴다. "암컷?" "수컷?" "글쎄……." 단편적인 말들이 들려왔다.

"수의사는 알겠죠?"

"아마 우리 집 양반은 수의사한테 네네를 데려가곤 하니까 알지 않을까. 릿짱은 어때?"

"성별에 관해서는 이야기한 적이 없어요."

리사는 "네네는 그냥 네네예요"라는 말을 덧붙였다. 사토루는 퍼뜩 깨달았다. 혹시 나한테 구애한 건가. 사토루 쪽에서 바라보니, 두 여자가 이야기하는 동안에도 뭔가 신경 쓰듯이 네네는 리사와 안주인을 몇 번이나 뒤돌아봤다. 마치 타인 앞에서 이성을 잃고 실수를 저지른 사람이, 주위 시선을 신경 쓰며 동태를 살피는 모습처럼 보이기도 했다.

"저한테는 저런 적이 없었어요……."

리사의 말이 분명하게 들려서 사토루는 어쩐지 그녀에게 봉변이라도 당하게 한 것 같아 미안해졌다.

잠시 후 밖으로 나온 리사는, 부지에 가만히 선 채 오두막 안에서 무슨 일이 벌어지는지 주시하고 있던 사토루에게 말했다.

"다시 살짝만 들어와 보세요.".

사토루는 "알겠습니다"라고 대답한 뒤 머리를 숙인 채 출입구에서 머뭇머뭇 건물로 들어가 네네와는 떨어진 쪽의 벽에 섰다. 신경이 쓰이는지 네네는 사토루를 돌아보며 다시 눈을 부릅떴지만, 이번에는 곧장 옆 방의 깔때기와 맷돌로 시선을 돌렸다. 사토루가 아무런 소리도 내지 않고 가만히 서 있는 동안 네네는 뭔가 생각났다는 듯 몇 번인가 제자리걸음을 했지만, 그를 돌아보며 흥분하지는 않았다.

"원래대로라면 저기 맷돌 위에 달린 깔때기 속 메밀이 줄어들었을 때 네네가 텅 비었다고 알려줘요. 그때마다 깔때기에 메밀을 보충하러 가는 거예요"

리사는 문에 끼워진 유리 너머로 맷돌을 가리켰다.

"귀한 맷돌이라 되도록 공회전하지 않도록 지켜야 하거든요.

메밀이 전부 갈리면 맷돌 아래 상자에 가루가 쌓이는데 그걸 맷돌로 두 번 갈아야 해요. 그렇게 간 메밀가루가 쌓이면 그 상자를 소바 가게에 들고 가죠. 저 상자에는 이제 한 번밖에 갈지 않은 가루가 쌓여 있어요. 지금 갈고 있는 메밀도 첫 번째고요. 다음에 네네가 텅 비었다고 말하면 처음에 갈아뒀던 가루를 두 번째로 갈기 위해 다시 깔때기에 들이붓고, 맷돌 아래 상자를 가게에 가지고 갈 상자로 교체해요. 그리고 나서 네네가 또 부르면 그때 다시 빈 상자를 둔 다음, 지금 갈고 있는 메밀가루를 한 번 더 갈아주는 거죠."

사토루는 고개를 끄덕이며 열심히 리사의 설명을 들었다. 여전히 네네는 몇 번이나 제자리걸음을 하며 힐끗힐끗 사토루 쪽을 돌아봤지만 그뿐이었다. 재채기하며 안주인이 리사에게 물었다.

"난 가게에 돌아가도 될까?" 사토루는 순간 불안한 눈빛으로 리사가 안주인을 돌아보는 모습을 어색하게 바라봤다.

"저는 일을 배우러 온 거라서요."

두 여자가 한동안 말이 없는 게 불편하게 느껴졌던 사토루는 리사에게 조심스레 말을 건넸다.

"오늘 필요한 내용을 다 가르쳐주신 거라면 이만 가게로 돌아가셔도 되고, 같은 공간에 함께 있는 게 불편하시면 전 다음 작업 때까지 밖에서 기다리고 있어도 됩니다."

리사는 의아하다는 듯한 눈빛으로 사토루를 올려다보더니, 자그마한 목소리로 "정 그러시다면 그렇게 하죠"라고 말한 뒤 시선을 돌렸다.

"사토루 씨 말마따나 오늘 웬만큼 가르쳐준 것 같으면 소바 가게로 돌아와도 되고, 꼭 그렇지 않더라도 언제든 그렇게 해도 되니까. 나도 가게 안에서 이쪽을 주시하고 있을게."

안주인은 리사에게 말한 뒤 다시 요란하게 재채기를 연달아 세 번 했다. 그 모습이 너무 괴로워 보여서 리사는 당황한 듯 안주인의 등을 쓰다듬었다.

낯선 남자와 단둘이 남겨지는 건 싫을 거라고 사토루는 생각했다. 아무리 이쪽이 해칠 의도가 없다고 해도 본인이 불안하면 어쩔 도리가 없다. 가능한 한 타인을 불안하게 만드는 인간은 되고 싶지 않다고 생각해 왔던 사토루는, 자기가 남자라는 이유만으로 이 여자를 곤란하게 만드는 게 애석했다.

몇 번이나 뒤돌아보면서 안주인은 물레방앗간에서 멀어져 갔고, 스스로 건물 밖으로 나온 사토루는 네네의 뒷모습을 지켜보며 다음 작업의 기회를 기다렸다. 네네는 컨디션이 그리 좋아 보이지는 않았지만, 그럼에도 "텅 비었다!"라고 외쳤다. 건물에서 나온 리사는 물레방앗간 맞은편에 있는 창고에서 소매 달린 앞치마와 삼각 두건, 스카프를 꺼내 몸에 둘렀다. 그리고 맷돌과 물레방아 내부 장치가 있는 방에 들어가 메밀을 보충하고 상자를 교체하면서 두 번째 간 메밀가루를 한데 모으는 절차를 가르쳐 주었다. 그러고 나서 수십 분 뒤에 사토루는 메밀가루가 담긴 묵직한 상자를 품에 안고 소바 가게로 내려가면서, 10년 동안 지금처럼 메밀가루를 운반했을 리사 모습을 상상했다.

10년 전, 열여덟이던 사토루는 음대 피아노과에 다니고 있었다. 장래가 촉망되는 학생이었다. 아마도 자신이 출중한 무언가가 되리라는 주변 사람의 기대를 느끼기 시작하던 시절이기도 했

다. 반면, 당시에 리사는 여기에서 일을 배우고 있었다. 그녀가 스물여섯 살인지 스물여덟 살인지 아니면 서른 살인지는 알 수 없었지만, 10년 전에 리사를 도울 수 있었다면 아마 그렇게 했으리라고 생각하면서, 사토루는 메밀가루 상자를 품에 안고 소바 가게 주방 옆에 있는 창고에 가서 들여놓았다.

사토루가 물레방앗간에서 메밀가루를 두 차례 옮기고 나자, 리사는 "말씀하신 대로 일단 돌아갈게요. 모르는 게 생기면 가게에 물어보러 오세요"라는 말을 남기고 물레방앗간을 떠났다. 만약을 위해 사토루는 건물에는 들어가지 않고 네네의 모습이 잘 보이는 밖에서 지켜보면서 메밀가루 만드는 작업을 반복했다.

오후 5시 반쯤 다시 물레방앗간에 온 리사는, 이 시간 정도까지만 작업을 반복하면 내일 사용할 메밀가루는 얼추 모인다고 설명한 뒤 오늘 업무는 끝났다고 말했다. 그러더니 사토루를 데리고 물레방앗간 뒤편으로 돌아가 상류로 연결된 기다란 홈통의 방향을 바꿔 물레방아를 멈추는 방법을 알려준 뒤, 어느 열쇠로 물레방앗간을 잠가야 하는지 가르쳐주었다.

"새는, 네네는 그냥 두고 가도 되는 건가요? 밤이 되면 알아서 잠이 드나요?"

사토루가 내부 장치가 있는 방의 문단속을 한 뒤, 네네 방의 문을 잠글 때를 물었더니 리사는 여동생이 올 거라고 대답했다.

"동생분이 나중에 오신다고요?"

"퇴근하는 길에 여기 들르거든요. 네네를 돌보다가 집에 돌아와요."

"그때 재우나요?"

"네, 아침에도 출근 전에 들러서 네네를 깨우거나 주변 청소를 해주기도 해요."

사토루는 장례식 밤샘 당일에 어깨에 새를 태우고 있던 여자애를 떠올리며 생각했다. '어려 보이던데 벌써 일하고 있었구나'라고 생각했다. 리사는 사토루에게 물레방앗간과 창고의 열쇠를 건네면서 말했다.

"그다음에는 열쇠를 가게에 돌려놓으면 돼요. 오늘부터 맡아주세요." 사토루는 "알겠습니다" 하고 고개를 끄덕인 뒤 조금 망설이다가 "일을 가르쳐주셔서 정말 감사했습니다"라고 정중히 인사했다. 조금 당황한 듯 사토루를 보던 리사는 고개를 저으며 말했다. "인수인계는 해야 하니까요." 그러더니 잠시 그 자리에서 머뭇거리다가 목례한 뒤, 사토루의 옆을 지나쳐 가게 쪽으로 걸음을 옮겼다.

"그러면 내일 봐요."

가게 앞에서 인사한 뒤 다른 방향으로 가려는 리사에게 사토루가 물었다.

"같이 안 들어가세요?"

리사는 고개를 저으며 잠시 용무가 있다고 말한 뒤 그대로 자리를 떴다. 사토루는 '오늘 저 사람한테 배울 일은 다 끝났나 보네'라고 생각하면서 계산대에 있는 안주인에게 물레방앗간 열쇠를 건넸다.

"특이한 일이긴 한데, 어떠셨어요?"

"계속하고 싶습니다."

"잘됐네요."

가게는 그렇게까지 붐비지 않아서 사토루는 저녁을 먹고 돌아가기로 했다.

"어쨌든 새와 일을 하고 왔으니 구석 자리에 앉으셔도 될까요? 돈은 안 주셔도 돼요."

안주인의 말에 사토루는 입구 쪽 구석 자리에 앉아 버섯과 무즙을 올린 차가운 메밀국수와 주먹밥을 먹었다. 역시 맛있었다. 메밀가루를 이렇게 만드는지 직접 목격하고 나니 전에 먹었을 때보다 훨씬 메밀이 신선하고 속이 꽉 찬 것처럼 느껴졌다.

사토루가 식사를 막 시작했을 때 가게에 돌아온 리사는, 곧장 홀에서 일을 시작했다. 사토루는 "어쨌든 새와 일을 하고 왔으니"라는 안주인의 말을 떠올리면서 옷이라도 갈아입고 온 것 같다고 생각했다. 자기는 이제 집에 돌아갈 테니 그럴 필요는 없지만, 그녀는 앞으로 영업 마감 전까지 일해야 한다.

집으로 돌아온 사토루는 마음이 조금 편안해진 느낌이었다. 수력발전소에서 청소 업무를 끝내고 남는 오후 시간을 물레방앗간 일로 채울 수 있어서 다행이었다.

그리하여 일주일 동안 사토루는 가게 정기 휴일인 수요일을 제외하고 점심시간 이후에는 리사에게 일을 배우며 시간을 보내게 되었다. 귀갓길에는 늘 소바 가게에서 메밀국수를 먹었다. 채소를 좀 더 먹고 싶은 날에는 집에서 샐러드를 만들어 먹었지만, 소바 가게에도 나름의 채소 요리가 있었으므로 대개는 그걸 주문해 먹곤 했다.

리사는 사토루에게 계속 예의 바르게 굴면서도 어쩐지 거리를 두는 느낌이었다. 두 사람은 거의 말없이 물레방앗간에서 일했고, 설명이 필요한 때만 리사가 입을 열었다. 이틀째부터 사토루는 일의 구체적인 순서와 네네를 돌보는 세세한 내용을 메모하게 되었다. 일하는 동안 기록한 메모는 매일 집으로 돌아가 노트에 옮겨 적었다.

라디오를 듣고 있을 때는 네네도 조용했다. 리사는 이따금 소바 가게 주인이 편집한 카세트테이프를 네네에게 들려주곤 했다.

"언제 라디오에서 카세트테이프로 바꿔주면 될까요?"

사토루의 질문에 리사는 "라디오에서 토크 방송이 나올 때 틀어주면 돼요. 음악을 좋아하거든요"라고 대답했다. 그런데 최근 네네는 종종 토크 방송을 듣기도 했는데, 그 문구를 기억했다가 중얼거리기도 한다고 했다.

 어느 정도 익숙해지자, 사토루는 저녁을 먹은 뒤에도 물레방앗간에 가게 되었다. 지금 사는 집에 가도 딱히 할 일이 없어서였다.
 일이 끝나면 사토루는 집에 가는 대신, 물레방앗간에서 라디오를 들으며 멍때리거나 직업과 거주지를 바꾸면서 중단했던 포르투갈어 공부를 독학으로 다시 시작했다. 자동차 공장에서 일할 때 외국인 동료들이 모국어인 포르투갈어로 대화를 나누길래 공부하기로 결심한 건데, 그로부터 몇 달 뒤 물레방앗간의 채용공고를 발견하는 바람에 간단한 인사 정도만 가능한 수준이었다.
 네네는 사토루가 연습하는 포르투갈어를 흉내 내기도 하고 직접 사토루에게 말을 걸기도 했다. 특히 네네는 "퀴즈 놀이 할래?"라는 말을 몇 번이나 해와서 사토루는 매일 "할래"라고 대답했는데, 실제 서로 퀴즈를 내는 게 아니라 곧장 "텔레비전은?" 하고 네네가 물어서 뭔가 아리송했다. 그 질문에 사토루가 "텔레비전은 여기 없잖아?" "텔레비전 같은 건 없는데?"라고 대답하면 네네는 잠시 풀이 죽는가 싶더니, 다시 "내 말, 알아들어?"라고 물었다. 그렇게 몇 번이나 주고받기를 반복하는 동안, 사토루는 이게 일련의 어떤 대화라는 걸 깨닫게 되었다. 리사와 있을 때 네네는 주로 맷돌을 지켜보는 데 정신이 팔려서 말 주고받기 놀이를 시작하는 일이 없었다. 마치 시간이 남는 순간을 계산해서 사토루에게 말을 꺼내는 것처럼 보였다.

네네가 자신에게 어떤 대답을 바라는지는, 장례식에서 네네를 어깨에 태우고 있던 리사의 여동생이 오고 나서야 확실히 알게 되었다.

"최근에는 일이 바빠서 여기 들르는 시간이 늦어졌지만, 제가 교대하는 시간 전까지 누군가가 있다는 건 알았어요. 계속 남아 계셨군요."

그렇게 말하면서 여동생은 네네와 편하게 어깨동무하듯 팔을 뻗어 머리를 매만지거나 부리 아래에서 배에 이르는 부분을 쓰다듬었다. 그녀 역시 리사처럼 네네의 주인이나 관리자라기보다는 친구로 보였다. 거리낌 없이 네네는 여동생의 팔과 어깨와 머리에 앉았고 라디오에서 종종 틀어주는 레드 핫 칠리 페퍼스의 노래 「기브 잇 어웨이」의 코러스 부분을 느닷없이 부르기도 했다.

"리사 언니 앞에서는 이 노래 부르면 안 돼. 싫어하거든."

네네를 타이르는 여동생을 바라보면서, 사토루는 역시 이 여자애는 중고 시디 가게에서 봤던 그 두 명 가운데 한 사람이라고 확신했다.

친구처럼 대해주는 여동생 앞에서 네네는 굉장히 제멋대로 굴면서 하고 싶은 이야기를 지껄였다. 마치 매일 만나는 반 친구 사이에서 오가는 무의미한 은어 같은 대화도 섞여 있었는데 "퀴즈 놀이 할래?"라는 네네의 말도 그중 하나인 듯했다.

"말 주고받기 놀이를 꼭 해줘야 해요. 가능한 한 리듬을 타면서요."

"그렇군요. 확실히 '텔레비전은 여기에 없어'라는 대답은 그리 리듬감이 느껴지지 않네요."

"그 쪽한테도……." 여동생이 잠시 머뭇거리는 기색이어서 사토루가 "사메부치 사토루라고 합니다"라며 이름을 말하자, 여동생은 고개를 끄덕였다.

"사토루 씨한테도 네네가 그런 식으로 말을 걸었군요."

여동생이 말하길 '퀴즈 놀이 할래'로 시작하는 일련의 말 주고받기는 10년 전의 영화인 『글로리아』에 나오는 대사라고 했다. 제목을 들어본 적은 있었지만, 본 적은 없었다.

"언니분과 둘이 보러 가신 영화인가요?"

"네, 급행열차가 정차하는 역에 있는 영화관에서요."

사토루는 납득했다. 10년 전 그 사람은 여동생을 데리고 영화를 보러 간 적이 있으며 레드 핫 칠리 페퍼스를 싫어한다는 사실을 머릿속에 정리하다가, 어쩐지 사토루는 자신이 음침한 사람처럼 느껴져 서둘러 생각을 멈췄다.

한바탕 네네와 놀아주고 이야기 상대를 해준 뒤, 여동생은 네네를 새장에 넣고 천을 덮어씌웠다. 퇴근하는 길에 항상 이런 식으로 재우고 아침에는 출근 전에 와서 네네를 깨운 뒤 주변 청소를 한다고 했다. 그러고 보니 사토루는 자기가 네네와 일하고 있다고 생각해 왔으면서도, 네네가 언제 일어나고 누가 화장실을 깨끗하게 치워주는지는 궁금해한 적이 없었다는 걸 깨닫고 부끄러워졌다.

"청소도, 네네를 밤에 재우는 일도 제가 할까요?"

사토루가 묻자, 여동생은 손을 저었다. "아뇨, 괜찮아요. 제가 원해서 하는 일이니까 언니가 그만둬도 전 계속 올 거예요."

네네를 재운 다음 여동생이 돌아갈 시간이 된 뒤에도 사토루가 물레방앗간에 남아 있겠다고 말하자, 그녀는 살짝 의아한 표정을 지었다.

"집에 가는 편이 낫지 않아요? 스기코 할머니의 집을 빌려 살고 계시잖아요?"

여동생은 리사와 달리 시종일관 허물없는 태도를 보였는데, 그때 처음으로 말투에 가시가 돋친 느낌이었다.

그 말에 사토루는 고개를 끄덕이며 "네, 앞으로 30분 뒤에 돌아갈 테니 그때까지만 있어도 될까요?"라고 말한 뒤 귀가하는 여동생을 배웅했다.

다음 날 수요일은 정기 휴일이어서 사토루는 전철을 타고 급행열차가 정차하는 이웃 역 도서관에 월간 정보지를 읽으러 갔다. 어딘가 가까운 곳에서 영화가 다시 상영하지 않을까 기대했지만 아무런 정보도 없었다. 그래서 매해의 영화 정보를 모아둔 연감 같은 책을 찾아 『글로리아』가 어떤 영화인지 알아봤다. 사토루는 그해의 같은 시기에 자신이 『성난 황소』를 봤다는 걸 떠올렸다. 로버트 드 니로가 놀랄 만큼 화를 잘 내는 영화였는데 그 이유는 거의 공감할 수 없었다. 하지만 오프닝에 「카발레리아 루스티카나」의 간주곡을 배경으로 그가 섀도복싱을 하는 장면은 무척 아름답다고 생각했다.

리사와 다시 만났을 때 오두막에는 밤 9시까지만 있는 게 좋겠다는 주의를 받았다. 그 시간은 사토루가 물레방앗간을 떠나는 때와 엇비슷한 시간이어서, 물레방앗간에 남아 있어도 좋다고 리사가 허용해 주는 건지 아닌지 헷갈렸다.

"어쨌든 전 여기에 머물지 않는 편이 좋겠군요."

"그렇게는 말 안 했어요."

"그러면 일이 끝나고 밥을 먹은 뒤에 잠시 머물다가 일찌감치 돌아가도록 하겠습니다."

사토루의 말에 리사는 가볍게 고개를 숙였다.

"그렇게 해주시면 감사하겠어요." 리사로부터 한 가지 더 동의를 얻었다는 데에 안도한 사토루는 쭉 궁금했던 질문을 던졌다.

"일, 그만두시는 거죠?"

"네."

"결혼이라도 하시는 건가요?"

사토루의 말에 리사는 예상치 못한 듯 눈을 휘둥그레 뜨더니, 노골적으로 상반신을 뒤로 빼며 아니라고 대답했다. 격한 반응에 당황한 사토루는 고개 숙여 사과했다. "주제넘은 질문을 해서 죄송해요." 리사는 고개를 저었다.

"부업으로 하던 재봉 일을 본업으로 할 생각이에요. 정사원으로 채용되었거든요."

 자신의 이야기를 거의 하지 않는 리사가 드물게 입을 열어 앞으로의 계획에 관해 말했다. 사토루는 깊이 고개를 끄덕이며 리사 말을 들었다.

 "복식이랄까, 양재랄까. 바느질하는 일일뿐이지만요."
 "잘 되셨으면 좋겠어요."
 사토루의 말에 리사는 서먹서먹한 듯 눈을 내리깔았다.
 "앞으로 오래 일하실 수 있길 바랄게요."
 "네." 리사는 작은 목소리로 대답했다. 그러더니 뭔가 결심한 듯 고개를 들며 "다른 이야기이긴 한데요" 하며 말했다.
 "스기코 씨의 집, 잘 사용해 주세요."
 인수인계 관련 이야기가 아니라는 점에 사토루는 어쩐지 들뜬 마음으로 고개를 끄덕였다.
 "스기코 씨는 선의로 집을 빌려주셨을 거예요. 굉장히 좋은 분이셨거든요. 잠만 자는 공간이 아니라 제대로 유용하게 써주세요. 스기코 씨도 그걸 더 기뻐하실 거예요."
 "알겠습니다." 사토루는 고개를 끄덕였다. 여전히 그 집에 돌아가면 뭘 해야 할지 감이 오지 않았지만, 일단 청소라도 제대로 해야겠다고 생각했다.

♩

 리사가 소바 가게와 물레방앗간에 출근할 날이 손에 꼽을 만큼 얼마 남지 않았다는 사실을 사토루는 깨달았다.

나이를 먹으며 건강이 점점 나빠진 스기코가 운전을 그만둔 뒤에는 소바 가게 주인 마모루가 정기적으로 네네를 이웃 현의 동물병원에 데리고 다녔었다. 그런데 새롭게 물레방앗간을 지키게 된 사토루도 운전면허가 있었으므로, 두 시간을 운전해서 네네를 동물병원에 데려가는 역할까지 맡게 되었다.

하지만 사토루는 네네와 일한 지 얼마되지 않아서 나미코는 리사에게 "쉬는 날에 미안하긴 한데 같이 따라가 줬으면 해"라고 부탁했고, 리사는 리쓰에게 "일이 바쁠 텐데, 미안하지만 같이 가줄래?"라고 거듭 부탁했다.

"반차 쓰면 돼. 앉아 있기만 하는 건데 뭘."

"살았다. 정말 미안."

리사는 리쓰에게 큰 소리치는 일이 없었는데, 그날은 특히 면목 없다는 듯 굴었다. "유급휴가를 거의 안 써서 괜찮다니까." 리쓰가 몇 번이나 말해도 그야말로 혼자 죄책감에 사로잡힌 리사는 거의 상대의 이야기는 듣고 있지도 않은지 계속 사과했다.

10월 셋째 주 수요일이 되자, 리쓰는 네네와 리사, 사토루와 함께 차를 타고 이웃 현으로 외출하게 되었다. 과일 수확기라 리쓰가 일하는 상사는 눈코 뜰 새 없이 바빠서 말을 꺼내기가 상당히 조심스러웠지만, 평소 잔업을 자주 해왔기에 직장 동료들은 별다른 불만 없이 리쓰의 부탁을 들어주었다.

차를 탄 뒤 네네는 낯선 상황에 흥분하고 불안하기도 했는지 이런저런 말을 마구 떠들어대서, 리쓰가 따라온 건 결과적으로 다행스러운 일이었다. 좋아하는 라디오 방송을 틀어주고 리쓰가 주로 네네를 상대해 주다가, 지칠 때쯤 리사와 교대하는 식으로 왕복 두 시간을 보냈다.

수의사가 말하길 지금 네네에게는 별문제가 없다고 했다. 다만, 시간이 있을 때마다 운동시키는 편이 좋을 것 같다고 조언했다. "이번에도 클리핑할까요?" 수의사가 물었다. 새가 날지 못하도록 날개에 조치하는 클리핑에 대해 스기코나 마모루도 계속 고민해 왔다는 말을 들어온 리쓰는, 막상 자신이나 리사도 판단해야 하는 상황에 놓이니 난처해졌다. 둘은 서로의 얼굴을 쳐다보다가 결국 "부탁합니다"라고 대답했다.

리쓰는 언젠가 네네는 밖을 날 수 있을 거라는 근거 없는 확신이 있었는데, 동시에 그건 리사나 스기코가 하늘을 날 수 있게 되리라고 생각하는 것처럼 비현실적인 느낌도 있었다. 네네는 올해 스무 살로 자신보다 나이가 많은 데다가, 앞으로 클리핑 처치를 받지 않는다고 한들 제대로 날 수는 있을까 하는 생각이 매일 들었다.

네네의 진료가 끝나자 세 사람은 곧장 귀갓길에 올랐다.

리쓰는 밥이라도 같이 먹고 돌아가려나 생각했는데, 리사와 사토루는 딱히 친근한 분위기가 아니었고 그저 일하고 있다는 듯한 태도였다.

그 대신 돌아오는 차 안에서 사토루가 자매에게 도시락을 사주었다. 지극히 평범한 덴신한[+]과 닭튀김, 그리고 주카돈[++]과 찐만두가 담긴 도시락이었는데 체인점에서 파는 음식은 아닌 듯했다.

[+] 일본식 중화요리로, 중국풍 오믈렛을 곁들인 덮밥
[++] 중국풍의 돼지고기 덮밥

"사토루 씨는 안 드세요?"

리쓰가 묻자, 그는 "전 야키소바와 찐만두를 샀으니, 집에 돌아가서 데워 먹을게요"라고 대답했다. 리사는 몇 번이나 가격을 물으며 돈을 내려 했지만, 그는 "괜찮습니다. 비싼 것도 아닌데요"라며 번번이 거절했다. 주카돈 용기를 무릎 위에 올려놓고 망설이던 리사는, 리쓰가 "잘 먹겠습니다"라고 말한 뒤 덴신한을 먹기 시작하자 그제야 뚜껑을 열었다.

네네가 깨어 있었다면 다루기 쉽지 않은 상황이었을 텐데 다행히 수면제를 먹고 잠들어 있었다. 두 시간이나 이동하는 건 네네에게도 스트레스라며 수의사가 신경 써준 덕분이었다.

리쓰는 언젠가 히로미에게 들었던 이야기를 떠올리며 도시락에 곁들여 올라간 달걀을 깨뜨렸다. 히로미가 슈베르트의 「방랑자 환상곡」을 연주하는 사람을 본 적 있었는데 굉장히 훌륭했다고.

"내가 직접 배운 적은 없는데, 친구네 선생님이 부모님 간병 때문에 두 달 동안 자리를 비운 적이 있었거든. 그때 어떤 사람이 선생님 대신 가르치러 왔는데 좋았다고 하더라. 굉장히 인내심이 강한 분이었대. 아마 그때 그 분은 음대에 다니고 있었나 봐. 콩쿠르에서 상 받고 유학 가기 직전의 일이었는데, 가족이 사고를 치는 바람에 유학이 무산됐대. 한 살 터울의 형인지 남동생인지, 할머니를 과실치사로 죽게 한 거야. 자세한 내막은 아무도 말하지 않지만, 아마 돈을 주니 안 주니 하는 그런 이야기가 오갔나 봐. 유학 비용이랄까, 외국에서 생활하는 동안 얼마간 지원해 주기로 했던 음대 입시전문학교 측에서 그 사실을 알고 지원은 불가능하다는 답이 왔나 봐. 그 분 아빠도 나름 유명한 연주가였는데 바람나서 집을 나간 뒤로 돌아오지도 않고, 도와주지도 않았다더라."

'나름 유명한 연주가'의 집안에서 벌어진 사건이었으니 얼마간 언론에 보도는 되었다. 그래서 리쓰는 '사메부치'라는 특이한 성씨를 들은 적이 있었다.

당시 리쓰는 히로미에게 물었다. "엄마는 어떻게 된 거래?" 엄마에게서 도망친 언니를 따라 집을 나온 처지였던 리쓰가 감정이입을 하며 궁금해할 만한 질문은 아니었고, 대답하는 히로미 또한 엄마가 일찍 돌아가신 상태였지만 두 사람은 엄마라는 존재의 일반적 이미지를 머릿속에 떠올리며 사메부치 사토루의 엄마에 관한 이야기를 이어갔다.

히로미는 고개를 저었다. "몰라." 리쓰가 말이 없자, 히로미는 다시 생각에 잠기더니 말을 이었다. "역시 모르겠어"라며 사메부치 사토루와 모친의 관계가 끊어져 버렸다는 추측만 할 뿐이었다.

"하지만 아빠가 도와주지 않았다니, 정말 화가 나."

히로미는 본인이 상상할 수 있는 쪽으로 화제를 바꿨다.

"우리 아빠라면 그런 짓은 불가능했을 거야."

히로미는 말도 섞기 싫었던 적이 있었던, 몸집이 크고 조용한 아버지 이야기를 꺼냈다.

리쓰는 자식을 향한 애정이 얕았던 사메부치 사토루의 아빠와 자신의 아빠를 비교할 수 있는 히로미가 살짝 부러웠다.

한동안 바빠서 스기코 장례식 이후로 히로미와 만나지 않았던 리쓰는, 물레방앗간에 머물러 있던 사토루와 우연히 만난 뒤에야 히로미로부터 그의 이야기를 전해 들었다. 그 뒤로 시간이 조금 흘렀지만, 리사에게는 이 이야기를 입도 뻥끗하지 않았다. 당사자가 직접 꺼내지도 않은 과거를 타인에게 말하는 건 실례라는 생각이 들었던 데다, 인수인계하며 그럭저럭 그와 긴 시간을 함께 보낸 리사도 별 이야기가 없었다. 그러니 리쓰도 언니에게 그에 관해 물어볼 수는 없었고 물레방앗간에 계속 머물러 있었다는 이야기만 살짝 언급했을 뿐이다.

"맛있었어요. 감사합니다." 도시락을 다 먹은 뒤 리쓰가 인사했다. 사토루도 고개를 끄덕이며 대답했다. "저 동네에 살 때 이 가게 도시락을 자주 사 먹었거든요."

언니는 "폐를 끼쳤네요"라고 말했다. 잠시 틈을 둔 뒤 그가 대꾸했다. "그럴 리가요."

잠든 네네가 깨지 않도록 세 사람은 조용히 있었는데, 사토루는 너무 아무 소리가 없어서 무료했는지 최소한의 볼륨으로 라디오를 켰다. 엔야의 신곡이 흘러나왔다. 딱히 의미는 없어 보이지만 왠지 우아한 느낌이라 기분이 좋아지는 노래라고 히로미가 말하던 곡이었다. 어쩐지 리쓰는 그 제목이 「캐리비안 블루」라서 김이 새는 기분이었다. 켈트어로 된 제목처럼 좀 더 고상한 느낌이었으면 좋았을 것 같았다. 리쓰가 방에서 라디오를 듣고 있을 때 리사가 "다음에 나오면 테이프에 녹음해 둬"라고 말했던 곡이기도 했다.

"다음 달에 앨범이 나온대요."

곡이 끝나자마자 사토루가 말했다. 리사는 고개를 들고 뭔가 말하려다 결국 입을 다물어 버렸다.

그 옆얼굴을 잠시 바라보던 리쓰는, 스기코가 이 세상에 없다는 사실을 제외하더라도 어쩐지 최근 들어 언니한테 심경의 변화가 있어 보인다고 말하려다 그만두었다.

♪

사토루는 역시 물레방앗간은 직장일 뿐인 데다 리사의 여동생이 봤을 때 네네와 둘이 있고 싶은데 자신이 난데없이 끼어든 꼴이 될 수도 있겠다는 생각에, 소바 가게에서 밥을 먹은 뒤 물레방앗간에 머무는 횟수를 줄이기로 했다. 완전히 그만둘 생각을 하지 않은 건, 네네가 있고 라디오가 흘러나오는 공간에 그저 앉아만 있는 그 시간이 어쩐지 좋아서였다.

사토루는 물레방앗간에 머무는 횟수를 줄인 대신, 소바 가게가 바쁜 월요일과 목요일에는 종종 설거지를 도와주었다. "괜찮다니까 그러네." 주인 마모루는 미소 띤 얼굴로 손사래 치며 사양하면서도, 안주인 나미코가 계산대에서 정산하는 동안 말동무가 생겨 좋았는지 주방에 사토루가 머무르도록 내버려뒀다. 자신이 사발 열 개를 설거지할 때 겨우 세 개밖에 못하는 걸 보면서도 말이다.

사토루는 나미코와 리사가 청력이 약한 마모루를 위해 주문별로 색이 다른 표를 놓거나 거기에 전표를 보충하는 식으로 반드시 주방에 시각적 형태로 내용을 전달하고 있다는 사실을 깨달았다. 그래서 사토루도 마모루와 대화할 때 조금 큰 목소리로 청력이 좋은 쪽의 귀를 향해 말을 건넸고, 마모루도 그의 말을 거의 이해할 수 있었다.

대화는 시시콜콜한 내용이 대부분이었다. 추워질 텐데 나이를 먹다 보니 겨울철 아침이면 눈을 떠도 좀처럼 움직이기 힘들다든가, 이웃 과수원에서 단기 아르바이트하는 사람이 그만뒀다든가, 일이 끝나면 비디오로 녹화해 둔 영화를 본다든가.

마모루는 기본적으로 '자막' 상태로 틀어준다는 이유로 텔레비전에서 하는 심야 영화를 자주 보곤 했다. "최근에 재미있게 보신 영화가 있나요?" 사토루가 물으니, 그는 『세븐업 수사대』라는 영화가 좋았다고 대답했다.

"로이 샤이더가 형사 역으로 나오거든. 난 『프렌치 커넥션』 팬인데, 그 후속편 같아서 재밌었다네."

어느 영화든 본 적이 없었던 사토루는 도서관에 가서 재상영하는 극장이 없는지 찾아봐야겠다고 생각했다. 그러면서 리사의 여동생이 네네에게 영화 속 대사를 가르쳤다는 사실을 떠올리면서 마모루에게 『글로리아』는 봤는지 물었다. 마모루는 기쁜 듯 고개를 끄덕이며 물론이라고 대답했다.

"가장 좋아하는 영화라네. 리사가 재밌다길래 나미코랑 둘이 보러 갔지. 10년쯤 전이었어."

"10년 전이요?"

사토루가 묻자, 마모루는 그해에 리사가 이 동네에 이사 왔다고 말했다.

"언니인 리사가 동생 릿짱을 데리고 왔다네. 직업소개소에서 채용공고를 봤다는데 굳이 다른 현까지 온 이유가 뭔지 나미코랑 서로 이야기해 봤더니, 머물 집을 싸게 얻을 수 있어서라고 하더군."

사토루는 일종의 죄책감을 느끼면서도 왜 자매끼리만 왔으며 그 무렵 여동생은 초등학생이었을 텐데 부모님은 어떻게 된 건지, 본인에게 묻지 못하는 질문을 제삼자에게 했다. 그러나 마모루는 "내가 설명할 일은 아닌 것 같군" 하며 얼버무렸다. 그러더니 미안했는지 눈썹을 내린 채 웃으며 말을 덧붙였다.

"언젠가 본인이 가르쳐주지 않겠나."

그 이상 물고 늘어지지 않은 채 사토루는 이야기를 끝냈다. "그렇군요." 그런 뒤 과수원에서 일하려면 누구에게 문의하면 좋을지 마모루에게 물었다. "나미코가 손님과 대화를 나누곤 하니까 알아봐 달라고 부탁해 두겠네." 사토루는 일단 그날은 집으로 돌아갔다.

리사는 소바 가게와 물레방앗간을 그만둔 뒤 첫 번째 토요일에 물레방앗간에 왔다. "오늘은 휴일인가요?" 사토루가 물었더니 그녀는 고개를 끄덕이며 대답했다. "바쁠 때는 휴일에 출근하기도 한다는데 요즘은 괜찮은가 봐요." 그러면서 두고 간 물건 몇 가지를 가지러 왔다고 했다. 리사는 중간 크기의 골판지 상자를 창고에서 꺼내오더니, 쭈그리고 앉아 그 안을 정리하기 시작했다. 그걸 본 사토루가 의자를 들고 옆으로 다가갔다.

"감사합니다."

리사는 인사한 뒤 의자에 앉아 상자 안에서 뜨개바늘과 자수틀 같은 도구를 꺼내더니 커다란 토트백에 연달아 담았다.

"리쇠짱, 오랜만!"

"그러네. 하지만 조만간 또 올게."
"조만간 또 와!"
리사는 일단 네네에게 "매일은 못 올 거야"라고 말했고 네네도 무슨 뜻인지 이해하는 듯했는데, 막상 점심에 그녀가 오지 않으니 네네는 이따금 "리쨔짱, 없어?"라고 말하곤 했다. 대개는 친구처럼 행동하는 여동생에 비해 리사와 네네는 서로를 어른처럼 대하는 느낌이었는데, 네네가 그러한 인간관계도 원한다는 사실에 사토루는 지극히 감탄스러울 뿐이었다.

네네는 사토루를 처음 만났을 때처럼 더는 법석을 떨지 않았지만, 그렇다고 시시한 존재가 되었다거나 관심이 완전히 사라진 건 아니었는지 그가 어깨에 태워주면 기쁜 듯이 춤을 췄다. 그럴 때마다 사토루는 날갯짓에 머리와 얼굴을 맞는 통에 따갑고 간지러웠지만, 네네의 기분이 좋으면 그만이라 생각하며 내버려두었다.

리사를 맞이한 뒤 다시 일로 돌아온 네네는, 옆 방과 칸을 나누는 유리창 너머로 계속 돌아가는 맷돌을 감시하더니 이윽고 외쳤다.

"텅 비었다!"

작업 순서에 따라 메밀을 보충하기 위해 사토루가 밖으로 나가는데 무슨 일인지 리사기 뒤따라 나왔다. 창고에서 삼각 두건과 소매 달린 앞치마를 몸에 걸친 뒤 가위를 주머니에 넣은 사토루는, 물레방아 내부 장치가 있는 방에 들어가 쌓아둔 메밀 포대를 들어 올렸다. 그가 한 손에 포대를 안고 주둥이를 가위로 자르려는데, 오두막 입구 가까이에 서 있던 리사가 양손을 내밀더니 포대 밑을 지지해 주었다. 이 일을 시작한 이후 매일 해와서 이미 익숙해진 작업이었지만, 사토루는 리사가 마음을 써주었다는 것 자체가 고마웠다.

사토루가 깔때기에 메밀을 들이부은 다음 맷돌 밑의 상자를 교환한 뒤 두건과 앞치마를 벗어 창고 안에 돌려놓는 동안, 리사는 네네가 있는 방으로 돌아가 있었다.

"일을 그만두셨는데도 도와주셔서 감사합니다."

사토루의 말에 리사는 "의자를 준비해 주셨잖아요"라며 딱딱하게 대꾸했다. "그런가요." 그는 고개를 끄덕이면서도 어쩌면 그게 자기가 기대했던 대답인 것 같다는 생각이 들었다.

리사는 평일 저녁에 여동생이 아닌 다른 여자와 함께 가와무라 스기코의 아틀리에 유품을 정리하러 온 적도 있었다. 세무사무소를 운영하는 소노야마라는 여자였는데, 가와무라 스기코의 임종을 처음 발견한 사람이라고 했다. 슬슬 유품 정리를 하는 편이 좋을 것 같다는 말을 꺼낸 이도 그녀였다고 한다.

장례식을 전후로 해서 아틀리에 있는 물건들은 가와무라 스기코의 친척들이 대부분 검토를 끝냈고, 고인이 출판사와 주고받은 서류라든가 부피가 크지 않아 유품으로 간직하기 좋은 붓이나 마지막까지 사용했던 스케치북 같은 물건들은 가져갔다. 그들은 사토루에게 '나머지 물건은 유언에 따라 주변의 친한 지인들에게 나눠주세요. 일이 마무리된 뒤 연락해 주시면 다시 보러 오겠습니다'라는 문자를 보냈다.

사토루는 집에도 물레방앗간에도 없어서 소바 가게 주방으로 자신을 만나러 왔다는 리사에게 물었다.

"창고에 저도 따라가도 될까요?"

리사는 고개를 끄덕였다.

물건이 적은 스기코 씨의 집에 비해 아틀리에는 상당히 어수선한 상태였다. "그리고 보니 스기코 씨를 만나러 올 때는 집이 아니라 먼저 여기부터 들르곤 했지." 그러면서 소노야마는 고인이 세상을 뜬 장소도 아틀리에였다고 말을 이었다.

리사는 작품을 보관하는 가로로 넓은 서랍에서 스기코 씨의 마지막 작품을 꺼냈다. 사토루는 지척에서 바라본 유채꽃과 벌레, 손에 닿을 리 만무한 머나먼 하늘이 그려진 고인의 유작을 감상하면서 우타가와 히로시게[+]의 작품에 표현된 원근법을 떠올렸다. 뻔한 감상일 뿐이지만, 하늘을 표현한 파란색이 정말 아름다웠다.

"가져가시려고요?"

"우리 자매는 스기코 씨가 소장하셨던 그림을 받게 되었거든요."

리사는 "지금은 보관할 만한 장소가 없어서 한동안 여기에 두려고요"라며 그림을 다시 집어넣고 서랍을 닫았다.

소노야마라는 여자는 리사 못지않게 실무적인 사람이었다.

"가구마다 진열되어 있거나 보관된 물품을 목록으로 만들죠."

그러더니 서가에 꽂힌 책 제목과 다른 선반에 놓인 물건들의 이름을 개수와 함께 노트에 기록하기 시작했다.

[+] 에도시대에 유행한 목판화 우키요에의 거장으로, 작품 중 대담한 원근법적 표현과 서정적인 정경을 묘사한 '풍경화 연작'이 유명하다.

"리사 씨는 스기코 씨와 사이가 좋았으니까 원하는 물건이 있다면 가져가도 괜찮을 것 같은데."

"그럴까요." 리사는 고개를 끄덕이더니 아틀리에 한가운데에 자리한, 고등학교 미술실에나 있을 법한 커다란 책상 위에 놓인 여러 물건을 둘러봤다. 대부분 화구나 스케치북이었고 뒷면에 그림을 그린 전단이나 그 피사체로 보이는 지극히 평범한 연필 따위도 어지러이 놓여 있었다. 참고 자료로 쓴 듯한 식물과 곤충과 새의 도감들이 출판사 별로 놓여 있었으며, 스기코가 밖에서 주워 모아온 듯한 도토리와 상수리나무 열매, 예쁘게 단풍이 든 다양한 수목의 잎도 여기저기 눈에 띄었다.

그중에서 리사는 그럭저럭 깊이가 있어 보이는 낡은 긴네모꼴 틴케이스와 산뜻한 색의 얼룩이 묻은 막자사발을 망설임 없이 집어 들었다.

"그건 뭔가요?"

"석채를 만드는 도구예요."

리사는 아까 보여준 그림도 석채로 그렸을 거라고 말하면서 틴케이스의 뚜껑을 열었다. 안에는 흰색과 빨간색 돌이 몇 개 들어 있었다.

"물레방아에 달린 누름대의 동력을 사용해서 이걸 빻는 거예요."

"누름대요?"

"굴대에 달린 날개 같은 널이에요."

리사는 굴대 옆에 매달려 있는 절굿공이는 위아래로 움직일 수 있는데 그 아래에 돌을 놓으면 빻을 수 있다고 말하며, 물레방아의 누름대가 절굿공이를 들어 올렸다가 떨어뜨리는 동작을 손과 팔로 신중하게 재현해 보였다.

"안료에는 인체에 해로운 성분도 있어서 절대 맷돌에 섞여 들어가지 않도록 주의해야 해요. 그래서 맷돌에서 가장 먼 쪽의 절굿공이를 사용하거나, 돌을 빻을 동안 누군가 맷돌 바로 옆에서 비닐 시트를 들고 막으면서 서 있어야 하죠. 여러모로 힘든 작업이에요."

"나미코 씨가 허락해 주신 건가요?"

"물레방앗간을 세웠던 나미코 씨의 아버지께서 직접 스기코 씨의 그림물감 만드는 작업을 도와주셨으니까 아마 그런 듯해요."

"그렇군요. 감사합니다."

설명해 줘서 고맙다는 의미로 사토루가 가볍게 인사하자, 리사는 의외라는 듯 고개를 갸우뚱하며 "이상해 보일 수도 있지만, 아무튼 그랬답니다"라고 말을 덧붙였다.

"누름대와 절굿공이를 사용해서 재료를 빻는 방법도 나중에 알려드릴게요."

"잘 부탁드립니다."

물레방아로 그림물감뿐만 아니라 약이나 선향 따위도 만들 수 있다며 리사는 슬쩍 자랑스러운 투로 말한 뒤, 정돈된 책상 한쪽에 안료가 든 틴케이스와 막자사발을 구분해 놓은 뒤 소노야마 곁으로 갔다.

사토루는 책상 위의 물건을 품목별로 구분해야겠다고 생각하다가, 어지러이 놓여 있을 때가 오히려 고인의 흔적을 느낄 수 있게 해주니 더 좋을지도 모른다고 잠시 고민하기도 했다. 그러다 일단 도토리와 다른 나무 열매, 잎사귀 따위를 한곳으로 모으기 시작했다. 도감류를 보는 건 오랜만이어서 잠깐 빌려 가도 될지 생각하며 몇 권쯤 뒤적이던 사토루는, 가와무라 스기코가 일러스트레이터로 참여한 도감을 발견하고 깜짝 놀랐다.

한 시간쯤 창고 안에 남아 있는 가구와 선반을 다시 살펴보면서 4분의 1 정도를 목록으로 만든 소노야마는, 앞으로 세 번이면 전부 마무리할 수 있을 거라고 말하며 노트를 덮었다.

"이거랑 이거, 받아도 될까요?" 리사가 돌이 담긴 틴케이스와 막자사발을 소노야마를 향해 들어 보였다. "그럼. 리사 씨가 원하는 거라면 뭐든 되지." 소노야마는 고개를 끄덕였다. 고인과는 딱 한 번 만났을 뿐인 데다 집까지 빌려 살고 있다는 부담도 있었던 사토루는, 다시 반납하리라 생각하며 도감 몇 권을 챙겼다.

소노야마가 작성한 목록 노트는 인근 이웃에게 곧장 공유되었다. 소바 가게의 영업 마감 시간에 맞춰서 가와무라 스기코의 유품을 원하는 사람들이 하나둘 사토루를 찾아왔다. 고인과 가장 인연이 얕은 자신이 아틀리에 안내를 도맡았다는 사실을 신기하게 여기면서, 사토루는 방문객들과 잡담을 나누던 중 마모루한테 들었던 올해 일손이 부족해서 곤란해한다는 과수원 사람과도 만났다. 저녁에라도 도와주러 가도 되냐고 사토루가 물었더니 "아, 나미코 씨가 말했던 청년이군. 물론 와줬으면 좋겠네"라며 승낙에 가까운 답을 받았다.

그 주 일요일에 사토루는 급행열차가 정차하는 역으로 냉장고와 형광등을 사러 갔다. 가와무라 스기코가 사용하던 냉장고는 한 트레이의 얼음을 얼리는 데 사흘이나 걸리는 데다, 음식을 보관해도 냉장 효과가 떨어지는 경우가 늘었기 때문에 수명이 다한 듯했다. 2층 방의 형광등도 유독 깜빡이는가 싶었는데 어제 결국 전기가 나가버렸다.

규모가 큰 2층의 전자제품점 앞에서 세탁기를 보고 있는 낯익은 얼굴을 발견했다. 리사였다. 사토루의 인사를 받아주며 그녀는 "집에 있는 게 낡아서 사러 왔어요. 나미코 씨 아버지인 마스지로 씨가 사용하셨던 거라"라고 설명했다.

"가격이 괜찮네요."

리사가 보고 있는 세탁기의 가격을 들여다보며 사토루가 한 마디 보태자, 그녀는 고개를 끄덕이며 말했다.

"동생도 일하기 시작했으니 이 정도는 사도 될 것 같아요."

"전 냉장고를 보러 왔어요." 사토루의 말에 리사가 대꾸했다. "그러세요?" 사토루는 그냥 돌아갈지 매장 사람에게 문의할지 고민하며 2층 매장을 둘러보는데 리사가 따라왔다.

"세탁기는 저걸로 하시나요?"

"좀 더 생각해 볼래요."

2층 구석에 문이 두 개 달린 냉장고가 다섯 대 있었고, 그 옆에는 정육면체에 가까운 모양의 문 하나짜리 냉장고가 두 대 놓여 있었다. 냉장고 맞은편에는 전기난로 여섯 대와 석유난로 네 대가 전시되어 있었다.

사토루는 냉동 칸이 딸린 제품 중 가장 싼 것을 살 계획이었으므로 곧 마음을 정했다. 그와는 조금 떨어진 곳에 서 있던 리사는 문 하나짜리 냉장고를 물끄러미 내려다보고 있었다.

"그거 사시려고요?"

호텔에 있는 냉장고와 비슷하다고 사토루가 말하니, 리사는 "그러고 보니 어릴 적에 부모님이랑 갔던 여행지 여관에서도 이런 게 있었죠"라고 대답한 뒤 이어서 말했다.

"제가 처음에 샀던 냉장고도 이런 제품이었어요."

"그러셨군요."

"딱히 없어도 지장은 없지만, 아무래도 저나 동생이나 불편하더라고요."

리사는 "꼭 마요네즈를 보관하고 싶었거든요"라고 말을 덧붙인 뒤 사토루를 향해 슬며시 웃었다.

"맞아요. 없으면 허전하니까요."

사토루는 지금 빌려 사는 집 냉장고에는 마요네즈가 없었지만, 냉장고를 바꾸면 바로 넣어둬야겠다고 생각했다. 그는 마요네즈를 좋아하거나 싫어하지도 않았는데 새삼 생각해 보니 맛있을 것 같았다.

"동생이 중학교에 올라갈 무렵 나미코 씨가 가게 냉장고를 바꾼다면서 문이 두 개 달린 냉장고를 쓰라고 주셨지만요."

"그거 잘됐네요."

사토루는 이야기를 듣고 감상을 말하듯이 대꾸했다. 정말 잘됐다고 생각했다. 중학생쯤 되는 여동생이 있으면 냉장고에 넣고 싶은 식품도 늘어났을 테고, 냉동실이 있으면 아이스크림과 고기 보관도 가능하니까.

사토루는 마모루가 올겨울은 추워질 모양이라고 종종 말하던 걸 떠올린 뒤 예정에는 없던 난방기구를 둘러보기로 했다. 가와무라 스기코의 집에는 석유난로 한 대와 고타쓰+ 한 대가 있었고, 아틀리에에는 학교 교실에서나 쓸 법한 대형 가스난로가 있었다. 그걸로 거뜬할 것 같았지만 이 동네에서 보내는 첫 겨울이기도 했고, 사토루는 늘 따뜻한 도시에서만 살아봤기에 무방비 상태로 있어도 될지 장담할 수 없었다.

"이곳의 겨울은 춥나요?"

"처음에는 추웠어요."

리사는 그렇게 말하면서 전기난로 가격을 확인했다.

"이 동네에 오기 전에 살던 곳은 그렇게까지 춥지 않았으니까 전기난로 한 대 정도면 어떻게든 버틸 수 있을 줄 알았는데, 역시 둘이 쓰기에는 역부족이어서 첫해에 두 대를 샀어요. 그래도 너무 추워서 결국 스기코 씨가 초등학생이던 리쓰를 겨울 동안 댁에서 재워주셨죠. 그다음 해에는 석유난로를 얻었고, 나중에는 철이 지나 저렴해진 고타쓰를 샀어요. 나이를 먹으니 더 추워지더라고요. 초등학교 4학년 때까지만 해도 여동생은 아무렇지 않게 반소매 옷을 입더니 커 갈수록 점점 남들처럼 추위를 타게 됐어요. 저도 십 대 시절에는 추위를 잘 안 탔는데 재작년쯤부터는 견디기 힘들더라고요. 나이를 먹는다는 건 시시해요."

사토루는 열심히 리사의 이야기를 듣고 있었다. 그 역시 공감하는 부분도 있었고 이해할 수 없는 지점도 있었다.

"죄송해요. 별 이야기를 다 하네요."

사토루는 이야기를 듣는 틈틈이 머릿속에서 리사의 말을 시간

+ 탁자 밑에 화로나 난로를 두고 그 위에 이불을 덮어놓은 일본식 난방기구

순으로 정리하고 있었는데, 그녀는 뭔가 정신이 번쩍 든 것처럼 사과했다. 사토루는 고개를 저었다.

"괜찮으니 더 이야기해 주세요."

그의 반응에 리사는 조금 의아하다는 표정으로 고개를 갸웃하며 말했다.

"문득 떠오른 기억을 이야기한 거라서 지금 당장은 생각나는 게 없어요."

"그렇군요."

사토루는 다시 생각나면 또 이야기해달라고, 무엇이든 좋다고, 언제까지든 듣고 싶다고 말하고 싶은 마음을 삼키며 말을 이었다.

"살아가는 데 참고할게요. 감사합니다."

리사도 "그럼, 다음에 봬요"라고 가볍게 인사한 뒤 자리를 떠나 계단 아래로 사라져 갔다.

사토루는 구매하려던 냉장고 쪽으로 재차 가서 가격을 한 번 더 확인한 뒤 점원을 부르기 위해 통로를 걸었다.

♩

올해는 포도 수확이 늦어져 이 시기에도 포도를 딸 수 있었지만, 계약 기간이 끝난 일꾼들이 다른 곳으로 가버리는 바람에 최근 들어 일손이 부족해 곤란하다는 이야기가 종종 들려왔다.

리쓰가 포도 수확이 끝나면 다들 어디로 가냐고 물으니 이웃 현에 감나무 수확을 하러 간다고 했다. 수확이 늦어지는 포도에 비해 감나무는 예년대로 진행되고 있었다.

얼마 지나지 않아 리쓰는 사토루가 포도 농가를 전전하며 단시간 아르바이트를 하고 있다는 소식을 들었다. 어느 한 곳만이 아니라 일손이 필요한 농가가 있다고 전해 들으면 그곳으로 가 일을 돕고 얼마간 일당을 받는다는 것이다. 아무래도 그는 물레방앗간 일이 끝나고 남는 시간을 어쩌지 못해 가게에 남아 뒷정리를 돕기도 했다는데, 요즘은 농가 아르바이트를 하고 있다는 이야기가 자주 들렸다. 저녁부터 밤까지 몇 시간뿐이긴 해도 부탁하면 흔쾌히 가서 일손을 채워주는 덕분에 큰 도움이 된다며, 가족이 포도 농사를 짓는다는 직원이 들려주었다.

다들 소바 가게 주인 부부가 소개한 사람이라 그런지 안심하고 맡길 수 있는 모양이었다. 리쓰는 이른 아침에 수력발전소에서 일까지 하는 그가 대단하다는 생각뿐이었다. 본인은 무리였다. 지금 일하는 농산물 상사만으로도 벅찼다.

리쓰는 퇴근 후에 들렀던 물레방앗간에서 그와 대화를 나눈 뒤로는, 스기코의 아틀리에로 유품을 보러 갔을 때 한 번 더 말해본 적이 있을 뿐이었다. 아직 가구는 그대로 놓여 있고 배치도 그대로라서 스기코의 생전과 비교해서 아틀리에는 바뀌지 않은 듯 보였지만, 확실히 선반에는 빈자리가 점점 늘어나고 있었다.

석채의 원료인 돌이 담긴 틴케이스와 막자사발을 들고 돌아온 언니를 보며, 리쓰는 도감을 몇 권 받아야겠다고 생각했다. 그런데 스기코가 일러스트레이터로서 참여했던 도감 중 몇 권이 사라진 상태였다.

리쓰는 스기코의 아틀리에를 당분간 관리하면서 소노야마가 작성한 물품 목록 노트를 기록 중인 사토루에게 물었다. 그는 "제가 잠시 빌렸어요. 지금 가지고 올까요?"라고 말했다. "다 읽은 뒤에 주셔도 돼요." "굉장한 분이셨네요." 사토루가 말했다. "그림책 몇 권은 본 적 있었지만, 도감을 보니 그분이 이렇게 사실적이고 섬세한 그림을 그리셨을 줄은 몰랐어요."

그의 이야기를 들으면서, 리쓰는 스기코가 얼마나 뛰어난 화가였는지를 새삼 느꼈다. 도감 일러스트는 독창성보다는 정확성을 요구하는 작업이기에 실력 그 자체가 두드러지는 일이었다. 아이였던 리쓰의 시선으로 봤을 때 스기코는 자그마한 사람이었는데, 나중에는 키가 리쓰의 어깨까지밖에 닿지 않게 되면서 더욱 아담한 할머니가 되었다. 도감에 실릴 만큼 섬세한 그림을 그릴 기력이 대체 스기코의 어디서부터 솟아난 건지 여전히 의문이었다.

다음 날 리쓰가 소바 가게에 갔더니, 나미코가 스기코의 일러스트가 실린 도감을 사토루가 전해달라며 가져왔다고 했다. 생각보다 빨리 수중에 들어와 당황한 리쓰는 "죄송한데 다음 달에 줘도 괜찮다는 말과 함께 다시 책을 되돌려주실 수 있을까요?"라고 말하며 나미코에게 도감을 돌려줬다. "그래." 나미코는 고개를 끄덕이며 어깨를 가볍게 으쓱했다.

사토루는 동네에서 조금씩 자리를 잡아가는 듯 보였다. 리쓰가 그러한 사실을 강하게 느낀 건, 네네와 협력하여 참마밭을 털러 온 멧돼지를 쫓아버렸다는 이야기를 농가 사람에게 들었을 때였다.

소바 가게 정기 휴일에 사토루는 곤경에 처한 그 밭에 네네를 데리고 가서는 "아이디어가 떠올랐는데 조금만 시험해 봐도 될까요?"라고 물었다고 한다. 울타리를 쳐놓아도 뚫고 들어오는 멧돼지 때문에 애를 먹던 그 농가 주인은 의심쩍어하면서도 승낙했다.

"목돈 같은 건 낼 여력도 없으니 이제껏 만들어놓은 울타리와 기계를 손대지만 않는다면 괜찮아요."

사토루는 대체로 멧돼지가 몇 시쯤 출몰하는지 물었다. 정확한 시간은 잘 모르지만 대개 심야에 나타난다는 농가 사람의 대답에, 사토루는 밤 10시에 다시 오더니 멧돼지의 진입로를 물었다. 그 근방에서 대기하던 그는 얼마 후 네네에게 늑대가 멀리서 짖는 목소리를 흉내 내라고 시켰다는 것이다.

실감 나는 울음소리였다고 한다. 농가 주인도 늑대 목소리를 흘려보낸 적은 있었다. 하지만 아마도 반복적인 데다 녹음 음질이 형편없다는 걸 알아차렸는지 멧돼지는 콧방귀도 뀌지 않았다. 그러나 네네는 능숙하게 해냈다. 프로콜 하럼의 「푸른 그림자」를 완전히 똑같이 부르는 네네로서는 동물의 울음소리 정도는 별것 아니었을지도 모른다.

그날 멧돼지는 오지 않았는데 다음 날 아침 인근 덤불을 살펴보니 새로운 흔적으로 보이는 발자국이 있었다. 왔다가 되돌아갔을지도 모른다고 추측한 농가 주인은, 그로부터 이틀 연속으로 네네와 사토루에게 와달라고 요청했다. 네네는 투덜거리며 새장 안에 들어온 사토루의 손을 날개로 때리면서도, 막상 상황이 닥치면 늑대 울음소리를 완벽하게 재현해 냈다.

그 이야기를 들은 리쓰는 사토루가 네네와 알게 된 지 얼마 지나지 않았는데도 무척 잘 다룬다는 생각에 괜스레 감탄했다. 자매는 물레방앗간의 맷돌 감시자로 네네의 역할을 고정해 버렸는데, 사토루는 딱히 거기에 얽매이지 않았던 모양이었다.

리쓰도 오래전에 네네에게 마스지로를 흉내 내게 해 자신을 찾아온 엄마의 약혼자를 쫓아낸 적이 있다는 사실이 떠올랐다. 네네가 워낙 말을 잘하는 터라 무슨 말을 어디서 들었는지 별로 신경 쓰지 않지만, "퀴즈 놀이 할래?"라는 말은 그때 네네에게 따라 하라고 시켰던 대사였다.

"밤에 멧돼지 감시를 시켰다가 네네의 수면 사이클이 망가지면 어쩌려고? 다음 날 제대로 맷돌을 지켜볼 수 있을까?"

리사가 의문을 드러냈다. 물론 맞는 말이긴 했다. 하지만 매일 그러는 것도 아닌 데다 물레방아가 움직이지 않는 오전 중이라면 네네는 실컷 잘 수 있다고 리쓰가 반박하자, 리사는 잠시 생각하더니 "그것도 그런가" 하고 고개를 갸웃했다.

그 이야기를 들은 지 얼마 지나지 않아, 리쓰는 잔업하고 퇴근하는 길에 사토루와 마주쳤다. 포도 수확의 일손을 돕고 가는 길이라며 그는 봉지를 손에 들고 있었다.

멧돼지를 쫓아낸 이야기를 꺼내며 리쓰가 물었다.

"어떻게 늑대 목소리를 가르친 거예요?"

사토루는 이웃 현의 가장 커다란 도서관에 가서 동물 울음소리를 수록한 카세트테이프 몇 개를 빌려온 뒤 네네에게 들려줬다고 했다. 평소 도서관은 오후 5시에 문을 닫지만, 현에서 가장 큰 그 도서관은 저녁 8시 반까지 개관하므로 물레방앗간 일을 끝낸 뒤에도 특급 열차를 타면 갔다 올 수 있다고 그는 말했다. 그 사

실을 알고 있었던 리쓰는, 고등학생 시절에 한 달에 한 번은 그 도서관에 책을 빌리러 가곤 했다. 그러나 취직한 뒤로는 한 번도 간 적이 없었다.

"이거 가져가세요." 사토루가 봉지를 건넸다. 안에는 검품 단계에서 걸러낸 포도송이 몇 개가 담겨 있었다. "괜찮아요. 죄송스럽게." 리쓰가 손사래 치며 거절하려고 했더니, 그가 "엊그제도 받았는데 다 못 먹었거든요"라고 말해서 그냥 받았다.

"이거 사토루 씨가 줬어."

집에 돌아온 리쓰가 좌식 테이블 위에 포도 봉지를 내려놓자, 옆 방에서 패턴을 자르던 리사가 덤덤하게 대꾸했다.

"그래?"

그러더니 잠시 뒤 봉지 안을 들여다보러 왔다.
"네 송이나 들었네."
"일손을 도우러 갔던 곳에서 받았대."
"그렇구나."
리사는 다시 고개를 끄덕이더니 중얼거렸다.
"돈은 제대로 받으며 일하는 건가."
"그러겠지."
"그러면 다행이고."
리사는 포도 봉지를 들고 갔다. 개수대에서 뭔가 씻는 소리가 들리나 싶더니 리사가 접시 위에 포도 한 송이를 담아와 리쓰 앞에 앉았다.
"뭔가 답례를 해야겠네."
"다 못 먹어서 주는 거라니까 괜찮지 않을까."
"그런가."
"언니가 고맙다고 말하고 싶은 거면 물론 그래도 되고."
"알았어. 다음에 만나면 인사해야겠다."
리쓰는 포도알을 껍질째 입에 넣었다. 신맛이 난 뒤에 단맛이 적당히 감돌아 맛있었다.
"일은 어때?"
"괜찮은 것 같아."
리사도 포도를 먹었다. 눈을 찡끗 감는 모습을 보니 맛있는 모양이었다.
"그래도 가끔은 '텅 비었다!' 라고 외치는 네네의 목소리라든가 물레방아 움직이는 소리가 그립기도 해. 고개를 들면 그 자리에 네네가 있지 않을까 생각할 때도 있다니까."

이제 리사 눈앞에 있는 건 재봉틀이나 옷감을 재단할 때 쓰는 커다란 책상, 원단과 재료로 채워진 서랍이 많이 달린 가구, 그저 벽뿐이었다.

"그래도 좋지 뭘. 언닌 옷 만드는 거 좋아하니까 행복할 것 같은데."

"그건 그래."

리사는 살짝 웃더니 다시 포도알을 떼어 입에 넣었다. 리쓰는 자기보다 언니가 더 많이 먹는 것 같았다. 리쓰는 히로미한테 들었던 사토루의 가족에 관한 이야기가 떠올라 갑자기 착잡해져 언니에게 모두 털어놓고 싶어졌지만, 어쩌면 자신이 아니라도 언젠가 본인한테 직접 그 사정을 듣게 될 것 같아서 마음을 접었다.

"엔야 새 앨범 살 거야?"

입을 다무는 대신, 네네를 병원에 데려갔다가 돌아오는 길에 사토루한테 들었던 이야기를 리쓰가 꺼냈더니 리사는 고개를 끄덕였다.

"사 올 거야?"

"그래."

"하긴, 지금은 언니가 도시에서 일하고 있으니까."

"딱히 도시라고 할 수도 없을 것 같은데."

리사가 어깨를 으쓱하자, 리쓰는 웃으며 마지막 남은 포도 한 알을 집으려다 결국 관뒀다.

"주말쯤에는 어디에 상륙할지 확실해진다더군."

소바 가게 부부와 농가 사람들이 계속 이야기하는 터라, 거의 텔레비전을 보지 않으며 신문조차 읽지 않는 사토루라도 때늦은 태풍 소식은 알고 있었다.

포도 수확이 마무리 단계에 접어든 뒤, 사토루는 방풍 망 설치를 돕느라 늦게 귀가하는 나날을 보냈다. 금요일 낮에야 드디어 이 동네가 토요일 늦게나 일요일 일찍 태풍의 진로에 들어간다는 사실이 명확해졌다. 나미코가 물레방앗간에 와서 앞으로 해야 할 일을 일러주었다.

그녀의 설명에 따르면 강물이 불어나거나 바람에 날리는 무언가에 물레방아가 부딪혀 상처가 나면 안 되므로, 내일은 오전 중에 물레방아를 해체해서 오두막 안에 넣어둘 거라고 했다. 아마 손님도 거의 없을 테니 가게는 임시휴업을 하기로 했다.

"물레방아는 간단히 떼어낼 수 있나요?"

사토루의 질문에 나미코는 입가에 스카프를 두른 채 얼굴을 찡그리며 고개를 저었다. 5~6년 전쯤에 전문 목수가 보수 점검하러 왔을 때 물레방아를 떼어낸 이후 처음이라고 했다. 그때 나미코도 그 작업을 도왔으며 이번에는 전화로 방법을 물어볼 거라고 했다.

"당연히 마모루와 나도 같이 작업할 테지만, 몇 명 더 도와줄 만한 사람이 있을 것 같으니까 부탁하려고 해."

그 말을 듣고 사토루의 머릿속에는 리사가 먼저 떠올랐지만,

힘쓰는 일에 그녀를 부르는 건 말도 안 된다며 곧장 생각을 지웠다. 냉장고를 사러 갔던 날 이후로 리사와 만난 적이 없었는데, 혼자 하는 이 일의 전임과 후임 사이일 뿐이니 어쩌면 당연했다.

그날 사토루는 여러 차례 포도 수확을 도왔던 농가 몇 군데를 방문했는데, 어디든 밭의 대비는 거의 마무리된 상태였다. 오히려 물레방앗간 일이나 스기코의 집을 위해 대비하는 게 어떠냐는 조언을 듣고 그는 집으로 돌아왔다.

오랜만에 텔레비전을 켜니, 소용돌이로 휘감긴 구름이 남쪽에서 일본열도로 서서히 접근하고 있다는 일기예보가 나오며 기상캐스터가 가라앉은 음성으로 주의하기를 당부했다. 리처드 클레이더만의 피아노곡이 배경음악으로 흘러나왔는데, 강한 태풍이 다가오는 상황에 어울리지 않는 느낌이었다.

뉴스에는 어느 가족이 창문에 골판지를 붙이거나 베란다에 있는 바지랑대를 치우는 모습을 취재한 장면이 나오고 있었다. 사토루도 뒤뜰의 바지랑대를 걷어 처마 밑에 두었다. 그러고 나서 가와무라 스기코의 아틀리에로 쓰이던 창고로 갔다. 그는 여분의 골판지 상자를 해체한 뒤 접착테이프로 창고 창문에 붙인 다음, 나머지를 집으로 가져와 똑같이 창문에 붙였다.

예전에 살던 연립주택에서는 이런 일을 전혀 하지 않았다. 어떻게 되든 상관없었다. 무슨 일이 생겼을 때는 변상하면 됐다. 사토루는 당시의 생각들을 떠올렸다. 지금 사는 집은, 고인이기는 해도 명확히 알고 있는 사람에게 빌려선지 단순하게 생각하면 안 될 것 같았다.

자기 전에 나미코에게 전화가 걸려 왔다. 오전 중에는 가게를 열기로 했으니, 내일은 오후 2시까지 물레방앗간에 와달라는 내용이었다.

— 나랑 마모루, 그리고 리사랑 릿짱, 거기다 소노야마 씨의 아들이랑 손님 몇 분이 와주기로 했단다.

나미코의 말에 사토루가 되물었다.

"리사 씨도 오시는 건가요?"

— 토요일은 휴일이래.

"물레방앗간 뒤편은 비탈길인데 그쪽은 괜찮을까요?"

— 20년 전에 수력발전소와 그 주변 하천과 지반을 정비할 때, 이 일대의 경사면에 말뚝 박는 공사를 했거든. 그때 상당한 공을 들였으니까 일단은 괜찮을 거야.

사토루는 수화기를 내려놓은 뒤 내일은 골판지와 접착테이프를 챙겨서 물레방앗간 창문을 막아야겠다고 마음먹었다. 태풍 기간에는 물레방앗간에서 네네와 보낼 생각이었다.

다음 날, 사토루는 소바 가게에 가서 점심을 먹은 뒤 곧장 주방 설거지와 마감을 도운 다음 주인 부부와 함께 물레방앗간으로 향했다. 예전에 보수 점검을 해줬던 목수가 일러준, 물레방아를 축에서 제거하는 방법에 대해 적은 메모를 보면서 나미코와 마모루는 다른 사람들에게 자세히 설명한 뒤 감사 인사를 하며 고개를 숙였다.

수심이 얕을지라도 강에 들어가 작업하는 일은 힘들었다. 태어나서 처음으로 고무장화를 신은 사토루는, 물레방앗간 옆으로 흐르는 강에 들어가 남자 다섯과 함께 베어링부터 물레방아를 해체하는 작업에 돌입했다. 지상에 물레방아를 내려놓은 뒤에는

나미코와 리사와 그 여동생이 물레방아가 엉뚱한 방향으로 굴러가지 않도록 누르면서 이동시키는 걸 도와주었다.

물레방아를 천천히 굴리면서 리사의 여동생이 소노야마의 아들에게 말을 거는 목소리가 들렸다.

"오랜만이야."

현청 소재지에 있는 국립대학에 다니는 그는 집에서 통학한다고 했다.

"우리 엄마가 너희 직장에서 종종 신세를 지는 모양이던데. 미안해."

그의 말에 리사의 여동생은 "귀한 손님이기도 하고, 아줌마가 가져다주시는 블루베리도 맛있어"라고 대답했다.

분리된 물레방아를 밖에 둘지 물레방앗간 뒤편의 잡목림에 동여맬지 잠시 의논하다가, 물레방앗간 입구를 어떤 식으로든 통과할 수 있을 듯해서 조심히 굴려 안에 넣어두기로 했다.

물레방아가 방 안으로 들어오자, 놀란 네네가 소리를 지르면서 날개를 파닥거리더니 선반 위를 허둥지둥 돌았다. 리사의 여동생은 네네에게 "이거 밖에 붙어 있던 거야. 전에도 보여줬잖아"라며 설명했다.

"네네랑 함께 일하고 있잖아. 그러니까 네네를 위협하는 짓은 아무것도 안 해."

"아무것도 안 해?"

"그렇다니까."

리사의 여동생은 네네를 어깨에 태운 뒤 익숙해지게 하려는 듯 물레방아를 자세히 보여주고 있었다. 네네는 처음에 앉았던 리사 여동생의 오른쪽 어깨에서 머리 위로 날아 이동하더니, 이번에는 왼쪽 어깨로 옮겨가며 납득이 갈 때까지 물레방아를 둘러본 뒤에야 선반 위로 되돌아왔다.

해체한 물레방아를 물레방앗간 안에 넣는 작업이 끝나자, 나미코와 마모루는 일손을 도와준 사람들에게 몇 번이나 고맙다고 말하며 돌려보낸 뒤, 소바 가게와 2층에 있는 집을 대비하기 위해 돌아갔다. 리사의 여동생도 근무하는 상사에 자신이 도울 일은 없는지 살펴보러 간 상태여서, 물레방앗간에는 리사와 사토루만 남았다.

리사는 네네를 생각해선지, 아니면 그다지 어울린 적이 없는 두 사람 사이의 틈을 메우려는지 라디오를 틀었다.

"리사 씨네 창문에도 뭔가 붙여야 하지 않을까요?"

사토루의 말에 리사는 대답했다.

"오전에 다 해뒀어요."

"회사는 휴일인가 봐요?"

"토요일은 한 달에 두 번만 쉬는데, 태풍이 온다고 하니까 오늘은 쉬라고 하더라고요."

사토루가 물레방앗간 창문에 골판지를 대고 크기를 재고 있는데 리사가 골판지 끝을 잡으며 도와주었다. 무턱대고 자르는 건 불가능하다고 느낀 사토루는, 골판지의 접어야 하는 부분에 커터 칼로 얕게 홈을 낸 뒤 깨끗하게 접히도록 신중히 가공하기 시작했다.

작업 도중에 리사가 "이 골판지를 네네한테 주고 싶은데 작게 잘라주실 수 있나요?"라고 부탁해서, 끄트머리 부분을 작게 잘라 선반 위에 있던 네네에게 줬더니 기쁜 듯 갉아댔다. 라디오에서 R.E.M의 노래가 흘러나오자, 네네는 라디오 가까이 다가가 자그마한 목소리로 노래를 시작했다. 평소와 다른 상황에 당황했는지, 네네는 맷돌과 물레방아 내부 장치가 있는 옆 방쪽에 면한 선반 위에서 내려오더니 라디오 가까이에서 자그마한 목소리로 노래했다. 「루징 마이 릴리전」이었다.

"좋은 노래지?" 사토루가 말을 건네자, 네네는 멍한 표정으로 고개를 좌우로 흔들면서 마이클 스타이프와 똑같은 목소리로 노래를 이어갔다.

물레방앗간에서 네네가 지내는 방에는 창문이 세 개 있었다. 그중 첫 번째 창문에 골판지를 붙이자마자, 레드 핫 칠리 페퍼스의 「기브 잇 어웨이」가 흘러나오기 시작했다. 분명히 그 밴드를 싫어한다던 리사는 아무런 표정 변화도 없이 사토루와는 조금 떨어진 위치에서 골판지 끝을 들고 있었는데, 오히려 사토루는 살짝 조마조마해진 나머지 정신이 흐트러져서 골판지를 괴상하리만치 작게 자를 뻔하기도 했다. 더군다나 네네는 이 노래도 잘 알고 있는지 기쁜 듯 스텝을 밟고 춤을 추며 능숙하게 노래를 이어갔다.

"회사는 어떠세요?"

리사의 주의를 딴 데로 돌리려고 스스로도 엉성한 질문이라고 생각하며 사토루가 물으니, 그녀는 "아직 그렇게 오래 다니지도 않아서 지금으로서는 뭐라 할 말이 없어요"라며 서두를 뗀 뒤 말을 이었다.

"재봉은 고등학교 때부터 하고 싶은 일이었으니까 즐겁기는 해요. 부업으로 할 때와는 또 달라요. 전문대학에 갈 수 있었다면 좀 더 빨리 이쪽 일을 하지 않았을까 싶어요."

"그렇군요. 의상학과 말이죠?"

"네, 합격은 했는데 갈 수 없는 상황이 돼버렸죠."

사토루가 창틀에 골판지를 붙이던 손을 멈추자, 리사가 의아하다는 듯 그를 바라봤다. 이야기에 너무 집중하는 티를 내지 않으려고 사토루는 다시 작업에 집중했다.

"제 입학금을 엄마가 자기 약혼자한테 써버렸거든요."

창틀 위에 테이프를 붙여서 골판지를 고정했는데도, 어쩐지 사토루는 그 이상 작업을 이어갈 수 없었다. 리사는 가만히 그의 손에서 접착테이프를 받아 자기 앞의 골판지 끝을 고정했다.

"그 두 분은 결혼하셨나요?"

무슨 생뚱맞은 질문이냐며 속으로 자신을 나무라면서도, 사토루는 리사의 표정이 함부로 동정받고 싶지 않은 듯 보였기 때문에 이야기 핵심에서 방향을 조금 틀어 물었다.

"네."

"그랬군요."

리사가 건넨 접착테이프를 받아 사토루는 자기 앞의 골판지 끝을 창틀에 붙였다. 한동안 말없이 작업을 이어가다가 무심코 그는 중얼거렸다. "그 사람들, 잠이 올까." 리사는 고개를 저을 뿐이었다.

두 해 전에 사토루는 불면증에 시달렸다. 남동생이 과실로 할머니를 돌아가시게 한 뒤, 엄마가 그 책임의 일부를 사토루에게 떠넘기며 몰아붙인 날부터였다.

"네가 고집을 부리면서까지 가족을 버린 아빠를 따라 자꾸 뭐라도 되려고 하니까, 네 동생은 너와 차이 나는 것에 괴로워하다가 결국 궁지에 몰려 이상해진 거야. 네가 피아노에 목숨을 거는 건 자기만족밖에 안 된다고. 그보다 넌 좀 더 가족을 생각했어야 해."

사토루는 엄마가 했던 말을 떠올리며 리사에게 말했다.

"전 이해가 안 되네요. 아무리 상대가 좋아도 자식의 진학을 위한 돈인데 남한테 써버리다뇨."

"저 역시 마찬가지예요." 리사는 손을 멈췄다.

"첫 남편과 이혼한 뒤 우릴 키우며 오로지 일만 해온 엄마로서는, 그것만으로는 채워지지 않는 부분이 있었을지도 몰라요. 그걸 되찾으려고 했던 거겠죠. 그래서 지금은 남편이 된 그 남자가 제 여동생을 구박하거나 오밤중에 밖으로 쫓아내도, 엄마는 강하게 맞서지 않았던 거예요."

리사의 이야기를 듣는 동안 사토루는 손발이 차가워지고 심장이 쿵쾅거리는 느낌이었다. 그 이야기를 들은 뒤 자기가 어떤 감정을 느끼는지 말로 표현하는 일은 실례인 것 같았다. 그 대신 지금 자신이 보이는 강한 신체적 반응이, 리사가 가족 때문에 겪은 고통을 어느 정도 누그러지게 해주기를 바랐다.

"……용케도 그런 식으로 타협하셨네요."

"아뇨."

리사는 사토루의 말을 가로막듯 강하게 부정했다.

"전혀요. 용서한 적도 없는 데다, 동생이 커 가면서 좋은 성적을 받았을 때라든가 의지가 되어 기쁘다고 느낄 때마다 더욱 이해되지 않던데요."

그렇게 말한 뒤 리사는 자기 앞의 골판지 끝을 테이프로 고정했다. 다시 방이 살짝 어두워졌다. 마지막 창문을 막기 전에 불을 켜야 한다고 사토루는 생각했다.

작업이 모두 끝나기 전에 사토루는 자기 이야기를 해야 할 것 같은 기분이 들었다. 그러나 어디서부터 이야기해야 할지 모르기도 했고, 자신의 과거를 듣고 난 뒤 리사가 마음을 써준다거나 불행한 사람과는 엮이지 말자고 생각하지는 않을지 걱정돼서 입이 떨어지지 않았다.

사토루는 물레방앗간 창문이 최소한 다섯 개가 남아 있었더라면 생각을 정리할 수 있을 것 같았지만, 이제 막아야 할 창문은 하나뿐이었다. 마지막 창문 옆으로 이동하니 폭풍이 다가오는 전조처럼 가랑비가 내리는 게 보였다.

"저도 딱히 그렇게까지 심각한 마음으로 집을 나온 건 아니었어요. 엄마가 하는 일이 납득이 가지 않았고, 열여덟 살이 되었으니 단순히 자립해야겠다고 생각했죠. 리쓰한테 나랑 같이 갈 거냐고 물었더니 따라왔어요. 하지만 저 말고는 주변에 초등학생 여자애를 기르는 친구가 전혀 없었기 때문에, 이곳 생활이 막막해진다면 엄마가 있는 집으로 다시 보낼 수밖에 없다고 생각했어요. 하지만 여러 사람들이 도와준 덕분에 어떻게든 생활을 꾸려 여기까지 왔죠."

사토루는 리사가 진실을 말하고 있다는 걸 느꼈다. 그 순간 그는 타인의 과거를 들어서 거북한 게 아니라, 진실만을 이야기하는 사람과 있다는 게 이상하리만치 편안하게 느껴졌다. 주변에 하나같이 거짓말쟁이만 있었던 것도 아닌 데다 실제로 지금은 거짓말할 필요가 없는 삶을 살아가는 사람들이 더 많았지만, 그동안 사토루는 자기 약점을 정당화하기 위해서라든가 누군가에게 죄책감을 품게 하려고 입을 여는 사람들의 말을 지극히 진실로 받아들였다. 그렇게 어디까지나 그런 인간들의 처세에 농락당하며 살아왔다.

한편 사토루는 리사의 이야기를 들으면서 결국 자신은 스스로 느끼는 것만큼이나 타인을 부정하며 살아오지도 않았다는 사실을 깨달았다. 가족에게 벌어졌던 사건은 분명 불행일 뿐만 아니라 용서할 수 없는 일이었고, 살아 있는 동안에는 평생 화해가 불가능한 일이었다. 사토루는 사람과 관계 맺는 일에 크게 신뢰를 잃은 상태였다. 그렇다고 해서 자신이 남에게 도움을 받은 적이 없다거나 관심을 가진 적이 전혀 없는 건 아니라는 생각도 들었다. 그가 자포자기한 상태였을 때 지원단체에 연결해 준 친구가 있었다. 단체 사람들은 혈육처럼 사토루를 챙겨주었고, 자동차 부품 공장에 다닐 때도 서로 안부를 묻는 동료가 있었다. 가와무라 스기코는 그에게 집까지 빌려주었다.

"다행이네요." 사토루는 거의 즉흥적으로 그렇게 말했다. 이런 식으로 대화를 나눌 수 있다는 게 기뻤다.

"이제 제게는 가족이 없어요. 그렇다고 해서 뭐든 포기할 필요는 없다는 생각이 들었습니다."

사토루는 리사 쪽을 바라보며 말을 이었다.

"지금 진심으로 그렇게 생각했어요."

아직 가랑비가 내리고 있었지만, 좀 전보다는 빗발이 강해진 느낌이었다. 한순간 눈을 휘둥그레 뜨던 리사는 이윽고 가볍게 고개를 끄덕인 뒤 대꾸했다. "그렇다면 다행이네요."

창문 보강 작업이 끝난 뒤 남은 골판지는 네네가 다루기 쉬운 크기로 잘라주기로 했다. 끈 모양으로 꼬아두거나 동그란 형태나 별 모양 따위의 다양한 모양으로 잘라주자, 네네는 환성을 지르며 갚아대기 시작했다.

ƒ

물레방아 해체 작업을 끝낸 뒤 회사에 간 리쓰는, 이 지역에 태풍이 내일 정오 무렵 상륙할 것이라는 전망이 유력해지자 모든 거래처 농가에 전화를 걸어 그 사실을 적극적으로 알렸다. 경작지가 걱정되더라도 가능하면 살피러 나가는 일은 자제해 달라고 전하라는 상사의 지시에 따라, 리쓰는 아는 사람들한테는 모두 전화를 걸었다. 대부분 젊은 리쓰의 부탁에 귀를 기울이며, 물론 애가 타기는 하지만 살피러 가는 건 자제하겠다고 대답해 주었다. "아슬아슬한 시간까지는 대비해야 하는데 몇 시까지 괜찮을 것 같아? 그 이후에는 안 나갈 테니까"라며 조심스레 정보를 묻는 이도 있었지만, 몇몇 사람은 비협조적으로 굴기도 했다.

"무슨 말인지는 알겠는데 지시하지는 말라고. 그쪽은 3월까지만 해도 고등학생이었잖아?"

그런 말을 들었을 때 '뭐야, 왜 이렇게 말이 많아' 라며 받아치고 싶었지만, 리쓰는 참았다.

밤 9시에 집에 돌아온 리쓰는 내일 아침 일찍 일어나 회사 창고를 비롯한 시설 보수 점검을 하러 나갈 예정이었으므로, 씻고 난 뒤 리사가 만든 주먹밥과 야키소바 컵라면으로 저녁을 때우며 『세계의 신기한 발견!』의 후반부를 보다가 일찌감치 잠자리에 들었다. 리쓰가 자리에 누운 뒤에도 리사는 옆 방에서 다음 뉴스를 보고 있었다. 뉴스는 처음에 태풍에 관해 다루다가 예상 진로와 주의 사항을 적당히 제시한 뒤 다음 내용으로 넘어갔다.

방송에서는 시간이 지날수록 태풍의 위력이 생각보다 크지는 않을 것 같다는 쪽으로 논조가 바뀌는 듯했다. 아마도 나미코가 물레방아를 분리하는 작업을 도와줬으면 좋겠다고 부탁했을 무렵에는 모두의 공포가 절정에 달했지만, 이후로는 '예상했던 만큼의 위력은 아니나 경계가 필요' 하다는 뉴스를 듣는 일이 조금씩 늘었다.

"별거 아니라면 좋겠는데."

리사가 중얼거리는 소리를 끝으로 리쓰는 잠들었다.

다음 날에는 아침 5시에 일어났다. 자기보다 늦게 잤는데도 리사는 리쓰가 잠이 깰 무렵에 벌써 일어나 있었다. 아침밥을 먹겠냐고 물어서 한 시간 안에 돌아올 테니 괜찮다고 대답한 뒤 리쓰는 회사에 갔다.

회사에 도착해서는 모든 창문에 방비가 잘 되어 있는지, 건물 밖에 바람에 날아갈 만한 농기구 따위는 없는지 확인하면서, 리쓰는 직장 상사와 "결국 태풍이 와봐야 괜찮을지 어떨지 알겠네"라는 뻔한 대화를 나눴다. 그래도 나중에 후회하지 않겠다는 일념으로 직원들과 리쓰는 최선을 다해 대비했다.

예상대로 한 시간쯤 회사에 있다가 리쓰가 집에 돌아오니, 리사는 텔레비전을 보면서 좌식 테이블 위에 회사에서 들고 온 일감을 펼치는 중이었다.

"그거 급한 일이야?" 리쓰가 물으니, 리사는 "그런 건 아닌데 마냥 손 놓고 있기도 싫어서"라고 대답했다. 그러고 보니 앞으로 무언가가 다가올지도 모를 이른 아침 시간에, 단순히 깨어 있는 건 심심할지도 몰랐다.

리사는 뭐라도 먹을 거냐고 묻더니 식빵을 굽고 내친김에 스크램블드에그까지 만들었다. 토스트를 먹으며 리쓰는 이제 뭘 할지 멍하니 생각했다. 일단 자기 방의 창문을 점검한 뒤, 연립주택의 건물 주변을 돌아보며 다른 주민을 도와주는 편이 좋을지 싶었다.

일기도 상에서는 하얀 소용돌이가 한층 일본 주부[+]지역을 향해 스멀스멀 접근하고 있었다. 네 시간 후에 비바람이 더욱 강해질 거라는 예보를 들은 뒤 리사가 물었다.

"이제 소바 가게에 가려는데 너도 갈래?"

딱히 거절할 이유도 없어서 리쓰는 고개를 끄덕였다.

몇 분쯤 걸어가는 도중에 리사가 말했다.

"사토루 씨가 네네한테 가 있을 거야."

리쓰가 어떻게 아냐고 물었더니 리사는 "어제 말했어"라고 대답했다.

"나도 나미코 아줌마랑 마모루 아저씨한테 인사드린 다음에 물레방앗간에 잠깐 들러야겠다."

"너무 왔다 갔다 그러지는 마." 그러면서 리사는 "태풍이 빨리 올지도 모르니까"라는 말을 덧붙였다. "알겠어." 리쓰는 고개를 끄덕였다.

소바 가게는 당연히 문이 닫혀 있었고 내부는 어두웠다. 나미코를 불렀더니 그녀는 주거지인 2층에서 내려와 가게 안의 조명과 텔레비전을 켜주었다.

"와줬구나. 젊은 사람이 있으면 한결 든든해."

그렇게 말하면서 나미코는 메밀차를 끓여주었다. 이상한 말처럼 들릴지도 모르지만, 리쓰는 나미코나 마모루도 벌써 예순셋이라는 사실을 떠올렸다. 리사는 "딱히 별다른 도움도 안 되지만요"라고 말하며 가게 안을 둘러봤다. 리쓰가 보기에 어느 창문이

[+] 일본 열도의 중부에 위치한 곳

든 골판지로 단단히 막아둔 상태였는데, 밤과는 달리 가게 안은 어스레했고 습기에 휩싸여 있었다.

세 여자가 앉아서 대화를 나누는데 2층 주거 공간에서 마모루가 좋은 냄새를 풍기며 내려왔다. 어제 남은 밥으로 구운 주먹밥을 만들었다며 먹으라고 권했다. 하는 일 없이 아침부터 먹고 마시고만 있다고 생각하면서도, 냄새가 너무 좋아서 리쓰는 고맙다고 말하며 젓가락을 들었다.

"사토루 씨는 왔어요?"

리사가 묻자 나미코가 고개를 끄덕였다. 사토루는 자매가 도착하기 30분 전쯤에 와서 물레방앗간에 갔다고 했다. 소바 가게와 물레방앗간은 리쓰가 다니던 초등학교의 수영장을 기준으로 하면 15미터 거리도 되지 않았지만, 가게 창문이나 문, 환기구 따위를 모두 닫아버리니 어딘가 먼 장소처럼 느껴지기도 했다.

"사토루한테도 주먹밥을 줬단다."

마모루의 말을 들은 리쓰는 어느새 이름만으로 부를 만큼 그들이 친해졌다는 사실에 조금 놀랐다. 리쓰는 구운 주먹밥을 다 먹고 잠깐 네네를 만나고 오겠다고 말한 뒤, 주방 쪽으로 난 문을 통해 물레방앗간으로 향했다. 물레방앗간의 모든 창문은 역시 굳게 닫힌 채 안쪽에서 방비해 둔 상태였는데, 대부분 열어두던 네네의 방 미닫이문도 꼭 닫혀 있었다. 안에서 라디오 소리가 들려왔다. 유투의 신곡 「미스테리어스 웨이즈」가 흘러나오고 있었다.

조금 세게 문을 두 번 두드리자, 잠금장치 해제 소리가 들리더니 사토루가 나와서 리쓰가 물었다.

"네네는 괜찮아요?"
"지금으로서는 평소와 같아."
오두막 안에는 전구가 켜져 있었는데, 미닫이문 맞은편의 경치는 아침이라는 게 이상할 정도였다. 네네는 조금 떨어진 곳에서 라디오를 내려다보며 생각에 잠긴 듯한 표정을 짓고 있었다. 네네에게 익숙한 리듬이 아닌 데다 폭발적인 기타 소리가 아무래도 낯설어서 그런 것 같다고 리쓰는 생각했다.
"네네, 괜찮아?"
리쓰가 묻자 네네는 말없이 건성으로 고개를 끄덕였다.
"이제부터 집, 덜컹덜컹할지도 몰라."
"덜컹덜컹?"

"그래, 흔들리는 거야."

리쓰는 양손을 얼굴 앞으로 올려 뭔가를 껴안는 듯한 손짓을 하면서 몸을 휘청휘청 흔들었다.

"괜찮아. 사토루가 있잖아. 무서우면 어깨에 태워서 쓰다듬어 줄 거야."

그러면서 리쓰는 굉장히 '덜컹덜컹'할 것 같으면 자기도 오겠다는 말을 덧붙이면서, 스스로 그를 사토루라고 이름으로 지칭하며 네네를 달랬다는 사실을 깨달았다. '사토루 씨'라고 하면 네네가 모를 것 같아서 그랬는데, 어색하기는 해도 싫지는 않았다. 무서우면 사토루가 뭔가 해줄 거라고 말하면서도 리쓰는 계속 네네 곁에 있는 편이 좋을지, 리사한테 가는 편이 좋을지 망설이다가 결국 후자를 선택했다. 사실 리사가 물레방앗간에 오는 편이 좋지만, 리사는 나미코와 마모루 곁에 있고 싶어 할 테니 여기로 모두를 부를 수는 없었다.

"네네를 잘 부탁해요."

리쓰는 사토루를 향해 고개를 숙인 뒤 물레방앗간을 나와 문을 닫았다. 그는 고개를 끄덕였다. 이상하리만치 공기는 투명했고 비도 내리지 않았지만, 구름은 두껍고 어두웠다.

가게로 돌아온 리쓰는 리사와 마모루 부부와 함께 텔레비전을 지켜봤다. 태풍의 예상 진로는 주부 지역에 들어온 뒤 호쿠리쿠[+]쪽으로 빠져나가는 형세였는데, 마치 혼슈[++]를 사선으로 두

[+] 주부 지역에서 동해에 접한 곳
[++] 일본을 구성하는 네 개의 섬 중 가장 큰 섬

동강나게 하려는 것처럼 보이기도 했다.

태풍에 관해서는 한바탕 대화한 뒤라서 나미코는 리사에게 하는 일은 어떤지 물었다. 그건 나미코가 리사를 볼 때마다 하는 질문이었고, 그때마다 리사는 온갖 방법을 동원하여 "괜찮아요"라고 말하면서도, 끝에는 늘 소바 가게와 물레방앗간의 일도 즐거웠다고 덧붙였다.

리쓰도 직접 일을 해보니, 언니가 얼마나 독특한 일을 해왔는지 잘 알게 되었다. 소바 가게의 홀 관리, 회색앵무를 상대하는 일과 메밀 제분은 제각각 다른 일이었으니, 하루 안에 그 일들을 해내려면 적절한 회전 능력뿐만 아니라 애초에 일이 적성에 맞아야 했을 것이다. 나미코 본인 또한 그걸 잘 알고 있었으며 리사에게 의지하는 면도 있었을 거라고 리쓰는 생각했다.

아침 8시 시간대 뉴스가 끝나고 나니 어쩐지 창문이 흔들리는 소리를 들은 듯한 기분이었다. 공연히 리쓰는 밖의 상태를 확인하러 나가고 싶어졌지만, 쓸데없는 짓을 했다가는 주위 사람들에게 폐를 끼칠 것만 같아서 가만히 있었다.

메밀차를 실컷 마신 뒤 화장실에 다녀오는 길에, 리쓰는 마모루가 비교적 청력이 양호한 쪽의 귀에 수화기를 대고 큰 소리로 전화하는 모습을 봤다.

"뭐, 정말이야? 다리? 뗀 거야?"

리쓰는 손을 씻으면서 마모루가 되묻는 말들을 듣고 있었다. 그의 청력을 배려해선지 상대방이 커다란 목소리로 말하고 있었기 때문에 조금 떨어져 있던 리쓰에게도 그 내용이 들렸다.

— 15분쯤 전이야. 수문 있잖아. 그걸 움직여서 닫아야 하는데,

그러다 제방 위에서 미끄러졌다니까! 아냐, 바람 탓이 아니라, 미끄러웠거든! 장화 바닥이 닳은 건가?

리쓰는 용수로 이야기라는 걸 눈치챈 뒤 마모루의 뒤를 지나 가게로 돌아왔다.

나미코가 리사에게 물었다.

"올겨울에는 꼭 뜨개질을 해보려는데, 굵은 털실이랑 중간 두께의 털실 중 어느 쪽부터 시작하는 게 좋을까?"

"굵은 털실은 뜨기는 어려운데 금방 완성할 수 있고, 중간 굵기 털실은 뜨기는 쉽지만 좀처럼 완성하기가 힘들어요."

그때 통화를 끝낸 마모루가 홀로 돌아오더니 물었다.

"이 봐, 나미코. 우비 어디 있지? 두툼한 쪽 말이야!"

그가 용수로 일 때문에 밖에 나가려 한다는 걸 알아차린 리쓰는 반사적으로 대화에 끼어들었다.

"그만두세요!" 그러자 부부가 서로의 얼굴을 바라보다가, 마모루가 "하지만 당번인 나리타 씨가 다리를 삔 모양이라서……" 라며 말을 이었다.

"어세 물레방아 해체를 도와준 사람이거든."

그 말에 리쓰는 아무런 대꾸도 할 수 없었다. 재해를 당할 가능성이 높은 물 주변에 접근하는 사람은 농지를 걱정하는 게 당연하기 때문에 잘 참지 못하고 내키는 대로 해버린다는 걸 리쓰도 알고 있었다. 반면, 당번을 맡은 사람은 자기 기분과는 별개로 맡은 곳을 꼭 가야한다는 것도 근무지에서 들었던 말이었다. 당번은 무슨 일을 하냐고 리쓰가 물으니, 강과 수로의 수위를 측정하고 둑을 움직이거나, 수문을 열고 닫으면서 물의 흐름을 바꾸는 일을 맡는다고 했다.

나미코도 당번의 일은 알고 있었던 모양인지 누군가 해야만 하는 일이고 수문의 일이라면 지금까지도 몇 번 간 적 있다고 말했다. 그러더니 나미코는 2층으로 이어진 계단 옆에 있던 신발장 구석에서 우비를 꺼내왔다. 언뜻 보기에도 소재가 좋다는 건 알 수 있었지만, 아무리 비를 막아준다 한들 용수로 아래로 굴러떨어진다면 잠시도 버티지 못할 것이다.

"오늘 당번인 사람이 발을 삐기 전까지 거의 다 순찰했다니까, 나는 가장 멀리 떨어진 한 곳만 보고 오면 된단다."

마모루가 말을 이었다.

"누군가는 해야만 해."

그러더니 나미코에게 어디로 가는지 말했다. 그녀는 복잡한 표정을 지으며 남편을 향해 고개를 끄덕였다. "조심해요." 그러고 나서 나미코는 자매에게 마모루가 하려는 일은 용수로의 수위와 물을 끌어오는 강물의 수위를 측정해서 수문을 닫을지 말지 시의 수위 관측소에 판단을 요청하는 일이라고 설명했다.

세 사람의 대화를 묵묵히 지켜보던 리사는 갑자기 입을 열더니 큰 소리로 말했다.

"저도 따라가도 될까요?"

눈이 휘둥그레진 채 마모루는 고개를 저으며 되물었다.

"왜 그러냐?"

위압적인 투는 아니었지만, 그가 진심으로 그 이유를 도통 모르겠다는 눈치였으므로 조금 기가 꺾인 듯 리사는 얼굴을 푹 숙였다.

"당연히 걱정되니까 그러죠."

"따라오는 게 더 걱정스러워."

마모루는 가볍게 어깨를 으쓱하며 웃었다. 리쓰는 창문이 막힌 공간에서 세차게 비가 내리기 시작하는 소리를 들은 것만 같았다.

마모루는 차를 타고 나갔다. 나미코와 리사는 가만히 서서 골판지로 막아둔 가게 출입구를 바라보고 있었다. 리쓰는 차가워진 메밀차를 단숨에 비운 뒤 텔레비전을 올려다보며 리모컨을 조작해서 기상정보가 나오는 채널을 찾았다.

이 근방이 태풍의 진로 안에 들어가는 건 피할 수 없을 듯했지만, 기상도 상에서 태풍이 전보다 큰 폭으로 가까워진 상황이라는 게 마음에 걸렸다.

음량을 올렸더니 "속도가 빨라져"라는 말이 들렸다. 얼굴을 찡그리며 리쓰는 가장 가까이에 있는 창문 곁으로 다가가 골판지 틈으로 밖을 내다봤다. 바람이 세차게 불었고 창틀이 덜커덩 비명을 지르는 듯 소리를 냈다. 다시 한번 텔레비전으로 시선을 돌린 리쓰는, '아침 10시의 예상 경로'를 확인한 뒤 역시나 생각보다 태풍이 빠르게 움직이고 있다는 사실을 알았다.

출입구에 붙인 골판지에 귀를 대고 있던 리사는, 눈을 크게 뜨더니 문을 10센티미터 정도 열었다. 비바람이 가게 안으로 휘몰아쳤다. 사이렌 소리가 들리더니 방재 무선 방송이 선명하게 들려왔다.

"여기는 ○○○시 방재센터입니다. 알려드립니다. 오늘 아침 10시경 근방에 태풍이 통과할 것으로 예상됩니다. 외출하신 분은 즉시 자택이나 피난소로 이동해 주시기 바랍니다."

리쓰는 나미코의 얼굴이 새하얗게 질리는 걸 알아차렸다.

"너무 빨리 오는 것 같은데? 응? 빠르지 않니?"

나미코가 리사의 어깨를 잡고 흔들었다.

"마모루는 운전 중이잖아. 차창을 닫았다면 방송이 안 들리지 않을까?"

그러더니 리사에게서 몸을 뗀 나미코는 계산대 카운터에 양손을 댄 채 고개를 저으며 중얼거렸다. "그래도 라디오는 틀었겠지? 하지만 제대로 들리려나. 어쩜 좋다니. 내가 가야 했는데."

"역시 제가 갈게요."

그 말에 나미코는 리사를 돌아보더니 "마모루는 차를 타고 가는 중이잖아"라고 말하며 고개를 저었다.

"아마 따라잡을 수 없을 거야."

나미코가 "나도 면허는 있는데"라고 중얼거리는 소리가 들렸다. 머릿속이 뒤죽박죽이라 제대로 판단을 내릴 수 없는 상황에서도 리쓰는 고개를 끄덕인 뒤, "우리 회사에 경트럭이 있으니까 빌려올까요?" 하고 물었다.

"그래주겠니? 미안하구나."

나미코가 그렇게 말한 순간, 출입구가 절반쯤 열리더니 사토루가 모습을 드러냈다.

"리사 씨, 잠깐 괜찮으세요? 마모루 씨가 외출하기 전에 물레방앗간에 들러서 뭘 할지 알려주셨는데요. 예상보다 태풍 진행이 빠르네요?"

방재 무선 스피커가 있는 쪽을 돌아보며 그가 말하자, 리사는

"맞아요" 하며 출입구로 다가갔다. 이미 비에 젖은 사토루는 물레방앗간 쪽을 가리키며 말했다.

"전 스기코 씨 차로 마모루 씨를 쫓아갈게요. 그동안 네네 좀 봐주세요."

리사는 고개를 끄덕인 뒤 밖으로 뛰어나가 순식간에 물레방앗간으로 들어갔다. 리쓰는 열 살이나 나이가 많은 두 사람의 판단 앞에서 당장 뭘 해야 할지 감도 잡지 못한 채, 그저 나미코의 어깨를 꽉 잡았다.

"수위는 꼭 측정해야 한단다. 내수 범람의 위험이 있으니까."

"알고 있어요."

"하지만 아무래도 위험하다면……"

"알겠습니다."

나미코의 말과 포개지듯 사토루는 뒤도 돌아보지 않고 소바 가게 건물에서 멀어져 갔다.

리쓰는 나미코를 부축해서 가게 의자에 앉힌 뒤 그 옆에 나란히 앉았다. 예측 일기도 상에서는 태풍이 다시 북상한 것처럼 보였다. 뭘 해야 좋을지 몰라서 리쓰는 일단 메밀차를 끓였다. '그쪽은 3월까지만 해도 고등학생이었잖아.' 느닷없이 거래처 누군가한테 들었던 말이 떠올라 분했다.

리쓰가 찻잔에 메밀차를 따라주자, 나미코는 이런 상황에서도 예의를 차렸다.

"릿짱, 고맙구나."

"저도 기도할게요."

리쓰는 나미코의 등 뒤로 팔을 감으며 텔레비전을 올려다봤다. 강한 바람이 불어와 창문이 덜컹덜컹 흔들리기 시작했다.

༶

마모루와 사토루는 정오가 넘어서야 돌아왔다. 생각보다 마모루는 멀쩡했고 사토루는 흠뻑 젖어 있었다. 나미코와 마모루는 숨을 헐떡이며 휘청대는 사토루를 씻게 하고 주거 공간인 2층에서 그를 재우기로 했다. 아직 리사는 네네와 함께 있었다.
"그나저나 사토루가 있어서 정말 살았어."
그렇게 말하며 마모루는 나미코가 만든 쓰키미소바⁺를 맛있게 먹었다. "사토루가 뒤따라와 준 덕분에 가장 위험했던 시간대에 파출소로 피신할 수 있었다니까."
사토루는 마모루를 파출소에 피신시킨 뒤, 당번이었던 또 한 사람과 만나기로 한 장소에 가서 지금은 바람이 가장 강할 때니 좀 기다렸다가 수위를 측정하자고 설득하여 그를 파출소로 데려왔다고 한다.
그 후 폭풍우가 얼마간 잦아들자, 셋이 함께 나가 본류와 용수로의 수위를 측정한 다음 파출소에서 하천 수위 관측소로 연락했다.
"잦아들었다고는 해도 위험했겠어요."
리쓰의 말에 마모루가 대답했다.

+ 수란을 올린 메밀국수

"그래서 전신주에 밧줄을 동여매고 서로의 몸을 연결한 뒤에 계측했단다."

본류의 수위가 올라간 상태였으므로 관측소 측에서는 수문을 닫는 쪽으로 판단을 내렸다.

"수문을 개폐할 때도 나름대로 힘이 필요하단다. 당번이었던 다른 한 사람은 나이가 있어서 나랑 사토루가 했지. 굉장히 도움 됐어."

그러고 나서 파출소로 돌아와 대기하다가 한 시간쯤 뒤에 다시 수위를 측정하러 나갔더니, 이번에는 본류의 수위가 낮아지고 용수로 쪽 수위가 올라간 상태여서 관측소에 연락하자 수문을 열라고 했다.

작업하는 동안 사토루는 꽤 많은 비를 맞았다고 한다. 당번이었던 다른 한 사람이 여벌의 우비가 있어서 사토루에게 빌려줬지만, 그들이 입은 우비에 비해 성능이 현저히 떨어진 탓에 작업이 끝날 무렵에는 방수 원단의 점퍼 밖에 입지 않았던 사토루는 거의 기진맥진이었다. 그리하여 사토루는 스기코의 차는 내버려두고 마모루의 차를 타고 돌아왔다고 한다.

텔레비전에 나온 예상 경로상에서는 태풍은 이미 다른 현으로 이동한 상태였고, 밖에서 빗소리가 들리긴 해도 바람은 멈춘 듯했다. 마모루는 2층에 딱 한 번 올라가더니, "물기를 꼼꼼히 닦고 몸을 따뜻하게 한 뒤 자게!"라며 가게까지 들릴 정도로 큰 목소리로 말한 뒤 다시 내려왔다. 그와 동시에 네네를 품에 안은 채 리사가 가게로 들어서며 마모루에게 물었다.

"사토루 씨는요?"

"2층에 있단다!"

"거주지에 잠시 네네를 데리고 가도 될까요?"

리사가 나미코를 보며 묻자, 그녀는 고개를 끄덕였다. 네네는 나미코와 마모루, 리쓰를 차례로 쳐다보더니 "잘 지내?"라고 고개를 갸우뚱하며 물었다.

"응, 잘 지내."

리쓰는 몸을 앞으로 내밀며 네네를 몇 번인가 쓰다듬었고, 리사는 "다행이네" 하며 네네에게 말한 뒤 계단을 올라갔다.

네네를 쓰다듬는 짧은 시간 동안 리사는 무척 서두르는 눈치였다. 그 안절부절못하던 언니의 모습이, 리쓰는 흥미진진하게 느껴졌다.

마모루와 돌아온 뒤, 어쨌든 사토루는 녹초 상태였다. 익숙하지 않은 일을 무더기로 해치운 탓에 흥분한 데다, 머리에서는 열이 펄펄 끓어서 그는 소바 가게 2층에 누워 있었다. 마모루가 빌려준 잠옷을 입고 이부자리에 누워 자는데 네네와 리사가 올라왔다.

"샤토루, 일어났어?"

네네의 말을 "살아났어?"로 들은 사토루는 "살아났어"라고 대답하며 손을 뻗어 네네의 깃털을 쓰다듬었다. 그러고 나서 이마에 손을 대자, 리사가 물었다.

"열이 나나요?"

고개를 끄덕이는 사토루를 보더니 리사는 베갯머리에 네네를 내려두고 아래층으로 내려가 뭔가를 하나 싶었는데, 물이 담긴 세숫대야를 들고 돌아와 그의 이마에 수건을 올려주었다.

"뭐 필요한 거 있으세요?"

나미코한테 받아오겠다는 리사의 말에 사토루는 고개를 젓더니 벽시계를 보며 말했다.

"30분만 같이 있어요."

머리가 제대로 돌아가지 않아서 대수로운 말은 할 수 없었지만, 두 사람은 마모루와 네네에 관해 이야기를 조금 나눴다.

"마모루 씨가 입은 우비는 굉장했어요."

사토루가 말했다.

"비를 그렇게나 맞았는데도 우비 안은 전혀 젖지도 않고 보온성도 뛰어나더라고요. 다음 달에 월급을 받으면 저도 사려고요. 여기로 돌아오는 차 안에서 그런 생각만 했어요."

리사도 네네와 있었던 얘기를 들려주었다. 바람 때문에 물레방앗간이 덜컹거려서 네네가 무서워했지만, 라디오의 힘을 빌려 리사가 어떻게든 진정시킨 모양이었다. 평소 네네가 듣던 지역 방송에서는 여전히 태풍 정보를 내보내고 있었다. 주파수를 바꿔 음악을 틀어주는 방송을 찾다가 토킹 헤즈의「로드 투 노웨어」가 흘러나오자, 리사는 그 노래를 듣기로 하고 일부러 음량을 올려 네네에게 들려주며 2절부터는 같이 춤을 췄다고 한다.

"춤을 추셨어요?"

사토루가 되묻자, 리사는 고개를 끄덕였다.

"어떤 춤이요?"

"잘은 모르지만, 몸을 옆으로 흔드는 춤이에요."

다음 곡은 와타나베 미사토의「문라이트 댄스」였고 그다음 곡은 벨벳 언더그라운드의「로큰롤」이었다.

"좋은 곡만 틀어줬네요."

사토루의 말에 리사는 차분한 목소리로 말했다.

"이런 때이니만큼 라디오 방송 쪽에서도 선곡에 무척 신경 쓴 것 같았어요."

어쨌든 네네와 리사는 태풍을 이겨냈고 마모루와 사토루도 무사히 돌아왔다. 어느새 30분이 훌쩍 지났음에도 리사는 계속 있었다. 그러는 동안 나미코와 마모루, 리사의 여동생도 2층으로 올라와서 방이 꽉 찼다. 각자 좋을 대로 떠들어서 시끌벅적했고, 기쁜 듯이 네네는 누군가의 말꼬리를 물고 흉내 내며 즐겁게 재잘거렸다. 나미코는 재채기를 연발하면서도 자리를 뜨지 않았다.

창문으로 들이치는 햇빛이 기울어 갈 무렵에 다들 방에서 나왔다. 사토루는 잠들었다. 지친 데다 열까지 오른 탓인지 그야말로 단잠에 빠졌다. 어른이 된 뒤로 가장 푹 잤을 정도였다.

ƒ

11월이 되자, 지역 농가 대부분 바쁜 수확 철이 끝났고 리쓰의 직장은 이전보다 안정기에 접어들었다. 10월의 태풍은 속도가 빨랐던 반면 세력은 예상보다 약했던 덕에, 인근 농가들은 대체로 피해를 적게 입었다. 다른 지사가 담당하는 지역에서는 어려움을 겪는 곳이 있어서 리쓰를 비롯한 다른 직원들도 설비와 밭의 복원을 위해 여러 차례 일손을 도우러 갔다.

지역에서 조금 떨어진 장소에서는 메밀 수확이 시작되었는데,

리쓰는 그와 관련된 일을 조금씩 도왔다. 메밀을 취급하는 다른 지사에서 메밀 수확과 제분 견학, 메밀면 만들기 체험을 하나로 묶은 휴일 투어 상품을 기획 중이었다. 인근에 수타 메밀면 장인은 많아도 물레방아를 사용해서 맷돌로 제분하는 장면을 볼 수 있는 곳은 드물었으므로, 마모루와 나미코의 소바 가게를 소개해 줄 수 있는지 문의가 들어왔다.

리쓰는 일반 손님 대상으로 두 차례, 초등학교 소풍 코스로 한 차례씩 물레방앗간을 안내하는 역할을 맡았다. 사토루는 물레방앗간에서 제분 과정을 실연했고, 마모루와 나미코는 도구를 가져와 상공회의소 2층에서 수타 메밀면 만드는 법을 가르쳤다.

물레방아를 움직이고 메밀을 가루로 만들면서 사토루는 "사실 전 이 일을 시작한 지 한 달밖에 되지 않았고, 더 오래 이 작업을 해온 사람이 있답니다"라고 투어 손님들에게 솔직하게 밝혔는데, 리쓰는 그 모습이 의아하게 느껴졌다. 주목받기를 좋아하는 네네는 분명 그 장소에 있고 싶어 했겠지만, 너무 흥분하면 이상한 일을 저지를 것 같아서 손님이 방문하는 동안에는 리사가 스기코의 아틀리에로 데려가 함께 라디오를 듣거나 이야기를 나눴다.

초등학교 소풍에 관해 협의할 때는 후지사와 선생님과 재회했다. 리쓰가 4월에 취직했을 때 축하의 의미로 밥을 사주었던 때 이후로 처음 만나는 자리였는데, 그녀는 "굉장하네. 일도 야무지게 하고 멋지구나"라고 몇 번이나 말해주었다.

"선생님은 훨씬 더 긴 시간 일해오고 계시잖아요."

리쓰가 대꾸하자, 그녀는 그저 웃기만 했다.

후지사와 선생님은 물어보기 조심스럽다는 투로 리쓰에게 돈을 모아 대학에 가는 건지 물었다.

"월급도 짜서 어떻게 될지는 모르겠지만, 가능하면 가려고요."

리쓰의 대답에 후지사와 선생님은 조용히 한마디만 건넸다.

"정말 곤란하면 말해주렴."

후지사와 선생님에게 돈을 빌려서라도 대학에 갈 건지는 리쓰에겐 큰 문제였다. 그저 자신은 수많은 제자 중 한명일 텐데, 그렇게까지 도움을 받아도 되는 건지 줄곧 고심해 왔다.

금전적으로 풍요롭지는 않아도 리쓰 옆에는 리사와 스기코, 나미코와 마모루가 있었다. 게다가 후지사와 선생님도 마음을 써주고 히로미를 비롯한 친구들도 있었으니, 리쓰는 스스로 어렸을 때보다 지금이 훨씬 더 인복이 넘친다고 생각하게 되었다. 그러니 후지사와 선생님이 일해서 모은 돈은 좀 더 곤란한 상황에 놓인 누군가를 위해 쓰여야 하는 게 아닐까.

"괜한 참견일 수도 있는데, 취직하는 거 다시 생각해 보지 않겠니?"

후지사와 선생님은 종종 안부 전화를 걸어왔는데, 마지막 통화에서 리쓰는 솔직한 마음을 털어놓았다. 그녀는 잠시 말이 없다가 한마디만 건넸다.

"알았어. 만에 하나 마음이 바뀌면 말해주렴."

그 뒤로 선생님은 더는 리쓰에게 대학에 가라는 말을 꺼내지 않았다.

태풍이 지나간 이후, 퇴근길이던 리사와 사토루가 소바 가게에서 만나 함께 밥을 먹는 모습이 종종 눈에 띄었다. 사토루는 물레방앗간 업무가 끝나면 대체로 소바 가게에 와서 마모루를 도왔고, 어느 정도 일이 마무리되면 밥을 먹은 뒤 다시 영업이 끝날 때까지 일손을 돕고 귀가한다고 했다. 스기코의 아틀리에를 관리하는 일은 여전히 이어오고 있었는데, 누군가 유품에 관해 물어오는 날에는 곧장 돌아가서 유품을 나눠주는 자리에 참관한다고 했다.

리쓰는 최근 사토루가 마모루에게 수타 메밀면 만드는 법을 배웠으며 이따금 연습한다는 이야기를 리사에게 들었다. 물론 손님에게 내는 면이 아니라 마모루와 나미코, 그리고 리사와 사토루 자신이 먹을 분량에 한해서였다. 하루에 고작 서너 번 먹을 분량만 연습하고 있으니 금세 실력이 좋아지지는 않겠지만, 사토루 스스로 의미 있는 일이라고 여기며 즐기는 모양이었다. 그리고 귀가해서는 포르투갈어를 공부한 뒤 밤 11시에 잠든다고 했다.

"메밀면 만드는 건 잘해?"

리쓰가 묻자, 리사는 말했다.

"그야 마모루 씨 쪽이 훨씬 잘하지만, 연습할수록 점점 나아지는 것 같긴 해."

리쓰도 시험 삼아 사토루가 만든 면으로 요리를 해달라고 부탁했다. 늘 먹던 것만큼 모양이 깔끔하지는 않았지만, 다른 가게에서 이 면을 낸다고 해도 딱히 불만은 없을 정도였다. 이제껏 리쓰는 소바에 대해 아무런 생각이 없었는데 사토루가 만든 메밀면을 먹을 기회가 늘다 보니, 그저 맛있게만 먹어왔던 마모루의 소바가 얼마나 뛰어난 음식이었는지를 새삼 느낄 수 있었다.

전철을 타고 출퇴근하게 된 이후로 리사가 저녁을 준비하는 일은 평소보다 절반 정도로 줄었고, 리쓰 스스로 만들어 먹거나 소바 가게에서 때우는 경우가 늘었다. 소바 가게를 그만둘 당시 굉장히 쓸쓸해하던 리사는, 이제 일주일에 세 번은 들르며 예전과 비슷한 빈도로 나미코와 대화를 나누곤 했다. 나미코도 쓸쓸해하던 참에 리사가 자주 가게에 오게 되어 안심하는 눈치였다.

리사는 사토루 이야기도 스스럼없이 꺼내게 되었다. 물론 그가 예전의 리사와 비슷한 생활을 하는 터라 딱히 새로운 화제는 없었지만, 요즘 네네가 어떤 노래를 좋아하는지, 어떤 식으로 스기코의 아틀리에가 정리되고 있는지를 알려주는 모양이었다.

"스기코 씨 작품은 창고가 계약을 갱신할 때까지 계속 보관해도 된대."

"그거 다행이다."

자매가 스기코의 작품을 챙겨온다 한들, 집에는 보관할 장소가 마땅치 않아 걱정이었는데 고마운 일이었다.

리쓰는 다음 창고 계약 갱신 때는 리사와 사토루와 상의해서 자기도 얼마간 갱신료와 월세를 부담할 생각이었다. 아틀리에로 쓰는 창고는 리쓰가 스기코와 오랜 시간을 보내온 장소였으므로, 그녀의 유품이 점점 줄어들어도 편하게 왕래할 수 있는 장소로 간직하고 싶었다.

창고 문제에 관한 고마운 마음에다 예전에 포도를 받은 보답으로, 리쓰는 마을 변두리에 세워진 휴게소 매장에서 대량으로 받은 표고버섯을 사토루에게 전해달라며 리사에게 맡겼다.

"어차피 가게에서도 만나니까 네가 직접 주는 게 낫지 않아?"

리사의 말에 리쓰는 어깨를 으쓱하며 대꾸했다.
"나보다 언니가 주는 게 더 나을 것 같은데?"
리사는 그렇게 했지만 결국 사토루는 혼자서는 다 못 먹을 것 같다며 표고버섯을 다시 돌려보냈고, 자매는 함께 구워 먹으며 나미코에게도 나눠주었다.
늦가을이 되자 점점 기온이 떨어졌다. 올해 리사가 만들어준 코트만으로 출퇴근하기에는 날씨가 추웠지만 리쓰는 안에 옷을 여러 겹 껴입으며 최대한 버텼다. 나미코는 물레방앗간에서 쓰는 석유난로의 전기료가 올랐다며 한숨을 내쉬었다. 그 난로는 나미코의 아버지였던 마스지로가 네네를 위해 큰마음을 먹고 수입까지 해서 구매한 물건이었는데, 농담이 아니라 이 일대에서는 분명 네네가 가장 좋은 난방기기를 사용하고 있을 거라며 나미코는 쓴웃음을 짓곤 했다.
"아버지는 기존의 석유난로와 고타쓰만으로 겨울을 나셨지. 진심으로 네네를 귀여워하셨어."
리사는 퇴근하고 집에 돌아오면 대체로 텔레비전을 보며 뜨개질을 했다. 리사는 재봉 외에 뜨개질도 잘했지만 작년까지는 부업으로 재봉틀을 사용하는 일이 많아선지 리쓰는 언니가 뜨개바늘 만지는 모습을 거의 본 적이 없었다. 그런데 올해는 매일 같이 뭔가를 뜨고 있었다. 리쓰한테도 다짜고짜 양말을 떠주겠다고 선언하더니, 이틀 후에는 갈색만으로 다양한 무늬뜨기 모양을 낸 이상한 양말을 선물해 줬다. 아마 리사는 리쓰에게 양말을 준다는 핑계로 무늬뜨기 연습을 하고 싶었던 모양이었다.
리쓰가 일하는 농산물 상사에서는 급작스레 크리스마스 회의가 열렸다. 리쓰는 대체로 회의에서 서기를 담당했다. 화이트보드에 '크리스마스'라고 적은 다음 그 밑에 배추, 무, 유자, 곶감 등 제철에 취급하는 품목을 추가로 적었는데, 동료들이 전혀 크리스마스 같지 않다며 고민하기 시작했다. 리쓰는 그 모습들이 별나다고 생각하며 손을 움직였다.

크리스마스 관련해서 11월 중순에 히로미가 부탁한 일이 있었다. 피아노 교실의 크리스마스 파티에서 사토루에게 연주를 부탁해 달라는 것이었다. 휴일에 특급 열차를 타고 터미널 역 근처에서 놀다가 귀가하던 길이었다.

음대가 아니라 문학부에 진학한 히로미는 지역의 피아노 교실에 계속 다니고 있었는데, 지금 배우는 선생님에게 사토루 이야기를 했다고 한다. 그랬더니 그 선생님이 사토루를 몹시 그리워한다며 만나고 싶어 하는 사람들도 있으니 꼭 와줬으면 좋겠다고, 괜찮다면 연주를 부탁해 달라고 했다는 것이다. 히로미는 당시 사토루가 업계에서 가장 뛰어난 연주자였고, 그가 아르바이트하던 시절의 제자들도 여전히 피아노를 배우고 있다고 했다.

"하지만 피아노가 없잖아." 리쓰가 말했다. "그냥 우리가 쓰는 걸로 연주해도 되는데, 싫어하시려나." 히로미는 고개를 갸웃하며 대꾸했고 이어 말했다.

"밴드부에서 쓰던 키보드라도 빌려올까?"

"고등학교 때 쓰던 거?"

"여분이 있는지 지금 부원한테 물어볼게."

그렇게 히로미는 리쓰에게 사토루의 연주 부탁을 맡겼다.

히로미와 헤어진 뒤 리쓰는 그 길로 바로 소바 가게에 가서 그 이야기를 꺼냈고, 사토루는 이렇게 대답했다.

"오랫동안 연주에서 손을 놨는데 그래도 괜찮다면……."

그날 밤 늦게 히로미가 전화해서 말했다.

— 고등학교 부원인 애한테 물었는데 건반 한 대 남았다네. 스기코 할머니네 아틀리에까지 들고 가자.

다음 토요일에 히로미와 리쓰는 건반를 받으러 모교인 고등학교에 갔다. 둘이서 건반 양쪽 끝을 들고 역까지 운반하고 있으니, 마치 학창 시절로 되돌아간 듯한 기분이 들어서 즐거웠다. 히로미가 경음악부 밴드에 들어갔던 시절, 둘은 자주 이런 식으로 건반을 옮겼었다. 그때 리쓰는 밴드 멤버에 관한 히로미의 푸념을 들어주기도 했다.

스기코의 아틀리에에 도착하자, 마중 나온 사토루가 미안한 기색을 내비치며 말했다.

"이렇게 무거운 거였다면 차로 옮겼을 텐데" 그러고는 "돌려줄 때는 그렇게 할게"라고 덧붙이며 키보드를 건네받았다. 사토루는 키보드를 아틀리에 정중앙에 있는 커다란 책상 위에 설치한 뒤 전원을 연결했다.

"이제 연주는 안 하세요?"

"그렇지."

사토루는 히로미의 말에 대답하면서 건반에 손을 올렸다. 리쓰는 지금 연주하지 않느냐고 말하려다가, 아마 악기를 연주하는 사람들끼리는 '많은 사람 앞에서'나 '일'로서나 '그 이상은 실력을 갈고닦을 생각이 없다'라는 식의 은어가 있을지도 모른다는 생각에 입을 다물었다.

사토루는 어떤 곡인지는 몰라도 바로크 시대의 음악이라는 건 알만한 곡을 연주했다. 그러나 어떤 곡인지 이미 간파한 듯한 히로미는 사토루의 연주가 그렇게까지 절정에 오르지 않은 부분에서 리쓰의 팔꿈치를 쿡 찌르며 말했다.

"베테랑이야."

리쓰는 고개를 끄덕이며 어쩐지 시디를 듣고 있는 기분이라는, 스스로 생각해도 싱거운 감상을 떠올렸다.

♪

크리스마스 파티는 12월 23일에 상공회의소 2층에서 열렸다. 재작년부터 이날은 공휴일이 되었지만, 사토루는 여전히 조금 낯설게 느껴졌다.

리쓰의 친구 히로미가 다니는 피아노 교실에서 여는 크리스마스 파티라고 들은 사토루는, 곡과 곡 사이의 대기시간에 피아노 교실과는 상관없는 리사가 와 있다는 사실을 알고 무척 긴장했다. 솔직히 리사에게 자신이 피아노 연주자라는 사실조차 알리고 싶지 않았던 사토루였다. 두 번째 연주곡의 도입에서는 동요를 억누를 수 없었지만, 점점 연주를 이어가는 동안 아무래도 상관없다는 기분이 들었다. 그럭저럭 잘 마무리한 느낌이었다. 리쓰와 히로미가 가져다준 건반으로 얼마간 열심히 연습한 덕분이었다.

리사는 사토루에게 동생이 초대한 게 아니라 피아노 교실을 다니던 부녀회 멤버의 권유로 오게 되었다고 했다. 우체국에서 일하는 마카베라는 그 사람은, 어른이 된 뒤 피아노를 시작해서 벌써 5년째 배우고 있다고 말하며 조금 수줍은 듯 쇼팽의「이별곡」을 연주했다.

파티에서는 커다란 직사각형 크리스마스 케이크를 작게 잘라 나눠줘서 사토루는 벽에 있는 파이프 의자에 앉아 먹었다. 그때 리사가 옆으로 다가왔다. 사토루는 8년 만에 케이크를 먹는다고 말했다.

"단 걸 싫어하세요?"

리사의 질문에 사토루는 잘 모르겠다고 대답했다.

"여기에서 가와무라 스기코 씨의 장례식을 했다는 게 이상하게 느껴져요." 사토루의 말에 리사가 대꾸했다. "메밀면 만드는 체험도 여기에서 했고 부녀회 회의도 여기에서 하는걸요." 리사의 말투는 어쩐지 쓸쓸한 마음을 잘라내는 것처럼 들렸다. 스기코가 세상을 떠나면서 자신이 생각하는 것보다 훨씬 상처 입었을 리사의 마음이 그렇다면, 사토루는 그 역시 모든 일에 유별나게 의미를 부여하는 짓은 그만두겠다고 다짐했다.

파티에서 돌아오는 길에, 사토루 뒤에서 나란히 걷던 리사와 리쓰, 히로미는 새해맞이에 무엇을 할지 이야기했다.

"대학 근처에 있는 절에서 타종 행사를 한다던데 같이 가자."

히로미의 권유에 리쓰는 "그래, 가자"라고 대답한 뒤 리사에게 물었다. "언니는 어쩔래?" "난 됐어. 소바 가게에 가서 좀 거들어야지."

그러더니 대화 주제가 연하장으로 바뀌었다. "아, 맞다. 사토루 씨한테는 스기코 할머니네 주소로 보내면 되죠?" 히로미의 말에 사토루는 뒤돌아보며 '가와무라 댁'이라고 써야 할지도 모른다고 대답했다. "알겠어요. 제 주소는 집에 돌아가면 리쓰한테 물어봐 주세요." 그리하여 사토루는 히로미와 헤어진 뒤 리사 자매와 함께 소바 가게에 들렀다.

리쓰는 히로미의 주소를 메모한 종이를 사토루에게 건네며 리사에게 물었다.

"우리 집 주소도 가르쳐줘도 돼?"

리사는 고개를 끄덕였다.

다음 날 사토루는 발전소 청소와 물레방앗간 업무 사이의 빈 시간에 급히 우체국에 가 연하장 몇 장을 샀다. 그리고 귀가 후에는 밤늦게까지 연하장을 썼다.

수력발전소 청소는 한 해 마지막 날과 새해 첫날이 휴일이었다. 소바 가게는 28일부터 문을 닫았다가 마지막 날에는 영업할 예정이었다. 30일 낮에 사토루는 특급 열차를 타고 종점인 이웃 현의 시내에 가서 재상영하는 영화 『글로리아』를 봤다.

그 후 역으로 돌아가는 길에 발견한 등산용품점에서 마모루가 가지고 있던 우비와 똑같은 브랜드에 소재가 같은 마운틴파카를 샀다. 귀갓길에 바로 입었는데 냉기가 안쪽으로 들어오지 않아 정말 좋았다.

소바 가게가 휴일이던 날에는 물레방아가 멈춘 물레방앗간에서 네네와 대화를 나누거나, 함께 라디오를 듣기도 하고 포르투갈어를 공부했다. 소바 가게 일이 많아 물레방앗간에 찾아오는 일이 드문 마모루가 가끔씩 놀러오면, 네네는 기쁜지 그의 카랑카랑하고 쉰 목소리를 흉내 내며 "쓰키미소바 한 그릇! 산사이 소바⁺한 그릇!" 따위를 외쳤다. 소바 가게의 주문 상황은 전부 전표와 색이 다른 표로 파악한다는 사실을 알고 있던 사토루는, 마모루가 네네를 배려해서 일부러 주문 내용을 말로 표현하고 있다는 걸 깨달았다.

한 해의 마지막 날 사토루는 정오가 조금 지났을 무렵 물레방아를 가동한 뒤 저녁 일찍 리사의 집으로 향했다. 거의 마지막 순간까지 몇 시쯤 갈지 고민하다가, 리쓰가 아직 절에 가기 전이라 해도 괜찮다고 생각했다. 이미 리사가 소바 가게에 가버렸다면 그것도 상관없었다. 어떤 상황이든 사토루는 스스로 마음을 정했다는 사실에 기분이 좋았다.

해가 기울자마자 눈이 내리기 시작했다. 일기예보대로였다. 느닷없이 찾아가 속내를 털어놓았을 때 리사가 싫은 표정을 짓는다면, 사토루는 곧장 집으로 돌아가 술에 취해 자버릴 작정이었다. 그래서 마운틴파카를 사서 돌아오는 길에 정종도 조금 샀다. 술은 잘 못했지만 어쨌든 취해서 드러누운 채 눈을 감으면 아침이 온다는 것만은 알고 있었으므로, 오늘만은 술에 의지할 심산이었다. 그리고 잠에서 깨면 물레방앗간으로 갈 생각이었다.

가는 길에 마주친 농가의 처마 끝에 장식된 금줄⁺⁺을 잠시 바라보니, 대부분 표면에 하얗고 폭신폭신한 눈송이가 달라붙어 있었다. 눈이 흩날리는 거리에서 사토루는 서둘러 리사의 집으로 향했다.

⁺ 각종 나물을 넣고 끓인 메밀국수
⁺⁺ 일본에는 새해가 되면 대문에 금줄을 매달아 잡귀를 물리치고 복을 기원하는 풍습이 있다.

연립주택에 도착한 사토루는 금줄을 제대로 장식해 둔 리사의 집 풍경에 감탄하면서 초인종을 누른 뒤 크게 말했다.

"사토루입니다."

안에서 대답하는 소리가 들리더니 두툼한 털실로 짜서 따뜻해 보이는 카디건 차림으로 리사가 나왔다. 옷은 황록색이었다.

"안녕하세요."

사토루가 인사하자 리사도 "안녕하세요" 하고 대꾸했다.

"무슨 일 있나요?"

"아무 일도 없는데요."

사토루의 대답에 리사는 잠시 틈을 둔 뒤 말했다.

"그렇군요."

"잠깐 할 이야기가 있어서요."

"안으로 들어오실래요?"

"여기서 할게요."

그 말에 리사는 말없이 고개를 끄덕였다.

"하고 싶은 말이 있어서요. 제 이야기인데요. 어렸을 때 지독하게 좌절한 경험이 있어요. 제 삶은 다 끝났다고 생각했죠. 그래서 어디로든 가서 그곳에서 삶을 끝내겠다고 결심한 뒤 이곳으로 일하러 온 거예요."

리사는 가만히 듣고 있었다. 사토루가 다음 말을 찾으며 숨을 고르자 "계속하세요"라는 목소리가 들렸다.

"어떻게 되든 상관없다고 생각했어요. 하지만 리사 씨의 취직이 결정되고 나서, 1년 뒤의 제가 어떤 모습일지 생각한 건 스무 살 이후 처음이었어요."

얼굴이 달아올라서 사토루는 후드를 벗은 뒤 현관 입구에 서 있는 리사를 바라봤다. 리사도 시선을 피하지 않았다.

"아직 끝이 아니기 때문에 그런 생각을 할 수 있다는 걸 깨달았어요. 리사 씨가 옆에 있다면 전 용기를 낼 수 있을 것 같아요. 보상받지 못하는 걸 두려워하지 않고 스스로 원하는 만큼 성실하게 살아갈 수 있을 것 같아요. 태풍이 오던 날, 마모루 씨를 도우러 갔을 때도 그랬어요. 그 일에 관해서는 고마웠다고 말하고 싶었어요. 정말 고마웠습니다."

리사는 불편한 기색을 보이지 않았다. 오히려 리사는 슬며시 웃더니 이야기를 들을 수 있어서 다행이라고 말했다.

"지금 차를 끓이던 중이었어요."

"네."

"차를 마신 뒤 네네 상태를 보러 갔다가 나미코 씨와 마모루 씨한테 갈 거예요."

사토루가 고개를 끄덕이자, 리사는 손을 뻗어 그의 팔뚝을 살며시 만졌다.

"그때까지 더 들려줄래요?"

"그럴게요."

눈앞에 흩날리는 눈발이 강해지는 풍경을 바라보면서, 사토루는 그 맞은편에 있는 리사를 가만히 쳐다봤다. 이제 자신은 아무래도 좋다고 생각하는 일은 더는 없을 거라고 확신했다.

제2화 1991년

제 3 화

2001년

연휴에 리쓰는 밀린 집안일을 하고 난 뒤 대체로 멍하니 지냈다. 해 질 녘에는 저녁거리를 사러 가면서 네네에게 들러 같이 이야기하거나 놀아주기도 했지만, 아침저녁으로 네네를 보살피는 일은 리사와 그의 남편 사토루가 모두 해주고 있었다.

3월에 직장 선배가 그만둔 뒤 담당하는 단골손님이 늘어서 바빠졌다고 말했더니 리사와 사토루는 무척 걱정하면서 리쓰가 분담해 온, 주중에 네네를 돌보는 일을 도맡아 주었다. 리쓰로서는 출근 전에 네네를 만나러 가는 게 일상이어서 딱히 무거운 짐은 아니었지만, 골든위크⁺ 연휴였던 나흘 동안 아무런 신경도 쓰지 않은 채 낮까지 잘 수 있다는 건 정말 고마운 일이었다.

⁺ 4월 말에서 5월 초까지 공휴일이 모여 있는 일주일

그날도 느지막이 일어난 리쓰는 토스트를 먹고 차를 마신 뒤 좌식 테이블 위에 잔뜩 쌓여 있던 부동산 매물 전단을 바라보고 있었다. 초등학교 3학년 때부터 계속 살아온 연립주택을 떠나게 되었다고 주변에 말했더니, 다들 만날 때마다 전단을 건네는 통에 십수 장이나 쌓이게 되었다. 마음이 내키지 않아 제대로 들춰 보지도 않았더니 그사이 매물 기간이 끝나버린 곳도 있었다. 낡은 분양 아파트라 스물여덟 살인 리쓰에게는 어찌 됐든 거리가 먼 이야기였지만.

대체로 어느 집이든 지금 사는 곳보다 월세는 더 비싸고 평수는 더 좁았지만 대부분 새 건물이었다. 네네를 가족으로 들인 소바 가게 선대인 할아버지가 살던 집에서, 리쓰는 언니와 이사 온 뒤로 어느덧 스무 해를 살았다. 리쓰가 여덟 살 때부터 대학에 입학했던 스무 살까지 자매는 함께 지냈고, 리사가 결혼한 뒤로는 8년 동안 리쓰 혼자 살았다.

리쓰는 스물 네 살이 된 후 두 번째 회사에 다니게 됐다. 입사 첫해에는 회사와 가까운 곳에 살았지만 주말이면 원래 살던 동네로 돌아왔기 때문에 기존 집의 월세를 계속 지불해 왔다. 아무리 월세가 저렴하다고 한들 불필요한 지출이었다. 그곳에서 출퇴근하는 일이 딱히 힘들지도 않다는 결론에 다다르자, 리쓰는 회사 근처의 집을 정리했다.

원래 마스지로 남동생이 소유했던 연립주택은 자매가 살기 시작했을 당시에도 이미 십수 년은 된 건물이었다. 그래서 주택을 상속받은 남동생의 아들로부터 재건축을 위한 퇴거 요청을 받았을 때는 그저 받아들일 수밖에 없었다.

최근 10년 동안 집 주변으로 연립주택이나 자그마한 아파트가 여러 채 들어섰다. 시골이긴 해도 특급 열차를 타고 한 시간만 조금 넘게 가면 인근인 도시로 갈 수 있다는 건 커다란 장점이었다. 월세는 그 지역보다 확실히 저렴했으므로, 살기에 적합한 땅이라며 주택 개발에 관심 있어 하는 사람들이 간파한 모양이었다. 그래서 이사 갈 매물이 충분한 건 다행이었지만, 지금의 리쓰에게는 이사 자체가 무거운 짐이었다.

연휴 중에 언니 부부가 네네 돌보는 일을 도맡아 준 건 리쓰가 슬슬 짐을 싸야 했기 때문이기도 했다. 집은 7월까지만 정리하면 돼서 여유가 있었지만, 주말마다 이사 준비를 한다고 해도 리쓰로서는 일을 하면서 스무 해 동안 살던 집에서 나갈 준비를 해야 한다는 게 좀처럼 쉽지 않았다. 게다가 아직 집도 구하지 못해서 상자에 짐을 정리할 마음도 생기지 않았고, 매물을 보러 가는 일도 내키지 않았다.

집이 구해지지 않았다면 리사는 자신의 집에서 같이 살아도 상관없다고 말했지만 리쓰는 언니에게 그렇게까지 신세를 지고 싶지 않아서 정중히 거절했다. 언니 부부는 예전에 사토루가 빌려 살던 스기코의 집을 그 친척으로부터 정식으로 매매하여 살고 있었고, 두 해 전에는 개축도 한 상태였다.

전단을 한 번 훑어본 리쓰는 좌식 테이블에 놓인 노트북을 켜 매물을 검색했지만 역시 끌리는 집이 없었다. 입사 첫해처럼 회사 근처에 작은 방을 빌려 살아도 괜찮을 것 같았지만, 아무리 편리하다 한들 리쓰는 지금껏 살아온 터전을 옮기고 싶은 마음이 없었다.

집을 알아보는 데 한 시간쯤 지났을 때, 일을 할 때보다 더한 피곤함을 느낀 리쓰는 바깥 공기를 쐴 겸 네네를 보러 나섰다. 오늘 네네를 만나러 올 일이 있으면 일단 자기 집에 들르라는 언니의 말을 떠올린 리쓰는, 집을 나서자마자 먼저 리사 집으로 향했다.

석 달 전부터 네네는 말 그대로 날개를 펴고 하늘을 날 수 있게 되었다. 깃털 자르는 시술을 그만둔 덕분이었다. 네네의 원래 주인이었던 마스지로의 딸 나미코와 그 남편 마모루, 리사와 사토루, 리쓰가 신중하게 의논한 끝에 내린 결정이었다. 이제 괜찮을 거라고, 그 말을 처음 꺼낸 건 리쓰였다.

소바 가게 맷돌의 공회전을 막기 위해 물레방앗간에서 네네가 해오던 감시 업무는 마모루 부부가 가게를 접을 때까지 계속되었다. 메밀을 갈던 물레방아는 현재 인근 마을의 제약회사에 대여해준 상태로, 절반은 실용으로 사용하고 나머지 절반은 이따금 진행하는 견학 투어 용도로 가동하고 있었다. 제약회사에서 일주일에 여러 차례 약을 제조할 때마다 네네는 여전히 미닫이문에 끼워진 창문 너머로 옆 방에 있는 물레방아 내부 장치를 가만히 지켜봤다. 제약용 도구는 메밀을 갈던 맷돌만큼 값어치가 나가는 물건도 아니고 메밀을 갈 때만큼 중요한 일도 아니었지만, 네네는 계속 일하고 있었다.

선대인 마스지로의 시대부터 헤아리면 30년 가까운 세월 동안 회색앵무인 네네가 같은 일을 해오고 있다는 것 자체가, 지금의 회사에 입사한 지 5년 차가 되는 리쓰로서는 새삼 놀라운 일이었다. 그 사실을 깨닫고 난 뒤, 리쓰는 이쯤에서 네네가 해온 일에

경의를 표하고 그 비행 능력을 되돌려주는 게 좋을 것 같다는 말을 하지 않을 수가 없었다. 깃털 클리핑을 이어갈지 그만둘지의 문제는 수의사에게 검진받으러 갈 때마다 조금씩 논의했던 문제였는데, 리쓰가 나름대로 강력히 제안한 덕분에 그만둘 수 있게 되었다.

그리하여 소바 가게 주인 부부인 나미코와 마모루, 거기에서 일하던 리사와 사토루, 그리고 서른 살 전후로 추정되는 회색앵무 네네와 리쓰가 서로 어울리는 방식은 조금씩 바뀌어 갔다. 여전히 네네와 정신적으로 교감하고 있었지만, 비행 능력의 상당수를 회복한 네네가 앞으로 어떻게 지내고 싶을지, 자신들이 어떻게 행동해야 할지에 대해 그들은 더욱 고민하게 되었다.

리쓰가 언니네 집 초인종을 눌렀더니 커다란 털실 뭉치를 안은 채 리사가 나왔다. "일부러 오라고 해서 미안해."

꽤 두툼한 털실이었다. "이 실을 이어서 480미터 길이까지 만들었어."

"길다. 여기부터 역까지의 거리는 충분히 되겠는데."

"네네한테 어떨까 싶어서."

리사는 네네의 비행에 대해 신중한 입장이었다. 네네가 어디론가 날아가 버리지 않을지 걱정이라고 언니가 말할 때마다, 어쩐지 리쓰는 놀리고 싶어졌다. 열여덟 살의 나이에 여덟 살짜리 동생을 데리고 낯선 동네로 뛰어들던, 무모하게 일부터 시작했던 리사였지 않은가. 리사는 네네가 어딘가로 날아갔다가 돌아오지 못할지도 모른다는 가능성을 어떻게든 피하고 싶은 것 같았다.

"내가 하는 일은 대부분 믿고 내버려뒀으면서."

리쓰의 말에 리사는 대꾸했다.

"그야 리쓰 넌 나보다 어려운 한자를 읽을 수 있었으니까."

"한자를 읽을 수 있으면 안심해도 되는 거야?"

리쓰의 물음에 리사는 고개를 갸웃하더니 정정하듯 말했다.

"너야 어딜 가든 파출소가 어딘지, 화장실이 어딘지 확인하는 애였잖아"

물론 네네한테 거기까지는 바랄 수 없을 것이다. 하지만 잘만 가르친다면 네네는 남색 제복을 입은 '경찰' 정도는 인식할 수 있을지도 모른다고 리쓰는 생각했다.

자매가 대화를 나누는 사이 사토루가 본인 것과 리사의 겉옷을 들고 2층에서 내려왔다.

"그 털실 꽤 길어서 엉키지 않게 신경 써야 할걸."

"실감개 같은 걸 만드는 게 좋을까?"

그런 말을 주고받으며 리사와 사토루가 신발을 신었고 세 사람은 물레방앗간으로 향했다.

리쓰는 살수용 호스를 감는 장치를 사용하면 어떨지 순간 떠올렸지만, 털실이 감기는 정도의 힘으로 금속 장치가 함께 돌아갈 리는 없겠다는 생각이 들어 말로 꺼내지는 않았다.

지금은 네네가 날 때 발목에 긴 끈을 달았다. 네네는 스스로가 리쓰와 리사, 사토루와 같은 인간이라고 생각하는 경향이 있어 선지 기회를 노려 도망치려는 듯한 행동을 한 적은 없었다. 그래도 네네의 기분에 따라서는 여태 상상한 적도 없을 만큼 멀리까지 날아간 적도 있었다. 끈을 달지 않은 날에 그런 상황에 맞닥뜨리자 그야말로 불안에 떨어야 했는데, 한편으로 리쓰는 네네가 가고 싶은 곳으로 날아가게 해주는 일 또한 자신의 의무일지도 모른다고 느꼈다.

물레방아도 가동하지 않는 연휴의 정오가 조금 지났을 무렵, 네네는 물레방앗간에서 아는 노래가 나오는 라디오를 들으며 작은 목소리로 따라 부르고 있었다. 스스로 자신감이 생길 만큼 연습을 반복한 뒤에는 물레방앗간에 오는 친숙한 누군가에게 그 노래를 선보이곤 했다. 요즘에는 모과이의 노래가 나올 때마다 라디오 가까이 다가가 흥미를 보이곤 했는데, 보컬 파트의 분량이 무척 적은 탓에 아무래도 어려워하는 눈치였다. 어쩔 수 없었는지 허밍으로 인상적인 악기 소리를 거의 비슷하게 흉내 내고 있었다.

물레방아 내부 장치가 있는 옆 방에 회색앵무가 산다는 사실에 대해, 물레방앗간을 빌려 쓰는 제약회사 측에서는 제품에 새의 깃털이나 가루가 섞이지 않게만 해달라고 당부했을 뿐 딱히 별말은 없었다. 물레방앗간에서 만드는 약은 공장에서 생산하는 것처럼 널리 시판할 용도로 출시하는 게 아니라, 견학 투어용 선물이나 현 내 기념품 가게, 출장지의 토산물 전시회에서 주로 취급하는 제품이라고 했다. 제약회사가 물레방앗간의 임차인이 된 덕분에 기업 이미지 유지에 크게 영향을 미친 모양이었다. 회사 측에서는 십수 년 전에 소유했던 물레방아를 폐기한 뒤 물레방아로 약을 제조하는 작업을 중단했다가, 사장이 바뀌면서 새삼 '물레방아로 만든 약'이라는 신비한 측면을 마케팅에 활용하는 방침으로 전환했다고 한다.

약에서는 메밀가루와 전혀 다른 냄새가 났으므로 처음에 네네는 위화감을 느꼈는지 자주 밖으로 나가고 싶어 했다. 하지만 천연 재료만으로 만들어지는 약이고 인공 물질이 아니었기에 점차 익숙해진 것 같았다. 그래도 네네는 여전히 "텅비었다! 하고 싶어!"라고 이따금 외치곤 했다. 리쓰는 그 모습이 조금 안타까웠다. 다행히 맷돌은 나미코와 마모루가 가게를 폐업할 때까지 계속 잘 움직였고, 지금은 물레방앗간 구석에서 덮개를 뒤집어쓴 채 쉬고 있었다. 나미코의 말에 따르면 여전히 무언가를 갈 수도 있으며 맷돌을 제작하는 후계자도 양성되고 있다고 했다.

"네네, 산책하러 가자."

라디오 옆에서 몸을 흔들던 네네를 향해 리쓰가 쭈그리고 앉아 말을 걸었다. "가자!" 네네는 그렇게 외치며 리쓰의 무릎 위로 일단 날아와 앉았더니 오른쪽 어깨 위로 옮겨갔다. 리쓰가 일어서자, 리사가 다가와 네네의 발목에 털실을 감으려고 했다. 리쓰는 잠시 고민하다가 고개를 저으며 저지했다.

"일부러 챙겨왔겠지만, 푹 쉬어서 그런지 체력이 남아돌거든."

리쓰는 네네의 배 언저리를 쓰다듬으며 말을 이었다.

"조금 멀리 날아가는 정도라면 내가 쫓아갈 수 있어."

"그래도……." 리사는 걱정스러운 표정을 지었지만, 리쓰는 다시 고개를 저었다.

그리하여 리사 부부와 리쓰와 네네는 물레방앗간에서 나왔다. 그들이 향한 곳은 소바 가게와 리쓰가 일했던 농산물 상사 사이에 밭이 펼쳐쳐 있는 확 트인 장소였다.

"산책이야." 리쓰가 오른손으로 네네의 등을 위로 가볍게 밀어내자, 어깨에 있던 네네가 날갯짓을 하며 날아올랐다. "아!" 리사는 외마디를 내뱉었고 사토루는 서서히 날아가는 네네를 말없이 지켜봤다.

리쓰는 네네의 움직임에 따라 밭 사이의 논두렁길을 걸었다. 리쓰와 비스듬한 각도의 상공에서 원을 그리듯 잠시 돌던 네네는 자주 비행하곤 했던 소노야마의 집이나 농산물 상사 건물이나 역 쪽이 아닌 수력발전소가 있는 산으로 향했다. 그 모습이 마치 네네가 자연으로 돌아가려는 것처럼 보였던 리쓰는 걸음을 멈추고 말았다. 네네는 돌아보지도 않고 나무들이 무성한 방향으로 날아갔다.

네네를 쫓지도 않은 채 멀어져 가는 그 모습을 지켜보면서, 리쓰는 발이 차가워지고 등에 식은땀이 흐르는 것을 느꼈다. 그런 자신을 리사와 사토루가 지켜보고 있다는 것도 의식했다. 리쓰는 이상하리만치 냉정한 머리로 네네뿐만 아니라 자신을 신경 쓰느라 언니네도 힘들 것 같다고 생각했다.

산의 나무 속으로 모습을 거의 감춰버릴 때까지 네네가 멀리 가버리자, 리쓰는 크게 외치고 싶은 마음을 억누른 채 그쪽으로 발길을 내디뎠다. 네네가 사라져 버리는 상황을 상상했다. 그게 네네의 마음이라면 리쓰는 말릴 수 없다.

논두렁길을 다 건너고 상사가 있는 도로가 나왔을 때 네네가 곧장 이쪽을 향해 돌아오는 모습이 보여 리쓰는 발길을 멈췄다. 손을 들거나 하지 않고 가만히 서 있으니, 아무런 망설임도 없이 리쓰에게 날아온 네네는 그 앞에서 잠깐 공중 유영을 하다가 리쓰의 어깨 위로 올라탔다.

"릿짱! 다녀왔어!"

"어서 와."

리쓰는 네네의 몸통에 머리를 맡긴 채 대답했다.

"오늘도 떠나지 않았구나, 네네."

리쓰가 중얼거리자, 네네는 아무런 대꾸도 없이 전신주 말뚝으로 날아가 몇 단쯤 올라갔다가 다시 리쓰의 어깨 위로 내려왔다. 네네가 자기 머리카락을 부리로 무는 걸 내버려둔 채 리쓰는 도로를 스쳐 지나가는 트럭을 바라봤다.

언니 부부가 리쓰를 쫓아오더니 입을 모아 말했다.

"어서 와."

네네는 리쓰의 어깨 위에서 몇 번이나 점프한 뒤 "다녀왔어, 다녀왔어"라고 기쁜 듯이 각자에게 말을 걸었다.

"떠나도 되는데."

리쓰의 말에 리사가 대꾸했다. "돌아오는 것도 네네의 자유야."

"리쓰 너만 해도 어린 시절에 매일 학교에 갔다가 항상 집에 돌아왔잖아."

"그거야 돌아오지 않으면 밥도 못 먹고 잠도 못 자니까. 언니가 걱정할 테고."

"그거랑 똑같은 거 아닐까."

그 말을 듣고 보니 납득이 되고 말았다. 네네만 해도 지금껏 주위 사람이 쌓은 기반 위에서 살아왔다. 일을 해왔다는 의미에서는 물레방아 내부 장치의 감시라는, 20년이 넘는 경력조차 있는데 리쓰 마음대로 그러한 네네를 자연으로 보내려는 것 또한 이기적인 생각일지도 몰랐다.

"여기에서 자연으로 돌아가라고 하는 것도 말이 안 돼. 네네가 원래 있어야 할 자연은 여기가 아니라 아프리카니까."

"그렇긴 하네요."

리쓰는 사토루의 말에 동의하면서 네네를 아프리카 밀림으로 데려가 놓아주는 모습을 잠시 상상했다. 하지만 아직 그럴만한 자금도 없을뿐더러 앞으로 모을 수 있을지도 불확실한 데다, 실현된다고 한들 그쪽 환경에 적응하지 못한다면 여기에서 자신들과 지낼 때보다 네네를 더 상처입힐지도 모른다는 생각이 들었다. 그렇지만 언젠가는 네네를 데리고 가야만 하는 날이 올지도 모른다.

"네네, 돌아갈까?"

어깨 위의 네네에게 말을 걸었더니 "돌아갈까! 릿짱!" 하고 대꾸했다. 이제는 남이 한 말을 그대로 따라 하는 쪽이 더 대화에 가깝다는 걸 알고 있어서 네네는 그런 식으로 말하곤 했다. 새삼 리쓰는 네네가 참으로 영리해서 감탄했다.

"언니, 털실 일은 미안해."

"괜찮아. 언젠가 사용하면 되니까. 내가 산책시킬 때는 실로 묶을지도 몰라."

"아직 난 네네에게 끈을 묶진 못하겠지만, 다른 누군가가 그렇게 해준다고 생각하면 마음이 편할 것 같긴 해."

리쓰는 "그만큼 미아가 될 가능성도 낮아질 테니까"라고 말을 덧붙이며 논두렁길을 되돌아갔다. 기울던 해가 서서히 물들면서 뭘 시작하기엔 어중간한 저녁이 왔다.

리쓰는 쉬는 내내 다음에 살 집이든 네네의 일이든 정해지지 않은 것투성이라는 사실에 우울해졌다. 코앞에 직면한 문제는 저녁을 해결하는 일이었다. 3년 전이었다면 별생각 없이 소바 가게에 갔겠지만, 이제는 냉장고 안에 뭐가 들어있는지를 떠올려야만 해서 조금 귀찮기도 했다. 소바 가게가 폐업한 뒤 시간이 흘렀지만, 리쓰는 그 사실이 여전히 익숙해지지 않았다.

네네를 물레방앗간으로 돌려보낸 뒤 리사가 저녁은 어떻게 할지 물었다. "이제 장을 봐서 뭔가 만들어야지." 리쓰의 대답을 듣더니 리사가 말했다. "우리 집에서 먹고 가."

"괜찮겠어?"

"안 괜찮을 게 뭐가 있는데. 오늘은 와주는 게 도움이 되거든."

사토루의 얼굴도 살폈지만, 그는 리사와 마찬가지로 평온한 표정을 지은 채 고개를 끄덕이고 있었다.

"그러면 신세 좀 질게요."

리쓰는 두 사람의 집에 들르기로 했다.

리사와 사토루는 결혼한 지 올해 8년이 되었다. 리쓰가 대학에 입학하자마자 두 사람은 혼인신고를 한 뒤 부녀회가 참가하는 합창 대회 무대인 뮤직홀의 대강당에서 식을 올렸다.

반대하는 마음은 전혀 없었지만 자기를 보호하고 돌봐주던 언니가 갑자기 결혼하게 되자, 리쓰는 깜짝 놀란 나머지 대학에 입학한 뒤 처음 몇 달 동안의 기억이 거의 없었다. 그저 혼자가 된 방에서 잠을 자고 일어나면서 매일 어리둥절한 상태로 지냈을 뿐이었다.

대학교 학비는 리쓰가 2년 동안 농산물 상사에서 일하며 모은 돈과 이혼한 아버지의 유산을 보태고 언니 부부가 도와줘서 마련할 수 있었다. 스물네 살부터 공장 직원으로 일하기 시작했던 사토루는, 이 지역으로 올 때까지 월세와 식비 외에 거의 지출이 없는 생활을 해오며 나머지는 전부 저금하고 있었던 터라 큰 도움이 되었다.

열여덟 살이었던 언니가 자기를 데리고 집을 나온 이유 중 하나가 '전문대 입학금을 엄마가 자기 약혼자에게 써버린 탓'이라는 걸 생각하면, 리쓰는 자기가 그 돈으로 4년제 대학에 가는 게 자꾸 마음에 걸렸다. 그러나 리사는 리쓰가 꼭 대학에 가야 한다고 완강히 말했다. 그 이유를 물었더니 리사는 "넌 어려운 한자를 읽을 수 있으니까"라며 얼버무리듯 대답할 뿐이었다. 사실 지금 리쓰가 회사에서 받는 월급과 첫 직장에서 받았던 돈을 생각하면 대학 진학은 커다란 의미가 있긴 했다.

대학 시절에는 학업 이외에 지역에서 가정교사 아르바이트를 했다. 교통비를 벌기 위해서였다. 언니의 결혼으로 어리둥절한 상태에서 시작했던 4년이라는 시간은, 학업과 아르바이트를 병행하고 네네를 돌보며 지내다 보니 어느새 무탈하게 끝나 있었다.

양배추가 저렴해서 너무 많이 산 탓에 저녁 메뉴는 양배추 전골이었다.

"돼지고기도 잔뜩 있으니까 많이 먹어."

리사의 말대로 리쓰는 실컷 먹었다. 사토루가 말하길, 지난달 여기에서 가장 가까운 국도변에 도매 마트가 생겨서 오전 중에 차를 타고 둘이 다녀왔는데 애초에 같이 저녁을 먹자고 리쓰를 부를 생각이었다고 했다.

두 사람에게 아이는 없었다. 종종 병원에 간다는 이야기는 들었지만, 리쓰는 자세히 묻지 않았고 리사도 딱히 말하고 싶지 않은 듯했다. 남자애든 여자애든 조카가 생긴다면 마음껏 귀여워해 줄 준비는 되어 있었지만, 그 사실을 리사가 입으로 꺼내는 일은 없었다. 아이가 없어도 두 사람에게 커다란 불만은 없어 보였고 행복하게 살고 있었다. 아이가 생긴다 한들 그 사실은 바뀌지 않을 거라고 리쓰는 생각했다.

10년 전에 입사했던 수예점에서 여전히 근무 중이었던 리사는, 입사 5년 차였던 서른세 살에 복식 디자인 부서의 주임이 되었다. 사토루도 이 지역에 오게 된 계기였던 발전소 청소 일을 계속해 오고 있는 데다, 소바 가게에서 제약회사로 인수된 물레방아를 관리하면서 이따금 저녁에는 농장의 계절노동자로 일하러 가곤 했다. 소바 가게의 물레방앗간에서 일하던 시간과 비교하면 제약 회사와 일하는 시간이 더 짧아서 수입은 조금 줄었다고 한다. 대학교 4학년 때 취업 활동을 한 리쓰는, 동네를 통과하는 역과 같은 노선에 있는 도자기 상사에 채용되어 영업사원으로 일하고 있었다.

냄비를 뒤적이며 사토루는 그리 멀지 않은 시에 있는 공장의 노동환경이 좋지 않다는 이야기를 꺼냈다. 해외에서 많은 기술 실습생을 받아들이고 있었는데, 비상식적으로 낮은 급여로 장시간 노동을 강요하고 있다고 했다. 포르투갈어로 간단히 읽고 쓰기가 가능했던 사토루는 외국인 노동자 지원단체에서 종종 자원봉사를 하고 있었다.

"왜 포르투갈어를 시작한 거예요?"

리쓰의 질문에 사토루가 대답했다.

"처음에 일했던 공장에 브라질 출신 동료가 있었거든. 아까 말한 공장에서는 동남아시아 사람을 주로 채용하고 있어서 난 별로 도움이 못 되지만."

그의 이야기를 들으면서 리쓰는 자기가 거래하는 몇몇 도자기 공방을 떠올렸다. 가족 경영이나 규모가 작은 곳이 대부분이라, 외부 영업 담당인 리쓰가 전 직원을 알고 있는 공방이 많았다. 지금은 그런 문제가 없어 보이지만, 만약 무슨 일이 생긴다면 자신은 어떻게 해야 할지 생각하다 보니 리쓰는 마음이 조금 착잡해졌다.

"나미코 씨랑 마모루 씨는 정말 제대로 대우해 주셨지."

리사가 가만히 중얼거렸다. 열여덟 살의 나이에 열 살이나 어린 여동생 리쓰를 데리고 낯선 동네로 왔는데, 만약 질이 나쁜 사람들을 만났다면 얼마나 착취당했을지 모르는 일이라고 생각하는 듯했다.

"우리는 굉장히 운이 좋았네."

리쓰의 말에 리사는 "그러게"라며 냄비에 고기를 더 넣었다.

"마모루 씨 말인데, 두 주 전부터 도로 휴게소에 있는 식당에서 일을 시작하셨대."

"서서 먹는 소바 가게면 굉장히 바쁠 것 같은데."

"규모가 작다고는 해도 최근에 텔레비전에 방송되는 바람에 손님이 점점 늘어서 힘드셨던 모양이야."

소바 가게의 나미코와 마모루 부부의 나이는 일흔셋이 되었다. 3년 전에 소바 가게를 폐업한 뒤 얼마간 느긋하게 지내던 마모루는, 결국 한가한 시간을 주체하지 못하고 이 지역을 통과하는 노선과 같은 라인에 있는 역의 소바 가게에서 시간제로 일하게 되었다. 나미코는 지역의 부녀회 활동에 예전보다 활발히 참여하게 되었는데, 소바 가게를 운영하던 시절에는 바빠서 자제했던 합창 대회에도 나가 노래를 부르게 되었다.

꽤 오랫동안 리사도 사토루도 리쓰도 몰랐던 사실인데, 나미코와 마모루에게는 수십 년 전 병으로 세상을 떠난 아들이 있었다. 소바 가게를 접을 당시 리쓰는 왜 그런지 자신이 후계자가 되지 못했다는 점을 지독히도 후회하면서, "이상한 이야기이긴 한데요"라고 서론을 꺼내며 부부에게 사과한 적이 있었는데 그때 이 사정을 듣게 되었다.

"그래서 우리 부부는 우리 대에서 가게를 접기로 이미 마음을 정해두고 있었단다."
 부부는 리쓰에게 그렇게 털어놓았다.
 "선대인 장인어른도 어린 손자가 죽은 일을 목격하셨지. 그러니 너희들에게 우리가 부탁하고 싶은 건 물레방아와 네네뿐이란다. 앞으로 네네에 관해서 하는 일이라면 아무런 반대는 안 할 거다. 네네를 가장 잘 알아주는 건 너희들이니까."
 리쓰는 고개를 끄덕였다. 나미코와 마모루 두 사람에게 부탁받은 일을 엄숙히 받아들이는 한편, 리쓰는 리사와 사토루, 나미코와 마모루, 그 밖의 주변 사람들이 애써줬던 만큼 비로소 자기 인생에서 달성해야 할 의무가 생겼다는 생각에 안도하기도 했다.
 셋이 전골을 말끔히 해치우고 뒷정리까지 끝냈을 때, 사토루가 봉지에 담긴 비파를 테이블 위에 올려놓으며 말했다. "일손을 도와주러 갔다가 받은 건데 집에 가져가든지 여기에서 먹고 가든지 해." 리쓰는 고등학교를 졸업한 뒤 입사했던 농산물 상사에서 줄곧 들여다보곤 했던 연간 수확 예정표를 그리운 듯 떠올리며 말했다. "그러고 보니 지금이 비파 수확 계절이었네." 차를 끓였으니 마시고 가라는 리사의 말에 리쓰는 비파를 조금 먹고 가기로 했다.
 사토루가 스케줄 노트를 꺼내와서 세 사람은 다음 달 상순까지 네네를 산책시키는 당번에 관해 의논했다. 셋 중 동네에 있는 시간이 가장 짧았던 리쓰는 언니 부부만큼 네네를 챙겨주지 못하는 게 미안했다. 그 사실을 털어놔도 그들은 신경 쓰기는커녕 전혀 개의치 않는 터라 더욱 미안한 마음이 들었다.
 올해 회사에서는 신입 사원을 채용하지 않았다. 리쓰도 직접 겪었던 취업 빙하기와 불황이 세계적으로 지속되었고, 그 여파로 인한 부담감 속에서 리쓰는 계속 일을 해야 했다.

♪

 사토루가 직장을 옮기게 되었다고 털어놓은 건 그로부터 두 주 후의 일요일 저녁 무렵이었다. 포르투갈어를 읽고 쓰는 자원봉사를 해오던 단체에서, 월급을 줄 수 있는 자리가 하나 비었으니 일하지 않겠냐고 제안해 온 것이다.
 "비영리단체에도 취직할 수 있어요?"
 리쓰가 묻자, 사토루는 관련 조직에서 보육 교실과 프리스쿨을 운영하고 있으므로 한 사람 정도는 고용할 수 있다는 말을 들었다고 대답했다. 올해 그는 리사와 같이 서른여덟 살이 되었다. 발전소 청소와 물레방앗간 관리, 계절노동의 일들로 수입을 얻기보다 한 직장에 고용되는 쪽이 확실히 더 나을 테고, 리쓰 역시 같은 상황이었다면 그쪽을 선택했을 것이다.
 사토루의 이직 자체는 환영할 일이었지만, 그렇게 되면 물레방앗간과 네네가 문제였다.
 지금으로서는 리사와 사토루, 리쓰 세 사람 가운데 네네와 가장 많은 시간을 보내는 쪽이 사토루였다. 새 직장은 두 정거장 떨어진 시에 위치해서 출근 전과 퇴근 후의 아침저녁과 휴일에는 네네를 들여다볼 수 있지만, 나머지 시간에는 물레방앗간을 방문하기가 어려워질 터였다.

"아침과 저녁, 휴일에는 누구라도 어떻게든 올 수 있는데 말이야." 리사는 사토루의 양말을 꿰매면서 고개를 갸웃했다. "평일 낮이라든가, 적어도 저녁에 누군가 올 수 있다면 좋을 텐데."

"제약 원료를 빻을 때도 물레방아를 가동해야 하잖아?"

"그건 뭐 할당제니까, 자기들 사정에 맞는 시간에 만들면 되고."

제약 원료에 관한 작업은, 이제 거의 언니 부부가 도맡고 있었다. 리쓰도 일단 방법은 익혀두었는데, 취직 후 5년 차 직장인으로 살다 보니 좀처럼 거기까지는 손이 미치지 않았다. 리사도 회사에 고용된 몸이긴 하나 10년 차였기에 이제 막 4년 동안 일했을 뿐인 리쓰와는 일의 숙련도가 달랐다. 게다가 회사 위치도 리사 쪽이 가까웠다.

"뭔가 미안하네."

리쓰의 사과에 리사가 이상하다는 듯 쳐다봤다.

"왜 사과하는 거니?"

"난 소바 가게도 이어받지 못했고, 네네나 물레방앗간 일도 제대로 해내는 게 없잖아."

"어머, 리쓰, 너 소바 가게의 대를 잇고 싶었던 거야?"

"그야 가능하다면 그러고 싶었지."

리사와 사토루는 서로의 얼굴을 바라봤다. 그렇다면 왜 대학에 갔는지 의아해할까 싶어서, 리쓰는 "아니, 그게 아니라" 하며 손사래를 치더니 말을 덧붙였다.

"그러니까 난 한 가지 일밖에 못 하는 사람이라는 생각이 들었다는 뜻이야."

"그야 당연하잖아."

"처제는 영업 쪽이기도 하고."

"뭐 그것도 그렇긴 한데, 형부 다음은 내가 아닐지 막연히 생각했거든요. 그런데 막상 그런 상황이 되었을 때 정작 나는 딴 곳에서 일하고 있다 보니 물레방아든 네네에게든 시간을 내지 못하리라고는 생각도 못 했어요."

리쓰의 말에 리사는 "스스로 면목이 없었다는 거구나"라며 담백하게 대꾸했다.

"그랬군, 면목이 없었다······."

사토루도 별 뜻 없이 되뇌듯 중얼거렸다.

"면목이라는 말, 한자로 쓸 수 있어요?"

리쓰가 묻자 두 사람은 서로의 얼굴을 바라보더니 고개를 저었다.

"어쨌든, 물레방앗간을 유지하면서 네네를 보살피는 당번 문제는 앞으로 상황이 달라지긴 하겠지만, 어려움이 있더라도 어떻게든 되겠지."

리사와 사토루는 그렇게 이야기를 매듭지었다.

리쓰는 자전거를 타고 물레방앗간으로 향했다. 기억하는 한 리사는 늘 대범한 사람이었다. 사토루도 이 동네에 왔을 무렵에는 나름 외골수 같은 면이 있었는데, 점점 리사를 닮아가더니 이제 어떻게든 될 거라는 쪽으로 생각이 변해간 듯한 느낌이었다.

물레방앗간에 갔더니 고대하고 있었다는 듯 네네가 리쓰의 어깨로 날아와서 말했다.

"릿짱! 산책!"

취직한 뒤로 리쓰의 방문 횟수가 줄어든 탓인지, 네네는 리쓰가 오면 유독 다른 두 사람이 올 때보다 들뜬 눈치였다. 게다가 리사와 사토루의 이야기에 따르면, 리쓰가 데리고 나갈 때는 둘 중 누군가와 산책할 때보다도 멀리까지 날아간다고 했다. 아무래도 뭔가 네네 나름의 산책 요령이 있어서, 리쓰와 밖에 나갈 때는 좀 더 마음을 편히 먹는지도 몰랐다.

"산책! 릿짱!"

어깨 위에서 몸을 흔드는 네네의 기세에 조금 당황하면서, 리쓰는 "그래, 알았어" 하고 서둘러 오두막을 나왔다. 더욱 기세가 오른 네네가 "저쪽!" 하며 가고 싶은 방향으로 몸을 돌렸고, 리쓰는 "네, 네" 하고 따르며 자전거 핸들을 그쪽으로 향해 밀었다. 어깨 위에서 자전거 앞 바구니 쪽으로 날아서 내려간 네네는, 기분 좋은 듯 몸을 흔들며 노래를 부르기 시작했다. 네네가 날아오를 지점까지 리쓰는 자전거를 타지 않고 밀며 가다가, 네네가 날아오르면 자전거에 탄 채 그 뒤를 쫓아갔다.

물레방앗간 부지에서 도로로 나와 첫 표지판이 있는 곳에 왔을 때, 리쓰는 출입구를 열쇠로 잠그는 걸 잊어버렸다는 사실을 떠올렸다. 그래도 어차피 그곳에는 네네 말고 훔칠 물건은 없는 데다 금방 돌아올 거라는 생각에 그대로 출발하기로 했다. 문단속을 소홀히 한다는 건 리쓰에게는 드문 일이었다. 그만큼 평소 회사 업무 때문에 지친 상태였던 건지도 모르고, 리사 부부의 대범한 면에 대해 생각하다 보니 자기도 모르게 영향을 받았을 수도 있다.

길 양옆으로 밭이 펼쳐진 경치 좋은 도로에 이르자, 리쓰는 네네의 배 언저리를 가볍게 톡톡 두드리며 "가도 돼"라고 말했다. 네네는 날개를 펄럭이며 산을 향해 날아갔다. 리쓰는 자전거에 올라타 네네 뒤를 쫓기 시작했다. 그리고 종종 멈춰 선 채 쌍안경으로 지상과 네네의 위치 관계를 파악했다. 집에 돌아가고 싶어지면 네네 가까이 가서 "네네! 집에 가자!"라고 외치면 된다는 규칙도 최근에 생겼다.

순조롭게 날아가는 듯했던 네네가 공중에서 이상한 동작을 취하기 시작한 건, 산의 숲길 쪽 상공에 다다랐을 무렵이었다.

동네 사람도 용무가 없으면 사용하지 않는 길을 내려다보면서, 네네는 조금 날다가 멈추듯이 공중 유영을 하더니 다시 조금 날다가 멈추는 동작을 여러 번 반복했다. 한 방향으로 이동하는 무언가를 지켜보고 있는 것 같기도 했다.

리쓰는 신경이 쓰여서 네네의 시선 끝으로 보이는 장소를 쌍안경으로 들여다봤다. 확실히 뭔가가 나무들 사이로 이동하는 모습이 어렴풋이 보였다. 사람이 달리는 모습 같기도 했다.

앞서 달려가는 사람을 누군가 뒤에서 쫓아가고, 그 후방에서 몇 사람이 뒤쫓아 가고 있었다. 그들이 떠드는 듯한 목소리가 들리는 것 같기도 했다. 순간 술래잡기라도 하는 건가 싶었지만, 뚫어져라 바라보니 숲길을 달리는 사람들의 체격은 아이까지는 아니어도 어른으로 보이지도 않았다. 역시 술래잡기는 아니었다. 네네는 그 추적 행렬이 신경 쓰였는지 그들과 나란히 달리듯이 날면서 이따금 그쪽으로 고개를 돌려 지켜보고 있었다.

더욱 페달을 밟아 산에 다가가는 동안, 리쓰는 숲길 앞으로 물레방앗간과 소바 가게로 이어지는 길이 있다는 걸 떠올렸다.

언덕으로 이어지는 길 위에는 수력발전소가 있었다. 맨 앞에 달리는 두 사람은 놓쳐버렸지만, 맨 뒤의 몇 사람이라면 아직 눈으로 따라잡을 수 있었다.

커다란 웃음소리가 들린 듯한 기분이었다. 무리 지은 젊은 남자들이 낼 법한, 동물이 자기 영역을 표시할 때 으르렁거리는 듯한 기분 나쁜 웃음소리에 리쓰는 얼굴 한쪽을 찡그렸다.

앞서 달려가던 두 사람을 쫓고 있는 네네를 살피면서, 리쓰는 자전거를 타고 물레방앗간으로 향하는 길에 접어들었다. 쌍안경으로 확인했더니 두 번째로 달리던 사람이 선두의 인물한테 따라붙었는데도, 두 사람은 그대로 길을 가로질러 물레방앗간 쪽으로 달려가고 있었다.

골치 아프게 생겼다고 생각하며 리쓰는 문단속을 잊어버린 일이 떠올랐다. 페달 밟는 속도를 높여 소바 가게 앞 도로로 나온 리쓰는, 산에 있는 오르막 경사 방향으로 핸들을 틀어 올라갔다. 웃음소리의 장본인인 무리가 숲길에서 뛰어나왔다. 날카로운 소음을 내며 리쓰가 자전거를 멈추자, 중학생 정도로 보이는 남자애 셋이 자리에 우뚝 섰다.

잠시 그들과 서로 마주 보다가 리쓰는 고개를 옆으로 기울이며 말했다.

"도로로 갑자기 뛰어나오는 건 위험하니까 조심 좀 해줄래요?"

큰 소리로 웃으며 누군가를 쫓던 그들은 리쓰의 근엄한 태도에 서로 얼굴을 마주 보거나 눈을 회피하며 당황한 기색을 보이더니, 말도 없이 그 자리를 피해 소바 가게 앞길로 내려갔다.

저 애들은 대체 누구를 쫓고 있었을까. 리쓰가 주위 나무들 사이를 유심히 바라보는데, "릿짱!" 하며 네네가 물레방앗간 쪽에서 날아왔다.

"릿짱! 사람!"

네네는 리쓰를 유도하듯 물레방앗간 입구로 날아갔다. 역시 자기가 문단속을 잊어버린 게 맞다는 걸 깨달은 리쓰는 한심한 괴성을 질렀다.

"으아아."

누군가 안에 들어간 걸까? 정말이지 성가시게 생겼다.

리쓰가 자전거를 타고 부지에 들어선 순간, 물레방앗간 문이 열리더니 역시 중학생쯤으로 보이는 누군가 안에서 뛰어나와 물레방앗간 뒤편의 산 쪽으로 도망갔다. 그쪽은 급경사로 된 언덕이었으므로, 리쓰는 제자리에 자전거를 내려놓고 도망간 사람을 쫓아갔다. 네네는 열려 있는 물레방앗간의 문 앞 지면으로 내려가더니, 안에 있는 누군가를 위협하듯 날개를 펼쳤다.

물레방앗간에서 뛰쳐나온 남자애는 재빨리 나무들 사이를 기어오르듯 언덕을 올라갔다. 그저 회사와 집만 오가다 보니 운동 부족 상태였던 리쓰는, 걸음을 옮길 때마다 거리가 벌어지는 것을 느끼며 도망가는 그 등을 뚫어져라 바라봤다. 역시 중학생으로 보였다. 어쩌다 쫓기고 있었던 걸까.

습기를 머금은 땅 위에서 운동화가 뒤로 미끄러져 굴러떨어질 지경이 되자, 리쓰는 추적을 멈췄다. 훔쳐 갈 물건이라고는 네네의 솔방울뿐이고 안에서 뭔가를 망가뜨릴 시간도 없었을 텐데 뭘 어쩌려고 이러는 건가 싶어 리쓰는 생각을 바꿨다. 숨을 헐떡이며 도망간 남자애가 어느 방향으로 이동하는지만을 확인하려고 고개를 들었는데, 그 역시 나무들 사이에서 굴러떨어지고 있었다.

"괜찮니?"

리쓰가 말을 걸자, 그 아이는 튀어 오르듯 일어서서 잠시 리쓰를 돌아보는가 싶더니, 기어가는 듯한 자세로 계속 올라갔다.

고개를 절레절레 흔들며 리쓰는 경사면을 내려가면서 물레방앗간 침입자가 저쪽으로 도망치고 있다고 수력발전소에 연락하려다가, 괜한 폐를 끼칠지도 모른다는 생각에 그만뒀다. 명백하게 자기보다 훨씬 나이가 어려 보이는, 급경사면을 올라가는 그 아이를 향해 리쓰는 "조심해!"라고 외친 뒤 뒤돌아 물레방앗간 쪽으로 이어지는 비탈을 내려갔다. 급경사면을 내려갈 때 가벼운 공포를 느끼면서, 리쓰는 나무에 의지하며 신중하게 발을 디뎠다. 아무리 당황한 상태에서 도망갔다고는 해도, 용케도 그런 언덕을 올라갈 생각을 한 아이의 근성에 오히려 감탄하고 말았다.

물레방앗간 부지까지 내려가자, 네네가 날개를 펼치고 좌우로 격렬하게 스텝을 밟으며 늑대 울음소리 흉내를 내기도 하고 나미코와 똑 닮은 재채기를 하기도 하고 「기브 잇 어웨이」를 노래하며 갖은 수단을 동원해 안에 있는 누군가를 위협하고 있었다. 뒤늦게 네네가 위해를 당할 수도 있었다는 생각이 들자, 리쓰는 네네를 남겨둔 채 다른 사람을 쫓아가 버린 일을 반성하면서 열린 문으로 가까이 다가가 슬쩍 안을 들여다봤다.

조금 진한 피부색을 한 작업복 차림의 여자가 그저 놀란 표정으로 네네를 바라보고 있었다. 이목구비가 굉장히 또렷한 여자로 일본인은 아닌 것 같았다.

"누구시죠?"

말을 걸었더니 여자는 고개를 저었다. 리쓰는 누가 봐도 외국인으로 보이는 사람에게 '누구시죠'라는 말이 간단히 통할 거라 생각한 게 실수였다는 걸 깨달았다.

"일본어, 알아들어요?"

거듭 물었더니, 여자는 아까보다는 그나마 이해하겠다는 듯 고개를 갸웃했다. 애당초 왜 이런 곳에 작업복 차림의 외국인 여자가 있는 걸까. 비탈길 위를 구르면서도 도망치던, 중학생 같던 그 아이는 왜 이 사람을 물레방앗간에 들어가게 한 걸까. 의문투성이인 채로 리쓰는 사토루의 새로운 직장을 떠올렸다.

이 여자가 처한 상황은 어쩌면 형부가 취급하는 범주에 들어가지 않을까 생각한 리쓰는, 한쪽 손바닥을 보이며 가볍게 누르는 듯한 손짓으로 여자를 그 자리에 머무르게 한 뒤 휴대전화를 꺼내 사토루를 이곳으로 불렀다.

"형부, 죄송한데요. 물레방앗간에 작업복 차림의 외국인 여자가 있어서요. 무슨 일인지 알 수 있을까요?"

사토루는 바로 가겠다며 곧장 대답한 뒤 리사를 데리고 5분 만에 왔다.

아마도 사토루는 처음에 포르투갈어로 말을 걸었는데 그게 통하지 않는 눈치여서 좀 더 서투른 몇몇 외국어들로 대화를 시도했다. 어찌저찌 여자의 대답을 듣더니, 그는 리쓰를 돌아보며 "아마 괜찮을 거야"라고 말한 뒤 고개를 끄덕였다.

"상사분이 와주신대."

리사가 리쓰에게 말했다. 네네는 위협할 상대를 잃어버려 조금 당황한 기색을 내비치더니, 부지 안을 빙빙 걷거나 조금 날기도 하다가 있을 곳을 찾듯 리쓰의 어깨 위로 날아왔다.

리사는 집에서 가져온 비파 열매를 여자에게 비닐봉지째 건네더니 서로 말이 통하지는 않아도 그런대로 뭔가 힘을 낼 수 있을 만한 말을 해준 뒤, 퍼뜩 중요한 일이 생각났다는 듯 깜짝 놀라는 표정을 지었다.

"어머나, 지부장님 몫을 깜박했네."

"또 받으면 내가 가져다드리면 돼."

상사가 도착하기를 기다리며 리사와 사토루가 비파 걱정을 하는 가운데에서 리쓰는 네네의 몸을 쓰다듬으며 산 위로 도망갔던 인물에 대해 생각했다.

그 애는 이 여자와 어떤 관계이길래 물레방앗간에 그녀를 데리고 왔던 걸까.

*

다음 날 리쓰는 점심을 먹은 뒤 물레방앗간으로 갔다. 닫힌 문 앞에 낯익은 뒷모습이 오두막을 바라보며 서 있었다.

"무슨 용건이야?"

부지에 들어가며 리쓰가 말을 걸었다. 어제 물레방앗간 뒤편의 비탈을 올라가 도망쳤던 아이와 닮아 보였다. 쫓는 데 정신이 팔려 체형까지는 신경 쓰지 않았는데, 이제 보니 굉장히 마른 몸이었다.

말을 걸자, 아이는 눈을 휘둥그레 뜨고 뒤돌아보더니 순간 도망치려고 리쓰와는 반대 방향으로 발을 옮기다가 작정한 듯 걸음을 멈추고 머뭇머뭇 몸을 돌렸다.
"어제 일 말인데요!"
"그 여자 말이지?"
리쓰가 그렇게 물으며 다가오자, 아이는 고개를 끄덕였다.
"외국인 노동자를 지원하는 단체 관계자를 불렀어. 안전한 곳으로 데려갔고, 고용주 쪽이랑 얘기할 때도 잘 중재해 주겠대."
임시 거주지로 여자를 데려다주던 차 안에서 사토루의 새로운 상사인 지부장 나가야마가 해준 이야기에 따르면, 여자는 동남아시아의 한 나라에서 온 외국인 기술 실습생이라고 했다.
여자는 반년 전 근처 시의 공장에 채용되어 일해왔는데 근로 환경이 열악해서 도망친 거였다. 당분간은 비슷한 처지의 동료들과 살면서 앞으로 좀 더 정당한 대우를 받으며 새 직장에서 일할지 본국으로 돌아갈지 판단하게 될 거라고 했다.
리쓰의 설명을 들은 아이는 완전히 이해를 한 건지 아닌지 파악하기 힘든 표정을 지으면서도, "그렇군요" 하고 대꾸하며 몇 번이나 고개를 끄덕였다.
"뭐 물어봐도 돼?"
"네."
"몇 살이야?"
"중3이에요. 열네 살이요."
"수험생이겠네."
리쓰는 고등학교 입시를 준비하던 때를 떠올리면서 네네가 있는 방의 문을 열었다. 아침에 리사나 사토루 중 누군가가 틀어준 라디오를 들으며 네네는 뭔가 또 마음에 드는 곡이 있는지 중얼중얼 연습에 한창이었다.

"네네, 나 왔어."

리쓰가 말을 걸자 네네는 "왔네" 하며 적당히 대꾸한 뒤 다시 중얼중얼 상태로 되돌아갔다. 네네에게도 나름의 사정이나 그날의 기분이 있어서, 딱히 늘 "릿짱! 릿짱!" 하며 맞아주지는 않았다. 그러한 점에서 리쓰는 점점 네네와 어른스러운 교제를 해나가는 듯한 기분이 들었다.

중3이라는 그 남자애는 방에 들어오려는 기색도 없이 출입구에 선 채 뭔가 하고 싶은 말이 있어 보여서, 리쓰는 의자를 권하려다가 그의 팔뚝에 생긴 커다란 찰과상을 발견했다. 자세히 보니 카고팬츠의 무릎 부분에도 검붉은 얼룩이 배어 있었다. 잘 기억나지는 않지만, 어제 도망갈 때 입었던 옷인 듯했다.

"어제 비탈 쪽에서 넘어진 거지? 많이 다쳤어?"

리쓰가 묻자, 아이는 고개를 끄덕였다. 네네는 새로운 인물에게 흥미가 생겼는지 일단 홰에서 내려와 고개를 좌우로 접어 구부리거나 가슴을 뒤로 젖히며 출입구에 서 있는 아이를 다양한 각도로 살펴보기 시작했다. 그러고는 홰로 다시 올라가더니 다시 아이를 가만히 바라봤다. 네네 같은 새는 낯설었는지, 아이는 아리송한 표정을 지으면서도 일단 네네를 향해 손을 흔들었다.

"나는, 네네!"

양쪽 날개를 펼치고 당당히 이름을 말하는 네네를 얼빠진 표정으로 바라보던 아이는 난처한 듯 리쓰를 쳐다봤다.

"괜찮다면, 이름을 말해줘."
리쓰가 아이를 향해 말했다.
"사사하라 겐지라고 해요. 보통은 겐지라고 불러요."
'사'는 네네가 비교적 어려워하는 발음인 데다 같은 음이 반복돼서 조금 복잡한 자기소개였다. 네네는 당황한 기색을 비치면서도 "솨, 솨, 솨"라고 말한 뒤 즉시 연습을 시작했다.
시간이 걸릴 듯하여 리쓰는 네네의 눈을 보며 "겐지 씨!"라고 말한 뒤 사사하라 겐지를 가리켰다. "겐지 쒸!" 곧장 발음에 성공해선지 네네는 뿌듯해 보였다. "겐지"라고 겐지가 고쳐 말하자, 네네는 "겐지! 겐지!" 하고 여유를 뽐내듯 커다란 목소리로 두 번이나 말했다. 겐지는 기쁜 듯 웃었다.
"팔에 생긴 상처는 치료 안 해?"
"뭐, 이 정도는……."
겐지는 그렇게 말했지만, 상처 부위가 큰 데다 색깔도 노래지고 있어서 결코 좋아 보이지 않았다.
"잠깐 반창고 좀 가져올게. 거기 앉아 있어."
리쓰는 그렇게 말하며 밖으로 나갔다.
자전거를 타고 일단 집에 돌아온 리쓰는 상비해 둔 반창고와 소독약, 연고를 꺼냈다. 연고는 지금 물레방앗간을 임차해 준 제약회사의 견본품으로 리사에게 받은 거였다. 소바 가게의 물레방앗간을 임차하기 전에 만든 제품이라 물레방아로 만든 약은 아니지만 성분은 똑같다고 했다.
현관에서 신발을 신던 리쓰는 겐지가 심하게 말랐다는 걸 떠올렸다. 리쓰는 고민하면서도 냉장고로 되돌아가 안에 들어 있

던 대롱 모양의 어묵과 슬라이스 치즈, 젤리를 꺼냈고 개수대 위 선반에서는 롤빵 봉지를 끄집어냈다.

과연 이런 걸 준다고 기뻐할까. 중3 무렵에 자신이 어떤 마음이었는지 떠올리려 했지만, 역시 쉽지 않았다. 결국 자기 마음이 편해지기 위해 하는 일이라 생각하며, 리쓰는 챙긴 것들을 전부 배낭에 쑤셔 넣은 뒤 물레방앗간으로 돌아왔다.

네네와 겐지는 라디오에서 흘러나오는 지미 잇 월드의 노래에 귀 기울이고 있었다. 네네는 몸을 좌우로 흔들며 능숙하게 리듬을 타고 있었고, 겐지는 선 채로 라디오와 네네를 번갈아 보며 갈피를 잡지 못하는 표정이었다. 휴대전화로 시간을 확인한 리쓰는 이제 히로미가 담당하는 방송이 나올 시간이라는 걸 떠올렸다.

초등학생 때부터 친구인 히로미는 라디오 방송국에 입사해서 구성 작가로 일하며 종종 디제이 역할도 겸하고 있었다. 방송에 나와 떠들고 싶어서가 아니라, 프리랜서 디제이를 고용하기보다 직원을 활용하는 쪽이 더 경제적이라는 이유에서인데, 비교적 청취자가 적은 시간대나 다른 지역 방송국과 프리랜서 디제이 쟁탈전을 벌이는 요일에 방송을 맡았다. 전문 디제이는 아니어도, 말투가 차분하고 음악 지식을 갖추고 있다는 면에서 종종 히로미에 대해 좋은 평판이 들리곤 했다.

"앉아."

리쓰의 말에 겐지는 좀 전까지 앉아 있던 의자에 주뼛주뼛 앉았다. 리쓰는 구석에서 다른 의자를 끌고 와 그 위에 배낭을 내려놓은 뒤 안에서 소독약과 연고, 다양한 크기의 반창고를 꺼내 겐지에게 건넸다.

"직접 치료할 수 있어?"

그렇게 묻자, 겐지는 고개를 끄덕이더니 소독약 뚜껑을 열고 얼굴을 찡그리며 팔꿈치의 상처에 약을 발랐다.

"아참, 이 안은 이래저래 먼지가 많아서 밖에 나가 바르는 편이 나을 것 같은데."

리쓰가 불쑥 꺼낸 말에 당황한 듯, 겐지는 고개를 끄덕인 뒤 치료 약들을 왼팔에 안고 오른손으로 의자를 들더니 밖으로 나갔다. 리쓰도 의자를 들고 뒤따라 나갔고, 한동안 라디오 앞에 있던 네네도 그 뒤를 따라 걸어왔다. 라디오에서 들려오는 음악에 맞춰 리쓰가 양손의 검지를 교대로 내밀며 네네를 가리키자, 시치미 뗀 표정으로 네네가 리듬에 맞춰 춤을 췄다. 겐지는 상처 치료보다 네네가 더 신경 쓰였는지, 그 모습을 바라보면서 느릿느릿 연고를 바르고 반창고를 붙였다.

"신경 쓰여?"

"아뇨, 괜찮아요."

젠지는 그렇게 말하며 왼쪽 다리의 카고팬츠 옷단을 조심스레 걷은 뒤 팔꿈치보다 범위가 넓고 누르스름한 진물이 밴 상처에 소독약을 듬뿍 발랐다.

"굉장한 새네요."

"그런 종이니까. 회색앵무야."

리쓰는 네네에게 뭔가 영특한 행동을 시키려다가, 영특한 사람한테 그런 말 좀 해보라고 한들 전혀 설득력 있는 예가 될 수 없다는 걸 깨닫고 그저 한마디 보태기만 했다.

"벌써 스무 해 이상 물레방앗간을 지켜오고 있어."

"아, 새가 20년이나 살아요?"

"50년 살기도 한대."

"우와." 젠지는 상처 치료보다 네네에게 정신을 빼앗겨버린 듯했다. "상처는 괜찮아?" 리쓰가 묻자, 젠지는 "아, 맞다" 하며 이제 생각났다는 듯 오른쪽 다리의 옷단도 걷었다. 오른쪽 다리의 상처가 왼쪽보다 좀 더 나아 보여 리쓰는 안심했다.

그럭저럭 치료를 끝낸 젠지가 약과 반창고를 돌려주려고 하자 리쓰는 "괜찮으니 가져 가"라고 말했다. 어쩐지 그렇게 하는 편이 좋을 것 같다는 생각이 들어서였다. "그러면 그렇게 할게요." 젠지가 고개를 끄덕이자, 리쓰는 배낭에서 어묵과 슬라이스 치즈, 젤리, 롤빵을 꺼내 건넸다.

"괜찮으면 이것도 가져가."

온갖 먹을거리들을 족족 챙겨줘서 난처해하는 기색이길래, 리쓰는 배낭 안을 뒤져서 깊숙이 틀어박혀 있던 구깃구깃한 비닐봉지를 찾아 내밀었다.

겐지는 리쓰가 준 것들을 봉지에 모아 담은 뒤 의자에서 일어나 고개 숙여 인사했다.

"고맙습니다."

"별거 아닌데 뭘. 그나저나 뭐 하나 더 물어도 돼?"

"네."

"어제 그 사람과는 무슨 일이 있었던 거야?"

리쓰의 질문에 겐지는 미뤄온 숙제를 해야 하는 것처럼 단념한 모습으로 한숨을 내쉬더니 다시 의자에 앉았다.

"말하기 싫으면 안 해도 돼."

"친절히 대해주셨는데, 말하는 편이 좋을 것 같아요."

겐지는 마음이 무거워 보이는 것치고는 침착한 어조로 말을 이었다. "친구가 '인간 사냥'을 하자고 했어요."

"잠깐만, 그거 사람을 잡는다는 뜻이야?"

"맞아요."

"경찰에 신고해야겠네."

"그래봤자 소용없을 거예요······."

어제 아침, 겐지의 친구는 두 정거장 옆에 있는 시의 공장에서 외국인 근로자가 도망쳐 이쪽 마을로 달아났다고 말했다. 이야기를 들은 겐지를 포함한 넷은 모두 중3이었다. 따분하고 지겨움을 느끼던 중에 그 사람을 잡아들이자고, 근무지에서 도망치는 건 비겁한 짓이라는 쪽으로 이야기가 흘러갔다.

"그 애들 부모 중에 혹시 그 공장에서 일하시는 분이 있니?"

리쓰의 질문에 겐지는 고개를 저었다.

먼저 말을 꺼낸 친구는 부모한테 그 이야기를 들었다고 했다. 일본인이 아니라서 경찰도 제대로 수사하지 않는 듯했고 신고가 된 건지도 알 수 없다고 했다.

그때 누군가가 인간 사냥이라는 말을 꺼내며 웃었고, 겐지는 예감이 좋지 않다고 느꼈다. 공장 직원이 도망쳤다는 이야기를 한 녀석이 의미심장한 표정으로 말하기를, 달아난 사람이 젊은 여자라고 했다. 겐지는 점점 불길한 예감에 휩싸였다.

"저는 발이 빠르거든요. 500미터 정도까지는 거뜬해요."

겐지는 달리기로는 반에서 1등이고 학년에서는 3등 정도로 빠르다고 했다. 육상부에 들어오라는 권유를 받기도 했는데, 운동장을 수십 바퀴나 돌아야 하는 게 싫어서 거절했다고 한다.

"그래서 그 사람을 발견하게 되면 가장 먼저 제가 따라잡을 수 있을 거라고 생각했어요."

반 장난으로 산속의 숲길을 뛰어다니며 누군가 숨어 있지는 않은지 찾아다니다가, 커다란 나무의 움푹 들어간 곳에 기대어 쉬고 있던 여자를 그들이 진짜로 발견해버린 것이다. 친구들이 함성을 지르자, 여자는 도망치기 시작했다. 여자는 달렸다. 그나마 남은 힘을 최대한 쥐어짜서.

도망친 뒤에는 어떻게 되는 걸까. 겐지는 그런 생각을 했다. 살아가려면 결국 누군가에게는 발각되어야 할 텐데. 어쩌면 산속에서 자급자족하며 살아가려는 걸까. 아무런 도구도 없이 혼자서. 그 앞에 어떤 삶이 펼쳐질까.

그런 생각을 하며 겐지는 선두에 서서 여자를 쫓아가 친구들을 떼어놓고 따라붙었다고 한다. 이제껏 해온 노동과 아무것도 먹지 못해 빈속인 상태로 도망치느라 여자는 몹시 쇠약해진 상태였다.

숲길 끝에 도로가 있고 그 너머에 물레방앗간이 있었다. 초등학생 시절 언덕 위에 있는 수력발전소 건물을 무척 좋아해서 친구와 자주 보러 가곤 했던 겐지는, 그쪽으로 가는 길에 있는 물레방앗간의 존재를 알고 있었다. 그 뒤편에 여자를 숨긴 뒤 친구들에게는 거의 따라잡을 뻔했는데 놓쳐버렸다고 둘러대면 되리라 생각했다.

여자의 어깨를 두드린 뒤 겐지는 앞서 달리며 물레방앗간을 손으로 가리켰다. 여자는 거부하며 길을 벗어나 겐지한테서 떨어지려고 했다.

"저쪽으로 가야해요." 겐지가 내리막 비탈길 건너편으로 보이는 물레방앗간을 몇 번이나 손가락으로 가리키며 말하자, 여자는 고개를 끄덕였다.

"다행히 믿어줬구나."

"제 생각에도 표정이 필사적이었나 봐요."

친구들이 충분히 멀어졌다는 걸 확인한 겐지는, 숲길에서 도로로 나와 물레방앗간 부지에 들어갔다. 시험 삼아 건물의 문을 밀었더니 열렸고, 여자를 안에 숨긴 뒤 밖의 동태를 확인하는 중에 리쓰가 자전거를 타고 나타났다.

"그래서 뒤쪽으로 도망친 거였네."

"그런 셈이에요."

담담하게 이야기한 뒤 겐지는 봉지 안을 들여다봤다. 나쁜 짓에 가담하려고 했던 주제에 이런 걸 받아도 되는지 고민하는 듯했다.

"경찰에 신고하실 거예요?"

"글쎄. 신고는 안 할 것 같아."

리쓰는 겐지가 여자를 놔줬으니 묵인해 주자고 다짐하는 한편, 이대로 뒀다가는 '인간 사냥'이라는 말을 꺼낸 패거리들은 변변찮은 어른이 될 게 뻔하다는 생각이 들어 머릿속이 복잡했다. 어쨌든 겐지가 그 패거리 안에 있었던 덕분에 여자가 최악의 상황을 피할 수 있었던 것만은 확실해 보였다.

"앞으로는 그런 애들과는 거리를 두는 편이 좋을 것 같네."

겐지는 고개를 끄덕이며 중얼거렸다.

"바보 취급이나 하기 일쑤니까요."

중학생 시절에 겪었던 인간관계의 어려움을 떠올린 리쓰는, "엇나가지 않도록 힘내"라며 별 쓸데없는 말을 했다.

공부를 잘했던 리쓰는 히로미와 늘 사이가 좋았고 나이 차가 있기는 해도 집에 돌아가면 언니와 네네도 있으니 외로웠던 적은 없었지만, 그래도 중학교 시절에는 이래저래 성가신 일들이 있었다. 인간관계가 원만하고 유쾌한 중학생이란 이 세상에 없을지도 모른다는 생각조차 들었다.

중학생 시절에 했던 고민 따위는 지금의 삶과 상관없어진지 오래였다. 리쓰가 그런 생각을 하는 사이, 물레방앗간 안에 흐르는 라디오는 어느새 교통정보로 바뀌어 있었다. 히로미의 방송이 끝나면 조금 긴 교통정보가 이어지므로, 리쓰는 네네가 좋아하는 곡을 모아둔 시디를 틀어주었다.
 물레방앗간의 카세트 라디오는 몇 해 전에 MP3 재생이 가능한 라디오 겸용 시디플레이어로 바뀌었다. 마모루가 편집한 카세트테이프를 리쓰가 모두 시디로 옮긴 뒤 지금도 네네에게 들려주곤 했다.
 프로콜 하럼의 「푸른 그림자」가 흘러나오자, 네네는 노래 부르기 직전의 가수처럼 멀리 시선을 보내거나 몸을 흔들었다. 그러더니 똑같이 따라 부르기 시작했는데, 감탄하며 약간 뒤로 물러선 겐지는 놀란 듯 눈을 휘둥그레 뜨고 네네를 바라봤다.
 "이 새는……."
 "네네라고 해."
 "네네 말인데요, 그러니까 그쪽이……."
 "리쓰라고 불러."
 "리쓰 씨가 기르고 있나요? 그래서 일을 시키는 거예요?"
 "뭐라고 해야 할까. 네네는 자기가 길러지고 있다는 생각은 안 할 것 같은데. 우리도 기른다는 느낌은 아니라서."
 리쓰의 대답에 겐지는 알 듯 말 듯한 표정으로 고개를 끄덕인 뒤, 간주가 흘러나올 때 손을 뻗어 네네의 등을 가만히 만지려고 했다. 손끝이 닿자, 나무라듯 네네가 겐지를 힐끗 봤다.
 "몸통을 만져줘."
 리쓰가 말했다. 겐지가 주뼛주뼛 시키는 대로 하자, 이번에는 네네도 긴장을 풀며 그가 쓰다듬도록 내버려뒀다.
 "일을 시킨다는 말도 뭔가 틀린 느낌인데. 네네는 우리 언니랑 형부랑 소바 가게의 물레방아 지키는 일을 계속해 왔거든. 3년 전에 가게는 문을 닫았지만, 지금은 제약회사에서 물레방아를 빌려 쓰고 있어서 종종 약의 재료를 만들지."

"리쓰 씨가 그 일을 하시는 건가요?"

"아니. 난 평일에는 다른 곳에서 일해."

리쓰는 도자기 회사에서 영업 일을 한다는 말까지 하려다가, 굳이 이 중학생한테 거기까지 말할 필요는 없을뿐더러 이해할 수 없을지도 모른다는 생각에 더는 설명하지 않았다.

"지금은 물레방앗간을 맡을 일손이 부족해서 고민 중이야."

"물레방아를 지키는 일인가요? 네네의 파트너로?"

"응. 내가 할 수 있으면 좋을 텐데 회사에 다녀야 하니까."

리쓰의 말을 들으며 겐지는 몇 번이나 감탄사를 내뱉었다.

겐지가 물레방앗간 안에 의자를 넣어둔 뒤 출입구에서 나오자, 네네는 "차우! 오브리가도!"라고 외쳤다. 처음 만나는 사람에게 네네가 뽐내고 싶을 때 꺼내는 말이었다.

"또 저런다, 또."

리쓰가 놀리듯 중얼거렸지만, 네네에게 홀딱 빠져버린 겐지는 "대단한데!"라며 칭찬했다.

"영어인가요?"

"포르투갈어. 형부가 여기에서 일할 때 공부했던 거야."

"왜 포르투갈어를 공부하신 건데요?"

"여기에서 일하기 전에 형부는 자동차 부품 공장에서 일했는데, 당시 브라질인 동료가 상당히 많았다고 해."

✦ '안녕! 고마워!'라는 뜻의 포르투갈어

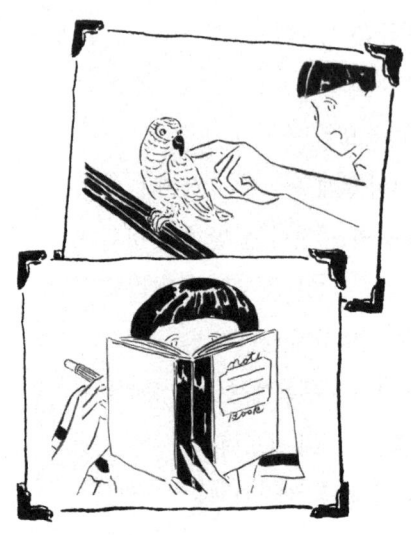

"브라질인과 일했는데 왜 포르투갈어를 공부하신 거죠?"

"브라질에서는 포르투갈어를 써."

리쓰의 대답에 다시 감탄한 겐지는 입을 쩍 벌리며 탄성을 내뱉었다. 그 얼굴을 바라보면서, 리쓰는 아직 모르는 게 많은 눈앞의 중학생 남자애가 왠지 부러웠다.

"지도책에 적혀 있지 않나?"

"집에 가면 다시 살펴볼게요."

겐지는 신이 난 듯한 발걸음으로 돌아갔다.

"다쳤는데도 쌩쌩하네."

리쓰가 네네에게 말하자, 그 뜻을 아는지 모르는지 네네는 "그러게"라고 대꾸한 뒤 고개를 갸웃하며 리쓰를 돌아봤다.

그날 이후 사사하라 겐지는 종종 물레방앗간을 찾아왔다. 리쓰는 겐지라는 이름의 한자가 硏司라는 걸 사토루에게 들었다. 저녁에 사토루는 네네의 상태를 살피러 갔는데, 물레방앗간 안에 중학생이 있어서 무슨 용건이냐 물었더니 겐지는 리쓰의 지인이라고 대답했다고 한다.

"아하, 처제?"

"리쓰 씨한테 언니나 오빠가 계신가요?"

"응. 난 리쓰 언니의 남편이야."

그런 대화를 주고받다가 사토루는 겐지를 물레방앗간에 들인 뒤 그 애가 궁금해하는, 네네를 돌보는 일과 물레방아를 가동하는 작업에 관해 설명해 주었다. 겐지는 열심히 들었다고 한다. 그러고는 대롱 모양 어묵이 맛있었다는 말을 리쓰에게 전해달라고 부탁한 뒤 돌아갔다.

그로부터 이틀 뒤 사토루가 있을 때 다시 찾아온 겐지는, "잊어버려서요"라고 서두를 꺼내더니 다시 똑같은 질문을 했다고 한다.

"잊어버려도 다시 알 수 있도록 메모하는 게 좋아."

그 말에 겐지는 다시 집으로 돌아가 자그마한 노트를 들고 오더니 사토루가 네네를 돌보는 일과 관련된 설명을 해줄 때마다 모두 받아 적었던 모양이었다. 겐지는 네네를 좋아하고, 네네도 마찬가지인 것 같다고 사토루가 말했다. 그 밖에도 네네와 친해지고 싶으면 박스테이프의 심지나 골판지 상자, 푹 삶은 솔방울 중 하나를 갖다주면 좋아한다고 조언해 주었다고 한다.

리쓰가 그 이야기를 전해 들었던 그 주 토요일 저녁, 이번에는 겐지가 친구를 데려왔다. 리쓰는 설마 '인간 사냥'이라는 말을 꺼냈던 친구인가 싶어 경계했다. 학원에서 돌아오던 길에 겐지를 따라온 이토라는 소년은 조금 통통한 체형으로 리쓰가 도로에서 우연히 마주쳤던, 외국인 여자를 뒤쫓던 패거리들과는 몸집이 달랐으므로 네네를 보고 싶어 하는 그를 안으로 들였다.

이토는 선반 위에 있던 네네 앞에 주뼛주뼛 박스테이프 심지 하나를 올려두는가 싶더니, 스트레스를 받게 하면 안 된다면서 줄곧 거리를 둔 채 지켜보고 있었는데, 네네는 몹시 기뻐하는 듯했다. 네네는 신이 난 듯 박스테이프 심지를 갉아대면서도 새로운 목소리가 신경 쓰였는지 힐끗거리며 이토를 쳐다보며 자기 이름을 대거나, 날개를 펼쳐 "투두뺑(잘 지냅니다)"이라고 인사하며 종종 시선을 끌었다. 그러나 이토는 수줍어하면서 몇 번이나 손사래를 칠 뿐이었다.

그 뒤 리쓰가 네네를 산책시키러 나갈 때 두 중학생도 뒤따라왔다. 자신 이외에 언니 부부가 아닌 타인이 둘이나 더 있었기에, 그날 리쓰는 네네의 상태가 달라질 수도 있다는 생각에 혹시라도 길을 잃을까 봐 네네의 다리에 언니가 들고 왔던 털실을 묶었다.

리쓰가 만나지 못한 사이 겐지는 네네에게 제법 익숙해진 모양이었다. "퀴즈 놀이 할래?"라는 질문으로 시작하는 네네의 말 주고받기에 "응, 할래"라며 적당히 까불거나, "텔레비전은?"이라는 질문에는 "20인치!"라고 대답했다. "내 말, 알아들어?"라고 물으면 "70퍼센트쯤!"이라는 식으로 리쓰나 리사, 사토루조차 한 적이 없는 대답을 하며 네네를 자극하고 있었다. 너무 알아듣기 힘든 대답을 하면 네네가 혼란스러워할지도 모른다고 새삼 생각하면서도, 음과 리듬만 잘 맞는다면 일단 네네가 기뻐한다는 사실을 어쩐지 겐지가 이해하는 눈치여서 리쓰는 말참견하지 않기로 했다. 누구든 허용할 수는 없겠지만, 네네에게도 친해지고 싶은 사람과 그럴 권리가 있었다.

그날 네네는 그다지 날고 싶은 마음이 없었는지 자전거 바구니에 탄 채 계속 수다를 떨었는데, 그러다 리쓰가 멈추려고만 하면 "앞으로, 가고 싶어!"라고 외치며 이동하라고 졸라댔다. 그리하여 리쓰는 중학생 둘과 네네를 데리고 도로와 논두렁길 구석구석을 돌아다녀야 했다. 그러는 사이에 해가 저물었다.

"이제 저녁 먹을 시간 아닌가?" 리쓰가 겐지와 이토에게 물었다. "맞다." 이토는 퍼뜩 생각났다는 듯 대꾸했고, 겐지는 "전 금방 만들 수 있으니 괜찮아요"라고 대답했다.

그 말에 리쓰는 반사적으로 "어머니는?" 하고 물었다가, 실수한 것 같아서 곧장 반성했다. 리쓰 본인도 중3이었을 때 소바 가게에서 밥을 먹거나 리사가 직접 밥을 차려주기도 했다. "지금 별로 건강이 안 좋으셔서요." 겐지는 작은 목소리로 설명한 뒤 가볍게 어깨를 으쓱할 뿐이었다.

"오늘 뭐 먹을 거야? 또 자루소바[+]?"

"응. 맛있잖아."

"그렇긴 한데 겨울에도 먹어?"

"그럼. 난로 켜두면 괜찮아."

리쓰는 조금 복잡한 심경으로 두 사람의 스스럼없는 이야기를 들으면서도, 한편으로는 억측하는 것 자체가 실례라는 생각에

[+] 차가운 소스에 찍어 먹는 메밀국수

적당히 대꾸했다.

"나도 자루소바 자주 먹는데. 가스레인지 쓸 필요도 없잖아."

두 사람을 돌려보낸 뒤 네네를 오두막에 데려다 놓고 잠을 재웠다. 그리고 집으로 돌아간 리쓰는 대롱 모양 어묵과 냉두부, 오차즈케+로 끼니를 때웠고, 자루소바만 먹는 겐지를 떠올렸다. 자신도 이런 식으로 먹곤 하니 특별히 신경 쓰지는 않으려고 노력하면서 텔레비전을 보다가 책을 읽은 뒤 잠자리에 들었다. 그리고 이토의 말대로 리쓰는 겨울철에 자신이 자루소바를 먹고 있는 꿈을 꿨다.

사토루에게 다시 겐지 이야기를 들은 건 그다음 주 중반쯤이었다. 여느 때와 달리 정시 퇴근을 한 리쓰는 귀가하는 특급 열차 안에서 별생각 없이 리사에게 문자로 그 이야기를 했다. 저녁을 먹으러 오라는 언니의 말에 리쓰는 곧장 언니 집으로 갔고 사토루가 이야기를 들려주었다.

저녁을 먹던 그 전날, 볼일이 있던 마모루를 도와주려고 사토루는 직장에서 일찌감치 퇴근한 뒤 관청에 갔는데 그곳에서 겐지를 봤다는 것이다. 창구에 있었던 마모루와 사토루는 다른 창구에서 볼일을 마치고 돌아가면서 겐지를 스쳐 지나갔다. 그 당시에는 서로 인사도 나누지 못했는데, 용무가 끝난 뒤 둘이 밖으로 나와 보니 겐지가 친구로 보이는 또래 남자애들과 이야기 중이었다. 사토루는 친구끼리의 대화를 방해하지 않으려고 가볍게 인사만 하고 지나갔는데, 나란히 걷고 있던 마모루가 "어쩐지 좀 신

+ 쌀밥에 따뜻한 녹차를 부어 여러 고명을 올려 먹는 음식

경 쓰이는데!"라면서 걸음을 멈추고 그들을 돌아봤다고 한다.
　물론 겉으로는 서로 큰소리가 오간다든지 누군가를 괴롭힌다든지 노골적으로 불량해 보이지는 않았지만, 겐지는 그들에게 등을 보이지 않으려는 듯 고개를 저으며 요리조리 피하고 있었다고 했다.
　사토루는 남자애들이 겐지의 배낭에 들어 있는 걸 꺼내려고 하는 게 보였다고 말했다. 아마도 겐지가 관청에서 받아온 것들일 거라고 리쓰는 추측했다.
　일단 상황이 마무리됐는지 겐지가 그 자리에서 빠져나왔는데, 같이 이야기하던 남자애 중 한 명이 뒤를 쫓아와 배낭에 손을 뻗으려고 했다.
　그때 마모루가 큰소리로 말을 걸었다. "안녕!" 그야말로 '살았다'라는 표정으로 겐지는 눈을 반짝이며 대답했다.
　"안녕하세요!"
　"배낭에 뭐 쓰레기라도 붙어 있냐? 굉장히 친절하네."
　사토루가 손을 뻗어온 남자애에게 말을 걸자, 그 아이는 "아뇨"라고 조그맣게 중얼거리면서 손을 등 뒤로 감췄다.
　"우리도 집에 가는 길이니까, 거기까지 같이 가자."
　사토루가 겐지에게 이렇게 말했더니 다른 남자애는 길을 피해 다른 방향으로 가버렸다고 한다.
　"뭔가 떳떳하지 못했나 보네요."
　이야기를 들은 리쓰가 말하자, 사토루는 고개를 끄덕였다.
　"그러니까. 자세한 사정은 묻지 않고 헤어졌는데."
　돈 문제일지도 모른다고 리쓰는 생각했다. 마모루는 시간제 근무 수입과 청력 문제로 몇 년에 한 번 관청에 가곤 하는데, 같은 층에 편부모 가정에 수당을 지급하는 창구가 있었다. 그러고 보니 리사는 나라의 보조를 받지도 않고 동생을 키운 셈인데, 리쓰는 새삼 언니가 대단해 보였다. 물론 월세가 무척 저렴했던 덕분에 어떻게든 해올 수 있었다는 생각도 들었다. 소바 가게의 선대인 마스지로가 살았던, 그리고 지금도 리쓰가 살고 있는 연립주택의 집이 없었다면 열여덟이던 언니가 자기를 혼자서 기르기에는 상당히 힘들었을 것이다.

현재 살 집을 찾고 있는 처지인 리쓰는, 이 근방의 월세도 언니 부부가 이사 왔을 때보다 더 올랐을 거라고 생각했다. 그러니 예전과 비교하면 생활이 어려워진 가정이 늘었다고 한들 이상한 일은 아니었다.

언니 부부의 집에서 나온 리쓰는 자신의 집이 아닌, 평소 이야기를 나누며 막연히 추측해 왔던 겐지의 집이 있을 법한 방향으로 자전거 핸들을 돌렸다. 겐지가 사는 곳일 것 같은 동네는, 역에서 자전거로 가면 코앞이고 도보로는 5분 정도 걸리는 신흥 주택가의 변두리였다. 혼자나 2인 가족을 대상으로 한 소규모 임대아파트 몇 채가 들어선 일대였는데, 리쓰도 낮에 집을 구하러 여러 번 와본 적이 있었다.

리쓰가 어렸을 때는 주변에 부부와 아이로 구성된 가족이나, 부모로부터 독립한 다양한 세대의 부부, 독거노인이 대부분이었다. 그러나 지금은 이 근방에도 혼자 사는 사회초년생이나 2인 가족들이 조금씩 유입되는 추세였다. 비교적 새 건물이 들어선 덕에 황폐한 느낌은 없었지만, 오랜 세월 같은 집에 살면서 밭이나 정원의 텃밭을 가꾸는 일반적인 주택가 분위기와는 달랐다.

집을 구하러 이 동네에 온 적이 있었기 때문에, 리쓰는 이곳의 월세가 높지 않다는 사실을 알고 있었다. 물론 대학 졸업자로서 우대받으며 일하는 리쓰의 기준에서나 그랬다. 독신자 대상의 집이면 몰라도, 두 사람 이상이 살 수 있는 집이라면 나름대로 가계에 부담이 될 만한 월세였다. 리쓰가 어린 시절부터 쭉 살고 있는 연립주택만큼 방이 큰 것도 아니었다. 이건 리쓰가 계속 이사를 망설여 온 이유 중 하나였다.

무턱대고 와버린 건 그렇다 쳐도, 단순히 겐지가 살고 있을 법한 동네를 확인해 보고 싶다는 이유만으로 여기에서 마냥 시간을 보내기도 그랬다. 리쓰는 복잡해진 머리로 곧장 집 방향으로 자전거를 돌렸다. 왜 이런 짓을 한 건지 생각하면서 느릿느릿 페달을 밟고 있는데 방범등 맞은편에서 목소리가 들려왔다. "어라, 리쓰 씨?" 자전거를 멈추고 뚫어져라 바라보니 낯익은 누군가가 걸어왔다. 겐지였다.

"왜 여기 계세요?"

"그게 어쩌다 보니."

이 근방에서 집을 구하고 있다는 말을 덧붙였더니 겐지가 고개를 끄덕이며 대꾸했다. "그랬군요." 리쓰는 겐지가 손에 들고 있는 게 예전에 자기가 일했던 농산물 상사 직판장의 비닐봉지라는 사실을 알아차렸다. 이런 시간에도 열려 있는 건가. 리쓰는 휴대전화로 시간을 확인했다. 저녁 8시가 지나 있었다. 리쓰가 일하던 당시에는 오후 6시에 문을 닫았는데, 최근 몇 년 전부터는 8시까지 연장되었다. 점심시간에 장을 보러 갈 형편이 안 되는 세대가 주변에 늘어난 탓이었다.
"고등학교를 졸업하자마자 거기에서 일했었는데."
봉지를 가리키며 리쓰가 말하자, 겐지는 감탄하며 방범등 불빛에 봉지를 비추었다. 안에는 오이와 양상추가 들어 있었다. 역시 가열할 필요 없이 먹을 수 있는 것들이었다.
"저도 그때가 되면 그런 곳에서 일할 수 있을까요?"
"아마도."
"고등학교를 꼭 졸업해야 하는 거예요?"
"조건은 그랬던 것 같은데."
리쓰의 대답에 겐지는 살짝 고개를 갸웃하며 중얼거렸다.
"정말 일하고 싶은데."
"고등학교에 가기 싫어?"
"네. 계속 공부할 수도 없으니까."
공부가 싫다거나 하고 싶지 않아서가 아니라, 계속할 수 없어서라는 대답이 리쓰는 마음에 걸렸다. 이유를 묻고 싶었지만, 너무 파고드는 느낌이 들기도 했다.
"갈 수 있다면 그러는 편이 좋을 거야."
리쓰는 애써 아무렇지 않은 척 말을 이었다.
"공부를 더 많이 해둘수록 급여가 오르거든."
"그래요?"
"난 고등학교를 나오자마자 바로 취직했다가 그만두고 대학에 갔어. 졸업하고 다시 회사에 들어갔는데, 확실히 급여 차이가 컸지."
너무 구체적으로 설명하면 강요하는 것처럼 보일까 봐 리쓰는 애매모호한 표현을 골라 말했다. 겐지는 이번에는 말끝을 내리며 "그렇군요"라고 대꾸했다. 중학생한테 공부 이야기를 해봤자 분위기만 어두워질 뿐이라는 생각에, 리쓰는 봉지를 가리키며 물었다. "그거 저녁밥이니?" 겐지는 고개를 끄덕였다.
"채소도 챙겨 먹고 훌륭하네."
"오늘은 채소가 저렴해서요. 엄마는 늘 충동적으로 비싼 고기 같은 걸 사곤 하니까, 제가 채소를 사는 편이 나을 것 같아서요."
"그렇구나. 가족의 쇼핑 성향이 완전히 다르네."
리쓰의 말에 겐지는 잠시 무표정한 얼굴을 하더니 "뭐 그렇죠"라고 중얼거렸다. 괜한 말을 했다는 걸 깨달은 리쓰는, 침묵을 메꾸려는 듯 "야무지네"라고 칭찬했다. 한편으로는 이 아이에게 기분 전환의 상대조차 돼주지 못하는 스스로가 싫어졌다. 네네가 여기 있었더라면 좀 더 나았을 텐데. 리쓰는 물레방앗간에 들르고 싶어졌다.
"오이 말인데, 요즘 내가 즐겨 먹는 방법이 하나 있어."
"마요네즈에 찍어 먹는 거 말고요?"
"참기름이랑 중국식 수프로 버무리면 맛있거든."
그 제안에 겐지가 곧장 '집에 없다'라고 대꾸할 것만 같아서 리쓰는 "잠깐만 기다려"라고 말한 뒤, 겐지의 대답은 듣지도 않은 채 자전거를 타고 가장 가까운 편의점으로 달려갔다.
편의점에서 참기름과 중국식 수프를 사서 급히 자전거를 타고 겐지가 있던 장소로 되돌아가면서, 리쓰는 할 수 있는 일이 아무것도 없다는 생각이 들었다. 자신은 어린 시절부터 여러 사람에게 이런저런 도움을 받았는데도 별수 없었다.

집에 가버렸다 해도 어쩔 수 없다고 생각했는데 겐지는 여전히 기다리고 있었다. 리쓰는 사 온 물건을 떠밀 듯 겐지에게 건네준 뒤, "먼저 간다!"라고 말하며 반응도 확인하지 않은 채 물레방앗간 쪽으로 자전거를 돌렸다. "고맙습니다"라는 말이 들린 것 같았다. 페달을 밟으며 리쓰는 리사와 사토루, 나미코와 마모루, 초등학교 담임이었던 후지사와 선생님, 친구인 히로미와 그 아버지인 사카키바라, 그리고 스기코를 계속 떠올렸다.

♪

리쓰는 평일 저녁과 회사 점심시간마다 고민한 끝에 가까스로 계약할 집을 골랐지만, 일요일 오전에 선약자가 나타나 버렸다는 연락을 받았다. 한동안 리쓰는 이불 위에 엎드린 채 꼼짝도 할 수 없었다. 그래도 가까운 시일에 이 연립주택도 개축 공사에 들어갈 예정이었으므로, 물리적 의미에서라도 언제까지 이 방에서 이불을 깔고 누워만 있을 수는 없을 것 같아 자리에서 일어났다. 그러나 좌식 테이블 위에 놓인 여러 장의 전단과 서류를 들여다볼 마음이 생기지 않았다. 리쓰는 그 행위의 주변을 배회하듯 양치하고 세수하고 옷을 갈아입고 이불을 개고 차를 끓였지만, 여전히 다음 집을 고민할 기분이 생기지 않아서 자전거를 타고 네네가 있는 곳으로 갔다.

아무래도 새 집을 정하는 일 이외에는 모든 게 명확히 보이는 건지, 하늘은 맑고 공기는 무척 투명하게 느껴졌다. 눈앞의 풍경이 선명하게 보여서 기분만은 좋았다.

'집에 돌아가면 방 청소를 하자.'

리쓰는 마지막 숨을 쥐어짜듯이 생각하다가 시선 끝으로 뭔가 낯선 물건을 본 듯한 느낌이 들어 자전거를 멈춰 세웠다. 그것은 도로의 가드레일 위에 놓여 있었다. 결코 거기에 있을 리가 없는 물건이었다. 예쁘면서도 흔히 볼 수 있는 외국의 시골 풍경 사진이 표지에 인쇄된 책자였다. 자전거에서 내려 다가가 살펴보니 중학생 수학 문제집이었다. 리쓰는 잠시 망설이다가 그것을 배낭에 넣은 뒤 다시 자전거를 타고 물레방앗간으로 향했다.

마침 히로미의 라디오 방송이 흘러나오고 있었다. 올해 앨범이 발매될 예정이라는 슈퍼청크의 노래에 이어 헨델의 모음곡 중 재생 시간이 10분 이상인 음악을 틀어주는 걸 보면서, 리쓰는 히로미가 방송을 마음껏 즐기고 있다는 걸 느꼈다.

"나 왔어!"

리쓰가 인사를 건네자 네네는 "쉿" 하며 리쓰에게 경고하는 듯한 소리를 냈다. 네네는 진지하게 음악을 듣고 있었다.

네네를 방해하지 않은 채, 리쓰는 의자에 앉아 배낭을 무릎 위에 올려놓고 필기도구와 주워 온 문제집을 꺼내 심심풀이로 문제를 풀기 시작했다. 첫 장에 '식의 전개와 인수분해'라는 파트가 나왔다. 수학 성적은 평균이었다. 그렇다고는 해도 사칙연산 외에는 벌써 몇 년이나 접하지 않아서 자신이 없었지만, 문제 앞에 있는 간략한 설명을 훑었더니 그럭저럭 풀 수 있었다. 의무로 공부하던 시절에는 고통스러웠는데 어른이 된 뒤 심심풀이로 하는 지금은 조금 즐겁기까지 했다.

헨델의 음악이 끝나자, 히로미가 "재미있는 곡이죠"라는 말을 서두로 멘트를 시작했다.

"어쩐지 그럴싸하게 멜랑콜리한 분위기가 10분 이상 이어져서 처음에는 우울하게 느껴져요. 그러다 조금씩 두근거리는 느낌으로 분위기를 끌고 나가는가 싶더니, 어느 순간 정신을 차려보면 곡이 끝나 있어요."

히로미가 말하는 내용을 이해하는지 아닌지 네네는 가만히 듣고 있었다. 디제이가 멘트를 늘어놓을 때 네네는 지루한 기색을 보이기도 하는데, 히로미의 목소리는 굉장히 좋아하는 눈치였다. 어린 시절의 히로미와 라디오에서 흘러나오는 목소리가 똑같다고 느끼는지 네네는 종종 "히짱" 하고 중얼거렸다.

"히짱이야." 리쓰가 고개를 끄덕이자, 네네도 수긍한다는 듯 "히짱" 하며 고개를 끄덕였다.

"리흐테르는 손이 무척 컸다고 해요."

히로미의 멘트에 리쓰는 "좀 전의 곡을 연주한 사람, 손이 컸대"라며 얼굴 높이까지 양손을 올려 손바닥을 보여주면서 네네에게 적당히 말을 걸었다. 그때 열어둔 문 너머로 겐지가 다가오는 모습이 보였다. 잠시 틈을 둔 뒤 리쓰가 "안녕" 하고 인사했다.

"안녕하세요. 들어가도 돼요?"

"물론이지." 리쓰의 대답을 듣고 겐지는 안으로 들어와 알아서 의자를 꺼냈다. 팔꿈치와 무릎에 붙였던 반창고는 이미 뗀 뒤였다. 상처 부위에 갈색 흉터가 남았지만, 아플 것 같지 않았다.

한편 겐지는 리쓰 앞의 문제집을 발견하더니 살짝 흠칫한 표정을 지었다.

"그거, 제 거예요."

"학교에서 쓰는 거야?"

그렇게 물으면서도 리쓰는 '그런 것 치고는 깨끗하던데'라고 머릿속으로 반박했다. 겐지는 고개를 저었다.

"엄마가 통판으로 산 거예요. 그건 어제 도착한 책인데요, 우리 집에 다른 과목이 네 권 더 있어요. 수당이 들어올 때마다 엄마는 그런 걸 사요."

"문제를 조금 풀어버렸는데."

"괜찮아요. 하긴, 그렇지도 않나. 어제 여기 오기 전에 받은 건데 팔려고 가다가 아무래도 열심히 푸는 편이 좋을 것 같다는 생각도 들었어요. 그러다 더는 고민하기 귀찮아서 집에 돌아가는 길에 가드레일 위에 올려뒀던 거예요."

누군가 들고 가거나 바람에 날아갈지도 모른다고 생각했다며 겐지는 말을 이었다. 말을 꺼내는 게 괴로워 보였는데, 실제로 고민하느라 지친 표정이었다.

"일단 다시 가져가서 고등학교 입시를 끝내고 파는 건 어때?"

"난이도를 보세요."

겐지는 책자를 닫아 보라는 듯 아래에서 위로 손짓했다. 그의 말대로 표지를 확인했더니 제목 아래에 '레벨 A ☆☆☆☆'라고 표시되어 있었다. 한동안 수학 문제집을 펼칠 일이 없었던 리쓰가 봐도 내용이 어렵다는 건 예상할 수 있었다.

"중2의 마지막 기말시험에서 수학이 63점이었어요."

"평균 점수 아닌가?"

그렇게 말하면서 리쓰는 자기가 받았던 수학 점수를 기억해

내려 애썼다. 수학은 정말 평균이었기 때문에, 점수를 올리려고 노력했던 다른 과목과 비교했을 때 오르지도 떨어지지도 않는 기본 점수로 취급하곤 했다.

"하지만 저 같은 레벨의 학생을 위한 책이 아니라는 건 아시잖아요?"

"그렇긴 하지."

"아들 공부 실력이 어떤지 엄마는 이제 파악조차 못 해요."

"아들 수준에 맞는 참고서를 고를 수 없게 되었다는 뜻이야?"

리쓰가 묻자, 겐지는 고개를 끄덕였다.

"시험에서 몇 점을 맞았는지 보여주면 엄마는 그 자리에서는 애썼다는 식으로 넘어가요. 그러다 얼마 후에 점수를 다시 보여달라고 하면서 이런저런 고민을 해요."

그 이후에 겐지의 엄마는 가장 낮은 점수의 과목과 본인이 보기에 성적이 오를 만한 과목의 문제집을 사주었다고 한다. 그러면서 이과나 수학과에 가는 게 좋겠다고 하다가 역시 일반과로 가는 게 낫겠다는 식으로 말을 매일 바꾼다고 했다.

"얼마 전에만 해도 사립 고등학교에 가고 싶으면 어떻게든 보내주겠다고 그러셨어요. 갈 수 있을 리가 없는데."

리쓰도 고등학교 3학년 무렵, 초등학교 3학년과 4학년 때 담임이었던 후지사와 선생님한테 비슷한 말을 들은 기억이 있었다. 선생님은 만약 리쓰가 대학에 가고 싶다면 사립이어도 상관없으니 지원해 주겠다고 했다. 당시의 리쓰는 사양한 뒤 지역 농산물 상사에 취직했다. 주변에는 학비를 벌기 위해서라고 말했고 스스로도 그런 거라 믿었지만, 사실은 그저 일찌감치 일을 해보고 싶었던 것 같았다. 자신은 얼마만큼 돈을 벌 수 있을지 아니면 벌 수 없을지, 사회에서 받아들여질지 아닐지를 알고 싶었다.

그 후, 후지사와 선생님은 실제로 제자 중 몇 명의 학비 일부를 내주었다며 빌려준 거라고 말했다. 리쓰가 여윳돈이 있는 거냐고 물었더니 후지사와 선생님은 어깨를 으쓱하며 "난 부모님께 집을 상속받았으니까"라고 대꾸했다.

리쓰가 겐지에게 물었다.

"사립학교에 가고 싶어?"

"생각해 본 적 없어요."

"가고 싶은 고등학교는 있고?"

"네, 그런데 학원에 안 다니니 힘들 것 같아요."

"부모님께는 말씀드렸어?"

"아뇨."

그렇게 대답한 뒤 겐지는 얼마 있다가 한마디 덧붙였다.

"이상한 쪽으로 자극을 주는 꼴이 돼버리니까요."

엄마라는 사람들도 인간이라는 건 리쓰도 잘 알고 있었다. 20년 전, 엄마의 애인이 언니의 전문대 입학금을 멋대로 써버렸고 그 바람에 언니는 집을 나가기로 결심했다. 엄마의 애인에게 학대에 가까운 취급을 받으며 방치되고 있었던 리쓰를 언니는 함께 데리고 나와주었다.

그 후, 엄마는 그 남자와 결혼했다. 결혼 생활이 어땠는지는 모른다. 리사에게는 종종 엽서를 보내는 모양이었다. 리사는 자신의 결혼식을 올린 뒤에야 엄마에게 그 사실을 알렸다. 나중에 엄마가 혼자 리사와 사토루를 만나러 왔을 때 리쓰도 그 자리에 함께 나갔다. 엄마는 자기가 뭔가 도와줄 일은 없냐고 자꾸 물었지만 그때마다 리사는 없다고 대답했다.
"내겐 남편도 리쓰도 있고, 날 고용해 줬던 부부도 좋은 분들이니까."
리쓰는 엄마가 나쁜 사람은 아니었으리라 생각한다. 하지만 리사를 다 키우기도 전에 엄마는 남자와 함께 있고 싶어서 그쪽을 우선시했다. 그래도 리사를 열여덟 살까지 양육해 준 건 사실이었고, 리사 주변에는 굉장히 좋은 사람들뿐이었기 때문에 운 좋게 리쓰도 무사히 살아올 수 있었다. 지금은 그걸로 충분하다고 생각했다.
겐지의 중간고사 점수와 가고 싶은 학교에 관한 대답을 들은 리쓰는 고개를 끄덕였다.
"지금 성적으로는 좀 어려울지도 모르겠네."
대학에 다니던 시절 가정교사 아르바이트를 했던 경험을 바탕으로 한 추측이었다.
"엄마는 아빠와 이혼할 때만 해도 긍정적이었는데, 그 이후로 해고를 당했어요. 그래도 시간제 아르바이트까지 겸하면서 어떻게든 버텨왔는데, 아빠가 재혼한다는 소식을 듣고 기운을 잃어버린 것 같아요."
겐지가 병원에 가자고 해도 엄마는 멀쩡하다고 말할 뿐이었다. 엄마의 동력은 단번에 소모된 게 아니라, 나사가 조금씩 풀리듯 하나둘 일상을 해나갈 수 없는 상태에 다다른 듯 보였다. 겐지에게 화풀이는 하지 않았지만 엄마는 그저 "미안해"라고만 말했다. 겐지는 집안일을 배우려 해봐도 혼란스러워서 도중에 그만두기 일쑤였다. 그래서인지 요즘 겐지가 가장 자주 들여다보는 책은 가정 교과서였다.

"그래서 선생님께 이것저것 여쭤봤어요. 교복 바지를 세탁하는 방법이라든가 밥을 안치는 방법 같은 거요. 그랬더니 선생님이 엄마는 괜찮으시냐며 우리 집에 찾아오셨어요. 그 이후로 엄마는 점점 더 의기소침해지셨죠."

엄마는 스스로 체면이 서지 않는다며 자책했다고 한다. 그러면서 아빠한테 가겠느냐고 물었지만, 겐지는 그럴 수 없었다. 그래서 스스로 조금씩 집안일을 해내며 기다렸지만, 엄마가 자꾸 쓸데없는 낭비를 할 때마다 겐지는 점점 무슨 말을 해야 할지 막막해질 뿐이었다.

"자기는 밥 안 먹어도 괜찮으니 신경 쓰지 말고 공부하라고만 하는데, 사실 그런 문제가 아니잖아요."

리쓰는 겐지의 이야기를 들으며 손쉽게 위로하는 말을 꺼내지 않으려고 조심하면서 마지막 말에서만큼은 신중하게 고개를 끄덕였다.

부모에 관한 이야기라면 리쓰는 얼마든지 신랄한 말을 쏟아낼 수 있었다. 아마도 자신에게는 그럴 권리가 있을 테니 겐지가 원한다면 얼마든지 해줄 수 있었다. 하지만 그런다고 해서 달라지는 것도 없는 데다, 자신을 보살펴준 사람들도 그런 걸 바라지는 않을 거라고 생각했다.

"잠시 다른 이야기를 해도 될까?"

"네."

"반창고 뗐네. 그 연고 역시 성분이 좋은 거였나 봐."

리쓰의 말에 겐지는 여러 번 고개를 끄덕였다.

"색이 진해서 이불 여기저기 묻긴 했지만요."

겐지는 웃으며 대꾸했다. 리쓰도 웃어주었다. 오늘 물레방앗간에 와서 처음으로 겐지의 웃는 얼굴을 본 것 같았다.

"여기서 만드는 연고, 좋은 거래."

리쓰는 그렇게 말하며 배낭 안을 뒤져 밑바닥에 남아 있던 견본품 포장을 꺼내 네네에게 보여주었다. 네네는 쭈뼛거리며 고개를 내밀어 포장을 부리로 찌르더니, 완전히 싫은 건 아니지만 그렇다고 마음에 드는 것도 아니라는 듯 고개를 갸웃거렸다.

리쓰는 무릎에 놓아둔 배낭 위로 문제집을 펼친 뒤 가장 간단한 개념의 문제를 보면서 그것의 숫자와 알파벳을 바꿔가며 위아래 여백에 적어나갔다. 열 문항 정도 만들고 겐지에게 문제집을 펼친 채로 건네며 말했다.

"예제를 꼼꼼히 읽었는데도 잘 이해가 안 되면 일단 다섯 번 되풀이해서 읽고 손으로 써. 그리고 직접 쓴 문제들이 익숙해질 때까지 풀어."

"지금이요?"

"집에 가서 해도 돼. 아참."

리쓰는 겐지에게 건넸던 문제집을 다시 가져와 원래 실려 있던 문제 일부를 연하게 네모꼴로 표시했다.

"다음에 여기 올 때까지 내가 쓴 문제들 전부 풀어보고, 할만했으면 이 부분까지 풀어 봐."

그다음 부분부터는 어려워질지도 모른다고 말하면서 리쓰는 겐지에게 문제집을 돌려줬다.

"난 출근하느라 평일에는 거의 여기 없지만, 문제집은 저번에 물레방앗간에서 만났던 사람한테 주거나 장소를 정해서 두고 가면 내가 알아서 받아볼게."

"제 공부를 봐주시는 거예요?"

겐지의 질문에 리쓰는 고개를 갸웃하며 "가능한 범위에서"라고 대답했다.

"다만, 이걸로 교환 조건을 내거는 게 좀 구차하긴 한데……."

"뭔데요?"

"이제껏 너도 네네를 같이 보살펴 줬잖아. 괜찮으면 앞으로도 계속 그 일을 해주었으면 해."

그러면서 리쓰는 자신도 지치는 때가 오면 다시 고민해 보겠다는 말을 덧붙였다. 겐지는 힘차게 고개를 끄덕였다.

"아, 오이 맛있게 먹는 법 알려주셔서 감사해요."

"양배추도 그렇게 먹으면 돼."

"그렇군요."

겐지는 어깨를 으쓱했다. 네네는 이제까지 가만히 이야기만 듣고 있던 게 지쳤는지 대뜸 소리쳤다.

"오이! 양배추!"

"미안, 미안해. 네네를 깜빡했네."

퍼뜩 정신이 든 리쓰는 라디오를 끈 뒤 네네가 좋아하는 곡으로 평일에 편집해 둔 두 번째 시디를 넣었다. 한동안 네네는 "오이! 양배추!"라고 열심히 외치다가, 어느새 음악에 집중하더니 오이와 양배추는 깡그리 잊은 듯했다.

✦

 이틀 뒤, 평일에 리쓰가 퇴근 후 귀가해서 우편함을 열어보니 수학 문제집이 들어 있었다. 표지에는 리사의 글씨로 적힌 메모가 붙어 있었다.
 ― 겐지가 갖다 달라고 부탁했어. 확인한 뒤 주면 사토루나 내가 물레방앗간에 들고 갈게.
 리쓰는 저녁을 먹으며 문제집을 채점했다. 리쓰가 만든 문제와 원래 실려 있던 문제까지 총 스무 문항 가운데 열여섯 개가 정답이었다. 틀린 문제는 모두 곱셈 계산 실수가 원인이었는데, 아무래도 겐지는 7단이 약한 모양이었다. 리쓰는 자신도 예전에 7단을 어려워했던 기억을 떠올리며 그 해설을 메모에 적은 뒤, 이번에는 다른 문제를 네모꼴로 묶고 숫자만 간단히 바꾼 문제를 열 개 더 만든 다음 메모지에 전할 내용을 추가했다.
 그러고 나서 리사에게 전화를 걸었다.
 "물레방앗간에 오는 중학생 아이 말인데, 챙겨줘서 고마워."
 ― 얘는, 별말을 다 하네.
 리사는 그렇게 반응하며 이어 말했다.
 ― 그 애랑 네네랑 마음이 잘 맞는 모양이야. 관심 가져줘서 도움이 된다니까.
 사토루가 직장을 옮긴 뒤 리사는 퇴근 후 네네를 살피러 가는 일이 더 늘었다고 말했다.
 ― 우리 부부도 거들고 싶은데, 월요일부터 토요일까지는 늦어지는 날도 있어서. 그럴 때마다 겐지가 네네를 돌봐주면 큰 도

움이 되니까 편해지겠지.

"그러게."

리쓰는 수긍하면서도, 한편으로는 공부를 봐주는 대신 겐지에게 네네를 돌봐달라고 부탁한 일이 과연 옳았는지 자문했다. 겐지가 계속 네네와 물레방아에 흥미 있어 하면 좋겠지만, 한때의 마음일지도 모르는 데다 점점 부담을 느끼게 될 수도 있었다. 만약 때가 온다면 네네를 돌보는 일은 이제 그만해도 된다고 먼저 말해야겠다고 리쓰는 다짐했고, 그 이후로도 공부는 계속 봐줄 생각이었다.

그 주 금요일 특급 열차를 타고 집에 돌아가는 길에 마모루한테 소바를 먹으러 오라는 문자가 왔다. 귀가하기 전에 리쓰가 폐점된 소바 가게에 들렀더니 겐지와 그의 친구 이토가 와 있었다. 손님 자리를 붙인 테이블에서 마모루는 메밀면을 만들고 있었는데, 그 옆에서 겐지와 이토가 사토루에게 메밀면 자르는 법을 배우고 있었다.

이토는 도로 휴게소 근처의 비료 가게에서 일하는 아버지로부터 최근 휴게소의 소바가 맛있어졌다는 말을 들었고, 겐지에게 소바 가게 할아버지와 아는 사이가 아니냐며 물었다고 한다. 겐지는 그에 대해 한때 물레방앗간에서 메밀가루를 갈아 소바 가게를 운영했던 분이라고 대답했고, 이 대화를 마모루에게 전해주었다. 그랬더니 마모루가 아이들 눈앞에서 메밀면을 만들어주기로 한 것이다. 주말에는 마모루가 출근하므로 금요일인 오늘 모이게 되었다.

겐지와 이토가 자른 메밀면은 우동처럼 두껍기도 했고, 막 갈아서 만든 면만 먹어온 리쓰의 입맛에는 시판 가루로 만든 소바가 어딘가 맛이 부족한 것 같았지만 그래도 나름 맛있었다.

리쓰는 본인이 거의 도와주지 못하는 상황에서 물레방앗간과 네네의 생활이 순조롭게 이어지고 있는 걸 보면서 안도했다.

겐지는 늘 방과 후에 물레방앗간에 와서 네네를 돌보거나 이야기 상대를 하며 리쓰가 내준 숙제를 했다. 물레방앗간에 출입하는 리사와 사토루, 근처에 사는 마모루와 나미코와도 마주치면 가볍게 대화를 나누곤 했다.

급기야 겐지는 엄마가 사 온 다섯 과목의 문제집을 들고 와서 리쓰에게 배웠다. 겐지가 지망하는 학교는 인근 역에서 전철로 한 시간은 조금 더 가야 하는 공업고등학교였다. 리쓰가 알아보니 겐지의 현재 성적으로는 만만한 수준의 학교가 아니었지만, 그렇다고 포기할 만큼 불가능한 목표도 아닌 듯했다.

7단이 고비였던 겐지는 이틀 정도 네네와 함께 특훈을 하면서 암기를 완벽하게 익혔다.

"칠 일은 칠, 칠 이 십사, 칠 삼 이십일, 칠 사 이십팔, 칠 오 삼십오……."

방 한가운데에 서서 수없이 암송하던 7단을 네네도 덩달아 외워버렸다. 단순한 음으로 기억하는 네네 덕분에, 자신이 약했던 부분을 머릿속에서 네네의 목소리로 재생시키며 외우다 보니 겐지는 자신감이 생겼다.

겐지는 네네와 영어 단어도 공부했다. 네네가 "퍼포우즈"라고 말하면 겐지가 "목적"이라고 대답하고, 반대로 네네가 "목적!"이라고 목소리를 흉내 내면 겐지가 "퍼포우즈"라고 대답하는 주고받기식 대화법이었다. 리쓰가 보기에 어떤 규칙 있는 건지 아리송했지만, 겐지는 이 놀이를 잘 활용해서 어휘를 늘려갔다.

　게다가 겐지의 공부는 물레방앗간의 일이 줄어 의욕이 사라졌던 네네에게 새로운 역할을 부여해 주었다. 네네와 공부하려면 공부한 내용을 소리내어 말해야 했으므로, 겐지도 문제집 예문을 혼자 묵묵히 읽기보다 그쪽이 익숙해진 모양이었다. 보통 네네는 겐지가 어느 과목을 소리내서 공부하고 있으면 그 음독을 듣고 장단을 맞춰주면서도, 잠깐 틈이 생기면 제멋대로 과목을 섞어서 '출제'해 주는 덕분에 그 나름대로 겐지에게도 상당한 시험이 된다고 했다. 겐지가 공부를 시작한 뒤 리쓰가 네네를 세 번째로 만났을 때, 네네는 "로쿠하라탄다이⁺!" "간전 영년 사재법⁺⁺!"이라고 외치는 데 푹 빠져 있었다.

　리사는 겐지에게 물레방아를 움직이는 법도 자세히 알려줬다. 약을 제조하려고 물레방아를 가동할 때 겐지가 찾아왔는데, 어쩌다 보니 가르쳐주게 되었다. 물레방아 가동 방법을 사토루에게 대략 전해 들은 겐지는 집으로 가서 노트를 가져왔고 열심히 순서를 메모했다. 심지어 기분 전환을 위해 리사한테 코바늘뜨기까지 배우고 있었다.

　리사는 소바 가게를 운영하던 무렵에는 맷돌로 메밀가루를 갈았다고 했는데, 겐지는 무척 아쉬워하며 "당시의 소바를 먹어보고 싶네요."라고 말했다. 겐지는 3년 전에는 현청 소재지에서 엄

⁺ 가무쿠라 막부의 조정 세력 감시기관
⁺⁺ 토지 개간 장려를 위해 일본 나라시대에 제정한 법

마와 아빠, 세 식구가 함께 살았다고 했다.
 겐지는 리쓰보다 코바늘뜨기를 잘했다. 리사한테 전반적인 수예 기술을 배운 덕에 리쓰는 언니만큼은 아닐지라도 그럭저럭 바느질은 가능했는데 코바늘뜨기는 서툴렀다. 리쓰는 어쩐지 겐지에게 따라잡힌 듯한 기분이 들었는데 그런 자신이 바보 같아서 웃고 말았다.
 겐지의 친구인 이토도 학원을 가지 않는 날에는 종종 물레방앗간에 와서 리쓰에게 공부를 배웠다. 리쓰는 겐지가 공업고등학교를 지망했던 데에는 이토의 영향이 있었다는 걸 그때 알았다. 리쓰는 처음에 겐지보다 이토가 더 공부를 잘할 거라 생각했다. 하지만 이토가 말하길 로쿠하라탄다이와 간전 영년 사재법에 관해서는 겐지가 훨씬 해박하며, 최근에는 계산 문제까지 잘 해내는 겐지를 보고 자신도 물레방앗간에 관심을 가지게 되었다고 했다.
 로쿠하라탄다이라는 말이 나오자, 갑자기 네네가 "일이이일!"이라고 외쳤다. 곧장 겐지가 "조큐의 난이 원인이었지"라고 대꾸했다. 리쓰가 연표를 살펴보니, 확실히 1221년에 조큐의 난이 일어났다는 내용을 확인할 수 있었다.
 겐지는 이토에게 네네와 보내는 시간이 '초등학교 시절의 사육동아리 느낌'이라고 말했다. 이토는 네네와 리쓰까지 선생님이 둘이나 있어서 좋겠다며 어쩐지 겐지를 부러워하는 눈치였다.
 이토가 돌아간 뒤 스파링하듯 한동안 네네와 자주 출제되는 영어 단어를 서로 주고받던 겐지가 리쓰에게 물었다.
 "왜 저를 도와주시는 거예요?"

"도움이 되는 거야?"

"당연하죠."

겐지는 말을 이었다.

"요즘에는 이토보다 영어 쪽지 시험 점수도 높아요."

"그러면 다행이고. 사실 내가 여러 사람의 도움을 받고 자랐거든. 그리고 우리 언니 말인데, 어쩐지 무모할 정도로 용기 있는 사람이었어."

리쓰의 말에, 겐지는 자신에게 물레방아 작동법이라든가 코바늘뜨기를 가르쳐준 사람에 대한 평가라는 게 잘 연결되지 않았는지 고개를 갸웃하며 되물었다.

"무모했다고요?"

"어쩌면 실례되는 말일 수도 있는데, 뭐 그런 셈이야."

리쓰는 자기가 초등학교 3학년이 되었을 당시 열여덟 살이었던 언니와 이 동네로 이사 오게 된 경위를 간단히 들려주었다. 자식들보다 자기 인생이 먼저였던 엄마, 그 마음을 이용했던 엄마의 약혼자, 그리고 전문대 입학을 포기해야 했던 리사와 자신에 대하여.

"언니가 나한테 해준 것과 비교하면 누군가에게 공부를 가르쳐주는 건 별거 아닌 데다 용기가 필요하지도 않아. 오히려 겐지 네가 그 여자를 물레방앗간에 숨겨줬던 일이 용기 있는 행동이었지."

리쓰의 말에 겐지는 고개를 갸웃하며 중얼거렸다.

"그런가요."

리쓰는 강하게 긍정하듯 고개를 깊이 끄덕였다.

♪

 6월 둘째 주 일요일에 히로미한테 전화가 걸려 왔다. 11시가 지날 무렵이었는데, 리쓰는 물레방앗간에서 책을 읽으며 히로미가 근무하는 라디오 방송국 채널을 네네와 듣고 있었다. 히로미의 방송이 시작되기 두 번째 전의 클래식 방송이었다.
 생방송 전에 왜 전화를 한 건지 의아해하며 리쓰는 전화를 받았다.
 ― 아빠 일 때문에······.
 조금 흥분한 목소리로 히로미는 말했다. 히로미의 아빠 사카키바라는 재작년에 수력발전소를 은퇴했는데, 이후에도 여전히 일주일에 두세 번 정도 회사에 나갔다. 현역으로 일할 때보다 여유시간이 생긴 그는 요즘 다양한 활동을 하는 모양이었다. 자유로운 몸이 된 뒤로 친구도 늘었다고 했다.
 ― 오늘 아빠가 예전 회사 동기랑 트래킹 갔거든. 근데 좀 전에 나한테 전화가 온 거야.
 그는 라디오에서 사람 찾는 방송을 하지 않느냐고 히로미에게 물었다고 한다. 평정심을 잃은 상태로 갑작스러운 부탁을 하는 아빠에게, 히로미는 침착하게 상황을 설명해 달라고 부탁했다.
 ― 아빠랑 같이 온 친구가 한 시간 동안 안 보인대. 식물을 좋아하는 분인데, 어디서 게발톱을 봤다고 말했대. 근데 산에 적응도 안 된 상태에서 아빠가 야생 새 사진을 찍는 동안 혼자 그걸 찾겠다고 돌아가버렸나 봐.
 "게발톱버섯 말하는 거야?"

— 응. 지금 계절에는 보기 드물다던데.

히로미는 아빠에게 동행자가 휴대전화는 가져갔냐고 물었는데, 그의 발 근처에 뒀던 배낭 안에 들어있었다고 했다.

"빈손으로 가셨나 보네."

— 거의 코앞에 있었대.

"그렇게 희귀한 버섯이라면서 왜 사진 찍을 생각을 안 하신 걸까."

— 목에 걸고 다니던 디지털카메라만 가져가셨대.

그 정도의 시간이라면 라디오보다 경찰에 신고해서 방재 무선방송으로 알리는 편이 낫다고 히로미가 말했지만, 사카키바라는 접수 시간을 아쉬워할 만큼 초조해하는 모양이었다.

— 그분, 약 드셔야 하나 봐. 게다가 점심때부터 가랑비가 내리고 있어서.

"비가 오면 산은 추우니까."

— 그래서 정말 미안한데, 아빠가 사람 찾는 걸 도와줬으면 해서. 경찰에 신고하러 가기 전에 물레방앗간에 들르신대.

히로미의 말에 리쓰는 바로 승낙하며 "언니네에도 알릴게"라고 말한 뒤 전화를 끊었다.

그때 네네가 리쓰를 불렀다.

"릿짱!"

"왜?"

"비바람!"

"비 오는 밤의?"

"비바람!"

"눈 오는 밤은?"

"속수무책!"

「빈궁문답가」⁺였다. 요즘 네네가 마음에 들어 하는 정형시였다. 긴급 상황인데 네네가 끝도 없이 말하면 어쩌나 전전긍긍했는데 더는 이어가지 않아서 리쓰는 안도했다.

"오케이, 오케이……."

리쓰는 중얼거리며 언니에게 도와달라는 문자를 보냈다.

그와 동시에 곧장 사색이 된 사카키바라가 리쓰를 부르며 물레방앗간 안으로 뛰어 들어왔다.

"히로미한테 들었어요. 일단 찾는 분의 성함과 인상착의, 대략적인 실종 장소를 알려주시겠어요?" 리쓰가 물었다.

이름은 다카스, 나이는 예순둘, 카키색 마운틴파카에 남색 모자 착용. 예순 이후 천식 발병. 흡입기는 가져가지 않았다고 한다. 예전에 겐지가 구했던 기술 실습생 여자가 도망치던 숲길의 중간에 있는 갈림길에서 정상 쪽으로 5분 정도 올라간 곳에서 실종되었다.

사카키바라의 설명을 듣는데 그의 등 뒤 출입구로 겐지가 이리둥절한 표정으로 물레방앗간에 들어오는 모습이 보였다.

"사람 찾는 거 도와줄래?"

리쓰가 물었고 겐지는 "알았어요" 하고 대답했다. 네네가 "겐지, 디사이드!"라고 문제를 내자 겐지가 "결정하다"라고 대답하니, 다시 "디케이드!"라고 묻는 네네의 질문에 그는 "10년간"이라

⁺ 일본에서 가장 오래된 가집 《만요슈》에 실린 작품

고 대답했다. 미간에 주름이 진 채 우는지 웃는지 알 수 없는 표정으로 그 모습을 바라보던 사카키바라는 겐지에게 말했다.

"아무쪼록 잘 부탁한다."

곧이어 커다란 자루를 손에 든 리사와 사토루가 도착했다. 리쓰는 휴대전화 번호를 물은 다음 사카키바라를 경찰서로 보낸 뒤 수색에 나섰다. 사람들이 줄줄이 오나 싶었는데 다시 한꺼번에 나가려고 해서 괜히 섭섭했는지, 네네는 "갈래!"라고 말하더니 가장 가까이에 있던 겐지의 어깨 위로 날아와 앉았다.

"어쩌죠?"

겐지가 물었고 리쓰는 고개를 끄덕이며 말했다.

"좋아, 데려가자."

가랑비가 내려서 네네가 비에 맞을까 봐 순간 염려스러웠지만, 그 전에 재빨리 실종자를 찾으면 되고 분명 언니라면 뭔가 준비해 왔으리라는 생각에 리쓰는 마음을 다잡았다.

"먼저 이거 입어." 리사는 커다란 자루에서 윈드브레이커를 꺼내 겐지와 리쓰에게 건넸다. "추워졌을 때 네네를 감쌀 만한 거 있어?" 옷을 입으며 리쓰가 묻자, 리사는 가볍게 고개를 끄덕였다.

네네와 겐지, 리사 부부와 리쓰가 산길 중간에 다다르자, 그들은 생판 낯선 사람의 이름을 불러대기 시작했다. "다카스 씨, 다카스 씨, 다카스 씨!" 네네도 주위의 목소리를 흉내 내며 도왔다. "다카스 씨!"

다들 어느 정도 이 근방 지리에 익숙하기는 했지만, 실종자 주변을 맴돌 가능성도 얼마든지 있었으므로 리사와 사토루, 리쓰와 겐지가 둘씩 조를 지어 나무 사이로 갈라져 들어갔다.

예상대로 금세 다카스를 찾을 수는 없었다. 그 자리에 가만히 있을 성격이었다면 좋았을 텐데 좀처럼 수색자의 바람대로 일이 풀리지는 않았다. 시계를 확인하니 수색한 지 15분도 채 지나지 않은 데다, 본 적도 없는 사람을 찾기란 뜬구름을 손에 움켜쥐려는 듯이 답답한 일이었다.

얼마 지나지 않아 사토루로부터 실종자가 지나갔을지도 모르는 장소를 발견했다는 전화가 걸려왔다.

현재 리쓰와 겐지의 위치에서 조금 올라오면 있는 곳이라고 했다. 리쓰의 말을 듣던 겐지가, 일단 거기에 가본 뒤 그 장소에서 다시 두 팀으로 나누자고 했다. 겐지의 말을 따라 두 사람이 합류했고, 사토루가 근처 계곡까지 그들을 데려가더니 맞은편 강가를 가리키며 말했다.

"저기 좀 봐. 게발톱버섯은 아닌데……."

건너편 강가는 이쪽보다 나무가 더 빽빽이 우거져 있었는데 맨 앞에 있는 나무 근처에 싸리버섯이 잔뜩 자라나 있었다. 가냘픈 통나무 하나가 계곡을 가로지르며 놓여 있었는데 중간 부분이 물속에 가라앉은 채였다. 통나무가 가라앉은 부분을 뚫어지게 바라보던 리쓰는, 그 옆에 돌의 뾰족한 부분이 수면으로 튀어나와 있는 걸 발견했다.

"실종자가 여기를 건너간 게 아닐까? 계곡 깊이는 대략 25센티미터 정도일 것 같은데."

직접 손을 넣어 확인했는지 사토루는 소매를 걷은 팔을 보여주며 말했다. 리쓰는 눈앞에 보이는 통나무를 손가락으로 따라가며 이동 경로를 그렸다. 그러면서 앞서 지나간 사람이 발을 디뎠을 때 저 뾰족한 돌이 확 뒤집힌 게 아닌지 추측했다. 리쓰가 통나무에 곧장 발을 디디려는데 사토루가 나섰다. "내가 갈게." 리쓰는 고개를 저었다. "아뇨, 제 친구 아빠의 지인이니까……." 그때 겐지가 나섰다. "제가 가도 될까요?"

"사토루 씨가 그렇게 무거워 보이지는 않지만, 키가 크니까 그만큼 체중이 나갈 것 같아서요. 리쓰 씨도 매일 출근하며 일하느라 운동할 일이 없었을 듯하고요. 하지만 전 몸이 가벼우니까 어떻게든 될 거예요."

정말로 운동을 하고 있지 않았기 때문에 리쓰는 아무런 반론을 할 수 없었다. 그러고 보니 도망치던 기술 실습생 여자를 재빠르게 따라잡아 물레방앗간에 감춰줬던 때를 생각하면, 겐지는 운동신경이 좋아 보였다.

누가 갈지 옥신각신할 여유도 없었기에 리쓰는 고개를 끄덕이며 겐지의 어깨 위에 있던 네네를 데려왔다. 그런데 겐지가 통나무 중간쯤까지 걸어갔을 무렵, 네네가 리쓰의 손안에서 튀어나와 뒤를 쫓듯 날아갔다. 겐지를 앞질러 건너편 강가로 옮겨간 네네는 그 자리에서 빙빙 돌기 시작했다. 겐지는 뒤집힌 뾰족한 돌을 딛지 않고 살짝 도움닫기를 해서 끊어진 통나무 부분을 뛰어넘었고 겨우 맞은편 물가에 도착했다.

"필요하면 이걸 사용해!"

리사가 네네의 발목에 친친 감아 묶으려던 털실을 던졌다. 그걸 손으로 붙잡은 겐지는 다시 어깨 위에 올라탄 네네의 발목에 털실을 둘둘 감은 뒤 손을 들고 외쳤다.

"그러면 다녀올게요!"

그리하여 리쓰는 리사 부부와 함께 그 자리에서 겐지가 돌아오기를 잠시 기다렸다.

나중에 겐지가 말하길, 싸리버섯이 자라난 나무의 맞은편에는 지나온 길보다 훨씬 많은 나무가 자라나 있어 제대로 된 길이 없었다고 한다. 주변에는 평지가 거의 없고 온통 경사면이어서 미끄러지기 일쑤였기 때문에 나무를 껴안듯이 붙잡으며 나아갔다고 했다. 겐지가 나무 사이를 헤쳐 나가느라 고군분투한다는 걸 눈치챘는지, 네네는 "다카스 씨!"라고 대신 외쳐주었다.

싸리버섯을 발견했는데 또 다른 장소로 이동했다는 건 희귀한 무언가를 발견했기 때문일지도 모른다고 생각한 겐지는, 몇 번이나 뒤돌아 계곡 방향을 확인하면서 나무뿌리 근처를 유심히 살피며 나아갔다. 이쪽 강가로 건너와 체감상 3분쯤 지났을 무렵이었다. 근처에 있던 나무뿌리를 살피던 겐지는 자기가 서 있던 쪽과는 정반대 부근에서 조금 흠칫할 만한 뭔가를 발견했다. 숲속에서 마주하기에 상당히 이질감이 느껴지는 빨갛고 뾰족한 버섯이 자라고 있었는데, 마치 게의 발톱처럼 보였다. 문득 겐지는 예전에 이토가 흥미롭다는 듯 그런 버섯이 있다는 이야기를 들려준 일이 떠올랐다.

게발톱버섯이 자라는 쪽의 바로 밑으로는 급경사가 이어지고 있었는데 그쪽으로 돌아가야만 버섯의 모습을 제대로 볼 수 있을 것 같았다. 어깨 위에 앉아 있는 네네의 배 옆부분을 쓰다듬으면서, 겐지는 스스로가 식물 사진 촬영을 좋아하는 중년 남자라고 상상해 봤다고 한다. 버섯을 측면에서 촬영하는 것도 물론 괜찮다. 그래도 역시 주위에 나무가 이렇게나 밀집해 있으니, 나뭇

가지를 붙잡으면서라도 경사면 쪽으로 돌아가 게발톱버섯을 찍고 싶다고 생각할 것 같았다.

주변의 나무에 의지하며 겐지는 자신 있게 양발로 지면을 밟아나가며, 최대한 아슬아슬한 장소까지 가서 게발톱버섯의 바로 아래쪽 경사면을 들여다봤다. "겐지! 케어풀!" 네네가 외치자, 겐지는 "신중하게"라고 대답했다.

경사면 위에서 아래까지는 거리가 그리 멀지 않았는데 양옆으로는 길게 이어지는 느낌이었다. 겐지는 경사면 아래를 확인해야겠다고 생각하는 한편, 그게 위험한 일이라는 사실도 깨달았다.

하지만 네네라면 괜찮을지도 모른다. 날 수 있으니까. 그래서 만약 가까이에 다카스가 있다면 네네가 그 사실을 이쪽에 알려줄 수 있을지도 몰랐다. 생각을 거듭하던 겐지는 네네의 발목에 털실을 묶어서 그 반응을 살펴봐야겠다고 생각했다.

어깨에 있던 네네를 품 안으로 데려온 뒤 겐지는 경사면 아래를 가리키며 "다카스 씨, 끈, 당겨"라고 거듭 말했다.

"겐지, 클레버!"

"다카스 씨, 끈, 당겨."

"클레버!"

겐지는 포기하지 말자고 다짐하며 네네와 단어 놀이를 하던 때처럼 몸을 가볍게 움직이면서 계속 말을 이었다.

"다카스 씨, 끈."

호응을 제대로 해주지 않는 것처럼 느꼈는지 네네는 불평하듯 잠시 투덜거렸지만, 겐지가 다시 "다카스 씨, 끈"이라고 말하며 즐거운 듯 경사면 아래를 가리키자 그제야 네네는 고개를 갸웃하며 말했다.

"당겨?"

겐지는 고개를 끄덕였고 네네를 얼굴 앞으로 들어서 날아가도록 가볍게 밀었다.

"다카스 씨, 끈, 당겨!"

겐지는 그렇게 말한 뒤 천천히 손을 놨다. 근처 나무줄기를 왼팔로 감고 몸을 고정한 겐지는, 네네와 연결된 털실 뭉치를 신중하게 풀면서 반응이 오기를 기다렸다. 그리고 줄이 바로 뒤엉키지 않게 해달라고 빌었다.

멀어져 가는 네네의 목소리에 귀 기울인 채 겨드랑이에 끼운 실 뭉치가 줄어드는 걸 걱정하면서, 겐지는 털실을 들고 있는 양 손가락 끝에 의식을 집중했다. 한동안 네네가 날아가는 속도에 따라 털실이 줄어들면서 실도 느슨했는데, 갑자기 아래로 당겨지는 희미한 반응이 느껴졌다. 겐지는 "움직이지 마세요! 움직이지 마세요!"라고 외치며 줄어든 털실 끝을 나무줄기에 이중으로 둘둘 감아 세게 묶었다. 계속해서 간절하게 "움직이지 마세요!"라고 외치며 겐지는 나무 하나하나의 줄기를 껴안듯이 경사면을 횡단하여 최대한 나아갈 수 있는 곳까지 이동했다.

나무 사이를 응시하니 수 미터 앞의 경사 아래쪽으로 네네가 보였다. 네네는 경사면에 기댄 채 털실을 들고 있는 누군가의 머리 위에 오도카니 서 있었는데, 주위를 빙빙 둘러보는가 싶더니 "겐지, 클레버!" 하고 외쳤다.

"네네가 영리하지!"

겐지가 외치는 소리에 네네는 스스로 "영리하지!"라고 자화자찬했다. 겐지는 웃고 말았다. 네네를 머리에 태운 누군가가 털실을 손에서 놓더니 힘없이 네네를 가리키며 말했다.

"말을 참 잘하는구나." "다카스 씨인가요?" 겐지가 묻자, 그는 고개를 끄덕였다. "도와줄 사람을 부를게요!"

겐지는 크게 외친 뒤 털실 뭉치를 더듬으며 왔던 방향으로 되돌아갔다.

"찾았어요!" 맞은편 물가에 모습을 드러낸 겐지가 외쳤다. "거기 계시니?" 리사가 물었다.

"이 계곡은 물레방앗간 옆에 있는 강과 이어지는 것 같으니까, 일단 아래로 내려가서 그쪽 물가로 올라갈게!"

리쓰는 지금 자기들이 있는 곳과 물레방앗간 부지를 가로지르며 수력발전소로 이어지는 도로를 떠올렸다. 분명 비탈을 조금만 내려가면 다리가 하나 있었다. 그쪽으로 내려가 다리를 건넌 뒤 계곡을 따라 걸으면 겐지가 있는 강가에 닿을 수 있었다. 세 사람은 서둘러 일단 산길 쪽으로 내려가 도로에서 이어지는 다리를 건너 겐지가 있는 강가로 돌아가기로 했다.

리쓰는 산길을 걸으면서 사카키바라에게 전화를 걸었다. 친구를 찾은 것 같다는 말에 그는 당장이라도 울음을 터트릴 듯한 커다란 목소리로 말했다.

— 그랬구나. 릿짱, 찾아줬구나!

그러고 보니 지금은 히로미가 자신을 '리쓰'라고 부르지만, 초등학교 때는 '릿짱'이라고 불렀던 때가 떠올랐다. 맞은편 강가의 나무 사이에서 다시 모습을 드러낸 겐지의 날렵한 발걸음을 떠올리면서 리쓰는 문득 다들 나이를 먹었다는, 그 자리와는 어울리지 않는 감상에 젖었다.

결과적으로 다카스는 경찰에 의해 구출되었다. 생명에 별다른 지장은 없었다. 그러나 단시간이라고는 해도 경사면에서 미끄러지면서 체력을 소모한 탓에, 천식 발작이라도 일어났더라면 무척 위험했을 거라고 했다. 만약을 위해 다카스는 인근 병원으로 이송되었다.

겐지는 경찰서에 출석해 다카스를 발견하게 된 경위에 관해 진술해 달라는 요청을 받았다. 리사 부부와 네네는 먼저 집에 돌려보낸 뒤, 여전히 체격이 좋은 사카키바라와 리쓰가 경찰서에 딱 하나 있는 기다란 의자에 앉아 겐지가 해방되기를 기다리고 있을 때였다. 마른 여자 한 사람이 안에 들어왔다. 리쓰는 한눈에 여자가 겐지의 엄마라는 걸 알아차렸다. 눈매가 쏙 닮아서였다.
"사사하라 겐지의 엄마인데요." 여자가 경찰관에게 말했다. 사카키바라는 자리에서 일어나 여자에게 인사했다. "감사합니다."
"저기, 뭔가 착각하신 거 아닌가요? 제 아들은 지극히 평범한 애인 데다 학교 성적도 그리 좋지 않은데……."
리쓰는 앉은 채로 고개를 저으며 말했다. "영리한 아이예요." 그러더니 자리에서 일어나 여전히 믿을 수 없다는 표정의 여자에게 다가가 천천히 고개 숙여 인사했다.
"게다가 용기도 있어요."
"하아……."
여자는 한숨 같은 탄식을 내뱉더니 경찰관과 겐지가 대화하는 목소리가 새어 나오는 구석의 방을 들여다봤다. 문 쪽을 바라보며 앉아 있던 겐지가 "아, 엄마"라고 말하는 게 들렸다. 눈을 휘둥그레 뜬 여자는 입을 조금 벌린 채 아들을 바라보고 있었다. 겐지는 곧장 경찰관 쪽으로 재차 시선을 고치더니 뭔가 다시 이야기하기 시작했다.
여자가 리쓰를 바라보며 희미하게 떨리는 입을 열었다.
"우리 애한테 공부를 가르쳐주시는 분인가요?"
"숙제를 내주는 사람이랄까요."
그 말에 여자는 리쓰 쪽으로 몸을 돌리더니 고개를 숙이며 말했다. "정말 고맙습니다." 리쓰는 여자의 말을 정정하듯 양손을 펼치고 어깨높이로 올린 뒤 대꾸했다.
"별말씀을요. 새의 사육동아리 같은 일을 겐지가 대신하고 있어서 오히려 미안할 따름인데요."

"지난주에 그 얘기를 들었답니다." 여자는 머리를 숙인 채 말을 이었다.

"평소보다 아침 일찍 집에서 나가는 데다 방과 후에도 집에 있는 때가 거의 없길래 이유를 물었더니, 물레방앗간의 어떤 분이 공부를 가르쳐주신다고 했어요."

"아, 그게 문제집의 예문을 풀게 하는 것뿐이라서요."

리쓰가 다시 부정했더니, 옆에 있던 사카키바라가 묘한 표정을 지으며 가볍게 고개를 저었다. 일일이 반론하지 말라는 뜻인 듯했다. 고개를 끄덕이며 리쓰는 여자의 말을 순순히 받아들이기로 했다.

"최근에 소원해진 느낌이어서, 무슨 일이 있는 건 아닌지 혼자 걱정했답니다."

구석의 방 안에서 의자 끌리는 소리가 들렸다. 겐지와 경찰관의 이야기가 일단락된 모양이었다.

"지금은 오히려 다행이라는 생각이 드네요. 나만 바라봤자, 저 애는 앞으로 나아갈 수 없을 테니까요."

리쓰는 아무런 대꾸도 할 수 없었다. 그 대신 사카키바라가 대답했다.

"맞습니다. 부모와 떨어져 있는 것도 나쁘지 않아요."

딸을 혼자 키워낸 아빠의 심정이 담긴 말이었다. 중학생 시절, 히로미가 아빠를 피해 다니던 모습이 떠올라서 리쓰는 웃음이 터져 나오려는 걸 꾹 참고 그를 향해 고개를 끄덕였다.

나중에 사카키바라와 귀가하면서 그 이야기를 했더니, 그는 겐지의 가정사 같은 건 전혀 모른 채 그저 '아이가 부모만 바라보게 됐다가는 앞으로 나아갈 수 없다'라는 말에 공감해서 동의했을 뿐이라고 말했다. 사카키바라도 알 권리가 있을 것 같아서, 리쓰는 겐지의 엄마가 이혼한 사실을 들려주었다.

"그랬군. 너나 우리 딸도 그렇지만, 이런저런 사정이 있는 애들이 많구나." 그는 감회가 새로운 듯 고개를 끄덕이며 중얼거렸다.

"저 애는 공업고등학교에 가고 싶대요." 리쓰의 말에 사카키바라는 관심을 보였다. "나도 공업고등학교 출신인데. 졸업한 지 벌써 수십 년이 지났지만 말이다." 그는 말하면서 휴대전화를 보더니 "히로미한테 왔네"라고 말했다.

"오늘은 본가에 온대. 너도 같이 있으면 부르라네."

"알겠어요."

그리하여 히로미가 독립한 지 몇 년 만에, 리쓰는 사카키바라의 집에 가서 히로미가 만든 저녁을 먹었다.

♪

리쓰는 초등학교 시절에 3학년과 4학년 담임을 맡았던 후지사와 선생님과 오랜만에 만났다. 연하장을 주고받고 반년에 한 번 정도 연락을 나눠왔지만, 직접 만나는 건 거의 두 해만이었다.

후지사와 선생님은 리쓰와 같은 동네였던 부모 소유의 집과 땅을 매각한 뒤, 그곳에서 몇 정거장 떨어진 동네로 이사했다. 쉰둘이 된 그녀는 여전히 초등학교에서 교편을 잡고 있었다. 교감 제안도 받았는데 거절했다는 이야기를 리쓰는 언뜻 전해 들은 기억이 있었다. 후지사와 선생님은 초등학교 교사로 일하면서 학습을 힘들어하는 몇몇 가정을 도와주기도 하고, 리쓰가 다녔던 보육 교실에도 지원금을 보태왔다.

리쓰는 겐지를 떠올리며 후지사와 선생님에게 문자를 보냈다. 실직 후 의욕을 잃어버린 편모에게 중학생 아들이 있는데, 그런 아이도 지원이 가능한지 물었다. 후지사와 선생님은 직접 방문해달라는 답장을 보냈고, 둘은 토요일 낮에 만나기로 약속했다.

보통 전철을 탈 때마다 통로 쪽에 앉아 이어폰을 낀 채 잠들곤 했던 리쓰는 그날은 창가에 앉아 경치를 구경했다. 대학에 다니던 스무 살 때부터 봐서 익숙해진 경치였지만, 리쓰는 산의 웅장함과 골짜기의 깊이, 그 사이로 흐르는 시냇물과 마을의 모습에 새삼 감탄할 때가 있었다. 새로운 회사에 입사한 뒤로는 틈틈이 쉬고 싶다는 생각뿐이었기에 경치를 감상할 겨를이 없었다. 그럼에도 자연은 딱히 토라지지도 않은 채 그저 담담히 반짝이고 있었다. 리쓰가 완전히 지쳤을 때나 슬플 때도 늘 그래왔다. 초등학교 3학년을 앞둔 봄방학 무렵, 언니를 따라 집을 떠나던 차창 너머로 마주한 풍경이 지금도 여전히 기쁨으로 맞닿아 있는 것 같았다.

후지사와 선생님은 역 근처에 있는 3층짜리 연립주택의 꼭대기에 살고 있었다. 예전에 선생님은 한 번씩 교장을 맡았던 할아버지와 어머니로부터 물려받은 커다란 집에 살았었다. 그 시절에 리쓰도 그 집에 몇 번 가본 적 있었다. 전통가옥의 멋스러운 문과 커다란 정원이 있던 그 곳과 지금 사는 집을 비교했을 때, 리쓰는 상당히 비좁아진 공간 때문에 선생님이 답답해하진 않을까 걱정

했다. 하지만 리쓰를 맞아준 선생님은 오히려 다양한 생활 시설이 근처에 있어서 살기 편하다며 만족하는 모습이었다. 부모님이 세상을 떠나고 선생님이 매각한 땅 위에는, 이제 리쓰는 엄두도 내지 못하는 고급 아파트가 들어섰다.

"그 아파트로 들어가진 않으셨네요."

"가족 대상으로 하는 집인 데다, 나한텐 비싼 것 같아서."

오늘 후지사와 선생님은 연지색의 커다란 격자무늬 셔츠에 진한 쥐색 카디건을 걸치고 낙낙한 검정 바지를 입고 있었다. 예전에 만났을 때부터 테가 두꺼워진 안경을 걸치고 있었는데 조금 젊어진 것처럼 보였다. 한번은 언니가 후지사와 선생님에게 어디에서 옷을 사 입느냐고 불쑥 물어서 리쓰는 놀란 적이 있었다. 그때 선생님은 수예점에서 정장을 맞춰 입고 셔츠는 종점 역 근처에 있는 수입 중고상에서 구매한다고 대답했다. 고등학교에 입학한 뒤 리쓰도 휴일이면 히로미와 함께 그 옷 가게에 자주 가곤 했다.

후지사와 선생님은 리쓰에게 겐지 엄마의 직장을 찾는 일과 당장 어떤 제도를 이용하면 좋을지 앞장서서 구체적으로 조언해 주겠다고 말했다. "그런데 선생님은 종일 학교에 계시잖아요. 여유가 있으세요?" 리쓰의 말에 선생님이 고개를 끄덕이며 말했다. "지금 다니는 초등학교가 여기에서 도보 3분 거리야. 너보다는 시간 있을걸."

리쓰는 선생님에게 자신의 이야기도 살짝 꺼냈다. 불황 초기에 대학을 졸업한 이후, 여전히 취업난이 이어지고 있었지만 도자기 회사에서 영업사원으로 일하는 리쓰는 어느 정도 능력을 인정받으며 열여덟 살 때 다니던 직장보다 더 많은 급여를 받고 있었다. 리쓰는 사토루가 전직한 이야기도 들려주었다. 물레방앗간 당번을 서며 수력발전소 청소를 하고 틈틈이 농가에서 계절노동을 하다가, 외국인 노동자를 도와주는 비영리단체에 취직한 일에 대해서까지. 리쓰의 말을 묵묵히 들으며 고개를 끄덕이던 후지사와 선생님은 리사와 사토루의 나이를 듣고 "그럴 시기니까"라고 말했다.

"무슨 뜻이세요?"

"깊은 뜻은 없어. 그저 스스로 진짜 어른이 되었다고 실감하면서 꼭 해야 할 일을 하게 되는 시기가 딱 그 정도 나이일 거라는 거지."

리쓰는 후지사와 선생님이 리사와 사토루 정도의 나이였을 때를 떠올렸다. 그때도 선생님은 초등학교에서 교편을 잡고 있었지만, 고등학교 입시 준비를 하는 리쓰를 여러 가지로 도와주었다. 성적이 우수했던 리쓰에게 공부를 가르치는 게 아니라 이 고등학교는 양질의 교육이 이루어지고 있다거나, 이 학교는 교통비가 덜 든다는 식으로 이것저것 함께 고민해 주었다. 때로는 공부할 때 먹으라며 간식을 챙겨줄 때도 있었다.

"기나긴 인생에서 누군가에게 친절을 베풀지 않으면 삶이 지루해지는 법이니까."

"그런 뜻이었군요."

"그렇지."

더는 설명하지 않은 채 후지사와 선생님은 리쓰에게 차를 두 잔째 권하면서 제철에 접어든 청포도를 내왔다. 그건 정말 맛있었다. "또 올게요."

집으로 돌아가는 리쓰에게 선생님은 "꼭 놀러 오렴"이라고 말하며 고개를 끄덕였다. 그날은 언니가 자기 집에서 같이 밥을 먹자고 해서, 리쓰는 저녁이 되기 전에 선생님의 집을 나왔다. 리사 부부는 도매 마트에 가서 또 고기를 사 왔는데 둘이서 먹기에 양이 너무 많아서 리쓰를 부른 모양이었다.

리쓰는 해가 지기 직전의 계곡을 바라보며 동네로 돌아갔다. 축복받은 인생이라고 생각했다. 엄마의 약혼자로부터 집에서 쫓겨나 밤 10시에 공원에서 책을 읽던 아이가, 어른이 되어 직접 번 돈으로 특급 열차를 탄 채 반짝이는 골짜기를 멍하니 바라보고 있었다. 집에서 자신을 데리고 나오는 결단을 내려준 언니에게는 한없이 고마운 마음뿐이었고, 자매를 잘 지켜봐 주었던 사람들이 있었다. 사토루, 나미코와 마모루, 스기코, 후지사와 선생님, 그리고 사카카비라까지 각자의 위치에서 선의를 가지고 다가와 주었다.

리쓰는 언니와 그 주변 사람들, 그리고 이제껏 만나온 여러 사람의 양심 덕분에 자신이 완성된 걸지도 모른다고 생각했다.

흐르는 강물을 내려다보며 리쓰는 몇 년 전 실연했던 기억을 떠올렸다. 회사 복사기 관리 업체에서 온 직원이었다. 그 여자는 열여덟 살 때부터 일을 해왔고 리쓰보다 두 살 아래였다. 술을 잘 마셨고 마음과 달리 좀처럼 담배를 끊지 못하는 사람이었다. 음악적 취향이 맞아서 즐거울 때도 있었지만, 그다지 앞날을 생각하지 않는 사람이었다. 그러다 친구가 아이를 낳자, 그녀는 자기도 그러고 싶어졌다고 말했다.

"난 늘 수면에 뜬 풀처럼 불안했어. 리쓰 씨는 굉장히 친절하고 똑똑해. 하지만 우리 앞에 대체 어떤 미래가 있지? 리쓰 씨랑 있으면 그대로 인생이 끝나버릴 것 같아. 그건 내가 원하는 게 아니야. 난 뭔가가 되고 싶어."

결국 리쓰는 헤어졌다. 그리고 얼마 뒤 그녀는 다니던 직장 선배와 결혼했다. 얼굴은 잘생겼는데 대화는 지루하다고 말하던 사람이었다.

돌이켜 보면 당시 리쓰는 그저 좋아하는 마음에 상대의 대화에 호응해 주었을 뿐, 그녀가 무슨 생각을 하는지 전혀 알지 못했다.

일방적으로 기울어진 관계를 이어가던 그때를 떠올리면 늘 기분이 가라앉았지만, 눈앞의 경치는 아름다웠다. 꼭 놀러 오라는 후지사와 선생님의 말을 떠올리면서, 리쓰는 살아 있다는 게 그리 나쁘지만은 않다고, 그런 확신이 들기 시작했다.

그건 명확한 대상이 없을지라도 '사랑한다'라고 말해도 좋을 듯한 기분이었다.

동네의 바로 전 역을 지나치면서 리쓰는 스기코를 떠올렸다. 초등학생 시절, 스기코 같은 어른이 되고 싶다고 마음을 품었던 그날을.

♪

7월이 되자 겐지가 기말고사 결과를 리쓰에게 보여주러 왔다. 중간고사와 비교해 모든 과목의 점수가 올랐다. 특히 수학은 원래부터 못 하는 과목은 아닌 듯했다. 이해가 갈 때까지 기초를 다졌고 난이도를 바꿔가며 계속 문제를 풀게 했더니 학년 상위권에 들 정도의 성적을 받았다. 리쓰는 겐지의 성적을 가정교사 아르바이트 시절에 썼던 자료와 대조해 보면서, 앞으로 한 달 반 정도 지금의 성적을 유지한다면 지망하는 학교에 입학하는 것도 문제없을 거라 생각했다.

리쓰는 겐지의 성적이 오른 건 사카키바라가 공부를 봐준 덕분이라고 주위에 이야기했다. 처음에 그는 요즘 중학생용 참고서가 본인이 배우던 시절과 달라서 자신이 없다고 말했지만, 곧 적응하더니 겐지를 잘 가르칠 수 있게 되었다. 이과 과목은 가르치는 동안 즐거웠다고 한다.

게다가 겐지는 가정 과목 성적도 올랐다. 1학기에 배웠던 가정

과목 내용에 손바느질 실습이 포함되어 있었는데, 물레방앗간에 들르는 리사에게서 종종 바느질을 배웠던 경험을 살려낸 모양이었다.

리쓰의 회사는 더욱 바빠졌다. 4월부터 방송 중인 드라마에서 리쓰네 회사의 식기가 등장한 덕분에 갑자기 불티나게 팔리기 시작했다. 리쓰는 생산을 재촉하는 동시에 납품을 확보하기 위해 애썼고, 4인 체제로 돌아가는 도자기 제조 업무를 순환하기 위해 지역에서 일시적으로 인원을 융통해 줄 수 있는지 직접 부탁하러 다니기도 했다. 리쓰는 되도록 집에 있을 때는 겐지의 숙제를 봐주려고 노력했는데, 물레방앗간에서 네네를 돌보는 겐지가 자주 만나는 사람은 의외로 은퇴한 사카키바라였다. 언제부턴가 리쓰는, 물레방앗간에 갈 짬이 나지 않아 겐지를 만날 수 없게 되더라도 그가 잘해줄 거라는 확신을 갖게 되었다.

8월이 되어서야 겐지의 엄마는 일자리를 찾았다. 리쓰가 열여덟 살 때 일했던 농산물 상사에서 시간제로 근무하는 일이었는데, 신선식품 시장과 여러 행사장에서 채소와 과일을 판매하는 업무였다. 일자리는 본인이 직접 찾았지만, 면접 복장을 체크하고 모의연습을 할 때는 후지사와 선생님이 도와주었다. 7월부터 일을 찾기 시작했는네 겐지의 엄마는 처음 지망했던 네 곳에서 모두 떨어졌음에도 포기하지 않았다고 후지사와 선생님이 이야기해 주었다.

겐지는 여름방학 중에 기말고사 성적표를 들고 학교에 갔다. 예전에는 담임과 진로지도 선생님에게 중학교를 졸업하면 취직을 하고 싶다고 했지만, 지금은 지망하는 학교가 생겼다고 말했다. 선생님들은 그런 겐지에게 도와줄 테니 열심히 하라고 응원했다.

겐지는 이날 있었던 일을 리쓰에게 전했다. 그 이야기를 듣던 네네는 선풍기를 향해 크게 말했다.

"열심히 해!"

자기 목소리가 떨리는 게 마음에 들었는지 네네는 몇 번이나 선풍기를 향해 "열심히 해! 열심히 해!"라고 말했다. 그 모습을 바라보던 리쓰는 고개를 끄덕이고는 네네를 가리키며 "저렇게나 응원해 주는데, 열심히 해"라고 말한 뒤 웃었다.

*

3월의 입시를 향해 겐지는 움직이기 시작했다. 초가을부터 리쓰는 물레방앗간 일이 겐지에게 부담을 주지 않을지 걱정되었다. 겐지가 수험 공부에 집중할 수 있도록 리사 부부와 리쓰, 그리고 사카키바라까지 물레방앗간에 들를 수 있도록 담당을 나누겠다고 했더니, 오히려 겐지는 고개를 저으며 물레방앗간이 공부가 더 잘 된다고 말했다. 겐지는 집중하고 싶을 때는 물레방앗간의 내부 장치가 있는 방에, 네네와 문제 맞히기를 하고 싶을 때는 네네의 방으로 갔다. 그렇게 분리된 공간을 학습 용도에 맞춰 사용하게 되면서 겐지는 9월부터 본격적으로 입시 준비를 시작했다. 경제 사정으로 사립고등학교 지원은 무리일 것 같아 목표는 공립 공업고등학교로 잡았다.

겐지는 입시에서 떨어지면 바로 취직할 생각이었지만, 공립고등학교의 2차 모집 시험도 추천할 생각이었던 리쓰는 작년에 정원 미달이었던 고등학교 모집 자료를 모아두었다. 괜히 자신이 주제넘게 나서는 것 같기도 했다. 분명 겐지의 진로 지도 선생님도 미리 준비하고 있을 텐데도 가만히 있을 수가 없었다.

리쓰는 공립고등학교만으로는 좀처럼 타협점이 보이지 않는다는 생각에 사립고등학교 데이터도 모았다. 한편, 왜 그런지 자신의 예금통장을 재차 들여다보기도 했다. 그러는 사이 9월부터 모의고사가 세 번 진행됐고, 겐지의 성적은 B, B, A였다.

"이토는 어때?"

리쓰가 겐지에게 물었다. 이토는 목표를 더 높여 사립고등학교로 지망을 바꿨다고 했다. 보드게임 동아리에 꼭 들어가고 싶다는 게 이유였다. 그래서인지 겐지는 딱히 입시 정보를 나누는 상대도 없이 그저 학교 공부와 리쓰의 숙제, 사카키바라의 조언에 기댄 채 수험 공부를 이어왔고, 그 결과는 합격이었다.

그 고등학교를 지원한 학생은 학교에서 자신뿐이었기에 혼자 결과를 확인하러 간 겐지는 공중전화로 리쓰에게 전화를 걸었다. 일하는 중이었던 리쓰는 전화를 받자마자 "합격했어요!"라는 겐지의 말을 들었다. "알겠어." 리쓰는 대답과 동시에 무의식중에 사무실 밖으로 나갔다. 그렇게 복도의 막다른 쪽까지 걸어갔다가 발길을 돌려 다시 반대쪽 끝까지 걸었다.

"다른 사람들한테도 알려줘."

— 네.

"축하해."

휴대전화를 주머니에 넣고 곧장 건물 밖으로 나온 리쓰는 평소에는 사지 않는 500밀리리터 콜라를 자판기에서 뽑았다. 그리고 다시 사무실로 돌아가면서 엘리베이터에서는 조금 울었다.

사카키바라에게 전달한 합격 소식은 언니 부부에게도 전해졌다. 외근 중이었던 사토루와 사카키바라는 그날 동네 역까지 겐지를 마중 나갔다고 한다. 사토루는 곧장 업무에 복귀해야 했지만, 사카키바라와 겐지는 그 길로 네네에게 보고하러 갔다.

사카키바라는 네네에게 "네네, 축하 안 해줘?"라며 몇 번이나 인사를 시키려고 했지만 좀처럼 잘 되지 않았다. 그때 겐지가 말했다.

"콩그레추레이션."

"축하해!"

겐지의 의도대로 네네가 대답하자, 사카키바라가 "축하해!"라고 맞장구를 쳤다. 그제야 뭔가를 파악했는지 네네는 연달아 "축하해!"라고 말했다. 그렇게 두 사람은 서로를 바라보며 웃고 말았다.

그날 밤 리쓰는 고심 끝에 케이크를 사서 겐지의 집에 찾아갔다. "뭐라고 감사의 말을 드려야 좋을지……." 현관에 나온 겐지의 엄마가 리쓰를 맞았다. 리쓰는 겐지의 엄마에게 케이크를 억지로 떠넘기며 말했다.

"죄송해요, 집에 가서 할 일이 있어서요."

그렇게 리쓰는 겐지는 만나지도 않고 나와버렸다. 어쩐지 인사를 강요하는 것처럼 보이면 안 될 것 같아서였다. 그 길로 곧장 언니 집으로 갔다.

"뭐, 케이크를 주고 그냥 와버렸다고?"

리쓰의 이야기를 들은 리사가 놀라 물었다.

"상대편이 축하받을 일인데, 오히려 이쪽에 무슨 말을 해야 할지 고민을 안겨주는 게 미안하잖아."

"속이 깊네."

리사는 그릇을 세 개 꺼내더니 냉동실 문을 열며 중얼거렸다.

"케이크는 없지만……." 그러더니 냉장고에서 도매 마트에서 산 듯한 커다란 아이스크림을 꺼내 그릇에 나눠 담으며 말했다.

"대신 아이스크림 먹자. 차고에서 사토루가 정비 중이니까 불러와."

리쓰는 언니 말 대로 현관으로 나가 신발을 신었다. 그때 언니가 큰 소리로 말했다.

"열심히 했으니까 네 몫은 많이 줄게!"

그 말에 리쓰는 무심코 웃고 말았다.

리쓰와 함께 들어온 사토루는 겐지네에 주고 온 케이크 이야기를 듣더니, "오늘은 과일이 없어서 면목이 없군" 하며 조금 아쉽다는 듯 어깨를 으쓱했다. 리쓰는 오래전에 사토루가 과수원에서 일했던 시절, 자매에게 포도를 줬던 추억을 그리운 듯 떠올렸다.

♪

그로부터 며칠 후 주말에 마모루와 나미코는 소바 가게에 겐지와 이토, 다른 친구들도 초대해 아이들의 중학교 졸업을 축하해 주었다. 겐지에게 공부를 가르쳐주던 사카키바라를 비롯해 리사와 사토루, 겐지를 만난 적이 없는 히로미까지 많은 사람이 모여 오랜만에 마모루가 만든 소바를 먹었다.

히로미가 겐지에게 악수를 청하며 말했다.

"만나고 싶었어. 아빠가 집에서 자주 칭찬하더라고."

"별말씀을요." 겐지는 부끄러운 듯 고개를 저었다. "난 내 딸이 라디오에서 방송할 때와 똑같이 겐지 널 자랑스럽게 생각해." 사카키바라가 말했다.

봄방학이 시작되고 겐지는 매일 네네를 만나러 왔다. 동네에서 학교까지 통학 거리가 전철로 한 시간 이상 걸리다 보니, 겐지는 네네를 돌보는 게 어려워질까 봐 걱정했다. 그때마다 리사는 "어떻게든 된다니까"라고 말해주었다. 리사, 사토루, 겐지, 리쓰 넷이서 각자 상황에 맞게 분담한 다음 '어떻게든 될' 계획을 짠 뒤 설명하며 겐지를 안심시켰다.

"무슨 근거로 어떻게든 될 거라고 말한 거야?"

리쓰가 언니에게 물었고, 리사는 이렇게 대답했다.

"그냥 그런 예감이 들었어. 내가 맞혔지?"

리사는 리쓰에게 물레방앗간에서 일하는 대가로 제약회사에서 들어오는 약간의 수입 중 3분의 1을 겐지에게 주기로 했다고 말했다. 리사와 사토루, 겐지 셋이 나눴다고 한다. 리쓰 몫은 계산에 넣지 않은 셈인데, 사실 물레방앗간에 주말 낮이나 평일 밤에 가끔 들를 뿐이었던 리쓰는 나름 합당한 처사라고 생각했다.

"대신, 네가 우리 집에 오는 날에는 특별히 대접해 줄게. 고기도 차려주고 여름용 셔츠도 만들어줄게."
 리사가 말했다. 리쓰는 리사가 보여준 옷감 중에서 남색 스트라이프 무늬를 고른 뒤 기장이 긴 칠부 소매 셔츠를 만들어 달라고 부탁했다.
 4월에는 겐지의 입학식이 있었다. 리쓰는 반차라도 써서 축하하러 갈지 이래저래 고민하다가, 그냥 평소대로 근무했다. 겐지의 엄마도 출근해야 했기에, 겐지는 입학식에 혼자 갔다.
 고등학생이 되어 처음 맞는 일요일, 겐지는 물레방앗간에 와 리쓰를 만났다. 입학식 때 사토루는 겐지가 아는 사람을 데려왔다고 한다. 그 사람은 겐지에게 선물까지 준 모양이었다.
 "이거 받았어요."
 겐지는 책가방 지퍼에 빨간 실로 묶어 매달아 둔, 어느 나라의 돈인지 알 수 없는 동전을 리쓰에게 보여줬다.
 "그 사람 고향에서는 행운의 부적으로 통한대요."
 "와." 리쓰는 동전 모양 부적을 받아 눈높이까지 들더니 몸을 돌려 네네에게 보여주었다.
 "기억나? 작년 5월에 여기 왔던 여자 말이야."
 고개를 갸웃하는 네네에게 리쓰는 직접 부르는 일이 거의 없는 「기브 잇 어웨이」의 코러스 부분을 흥얼거렸다. 여자를 기억하는 것 같지는 않았지만, 네네는 리쓰가 노래를 부르는 게 좋았는지 선반 위에서 스텝을 밟았다.
 "그분, 사토루 씨 상사분이 새 직장을 알선해 주셔서 지금도 일하고 있대요. 전에 다니던 곳보다 조건도 더 좋고, 이제는 어느 정도 여유도 생겼나 봐요. 나들이옷을 만들고 싶다고 옷감을 구하고 싶다고도 했어요."

"그건 우리 언니한테 상담하면 되겠네."

"사토루 씨도 같은 말씀을 하셨어요."

리쓰가 부적을 되돌려주자, 겐지는 다시 가방에 그것을 단단히 묶었다.

"고등학교는 어때?"

"아직 잘 모르겠지만, 즐거워요. 공부도 하고."

"그렇구나."

리쓰는 고개를 끄덕이며 자신이 이러쿵저러쿵 충고할 처지는 아니라고 생각했다. 그저 겐지의 행운을 빌 뿐이었다.

물레방앗간의 열린 문 사이로 벚꽃 향기가 바람에 실려 들어왔다. 그 향기에 이끌리듯 네네가 선반에서 우아하게 날아올라 날개를 펄럭이며 밖으로 나갔다. 리쓰도 일어나 그 뒤를 따랐다.

제 4 화

2011년

지진이 일어났을 때 리쓰는 시간제로 일하는 농산물 상사에서 물레방앗간으로 가던 길이었다. 원래 퇴근 시간은 오후 2시였지만 잔업을 30분 한 뒤였다.

도로 한가운데가 돌연 좌우로 미끄러지는 듯한 느낌이 들자 리쓰는 황급히 자전거에서 내렸다. 길가에 자전거를 세우자, 점점 발밑의 감각이 위태로워지고 있음을 느꼈다. 지면이 출렁이며 흔들리고 있었다. 리쓰는 곧장 근처에 있던 전신주를 붙잡았다.

흔들리는 정도가 점점 심해지자 리쓰는 잡고 있는 전신주도 그대로 끊어져 버릴까 봐 불안한 마음에 몸을 움츠렸다. 살면서 경험해 본 적 없을 만큼 긴 시간 동안 땅이 흔들렸다.

진동이 잦아들자마자 리사에게서 괜찮냐는 문자가 왔다. 리사는 근무 중이었는데 옷감 패턴을 만들던 중에 진동이 시작되었다고 한다. 리쓰는 '재봉틀을 사용할 때가 아니어서 다행이네'라는 답장만 겨우 보냈다. 비영리단체에서 일하고 있던 사토루는 기술 실습생을 소개받고 싶어하는 회사 대표와 채용 조건에 대해 면담 중이었다고 한다.

곧장 물레방앗간에 간 리쓰는 옆 방과 선반 사이의 칸막이에 착 들러붙은 채 떨고 있는 네네를 발견했다. 늘 기세등등하고 자신만만하던 네네가 그런 식으로 떨고 있는 모습을 오랜만에 본 리쓰는 "아아, 이런 미안해"라고 말하며 네네를 그대로 품에 안은 뒤 의자에 앉았고 한동안 일어설 수 없었다.

라디오에서는 히로미의 목소리로 도호쿠[+] 연안부에 대형 쓰나미 경보가 발표되었다는 소식이 들려왔다. 음악은 한 곡도 나오지 않았다. 히로미가 담당하는 방송에서 음악이 나오지 않을 정도라면 아마 다른 방송국도 마찬가지일 거라 생각하면서도, 리쓰는 플레이어에 스피커를 직접 연결할 기운이 없었다.

어쩔 수 없이 리쓰는 라디오를 끄고 네네를 무릎 위에 올려놓고 배를 쓰다듬어 주면서 얼마간 노래를 불렀다. 레드 핫 칠리 페퍼스의 「언더 더 브릿지」와 더 블루하츠의 「정열의 장미」, 비틀스의 「렛잇비」를 부르니, 끝까지 아는 노래가 바닥나서 다시 한번 「언더 더 브릿지」를 불렀다.

실력이 썩 좋지 않은 리쓰의 노래를 듣고도 마음이 가라앉았는지, 네네는 무릎 위에서 잠시 쉬다가 제대로 날아올라 선반 위로 되돌아갔다. 리쓰는 네네를 바라보며 자기가 부를 수 있는 노

[+] 일본 혼슈 동북부에 자리한 지역으로 2011년 동일본대지진이 발생했다.

래라는 이유만으로 '종종 내게는 파트너 따위 없는 기분이야'라는 가사를 불러서 미안하다는 생각이 들었다. 네네는 다시 경계하듯 칸막이에 척 들러붙어 가만히 있기로 한 모양이었다.

라디오를 다시 틀었더니 여전히 히로미가 지진과 쓰나미에 관한 속보를 계속 전하고 있었다.

"히짱."

조금 안심한 듯이 네네가 말했다. 앞으로 한 시간 뒤에는 공동으로 경영하는 카페 2층의 자습실 문을 열어 가야 했지만, 리쓰는 가까운 거리도 걸어갈 자신이 없어서 그냥 앉아 있었다. 한편으로는 자리에서 일어날 수만 있다면 나미코를 들여다본 뒤 지금도 카페에서 일하고 있을 겐지에게 연락을 해야 한다고, 그렇게 쉴 새 없이 머릿속으로만 생각하고 있었다.

지진이 발생한 지 30분이 지났을 때 리쓰는 겨우 일어날 용기가 생겼다. 카페에서 일하는 도가시에게는 '괜찮아? 어쨌든 평소대로 갈게'라는 내용을, 겐지에게는 '일하는 중일 텐데, 별일 없었어?'라는 문자를 보낸 뒤 물레방앗간을 나왔다.

네네를 바구니에 태우고 안장에는 올라타지 않은 채 자전거를 밀면서 5년 전에 들어선 고령자 시설에 나미코를 만나러 갔다. 여전히 네네가 입을 다문 채 불안한 기색을 보였으므로, 리쓰는 부를 수 있는 노래를 머릿속에서 재차 떠올린 뒤 엘리엇 스미스의 「미스 미저리」를 불렀다.

노래가 다 끝났을 때, 맞은편에서 걸어오는 사카키바라를 발견했다.

"괜찮으세요?"

"보다시피 멀쩡한데, 어쩐지 가만있을 수가 있어야지."

"히로미는 지금도 라디오 방송 중일 거예요."

"그렇구나. 텔레비전을 계속 보는 것도 왠지 불안해서."

나미코를 보러 간다는 리쓰의 말에, 사카키바라는 같이 가도 되냐고 물었다. 리쓰는 그렇게 하자며 둘은 함께 고령자 시설로 향했다. 가는 도중에 사카키바라는 몇 번이나 네네에게 말을 걸었다. "무서웠지? 정말 무서웠어." 그의 이야기를 듣다 보니 시름이 잊혔는지, 네네는 여러 차례 고개를 끄덕이면서 이따금 "무서웠지!"라고 대꾸했다.

"히로미가 그러는데 이 근방은 진도 4였대요."

"그러냐? 더 강하게 느껴졌는데. 그 이상으로 오랫동안 흔들렸어."

"이상하게 불안하더라고요. 그렇게 계속 흔들리는 게 아닐까 싶었다니까요."

고령자 시설에 도착한 두 사람을 만나러 나미코가 로비로 나왔다. "다행이구나. 둘 다 무사해 보여서 안심이야." 나미코가 리쓰의 팔을 토닥이며 다른 한쪽 손으로는 사카키바라의 팔을 쓰다듬었다.

"언니도, 형부도 일하는 중인데 일단 별일은 없는 것 같아요." 리쓰의 말에 나미코는 "둘 다 문자를 보내줬단다"라고 대답했다.

"네네는 무서워했겠구나."

"네. 의기소침한 상태예요."

리쓰가 현관의 자동문 앞에 세워둔 자전거 바구니 안에 있는 네네를 손가락으로 가리키자, 나미코가 그쪽을 향해 손을 흔들

었다. 그 모습을 금세 알아본 네네가 무어라 외쳤다. "잘 지내?"라고 말하는 것 같았다.

짧은 면회가 끝나고, 리쓰는 나미코에게 내일 다시 오겠다고 말한 뒤 시설에서 나왔다. 그때 겐지에게서 답장이 왔다.

— 데스크에서 일하고 있었는데, 운전 중이거나 공사 중이었다면 위험했을 거예요. 리쓰 씨랑 다른 사람들은 괜찮아요?

"겐지한테 문자가 왔어요."

"그러냐? 난 무사하다고 전해주렴."

리쓰는 겐지에게 언니와 사토루, 사카키바라도 무사하다고 보냈고, 곧바로 다행이라는 답장이 왔다.

"이제 뭘 할 거니?"

"일단 자습실로 갈 건데 학생들이 올지 모르겠어요."
"그래. 난 집에 돌아가서 라디오를 들어야겠다."
"그게 좋을 것 같아요."

히로미는 방송을 언제까지 하는 걸까. 이제 곧 전문 디제이가 방송할 시간이었지만, 그 사람은 보도하는 말투가 아니었으므로 히로미가 계속 상황을 전달할 듯했다. 다행히 큰 피해는 없어서 앞으로 조금만 지나면 히로미의 방송에서 음악을 틀어줄지도 몰랐다.

리사가 열여덟 살 때부터 10년 동안 일해온 소바 가게 건물은 개축되었다. 현재는 1층에 카페가 들어섰고 2층에는 리쓰가 운영하는 초등학생과 중학생 대상의 자습실이 들어온 상태였다. 카페 경영자는 나미코였고 리쓰는 공동경영자였다. 카페 운영은 지역 출신의 스물두 살 여성 도가시가 도맡았고, 리쓰는 오후 4시부터 저녁 9시까지 자습실을 열어 동네 아이들의 공부를 봐주고 있었다.

도가시는 리쓰가 도자기 회사에서 영업 업무를 하던 시절에 물레방앗간에 자주 놀러 왔던 중학생으로, 겐지가 살던 아파트 건너편 집에 살았다. 이따금 물레방앗간 부지에서 네네와 노는 겐지를 부러워하던 도가시는, 어느 날 용기내어 겐지에게 말을 걸었다. 그렇게 겐지가 도가시를 리쓰에게 소개하면서 물레방앗간에 함께 놀러 오게 되었다.

소바 가게였던 카페의 뒷문으로 들어온 리쓰는 네네를 2층으로 데려가 새장 안에 넣은 뒤 라디오를 틀어주었다. 아직도 히로미의 목소리가 흘러나오고 있었다. 처음 방송 때 들었던 것보다 피해가 더욱 늘어나고 있었다. 리쓰는 속이 더부룩하고 손발이 차가워지는 것 같았다.

가까스로 전기 포트에 물을 붓고 전원을 켰다. 바닥이 흔들리지도 않는데 서 있을 수가 없었던 리쓰는, 새장에서 가장 가까운 곳에 있던 의자에 앉아 물이 끓기를 기다렸다.

— 거기 가도 돼요?

도가시한테 문자가 왔다. 물론이라고 답장하니, 소매 달린 앞치마 차림에 삼각 두건과 스카프를 두른 도가시가 2층으로 올라왔다. 네네의 몸에서 나오는 하얀 가루를 최대한 묻히지 않고 주방으로 돌아가기 위해서였다. 2층에 올 때의 도가시를 보면 오래전의 리사와 나미코가 떠올라 리쓰는 늘 그리운 생각이 들었다.

"리쓰 씨, 뭐 하고 있었어요?"

"물레방앗간에 갔어."

"그랬구나."

도가시는 테이블에 홍차가 담긴 리쓰의 머그컵을 내려놓았다. "고마워." 컵을 양손으로 감싸들던 리쓰는, 직접 차를 우려낼 힘도 없었기에 그 순간이 정말 고마웠다.

"채소 머핀을 만들던 중이었어요."

도가시는 느닷없이 발밑이 흔들리더니 가스레인지 선반 위에 뒀던 프라이팬이 질질 미끄러졌다고 말하며, 당시의 기억이 떠올랐는지 얼굴을 찌푸렸다.

"불을 쓰던 때가 아니라서 다행이었어요. 어쨌든 긴 시간이었죠. 텔레비전은 봤어요?"

리쓰가 고개를 저으니 도가시는 "저도요"라고 말하며 고개를 끄덕였다.

"그렇다고 누구랑 말할 수 있는 상황도 아니었죠. 조용한 분위기를 싫어하는 것도 아닌데, 그때는 너무 못 견디겠더라고요. 그래서 히로미 씨 라디오만 계속 들었죠."

다른 방송이 시작될 시간이 됐는데도 히로미는 여전히 멘트를 이어가고 있었다. 침착한 목소리였지만 피해 상황을 전할 때는 이따금 목소리가 날카로워지는 게 느껴졌다.

"어쩐지 끝날 기미가 안 보여요……."

"그러게."

가라앉은 목소리로 리쓰가 대꾸하자, 도가시는 의식하듯 밝은 목소리로 말을 이었다.

"누군가와든 이야기하고 싶었는데 리쓰 씨가 와줘서 엄청 고마워요."

다들 무사하다는 소식을 리쓰가 알려주자, 도가시도 고개를 끄덕이며 남자 친구와 부모님도 별일 없다고 말했다. 그녀는 지역 등산 버스 회사에서 운전기사로 일하는 동갑내기 가지하라는 청년과 사귀는 중이었다.

오후 4시 정각, 리쓰가 차를 다 마셨을 때 초등학교 4학년인 오노가 인사하면서 열린 문으로 들어왔다.

"안녕하세요."

"안녕." 리쓰가 고개를 끄덕이자 오노가 네네에게도 인사했다. 네네가 "안녕"이라고 대꾸했다. 오노는 자습실의 빈자리를 찾아 앉으며 손가방을 책상 위에 올린 뒤 뭔가 하고 싶은 말이 있는지 리쓰 쪽을 봤다.

"무서웠지?"
"네."
"어디에 있었어?"
"종례가 막 끝났을 때였어요. 다들 책상 밑에 숨었어요."
집요하게 길었던 진동을 떠올리는 듯 오노는 창밖으로 시선을 던졌다. 안경에 태양 빛이 반사되고 있었다.
"진동이 멈춘 뒤 잠시 교실에 있었어요. 선생님이 교실에서 나가셨는데 그동안 다들 무섭다고 계속 말했어요. 10분 정도 지났을 때 선생님이 돌아오셔서, 30분 더 교실에 있다가 하교하자고 말씀하셨어요."
그 뒤 오노는 집에 돌아가 책가방을 내려놓고 곧장 자습실로 왔다고 한다. 리쓰든 도가시든 누군가가 있을 것 같았기 때문이었다. 오노의 부모는 둘 다 밤 10시까지 영업하는 슈퍼마켓에서 일했다. 한쪽이 먼저 일찍 퇴근하기는 하지만, 보통 오후 7시 정도까지는 오노 혼자 집에 있는 경우가 많았다.
"어쩐지 시간이 멈춘 것 같네."
벽에 걸린 시계를 올려다보며 도가시가 멍하니 말했다. 그러나 말과는 반대로 시계의 초침은 움직이고 있었다. 흘러가는 시간을 몸이 따라가지 못하는 듯한 기분이 들었던 리쓰는 도가시의 말뜻을 이해할 수 있었다.
"있잖아요, 오너의 입장이 아니라 일하는 입장에서 봤을 때 오늘 가게를 여는 편이 좋을까요, 아니면 쉬는 편이 좋을까요?"
"나라면 일단 문은 열고 도저히 못 견딜 것 같으면 쉬겠어."
"네, 그럼 다녀올게요."

도가시는 네네에게 "네네, 차우!"라는 말을 던진 뒤 가게로 내려갔다. "차우!" 네네가 대꾸했다. 한동안 음악을 듣지 않아서 지루했는지, 네네는 더 블루 하츠의 「정열의 장미」인 듯한 노래의 도입을 흥얼거리기 시작했다. 리쓰는 라디오를 끈 뒤 종이에 그 노래의 가사를 적어 오노에게 보여준 다음 같이 노래를 불렀다. 노래가 끝나고 오노가 무언가 생각났다는 듯 말했다.

"아참, 이거 네네한테 주려고 가져왔는데."

오노는 배낭에서 박스테이프 심지를 꺼내와 네네가 있는 새장 안에 넣어주었다. 평소라면 기뻐하며 금세 갈기갈기 분해했을 네네였지만, 그날은 드문드문 심지를 갉다가 말았다.

오후 4시 15분이 지나자, 자습실에 등록한 아이들의 절반 정도가 도착했다. 대부분 이 시간대에 부모가 집에 없거나 부모와의 관계가 소원해 보이는 아이들이었다. 리쓰는 아이들이 네네와 실컷 이야기 나누도록 내버려뒀다가, 평소처럼 각자 공부를 시키며 모르는 문제가 있으면 가르쳐주었다.

오후 5시에는 초등학교 5학년인 사카타가 송사리의 수컷과 암컷을 구별하는 법에 대해 묻더니, "지진 때문에 무서웠어요"라는 말을 덧붙였다. 그러자 다들 공부하던 손을 멈추고 그 시간에 각자 어디에 있었는지 수다를 떨기 시작했다. 리쓰는 말리는 기색도 없이 각자 하고 싶은 만큼 이야기하도록 내버려뒀다.

저녁 6시가 되자, 몇몇 아이는 집에 돌아가고 교대하듯 동아리 활동이 끝난 중학교 학생들이 왔다. 리쓰는 그날만큼은 아이들이 원 없이 이야기하게 놔뒀다. 수다가 서툰 아이는 네네가 노래하거나 갑자기 "로쿠하라탄다이!"라고 외치는 걸 들으며 그 내용에 관해 옆에서 중얼중얼 대답하고 있었다. 네네는 아이들이 "무서웠어"라고 말할 때마다 "무서웠지!" 하며 공감하듯 거듭 외쳤다.

리쓰는 지금쯤이면 한숨 돌렸으려나 하는 마음에 히로미에게 문자를 보냈다. 30분 뒤에 '머리가 아파'라는 답장이 왔다.

리쓰가 다시 문자를 보냈다.

— 다른 사람이랑 교대 안 해?

— 선배한테 두 시간만 대신해 달라고 부탁하려고. 노래 틀고 싶어. 바그너의 기나긴 곡이든 뭐든 틀어놓고 가만히 있고 싶어.

대꾸할 말이 없었던 리쓰는 편의점에서 좋아하는 걸 사서 집에 가면 눈 좀 붙이라는 답장을 보냈다.

오후 7시에 자습실에서 나온 리쓰는 네네를 데려다주러 물레방앗간에 갔다. 모두와 떨어지기를 싫어하며 네네는 평범한 새처럼 울었지만, 정신적으로 지쳤을 거라는 생각에 리쓰는 어떻게든 네네를 재워서 쉬게 해줘야 한다고 생각했다. 우선 석유난로를 켠 뒤 스피커에 플레이어를 연결했다. 바흐의 「골드베르크 변주곡」을 작게 틀었고 네네를 새장에 넣어 담요를 덮어주었다.

저녁 8시가 됐을 때, 리쓰는 너무 늦게 집에 가면 안 된다며 아이들을 차례로 돌려보냈는데, 오늘따라 자습실 문이 닫을 때까지 있겠다는 아이가 많았다. 저녁 9시에 자습실을 닫은 리쓰는, 결국 마지막까지 남은 아이들과 평소처럼 같이 나와서 모두를 집까지 데려다주고 귀가하기로 했다. 자전거를 타고 온 아이는 먼저 돌아가거나 자전거를 끌며 무리와 함께 돌아가기도 했다. 수다 떠는 아이가 있는가 하면 조용한 아이도 있었는데 딱히 다들 서로 마음이 맞거나 사이가 좋은 건 아니었지만, 오늘만큼은 서로에게 평소보다 더 친밀감을 느끼며 걷고 있었다. 리쓰는 어쩐지 그런 모습에서 안정감이 느껴지는 것 같았다.

리쓰는 평소에 아이들을 귀가시키면 자신도 곧장 집으로 돌아갔지만, 오늘은 카페로 발길을 돌렸다. 카페에는 밤새 켜두는 외부 조명뿐만 아니라 안에도 불이 켜져 있었다. 인기척이 들려서 리쓰가 카페로 들어가자 겐지와 사카키바라, 리쓰의 동창 엄마인 소노야마가 와 있었다. 그들은 도가시의 지시에 따라 테이블을 닦거나 바닥에 청소기를 돌리고 있었다.

사카키바라는 "하루에 몇 번씩 얼굴을 마주치니 괜히 겸연쩍군" 하며 리쓰에게 고개를 숙였다.

"히로미가 새벽 1시 이후에나 귀가한다길래 마중 나갈 생각이란다. 그러니 깨어 있어야 하는데 영 불안해서 말이지."

리쓰는 고개를 끄덕이며 대꾸했다.

"시간은 늦었지만, 집에 있는 재료를 모아서 따뜻한 음식을 만들어주면 기뻐할 거예요."

도가시가 주방 카운터 건너편에서 말했다.

"슈퍼마켓 식품 매장은 밤 10시까지 여는데, 앞으로 30분 남았어요."

"집에 어묵 남은 게 좀 있는데 가져올까요?"

소노야마의 제안에 사카키바라는 "감사합니다. 그걸로 어묵 우동을 끓이고 사과라도 내야겠네요"라고 퍽 구체적으로 계획을 말하며 정중히 머리를 숙였다. 리쓰와 같은 학년이었던 소노야마의 아들이 타지에서 일하고 있으며 아직 결혼하지 않았다는

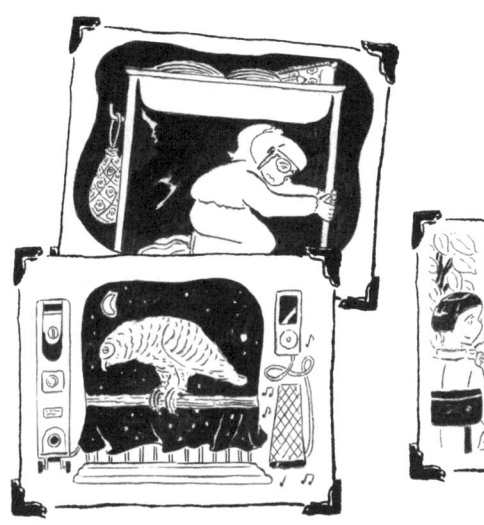

이야기도 올해 초 귀성한 당사자에게 직접 전해 들었다.

"저녁 아직 안 먹었죠? 이거 남았거든요."

도가시는 되돌아온 리쓰에게 갈레트 브루통⁺에 으깬 감자와 계란프라이, 치즈를 올린 음식과 홍차를 내왔다.

"만드느라 번거로웠겠다."

"제 오너시잖아요."

리쓰의 말에 도가시가 대답하며 어깨를 으쓱했다. 처음에는 맛이 느껴지지 않았는데, 다른 사람들이 나누는 대화를 듣다 보니 리쓰는 조금씩 미각이 돌아오는 느낌이었다.

겐지는 딱히 아무런 말이 없었다. 그렇다고 사람들의 이야기를

⁺ 메밀가루로 만든 팬케이크

무시하는 건 아니었고 고개를 끄덕이며 "그렇군요"라고 맞장구를 치거나 테이블 위에 500엔짜리 동전을 올려둔 채 머그잔으로 뭔가를 마시고 있었다. 도가시가 서비스로 내온 차에 값을 치를 생각인 듯했다.

열여덟 살 때부터 겐지가 지역 전기공사에서 일한 지도 벌써 6년이 되었다. 스무 살에 독립한 겐지는 근처에서 자취 중이었다. 취직한 뒤로는 물레방앗간에 들르는 횟수가 줄었지만, 아침저녁으로 네네를 돌보는 당번 안에는 들어가 있었고, 몇 년 전부터는 사카키바라도 합류하게 되었다. 겐지는 리쓰와 만나면 종종 술을 마시러 가자고 하곤 했는데, 그저 인사치레가 아니라 진짜 시간을 정해서 만났다. 겐지와 리쓰는 이따금씩 함께 만나 술을 마시며 이야기를 나눴다. 그 자리에 리사와 사토루가 같이 오거나 둘 중 한 사람만 올 때도 있었고, 단둘이 마시기도 했다.

직장에서 겐지는 순조로워 보였다. 어리지만 직무 경력이 길어서 조의 리더가 되었고 후배도 생겼으며 고객의 신뢰도 얻고 있었다. 물레방앗간으로 도망쳤던 기술 실습생 여자를 숨겨주고, 뒤쪽 경사면으로 도망치다 넘어졌던 소년은 어느새 어엿한 청년이 되어 있었다.

"텔레비전 보셨어요?" 그제야 겐지가 리쓰에게 말을 걸었다.
"안 봤어." 리쓰는 고개를 저었다.
"전 출근하면서부터 봤어요. 회사 휴게소에 텔레비전이 있거든요."
"그랬구나."
"살면서 가장 끔찍한 장면을 본 느낌이에요."

그렇게 말하고 겐지는 머그잔을 입에 대려다 멈추더니 테이블에 내려놓았다. 평범한 일상이 불가능해진 다른 지역 사람들을 떠올린 모양이었다. 리쓰는 점점 할 말을 잃어가는 자신을 느끼며 "그래" 하고 다시 한번 대꾸했다.

"누구한테 일어나도 이상하지 않은 일이 나한테만 일어나지 않았다면, 그저 우연일 뿐이라는 생각이 들어요."

리쓰는 고개를 끄덕이며 머그잔을 가리켰다.

"마셔."

그렇게 말하며 리쓰는 홍차를 마셨다.

그때 가지하라가 왔다. 그는 도가시와 사귀는 중이었다.

"여자 친구가 아직 집에 돌아가지 않은 것 같아서 걱정돼서 왔어요."

리쓰는 그와 교대하고 집에 돌아가기로 했다. 다른 사람들은 좀 더 있다 가겠다고 말했다.

리쓰는 밤 10시 반에 귀가했다. 방의 조명을 켜고 코트를 입은 채 텔레비전을 켜니, 겐지가 들려줬던 광경이 나타났다. 리쓰는 긴 시간 동안 계속 서 있었다.

𝆑

토요일 오후 2시에는 돌의 분쇄 작업 일정이 잡혀 있었고 리쓰는 창고에 있던 네네를 데리러 가는 중이었다. 예전보다 네네는 조금 기운이 빠진 듯 보였다. 한동안 리쓰는 네네를 물레방앗간

보다 자택인 연립주택과 가까운, 스기코가 아틀리에로 썼던 창고로 데려다놓곤 했다. 그럴 때면 리쓰도 그곳에 있으면서 최대한 네네 옆에 있어주려고 했다.

네네는 창고 안 커다란 책상 위에서 자습실에 온 학생들이 주워 온 솔방울을 쪼아대며 시간을 보냈다. 아마 사토루가 가져온 듯한 라디오가 틀어져 있었는데, 「로엔그린」의 전주곡이 막 끝난 참이었다. 히로미의 멘트를 들으면서 리쓰는 음악을 틀 수 있는 상황이 되어 다행이라고 생각했다.

지진 이후 히로미는 두 달 동안 재해지 소식과 원자력 발전소 상황을 방송으로 줄곧 전해왔다. 방송국에서 요청받은 데다 히로미도 동의한 일이었다. 원래 네네는 라디오에서 디제이의 멘트보다 음악 듣기를 더 좋아했다. 그래서 리쓰가 농산물 상사에서 시간제로 근무하다가 휴식 시간 때 잠깐 물레방앗간에 들를 때면, 리쓰는 히로미의 방송이 시작되기 전에 라디오를 끄고 음악을 재생시켰다. 그런데 어쩐지 네네는 그걸 환영하지 않는 눈치였다. 어느 날은 리쓰가 라디오를 끄고 음악을 틀려고 하자 플레이어 위에 올라타며 방해까지 하려고 했다.

"히로미가 좋은가 보네."

리쓰가 말하자, "잘 지내?"라며 네네가 물었다. "그럼." 리쓰가 대답하니 "오케이!" 하고 네네는 말했다. 그날은 아무래도 네네가 히로미의 목소리를 듣고 싶어 하는 것 같아서 결국 그대로 라디오를 틀어두었다.

히로미의 목소리로 도호쿠 지역 사람들이 겪은 믿기 힘든 수난에 대해 들으며, 리쓰는 네네도 뭔가 느끼는 점이 있지는 않을지 생각했다. 네네는 스스로를 인간이라고 여기는 구석이 있었다. 그렇기에 터무니없는 고통에 휩싸인 사람들이 이 땅 어딘가에 함께 연결되어 있다는 사실을 네네도 어렴풋이 이해하고 있을지도 모른다. 그래서 히로미의 이야기를 들으려는 걸까.

「로엔그린」 다음으로 쇼팽의 「발라드」가 흘러나오기 시작했을 때 리쓰는 라디오를 끄고 "네네, 자전거 탈 거야"라고 말했다. 네네는 솔방울에서 리쓰의 어깨로 날아올라 착지했다.

"어디 가?"

"물레방앗간."

리쓰의 대답을 알아 들었는지 모르는지 네네는 "휴우" 하며 장단 맞추는 듯한 소리를 냈다. 지금 있는 창고 쪽이 더 넓었지만 네네는 물레방앗간에 있는 게 더 좋은 모양이었다.

물레방앗간 가까이 갔을 때, 막 스물다섯 살이 되었다는 화가 나카노가 기다리고 있었다. 디자인 회사에서 일하는 그는 쉬는 날에는 자기 작품을 그린다고 했다. 나카노는 석채를 만드는 데 쓸 안료 분쇄를 리쓰에게 발주해 오고 있었다.

"어린 시절에 가와무라 스기코 씨의 그림책을 자주 읽었어요. 동네 할아버지한테 물레방아로 안료를 빻아 달라고 부탁하신다는 것도 도서관에 있던 잡지에서 봤죠."

리쓰의 자습실까지 찾아온 나카노가 말했다. 일부러 그 물레방아를 찾으러 온 그는, 사람이 없는 물레방앗간을 가리키며 관리자가 누군지 묻고 돌아다니다가 우체국의 마카베로부터 카페 위층의 자습실에 있는 여자애가 잘 알 거라는 말을 들었다고 한다. 서른여덟 살인 리쓰는 전혀 '여자애'로 불릴 나이가 아니었지만 여덟 살 때부터 이곳에 살던 리쓰의 모습을 봐왔던 마카베로서는 정년을 앞둔 지금까지도 여전히 리쓰를 어린아이처럼 여기는 것일지도 몰랐다.

"안녕하세요." 리쓰가 인사하자 나카노도 모자를 벗고 인사했다. "안녕하세요!" 네네가 말을 보태자, 그는 미소를 지었다. 리쓰는 네네를 방에 되돌려 놓고 음악을 튼 뒤, 내부 장치가 있는 옆방으로 나카노를 안내했다.

회전하는 굴대에 달린 누름대가 지면에서 수직으로 설치된 널빤지를 절굿공이째 밀어 올리는데, 그걸 떨어뜨리는 힘으로 그 밑에 있는 절구 안의 내용물을 빻게 된다고 리쓰는 설명했다.

"원래는 물레방아로 메밀가루를 갈았다고 들었는데 같은 방식인가요?"

나카노의 질문에 리쓰는 고개를 저었다.

"굴대 가장 앞에 달린 톱니바퀴와 맷돌에 붙여놓은 톱니바퀴를 수직으로 맞물려서 돌아가게 해야 해요. 그 힘으로 맷돌을 돌려 가는 거죠."

리쓰는 이어 말했다.

"위아래 누르는 힘만으로도 대부분 갈 수 있지만, 메밀가루는 맷돌로 갈았어요. 맷돌은 지금 수리 중이라 여기 없지만요."

"그렇군요. 아쉽네요."

그렇게 말하면서 나카노는 리쓰가 가리키는 굴대 앞에 달린 거친 목재 톱니바퀴를 바라보며 물었다.

"만져봐도 될까요?"

리쓰가 허락하자, 그는 톱니바퀴를 주뼛주뼛 쓰다듬듯이 만진 뒤 "여기에 맷돌을 두나요?" 하며 자기 나름대로 맷돌의 크기를 재현하려는 듯 양손을 펼치면서 맷돌을 자리에 두는 듯한 동작을 취했다.

"맞아요." 그때 어떤 시선을 느낀 리쓰는 네네가 있는 방 쪽을 돌아봤다. 미닫이문 창 너머로 네네가 흥미진진하게 두 사람을 지켜보고 있었다. 리쓰는 네네에게 손을 흔들며 말을 걸었다.

"오늘은 물레방아 움직일 거야!"

네네는 그 말의 뜻을 이해한 건지 아닌지 신호하듯 날개를 펼쳤다. 나카노는 눈을 반짝이며 그 상황을 지켜보고 있었다.

지진이 발생한 다음 날 리쓰는 언니 부부와 함께 물레방아를 점검하러 갔지만, 다행히 별다른 이상은 없어 보였다. 하지만 현재로서는 딱히 동력을 사용하는 작업도 없고 어쩐지 불안하기도 해서, 제약 작업으로 물레방아를 움직이는 일은 최대한 줄이기로 했다. 제약 관련 외주 업무는 일단 5월로 계약을 끝낼 예정이었다. 리쓰의 귀중한 수입원이었던 터라 고민도 됐지만, 그래도 리쓰는 직접 맷돌로 간 메밀가루로 만든 요리를 카페에 내놓고 싶다는 마음이 더 컸다.

리쓰는 굴대에서 튀어나온 누름대와 맞물리는 지점까지 절굿공이를 민 다음 절구 옆에 쭈그리고 앉았다.

"돌 좀 빌릴 수 있을까요?"

리쓰가 나카노에게 묻자, 그는 "이걸 쓰세요"라며 말라카이트를 건넸다. 리쓰는 그걸 절구 안에 넣었다.

"이제 물레방아를 움직일 거예요. 같이 보실래요?"

나카노가 고개를 끄덕이며 리쓰를 따라 물레방앗간 뒤쪽으로 갔다.

경사면에 계단 모양으로 파놓은 발판을 밟고 올라간 리쓰는, 물레방앗간 옆으로 흐르는 강에서 물을 끌어오는 홈통을 조작했다. 그러자 물레방아 위로 강물이 들어왔고 서서히 물레방아가 움직이기 시작했다.

"오오."

나카노가 감탄했다. 리쓰는 그를 데리고 물레방앗간의 내부 장치가 있는 방으로 돌아와 안료가 되는 돌을 빻는 모습을 보여 주었다.

"저기, 또 와도 될까요?"

"그럼요. 일이 없을 때는 안내해 드릴게요."

"기쁜데요. 정말 같은 방식으로 석채를 만들 수 있는 날이 올 거라고는 생각도 못 했어요."

"그러셨군요."

리쓰는 그리운 스기코를 떠올리며 고개를 끄덕였다.

"화가분이 오셨으니 스기코 할머니가 기뻐하실지도 몰라요."

"그러시면 좋겠네요."

나카노는 카페에 걸려 있는 스기코의 그림에 관해 이야기했다. 처음에는 도서관의 폐가식 서고에서 꺼내 달라고 부탁해서 읽었던, 수십 년 전의 잡지 기사 속 같은 일이 가능할 거라고는 생각하지 못했다고 한다. 그런데 이 동네에 왔다가 들어갔던 카페에서 스기코의 그림이 걸려 있는 모습을 본 뒤에는, 물레방앗간을 찾으러 가야겠다는 결심이 섰다고 했다.

물레방아를 멈추고 다시 나오려는데 리쓰의 휴대전화가 울렸다. 맷돌 수리 점검을 해주는 지역 석공 아사카와였다. 그는 맡겼던 맷돌은 다음 주 중반에는 가져갈 수 있을 것 같다고 말했다.
― 평일이라면 배달해 줄 수 있는데.
"다음 주 일요일은 안 될까요?"
― 음, 그날은 가족끼리 농장 체험에 가기로 해서 직접 갖다주는 건 어려울 것 같아.
"가지러 가면 될까요?"
그렇게 묻자 가능하다는 답이 돌아와서, 리쓰는 그에게 다음 주 일요일에 가겠다고 하고 전화를 끊었다. 맷돌이 돌아오는 날에는 가까운 사람들도 함께 볼 수 있도록 다 같이 쉬는 날로 정해야겠다고 리쓰는 생각해 왔다. 리쓰는 맷돌을 가져오는 걸 누구에게 부탁할지 고민했다.
나카노와 헤어진 뒤 리쓰는 네네를 데리고 공동 경영자로 운영하는 카페에 갔다. 먼저 자습실 안의 새장에 네네를 넣은 뒤 1층 카페에 내려가 잠시 가게 일을 도왔다. 토요일이어서 가게는 붐볐다. 사람들이 빠지자, 리쓰는 직접 차를 끓이고 가게에 있는 빵과 마요네즈, 햄으로 샌드위치를 만들어 구석 자리에서 먹었다.
"화가라는 분의 돌 빻는 일은 잘 됐어요?"
도가시의 질문에 리쓰가 "아마도"라며 고개를 끄덕이자, 그녀는 가게 벽에 걸린 스기코의 그림 몇 점을 둘러보며 물었다.
"여기 있는 그림도 물레방아로 빻은 돌로 석채를 만들어 그린 거죠?"
"맞아. 나랑 언니가 도운 적은 거의 없었어. 소바 가게 선대였던 할아버지가 해주셨대."

기본적으로 물레방아는 메밀가루를 만드는 게 목적이었으므로, 맷돌에 안료가 들어가지 않도록 구역을 잘 설정해야 했다. 리쓰는 그 일이 힘들었다고 덧붙였다.

도가시가 고개를 끄덕이며 말했다. "우와, 그랬구나."

도가시가 물레방앗간에 오가게 된 무렵은 주로 제약용으로 물레방아를 사용하게 된 뒤였다.

"여기 있는 그림을 그린 분 말이에요, 리쓰 씨랑 사이가 좋았던 할머니시잖아요. 만나고 싶었는데."

도가시의 말에 리쓰는 다시 스기코를 떠올렸다. 리쓰가 샌드위치의 마지막 한 조각을 다 먹었을 때 새로운 손님이 들어왔다.

"또 봐." 가게를 나온 리쓰는 2층으로 올라갔다.

토요일은 쉴 생각이었지만, 점심시간 이후까지 느긋하게 자는 것 말고 방에서 꼭 해야 할 일이 없어서 리쓰는 자습실을 열기로 했다. 리쓰가 휴일에 하고 싶은 건 책을 읽거나 음악을 듣거나 그저 멍하니 있는 것 중 하나였는데, 어느 쪽이든 카페 2층에서도 할 수 있는 일이었다.

같이 있으면서 서로 말 한마디 하지 않은 채 네네가 좋아하는 모과이의 노래를 듣고 있는데, 초등학교 5학년인 오노와 중학교 1학년인 미즈쿠치가 함께 들어왔다. 리쓰는 음량을 줄이며 인사했다.

"공부는 안 해도 돼요?"

"그럼."

"그러면 게임 해도 돼요?"

"물론이지."

리쓰가 고개를 끄덕이자 미즈쿠치는 "괜찮대, 잘됐다!" 하며 오노를 내려다봤다. 두 아이는 뒤편 의자에 앉아 게임기를 꺼내 놀기 시작했다.

리쓰는 관광 협회에서 역과 여행사에 배포하는 소책자와 웹사이트에 실릴 카페 소개문을 쓰기 시작했다. 가게 메뉴와 분위기에 관해서는 거의 참견하지 않지만, 도가시가 신경 쓰지 못하는 가게 홍보는 리쓰가 도왔다. 전단을 만들어서 지역뿐만 아니라, 자동차나 전철로 30분 이내의 거리에 있는 다른 카페나 사람들이 모이는 장소가 있으면 직접 찾아가 두고 간 적도 있었다.

자습실에는 초등학생과 중학생이 여섯 명 더 왔다. 한동안 각자 하고 싶은 것을 하다가 저녁 8시에 문을 닫았다. 마감 시간이 다 되어 카페에 내려갔더니 도가시가 물었다.

"리쓰 씨, 저녁 먹었어요?"

"아직."

"있잖아요, 시식해 줬으면 하는 게 있어요."

"소바가키⁺ 드셔보실래요?"

"그래. 부탁해."

리쓰는 그렇게 말하며 구석 자리에 앉았다. 도가시는 소바용 맛간장이 든 작은 주발과 메밀 색깔의 떡 같은 음식을 접시에 올려 리쓰 앞에 내려놓았는데 파와 김도 곁들어 있었다.

"먹어본 적 있어요?"

"난 계속 소바만 먹었어."

⁺ 메밀가루에 물을 섞어 걸쭉하게 한 뒤 떡처럼 만들어 먹는 음식

"리사 씨가 일했던 소바 가게에서는 이 메뉴가 없었나 보네요. 하긴, 메밀면 자체를 만들었으니 딱히 이것까지 추가하기도 귀찮았을 것 같아요."

도가시는 그렇게 말하며 일단 먹어보라며 재촉했다. 소바가키를 입에 넣자, 외견처럼 식감도 부드럽고 찰진 데다 메밀 향이 강하게 느껴졌다. "맛있다." 리쓰의 말에 도가시는 고개를 젖히더니 한숨을 내쉬듯 중얼거렸다.

"다행이다!"

"신메뉴로 하려고?"

리쓰가 물었고, 도가시는 어깨를 으쓱이며 생각 중이라고 말했다.

"부모님 다 관청에 다니시거든요. 젊었을 때 이 집 소바를 자주 먹으러 왔었대요. 굉장히 맛있었다고."

도가시는 '이 집'이라고 말할 때 검지로 바닥을 가리켰는데, 과거 여기에 있었던 가게를 지칭하는 듯했다. 리쓰는 지금 앉아 있는 자리가, 리사가 일했던 소바 가게의 어느 자리쯤이었는지 떠올렸다. 선명하게 기억해 낼 수 있는 장소가 지금은 자기 기억 속에서만 존재한다는 사실이 새삼 신기하게 느껴졌다.

"아참, 맷돌 수리 끝났다고 연락왔어."

"기다려지는데요."

리쓰는 고개를 끄덕였다. 지금은 소바를 만들지 않지만, 언젠가 그럴 수 있는 날이 왔으면 좋겠다는 도가시의 말에 리쓰는 중얼거렸다.

"그렇게 된다면 정말 기쁠 거야."

　물레방앗간에서 자습실로 향하던 월요일, 리쓰는 등산 버스 종착역 사무소에서 나오는 겐지를 발견했다. 그는 와이셔츠에 넥타이를 매고 작업복을 걸친 모습이었는데, 접이식 사다리를 옆구리에 안은 채 사무소에서 나오더니 부지에 정차한 경트럭 짐칸에 사다리를 옮기고 있었다.

　네네를 자전거 바구니에 태운 리쓰가 "안녕!"이라고 말을 걸자, 겐지는 외마디 탄성을 내뱉으며 사다리를 짐칸에 내려두고 손을 흔들었다. 그러더니 사무소 출입구 옆에 둔 도구함을 가리키며 말했다.

"저걸 실을 때까지만 거기에서 기다려 주세요!"

리쓰가 보도에 서서 기다리고 있으니 겐지가 급히 다가와 네네와 인사를 나눴다. 그리고 리쓰에겐 조만간 밥을 먹자고 연락하려던 참이었다고 말했다.

"이번 주 토요일 괜찮으세요?"

"좋아. 언니네한테도 말할까?"

겐지는 종종 주말 중에 언니에 들러 저녁을 먹고 가곤 했는데 리쓰도 동석할 때가 많았다. 리사와 사토루는 두 사람이 올 때마다 무척 좋아해 주었다. 겐지도 고마워하며 배부르게 밥을 먹었고 업무나 동료, 손님에 관한 이야기를 하곤 했다.

"아뇨, 그날은 리쓰 씨랑 둘이 만나고 싶어요."

단둘이 술을 마시러 간 적도 있었으므로, 리쓰는 무슨 일인지 궁금해하면서도 "그래. 좋아"라고 말하며 고개를 끄덕였다.

"토요일 저녁에는 일정 있으세요?"

"자습실에 꼭 있고 싶어 하는 아이들만 없다면 괜찮아."

리쓰의 자습실에는 한 달에 한 번 정도 집에 가기 싫어하는 아이들이 있었다. 리쓰는 일단 그런 아이들을 받아주는 편이었다. 주로 부모와 싸워서 아직 집에 가기 싫다는 아이들이 많았고, 집에 가도 부모가 없으니 외롭다는 아이들이 그 뒤를 이었다. 엄마가 지금의 남편과 사귀기 시작했을 당시, 언니를 따라 집을 나오기 전까지 리쓰 또한 매일 불안정한 생활을 해온 경험이 있었다. 그래서 가능한 한 주변 아이들이 그런 감정을 겪게 하고 싶지 않았다.

"그런 사정이라면 그다음 주 토요일도 괜찮아요."

겐지는 "그러면 또 봐요!" 하고 리쓰와 네네에게 손을 흔든 다음, 경트럭을 타고 멀어져 갔다.

"차우!" 네네가 소리쳤다.

10년 전 중학교 3학년이었던 겐지가, 그 후 공업고등학교를 상당히 우수한 성적으로 졸업하고 지역 전기공사에서 일하게 된 지도 벌써 6년이 되었다. 고등학교에 들어가면서부터는 별다른 걱정은 하지 않았지만, 겐지를 만날 때마다 리쓰는 훌륭하게 자랐다는 생각이 들었다.

네네 돌보는 일을 같이 분담해 주는 대신에 리쓰가 겐지의 입시 공부를 도와주었는데, 고등학교에 들어가서도 겐지는 자발적으로 네네를 계속 보살펴 주었다. 지금도 리쓰와 리사, 사토루와 함께 아침저녁으로 네네를 돌봤다. 네 사람에게 있어서 네네는 공동으로 돌봐야 하는 새이자, 출발점이 막연했던 그들의 인생을 어떻게든 꾸려갈 수 있도록 해준 상징이나 마찬가지라고 리쓰는 여겨왔다. 물론 딱히 그런 어려운 말을 하지 않아도 다들 네네를 좋아했다.

겐지와 만나기로 한 날도 자습실을 열었지만, 딱히 늦게까지 남겠다는 아이는 없어서 리쓰는 네네를 물레방앗간에 재운 뒤 약속 장소로 갔다. 오래전부터 역 근처에 있던 가게로, 좌식룸과 카운터가 있고 일품요리가 나오는 곳이었다. 어른이 된 뒤로 리쓰는 친한 사람들과 종종 가곤 했는데 겐지도 그중 하나였다.

겐지는 이미 좌식룸에 앉아 우롱차를 마시고 있었다. 닭다리살에 튀김옷을 입힌 가라아게와 소바, 두부 요리를 먹으며 두 사람은 맥주를 조금 마셨다. 리사와 사토루는 술을 전혀 마시지 않았는데, 그들보다 나이가 어린 자신들이 술을 마시며 식사까지 하고 있다고 생각하니 리쓰는 묘한 기분이 들었다.

겐지가 리쓰와 둘이 식사하고 싶다고 말하는 날은 대체로 뭔가 마음 정리를 하고 싶을 때였다. 고민하거나 망설이는 일을 리쓰에게 털어놓곤 했는데, 그 자리에서 나눈 이야기를 요약해서 주변에 전한다거나 상담하는 짓은 하지 않았다.

대개는 업무와 관련된 고민을 털어놓은 뒤 그에 따르는 보람을 이야기하는 식이었다. 이따금 누군가와 사귀게 되어 기쁘다든가 사이가 틀어져 버렸다는 이야기도 했다. 리쓰는 그저 이야기를 들어주었다. 원체 리쓰 스스로가 리사와 히로미 만큼 가까운 사람이 아니라면 주제넘게 말참견하지 않으리라 마음먹고 있었던 탓이기도 했지만, 리쓰가 충고해 주고 싶어질 만한 말을 겐지가 꺼낸 적이 없어서이기도 했다. 그의 이야기가 끝난 뒤 잠시 침묵이 뜰 때는 리쓰도 자기 일과 일상에 관한 이야기를 했다.

겐지는 그날따라 가라아게가 유독 맛있다며 평소보다 더 먹고 좀 더 마셨다. 그는 밝아 보였다. 그리고 이내 이야기를 먼저 꺼냈다.

"사내에서 도호쿠 지역으로 전근 갈 직원을 모집하는 공고가 있었어요. 거기에 자원했어요. 지진 복구와 관련된 사업이에요."

리쓰는 고개를 끄덕였다. 딱히 놀라지는 않았다. 있을 법한 일이라고 생각했다.

"그래. 그랬구나."

"조만간 여기를 떠날 거예요."

리쓰는 다시 고개를 끄덕였다.

"마음껏 실력 발휘하고 와."

"네네의 일 때문에 미안해서요."

"신경 쓰지 마."

리쓰는 좌식 테이블 위에 있던 겐지의 팔을 가볍게 두드렸다.

"그런 건 신경 쓰지 말고. 우린 괜찮으니까."

리쓰의 얼굴을 바라보던 겐지는 미간을 찌푸리며 몇 번이나 웃으려다 실패한 듯, "그동안 감사했습니다"라고 건조한 목소리로 말한 뒤 작게 인사했다. 리쓰는 있는 힘을 다해 고개를 저었다.

♩

아이가 셋이고 리쓰보다 다섯 살 연상인 석공 아사카와는 이제 가족 약속으로 비파 열매를 따러 간다고 말했다. 아사카와가 리쓰에게 물었다.

"아직도 메밀을 갈아?"

"그럴 생각이에요."

"세련된 카페도 좋지만, 난 소바도 먹고 싶어."

아사카와가 이어 말했다.

"옛날에는 종종 할아버지를 따라 먹으러 가곤 했지. 그땐 나도 질풍노도의 시기였는데, 동네 소바 가게 같은 곳은 가기 싫다고 투덜대면서도 내심 기대했어. 둘이 마주 보고 앉아 말없이 소바를 먹었지."

아사카와는 할아버지의 뒤를 이어 석공이 되었다. 현재 아흔이 된 그의 할아버지는 여전히 정정했다. 그가 메밀가루를 갈던 맷돌 수리를 맡았다고 하자, 할아버지가 무척 기뻐하셨다고 한다.

같이 있던 사토루와 리쓰는 즐겁게 그 이야기를 들었다. 벌써 수십 년 동안 두 사람은 그 할아버지 같은 사람을 만난 적이 없었고 앞으로 만날 일도 없었는데, 아사카와의 생기 넘치는 가족 이야기를 들으니 즐거웠다.

아사카와는 짐칸에 맷돌을 싣는 일까지 도와주고는 이렇게 말했다. "앞으로 소바를 먹을 수 있게 해달라고!"

그는 리쓰에게 다시 한번 부탁한 다음 가족을 만나러 갔다.

"마모루 씨의 소바, 정말 맛있었지."

액셀을 밟으며 사토루가 혼잣말처럼 중얼거리자, 리쓰는 "맞아요"라며 고개를 끄덕인 뒤 안전띠를 맸다.

"살면서 먹었던 소바 중에 가장 맛있었어. 나중에 먹었던 소바 맛이 뒤떨어진다고 느낄 정도가 아니라 내가 지금 먹고 있는 소바가 마모루 씨의 그 소바였다면 훨씬 맛있었을 텐데, 같은 느낌이랄까."

사토루의 이야기가 그야말로 자기 생각과 같아서, 리쓰는 "그러니까요" 하고 수긍하면서 눈을 내리깔고 웃었다.

"날 고용해 준 분이 만들어줘서 더 그렇게 느끼는 건가."

"아뇨, 완전히 공감하는데요."

리쓰의 말에 사토루는 웃으면서 신중히 핸들을 꺾어 산길의 커브를 돌았다.

사토루와 리사가 결혼한 지 18년이 지났다. 지금도 둘은 별

탈 없이 잘살고 있었다. 그들은 성실하게 일을 하고 네네를 돌보며 지인들에게 친절을 베풀며 살아간다. 마치 수십 년간 그렇게 살아온 것처럼.

리사가 리쓰를 데리고 낯선 동네에서 자립했을 때의 나이가 열여덟이었다. 리사는 그곳에서 일하며 리쓰를 길렀다. 즐거웠던 시절도 있었고 안일하게 보내던 나날도 있었다. 사귀던 사람이 마음에 들지 않는다고 이야기하던 때도 있었고, 그런 언니의 인생을 리쓰가 걱정했을 때도 있었다. 그러나 리사는 자신만의 세계와 생각을 지닌 사람이었다. 그런 리사이기에 사토루와 살아가기로 결심할 수 있었다.

"형부랑 단둘이 있었던 적이 거의 없으니까 지금 말하는데요, 언니랑 함께 해줘서 고마워요."

사토루는 살짝 고개를 들어 룸미러에 비친 리쓰의 얼굴을 힐끗 보더니, "뭐야, 새삼스럽게" 하며 희미하게 웃었다.

"형부가 이 동네에 온 지도 벌써 20년이나 되었잖아요."

"9월이면 그런 셈이지."

"20년 전 9월에 너바나의 「네버마인드」 앨범이 나왔죠."

리쓰의 말에 사토루는 화제가 바뀐 것에 안도하듯 활짝 미소 지었다. 리쓰가 이어 말했다.

"국내에는 아직 음반 출시가 안 됐었는데 히로미는 진작 알고 있었어요."

"대단한데. 그 이후에 라디오 방송국에 입사한 거겠네."

사토루는 그렇게 중얼거리며, 반대편 도로에서 차가 오자 속도를 줄였다.

"내가 여기 왔을 때는 『글로리아』가 상영된 지 10년이나 지난 뒤였지. 왜 있잖아, 네네가 종종 말하곤 했던 거."

"퀴즈 놀이 말이죠? 지금은 로쿠하라탄다이를 곧잘 말하긴 하지만요."

"리사가 봤다길래 뭔가 대화를 이어갈 수 있지 않을까 싶어서, 재상영 일정이 있는지 도서관에 가서 잡지를 뒤적여 봤었어. 물론 없었지만."

그 뒤 리사와 사토루는 남들처럼 비디오와 DVD 플레이어를 차례로 구매했고, 1년에 한 번씩 『글로리아』를 보곤 했다.

"솔직히 처제한테 언니를 뺏어온 것 같다는 생각을 한 적도 있었어."

"새삼스레 무슨 그런 말을……."

리쓰는 그렇게 말했지만, 전혀 눈치채지 못한 건 아니었다. 사토루는 늘 민망할 정도로 리쓰에게 예의를 차렸다.

"그럴 리가요."

"그건 아닌가."

"당연하죠."

리쓰는 사토루에게는 크게 의지할 수 있었다. 리쓰가 한 차례 직장에 다니다가 대학에 입학할 수 있었던 건 사토루의 덕이 컸다. 말 그대로 리쓰의 학비 절반을 그가 부담해 주었다. 리쓰가 반드시 갚겠다고 말했지만, 그는 리사의 동생이니 그럴 필요가 없다고 말해주었다. 대학을 졸업한 뒤 리쓰가 나름대로 월급을 받게 된 이후에도, 사토루는 계속 그 제안을 거절했다. 당연히 해야할 일이었으며 자기가 하고 싶었던 일이기도 했다고 그는 말했다.

"형부한테 많은 신세를 졌어요. 앞으로도 그럴 것 같지만요."

"그건 내가 할 소리야."

산에서 주택가로 접어들자, 사토루는 차의 속도를 늦췄다. 개를 데리고 산책하는 여자가 사거리를 건너갔다.

"이 근처는 일 때문에 자주 다니는 길인데, 겐지와 스쳐 지나간 적이 있었지."

사토루는 거듭 좌우를 살피며 앞으로 나아갔다. 리쓰가 이 동네에 온 이후 이 근방에는 주택이 세 배는 늘었다.

"중학생이던 남자애가, 작업복 아래 넥타이를 매고 멋지게 일을 하고 있더군."

"그러게요."

"그럴 때마다 난 인생을 포기하지 않아서 다행이라고 생각해. 리사와 시시콜콜한 대화를 나눌 때도 마찬가지고."

"그렇군요."

리쓰는 지난 번 식당에서 겐지에게 전근 이야기를 전해들었다. 그로부터 일주일 동안 겐지는 기회가 있을 때마다 주변 사람들에게 그 사실을 알렸다.

"지진 이후로 난 계속 스스로가 한심하고 무기력하게 느껴졌어. 리사와도 자주 그런 이야기를 나눴지. 부모가 없는 우리는 뿌리 없는 풀이나 마찬가지인데, 만약 우리가 만났을 때 그런 일이 일어났다면 주저하지 않고 재해 현장으로 갔을 거라고 말이야."

두 사람이 그런 생각을 하고 있을 줄은 몰랐기 때문에 조금 놀란 리쓰는 "그렇군요"라고 중얼거리며 핸들을 쥔 사토루를 바라봤다. 그는 앞을 본 채 고개를 끄덕였다.

"하지만 우리는 이미 부모 이상의 존재를 만났잖아. 단단한 뿌리처럼 삶 속에 박혀 있지. 그래서 여기를 쉽게 떠날 수 없는 것 같아. 이런 마음을 대신 품고 가준다면 기쁠 거라고, 겐지에게 말해줬어." "기뻐했을 거예요."

사토루는 차창 건너편을 살피면서 물레방앗간으로 이어지는 길로 접어들었다.

"그랬으면 좋겠다."

사토루는 말을 이었다. "중년 아저씨의 부담스러운 기대로 받아들이지 않았길 바랄 뿐이야."

스물여덟 살에 이 동네에 와서 리사로부터 물레방앗간 일을 이어받은 사토루는, 올해 마흔여덟 살이 되었다.

리사와 겐지, 네네가 물레방앗간 부지에서 기다리고 있었다. 겐지의 어깨에 올라타 있던 네네는, 다가오는 자동차가 사토루의 차라는 걸 아는지 어깨 위에서 날개를 펼쳤다. 겐지는 고개를 움츠려 날개를 피하면서 네네를 힐끗 쳐다봤다.

부지 안에 차를 들여놓고 네네를 본인의 방에 되돌려 놓은 뒤, 맷돌을 운반용 손수레에 실어 물레방앗간 안으로 옮겼다. 굴대 끝에 설치된 받침대 위에 맷돌을 올리고, 굴대에 달린 톱니바퀴와 수직으로 맞물리는 형태로 맷돌에 톱니바퀴 부품을 부착했다. 그리고 나서 맷돌 위에 메밀을 들이붓는 깔때기를 설치했다.

"제대로 된 건가?"

네 사람 중 물레방아와 맷돌을 만진 시간이 가장 긴 리사에게 리쓰가 물었다. 리사는 톱니바퀴가 맞물렸는지 잠시 확인하더니 말했다.

"물레방아를 움직여 봐야 알 것 같은데."

사토루가 준비해 온 메밀 포대를 열어 깔때기에 쏟아부으려는데, 겐지가 나섰다.

"제가 해볼게요. 메밀을 가는 건 처음이라."

"그랬군."

제약용으로 사용하던 시절에는 겐지가 몇 차례 물레방아를 가동한 적도 있었지만, 메밀을 깔때기에 주입하는 그의 모습을 본 기억은 확실히 없다고 리쓰는 생각했다.

겐지는 기쁜 듯 메밀 포대를 양손으로 감싼 채 깔때기 안에 메밀을 들이부었다. 시선이 느껴져 리쓰가 고개를 드니, 옆방 쪽 창문에서 네네가 가만히 이쪽을 바라보고 있었다. "텅 비었네"라고 리쓰가 놀리듯 입을 움직이니, 네네는 고개를 갸웃하며 뭔가 생각하는 듯한 동작을 취했다. 리사도 네네 쪽을 돌아보더니 씩 웃었다.

"기억하고 있으려나?"

"바로 떠올리는 거 아냐?"

그러고 나서 리사와 사토루는 물레방아를 움직이러 밖으로 나갔고, 리쓰와 겐지는 맷돌에 달린 톱니바퀴와 굴대의 톱니바퀴가 조용히 맞물리는 모습을 가만히 지켜봤다. 잠시 후 물레방아 돌아가는 소리와 함께 굴대가 천천히 회전하더니, 수직으로 맞물린 굴대의 톱니바퀴와 맷돌의 톱니바퀴가 움직이기 시작했다. 겐지는 손뼉을 쳤고 리쓰는 탄성을 질렀다. 물레방아 움직이는 소리가 기분 좋게 들렸다.

네네가 있는 쪽의 방문에서 가볍게 소리가 나는 듯해서 쳐다봤더니, 네네가 창문에 달라붙은 채 뚫어지게 맷돌을 바라보고 있었다. 리쓰는 네네 쪽을 돌아보며 "텅 비었다"라고 다시 한번 입술을 움직였지만, 네네는 미동조차 없이 맷돌 위에 달린 깔때기만 바라봤다.

리사와 사토루가 다시 돌아왔다. 맷돌 받침대 아래 상자에 가루가 떨어지는 모습을 엉거주춤한 자세로 들여다보던 리사가 말했다. "갈리네!" 사토루도 예전보다 맷돌 상태가 좋아진 것 같다며 그 옆에서 몸을 기울이고 있었다. 메밀가루를 갈던 시절에는 그렇게까지 맷돌을 들여다본 적이 없었던 리쓰는, 고개를 끄덕이며 두 사람과는 조금 떨어진 곳에서 메밀가루를 관찰했다.

"깔때기 안의 메밀이 줄어들면 다시 보충해야 해. 맷돌이 공회전하면 안 되니까. 그런 다음 메밀가루가 쌓인 팔레트를 교체하는 거야."

리사가 겐지를 향해 설명하는 소리가 들렸다. "그렇군요." 겐지가 감탄한 듯 고개를 끄덕였다.

"두 번째로 보충한 메밀이 가루가 되어 쌓이고 나면, 이번에는 한 번 갈아 둔 가루를 다시 깔때기에 넣는 거야. 그러면 입자가 더욱 고와지지."

사토루가 설명을 보탰다. 리쓰는 부부가 합쳐 15년이 넘도록 그 일을 해왔다는 사실을 떠올렸다.

"이걸로 소바를 만들면 당연히 맛있겠네요."

"굉장한 맛이 나지."

겐지의 말에 사토루가 가만히 대꾸했다.

"갈레트를 만들 때 사용해도 당연히 맛있을 거야."

이렇게 말한 뒤 리사는 리쓰에게 자리를 양보했다. 맷돌 정면에서 메밀가루가 갈리는 모습을 들여다보며, 리쓰는 처음 이 장소에 왔을 때를 떠올렸다.

"텅 비었다!"

그때 별안간 네네가 외쳤다. 예전 작업이 생각난 모양이었다. 뒤돌아본 리쓰는 어쩐지 네네가 윙크를 한 번 한 것처럼 보였다. 리사와 사토루도 그쪽을 바라보고 있었으므로, 리쓰는 서둘러 포대를 열고 깔때기 안에 메밀을 보충한 뒤 맷돌 아래의 상자를 교체했다.

그날은 두 포대만큼의 메밀가루를 만들어서 카페에 들고 가 도가시에게 건넸다.

"우와, 냄새 끝내준다!"

그녀는 기뻐하며 손님이 줄어든 시간을 노려서 동그란 소바가키를 만들어 리사 부부와 겐지, 리쓰에게 대접했다.

"카렌은 소바 못 만들어?"

겐지의 천진난만한 질문에, 드물게 성이 아니라 이름으로 불린 도가시는 오만상을 찌푸리며 대꾸했다. "이봐, 가루가 있다고 해서 뚝딱 만들 수 있는 줄 알아?"

"소바 만드는 게 어려운가?"

"당연하지. 내가 수련하던 가게 중 어느 곳에도 소바 메뉴는 없었다고."

도가시는 고등학교를 졸업한 뒤 약 두 해 정도 여러 카페에서 일하며 조리법과 가게 경영에 관해 배웠지만, 그중 소바 가게는 없었다.

그 뒤 들어온 두 팀의 손님에게 신선한 메밀가루로 만든 갈레트를 대접한 다음, 도가시는 자기가 먹을 몫을 만든 뒤 남은 가루로 리쓰 일행에게도 갈레트를 구워줬다.
"하지만 사토루는 메밀면 만들 수 있지 않아? 마모루 씨한테 배웠잖아."
"대충 만들 수 있을 뿐이야. 마모루 씨 솜씨는 절대 못 따라가지."
리사와 사토루가 나누는 이야기를 들은 도가시는, "어머, 만들 수 있어요?" 하며 식기를 정리하다가 대화에 끼어들었다.
"흉내만 내는 거지."
사토루의 말에 도가시는 "진작 말했어야죠"라며 화가 난 투로 대꾸하더니, 주방에 돌아갔다가 곧 나왔다.
"나나 사토루 씨나 각자 일이 있어서 시간이 걸릴지도 모르지만, 여유 있을 때 가르쳐줄 수 있어요?"
"그럴 순 있는데, 나미코 씨한테 봐달라고 하는 편이 더 좋을 거야."
"소바 가게 안주인이었던 분이야."
사토루의 말에 이어 리사가 도가시를 올려다보며 대꾸했다. 도가시는 팔짱을 낀 채 고개를 갸웃하더니 물었다.
"시설에 계신다면서요? 연세가 상당하실 것 같은데 괜찮을까요?"
리쓰는 "아마도"라며 고개를 끄덕였다.
"대신 여쭤봐 줄 수 있을까요? 그러면 안심이 될 것 같은데."
도가시의 말에 리사는 "응, 그럴게"라며 고개를 끄덕였다. 리쓰는 도가시가 아마도 자신한테 부탁한 듯싶었지만, 나미코 이야기에 언니가 굉장히 기뻐하는 것 같아 그저 가볍게 고개만 끄덕였다.

✦

다음 일요일, 리쓰는 나미코와 리사와 함께 에도 시대의 거리가 그대로 남아 있는 근처 관광지로 놀러 갔다. 고갯길로 이어지는 돌층계의 긴 비탈을 따라 음식점과 민박, 잡화점이 늘어선 곳이었다. 리쓰가 여든셋의 나미코가 걷기 힘들까 봐 걱정하자 리사가 말했다.

"지치면 근처 가게에서 뭐라도 먹고 돌아가자. 굳이 언덕 위까지 올라가야만 하는 건 아니니까." 리쓰는 그 말에 곧장 수긍했다.

그곳에 가고 싶다고 말한 건 나미코였다. 나미코와 마모루는 소바 가게가 바쁜 와중에도, 석 달이나 반년에 한 번씩 옛 거리의 모습이 보존된 근처의 역참 마을에 놀러 가는 걸 좋아했다. 그중에서도 돌층계의 긴 비탈이 이어진 이곳은 부부가 살고 싶다고 생각할 만큼 좋아하던 거리였다.

"여기에서 장사를 해보고 싶어서 진지하게 가게 자리를 찾으러 다니곤 했지. 이 비탈길을 따라서 말이야. 하지만 역시 우리 가게 소바는 물레방아로 막 갈아둔 메밀가루가 없으면 안 되잖아. 이렇게 말하면 어쩐지 마모루의 실력을 의심하는 것처럼 들릴 수도 있는데 어쨌든, 이건 그 양반도 인정한 부분이란다."

긴 비탈길 근처에서 나미코는 기쁜 듯 거리의 풍경을 올려다보며 말했다.

마모루가 세상을 떠난 뒤 나미코는 반년 동안 침묵에 잠겨 있었다. 고령자 시설에서 살기로 마음먹은 몇 년 전부터 나미코와 리사, 리쓰는 함께 한 달에 한 번씩 만나 영화를 보러 가거나 근처 관광지를 놀러 갔다. 셋은 리사네 집이나 시설의 응접실에서 모여 그저 대화만 나눌 때도 있었다. 그럴 때는 보통 리사와 리쓰가 자신들의 이야기를 하고, 나미코는 귀 기울여 듣는 쪽이었다.

셋은 지난달에 마모루가 좋아했던 좀비 영화의 감독이 만들었다는, 여자아이들만 나오는 액션 영화를 보러 갔다. 돌아오는 길에는 찻집에 들러 영화 이야기를 나눴다. 주인공 여자는 짐 캐리가 악역으로 나오는 다른 영화에서도 굉장히 귀여운 캐릭터로 등장했는데, 어른으로 성장한 뒤 출연한 이번 영화에서는 배역이 기대만큼 아쉬웠다는 이야기로 분위기가 달아올랐다.

이들은 잡화점 몇 군데에서 한 시간이나 머물렀다. 길 양쪽으로 오십여 채의 가게와 민박집이 줄지어 서 있고 가파른 오르막길이 기다리고 있었는데도 말이다. 리쓰는 어쩌면 오늘 중으로 언덕 위의 전망대 광장까지는 갈 수 없을지도 모른다고, 오늘은 절반까지만 오르고 다음에 다시 와도 될 것 같다고 생각했다.

리쓰는 두 사람을 잡화점 안에 남겨둔 채 밖에서 시노를 들여다봤다.

이 거리에서도 끊임없이 물소리가 들려왔다. 리쓰는 예전 회사 근처에서 혼자 살던 시절을 떠올렸다. 그때는 무언가 허한 마음에 사로잡히곤 했는데, 아마도 이런 강물 소리가 들리지 않았기 때문인지도 몰랐다.

이 돌층계의 언덕길을 따라가면 물레방아가 있었는데 길가의 가로등을 밝히는 용도로 사용되고 있었다. 잡화점에서 나온 두 사람에게 리쓰는 이 근처에 있는 물레방앗간에 가보고 싶다고 말했다. 그래서 셋은 전기를 생산한다는 내부 장치를 함께 보러 그곳으로 향했다.

"물레방아 하나만으로 가로등을 켜는 거구나." 리사가 감탄한 듯 말했다. "발전기에 연결하면 그럴 수 있나 봐." 리쓰는 굴대에 연결된 벨트가 기계를 회전시키는 모습을 촬영하며 대꾸했다.

"메밀가루 같은 걸 가는 것보다 전기를 만들어 파는 쪽이 나았으려나."

"이미 수력발전소가 있으니, 메밀가루로도 충분하지 않았을까요?"

"그런가. 뭐, 그러려고 아버지가 물레방앗간을 만드시긴 했지."

나미코는 마모루 이전의 가게 주인이었던 아버지 마스지로를 추억하는지, 굴대가 지나가는 벽의 구멍에서 새어 나오는 빛을 바라보며 미소 지었다.

앞으로 돈을 모을 가능성이 희박하긴 하지만 리쓰는 10년 안에 꼭 발전기와 축전지를 사야겠다고 다짐했다. 아무래도 1년 동안 귀가 닳도록 원자력발전에 관한 이야기를 들으며 지냈기 때문인지도 모른다. 너무 익숙한 나머지 깊이 생각한 적이 없었는데, 리쓰는 강물이 흐르는 자연의 힘을 동력으로 움직이는 물레방아라는 장치에 대해 새삼 감탄했다.

물레방앗간에서 나온 세 사람은 밥을 먹을 장소를 의논하면서 천천히 돌층계 언덕을 올라갔다. 염려했던 나미코보다도 먼저

지쳐버린 리쓰는 "잠깐만 기다려"라고 몇 번이나 말했다. 리쓰는 두 사람의 걸음을 멈추게 한 스스로가 한심하다 생각하면서도 확실히 몸을 움직임으로써 느껴지는 피로감에 기분이 좋았고, 거리 뒤편으로 보이는 산골짜기 풍경은 아름다웠다.

전망대 광장에서 내려오는 길에 제대로 된 식사를 하기로 하고, 그전까지는 간단히 경단 같은 간식이나 사 먹자는 쪽으로 의견이 모였다. 리쓰가 보는 지도를 따라 절반 정도 올라가자 오야키[+] 가게가 있었다. 셋은 김이 피어오르며 좋은 냄새가 나는 그곳에서 요기를 하기로 했다.

가게 앞에 놓인 기다린 의자에 셋이 나란히 앉아 오야키를 먹었다. 폭신폭신해서 맛있다고 나미코가 말했다. 리사와 리쓰도 그야말로 똑같은 감상을 늘어놓으면서 맑은 하늘을 이따금 올려다보거나 강물 소리를 듣기도 하고, 언덕을 오르는 관광객들을 바라보거나 바람을 느끼기도 했다.

리사가 나미코에게 물었다.

"그나저나 카페를 운영하는 애가 메밀면 만드는 걸 봐주었으면 한다는 이야기 말인데요, 언제가 좋으세요?"

"글쎄. 그쪽 가게가 쉬는 날이라면 언제든 괜찮단다."

나미코는 그러면서 정기 휴일이 언제냐고 물었다.

"수요일이랑 둘째 넷째 일요일이에요."

"우리가 운영하던 때랑 똑같구나."

"네."

[+] 밀가루와 메밀가루 등으로 만든 반죽 안에 팥이나 채소 등을 넣고 만두처럼 빚어 구운 간식

리쓰는 힘차게 고개를 끄덕였다.

♪

히로미는 이번에 놓치면 앞으로 한 달은 쉴 수 없다는 이유로 주말에 휴가를 얻었다. 히로미는 겐지와 리쓰와 네네를 집에 초대하여 조금 이른 겐지의 송별회를 열어주었다.

사카키바라는 지라시즈시+를, 히로미는 로스트비프와 다른 요리들을 만들었고 정원에서 아웃도어용 테이블과 의자를 펼쳐 음식을 차렸다. 그들은 함께 모여 준비한 음식을 맛있게 먹었다.

네네는 정원의 꽃나무 가지 위에 매달린 채 늦봄의 바람과 꽃향기를 즐기는가 싶다가도, 누군가의 어깨에 올라타 이야기에 끼고 싶어 하기도 했다.

히로미는 요리를 한 게 거의 두 달 만이라고 했다.

"지금 안 하면 올해 안에는 요리할 일이 없을 것 같았거든."

히로미는 주로 겐지에게 "맛없진 않지? 괜찮아?"라고 몇 번이나 확인했다. 두 사람은 그다지 만난 적이 없었지만, 겐지는 중학생 시절부터 자주 히로미의 라디오 방송을 듣곤 했으며 히로미도 아버지를 통해 겐지의 이야기를 종종 들었다고 했다.

"내가 늘 이야기했던 곳에 정작 나는 가본 적이 없는데, 내가 아는 사람이 간다고 하니까 기분이 묘해."

+ 식초로 간을 한 밥 위에 색색의 고명을 흩뿌리듯 올려 먹는 음식

도호쿠 지역으로 전근을 가는 겐지를 두고, 히로미는 몇 번이나 그렇게 말했다. "가고 싶다면 말리지 않으마. 난 괜찮으니까." 사카키바라의 말에 히로미가 "라디오 방송 때문에 아직은 힘들어. 하지만 안정을 찾게 되면 현장을 보러 가게 해줘요"라고 대꾸했다.

히로미는 여전히 바빴다. 사내의 직원들과 매일 지진 관련 정보를 확인한 뒤 방송에서 그 소식을 직접 전하고 있었다. 히로미는 앞으로 1년이나 몇 년 정도는 그 일을 계속 이어가고 싶다고 말했다.

히로미의 아빠인 사카키바라는 종종 리쓰의 학생들에게 공부를 가르쳐주었고, 리쓰가 아프거나 사정이 생겨서 도저히 자습실을 열 수 없을 때는 대신 나와주기도 했다. 리쓰는 바쁘게 사는 친구 히로미보다 사카키바라와 자주 만나는 일상을 생각하면서, 초등학생 시절 이 부녀를 막 알게 되었던 자신을 떠올렸다. 그때 이런 날이 올 줄 알았더라면, 그날의 아이는 분명 묘한 표정을 지었을 거라고 생각했다.

어린 시절부터 알고 지내던 어른처럼, 이제 진짜 '어른'이 된 리쓰였다. 리쓰는 낯선 사람과 교류할 때보다, 자신의 성장을 지켜봐 준 어른들과 서로의 상황을 이해하며 살아가는 지금의 일상이 자신을 더 어른답게 만든다고 느꼈다. 특히 사카키바라를 마주할 때면 이런 생각이 더 강하게 들었다.

겐지의 시선에서는 리쓰 또한 그러한 존재일지도 모른다. 자식이 아닌 이상, 사람은 한 아이가 어른이 될 때까지 끝까지 지켜볼 수 있을 거라고 믿으며 관계를 맺지 않는다. 리쓰는 그러한 일이

가능했던 자신이 행복한 것 같았다.

똑같이 나이를 먹어가는 겐지를 지켜봐 온 네네는, 지금 그의 어깨에 올라탄 채 엘리엇 스미스의 「미스 미저리」 중 브리지+를 노래하는 중이었다. 지진이 일어난 날, 리쓰가 불러줬던 그 노래가 마음에 들었는지 네네는 그 자리에서 외워버렸다. 소극적인 내용의 가사여서 어쩐지 리쓰는 미안하기도 했지만, 겐지는 웃으며 말했다. "난 그 부분이 좋아요. 정말 잘 부른다니까."

사카키바라만큼은 아니더라도 리쓰는 히로미에게 의지하기도 했다. 지진이 일어나기 전에는 히로미가 휴일에 네네를 돌봐주기도 했고, 리쓰가 회사에 다니던 시절에는 자주 푸념을 들어줬다. 히로미도 연애 경험은 몇 번 있었지만, 결혼까지는 진행되지 못한 채 지금은 독신으로 지내는 중이었다. 히로미는 딱히 워커홀릭은 아니라고 부정했지만, 역시나 일에 빠져 살았다. 리쓰는 후지사와 선생님이나 자신처럼 세상에는 다양한 인생이 있는 법이라고 생각했다.

사카키바라는 전근을 가는 겐지와 리쓰의 일, 평소 온순하면서도 성실하게 일을 해왔던 네네까지 두루 칭찬한 뒤 "오호, 맛있는데" 하며 손수 만든 지라시즈시를 먹기 시작했다. "진짜 맛있네." 히로미도 감탄하며 아빠가 만든 음식을 먹었다. 겐지는 거의 식당에서만 사 먹었던 소고기를 대접해 줘서 고맙다고 말하면서, 히로미가 만든 로스트비프를 초밥 위에 올려 연신 입에 가져갔다. 밖에서 음식을 먹어서 기분이 좋았다.

+ 곡의 절과 후렴, 혹은 후렴과 후렴을 연결하는 파트

"민폐일지도 모르지만, 널 손자처럼 생각할 때도 있었단다."
거의 줄어든 초밥통을 내려다보던 사카키바라가 말했다. 그는 정원의 꽃나무로 시선을 옮겼다. "무척 아쉽구나."
"지금 초밥이 줄어드는 게 아쉽다는 말처럼 들려."
"그게 아니라, 겐지가 떠나는 거 말이다."
히로미의 말에 사카키바라는 꽃나무나 사람들이 아닌 쪽으로 시선을 돌리더니, 표정을 보이지 않기 위해 애쓰는 모양새였다.
"아예 떠나는 건 아니에요. 엄마도 계시고, 종종 돌아올게요."
"하지만 기간이 정해진 건 아니지?"
"그렇죠."
"좋은 일이야." 사카키바라는 그렇게 말하면 더욱 좋은 일이 될 거라는 듯이 말을 이었다.
"자랑스럽구나."
"남의 자식한테 무슨 소리야."
히로미는 웃더니 남은 로스트비프를 가리키며 겐지에게 물었다. "싸 갈래?" 겐지가 고개를 끄덕이며 말했다. "부탁할게요."
리쓰의 어깨로 옮겨온 네네가 히로미 흉내를 내며 "싸 갈래?"라고 묻자, 리쓰는 "부탁할게요" 하고 대꾸했다.
네네는 히로미를 보더니 그녀의 니제이 말투 몇 마디를 흉내 냈다. 늘 듣는 라디오의 목소리 주인공이 옆에 있다는 걸 묘하게 느끼는 것 같았지만, 네네는 히로미와 리쓰가 초등학생이던 시절이 떠올랐는지 "솔방울, 갖고 싶어!"라며 예전에 자주 하던 말을 꺼냈다.
"솔방울 없는데." 히로미가 고개를 갸웃하자, 겐지는 "솔방울은 아니지만……" 하더니 배낭에서 노트 크기로 자른 골판지를 꺼내 네네에게 주었다.

"네네를 데리고 가고 싶네."

겐지의 말에 리쓰는 그건 그 나름대로 또 힘들 거라며 정원의 꽃나무를 올려다봤다.

"낯선 곳에서 네네를 돌보는 건 어렵겠죠."

금세 단념했는지 겐지는 테이블 위에서 골판지를 분해하기 시작한 네네를 쳐다봤다.

"혼자서는 돌봐줄 수 없을 테니까요."

곧장 마음을 접은 듯한 겐지는, 테이블 위에서 순식간에 골판지 상자를 망가뜨린 네네에게 다시 시선을 던졌다.

해가 저물기 조금 전에 겐지와 리쓰는 사카키바라의 집을 나왔다. 겐지와 보낼 시간이 얼마 남지 않았다는 사실을 퍼뜩 깨달았는지, 네네는 리쓰의 자전거 바구니에 들어갔다가 곧장 날아서 겐지의 어깨에 올라탔다.

"오, 네네, 네네."

겐지는 말할 수 있는 새를 대하는 태도가 아니라, 그저 사랑스러워하는 대상에게 말을 걸듯이 네네를 올려다보며 몸통 부근을 쓰다듬었다. 네네도 기분이 좋았는지 겐지의 머리에 기대며 바짝 다가섰다.

"쓸쓸해질 거야."

타들어 가듯 태양이 지는 산을 바라보며, 리쓰는 주위 사람들이 겐지에게 전하던 그 말에 자기 말도 보태듯 중얼거렸다.

"제가 쓸쓸해지겠죠. 혼자 가니까요." 겐지가 대꾸하자 "그것도 그러네"라며 리쓰는 고개를 끄덕였다.

"그래도 가려고요. 기회가 왔으니까. 그래야 한다고 생각해요."

"그래." 리쓰는 고개를 끄덕이면서 서쪽을 바라봤다. 아주 잠시라도 태양이 저물지 않기를 바랐다.

"리쓰 씨가 예전에 그런 이야기를 해주셨잖아요. 여러 사람이 잘 대해준 덕분에, 그리고 리사 씨한테 용기가 있었기 때문에 본인은 그런 사람이 될 수 있었다고 말이에요."

겐지는 네네가 머리카락을 물도록 내버려둔 채 리쓰와 같은 쪽으로 시선을 던졌다.

"저도 마찬가지라는 생각이 들었어요. 리쓰 씨도 그렇고, 사카키바라 아저씨도, 사토루 씨와 리사 씨도, 마모루 아저씨와 나미코 아주머니도 제게 잘해주셨으니까. 물론 네네도요."

겐지는 네네를 올려다보며 웃었다. 네네의 머리와 겐지의 어깨가 석양에 물들었다.

"원래부터 가지고 있던 게 아무것도 없었던 제가, 이제껏 만나온 분들이 나눠준 좋은 마음 덕분에 이렇게 살아가고 있는 거라고요. 그러니 처음부터 뭐든 가지고 태어난 사람의 시선에서는 누군가에게 도움이 되고 싶다는 마음이 일종의 제약처럼 느껴질지도 몰라요. 하지만 그러한 마음들이 저한테 나아갈 길을 알려주었으니까, 전 그게 오히려 행복한 일이라는 생각이 들어요."

오랫동안 리쓰는 아무런 말도 할 수 없었다. 슬픔도 기쁨도 아닌 어떤 감정 때문에 목이 잠겼다는 사실은 분명히 알 수 있었다.

태양이 완전히 지기 직전, 리쓰는 겨우 입을 열었다. "그거 다행이네." 리쓰는 정말 다행이라고 생각했다.

그날은 수요일이었다. 자습실에 온 학생들에게 리쓰는 본인이 쉬어도 좋은 날에 관한 설문을 받은 뒤 한 달에 두 번 평일에 휴일을 가졌다. 후지사와 선생님의 일을 도와주기 위해서였다.

리쓰의 동네에 흐르는 강은 후지사와 선생님이 사는 곳까지 강줄기가 이어져 있었다. 리쓰는 그 다리 옆에서 어떤 여자아이와 만나기로 했다. 올지 안 올지는 알 수 없었다. 지금까지 리쓰는 그 아이와 만나기로 두 번을 약속했고 한 번은 바람맞았다.

중학교 2학년인 그 아이는 얼마 전 배구부를 그만둔 참이었다. 운동을 좋아하는 활발한 아이였는데, 부모가 3년 동안 별거하다가 이혼한 지 2년이 지나면서 점점 우울해지더니 툭하면 학교를 빠지게 되었다.

처음 만났을 때는 입도 뻥긋하지 않았다. 반항적이지는 않았지만, 두 시간쯤 지나서야 리쓰의 눈을 슬쩍 쳐다봤을 뿐 계속 휴대전화를 만지며 게임만 했다. 게다가 한 가지 게임에 몰두하는 게 아니라 다섯 개 정도의 게임을 이리저리 오가며 플레이하더니, 나중에는 가만히 시계만 바라봤다.

리쓰는 다리 난간에 몸을 내민 채 강을 바라보며 기다렸다. 그 아이의 가정환경을 떠올리면서 자신의 엄마를 생각하다가 아빠를 생각했다.

여전히 엄마는 초등학생이던 리쓰를 집에서 쫓아냈던 그 남자와 결혼 생활을 유지한 채, 예전에 살았던 집 근처에서 살고 있었다. 최근 몇 년 전부터 예전보다 자주 연락을 해왔다. 자매에게 사과하고 싶은 게 있다는 말도 들었다. 자매는 그저 '이제 상관없다'라는 쪽으로 의견이 일치한 상태였다. 자신이 엄마였다는 걸 뒤늦게 떠올리고 이제 와서 그 역할을 하고 싶다고 한들 너무 늦었다고, 리쓰는 그렇게 말했다. 리사는 아무런 반론도 하지 않았다.

아빠에 관한 기억은 거의 없었다. 그는 변덕스러운 사람이었다고 리사가 말하곤 했다. 가족이 생겼는데도 자신의 입장이 우선이었고, 아내보다 본가 어머니를 더 좋아하는 사람이었다. 그가 엄마를 좋아하긴 했는지도 확실하지 않을 뿐더러, 자매에 대해서도 그저 집에 있는 아이들로만 대했을 것이다. 엄마는 그러한 남편이 불만스러웠고 아빠는 엄마가 어떤 생각을 하든 개의치 않았다. 그래서 둘은 이혼했다.

리쓰는 언니가 했던 말을 떠올렸다.

'엄마는 외로웠던 것 같아. 그건 이해가 돼. 이혼한 이후에는 그 전보다 더 열심히 일하면서 우리를 길러주었으니까. 그 점은 감사하게 생각해. 그러나 남자를 간절히 바라다보니, 우리와의 관계에서 균형을 잡지 못하게 된 것 같아.'

리쓰가 문득 정신을 차렸을 때, 여자아이가 옆에서 말없이 서 있었다.

"미안해. 강 구경을 하느라."

리쓰는 사과했다. 아이는 말없이 고개를 저은 뒤 조금 간격을 둔 다음 "괜찮아요"라고 작게 말했다.

리쓰는 여자애와 전철을 타고 리사의 직장인 수예점이 있는 거리로 갔다. 고등학생이 된 이후 행동반경이 넓어진 뒤로는 리쓰도 딱히 갈 일이 없어졌지만, 지금 사는 동네에서 가장 가까운 전자제품점이나 영화관은 그곳에 있었다. 지금은 커다란 쇼핑몰도 생겨서 전보다 생활이 더 편리해졌다.

상점가를 돌아다니다가 지나는 길에, 리쓰는 아이에게 리사가 일하는 수예점을 소개했다. 그리고 쇼핑몰 안의 대형 서점에 들렀다가 카페에 들어갔다. 리사가 자주 데려가곤 했던 찻집은 여전히 영업 중이었다. 혼자였다면 거기에 들어가고 싶었겠지만, 중학생 여자아이와 같이 있으니 좀 더 세련된 가게에 가보기로 했다.

리쓰는 둘이 동시에 들여다볼 수 있도록 아이의 대각선 방향으로 메뉴판을 비스듬히 펼쳐두었다. 어른이 되면 대부분 메뉴를 보지 않고 커피를 주문하기 일쑤지만, 리쓰는 모처럼 카페에 왔는데 그런 짓을 하는 건 아깝다고 생각했다. 물론 중학생의 시선에서 봤을 때 그런 행동은 애 같은 어른으로 보일 수도 있다는 생각이 들었지만, 아이 앞에서 굳이 어른스럽게 행동하는 건 그만두기로 했다.

"난 녹차 초코케이크랑 카페오레로 할래. 좀처럼 먹을 일이 없으니까."

리쓰의 말에 아이는 아무런 대꾸도 하지 않았다. "정했어?" 아이는 고개를 끄덕였고 블루베리 팬케이크와 아이스티를 주문했다.

콘크리트가 그대로 노출된 인테리어의 카페는 개인이 운영하는 가게처럼 보였지만, 사실 체인점이라는 걸 리쓰는 알고 있었다. 조용히 흐르는 배경음악을 잘 들어보니 레이디 가가의 노래 같았다. 젊은 여자애들부터 장년의 남녀까지 두루 찾는 친근한 느낌의 가게였다.

"종점 역 근처로 갈 걸 그랬나? 그쪽은 그야말로 완전히 도시니까." 리쓰의 말에 아이는 고개를 저었다.

"다음에는 거기로 갈까? 슬슬 나도 사고 싶은 게 있거든."

아이는 미동도 하지 않은 채 리쓰의 어깨 부근을 가만히 바라보고 있었다. 리쓰가 자기 어깨를 내려다보자 곧바로 시선을 돌렸다.

"이 근처에 도서관이 하나 있는데 좋은 곳이야. 시디가 무척 많아."

리쓰는 아이의 오른쪽 귀 언저리를 바라보면서, 후지사와 선생님의 동네에 있는 도서관에 갔던 기억을 떠올렸다. 그곳에서 후지사와 선생님은 아이에게 이렇게 말했다고 한다. "와준다면 물론 좋겠지만, 뭔가 불안한 일이 있다면 언제든 이야기해 줄래?" 목요일 오전 중의 일이었다. 리쓰가 학교에 다니던 시절, 가장 싫어했던 요일과 시간대이기도 했다. 아이를 처음 발견한 사서는 몇 해 전에는 후지사와 선생님이 담당했던 학생이었다. 사서는 한 달 동안 아이를 지켜보면서 뭔가 사정이 있는 거라며 별다른 의문을 가지지 않으려고 애썼는데, 아무래도 신경이 쓰여 말을 걸었다고 했다. 사서는 아이를 집에 돌려보내거나 학교에 보내지도 않은 채, 그저 여기에 있고 싶으면 종일 있어 달라고 부탁했다고 한다. 그러고 나서 사서는 자신의 예전 담임에게 이 사실을 알려도 될지 물었고, 아이는 고개를 끄덕였다.

사서 역시 한때 갈 곳이 없어 방황한 경험이 있던 학생 중 하나였다. 백수인 아빠는 늘 심기 불편한 상태로 집에 붙어 있었고, 엄마는 그런 아빠를 책망하는 걸 항상 두려워했다. 보육 교실에 보내주지도 않았으므로 방과 후에는 친구 집을 전전했다. 그러다 갈 곳이 없어져도 여전히 집에 가기 싫어서 어둑해진 좁은 동네를 어슬렁거리다가 후지사와 선생님의 눈에 띄었다.

"구석구석 살펴봤어. 패러모어라든가 플레이밍 립스의 음반도 있었지. 빌리려고 했는데, 신분증을 안 가져온 거 있지."

리쓰의 말에 아이는 조금 시선을 들었다. 리쓰의 볼을 바라보는 듯했다.

"흥미 없겠지만, 난 음악을 좋아해."

아이는 고개를 끄덕였다. '흥미가 없다'라는 말에 동의한 거라고 리쓰는 생각했다. 그야 당연한 일이다. 열네 살짜리 여자애가 아무런 상관없는 서른여덟 살 여자의 이야기에 관심을 보일 이유는 없을 테니까.

"최근에 뭔가 빌린 거 있어?"

리쓰가 묻자, 아이는 "리한나"라고 대답했다.

"퍽 예쁘긴 하지." 리쓰의 말에 답답한 듯 아이는 미간을 찌푸리며 대꾸했다. "그게 아니라……"

"엘리샤 키스는 어때?"

"그럭저럭."

그때 디저트와 음료가 나와서 두 사람은 일단 먹기로 했다.

"이거 녹차 맛이 꽤 강하긴 한데 먹어볼래?"

"됐어요."

"그럼 미안한데, 팬케이크 조금만 먹어봐도 돼?"

아이는 미간을 찌푸리고 눈을 가늘게 뜨더니, 정말 못 말리는 어른이라는 듯한 표정으로 리쓰를 바라보다가 말없이 접시를 앞으로 밀었다.

오후 5시경 여자애가 사는 동네로 되돌아왔다. 아직 하늘이 밝았으므로 리쓰가 부탁하듯 말했다.

"강 따라서 같이 산책이라도 할까?"

아이는 조금 망설이더니 고개를 끄덕였다.

"신난다." 리쓰는 강가 쪽을 향하는 계단을 서둘러 내려갔다.

이 동네의 강가에 자리한 건물들은 뒷면이 강 쪽을 향해 나 있어서 건물 자체가 언덕처럼 늘어선 듯이 보였다. 분홍색 네모난 빨래들이 3층 베란다에서 흔들리고 있었다. 리쓰가 그 집을 가리키며 물었다. "저긴 뭘 하는 집인지 알아?" 아이는 미용실 같다고 대답했다.

"집 구경하는 걸 비교적 좋아하는 편인데, 특히 집의 뒤쪽을 보는 게 좋아."

아이가 반응이 없어도 개의치 않은 채 리쓰는 말을 이었다.

"다들 어떻게든 살아가고 있다는 생각이 들거든. 당연한 일이긴 하지만 그런 생각을 하다 보면 겸허한 건지 으스대는 건지 뭔가 알 수 없는 기분이 돼. 스스로 세상을 잘 아는 사람이 된 것 같은 기분이랄까. 난 그런 사람이 되고 싶었거든. 그러니 불평은 그만해도 되겠다는 생각도 들어. 이디 사는 누군지 모르는 사람들도 무척 귀찮아하면서 빨래 같은 걸 하고 있잖아. 그래서인지 나도 집에 돌아가면 당장 할 수 있는 일부터 해야겠다는 마음이 생겨."

콸콸 흐르는 강물 소리가 끊임없이 들려오는 까닭에 리쓰는 평소보다 커다란 목소리로 말했다. 아이에게 그 목소리가 전해지지 않는다면 그것도 나쁘지 않다는 생각이 들었다.

"······향이 독특해."

강물 소리에 섞여 아이의 목소리가 들려와서 리쓰가 "뭐?"라고 되물으니, 아이가 외쳤다.

"취향이 독특하다고요!"

"맞아. 취향이 독특한 데다 지독해. 타인의 생활이라든가 인생에 대해 상상이나 하고 말이야. 그냥 자기 마음이 편한 대로 생각하며 사는 사람이 더 멋진 인생을 보낼 수 있을 텐데!"

강물에 지지 않으려고 리쓰가 목소리를 높이자, 아이가 고개를 끄덕였다.

"그래도 난 자기 마음 편한 대로만 생각하는 어른한테서 쫓겨난 적이 있어서 그런지, 나 혼자만 생각하며 사는 건 도저히 불가능해." 리쓰가 속내를 털어놨다.

아이가 멈춰 섰다. 강가 모래밭의 커다란 돌을 밟으며, 리쓰는 물가까지 걸어갔다가 멈췄다. 유속이 빠른 수면에 무수한 석양빛이 반사되고 있었다.

"난 좀 더 상류 쪽에 살고 있는데, 이 강을 따라 걸으니까 꼭 내가 사라지는 기분이 들어."

리쓰가 윤슬을 바라보며 말을 이었다.

"돌덩이가 굴러다녀서 조심하지 않으면 금방 넘어질 것 같고 큰 강물 소리는 계속 들려오고. 맑은 날에는 빛의 반사가 엄청나지. 사라지는 기분이 든다고 말하면 어쩐지 부정적으로 들리겠지만, 난 이런거 굉장히 좋아해. 마음이 편해지거든. 발밑을 조심하면서 강물 소리를 듣고, 이따금 물이 맑다고 생각하는 것만으로도 기분이 좋아져."

아이는 아무런 대꾸도 하지 않았다. 그 대신 돌덩이가 굴러다니는 강가의 모래밭을 조심스레 천천히 건너오더니, 리쓰와 조금 떨어진 곳에 서서 강을 바라봤다. 한동안 둘은 그렇게 서 있었다.

"두 주 정도 후에 다시 이야기하러 와도 될까?"

헤어질 때 리쓰가 묻자, 아이는 말없이 고개를 끄덕였다.

그 후 리쓰는 역 앞에서 반찬 몇 가지를 사서 후지사와 선생님을 찾아갔다. "오늘도 정말 고맙구나." 그녀는 털실 양말에 두툼하고 긴 카디건을 걸친 모습으로 리쓰를 맞았다. 안에는 실내복 차림이었는데, 지금까지 누워 있었던 모양이라고 리쓰는 생각했다. 조금 바랜 푸른색 카디건은 굉장히 촘촘한 뜨개 무늬로 장식되어 있었으며, 조가비 모양의 단추는 먹색이었다. 언니라면 틀림없이 뜨개 무늬 모양을 잠깐 보여달라고 부탁했을 것이다.

후지사와 선생님은 예순두 살이 되었다. 초등학교 교사를 정년퇴직하고 두 해가 지난 뒤, 자유로이 자기 일을 할 수 있게 되었는데 건강이 나빠졌다.

원체 타고난 체력이 바닥이라 그런 거라고 그녀는 말했지만, 초등학교 교사를 하는 동안 학업을 지속하기 힘든 학생들을 무상으로 가르치면서 보육 교실 일까지 도왔기 때문에 피로가 누적되어 한꺼번에 표출된 건지도 모른다고 리쓰는 생각했다.

스스로 그러한 삶을 선택한 건 리쓰를 담임으로 맡게 된 이후였다고, 얼마 전에 후지사와 선생님이 이야기해 주었다. 교사 집안에서 태어난 여자이자 외동딸이었던 그녀는, 가능하면 같은 신분의 사람과 결혼하여 아이를 낳은 뒤 교사라는 테두리 안에서 할아버지와 부모가 거쳐온 승진의 길을 뒤따라가는 게 가장 바람직한 삶이라는 말을 오랫동안 들어왔다. 거기에 대해 겨우 의문이 생기기 시작했지만 어떻게 해야 할지 갈피를 잡지 못하는 인간이었을 뿐이었다고 그녀는 고백했다.

"그런데 리사 씨가 등장해서 내 학생이랑 같이 굉장히 무모한 생활을 시작하더구나. 무척 걱정스러웠는데, 어떻게든 삶을 꾸려나가려고 애쓰는 모습을 보면서 내가 도움을 줄 수 있다는 사실을 깨닫게 되었단다. 그때 비로소 내 도움이 필요한 사람은 아무도 없을 거라는 생각을 그만두게 되었지."

리쓰는 저녁거리를 사왔다며 같이 밥을 먹고 가도 되냐고 물었다. 그러자 후지사와 선생님은 "어서 앉아"라고 말하며 냉장고를 열어 녹차 음료를 꺼내 테이블 위에 내려놓았다.

"이거 마시렴."

리쓰는 봉지에서 계란말이와 주먹밥, 샐러드를 꺼내 차례로 식탁에 늘어놓았다. "덕분에 편하게 한 끼 해결할 수 있겠네." 그러면서 후지사와 선생님은 지갑을 가져와 돈을 건넸지만, 리쓰는 사양했다.

"괜찮아요."

"받아주렴. 내 체면 좀 세워줘."

그런 말까지 들으니 도저히 버틸 재간이 없어서 리쓰는 마지못해 돈을 받았다. 후지사와 선생님이 유리컵을 건네며 물었다.

"미사키와 뭔가 대화라도 해봤니?"

"조금이요."

리쓰는 유리컵 두 잔에 녹차를 따랐다. 후지사와 선생님의 집에 오면, 이제 자기는 초등학생 3학년도 아니고 선생님보다 키도 큰 데다 더는 수업을 듣는 학생도 아니라는 사실이 신기하게 느껴졌다.

"친구가 되려는 것도 아니니, 가까이에 있게만 해준다면 그걸로도 충분할 거야."

후지사와 선생님의 말에 리쓰는 고개를 끄덕였다.

오늘 리쓰가 만난 가와오카 미사키에게는 엄마와 언니, 남동생이 있었다. 네 살 위의 언니는 진작 남자를 따라 집을 나갔고, 엄마는 네 살 아래의 남동생만 바라보며 살고 있었다. 편모 가정이다 보니 넉넉한 형편은 아니었는데, 엄마는 남동생을 사립중학교에 보내고 싶어 하는 모양이었다. 여자애가 인문계 고등학교에 갈지 실업계로 갈지 고민이라고 털어놓자, 엄마는 "좋을 대로 하지 그러니?"라고 말했다고 한다.

"당신한테는 자식이 셋이지만, 미사키에게 엄마는 오직 한 분이에요." 후지사와 선생님이 미사키의 엄마에게 이렇게 말했다가, "아이를 낳은 적도 없으면서 엄마가 된다는 게 어떤 건지 뭘 안다고 그런 말을 해요?"라는 소리를 들었다고 한다.

"알면 어쩔 거냐고 쏘아붙였더라면 좋았을 텐데요."

리쓰의 말에 선생님이 웃으며 물었다.

"그런 말을 들으면 넌 바로 그렇게 대꾸할 수 있겠어?"

리쓰는 눈을 내리깐 채 몇 번이나 가볍게 고개를 끄덕였다.

"그 애는 너랑 상황이 조금 닮았으니까, 같이 대화해 보고 마음에 걸리는 부분만 표현해 주면 좋겠구나."

후지사와 선생님의 부탁으로, 리쓰는 가와오카 미사키를 만나게 되었다.

"아마 다시 만나줄 것 같아요."

리쓰의 말에 "그러면 다행이네"라고 대꾸한 뒤, 후지사와 선생님은 가위를 사용해 조심스레 봉투를 열어 젓가락으로 계란말이를 집었다.

"선생님, 건강하게만 계셔주세요."

별안간 리쓰가 그런 말을 꺼내자, 그녀는 조용히 웃음을 터트렸다.

✝

앨범 한 장을 다 들은 뒤 스피커에 연결된 플레이어를 조작해서 다른 앨범을 고르고 있는데, 리사가 코사지를 만들던 손을 멈추더니 고개를 들고 말했다.

"좀 전의 노래를 한 번 더 듣고 싶은데."

리쓰는 "좋아"라며 다시 한번 배틀스의 앨범을 처음부터 재생했다.

"소리를 조금만 낮춰도 될까?"

"응."

리사의 부탁대로 리쓰는 스피커 본체의 볼륨 조절관을 왼쪽으로 조금 돌렸다.

자매는 상공회의소 2층 구석의 벽에 붙어 있는 책상 앞에 나란히 앉아, 부녀회가 매년 참가하는 합창 대회용 코사지를 만들고 있었다.
 오늘 합창 연습은 이미 끝나서 대회 참가자들이 모두 돌아간 뒤였다. 연습이 잘 끝나서가 아니라, 원래 예정에도 없는 연습을 내일도 하기로 정할 만큼 진척되지 않는 상태였기에 더 고민하기 전에 그만 집에 돌아가자는 쪽으로 의견이 모여서였다.
 자매는 여전히 노래에 참여하지는 않았지만, 합창 대회 의상과 소도구를 준비하는 작업을 계속 맡아왔다. 이 동네에 이사 온 첫해만 해도 어린 나이였던 리사가 사람들과 친분을 쌓으려고 해왔던 일이었지만, 이 지역 사람으로 완전히 받아들여진 뒤에도 리사는 합창 대회용 의상을 계속 만들어왔다. 그 이유는 노래 콘셉트부터 몸에 착용하는 의상을 구상하는 것과 단순히 손을 움직이는 걸 좋아했기 때문이었다.
 게다가 리사는 남에게 도움이 되는 걸 진심으로 기뻐했고 부녀회 사람들도 좋아했다.
 리쓰도 초등학교 가정 과목에서 바느질을 배우기 시작했던 때부터 리사를 도와주게 되었다. 어른이 되고 보니, 리쓰는 이러한 작업에는 마감 시간과 정해진 예산이 있으며, 노래에 따른 제한도 있기 때문에 그리 간단한 일이 아니라는 걸 깨닫게 되었다. 어린 시절에는 그지 주변의 여자들이 모두 노래를 부르며 종종 우왕좌왕하다가 문득 생각났다는 듯 "릿짱도 도와주는 거니? 정말 기특하네"라고 칭찬해 주고, 그녀들이 각자 챙겨오는 과자와 과일을 실컷 먹을 수 있으니 마냥 작업이 즐겁기만 했었다.
 고등학교를 졸업하고 취직했을 무렵이나 대학에 들어가 아르바이트하게 된 이후에는 예전처럼 리사를 도와줄 여유가 없었지만, 두 번째로 근무했던 도자기 회사를 그만둔 이후로는 자습실에서 아이들을 귀가시킨 뒤 종종 상공회의소 2층에 얼굴을 내밀게 되었다.

"어느 부분에서 합창이 막히는 건데? 녹음한 걸 들어보면 알 수 있을 텐데."

"브리지 부분에서 곡의 분위기가 달라지니까, 그전까지는 느긋하게 노래하다가도 그 부분만 되면 버벅거리게 된대."

"역시 그랬구나."

올해 부녀회의 참가곡은 슈퍼플라이의 「사랑을 담아 꽃다발을」이었다. 엄마와 교대하듯 올해부터 새로 들어온 마카베의 딸이 제안한 곡인데, 만장일치로 결정되었다. 그런데 대다수가 후반부에서 자꾸 막히는 통에 조금 갈팡질팡하는 상황이었다.

일단 오늘은 누군가의 해석에 다 같이 맞춰볼 작정으로 한 사람씩 노래를 불러봤지만, 다들 리듬과 음이 제각각이어서 좀처럼 하나로 모이지 않아 모두 골머리를 앓는 중이었다.

"이제라도 곡을 바꾸자는 둥 지금이라면 늦지 않았다는 둥 말들이 많았는데, 소노야마 씨가 이 부분만 잘 넘어가면 신나는 곡조로 바뀌면서 우리가 가장 좋아하는 부분이 나온다고 주장했거든. 그러니까 다시 열심히 해보자는 쪽으로 이야기가 흘러갔어."

리쓰는 자신이 자습실 학생들을 배웅하고 있을 시간대에 오갔던 이야기를 리사에게 들으면서 웃음을 터트렸다. 부녀회에서 가장 나이가 많은 소노야마는, 이제 지휘자 역할이 되어 활동을 이어가고 있었다.

"노골적이긴 한데, 우리를 너무 잘 아시는 듯한 느낌이잖아."

"연륜이 있으시니까. 처음에는 조금 무섭기도 했어."

"걱정해 주셨던 거지.「소주야곡」을 불렀던 때였나."

리사는 코사지 바탕에 바느질하던 손을 멈추고 천장을 올려다봤다. 그러더니 바느질감을 책상에 내려놓은 다음 한쪽 팔로 머리를 받치면서 고개를 숙인 채 하품을 했다. 리사 앞에는 리쓰의 세 배는 넘는 양의 코사지가 쌓여 있었다.

"그때 나 여덟 살이었잖아."

"응."

"지금은 서른여덟이고."

리쓰의 말에 리사는 "긴 세월이었네"라고 말하며 웃었다.

"30년이나 이 일을 해온 거야?"

리쓰가 물었는데, 리사는 만들다 만 코사지를 집어 들더니 다시 재빠른 솜씨로 바느질을 시작했다. 리쓰에게는 그 모습이, 고개를 돌리거나 손가락을 딱딱 소리내는 것만큼 간단한 동작처럼 보였다.

"리쓰 넌 30년 동안 이어온 게 있어?"

"독서라고 해야 하나."

"그러네. 독서라니 굉장한데. 나도 네가 책을 좋아하는 애가 아니었다면 싱딩히 힘들었을 것 같아."

리사는 말을 이었다. "책이 돌봐준 거나 마찬가지야." 그 말에 리쓰는 가볍게 대꾸했다. "언니도 남들만큼 잘 돌봐줬잖아."

"글쎄, 좀 더 다루기 힘든 애도 있잖아. 돈에 너무 집착한다든가, 꼭 사람을 따돌리고 싶어 한다든가, 다른 애가 가진 것을 지독하게 탐낸다든가, 잠시라도 혼자 있지 못한다든가."

"나한텐 네네도 있었고 스기코 할머니도 계셨으니까."

"하긴, 그렇네."

리사는 손을 움직이며 "하지만 네네 곁에 네가 있어 준 느낌도 들어"라며 말을 이었다.

"나한테도 네가 있었어. 네가 없었다면 아마 난 1년 만에 본가로 도망치듯 돌아갔을지도 몰라."

리사는 열여덟이던 자신에게 말을 걸듯 이야기를 이어갔다.

"그랬다 하더라도 엄마랑 타협도 못하고 다시 집을 나왔을 거야. 그렇게 연립주택 같은 곳에서 비싼 월세를 불평하며 살아갔겠지."

"그래도 도시에 사는 걸 좋아하는 사람은 그쪽이 더 좋은 걸 말 아니야?"

리쓰의 질문에 리사는 만들다 만 코사지를 책상에 다시 내려놓더니 팔짱을 끼며 생각에 잠겼다.

"아냐, 그래도 나미코 씨랑 마모루 씨가 숙식 제공이라는 조건을 내걸었던 채용 공고 쪽이 더 좋았어. 리쓰 넌 별로 손이 가지 않는 아이였고, 그 시절부터 나보다 머리가 좋았으니까. 게다가 주변에서 걱정해 주고 도와줬잖아. 당시에는 나도 어렸으니까 그 덕을 본 거겠지."

이곳에 정착하게 된 이야기를 두 사람이 먼저 꺼내는 일은 거의 없었지만 아무리 리사가 부정해도 리쓰는 이따금 미안한 마음이 들곤 했다. 그건 단순히 리사가 느끼는 감정과 상관없이 리쓰 스스로 몸에 익혀온, 사회적 통념에 따라 느끼는 미안함이었다. 그러나 리사가 후회한다고 말한 적은 단 한 번도 없었다.

"여기 오지 않았다면 사토루도 못 만났을 테니까."

"그전에는 같은 도시에 살고 있었잖아. 두 사람 모두 원래대로 지내고 있었다면 어딘가에서 만나지 않았을까?"

"그럴 수도 있겠지만, 많은 사람 중에서 찾기보다 여기에서 만나는 쪽이 더 편하잖아. 도시였다면 아마 그이는 뒤로 물러나 버렸을걸."

묘하게 현실적인 리사의 말투에 리쓰는 웃고 말았다.

"누군가와 결혼한 뒤에 만나게 되면 이미 늦었을 테니까."

리쓰의 말에 리사는 가볍게 동의했다.

"그러니까. 그건 귀찮은 일이고."

사토루와 만나기 전에도 리사는 몇 명인가 사귀던 사람이 있었지만 누구와도 그리 오래 만난 적은 없었다.

리쓰가 "나 때문에 헤어진 거 아냐?"라며 몇 번이나 물어봤지만, 그때마다 리사는 고개를 저은 뒤 "내가 따분하다고 느꼈을 뿐이야. 너랑은 상관없어"라고 말하며 어깨를 으쓱했다.

"이유는 잘 모르겠는데 누구와도 전혀 말이 안 통하더라."

리사는 몇 번인가 리쓰에게 설명했던 내용을 재차 말했다.

"말이 안 통하는 사람이랑 데이트로 드라이브를 가는 건 괴로워. 『필사의 도전』을 보고 싶다고 했더니, 그렇게 긴 영화를 왜 보고 싶냐며 떨떠름한 표정이나 하고 말이지."

당시 리사는 리쓰를 데리고 『필사의 도전』을 보러 갔다. 그때만 해도 리쓰로서는 남자들이 잔뜩 나오는 영화라는 감상뿐이었지만, 평소와 달리 리사는 우주비행사로 나오는 아무개가 멋있었다는 말을 종종 꺼냈다. 리쓰도 다시 떠올려 보니 리사의 말

에 동의하게 되었고, 결국 자매는 두 번이나 그 영화를 보러 갔다. 마모루가 추천해 준 영화였다. 그 후 세 사람은 영화의 어느 부분이 좋았는지 자주 이야기하곤 했다.

"정말 사토루가 없었다면 누구와도 말이 안 통한다고 투덜대며 독신으로 살았을지도 모르지만, 그런 삶도 괜찮았을 거야. 내 곁엔 리쓰 너뿐만 아니라 주위에 다른 사람들도 있었잖아. 넌 좋은 애였고."

리사의 이야기를 듣던 리쓰는 허를 찔린 듯 손을 멈추더니, 만들다 만 코사지를 책상 위에 내려놓고 물었다.

"나, 좋은 애였어?"

"그럼."

한동안 리쓰는 바느질하는 언니의 옆모습을 바라보다가, 그녀보다 한참 느린 속도로 다시 작업을 이어갔다.

평소처럼 리사는 즐거워 보였다. 리쓰는 언니가 계속 이렇게 살아가 준다면 자신의 앞날도 어떻게든 될 것 같았다. 평소 리쓰가 생각해 온 대범한 리사의 모습은 자신이 여덟 살이었던 그때 그대로였다.

♩

송별회를 하고 싶다는 리쓰의 말에 겐지가 대답했다.

"딱히 그런 건 안 해주셔도 돼요. 다만, 도가시가 나미코 아주머니와 사토루 씨한테 메밀면 만드는 법을 배우는 건 보고 싶은데 혹시 이 날짜쯤에 해주실 수 있을까요?"

겐지는 그렇게 말하며 날짜를 보내왔다. 겐지가 떠나기 전의 마지막 일요일이었다. 사토루도 나미코도 그날이라면 괜찮다고 말했다. 리쓰는 도가시에게 가게를 일찍 닫고 메밀면을 만드는 게 어떨지 물었고 도가시 역시 "물론 좋아요"라고 말했다.

"겐지, 이번 주도 송별회에 불려 갔을 텐데 피곤하진 않나 모르겠네요."

도가시의 말에 따르면, 지역에서 일하는 중학교 동창들과도 최근에 회식 자리가 있었는데 도가시의 남자 친구도 거기에 다녀왔으며 그전에도 회사 송별회가 있었다고 했다.

"인기 많은가 보네."

"좋은 녀석이니까요. 물레방앗간에 놀러 다니던 시절에는 부모님이나 학교에 관한 내 불평도 잔뜩 들어줬어요."

도가시는 말을 이었다.

"그러고 보니 겐지가 오히려 더 경제적으로 힘들었을 텐데, 딱히 별말 없이 내가 원할 때마다 같이 시간을 보내주곤 했어요. 네네랑 수다 떨거나 라디오를 들으면서요."

리쓰는 겐지가 또래에게 어떤 평가를 받고 있을지 거의 생각해 본 적이 없었기에 새삼 도가시의 이야기가 신선하게 느껴졌다.

"여기를 떠나는 것도 그저 전근이라고만 말하던 걸요. 그 이상도 이하도 아니라고. 본인이나 다른 사람이나 그렇게 생각해 주기를 바라는 건지."

도가시의 말에 리쓰는 문득 의문 하나가 떠올라 물었다.

"여기를 떠나고 싶었던 적이 있어?"

그러자 도가시는 눈을 휘둥그레 뜨더니 어깨를 가볍게 으쓱했다. 그러고는 "잘 모르겠어요"라며 말을 이었다.

"시골인데 전철 요금이 비싸다고 생각한 적은 있지만요, 고등학생 때부터 아르바이트를 시작한 뒤로는 한 달에 한 번 정도 도시에 놀러 갔어요. 가는 시간이 길 긴 해도 갈 때는 친구랑 수다 떨면서 가면 금방이잖아요. 돌아올 때는 자면 되고. 꼭 갖고 싶은 건 인터넷으로 사면 되니까요."

"한 달에 한 번 놀러 가면 다른 날에는 뭐 했어?"

"집에서 요리했죠."

그러한 나날이 있었기에 지금의 도가시가 요리를 생업으로 삼게 되었다는 사실이 기뻐서 리쓰는 웃었다.

"리쓰 씨는 젊었을 때 어땠어요?"

"대체로 비슷했지. 난 요리 대신 책을 읽었어. 도시에 있는 대학에 다녔고 두 번째로 취직했을 때는 그 근처에 잠깐 살았지. 근데 결국 마음이 안정되는 곳은 여기라 다시 돌아왔어."

정기권이 비싸서 회사에서는 조금 싫어하는 눈치였지만, 그만큼 더 열심히 일했다고 리쓰는 말했다.

"리쓰 씨는 이 지역 사람이라는 느낌이 거의 없는데."

도가시는 고개를 끄덕이며 말을 이었다.

"잘은 모르겠지만, 여기가 고향은 아니죠?"

"응. 특급 열차의 종점 쪽이야."

"어쩐지. 하지만 이 동네를 좋아하는 거잖아요."

"산과 강을 좋아해."

특히 강이 좋다고 말하자, 도가시가 대꾸했다.

"뭔지 알 것 같아요."

"일 때문에 내가 살던 도시에 갈 일이 종종 있는데, 활기차고 뭐든 있는 곳이지만 강물 소리는 없잖아. 뭐, 그것 때문에 마음이 안정되지 않다는 건 아니지만 어쩐지 뭔가 부족한 느낌이 드니까. 계속 지낼 만한 곳은 아니라는 생각이 들었어."

"그랬군요. 앞으로도 쭉 여기에 있어줘요."

리쓰는 자신보다 열두 살은 어린 여자에게 그런 말을 들으니 이상한 기분이 들었다. 어쩌면 도가시도 겐지의 전근 때문에 쓸쓸해하고 있는지도 몰랐다.

리쓰가 문득 겐지에게 물었다.

"메밀가루 갈아볼래? 도가시가 메밀면 만드는 거 배울 때 사용해야 하거든."

"하고 싶어요!"

리쓰는 그날 오전 스기코의 창고에 보관 중이던 메밀면 만드는 도구를 도가시에게 전해준 뒤 겐지와 리사와 함께 물레방앗간에 갔다. 역시 메밀가루를 가는 법은 그 누구보다도 리사가 잘 알았고, 겐지는 열정이 넘쳤다. 겐지는 리사에게 물레방아 내부 장치에 달린 톱니바퀴가 맷돌에 힘을 전하여 회전시키는 구조에 대해 듣고 있었다.

메밀을 맷돌 위의 깔때기에 들이부은 뒤 강에 걸쳐놓은 홈통을 움직여 물레방아를 가동하는 장면을 눈앞에서 직접 본 겐지는, "역시 굉장한데요!"라며 눈을 반짝였다.

리사는 물레방아가 움직이는 모습을 확인하더니, 이번에는 내부 장치가 아니라 네네가 있는 방으로 겐지를 안내한 다음, 홰 위에 앉아 있던 네네에게 "일이야"라고 말했다. 네네는 이미 다 파악했다는 말이라도 하고 싶은 것처럼 분명한 표정으로 리사를 돌아본 건가 싶었는데, 내부 장치와 자기 방 사이의 창문이 달린 여닫이문 쪽 선반으로 내려가더니 옆 방을 들여다봤다.

처음 만났을 당시 대충 열 살쯤 되었다고 들었으니, 추측하기로 네네는 이제 마흔이 되었다. 리쓰는 진지한 표정으로 일에 집중하는 네네의 옆얼굴을 바라보며 새삼 생각했다. 초등학교 2학년이던 자신은 중년이 되었고 이제 네네도 할아버지가 되었다고. 물레방아가 돌아가고 내부 장치가 움직이는 소리를 들으면서, 리쓰는 먼저 떠나간 사람들을 떠올렸다. 네네와 언니와 자기 자신도 포함해서 언젠가 떠날 사람들을 생각하고, 이제껏 만나온 이들의 얼굴을 떠올렸다. 가슴 깊은 곳에서 말로 표현할 수 없는 감회가 되살아났다.

리사가 의자에 앉으라고 권했지만, 겐지는 "괜찮아요, 여기에서 볼게요" 하며 네네의 옆에 선 채 여닫이문에 달린 창문 너머로 물레방아의 내부 장치를 바라보고 있었다.

"텅 비었다!"

네네가 외치자, 리사는 겐지에게 말했다. "사실 텅 빈 건 아닌데, 저 말이 적당한 시기를 알려주는 신호거든." 리사는 겐지를 밖으로 데리고 나가, 새로 만들어왔다는 소매 달린 앞치마와 삼각 두건을 건넸다. 오두막 안에서 리쓰가 그 모습을 바라보고 있는데 리사가 외쳤다.

"이 앞치마와 두건, 다음에는 리쓰 네가 쓸 거야!"

이제 겐지는 떠날 테고 도가시는 가게 일에서 손을 놓을 수 없으니, 리쓰는 진짜 그렇게 되는 건가 싶어서 조금 놀랐다. 그리고 내부 장치가 있는 방에 들어와 메밀을 낄때기에 넣는 겐지를 지켜봤다.

깔때기에 두 번째로 메밀을 들이붓고 맷돌에 메밀가루를 두 번 갈았다. 그리고 그것을 자루 안에 모아 넣은 뒤, 리사는 근처 민박촌으로 여행을 온다는 미쓰다를 마중하러 역에 갔다. 30년 전 리사가 고등학생이던 시절에 아르바이트했던 문구 창고의 동료로, 리사가 독립할 당시 취직과 이사에 관해 여러 가지 조언을 해준 사람이었다. 1년에 한 번은 이곳에 놀러 왔고, 반대로 리사가 미쓰다를 보러 갈 때도 있었다.

히로미의 방송이 시작되자, 리쓰는 네네를 위해 라디오 음량을 조금 크게 올린 뒤 물레방앗간을 나와 카페에 메밀가루를 전달하러 갔다.

"앞으로 한 시간만 더 영업하고 싶은데, 위에서 기다려줄래요?"

리쓰가 고개를 끄덕이자, 도가시는 말을 덧붙였다.

"나미코 씨랑 사토루 씨도 벌써 와서 2층에서 기다리고 있어요."

두 사람은 자습실 의자에 앉아 홍차인지 커피인지 모를 차를 마시며 대화를 나누고 있었다. 아침에 리쓰가 가져온 메밀면을 만드는 도구는 상자와 자루에 담겨 있었다.

"영화 보러 가자고 이야기하던 중이었어. 『행오버』[+]의 후속편이 나온대."

"마모루가 생전 마지막에 본 영화가 『행오버』였는데 무척 좋아했단다."

나미코의 말에 리쓰는 전기 포트로 물을 끓이며 껄껄 웃고 말았다.

"마모루 아저씨는 술도 못 드시면서."

"내가 마실 수 있으니 그랬나."

"나미코 아줌마, 설마 영화에서처럼 필름이 끊길 정도로 술을 드세요?"

[+] '숙취'라는 뜻의 영어 단어

"설마. 하지만 마모루와 결혼한 뒤에 한 번쯤은 기억이 끊길 만큼 마신 적이 있단다."

"언제요?"

"부녀회 합창 대회 10주년 때였을 거야. 난 노래는 안 불렀지만 기뻐서 다 같이 마시러 갔지. 가게에 돌아와서도 술이 센 사람이랑 또 마셨는데 그대로 뻗어버렸어."

나미코와 사토루는 제이슨 스테이섬의 새 영화도 보러 가고 싶다고 말했다.

"저도 가고 싶은데 그쪽에서의 생활이 익숙해진 뒤에나 가능할 것 같아요. 볼 수 있으려나……."

겐지는 마모루와 딱 한 번 영화를 같이 보러 간 적이 있었는데, 그게 바로 제이슨 스테이섬의 영화였다고 한다. 나미코와 사토루, 리사 자매도 다른 일정이 있었던 어느 일요일 오후였는데, 건강이 나빠진 마모루는 나미코에게 외출 금지를 당한 상태였다. 그런데 그 영화가 꼭 보고 싶어서 겐지에게 같이 가달라고 부탁했다고 한다. 나미코도 알고 있던 일이었는지, "진심으로 즐거웠다고 몇 번이나 말하곤 했단다"라며 웃더니 남편을 떠올리는 듯 창밖을 바라봤다.

"이사 가는 곳 주소 알려줘. 그 영화 디브이디가 나오면 바로 보내줄게. 이별 선물이야."

"그런 건 직접 살게요. 괜찮아요."

리쓰의 말에 겐지는 손을 저었다.

"겐지, 미안한데 잠깐 이쪽으로 와주겠니?"

나미코는 겐지를 손짓으로 부르더니 "정말 잘 컸구나"라며 기

쁜 듯 겐지의 팔뚝을 두드렸다.
 "우리 시설에도 일하러 와준 적이 있었잖아. 그때도 말하고 싶었는데, 곧장 돌아가 버려서 이참에 하는 말이란다."
 "별말씀을요. 나이를 먹은 것뿐인데요." 겐지는 겸손하게 대꾸했다.
 "내 눈앞에서 무사히 자라준 것만으로도 기쁘구나."
 나미코는 고개를 끄덕였다. 두 사람을 흐뭇하게 바라보면서 리쓰는 명절마다 겐지가 돌아온다고 해도, 앞으로 그들이 만날 수 있는 날이 어쩌면 손에 꼽을 정도밖에 남지 않았을지도 모른다는 사실을 깨달았다. 겐지가 나이를 먹는다는 건 나미코도 그렇다는 뜻이니까.
 "힘드실 텐데 도가시에게 메밀면 만드는 걸 가르쳐주셔서 감사해요."

"무슨 그런 말을…… 젊은 사람이 소바를 배우고 싶다고 말해준 것만으로도 기쁘단다."

나미코는 고개를 저었다. 그 옆에서 사토루는 두 사람의 모습을 가만히 지켜보고 있었다. 리사와 결혼한 뒤 사토루는 상당히 힘든 일이 있을 때 말고는 대체로 행복해 보였는데, 지금도 마찬가지였다.

도가시가 리쓰에게 이제 괜찮으니 내려오라는 문자를 보냈다.

"슬슬 괜찮은 것 같으니 카페 쪽으로 내려가죠."

리쓰는 2층 자습실에 모여 있는 사람들을 데리고 메밀면 도구를 챙겨 1층 매장으로 내려갔다.

테이블을 붙여 내부 자리를 확보해 달라고 도가시가 부탁해서, 사토루와 겐지는 시키는 대로 테이블을 옮겼다.

"주방에 좀 더 공간이 있었더라면 좋았을 텐데."

도가시의 말에 나미코는, "남편도 아침마다 손님 테이블을 붙여서 작업을 했지요"라고 대꾸하며, 도가시가 권해준 의자에 앉았다.

"좁은 가게였으니까. 그러고 보니 같은 장소네요."

"맞아요."

"멋지게 꾸며줘서 고마워요."

나미코의 말에 도가시는 가볍게 고개를 저으며 "내부 인테리어는 거의 리쓰 씨가 꾸몄어요. 제가 딱히 한 건 없어요"라며 부끄럽다는 듯 말했다.

"제 부모님은 두 분 다 관청에서 일하시는데요, 점심에는 무조건이었고 저녁에도 종종 이 집의 소바를 먹으러 오셨던 모양이에요. 정말 맛있으셨대요. 어제도 가게 안주인분께 메밀면 만드는 법을 배우게 되었다고 연락드렸더니 기뻐하셨어요. 그 집 소바를 나도 만들 수 있게 되는 거냐면서요."

"그렇게 금방 가능할 리가 없잖아요"라며 덧붙이는 도가시에게, 나미코는 "열심히 연습해서 기쁘게 해드려요"라고 말하며 고개를 끄덕였다.

"관청 손님들께는 신세를 많이 졌답니다."

"저희 카페의 런치타임에도 자전거를 타고 와주는 관청 손님이 종종 계세요. 관청의 구내식당도 상당히 나아진 것 같지만요."

도가시는 자기의 선대라고 부를 수 있는 가게 주인 중 한 사람이었던 나미코와 있어서 기뻤다. 나미코도 예순 살 가까이 어린 나이의 도가시와 이야기하면서 계속 웃고 있었다.

상자에서 도구들을 꺼내며 겐지가 중얼거렸다.

"카렌, 부모님과 연락했나 보네."

리쓰가 그쪽을 쳐다보자, 겐지는 "제가 아는 한에서는 부모님과 사이가 상당히 안 좋았거든요. 다시 이야기하게 되었다니 다행이에요"라고 말하며 어깨를 으쓱해 보였다. 부모님이 계속 공무원이 되라고 강요해서 싫었다는 도가시의 이야기를, 리쓰도 살짝 들은 적이 있었다.

도구를 전부 꺼내놓은 뒤 메밀가루와 밀가루를 준비하고 물을 받았을 때, 미쓰다와 리사가 가게에 도착했다.

"릿짱, 오랜만이네!"

미쓰다는 리쓰의 팔을 두드린 다음 사토루에게 인사했다. 그녀는 겐지를 제외한 다른 사람들과는 안면이 있었는지, 도가시에게 "다시 버스를 타고 등산 갈 거예요"라고 말하는 중이었다. 등산 버스 회사에는 도가시의 남자 친구인 가지하라가 일하고 있었다.

"이 근방의 강은 정말 예쁘더라. 물소리가 들리니까 마음이 안정되는 기분이야."

"정말 좋죠."

미쓰다의 말에 리쓰는 고개를 끄덕였다. 만날 때마다 늘 같은 대화를 나눴지만, 리쓰는 이 또한 행복한 일이라고 생각했다.

나미코와 사토루가 지켜보는 가운데, 도가시는 커다랗고 평평한 반죽 그릇에 밀가루와 메밀가루를 털어내기 시작했다. 다들 조용해지더니 세 사람에게서 거리를 두었다. 진지한 표정으로 구석구석 재빨리 가루를 섞어가는 도가시의 손놀림을 바라보면서, 리쓰는 자기가 소바 가게를 이어받지 않아서 미안하다고 나미코와 마모루에게 말했던 기억을 떠올렸다.

도가시의 손놀림은 신중하면서도 망설임이 없었다. 리쓰도 처음부터 마지막까지 메밀면 만드는 작업을 지켜보거나 도운 적이 한 번 정도는 있었기 때문에 지금 도가시가 하는 일을 아예 못하는 건 아니었지만, 그래도 뭔가 타고난 재능의 차이가 느껴졌다.

사토루는 이곳에서 배운 일들을 메모해 둔 노트를 가지고 있었는데, 그 내용을 바탕으로 도가시에게 조금씩 지시하고 있었다. 그 모습을 보던 리사가 말했다.

"한번 메모를 하면 집에 가서 자기 전에 다시 정리했던 모양이야."

메밀가루를 둥글게 반죽한 단계에서 도가시는 퍼뜩 생각났다는 듯 그릇의 정중앙에 반죽을 내려놓았다. 그러고는 그 자리에서 조금 떨어지더니 말했다.

"깜빡 잊어버렸는데 냉장고 가장 위쪽 칸에 푸딩을 넣어뒀어."

푸딩은 배트에 모아 담아둔 상태라 적당한 크기로 잘라 먹으면 된다고 덧붙이자, 리쓰가 냉장고에서 커다란 사각형 배트를 꺼냈다. 리사는 접시를 준비해서 그 자리에 있는 사람들에게 건네주었다. 모두 각자 좋아하는 만큼 푸딩을 접시에 덜어 먹기 시작했다. 벽 쪽 의자에 앉아 푸딩을 먹으며 리쓰는 오가는 사람들을 멍하니 바라봤다. 푸딩은 훌륭했고 취향대로 끓여 마시는 홍차도 맛있었다. 그 자리에 있는 사람 중에는 친한 사이도 있었고 그렇지 않은 관계도 있었지만, 대다수가 즐거운 듯 대화를 나누거나 리쓰처럼 조용히 앉아 있기도 했다.

리쓰는 잠시 자신을 잊은 채 아무것도 하지 않는 상태를 기분 좋게 느끼면서, 세상을 떠난 마모루와 스기코, 이 자리에 없는 후지사와 선생님을 떠올리고 있었다. 그들 모두 여기에 함께 있는 것 같았다. 리쓰는 한 사람이 누군가의 마음에 살아 있다는 흔해빠진 말을 실감할 수 있었다. 어느 쪽인가 하면, 그들과 여기 있는 사람들의 양심이 모여서 지금의 자신을 만든 것 같았다.

리쓰는 푸딩을 먹으면서 벽에 걸린 스기코의 그림을 올려다봤다. 유작이었는데, 유채꽃에 매달린 무당벌레를 전경으로 그린 유채꽃밭 그림이었다. 딱히 떠오르는 말은 없었다. 그저 만족스러울 뿐이었다.

"실례합니다. 초대해 주셔서 왔는데요."

그때 문이 열리며 누군가 가게 안으로 들어왔다. 리쓰에게 물레방아로 석채 재료의 분쇄를 의뢰하러 왔던 나카노였다. 메밀면 만드는 작업에 흥미가 있으면 보러 오라고 리쓰가 말한 적이 있었다. 자리에서 일어난 리쓰는 "나카노 씨라는 분인데요. 석채화를 그리세요"라며, 그 자리에 있는 사람들에게 그를 소개했다.

"물레방아를 사용해서 재료를 빻아주셨어요." 나카노가 말을 덧붙였다. "그리워라. 스기코 씨가 온 것 같네." 리사가 기쁜 듯이 말했다. "그림이 잔뜩 걸려 있네요."

나카노는 벽에 걸린 스기코의 작품을 둘러보면서, 다른 사람들에게 스기코에 관한 질문들을 받고 있었다.

도가시는 반죽 그릇을 가게 구석 테이블로 옮긴 뒤, 이번에는 반죽용의 널따란 도마를 올려놓고 밀대로 반죽을 늘려나갔다. 도가시 옆에 앉은 나미코가 네모난 반죽을 펼치는 방법에 대해 조언하고 있었다. 겐지도 푸딩이 담긴 접시를 손에 방해가 되지 않을 만한 장소에 둔 뒤, 가만히 그 모습을 지켜봤다.

"동그랗던 반죽이 네모난 모양으로 펼쳐지는 모습은 정말 굉장한 것 같아." 리쓰가 옆으로 다가가 말을 걸자, 겐지는 고개를 끄덕였다. "전 저게 잘 안되더라고요."

한동안 두 사람은 순조롭게 평평해지는 반죽을 지켜봤다. 나미코는 도가시에게 "아가씨 솜씨가 굉장히 좋네"라는 말을 여러 번 입에 올렸다.

"아침마다 마모루가 반죽을 하면 난 주먹밥을 만들었는데, 그 기억이 나네."

나미코는 그리운 듯 말을 이었다.

"서로 다퉈서 어색한 때일수록 일이 빨리 끝나버려서 시간이 남곤 했지. 그때는 텔레비전을 봤는데, 아침 예능 뉴스를 잠깐 봤는데도 따분했어."

"두 분이 다투시는 모습은 본 적이 없는데요."

"그야 수십 년이나 부부로 살았으니까. 서먹서먹한 때도 있었지."

나미코의 말에 도가시는 반죽에서 고개를 돌리고 살짝 웃은 뒤, 둥근 모양이었던 반죽을 밀대로 밀어 평평하게 장방형으로 늘리며 신중하게 접어 나갔다. 사토루가 부엌칼을 들고 오는 모습을 본 겐지는, "마지막에 가장자리 부분을 내가 조금만 잘라 봐도 될까?"라고 도가시에게 부탁했다.

"뭐? 겐지 너 메밀면 잘라보고 싶어? 나도 배우는 중인데."

도가시는 의아하다는 표정으로 대꾸하면서도 "제발 부탁할 게"라며 겐지가 적극적으로 나오자, 결국 수락했다.

메밀면을 자르기 시작하자, 세세한 작업을 좋아하는 리사를 선두로 그 자리에 있던 모두가 가까이 다가왔다.

"작업하기 힘드니까 보지 말아 달라고 해도 보겠죠?"

도가시의 말에 다들 침착한 표정으로 고개를 끄덕였다.

"예전 여자 친구한테 소바를 만들어준 적이 있었는데, 장인한테 배운 솜씨치고는 서투르다는 말을 들었어요. 제 입맛에는 맛있다고 생각하며 먹었거든요. 아니, 진짜 제 입에는 맛있었는데."

겐지의 말에 주위 사람들이 폭소하자 리쓰도 웃고 말았다.

저녁 식사 시간을 조금 앞두고 도가시는 그 자리에 있는 사람들에게 가케소바+를 대접했다.

"뭔가 위에 올릴만한 거 없어? 유부 튀김이라든가."

겐지가 묻자 도가시가 선을 그었다.

"소바 자체의 맛이 중요해. 다른 맛을 더할 재료는 없어."

"맛있네!" 처음 말해준 사람은 나미코였다. 확실히 맛있었다. 마모루와 나미코가 가게를 폐업한 뒤 좀처럼 먹을 일이 없었던, 그야말로 신선하다고 느끼는 소바의 맛을 떠올리게 했다.

누구도 알아차리지 못했지만, 리쓰는 그 자리에 있는 사람들 가운데 가장 빨리 소바를 먹어 치웠다. 도가시에게 한 그릇 더 달라고 부탁한 뒤 다시 벽 쪽으로 가 그저 소바를 먹는 데 몰두하

+ 뜨거운 국물을 부어 먹는 메밀국수

고 있는데, 나카노가 가까이 다가오더니 "옆자리에 앉아도 돼요?"라고 물었다. 리쓰가 고개를 끄덕이자, 그는 "물레방앗간 일 말인데요"라며 조심스레 이야기를 꺼냈다.
"다음에는 제가 움직여 봐도 될까요?"
"그럼요."
"새에 관해서도 가르쳐주세요."
"네네 말이죠."
"그 아이 이름이 네네였군요."
나카노는 소바를 먹은 뒤 만족스러운 듯 대각선 위를 바라보면서 물레방아와 네네를 떠올리는 것 같았다.
"실은 제법 나이를 먹었어요. 그러니까 네네한테 '아이' 취급을 하면 안 돼요. 나카노 씨 나이 정도라면 네네에겐 아직 어린이쯤이거든요."
"알겠습니다."
나카노는 진지한 표정으로 고개를 끄덕인 뒤 "그나저나 소바, 진짜 맛있네요"라고 중얼거렸다. "맛있죠." 리쓰도 동의했다.
도가시는 나미코 옆에 앉아 들려주는 이야기를 메모하고 있었다.
"또 와주실 수 있나요?"
도가시의 부탁에 "물론이죠"라고 대답하는 나미코의 목소리가 들렸다.
겐지는 리사와 사토루, 미쓰다와 대화를 나누고 있었다.
"가설 주택의 전기공사 일이에요. 그쪽에도 지사가 있는데 거기로 지원 나가는 거예요. 실은 이제껏 진짜 바다를 본 게 두 번 정도예요. 텔레비전을 보면 정말이지 무서워서, 이런 일이 일어나도 되는 건가 하는 생각이 들었어요. 돌아가신 분들과 그들을 소중히 여겼던 사람들에게는 이제 뭐라 할 말이 없지만요. 조금이라도 도움이 되고 싶다고 생각했어요."

리쓰는 조금 떨어진 곳에서 겐지의 이야기를 들었다. 겐지는 몇 개월 전에 봤던 영상을 떠올리고 있었다. 리쓰는 여전히 그런 생각이 들었다. 자연은 왜 이렇게까지 하는 걸까. 그리고 어쩌면 앞으로도 계속 그런 일이 일어날지도 모른다고. 납득이 가는 대답은 떠오르지 않았다. 다만, 운 좋게 그곳에 없었던 사람들이 해야 할 일은 자기 대신 세상을 떠난 이들의 몫까지 열심히 살아가는 것뿐일 거라는 생각이 들기 시작했다.

"모집하고 있길래 지원했어요." 겐지의 대답이 들렸다. 자신한테 한 말은 아니었지만, 리쓰는 고개를 끄덕였다.

뒷정리를 하면서 리쓰는 도가시에게 물었다.

"손님한테 선보일 수 있을 것 같아?"

"아직 모르겠어요."

도가시는 고개를 갸웃하며 이어 말했다.

"어쨌든 연습은 해야죠. 언젠가 메뉴로 만드는 게 **목표**에요."

"고마워."

리쓰는 도가시의 어깨를 가볍게 두드리며 고마움을 전했다.

✝

겐지는 아침 7시 반 전철을 타고 간다고 말했다. 특급 열차를 두 번 갈아타고 도쿄로 간 뒤, 그곳에서 차를 얻어 타고 부임지로 가야 했다.

"네네, 겐지가 출발할 거야."

리쓰의 말에 네네는 "겐지가 출발할 거야"라고 흉내 냈다. 네네는 '출발'의 의미를 아는 걸까. 리쓰는 그런 생각을 하면서 "출발"이라고 말하며 자전거 핸들을 쥐고 앞으로 나아가는 동작을 취했다. 그러자 네네는 고개를 갸웃하며 '그렇게까지 하지 않아도 될 텐데'라는 듯한 표정으로 리쓰를 바라봤다. 리쓰는 말없이 어깨를 으쓱한 뒤 네네를 안고 물레방앗간에서 밖으로 나갔다.

자전거를 보자마자 네네는 바구니 안으로 날아가더니 "출발, 진행"이라고 말했다. 네네의 입에서 처음 듣는 말이었다. 처음 네네를 데려온, 나미코의 아버지인 마스지로한테 배웠던 것을 떠올린 건지도 모른다고 리쓰는 추측했다.

천천히 자전거를 밀고 나가던 리쓰는 네네도 몇 차례 이별을 경험해 왔다는 생각이 들었다. 처음에 네네를 데려와 길러준, 아버지나 마찬가지인 마스지로를 시작으로 스기코도 마모루도 네네에게는 소중한 사람들이었다. 네네 역시 리쓰와 만난 이후 서른이나 나이를 더 먹었으며 아마도 할아버지라고 부를 나이가 되었다.

네네도 언젠가는 자기 곁을 떠나버릴지도 모른다. 하지만 리쓰는 그건 좀 더 훗날의 일이라고 생각했다. 그 전에 오늘은 겐지가 여행을 떠나는 날이니까.

도로에는 이미 농업용 차량과 슈퍼마켓으로 향하는 신선식품 반입 트럭이 오가고 있었다. 따뜻하지도 춥지도 않은, 그저 공기가 맑은 아침이었다. 역사 앞에는 사토루의 차가 정차되어 있었는데 겐지와 리사 부부가 서서 이야기를 나누고 있었다. 사토루한테 비닐봉지를 받은 리사가 겐지에게 건네는 게 보였다. 어렴풋이 비치는 투명한 색으로 보아하니 청포도가 담겨 있는 듯했다. 겐지는 머리를 숙이면서 그것을 받았고, 리사는 그의 짐을 가리키며 몇 번인가 고개를 갸웃거렸다. 아마도 짐을 늘어나게 한 걸 미안해하는 모양이라고 리쓰는 생각했다.

그렇기는 해도 겐지의 짐은 커다란 등산용 배낭과 토트백뿐이었다. 생활에 필요한 물건은 일찌감치 부임지로 보냈다고 한다. 그 이외에 맡길 수 있는 물건은 엄마에게 부탁하거나, 매일 밤 친구와 지인을 집에 불러 나눠주었다. 겐지는 리쓰에게도 뭔가 주고 싶어 했지만, 리쓰는 뭐가 좋을지 결정하지 못했다.

겐지는 어젯밤 엄마와 밥을 먹으러 가기 전 리쓰에게 말했다.

"리쓰 씨한테는 정말이지 신세를 졌다고, 엄마가 리쓰 씨가 와주면 좋겠다고 해요. 편한 대로 하셔도 돼요."

리쓰는 "그럼 다음에 먹자"라고 대답했다. 엄마와 단둘이라면 그럭저럭 어떤 말이든 할 수 있을지도 모르지만, 겐지를 포함해서 셋이 있으면 리쓰는 뭘 이야기해야 할지 몰라 난처할 것 같았다. 가족이 단 둘만인데도 겐지의 엄마는 아들의 선근을 일절 반대하지 않았다고 한다.

"안녕!"

리쓰가 말을 걸자, 겐지와 언니 부부가 리쓰 쪽을 보고 손을 흔들었다. 네네도 질세라 "안녕!"이라고 외쳤다. 휴대전화로 시간을 확인하니, 전철 출발 시각까지는 아직 15분쯤 남아 있었다.

겐지는 리쓰에게 인사한 뒤 "네네, 이리 와"라고 말했다. 그러고는 정차한 자전거 바구니에서 네네를 안아 올리고 기쁜 듯 어깨에 태웠다.

어깨 위에서 네네가 "겐지, 출발, 진행!"이라고 말하자 그는 크게 웃었다. 그러더니 네네는 겐지가 고등학교 입시를 준비하던 시절에 내던 문제를 몇 개쯤 말했다. 그가 멀리 간다는 사실을 아마도 네네는 제대로 알고 있는 거라고 리쓰는 생각했다.

리쓰는 아무런 배웅의 말도 건네지 않은 채 시간을 흘려보내고 있었다. 겐지가 떠날 시간이 되자, 리쓰는 그저 "건강해"라고 말했을 뿐이다.

"그러게. 건강해!" 리사도 한마디 건넸다. "긴 휴가 때는 꼭 돌아와라. 네네도 기뻐할 테니까." 사토루가 말했다. 겐지는 한 명 한 명 악수했다. "고마웠습니다. 그동안 신세를 졌어요. 여러 가지 배웠습니다." 겐지는 리사와 사토루에게 인사했다. 그리고 마지막에 리쓰의 손을 양손으로 굳게 잡으며 말했다.

"잘 지내세요."

리쓰는 자신의 마음속에 분명 겐지의 양심도 일부 살아 있을 거라고 생각했고, 그게 자랑스러웠다.

"너도."

겐지의 어깨에 있는 네네를 데려오면서 리쓰는 그렇게 생각할 수 있어서 감사했다.

겐지는 웃으며 손을 흔든 뒤 개찰구로 들어갔다.

"또 봐!"

리쓰의 손안에서 네네가 외쳤다. 그러자 겐지가 뒤돌아 "또 보자!"라며 크게 손을 흔들더니 플랫폼으로 이어지는 계단을 내려갔다.
"가버렸네."
"응."
리사와 사토루가 이야기하는 게 들렸다. 리쓰는 네네를 어깨에 태우고 자전거 거치대를 발로 찼다. "일단 집에 갈 거야?" 리쓰가 리사에게 물었다. "오늘은 네 형부 일이 수예점 근처에 잡혔대서 데려다 달라고 할 생각이야."
"다음 주 일요일에 밥 먹으러 가도 돼?"
"그럼."
리사가 리쓰의 어깨를 툭 치며 물었다.
"왜, 쓸쓸해졌어?"
"그럴지도 모르지."
리쓰의 대답에 리사가 웃으며 "우리가 있잖아!"라고 말했다. 사토루는 고개를 끄덕였다.
언니네의 차가 떠나가는 모습을 배웅한 뒤 리쓰는 어깨 위의 네네와 함께 왔던 길을 되돌아 걷기 시작했다.
"자, 갈까."
가는 길에 산이 보였다.
"자, 갈까!"
네네가 따라서 말했다. 어딘가에서 강물 소리가 들려왔다. 공기가 맑았다.

에필로그

2021년

미사키가 겐지를 만난 건 재작년 대학 4학년의 여름방학 때였다. 미사키는 자동차 면허 합숙을 마치고 오는 길에 리쓰를 보러 가던 중이었다.

도가시의 카페에서 가족 넷이 이른 저녁을 먹으며 그들은 이제 도호쿠로 돌아간다고 말하고 있었다. 바쁜 시간이었으므로 미사키는 도가시의 부탁으로 계산대를 맡았다.

"여기 소바는 진짜 맛있다니까요."

아내 되는 사람이 차분한 표정으로 그렇게 말하면서, 그 가족은 4인분의 소바를 선물용으로 사서 돌아갔다.

작년에는 바이러스 감염이 확산되기 시작한 해여서, 겐지는 명절이나 연말에도 이곳에 돌아올 수 없었다. 대졸 신입 사원으로 채용되어 첫해를 맞았던 미사키도 작년에는 자취방에서 조용히 지냈다. 고독하기는 했지만 친구와 전화를 하거나 책을 읽었고, 산책이나 직접 밥을 지어 먹는 일에 몰두하며 시간을 보냈다. 리쓰와도 종종 대화를 나눴다. 화상 통화를 할 때 리쓰가 컴퓨터 앞으로 데리고 온 네네를 보는 것도 즐거웠다. 네네는 자주 졸곤 했지만, 그 모습을 보고만 있어도 마음이 누그러졌다.

리쓰의 부탁으로 미사키는 겐지를 만나기 위해 역으로 갔다.

특급 열차가 도착하고 나서 5분 뒤, 겐지가 남자아이와 여자아이를 데리고 대합실에서 모습을 드러냈다. 남자아이는 복잡한 그림 표지의 잡지를 읽고 있었고, 여자아이는 "물, 물소리가 들려! 아주 조금!" 하며 겐지에게 말을 걸고 있었다.

미사키와 겐지가 서로 인사를 나눴다.

"애들 마스크를 벗기고 조금만 쉬게 해도 될까요?"

겐지가 물었고, 미사키는 그러라고 했다.

여전히 남자아이는 조용히 잡지를 읽고 있었고, 여자아이는 미사키에게 말을 걸어왔다.

"안녕하세요!" 미사키도 "안녕"이라고 대꾸하자, 남자아이도 "안녕하세요"라고 인사해서 역시 받아주었다. 다시 보니 남자아이가 보던 건 유명한 게임 잡지였다.

"리쓰 씨가 학생 한 명을 그림 교실에 내려다주러 가서 제가 대신 왔어요."

미사키는 앞으로 한 시간 안에 리쓰가 돌아와 네네가 있는 곳에 갈 거라고 말하자, 겐지는 "알겠습니다"라고 대답하며 고개를 끄덕였다.

"할머니랑 소바 중에 어느 쪽이 좋아?"

겐지가 아이들에게 물었더니 여자애는 "할머니도 소바도!"라고 말했고, 잡지에서 고개를 든 남자애는 어깨를 으쓱했다.

"그러면 할머니한테 물어볼게."

겐지는 휴대전화를 꺼내 문자를 보냈는데 답장이 바로 온 듯했다. "할머니는 지금 장보러 가셨다니까 먼저 밥 먹으러 가자." 겐지가 아이들에게 말했다.

"비바람! 눈 오는 밤의 눈보라!"

역 앞의 길을 지나면서 여자아이가 외쳤다. 아이는 보도 끝을 흔들흔들 걸어가고 있었다. 「빈궁문답가」였다. 거기에 대항하듯 남자애가 잡지에서 고개를 들더니 "눈 오는 밤은 속수무책"이라고 말을 이었다.

"네네가 암송하는 영상을 보고 기억했거든요."

겐지는 미간을 찌푸리듯 웃으면서 미사키에게 설명했다.

"그 영상, 제가 올렸어요."

미사키는 그렇게 말하며 대뜸 사과했다. "이렇게 어린 애들이 암송하기에는 좀 미안하게 느껴지는 내용이네요."

나이를 많이 먹은 네네는 그동안 살아오면서 기억하고 싶은 몇 가지 말을 무턱대고 떠들기 시작했다. 그러면 리쓰와 리사, 사토루 같은 주변 사람들이 장단을 맞춰주었다. 네네는 노래와 구구단을 끝낼 때면 늑대 울음소리를 흉내 내곤 했는데, 그런 네네의 모습이 재밌어서 사람들은 영상을 찍어 올리게 되었다.

아이들은 경쟁하듯 "코 시큰시큰!"이라고 한목소리로 커다랗게 외쳤다.

"아내는 애들한테 너희를 빈궁하게 키울 생각은 없다며 농담

섞인 말을 하곤 해요. 뭐, 그런 말장난까지 포함해서 다들 즐거워하고 있으니 된 거죠."

겐지는 아내도 오고 싶어 했는데 동창회가 있어서 어쩔 수 없었다며 어깨를 살짝 으쓱했다.

"네네는 작년에 은퇴했거든요. 나이에는 장사가 없나 봐요. 멍하니 있을 때가 늘었어요. 그래서 리쓰 씨가 타이머로 메밀 보급을 봐주고 있어요. 네네는 타이머를 곧잘 잊어버려서, 소리가 울릴 때마다 날아가서 괜히 타이머를 쪼아대며 공격해요."

꼭 그럴 때만 힘이 넘친다는 미사키의 말에, 겐지는 소리내어 웃었다. "아빠 왜 웃어?"

여자애가 묻자, "네네는 소리 나는 시계에 화를 낸대"라고 겐지가 설명해 주었다. 남자애도 물었다.

"아빠, 왜 그러는 건데?"

"맷돌이 메밀 가루를 잘 만드는지 지켜보는 게 원래 네네 일이었거든. 그런데 타이머한테 그 일을 뺏긴 듯한 기분이 들었나 봐. 아마 그만큼 자기 일에 자부심을 가지고 있었다는 뜻이겠지."

"자부심?"

"응. 어떤 일을 할 때 자신의 능력을 믿는 당당한 마음 같은 거지."

"나는 반 친구들 머리를 빨리 묶어줄 수 있어. 아무한테도 안 져!"

겐지의 딸이 미사키를 올려다보며 기쁜 듯이 말했다.

"그런 기분이려나." 미사키가 고개를 끄덕이며 말했다.

카페로 향하는 도중에 미사키는 계속 강물 소리를 들었다. 평소 의식하던 소리는 아니었는데, 겐지의 딸이 강물 소리에 관한 이야기를 꺼냈기 때문일지도 몰랐다. 겐지도 "오늘은 강물 소리가 잘 들리네요"라고 말했다.

"요즘은 바닷소리를 들을 때가 많은데, 기분이 상쾌해진답니다. 업무 경로상 해변을 차로 달릴 때가 있거든요. 그때는 창문을 열고 그 소리를 들어요."

"그러시군요."

미사키는 고개를 끄덕이며 털어놓듯 말했다.

"전 인생에서 두 번 밖에 바다를 본 적이 없어요."

"그러면 다음에 놀러 오세요. 좀 멀긴 하지만."

겐지는 웃으며 말했다.

카페 앞 자그마한 선반 위에는 소독용 알코올 스프레이 병이 놓여 있었다. 겐지는 아이들에게 손을 소독하라고 말한 뒤 본인도 똑같이 했다. 겐지의 딸이 문 앞에 걸려 있는, 일러스트레이터 나카노가 만든 네네의 목제 간판을 올려다보며 말했다.

"새가 있네."

나카노는 이 지역 출신은 아니지만 이 동네에 좋아하는 화가가 살았다는 이유로 이곳에 자주 들르곤 했다. 그는 최근에 다니던 회사를 그만두고 프리랜서로 전향했다.

문을 열자, 막 테이블을 닦고 있던 점장 도가시가 고개를 들어 겐지를 맞았다.

"오, 겐지, 어서 와."

도가시는 재작년에 등산 버스 운전기사인 가지하라와 결혼했다. 도가시가 착용한, 들쭉날쭉한 치아가 그려진 마스크가 아이들을 무섭게 하지는 않을지 불안했는데, 겐지의 아이들은 다행히 아무렇지 않아 보였다.

창가 카운터석으로 안내받은 네 사람은 모두 창문을 향해 앉았다. 다들 소바를 주문했다. 미사키는 이 가게에 오면 늘 생햄과 달걀을 올린 갈레트를 먹었지만, 겐지의 가족이 소바를 먹는다는 사실에 무척 신이 난 모습을 보더니 같은 걸 주문했다. 예전에 겐지 일행이 왔을 때보다 벽에 걸린 그림이 늘어나 있었으므로, 미사키는 생각나는 대로 그림들을 소개해 주었다. 도가시는 아이들의 소바에 애니메이션 캐릭터 모양의 어묵과 별 모양으로 자른 김을 올려주었는데, 겐지의 딸이 특히 기뻐했다.

겐지가 "조용히 먹자"라고 말하자, 다들 말없이 먹었다. 그래도 겐지는 아이들이 "맛있다"라고 자기를 향해 몇 번이나 말을 건넬 때마다, 팔꿈치에 얼굴을 기댄 채 고개를 끄덕이며 들어주었다. 지금은 그런 식으로 참고 들어주는 시기라고 미사키는 속으로 생각했다. 하지만 이 시기도 언젠가는 끝난다. 어느새 스스로가 괴로웠던 십 대 중반을 벗어났듯이.

가게를 나오자, 리사와 사토루가 다가오는 모습이 보였다. 미사키가 뭔가 말하기도 전에 리사가 먼저 크게 손을 흔들었다. 그러면서 도저히 기다리지 못하겠는지 종종걸음으로 다가왔다.

"정말 오랜만이네."

리사가 어린 남매에게 말을 걸었다. 기운 넘치는 리사의 모습에 남매는 당황한 듯하다가 이윽고 각자 인사를 건넸다.

"이번엔 얼마나 있을 거니?"

"모레까지요."

"겐지, 어머니랑 리쓰를 만난 뒤에는 우리 집에도 와."

"꼭 와라."

리사와 사토루가 입을 모아 말했다.

"물론이죠."

겐지가 고개를 끄덕였고, 딸이 "물론이죠!"라며 따라 말했.

이야기가 끝나자 주변에서 물레방아 소리가 더욱 크게 들려오는 듯했다. 아이들을 데리고 물레방앗간 부지에 들어서면서, 겐지는 열린 문 앞에서 딱 멈춰 섰다. 라디오 소리가 들려왔다. 조용히 물레방앗간 문으로 다가간 겐지는 조금 과장된 몸짓으로 고개를 기울였다.

미사키가 그 앞으로 가보니, 네네가 겐지와 같은 동작을 취하며 가만히 그를 바라보고 있었다. 미사키는 네네 이외에 인간과 동거하는 새를 본 적이 없었지만, 그래도 10년 전에 만났던 때보다 네네가 늙었다는 건 알 수 있었다.

"네네." 겐지가 이름을 불렀다.

"겐지!"

어딘가 둔한 느낌은 있었지만, 네네는 제대로 날개를 펼치고 겐지의 머리 위로 날아오더니 어깨에 앉았다.

"네네가 정말 왔어! 아빠 굉장해!"

겐지를 올려다보던 아이들은 문득 물레방앗간 안에 있는 사람을 알아차린 듯 손을 흔들었다.

"잘 지내?"

"잘 지내지."

네네의 말에 겐지가 대답했다.

리쓰가 의자에서 일어났다. 마스크를 쓴 채 이쪽으로 다가오며 리쓰는 웃고 있었다.

작가의 말

제가 이제까지 썼던 소설 중에 가장 긴 작품을 읽어주셔서 고맙습니다.

이 소설은 2020년 5월부터 2021년 6월에 걸쳐 집필했습니다. 에필로그만 2022년 4월에 썼네요.

2023년 1월, 이 글을 쓰고 있는 지금까지도 신종 코로나바이러스의 출구는 보이지 않고 여전히 그 영향 아래 있습니다. 그래도 이 소설을 통해 바이러스가 기승을 부리지 않던 시대의 이야기를 쓸 수 있어서 무척 행복했습니다.

빈번히 바이러스가 유행하다 보니 계획해 온 취재 대부분을 진행할 수 없었던 건 유감이지만, 연재가 종료된 이후에 무척 의의 있는 취재를 하게 해주신 오쿠다 유키 씨와 회색앵무 트링, 이 두 분과 연결해 주신 쓰루사키 미치코 씨와 기타자와 리카코 씨에게 감사의 말씀을 드립니다. 고마웠습니다!

이 소설이 완성될 수 있었던 건 많은 분들이 도와주신 덕분입니다. 특히 정말이지 훌륭한 일러스트를 잔뜩 그려주신 기타자와 헤이스케 씨에게도 감사의 말씀 전합니다.

이 책이 누군가의 좋은 친구가 될 수 있기를 바랍니다.

쓰무라 기쿠코

참고 문헌

- 《잉꼬와 앵무새-반려새와 즐겁게 살아가는 법(〈반려동물 가이드〉 시리즈)》 이사키 데쓰야 지음, 세이분토 신코샤(2000)(국내 미출간)
- 《알렉스와 나》 이렌느 M 페퍼버그 지음, 꾸리에(2009)

옮긴이 양지윤

우연히 읽은 요시모토 바나나의 소설에 매료되어 번역가의 길로 들어섰다. 번역은 외국어라는 어두컴컴한 우물에서 우리말이라는 물빛을 서서히 발견해 가는 과정이라고 생각하며, 독자에게 문화라는 우물물을 길어줄 수 있는 번역가가 되기를 지향한다.

바른번역 소속 번역가로 활동하고 있으며, 14년 동안 도서관에서 일해온 경험을 바탕으로 에세이 《사서의 일》을 썼다.

옮긴 책으로 《앞으로의 책방 독본》, 《빨강머리 앤이 가르쳐준 소중한 것》, 《여기는 커스터드, 특별한 도시락을 팝니다》, 《외모 대여점》, 《누아르 레버넌트》, 《로터스 택시에는 특별한 손님이 탑니다》, 《변두리 도서관의 사건수첩》 등이 있다.

앞으로도 오래 책을 만지며 살아가고 싶다.

유머레스크

초판인쇄 2025년 9월 10일   **초판발행** 2025년 9월 20일
지은이 쓰무라 기쿠코
옮긴이 양지윤
편집 김가원, 최미진   **디자인** 권진희
그림 기타자와 헤이스케
마케팅 조성근, 주상미   **온라인 마케팅** 권진희, 주상미
영업 이승욱, 노원순, 조성민, 이선민, 김동우

펴낸이 엄태상
펴낸곳 (주)시사북스
등록번호 제2022-000159호   **등록일자** 2022년 11월 30일
주소 서울시 종로구 자하문로 300 시사빌딩   **전화** 1588-1582
이메일 emptypage01@sisadream.com
ⓒ쓰무라 기쿠코
ISBN 979-11-93873-18-2   03830

- 빈페이지는 (주)시사북스의 단행본 브랜드입니다.
- 이 책은 ㈜시사북스와 저작권자의 계약에 의해 출판된 것이므로 무단 전재 및 유포, 공유, 복제를 금합니다.
- 이 책 내용의 전부 또는 일부를 이용하려면 반드시 저작권자와 ㈜시사북스의 서면동의를 받아야 합니다.
- 잘못 만들어진 책은 판매처에서 교환해 드립니다.
- 빈페이지는 소중한 원고를 기다립니다.